로자리아

로자리아 1

문해랑 장편소설

초판 1쇄 찍은 날 | 2018년 6월 22일
초판 1쇄 펴낸 날 | 2018년 6월 30일

지은이 | 문해랑
펴낸이 | 권태완 우천제

편집책임 | 박은정
편집 | 김효주 천희진
편집 디자인 | 이즈플러스

펴낸곳 | (주)케이더블유북스
등록번호 | 제25100-2015-43호
등록일자 | 2015. 5. 4
WFN | 제3-030호

주소 | 구로구 디지털로31길 41 이앤씨벤처드림타워 6차 1108호
전화 | 02-867-4626 팩스 | 02-866-4627
E-mail | cl_production@naver.com

ISBN 979-11-293-1664-6
979-11-293-1663-9 (set)

※ 이 도서의 국립중앙도서관 출판시도서목록(CIP)은 서지정보유통지원시스템 홈페이지(http://seoji.nl.go.kr)와 국가자료공동목록시스템(http://www.nl.go.kr/kolisnet)에서 이용하실 수 있습니다.

로자리아

1

문해랑 장편소설

위시북

Contents

서장

"왜 예전처럼 비웃지 않는 거지?"

로자리아는 피에 물든 몸을 이끌고 앞으로 나섰다. 구석에는 덜덜 떨고 있는 프리실라가 있었다. 모든 왕국이 머리를 조아리는 신성제국 이스타샤의 성녀, 프리실라가 이토록 두려워한 적이 없었다.

로자리아는 픽 웃고는 프리실라에게 다가갔다. 언제나 높은 곳에 서서 자신을 내려다보던 성녀. 야만족 왕국의 왕녀라고, 아끼던 사람을 모조리 죽였던 프리실라가 자신을 올려다보는 건 처음 있는 일이었다.

"노예보다 못한 왕녀에게 무릎을 꿇는 기분이 어때?"

"네깟 년이 주제도 모르고 감히 날……!"

"아아, 내가 언제까지 네 종노릇을 할 줄 알았어?"

"네가 감히 날 배신해?!"

"배신? 내가?"

프리실라는 악에 받쳐 소리쳤다. 이용 가치가 있어 살려 주었던 계집이었다. 어제까지만 해도 저와 눈도 못 마주치던, 눈치만 보던 유약한 왕녀였다.

"네가 아버지에게 예언만 하지 않았더라도 널 죽이는 일은 없었을 테지."

"난 성녀로서 여신의 신탁을 받아 말한 것뿐이야!"

왕의 피를 이어받은 딸이 제 아비의 목을 벨 것이다.

신성제국의 성녀인 프리실라가 거짓으로 한 예언으로 인해 로자리아는 태어날 때부터 죽을 위험에 처해야 했다. 심지어 어리석은 왕은 로자리아를 보호하는 그의 부인까지 죽였다.

"네가 아니었다면 너희가 말하는 악마의 딸은 되지 않았겠지."

"멍청하고 유약한 계집! 네가 감히 나를 죽이겠다고?"

"가련한 프리실라, 내가 정말로 네가 생각한 멍청한 왕녀였다고 생각해?"

마지막 기회였다. 이 기회를 잡기 위해 얼마나 발악하고 살았는지 성녀로서 권위를 누리던 프리실라는 모를 것이다. 아니, 몰라야 했다.

'내 삶을 모조리 빼앗아간 네가 어떤 대가를 치러야 하는지. 내 삶을 무너뜨리면서 즐거워한 네가 언제까지 성녀로 있을 수 있는지.'

프리실라는 몰랐을 것이다. 성녀에게 복종하던 왕녀가 칼끝을 세웠단 것을.

"끝이다, 프리실라. 황태자도 네가 그렇게 사랑하는 공작도 널 구하지 못했어."

로자리아는 기다란 검 끝을 높이 치켜들었다. 사람을 죽이는 것이 어찌 두렵지 않을까. 그러나 그 두려움 이전에 목숨을 바쳐 오며 지켜 온 신념이 있었다. 어머니를 죽게 하고, 자신을 노예보다 못한 삶을 살게 했던 프리실라가 성녀로 사는 것을 용서할 수 없었다. 희대의 악녀, 사악한 악마의 딸로 역사에 남게 된다 하더라도 주저하지 않으리라.

푸욱.

로자리아는 검 끝을 프리실라의 심장에 박았다. 강하게 힘을 주면 줄수록 연약한 성녀의 몸이 물고기처럼 꿈틀거렸다.

"하아, 끝났어."

로자리아는 숨을 몰아쉬며 주위를 둘러보았다. 프리실라를 지켜 줄 만한 기사는 모두 죽은 지 오래였다. 로자리아, 그녀 혼자서 이루어 낸 일이었다. 악행을 일삼던 성녀 프리실라도, 성녀의 악행을 도왔던 황태자도 숨을 거뒀다.

끼이익–

굳게 닫혔던 문이 열리며 피에 잔뜩 젖은 공작이 나타났다. 언제 한 번 보았던 검을 든 채로.

"로자리아."

"늦었어. 프리실라는 이미 내가 죽였으니까."

죄인을 뜻하는 검은 로브가 붉은 피에 젖어 온몸에 늘어졌다. 벽에 기대선 채로 마지막을 기다리던 로자리아는 그녀를 부르는 목소리에 눈을 떴다.

"사랑하는 연인을 죽여서 나를 원망하나?"

로자리아의 물음에 라쉬드는 대답하지 않았다. 그의 날카로운 눈동자가 자신을 향하자 발가벗겨진 채 심판을 당하는 기분이었다.

"성녀를 죽인 죄, 그리고 황태자를 죽인 죄는 그 어떠한 것으로도 용서받을 수 없다."

라쉬드가 쥔 검이 그녀의 목울대를 향했다. 로자리아는 그 모습을 똑똑히 지켜보았다. 죽음은 가까스로 그녀를 비켜 나갔지만 이 순간만큼은 피하지 못하리라. 원했다. 원하고 또 원했다. 증오와 회한으로 가득 찬 이 삶에서 복수만이 자신을 버틸 수 있게 했다. 프리실라와 황태자를 죽이고 나면 모든 죗값을 치르겠다고 맹세했었다.

'당신은 알까. 죽고 싶어도 죽지 못해 살아남아야 하는 것을. 살기 위해서 다른 사람의 목을 쳐 내야 하는 것을.'

로자리아는 손에서 놓지 못했던 검을 버렸다. 이제는 아무런 후회도 미련도 없었다. 죄인처럼 검은 로브로 얼굴을 가리던 그녀와 다르게 라쉬드 공작은 새하얀 제복을 걸치고 있었다. 마치 신의 후계자라는 것을 알려 주는 것처럼. 까마귀 공작이란 이명처럼 검은 머리칼과 차가운 보랏빛 눈동자가 로자리아의 시선에 어렸다.

"왜 이런 짓을 벌였는지 묻진 않겠다. 죄를 저지른 너를 죽이는 것이 나의 일이니까."

한때 마음을 가졌던 남자였다. 얄팍한 연심 따위가 아닌 같은 길을 걷고, 그의 곁에 서서 살아가고 싶었다.

'프리실라를 끝까지 지켜 주는 당신이 나의 것이 되었으면 좋겠다고 바랐던 적이 있었지만…….'

로자리아는 쓰게 웃었다. 차가운 눈빛이 저에게 닿자 알 수 없는 전율이 흘렀다. 신성제국의 공작인 라쉬드에게 그녀는 스쳐 지나가는 바람보다도 못한 존재였다. 프리실라를 죽인 지금에서야 그의 적대적인 시선이 자신에게 어렸다. 로자리아는 두 눈을 내리감은 채 무릎을 꿇었다. 라쉬드 공작을 죽이고 도망친다면 살 수 있었다. 평생을 죄인처럼 숨어 살더라도 살 수는 있겠지만 그것을 원할 리가 없었다.

로자리아는 마지막으로 라쉬드의 얼굴을 바라보았다. 그의 눈동자에 비친 제 모습은 악귀의 것과 비견했다. 살욕에 물든 푸른 눈동자, 진득한 핏덩이에 엉킨 금발, 가시지 않는 지독한 피 내음까지. 악마, 악귀, 이교도, 야만인. 그것이 그녀를 가리키는 전부였다.

"너를 살려 두는 것이 아니었다."

"내겐 더 이상 미련도 없어. 당신의 검에 심장이 찔려도 후회하지 않아."

거짓말이었다. 죽기 직전에 던진 최후의 거짓말이었다.

'당신이 스쳐 지나가는 눈길로 나를 봐주기를. 프리실라가 아닌 나를 봐주기를 얼마나 바랐는지 모를 거야.'

성녀로 태어났으면 라쉬드의 사랑을 받을 수 있었을까. 그런 어리석은 생각조차 한때는 로자리아가 꿨던 달콤한 꿈이었다.

"로자리아 비아 데모나 발데르가, 금지된 정령술을 써서 성녀와 황태자를 죽인 죄로 너를 심판하겠다."

"나는 당신을……."

푸욱.

로자리아는 심장에 찔리는 고통에 입꼬리를 비틀어 올렸다.

'아아, 이제야 죽는구나.'

그토록 바라던 죽음이건만 허무하기 짝이 없었다. 심장에 박힌 검이 고통스러웠지만 로자리아는 신음 하나 내지 않았다. 붉은 피를 입가로 흘려 내면서도 마지막으로 라쉬드에게 웃어 보였다.

로자리아는 그녀를 죽이기 위해 검을 든 라쉬드를 보며 눈을 감았다. 처음 당신을 만났을 때처럼 편안했다. 고통은 잠시, 아늑한 어둠이 로자리아를 안아 들었다.

'아아, 이제 정말로 마지막이구나.'

로자리아는 죽음을 두려워하는 대신 절박하게 기다렸노라고 중얼거렸다. 사랑하는 남자의 손에 죽는 것도 나쁘지 않았다. 우습게도.

1장 데모나

로자리아는 멍하니 거울을 바라보았다. 시녀들이 부산스럽게 침구를 정리해도 그녀는 쥐 죽은 듯이 그 자리를 지켰다.

'내가 왜 여기 있는 거지?'

로자리아는 침대에 웅크린 채로 주위를 둘러보았다. 그녀의 짙푸른 눈동자에 부산스러운 시녀의 모습이 어렸다. 분명 죽음을 맞았다. 공작의 검에 의해 숨이 끊겼다. 로자리아는 떨리는 눈꺼풀을 들어 올렸다. 커져 가는 눈동자에 궁의 정경이 담겼다. 아라베스크풍의 하얀 기둥, 아니타 신화를 아로새긴 천장, 황동으로 조각된 향로까지.

'테베의 왕성!'

로자리아는 숨을 들이켰다. 그녀는 웅크렸던 몸을 펴고 자리에서 벌떡 일어났다.

"왕녀님?"

"거울, 거울 있어?"

놀란 시녀가 로자리아에게 황급히 거울을 건넸다. 로자리아는 그녀의 손을 내려다보았다. 비틀리고 메말랐던 손은 부드러웠다. 그녀는 떨리는 손으로 거울을 쥐었다. 짙은 금발에 푸른 눈. 아직은 앳된 소녀가 거울 안에 있었다. 죽기 전의 모습과 달랐다. 피가 마를 일이 없었던 손, 악에 가득 찬 눈동자, 미라처럼 생기가 없었던 얼굴. 고작 스물일곱에 일어난 변화였다. 정령술의 진리를 얻은 대가는 혹독했다. 성녀를 죽인 마녀. 신성제국을 멸망시킨 악귀. 그녀를 부르던 말이었다. 거울을 보던 로자리아의 눈동자가 흔들렸다.

'왕에게 얼굴을 맞아서 흉터가 생기기 전이야.'

열다섯, 왕성에서 맞는 봄이었다. 분명 죽었다고 생각했다. 살아 있다는 사실도 과거로 돌아온 것도 전부 믿기지 않았다.

'정말로 과거로 돌아온 거야?'

로자리아는 떨리는 손으로 뺨을 어루만졌다. 거울에 비친 소녀가 눈동자를 깜빡였다. 틀림없는 자신이었다.

침구를 정리하러 온 시녀, 키아와 타샤는 고개를 갸웃했다. 소심하고 유약한 왕녀. 게다가 글도 읽을 줄 모르는 호구 왕녀가 오늘은 조금 이상했다. 어제 시녀장 마가렛의 일방적인 괴롭힘에 하루 종일 울며 지쳐 잠든 왕녀가 오늘까지 넋이 나가 있었다.

"왕녀님, 어서 준비하셔야 해요."

"그렇게 말해서 왕녀님께서 알아듣겠어?"

찰싹.

매서운 손날이 뺨에 닿았다. 따끔한 고통에 잠에서 깬 듯 정신이 들었다. 고개를 숙였던 로자리아는 서서히 고개를 들었다. 일그러진 얼굴의 시녀장이 로자리아를 내려다보고 있었다.

마가렛 하이라, 사십 대의 중년 부인으로 테베의 왕성에서 잔뼈가 굵은 시녀장이었다. 또한 로자리아에게 왕녀로서 사는 법을 알려 준 장본인이었다. 정확히는 왕녀로서 무시당하는 법이었지만.

"지금 나를……."

어이가 없어 웃음이 절로 터져 나왔다. 꿈을 꾸는 게 아니라면 오늘은 분명 열다섯에 처음으로 맞는 아버지와의 조찬이었다. 테베의 왕성에 끌려온 지 삼 년.

'왕성에 머문 지 삼 년이었던가.'

그 삼 년 동안 이불을 뒤집어쓰고 우는 것이 이제껏 과거의 그녀가 한 일이었다. 치장해 준다는 명목으로 시녀장은 로자리아의 머리채를 쥐고 흔들었으며, 얌전히 있지 않는다는 이유로 여린 뺨에 생채기를 남겼었다.

손등으로 뺨을 훑던 로자리아는 거울을 내려놓았다. 그러고는 몸을 일으켜 시녀장에게 다가갔다.

"마가렛 하이라."

로자리아는 낮고도 차가운 목소리로 시녀장을 불렀다. 늘 울먹거리던 왕녀와 달랐다. 눈꺼풀을 들어 올리자 새파란 눈동자가 드러났다. 흔들림 없이 고요한 시선이 시녀장을 주시했다. 로자리아는 생채기가 어린 뺨을 손으로 훑었다. 붉은 피가 맺힌 것을 보며 비적 웃던 낯이 싸늘해졌다.

"아버지가 나를 무시한다고 하여 한낱 시녀장인 네가 나를 기만해도 되는 건가?"

로자리아는 손을 딱 맞부딪쳤다. 명쾌한 소리와 함께 시녀장은 무형의 힘에 의해 무릎을 꿇고 말았다.

"이, 이게 무슨……."

철썩, 로자리아는 있는 힘껏 시녀장의 뺨을 내려쳤다. 뺨을 감싸 쥔 시녀장의 눈동자가 잘게 떨렸다.

"나는 네 주인이자, 내 어머니는 데모나 후작이었고, 나는 부왕 로테사의 피를 물려받은 왕녀다."

오만하다 못해 위압적인 왕녀의 시선이 마가렛의 몸을 좌시했다.

"왕, 왕녀님."

마가렛이 흐느꼈다. 무형의 힘이 압박하듯 마가렛의 숨통을 조여왔다.

"나를 정말로 왕녀로 생각했었나?"

"저는 전하의 명을 따랐을 뿐입니다."

"그래서 그렇게 행동한 건가? 내 뺨을 때리고 내 이름을 마음대로 부르는 것?"

로자리아는 입꼬리를 말아 올렸다. 저런 것을 변명이라고 하는 건가? 로자리아는 주저앉은 마가렛에게로 걸음을 옮겼다. 하얗고 매끄러운 손이 마가렛의 턱을 그러쥐었다. 로자리아와 시선을 마주한 마가렛은 눈을 끝까지 맞추지 못했다.

"그 얄팍한 사과로 죄를 빌려고?"

왕녀의 낮은 목소리가 침실에 나지막이 퍼졌다. 로자리아는 서늘한 빛을 감추곤 어린아이처럼 말갛게 웃었다.

"왕족의 몸에 허락 없이 손을 댄 것, 시녀의 인사권을 마음대로 휘두른 것, 패물을 갈취한 죄."

"그, 그건 오해이십니다."

마가렛이 믿을 수 없다는 듯 눈을 크게 떴다. 절로 벌어지는 턱 근육을 보며 로자리아는 눈을 가늘게 떴다.

"정말로 오해인지 확인해 봐야겠구나."

"저는 맹세코 그런 일을 벌인 적이 없습니다."

"그래, 시녀장의 뜻대로 오해이길 바라는 게 좋겠지?"

로자리아는 마가렛을 턱에게서 손을 떼어 냈다. 유리공예처럼 매끄러운 손가락이 건반을 누르듯 더듬어 내려갔다. 로자리아는 마가렛의 손을 옭아매듯 붙잡았다.

"시녀장이니 손이 잘 붙어 있어야지."
왕실 법도에 따라 손을 잘라도 할 말이 없는 것이었다. 그걸 모를 리가 없는 마가렛이 사시나무 떨듯 몸을 떨었다. 로자리아는 마가렛의 뺨을 부드럽게 감쌌다. 나긋한 목소리가 시녀장의 귀를 파고들었다.
"그리 놀랄 것 없다."
"왕, 왕녀님."
"어디까지나 왕실법에 의해 벌을 내릴 것이니."
로자리아는 마가렛에게서 몸을 돌렸다.

로자리아의 어머니였던 데모나 후작은 왕이 총애하던 기사였다. 테베의 젊은 왕, 로테사는 데모나 후작을 부인으로 맞아들였다. 다정한 왕과 왕비. 그들의 사랑스러운 딸. 그림 같던 평화가 깨진 건 한 성녀의 예언 때문이었다.

왕녀가 왕을 죽일 것이다.

수년 전, 테베에 신성제국 이스타샤의 성녀가 찾아왔다. 성녀는 하얀 면사포를 쓴 채, 왕비의 품에 안긴 왕녀에게 예언을 남겼다. 예언을 들은 왕은 처음에는 성녀의 말을 귀담아듣지 않았다. 그러나 성녀 프리실라는 10가지 미래를 예언했고, 예언이 맞을수록 왕의 마음에 의심이 짙게 밀려들었다. 아끼던 가신의 죽음, 제국 사이의 분란, 왕비의 병……. 한 해, 두 해가 지나갈수록 어긋나 보였던 톱니바퀴가 맞물렸다.
결국 왕비는 왕이 딸을 죽이기 전에 왕녀를 안고 도망쳤다. 왕비가 향한 곳은 수도에서 멀리 떨어진 숲이었다. 왕비는 숲에서 보에 감싼 아이를 끌어안고 울었다.

'아가, 누구도 널 해치지 못해. 네 아비의 목을 베어서라도, 살아남거라. 살아남아 왕위를 거머쥐거라.'

왕비는 눈물을 그쳤다. 제 딸이 왕의 목을 베는 한이 있더라도 살아남기 원해서였다. 보에 싸인 갓난아기가 꺄르르 웃었다. 아이가 창백한 어미를 올려다보며 어미의 시린 손끝을 감쌌다.

로자리아는 왕비의 보호 아래 자라났다. 기어 다니던 아이가 걸음을 떼었고, 아이는 숲속을 뛰어다녔다. 왕비는 딸에게 왕녀로서 사는 방식을 가르치는 대신, 숲속에서 살아남는 법을 가르쳤다. 숲속을 거닐던 왕비는 로자리아의 손을 붙잡았다. 해가 바뀌어 싹을 틔운 풀과 향기로운 꽃들 사이로 봄 향기가 물씬 풍겼다.

"엄마!"

"왜 그러니, 로즈?"

"이건 뭐예요?"

"나비란다. 행운을 불러다 준다는 푸른 나비."

검은 점이 박힌 푸른 나비가 로자리아의 손에 살포시 내려앉았다.

"행운?"

"내 행운일지도 모르겠구나, 로즈. 널 가져서 기뻤고, 네가 내 딸로 태어나서 행복했단다."

왕비는 손을 뻗어 어린 딸의 머리를 쓰다듬었다. 어머니의 따뜻한 품이 좋았던지, 로자리아는 어머니의 손을 꼭 쥔 채 기대었다. 왕비의 손은 더 이상 왕족의 것처럼 매끄럽지 않았다. 숲으로 도망쳤을 때부터 그녀는 놓았던 검을 다시 잡았다. 거칠고 단단한 손가락. 로자리아는 어머니의 그런 손이 좋았다.

그러던 어느 날, 왕의 기사들이 로자리아를 찾아왔다. 한때 어머니를 따랐던 기사들이었다. 무장한 기사들은 서슬 퍼런 검을 왕비에게 겨누었다.

'널 만난 건 행운이란다, 로즈.'

왕비는 로즈를 향해 눈부신 미소를 지었다. 그리고 허리춤에서 검을 빼 들었다. 어머니의 부탁대로 로자리아는 숨을 곳을 찾아 도망쳤다. 터에서 멀리 떨어진 숲의 동쪽 끝으로 내달렸다. 어머니의 잔향이 사라질 때까지 맨발로 숲에 난 길을 헤쳤다.

날이 밝고 어둠이 찾아왔다. 로자리아는 해가 뜰 때까지 어머니를 기다렸다. 저벅저벅, 무거운 것을 매단 발걸음 소리가 들렸다. 어머니의 것과는 조금 다른 것이었다. 갑주를 걸친 두 기사가 나무 사이로 몸을 숨긴 왕녀를 발견했다.

"왕녀를 찾았습니다."

기사들이 숨어 있는 로자리아를 일으켜 세웠다. 왕성에 간다면 어머니를 만날 수 있을 거란 말을 했지만, 로자리아는 믿지 않았다. 로자리아는 한참을 버둥거렸지만, 그녀를 붙잡은 기사의 손에서 벗어날 수 없었다. 둔탁한 충격과 함께 로자리아는 정신을 잃었다.

정신을 차리기도 전에 로자리아는 왕성에 끌려왔다. 낯선 사람들이 그녀를 '왕녀'라고 불렀다. 왕녀는 북쪽의 폐쇄된 탑에서 지냈다. 죽지 않을 만큼의 물과 먹을 것을 주었다. 로테사는 왕녀가 사람과 접촉하는 것을 극도로 막았다. 로자리아는 차갑고, 어둡고, 음습한 탑에서 3년을 보냈다. 그녀가 왕비의 죽음을 알게 된 건 3년이 지나서였다.

그전에 수차례 마주친 왕이 아버지일 거라 생각지도 못한 채 탑에서 지냈다. 어머니는 그녀를 왕성에 끌고 가려는 기사들과 싸우다 죽었고, 슬픔이 가시기도 전에 처음으로 본 아버지는 그녀를 증오했다. 처음에는 왕녀라고 앞다투어 모시려고 했던 시녀들은 그녀가 시골 촌가에서 자라난 여자아이라는 것을 알고서 태도를 달리했다. 아버지가 있었으되, 아버지는 그녀를 딸로 여기지 않았다. 왕의 눈 밖에 난 왕녀. 고귀한 혈통은 기적이 아니라 저주처럼 로자리아를 옭아매었다.

왕녀가 테베의 왕성에서 다시 한번 눈을 뜬 지 반년이 지났다. 정원을 거닐던 로자리아는 풀썩 앉았다. 하얗고 보드라운 손가락에 푸른 나비가 내려앉았다. 반년이 흐른 시간, 로자리아는 과거로 돌아왔다는 사실을 받아들였다. 다시 한번 시작된 기회가 푸른 나비처럼 그녀를 찾아왔다.

왕에게 버림받은 로자리아 왕녀가 머무는 곳인 나비궁에는 두 명의 전담 시녀가 있었다. 왕녀를 모시는 일원이라 보기엔 터무니없이 적은 수였다. 로자리아는 12살까지 북쪽 탑에 감금되었다가, 15살이 될 때까지 3년간 나비궁에서 지내게 되었다. 북쪽 탑에서 나비궁으로 처소를 옮기게 해준 것도 배려나 동정심 따위가 아니었다.

'곧 귀빈이 방문하겠지. 로테사왕도 어쩔 수 없는.'

신성제국 이스타샤의 성녀와 공작이 사절단을 이끌고 테베를 찾아오기 때문이었다. 신성제국에 팔아 해치울 왕녀를 더 이상 짐승처럼 우리에 가둘 수 없었다. 그 3년간, 세 명의 시녀가 죽어 나갔다. 로테사는 왕녀가 사람처럼 자라나기를 원하지 않았다. 시녀장은 시녀들을 통제했다. 짐승처럼 키워지는 왕녀를 동정한 시녀들이 베푼 호의는 그들의 죽음으로 끝을 맺었다.

'왕의 명령을 어긴 시녀는…….'

모두 죽게 되었지. 붉은 입술 사이로 미지근한 한숨이 새어 나갔다. 키아와 타샤를 포함한 시녀들은 대부분 하급 귀족 출신이었다. 로자리아는 나비궁에 걸터앉은 채, 걸레질하기 바쁜 두 시녀를 바라보았다. 금실을 짠 것 같은 탐스러운 금발은 반년 전과 달리 단정히 묶여 있었다. 새하얀 뺨 사이로 찬란한 금빛 머리칼이 타고 흘렀다.

로자리아를 흘끔 쳐다보던 나비궁의 시녀, 타샤와 키아는 목소리를 한껏 낮추곤 속삭였다.

"왕녀님께서 말수가 없으셔."

"우리에게 화가 나신 거야."

하룻밤 사이에 왕녀가 달라졌다. 어린 왕녀에겐 절로 움츠러들게 하는 위세가 있었다. 악마와 계약이라도 한 것일까. 메마르고 건조한 새파란 눈동자는 사람을 홀려 잡아먹는 악마의 것과 비견했다.

이윽고 식사 시간이 되자 타샤가 분주해졌다. 타샤는 시녀장의 명령대로 넓적한 은그릇에 담긴 생선 요리를 들고 왔다. 타샤가 청포도에서 짜낸 과즙 소스를 흰 생선 요리에 붓기만 하면 끝이었다.

"과즙이 상한 것 같아요, 왕녀님."

타샤는 그렇게 말하며 과즙 소스가 든 흰 병을 뒤로 물렸다.

"누가 식사를 준비했지?"

"시녀장님의 명에 따라서 준비한 요리입니다."

흰 병을 들고 있던 타샤의 손이 잘게 떨렸다. 로자리아는 타샤를 올려다보며 물었다.

"몸이 안 좋은 건가?"

"아, 아니에요, 왕녀님."

타샤는 멀찌감치 흰 병을 치웠다. 그걸 물끄러미 보던 로자리아가 물었다.

"오늘은 특별히 준비한 라비에트(말린 생선 요리)입니다."

"특별히?"

로자리아는 웃었다. 마음에 든다는 듯 요리를 보다가 포크로 우아하게 생선 조각을 집었다.

"맛있네."

향을 음미하듯 붉은 입술이 오물거리자 파르르 눈꺼풀을 떨던 타샤는 안도했다. 불안했던 시녀와 달리, 로자리아는 시종일관 느긋한 태도로 식사를 마쳤다.

'일부러 은그릇을 쓴 건가?'

과거에도 시녀장은 왕의 명령에 따라 독살을 시도한 적이 있었다. 그러나 은그릇에 음식을 내온 적은 없었다.

"타샤, 오늘 그릇이 달라졌구나."

"……라비에트와 어울릴 듯해서 준비했습니다."

타샤가 애꿎은 발을 내려다보며 대답했다. 로자리아는 눈을 가늘게 떴다. 평소에 침착한 편이었던 시녀의 태도가 이상했다.

"마음에 들어, 타샤."

로자리아는 심드렁하니 말하며 포크를 움직였다.

'서서히 죽이려던 거겠지.'

신맛을 내주는 청포도즙에 야완이란 독이 포함되어 있었다. 야완은 기력을 쇠하게 하며, 몸을 서서히 약하게 만드는 독이었다. 장기간 복용하면 생명에 지장을 주지만, 미미한 소량은 당장에 큰 영향을 주지 않는다.

'역시 예상을 빗나가지 않아.'

로자리아는 타샤가 고개를 돌린 사이, 바닥에 놓인 흰색 병을 주시했다.

"타샤, 저 병을 갖고 와."

"……하, 하지만 왕녀님. 과즙 소스가 이미 상해서 드시면 안 돼요. 큰일 나실 수도 있는 데다……."

"알고 있어. 안 먹을 거니 가져와."

로자리아가 딱 잘라 말했다. 그리고 타사갸 건넨 흰 병을 받고서 은그릇 위로 뿌렸다. 로자리아는 검게 변색된 그릇을 내려다보았다. 식사를 마친 로자리아가 냅킨으로 입가를 닦았다.

"타샤, 시녀장을 불러와."

"……시녀장님 말씀이신가요?"

주저하던 타샤는 황급히 나비궁을 벗어났다. 영문을 모르는 키아가 대신 식사를 정리했다.

"목욕물을 준비할까요?"

"장미향으로."

로자리아는 자리에서 일어났다. 키아가 긴장감을 감추며 왕녀의 시중을 들었다. 본래 목욕 시중을 꺼리던 왕녀였다. 부끄러워했으며 죄인처럼 고개를 숙이지 않았던가. 그러나 반년 이후로 왕녀는 달라졌다.

로자리아는 새하얀 나신에도 거리낌 없이 욕조를 거닐었다. 따뜻한 물이 담긴 욕조에 몸을 기대었다. 조심스레 문이 열리고, 타샤가 마가렛과 함께 욕실로 들어섰다. 수건으로 로자리아의 어깨를 닦던 키아가 고개를 돌렸다.

"왕녀님, 시녀장이 왔습니다."

로자리아는 몸을 일으켰다. 키아가 황급히 로자리아의 몸에 새하얀 옷을 걸쳐 주었다. 물에 젖은 금발 사이로 무거워진 물방울이 떨어져 내렸다. 로자리아는 두 손을 모은 채 고개를 숙이고 있는 시녀장에게 다가갔다.
"재미있는 일을 벌였더구나."
"무슨 말씀인지 모르겠습니다."
"야완."
로자리아는 시녀들에게 낯선 독초의 이름을 나직하게 중얼거렸다. 얼어붙은 마가렛에게 다가간 로자리아가 그녀의 뺨에 손을 얹었다.
"독살을 하려거든 비명횡사할 독을 넣었어야지."
로자리아는 마가렛의 뺨을 툭 건드리곤 나른한 미소를 지었다.
"시녀장, 아버지의 명령에 너무 충실할 것 없어."
새파란 눈동자가 정면에서 마가렛을 옭아매었다. 로자리아는 마가렛의 덜덜 떨리는 손을 차가운 시선으로 내려다보았다.
"다음에도 같은 수법을 쓸 텐가?"
로자리아는 입꼬리를 비틀어 올렸다. 그녀는 석고상처럼 굳어 있는 마가렛을 지나쳐 욕실을 빠져나갔다.

"……독이라."
로자리아는 붉은 입술을 말아 올렸다. 예상을 빗나가지 않은 지루하고도 무던한 계책이었다. 그녀의 시선이 창문 사이로 보이는 정원을 향했다.
'악귀가 되어야 했지.'
그녀 홀로 검을 배우고 마나를 다스리는 정령술까지 익혀 냈다. 비록 이유도 모른 채 회귀했지만 그때의 위압적인 정령의 기운은 회귀한 이후에도 로자리아의 주변을 흐르고 있었다.
'여전히 정령술은 쓸 수 있구나.'

로자리아는 창가에 놓인 시든 꽃을 어루만졌다. 그녀의 손에서 흘러나온 금빛의 마나가 시든 꽃에 생기를 불어넣었다.

"모든 걸 잃은 건 아니로군."

죽어 가던 꽃이 봉우리를 틔우며 작은 꽃잎을 피워 냈다. 부드러운 바람이 그녀의 손을 간질거렸다. 멈췄던 심장이 요동쳤다. 반년 전, 15살의 몸으로 눈을 떴을 때만 해도 정령의 마나는 고갈되어 있었다. 성녀를 죽이기 위해 생명을 바친 대가는 컸다. 마나는 바닥이 났고, 몸은 늙어버렸으며, 한 번 비틀린 마나는 주위에 살아 있는 것을 죽음으로 덮었다. 뼈를 깎고, 살와 피를 내어 익혔던 정령의 마나는 그대로였다. 생전 '악귀'라 불리던 때처럼.

로자리아는 숨을 깊게 들이쉬었다.

'불러낼 수 있을까?'

다시 한번 그때 불렀던 정령들을. 로자리아는 떨리는 손을 움켜쥐었다. 불러낼 자격이 있으리라 생각지는 않았다. 정령을 복수를 위한 수단으로 이용한 건 그녀였다. 그러니 다시 살게 되어도 두 번째 삶에서는 허락하지 않으리라.

'그런데도…….'

죽어 가던 꽃이 피어났다. 차갑고 서늘하던 바람이 부드럽게 뺨을 간질였다. 마치 처음 정령을 만났을 때처럼. 로자리아는 두 눈을 내리감았다. 동시에 심장이 뛰쳐나갈 듯 쿵쾅거렸다.

"윈드."

로자리아는 익숙한 정령의 이름을 속삭였다. 나를 지켜 주었던 바람이자, 그녀의 곁에 남았던 유일한 정령. 열린 창문 사이로 바람이 모여들었다. 우아한 안개처럼 일렁이던 바람이 곧 형체를 만들어 냈다.

「……로자리아, 나의 주인.」

짙은 녹색 머리칼의 사내가 눈을 떴다. 고요함을 담은 잿빛 눈동자가 로자리아를 향했다.

정령을 부른 지 일주일의 시간이 흘렀다. 로자리아는 윈드와 함께 정원을 거닐었다. 부를 수 있을 거라 생각지 못했던 정령이 다시 한번 그녀에게 기회를 주었다. 정확히는 윈드뿐만이 아니었다. 신성한 수목도.

열다섯, 다시 눈을 뜨게 된 로자리아는 서서히 적응해 나갔다. 분명 심장이 검에 찔려 숨이 멎었다. 그런데도 어찌하여 과거로 돌아온 건가. 이는 풀리지 않은 의문이었다. 닥치는 대로 왕실 서고와 기록을 찾았지만 회귀한 이유를 찾지 못했다.

'복수를 끝냈으니 삶의 미련이 없다고 여겼는데.'

그것도 아닌 모양이었다. 모든 것을 잃은 순간, 담담히 죽음을 받아들였다. 그러나 다시 한번 살아갈 기회가 주어졌다.

'받아들이는 거야.'

과거와 달라졌다는 것을. 다시 기회가 주어졌음을.

'앞으로 내가 어떤 선택을 하느냐에 따라 삶이 달라질 테지.'

로자리아는 더 이상 자신을 내친 이들에게 사랑을 갈구하지 않았다. 어머니를 그리워하지도, 아버지에게 사랑을 받으려 발버둥 치지 않았다.

매일 아침, 로자리아는 눈을 뜨면 그녀가 머무는 나비궁에서 멀지 않은 정원으로 향했다. 관리가 되지 않아 나무가 제멋대로 자랐지만 이곳은 그녀의 유일한 휴식처였다.

'나비는 꽃을 찾아간다는데 내 주위에는 독초뿐이로군.'

로자리아는 허리까지 흘러내리는 금발을 손으로 만지작거렸다. 화려하지 않지만 부드러운 베이지색 드레스, 부드러운 손등, 곱게 빗어 내린 머리칼. 반년 전과는 많이 달라진 모습이었다.

자박자박, 로자리아는 정원을 향해 걸었다. 예전이라면 인기척을 죽이기 위해 소리조차 내지 않고 걸었을 테지만, 지금은 마음껏 소리도 낼 수 있었다. 그녀가 닿는 곳마다 흙이 움푹 파이며 흔적이 새겨졌다. 고개를 들자 파리하게 시든 꽃과 나무가 있었다. 눈앞에 죽어 가는 꽃과 나무들은 저와 비슷했다. 거무죽죽하게 죽은 이파리들을 보자 과거로 돌아온 것이 실감 났다.

'다시 살리려면 시간이 꽤 걸리겠는데…….'

로자리아는 한숨을 쉬며 소매를 걷어붙였다. 주위를 둘러보며 인적이 없음을 확인한 그녀는 잎이 버쩍 갈라진 이파리를 쓰다듬었다. 눈을 감고 마나를 집중하자 이파리들이 피어오르고 싹이 올라왔다. 검은 뿌리에서 붉은 꽃이 피어나는 것을 보며 로자리아는 과거를 떠올렸다.

"로즈, 네 이름을 잊지 말거라."

아침마다 그녀의 머리칼을 빗겨 주던 어머니가 해준 말이었다. 어머니는 왕국에서 명문가로 꼽히는 데모나 후작가의 가주였다. 지혜롭고 아름다운 왕, 로테사를 만나 사랑에 빠졌고 아이를 가졌다. 그러나 왕녀가 태어난 날, 신성제국의 성녀 데레사가 찾아와 예언했다. 데레사는 전대 성녀이자, 프리실라의 스승이었다.

테베에서 대륙을 통일할 여제(女帝)가 태어날 것이다. 신성제국의 속국이던 테베의 여왕은 신성제국과 강철제국, 두 나라를 삼키고 찬란한 문명을 가지고 올지어다.

왕과 왕비는 크게 기뻐했다. 테베는 신성제국의 속국으로 작은 영토를 가진 소왕국에 불과했다. 아이의 이름은 예언을 따라 지었다. 데모나의 상징인 금빛 장미, 로자리아였다.

왕과 왕비는 매일 기도했다. 왕녀가 자라 여왕이 되었을 때 데모나 후작가의 금빛 기가 대륙에 휘날리기를 바라며. 왕녀가 아홉 살이 되던 날, 처음 예언했던 성녀가 죽었다. 대신 그녀의 제자이자, 새로이 성녀가 된 프리실라가 찾아왔다. 왕과 왕비는 새하얀 면사포를 쓴 성녀를 반가이 맞아들였다. 그러나 프리실라는 속으로 그들을 비웃으며 예언했다.

왕의 피를 이어받은 딸이 테베의 왕을 죽일 것이다.

왕의 표정이 굳어 가고 로자리아를 끌어안고 있던 왕비의 숨이 멎었다.

데모나 후작은 왕을 배신할 것이며, 그 딸이 자라 성년이 되면 제 아비의 목을 베리라.

왕은 도리어 화를 냈다. 예언이 거짓이라 부인했다. 그러나 일 년이 지났을 때, 왕은 미쳐 버렸고 어린 왕녀를 죽이려 들였다. 그 충격으로 왕녀는 어릴 적 기억을 잃었다. 정신을 잃은 로자리아를 안고 왕비는 도망쳤다. 그녀는 왕비였던 신분을 버리고 숲으로 도망쳤다. 로자리아의 신분을 감춘 채, 평민으로 키웠다. 그러나 기사들은 왕비를 죽이고 로자리아를 왕성으로 끌고 갔다. 열두 살의 겨울, 그날 처음으로 아버지를 만났다.

"네가 아니었으면 내 부인이 나를 배신할 일도 없었어. 성녀의 말이 맞았다."

악에 받친 증오가 아직까지도 생생히 들렸다. 로자리아는 입술을 꾹 깨물었다. 로자리아는 왕과 왕비의 적녀였지만 예언 때문에 왕녀로서 인정받지 못했다. 왕은 예언으로 미치기 전엔 테베의 부흥을 가져올 성왕이었다. 성녀의 예언이 아니었다면 왕의 외동딸이자 테베의 후계자로 살 수 있었을 터.

로자리아는 알고 있었다. '여제'가 될 거란 데모나의 예언이 진실인 진 확인할 수 없으나, 적어도 프리실라가 한 예언이 가짜였다는 것을.

'어차피 지나간 일.'

로자리아는 과거와 다른 삶, 피로 물든 악귀에서 벗어나 행복하게 살고 싶었다.

'행복해지고 싶어. 피로 가득 찬 삶을 살고 싶지 않아.'

차라리 평민으로 태어났다면 가능했을까. 자신은 테베의 버림받은 왕녀였고 프리실라는 신성제국의 권력을 가진 성녀였다.

'아무런 힘이 없어서 프리실라에게 당했던 거야.'

원하는 삶을 살기 위해선 힘이 필요했다. 스스로를 보호할 힘이.

'우선 돈이 필요해.'

프리실라는 신성제국의 성녀였다. 권력과 부, 명예를 거머쥐었으며 성기사들도 그녀를 따랐다. 권력? 아무것도 없는 왕녀에게 누가 쥐여주겠는가. 테베는 대륙에서 아주 작은 왕국에 불과했다. 이곳의 권력자들도 신성제국 이스타샤의 관리가 나타나면 머리를 조아렸다.

'왕국은 규모가 작아 제대로 돈을 벌 수 없어. 무역도 제대로 하지 못해 이곳에선 상단을 운영하기 힘들어. 그러니 신성제국으로 가야 해. 그러려면 뭐부터 해야 하지?'

로자리아는 이틀 내내 고민하다, 좋은 생각을 떠올렸다.

"그래, 약초 사업!"

'오 년 뒤 신성제국에 전염병이 유행할 거야.'

사제의 성력으로 병의 진행을 더디게 할 수 있어도 완치는 불가능했다. 이페리아는 전염병을 낫게 할 수 있는 유일한 치료제였다. 정령신이 죽어 가는 이들을 위해 만든 약초, 이페리아는 정령어로 신의 속삭임을 뜻했다. 민들레와 닮은 이페리아는 무척 귀했고 잎을 틔우고 꽃까지 피워 내는 것은 무척 어려웠다. 행여 재배하려고 해도 그 조건이 까다로웠다. 물을 충분히 주고 햇볕을 쐬어도 꽃은 피어나지 않았다.

'이페리아를 재배한다면……!'

로자리아는 정령술사였다. 마음만 먹는다면 그 자리에서 피워 낼 수 있었다. 그러나 정령술사란 사실이 발각되면 안 되었다. 오백 년 전, 정령술사가 성녀에게 반기를 들었다. 그 후로 정령술사는 악마로 여겨지며 모두 처형당했다.

'이페리아로 전염병을 치료한다면 신전의 영향력이 줄어들 거야.'

오랜 세월 동안 유구한 역사를 자랑한 신성제국이었다. 여신과 성녀는 제국의 뿌리이자 근간이었다. 제국이 망하지 않는 이상 성녀의 자리는 영원했다.

'막대한 돈을 벌 수 있을 거야. 그뿐만 아니라 성녀의 영향력도 약화시킬 수 있어!'

로자리아는 확신했다.

다음 날, 이른 아침 로자리아는 정원을 찾았다. 이페리아의 씨앗을 구하는 건 어렵지 않았다. 로자리아는 정령계에 있는 신목, 이페리아를 소환했다. 거대한 뿌리가 땅을 휘감고 금빛의 잎이 휘날렸다.

「오랜만이야, 주인.」

이페리아가 감개무량한 듯 중얼거렸다. 그리고 신기한 듯 로자리아를 쳐다보았다. 이렇게 어린 주인의 모습을 보는 건 처음이었다. 지상계와 정령계의 시간의 흐름은 달랐지만, 정령들은 시간이 돌아갔다는 사실을 알고 있었다. 신이 아니니 어째서 시간이 돌아갔는지 알 수 없지만, 다시 로자리아를 볼 수 있어 기뻤다.

"오랜만이야, 이페리아."

로자리아가 미소를 띠며 대답했다. 손을 뻗어 어린 이페리아를 꼭 안아주었다. 갑작스러운 포옹에 놀란 이페리아가 가지를 흔들었다. 시간이 되돌아가기 전의 주인과 달라서 적응이 되지 않았다. 이페리아가 보았던 건 감정이 배제된 인형 같은 존재였다. 정령들조차 두려워하던 정령술사. 정령을 보던 무감정하고 차가운 눈동자가 아니었다. 설렘과 반가움, 안도와 후회가 깃든 물빛 눈동자가 저를 바라보고 있었다.

「다시 보게 되어 기뻐, 주인. 나는 왜 부른 거야? 필요한 게 있으면 뭐든 말해.」

"씨앗이 필요해."

「내가 씨앗 주면 계속 불러 줄 거야?」

"주지 않아도 계속 부를 거야."

이페리아가 신난 듯 금빛 가지를 휘적거렸다. 이페리아는 귀한 치료제였지만 정령계에선 700살-사람으로 치면 12살-을 먹은 햇나무였다.

「자, 받아.」

로자리아는 우수수 떨어진 씨앗을 한 움큼 주워 주머니에 넣었다.

"고마워, 이페리아. 이제 돌아가도 좋아."

「다음에 또 불러 줘, 나쁜 주인.」

이페리아가 정령계로 돌아가자 땅에 떨어졌던 잎과 씨앗이 전부 사라졌다. 그 모습을 바라본 로자리아는 만족스러운 미소를 지었다.

"이제 재무 관리를 부르면 되는 건가?"

이페리아를 몰래 키우긴 어렵다. 겁 많은 시녀가 목숨을 걸면서까지 왕에게 보고하는 일은 없겠지만, 시녀들의 신뢰를 얻는 편이 안전했다.

'시녀장의 명령을 어기면서까지 날 구하려고 했지.'

로자리아는 타샤와 있었던 일을 떠올렸다. 두려워하면서도 끝까지 독이 든 병을 내놓지 않았다. 그것이 시녀장을 배반하고 새로운 줄에 서는 것이든, 뒤늦게 반성한 것이든 상관없었다. 만약 시녀장의 명령을 그대로 따랐다면 시녀 또한 똑같이 대우할 생각이었다.

'달라졌으니 기회를 줄까.'

로자리아는 시녀들을 자신의 편으로 만들기로 했다.

로자리아는 과거에 터졌던 사건을 기억해 냈다. 한때, 궁의 재무 관리들이 예산을 횡령해 왕성이 발칵 뒤집힌 적이 있었다.

'그때, 나비궁의 재무 관리 또한 왕에게 불려 갔었지.'

예산을 빼돌린 대가는 컸다. 관리는 처형당했고, 가문의 일족 또한 몰살당했다.

'그자가 황성에 바치는 장부 대신 다른 장부를 만들었어.'

이중장부는 총 두 개였다. 이 일을 주도한 관리의 것과 이에 가담한 시녀장의 것.

그날 오후, 로자리아는 나비궁의 재무 관리를 불렀다. 재무 관리는 패트릭 남작으로, 1년간 나비궁의 예산을 빼돌린 자였다. 왕녀가 부른 적은 처음이라, 갑작스런 호출에 남작은 의아해했다. 마찬가지로 영문을 모르는 시녀는 남작을 응접실로 안내했다.

'패트릭…….'

남작은 궁 예산을 횡령한 것으로 모자라 시녀장과 동조해 나비궁 시녀들의 봉급을 빼돌렸다. 남작으로부터 터무니없는 설명을 듣던 로자리아가 그의 말을 끊으며 말했다.

"내가 왜 남작을 불렀는지 아나?"

"왕녀님께서 저를 부르신 건 처음이시라……. 무슨 일이신지요?"

"궁금한 게 있는데 말이야, 남작. 나비궁의 시녀들은 왜 1년간 봉급을 제대로 받지 못한 거지?"

'그걸 왕녀님이 어떻게 아는 거야?'

남작에게 차를 건네던 타샤의 손이 떨렸다.

"아, 시녀들이 말했나 보군요. 지난 3년간 과다한 사치로 나비궁의 예산이 늘 부족했습니다. 그래서 1년간 시녀에게 봉급을 절반밖에 주지 못했지요."

남작이 능구렁이 같은 미소를 지었다.

'글도 모르는 호구 왕녀가 예산을 횡령한 것을 어찌 알겠어. 이중장부도 만들었는데.'

"타샤, 시녀장을 불러와."

로자리아는 팔짱을 끼며 말했다. 한걸음에 달려온 시녀장이 로자리아의 눈치를 보았다. 독초 사건 이후로 왕녀는 문제가 생기면 시녀장을 불렀고, 엄격하게 책임을 물었다. 예산에 손을 대었단 것은 물론 수년 전에 시녀를 창고에 가둬 죽일 뻔한 것도 알고 있었다. 남작을 곁눈질로 살피던 시녀장은 1년간 있었던 횡령을 시인할 수밖에 없었다.

"시녀장, 네 말에 따르면 남작이 예산을 빼돌렸고 1년간 나비궁 시녀들의 월급까지 빼돌렸다?"

"네, 네, 맞아요! 저, 전 남작님께서 시키신 대로 한 죄밖에 없어요!"

시녀장은 기겁하며 소리쳤다. 그동안 잠잠하던 왕녀가 저를 부른 것 자체가 두려워 이실직고했다.

"좋아. 마가렛, 장부를 갖고 와."

시녀장은 곧 로자리아에게 장부를 건넸다. 구입 내역을 살피자 전부 사치품이었다.

"남작께선 내가 사치를 해서 예산이 부족하다고 했었지. 내 나이가 열다섯인데 귀부인이나 입을 마담 쟈드 드레스를 샀다고?"

"……그, 그건!"

"절반이 남작가로 빠져나간 데다 삼 할이 아내와 딸의 사치품이네. 이래 놓고 간 크게도 나를 찾아와?"

로자리아는 장부를 움켜쥐었다. 빳빳한 종이가 일그러지자 남작의 얼굴이 새파랗게 질렸다.

"오, 오해이십니다."

"오해는 무슨. 도둑놈이 제 발로 잘 찾아온 셈이지."

로자리아는 싸늘한 목소리로 읊조렸다.

다음 날, 패트릭 남작의 죄가 발각되었고, 이에 동조한 시녀장 또한 쫓겨났다. 남작을 대신해 새로 뽑힌 관리로부터 올해 봄에 예정된 예산을 돌려받았다.

로자리아는 돈이 든 주머니를 타샤에게 건네었다. 타샤는 주머니를 받아 들었다. 헤아리니 1년 치 봉급이었다.

"왕녀님……."

타샤는 목이 메었다. 빨개진 눈가를 손등으로 쓸었다.

"제가 어리석었어요. 시녀장의 눈 밖에 날까 방관했던 것도 죄였어요. 오늘에서야 잘못을 깨달았어요."

타샤와 키아는 흐느끼는 목소리로 용서를 구했다. 나비궁에서 일한 지 3년, 두 시녀는 남작이 빼돌렸던 봉급을 받게 되었다.

오후가 되어서야 타샤는 간식을 챙겨 로자리아를 찾아왔다. 무슨 일을 하는 건지 궁금한 눈치였다. 약초를 재배할 거란 로자리아의 말에 타샤의 눈이 커졌다.

"약초를 재배하신다구요?"

"응, 씨앗은 구했거든."

"관리가 어렵지 않을까요? 제가 혹시 도울 것이 있나요?"

"관리는 내가 할 거야. 필요한 건 따로 말할게."

로자리아는 타샤의 걱정에도 걱정 말라는 듯 웃었다.

"주제넘게 왕녀님께 말씀드린 점, 죄송합니다."

겁먹은 듯 물러난 타샤가 멀찍이 떨어져서 왕녀의 눈치를 살폈다. 시녀장은 아직 내치지 않았지만, 패트릭 남작과 같은 꼴을 면하지 못할 것이다. 시녀장의 명령이었다고 해도 어린 왕녀의 편이 되어주지 못한 건 사실이었다. 타샤는 죄책감에 고개를 숙였다.

"타샤."

"네?"

로자리아의 부름에 타샤가 화들짝 놀라 물었다.

"꽃이 피면 보여 줄게."

로자리아가 뭘 그리 놀라느냐는 눈으로 타샤를 보며 말했다.

"감, 감사합니다. 왕녀님!"

얼떨떨한 얼굴로 고개를 끄덕이던 타샤가 몇 번이고 허리를 숙였다. 타샤가 떠나고 나서 로자리아는 정원의 버려진 텃밭으로 향했다.

이페리아는 손에 꼽을 정도로 귀한 약초였다. 재배 조건도 까다로워 정령술사의 도움이 없으면 키우기 힘들었다. 그걸 알면서도 이페리아를 키우려는 목적이 있었다.

로자리아는 북쪽을 향해 걸었다. 정원 북쪽에 이페리아를 심을 계획이었다. 다소 그늘이 졌지만, 이페리아는 서늘한 곳을 선호했다. 얼마 지나지 않아 정원에 도착했다. 그곳에는 왕비가 아끼던 정원이 있었는데, 이제는 사람이 찾지 않는 곳이었다.

로자리아는 품에서 주머니를 꺼내 들었다. 주머니에서 한 움큼 씨앗을 쥐고서 손바닥을 펼쳐 보였다.

"바람도 선선하니 좋네."

따로 심을 필요 없이 바람에 씨앗을 날리면 되었다. 때마침 불어오는 가느다란 바람이 이페리아 씨앗을 품었다. 바람이 불자 손에서 반짝거리는 금빛 가루가 흩날렸다.

'이페리아를 키운다는 건 비밀로 해야겠어. 겉보기엔 일반 잡초와 비슷해 알지도 못하겠지만.'

로자리아는 이페리아를 재배하여 상단에 팔아 돈을 벌 계획이었다. 혹여 왕이 알면 분명 이페리아를 가로챌 것이다. 이페리아를 키우는 데 필요한 건 세 가지였다. 바람이 잘 불고 햇볕은 약하며 땅의 온도는 서늘해야 한다.

'그늘이 있어야 하는데, 마땅한 재료가 없네.'

고심하던 로자리아는 문득 천막을 떠올렸다. 햇빛을 막아줄 천막이 있다면 그늘을 만들 수 있었다.

다음 날, 로자리아는 기사에게 명령해 천막을 가져오게 했다. 그는 불만을 표하면서도 왕녀의 명령에 따랐다. 명령을 내린 지 두 시간 만에 기사들은 천막을 들고 왔다.

"구하느라 고생했어요."

기사들은 형식적으로 고개를 숙이며 물러났다. 물론, 그들이 떠나기 전에 기사들에게 천막을 고정시키는 일도 시켰다. 기사들은 온갖 인상을 쓰며 대충대충 천막을 고정시켰다. 일이 커질까, 로자리아는 그들을 혼내는 대신 기사단으로 돌려보냈다. 부실하게 고정된 천막을 더 고정시키려면 윈드가 필요했다.

로자리아는 타샤에게 저녁 준비를 부탁했다. 그리고 꿀과 그릇, 약을 보관할 주머니를 갖다 달라고 요청했다. 로자리아는 타샤가 종종 뛰어가는 것을 지켜보았다. 북쪽 정원에 사람이 없어지자 로자리아는 윈드를 불러냈다.

"윈드, 바람으로 기둥을 고정시켜 줘."

「알겠습니다.」

바람이 나무를 고정시키자 한결 수월했다. 땅을 조금 판 다음, 쇠갈고리를 고정시켰다. 이윽고 네 개로 된 밧줄을 지탱하자 그늘이 되어줄 천막이 탄생했다.

"윈드, 잘했어!"

「별말씀을. 제가 필요하면 언제든 부르십시오.」

칭찬을 받은 바람의 정령이 어깨를 으쓱했다. 윈드가 바람의 형태로 돌아가자 로자리아는 흙이 묻은 손을 털어 냈다.

이페리아를 재배한 지 보름이 흘렀다. 그동안 로자리아는 매일 새벽에 눈을 떠 정원을 찾았다.

'좋아, 아무도 없어.'

선선한 바람이 불자 서늘한 온도가 유지되었다. 대부분의 사람이 이페리아 재배에 실패하는 건 햇빛 때문이었다. 기록이 남지 않아 정확한 재배법을 아는 사람은 드물었다.

'바람이 잘 들고 땅은 서늘해야 해. 햇볕이 적어야 하고. 세 가지 조건을 다 갖추긴 힘들어.'

로자리아는 이페리아 새싹에 마나를 불어넣었다. 정령의 마나를 받은 새싹은 빠르게 자랐다. 비었던 땅에 어느새 푸른 잎사귀가 돋았다. 이페리아가 자라면 상단에 팔 생각이었다. 테베에는 소수의 상단이 있었다. 가장 유명한 건 임페리얼이었다.

임페리얼 상단은 신성제국에 본부를 두고 있으며 이스타샤 귀족이 만들었다. 임페리얼은 신성제국 황성과 연결되어 테베의 왕조차 간섭하지 못했다. 임페리얼이 다루는 품목은 다양했다. 도자기, 향료 등의 사치품부터 검, 무기, 철제 무기까지. 테베는 물론 신성제국, 북제국에 걸쳐 막대한 부를 소유했다.

임페리얼의 역사는 짧았다. 세워진 지 4년이었다. 동대륙을 제외한 서대륙에 유통을 했으며, 웬만한 왕국 예산보다 큰 수입을 벌어들였다. 그러니 각국의 왕조차 임페리얼의 영향력을 무시하지 못했다.

'문제는 상단주가 테베에 있어야 한다는 거야.'

신성제국의 수도, 제국의 남부, 테베의 수도 총 세 개의 지부가 있었다. 세 지점을 관리하는 상단주이다 보니 무척 바쁘다고 들었다.

'관리자는 결정권이 없는 데다가 이페리아를 알아보지 못할 거야. 게다가 상단주만이 최종적으로 매매를 결정하니 그를 찾아가야만 해.'

정보에 능통한 자라 자칫 테베의 왕녀란 사실을 들킬 수 있었다.

'내가 왕녀란 걸 알아볼 수도 있을 거야. 타샤에게 염색약을 구해 달라고 해야겠어.'

며칠 되지 않아 타샤는 로자리아에게 염색약을 구해다 주었다. 준비를 마쳤으니 틈을 봐서 임페리얼에 들를 계획이었다.

한 달이 지나자 정성껏 돌본 이페리아의 잎사귀가 크게 자랐다. 그리고 두 달이 지났을 때, 마침내 이페리아의 꽃이 피어났다.

'내가 정령술사란 사실은 들키면 안 돼. 이 꽃이 이페리아란 것도.'

로자리아는 고심하다 비슷한 잡초를 무더기로 심었다. 이페리아는 꽃이 펴도 얼핏 보기엔 잡초와 비슷했다. 약초에 능통한 자가 아니라면 민들레로 착각하고 넘어갔다. 그녀는 약초를 돌보던 손길을 떼어 내었다. 로자리아는 나비궁으로 돌아와 머리를 염색하고 로브를 깊숙이 썼다.

'금발에서 갈색 머리가 됐어. 얼굴은 로브로 가리자.'

변장을 마친 로자리아는 다시 정원을 들렀다. 활짝 핀 이페리아꽃이 그녀를 반겼다. 오늘 저녁, 임페리얼 길드를 찾을 생각이었다. 비밀 보장도 확실했고 신용을 가장 중시하는 길드였다. 그래서 돈을 떼일 문제도 없었다. 또한 귀한 것이라면 상당한 값을 치르는 걸로 유명했다.

임페리얼의 주인은 '폰'이라 불리는 사내였다. 그를 직접 만나면 좋으련만. 로자리아는 이페리아를 주머니에 담고 로브도 챙겼다.

'테베에 있기를 바라야겠어. 없다면 상단주가 언제 오는지 물어서 다시 찾아가면 돼.'

로자리아는 나비궁 뒤편으로 향했다. 십 년 전에 후문이 폐쇄가 된 지 오래였다. 스무 걸음 떨어진 곳에 개구멍이 나 있었다. 바깥으로 나가면 인적이 드문 숲이 있었고, 마을로 갈 수 있는 유일한 통로였다. 숲에 도착하고 나서야 로자리아는 안도의 숨을 쉬었다. 마을 어귀까진 한 시간 정도 걸어야 했다.

'숲을 벗어나면 마차를 타야겠어.'

마을 입구에 도착한 로자리아는 마차를 탔다. 마차로도 두 시간이 걸리는 거리였다. 그녀가 탄 마차가 임페리얼 지부에 도착했다.

"건물이 대저택만 하네."

로자리아는 감탄했다. 임페리얼의 지부는 수도에 있는 건물 중에서 가장 화려한 외관을 자랑했다.

"실례합니다."

"무슨 일로 오셨나요?"

"임페리얼의 상단주를 만나러 왔어요."

"상단주님께선 지금 안 계세요."

'쯧쯧, 딱 봐도 돈 안 되게 생겼네.'

관리자가 쌀쌀맞게 말했다. 중년의 사내는 위아래로 로자리아를 훑었다.

"언제 돌아오시나요?"

"우리 상단을 뭐로 보는 거야? 너 같은 잡상인이 올 곳이 아니야."

'잡상인?'

로자리아는 자신의 모습을 떠올렸다. 허름한 로브를 걸친 탓에 귀족으로 보이지 않았다. 믿지 않을 테니 주인마님의 명령으로 왔다고 둘러대기로 했다.

"전 주인마님의 심부름을 온 거예요. 이페리아를 거래하러 왔어요."

"이페리아라고? 그 귀한 걸 팔러 왔다고?"

관리자는 머리를 긁적였다.

"경비병! 가서 노엘 님 불러와."

이윽고 로브를 쓴 사내가 나타났다. 상단주를 제외한 테베 지부의 가장 높은 관리자였다.

"노엘 님, 저 꼬마가 이페리아 잎을 팔러 왔다는데 도통 믿을 수가 있어야죠."

노엘의 시선이 로자리아에게 닿았다. 누가 봐도 귀한 이페리아를 가져온 사람으론 보이지 않았다. 요새 금보다 더 귀한 것이었다.

"들여보내요. 상단주님께 직접 말씀드릴 테니."

"예? 딱 봐도 사기 같지 않습니까? 노엘 님께선 신성제국 출신이라 모르겠지만, 테베에선 어린 잡상인들이 넘쳐요."

"지금 간섭하시는 겁니까?"

"……죄송합니다."

노엘이 직급을 내세우자 로자리아를 잡상인 취급하던 관리자가 진

땀을 뺐다.

"아가씨, 저를 따라오세요."

'아가씨? 열다섯인데 깍듯이 대하네.'

로브로 얼굴을 가린 사내는 어쩐지 눈에 익었다.

'어디서 봤지? 익숙한데.'

신성제국에서 지낸 기억에서 노엘이란 사람은 없었다. 가명일 확률도 높았다. 로자리아는 새하얀 대리석으로 된 바닥재를 구경하며 노엘을 따랐다. 건물 안은 더욱 화려했다. 돔 형식의 천장에는 모자이크 벽화가 있었고, 하얗고 기다란 원형의 기둥이 일정한 간격으로 놓여 있었다. 건물 안을 살피던 로자리아는 거대한 철문에 도착했다.

"상단주님, 손님을 데리고 왔습니다."

"들어와."

듣기 좋은 목소리였다. 철문이 열리고 노엘은 물러났다.

'직접 상단주를 보게 될 줄이야.'

예전부터 줄곧 그의 정체가 궁금했다. 아는 건 이스타샤의 귀족이란 것과 황성과 연결된 권력자란 정도. 고개를 들어 상단주를 본 로자리아는 실망했다.

'얼굴을 가렸네.'

로브에다가 가면까지 완벽하게 썼다. 눈과 입술만 보여서 신원을 파악하기 어려웠다. 왜인지 원시미가 나는 나무 가면이었다. 언뜻 드러난 금발이 눈에 스쳤다.

'저것도 염색한 걸까?'

로자리아는 속으로 추측하며 인사를 건넸다.

"처음 뵙겠습니다. 임페리얼의 상단주 폰이라 합니다. 임페리얼에는 무슨 일로 오신 겁니까?"

무뚝뚝한 말투였다. 사근사근한 노엘과는 달랐다.

"로제라고 해요."
로자리아가 대답했다.
'폰은 애칭인 건가?'
노엘에게 상황을 들었을 텐데, 별 관심은 없어 보였다.
"그럼 여기 온 목적부터 들어 봅시다."
꿀꺽. 로자리아는 마른침을 삼켰다. 그녀는 목소리를 가다듬고는 입을 열었다.
"임페리얼에 이페리아를 팔러 왔어요."
"이페리아를?"
폰이 낮게 웃었다. 비웃지는 않았지만 진실로 믿진 않는 듯했다. 그가 재미있다는 듯 입꼬리를 올렸다. 턱을 괸 폰이 흥미로운 시선을 보냈다.
"믿지 않는 눈치네요. 좋아요, 이페리아를 보여드릴게요."
로자리아는 주머니에서 이페리아를 꺼내 들었다. 꽃과 잎이 다칠까 조심하며 폰에게 건넸다. 폰은 자세까지 바로 고쳤다. 그는 이페리아를 신중하게 살폈다.
'잎이 일곱 개. 톱니 모양. 진품이 확실해. 게다가 꽃받침대가 위로 향한 걸 보니 상급이군.'
폰은 한동안 말을 잇지 못했다. 한참을 보던 그는 진짜 이페리아임을 확신했다. 폰은 상체를 앞으로 숙이며 말을 낮췄다.
"어디서 구한 겁니까?"
"그건 비밀이에요."
"좋습니다. 이페리아가 확실하군요."
로자리아는 속으로 할 말을 정리했다.
'지금부터가 중요해. 내가 팔러 온 거지만 아쉬운 건 상단주 쪽이야.'
협상의 기본은 어떤 패를 가졌는지 숨기는 것이다. 그러니 정보를 공유하는 데도 신중해야 했다. 얼마나 가졌는지, 파는 이유가 무엇인지, 어떻게 구한 건지.

'후하게 쳐줘도 기뻐하면 안 돼.'

로자리아는 시종일관 무표정을 유지했다.

"얼마에 팔 겁니까?"

"얼마에 사실 건데요?"

로자리아는 교묘히 답을 피했다. 그녀는 폰에게 먼저 제시할 것을 요구했다.

"오십 도르."

"이페리아 하나에?"

"그러면?"

"생각보다 낮네요. 임페리얼엔 안 팔래요. 귀한 시간을 빼앗아서 미안해요."

로자리아는 이페리아를 도로 주머니에 넣었다. 미련 없이 떠나는 소녀를 붙잡은 건 폰이었다.

"농담한 건데 야박하네."

'장난치는 거야?'

금 한 돈이 백 도르였다. 금값보다 비싼 이페리아를 겨우 오십에 사겠다니?

'지금 해보자는 거지?'

오십에 팔 바엔 거저 주겠다. 로자리아는 속으로 코웃음을 쳤다.

"진심이라면 돌아가겠어요."

"좋아, 백은 어떻습니까?"

값이 두 배로 뛰었다. 그래도 제값은 아니었다.

"개당 백은 오 년 전 시세예요. 잘 있어요."

로자리아가 칼같이 대답했다.

'오 년 전 시세를 알고 있다면 지금 시세는 당연히 알고 있겠지.'

폰은 눈을 가늘게 떴다. 현재 이페리아 시세는 백이십이었다. 그것도 꽃받침이 아래로 향한 하급 이페리아의 경우였다. 방금 본 건 상급, 위로 향한 것이었다.

"백이십."

"안 돼요, 이백."

"백오십으로 하죠."

로자리아가 이백을 부르자 폰이 백오십으로 제안했다.

"그 이상은 사지 않겠습니다."

로자리아가 폰을 흘겼다. 돈도 많은데 깎는 걸 보니 상단주인 건 확실했다.

'서대륙에서 손꼽히는 부자라더니.'

잠시 고민하던 로자리아는 제안에 응했다.

"몇 개를 팔 겁니까?"

"얼마까지 지불할 수 있죠?"

"당신이 원하는 데까지."

'얼마를 부르든 사겠단 거야?'

로자리아가 눈을 크게 떴다. 정원에 심은 건 총 백 개였다.

"백 개예요. 전부 사겠어요?"

"전부."

답은 간단명료했다. 백 개에 만 오천 도르. 나비궁의 오 년 예산이었다.

"계약서를 준비하도록 하죠. 대금은 만 오천 도르, 일시불로."

"계약하겠다고는 안 했어요."

"잠깐만, 백 개 전부 팔려던 게 아니었습니까?"

"전 임페리얼과 독점으로 거래하는 거예요. 이페리아 중에서도 상등품이니 개당 백오십이 더 얹어준 건 아니죠."

"그래서?"

"다른 곳에 팔아도 충분히 이백을 받아요. 따지자면 임페리얼과 굳이 거래할 이유가 없는 셈이에요."

"먼저 찾아온 건 손님인 걸로 아는데."

"전 손해 보면서 거래하지 않아요. 임페리얼 말고도 다른 상단을 찾아갈 생각이었거든요."

로자리아는 어깨를 으쓱했다.

톡톡. 폰은 아라베스크-아라비아풍의 무늬-패턴이 찍힌 원목 테이블을 두드렸다. 틀은 물푸레나무로, 서랍은 레드오크로 만든 귀한 것이었다.

'황족이나 쓸 물건을 지부에 가져다 놨어. 도대체 정체가 뭐야?'

로자리아는 흘끗 테이블을 살폈다. 북제국에서 만든 것으로 서대륙에 세 개뿐이었다.

"테베의 고위 귀족이 심부름을 보낸 겁니까?"

"답해 줄 의무는 없어요."

"까다롭군요. 이쯤 되면 타협하게 마련인데."

폰은 묘한 웃음을 지었다.

'까다롭기로 유명한 임페리얼의 상단주가 할 말은 아닐 텐데.'

로자리아는 폰의 의중을 살폈다. 기분 나쁜 기색은 아니었다. 까다롭다는 건 거래를 잘한다는 칭찬이었다. 그녀는 홀라당 넘어가는 대신 답을 기다렸다.

"개당 이백으로 쳐주겠습니다. 처음 손님께서 제시한 값입니다."

결국 폰은 생각했던 것보다 더 높은 가격을 불렀다. 상대의 요구에 맞춰 준 건, 상단을 운영한 지 1년 만이었다. 그만큼 이페리아가 귀했으니, 폰으로서도 어찌할 도리가 없었다.

'보통은 알아서 굽히고 들어왔으니.'

권력자에다 부유한 상단주인 그에게 이제껏 거래 상대는 을이었다.
"좋아요. 전부 합쳐서 이만 도르예요."
요구대로 거래가 진행되자 로자리아가 웃었다. 그 말간 미소에 폰은 묘한 시선으로 그녀를 보았다.
"원하는 지불 방식이 있나요?"
"신성제국의 화폐로 주세요. 반드시 신성제국 황가의 인장이 찍혀야 해요."
"확인해 봐요."
폰은 노엘을 불렀다. 상단주의 비서는 계약서와 인장을 들고 왔다. 계약서를 작성하고 폰은 그녀가 보는 앞에서 인장을 꾹 찍었다.
'성검에 뱀이 휘감은 모양 맞아.'
로자리아는 인장을 예의주시했다. 황가의 인장은 질리도록 봤었으니 확인은 빨랐다.
"가짜면 어쩌려고 대충 보십니까?"
"감히 누가 신성제국의 인장을 따라하겠어요. 찾는 건 시간 문제고, 잡히면 일가족이 몰살당하는데."
"간혹 정신 나간 놈들이 있긴 했죠."
굳이 처형당했단 사실은 말하지 않았다. 폰은 화폐 두 장을 내밀었다. 한 장당 만 도르의 가치였다.
"물건은 언제 가져올 수 있나요?"
"오늘 드릴 수 있어요. 저 대신 가져다줄 사람이 있거든요."
"마음에 드는군요. 시간이 지체되지 않아서 좋습니다."
계약금만 줄 법도 한데 대금을 다 치렀다. 사기를 칠 경우, 어음을 막을 수도 있으니 나름의 방책을 둔 것이다.
'하기야, 저 돈 떼먹고 도망갈 수 있는 사람이 몇이나 되겠어.'
"계약서는 언제 작성하면 되나요?"

"지금 하시면 됩니다."

폰이 먼저 계약서에 서명했다. 귀족들이 쓸 법한 유려한 필기체였다. 계약서에 이름을 적을 법도 하건만, 폰이 끝이었다. 그에 로자리아도 로제라고 간단히 서명했다.

"이건 계약서입니다. 어음을 따로 금화로 바꾸고 싶다면 이스타샤의 신전을 찾아가면 됩니다."

"알겠어요."

로자리아는 고개를 끄덕였다. 폰이 떠나려는 그녀를 불렀다.

"로제."

"왜요?"

"로제란 이름도 가명입니까?"

"글쎄요, 폰은 진짜 이름이에요?"

"그렇다면?"

"제 이름도 맞아요. 아쉬우면 임페리얼의 정보력으로 알아내 봐요."

로자리아가 대답했다.

'어떻게 알아내겠어. 얼굴은 가렸고 이름도 신분도 가짠데.'

로자리아는 폰이 알아내는 일이 없으리라 확신했다.

"순순히 알려 줄 거라곤 기대하지 않았습니다만, 알아보는 것도 나쁘지 않겠군요."

"기대되네요."

말과는 달리, 알아내면 거래 상대를 바꿀 생각이었다.

"다음에도 이페리아가 있으면 임페리얼에 찾아오셔도 좋습니다. 언제든 반겨 줄 겁니다."

"반겨 준다니 좋네요. 물량을 더 확보하게 되면 찾아올게요."

폰은 고개를 끄덕였다. 그는 가슴에 손을 얹고 이스타샤식 인사를 건넸다.

"여신의 축복이 함께하기를."

폰은 신성제국 출신임에도 드물게 여신을 믿지 않았다. 건조함이 느껴지는, 다소 형식적인 인사였다.

로자리아가 말했다.

"전 여신을 믿지 않아요. 임페리얼의 상단주가 신성제국 출신이어도 이스타샤식 인사는 따르지 않을게요."

로자리아는 계약서와 화폐를 챙겼다.

"다음에 또 보도록 하죠."

"잘 있어요, 폰."

'어째서 다음에도 볼 거라 확신하는 걸까?'

궁금했지만 묻진 않았다. 로자리아는 노엘의 안내를 받으며 임페리얼 지부를 빠져나왔다.

로자리아는 건물을 나오면서 계약서를 갈무리했다.

'좋아, 잘 진행되고 있어.'

계약을 무사히 성사시키자 안도감이 밀려들었다. 임페리얼의 상단주가 거절하면 그만이니, 긴장된 것도 사실이었다. 여러 번 살펴봐도 계약서에는 문제가 없었다. 게다가 임페리얼이라면 신뢰할 수 있었다. 로자리아는 계약서를 다시 한번 꼼꼼히 훑고는 나비궁으로 돌아왔다. 타샤가 어디에 갔다 왔는지 궁금해하는 눈치였지만 묻진 않았다.

"따뜻한 물을 준비해 뒀어요. 민트 입욕제도 넣을까요?"

"그거 비싼 거 아니야? 내가 구입한 적은 없는데."

"흠흠, 위에서 내려 준 거예요. 위에서."

얼굴이 빨갛게 익은 채로 타샤가 중얼거렸다. 봉급을 가족에 보내고 남은 돈으로 로자리아의 선물을 준비했다.

"고마워, 타샤. 내가 특별히 좋아하는 향이야."

"정말요?"

로자리아는 욕실로 향했다. 두꺼운 로브와 안에 입은 원피스를 벗고 욕조로 들어섰다. 욕조에 누운 채로 두 손으로 따뜻한 물을 떠올리자 그윽한 향이 퍼졌다. 적당히 덥힌 물에 몸을 눕히자 피로가 한결 풀리는 기분이었다. 몸이 노곤해지니 여러 생각이 들었다.

'폰이라……. 차차 알아봐야겠어.'

물방울이 맺힌 눈꺼풀을 들어 올렸다. 두 손에 일렁이는 물을 담으며 폰에 대해 알아볼 계획을 세웠다.

2장 신성제국

다음 날 로자리아는 일찍 눈을 떴다. 이른 아침부터 손님이 찾아왔다. 연회 소식을 전하러 온 기사였다.

'올 게 왔구나.'

그녀는 불청객의 등장에 놀란 척 눈을 크게 떴다.

"보름 후에 연회에 참석하란 명이 내려졌습니다."

"전하께서?"

"이스타샤의 공작과 성녀님께서 왕성을 방문하실 겁니다. 테베의 왕족으로서 참여하시란 명이 있었습니다."

왕의 기사는 사무적인 태도로 보고를 끝마쳤다. 로자리아는 자기 할 말만 하고 돌아가려는 기사를 붙잡았다.

"정말로 연회에 나오라고 하셨단 말인가?"

"어찌 거짓을 고하겠습니까? 혹, 연회에 못 오실 이유라도 있으신 겁니까?"

"알겠다. 연회에 참석하도록 하지."

로자리아는 고개를 끄덕였다. 기사의 말마따나 연회를 가지 않을 이유가 없었다. 로테사왕이 개최한 연회였으나 목적은 따로 있었다. 테베의 왕족은 열다섯이 되면 신성제국에 가야 했다. 테베는 신성제국의 속국이었다. 원하든 원하지 않든 왕녀를 비롯한 왕족은 성녀의 가르침을 받아야 한다. 여신의 율법과 제국의 문화와 문물까지.

'신성제국에 반기를 들지 못하도록 가르치는 거지.'

로자리아는 착잡한 기분을 애써 넘겼다. 성년이 되기까지 신성제국의 우월함과 위대함을 설교하고 가르친다. 어렸을 때 신성제국으로 끌려간 왕족은 왕이 된 이후에도 황제와 성녀를 두려워했다.

'왕을 제외하고 왕족은 나뿐이야.'

로자리아는 새삼스레 상황을 되짚었다. 과거, 성녀는 성년이 될 때까지 지내게 될 거라 하였지만, 그녀가 테베로 돌아오는 일은 없었다. 이스타샤의 성녀, 프리실라는 결혼도 하지 않은 로자리아가 후계자를 낳기를 원했다. 이스타샤가 테베를 휘두르기 위함이었다. 그래서 성년을 맞은 왕녀보다 더 어리고 유약한 후계자를 원했었다.

"가엾은 로자리아. 내가 당신을 도와줄게요."

프리실라는 자애로운 미소를 지으며 뒤에서 자신을 이용할 궁리를 했다. 거짓으로 꾸며진 것도 모른 채, 성녀가 저를 구원할 거라 믿었다.

"아이를 낳으면 돌려보내 줄 거예요."

본색을 드러낸 프리실라는 처음 보는 기사와 관계를 맺어 후계를 낳으라고 시켰다. 그것을 거부하자 죽기 직전까지 내몰았다.

'황제의 신뢰를 얻기 위해서.'

프리실라는 성녀로 만족할 위인이 아니었다. 황제마저 누를 수 있는 권위를 가지면 모를까. 그때까진 황제의 요구를 들어주기 위해 수단과 방법을 가리지 않았다.

'날 데려오라는 건 황제의 명령이야.'

이스타샤의 황제, 노만 1세는 왕녀를 데려오라 명령을 내렸다. 그의 명령을 이수하기 위해 공작과 성녀가 테베를 방문하는 것이다.

'라쉬드도 오겠지.'

그를 생각하자 마음이 아려 왔다. 지금 와서 생각해 봤자 지난 일이건만. 그러면서도 라쉬드의 모습이 잊히지 않았다. 짙은 흑발에 보랏빛 눈동자. 처음 마주쳤을 때 자신을 보는 그의 시선은 무미건조했다.

'그 흔한 조소도 하지 않았지.'

테베의 왕녀라며 멸시하지 않았다. 그저 무관심이 전부였다.

'이번에 당신을 보게 된다면 나는 어떻게 해야 할까?'

그가 프리실라의 편이 되어 성녀를 끝까지 지킬 거란 생각이 들었다.

'미래를 바꿀 수 있어.'

과거를 답습하지 않으리라. 그의 사랑을 얻진 못해도 그의 손에 죽고 싶지 않았다.

'어차피 라쉬드는 나를 기억하지 못할 테니까.'

로자리아는 눈을 감았다.

연회 준비는 순조롭게 진행되었다. 타샤는 드레스를 맡았고, 키아는 장신구와 신발을 준비했다. 왕성에서 유행하는 건 마담 쟈드의 화려한 드레스였다. 테베의 귀부인은 장신구가 많이 달리고 풍성한 치마를 선호했다. 로자리아가 고른 건 마담 레베카의 드레스였다. 유행과는 거리가 멀었지만, 레베카의 드레스엔 독특한 기품이 서렸다.

"왕녀님, 레베카 부인이 오셨어요."

"불러 주셔서 영광이에요, 마마."

"어서 와요, 레베카."

"제가 치수를 재어도 될까요?"

"그러도록 해요."

호구 왕녀라고 소문이 퍼져 있었지만 그렇게 보이지 않았다.

'소문과는 달라.'

눈앞의 소녀가 왕족임을 증명하듯 어린 나이에도 기품이 서려 있었다. 레베카는 시녀의 도움을 받아 로자리아의 치수를 재었다. 수치를 기록하던 그녀는 낡은 책과 원단을 들고 왔다.

"원하시는 드레스가 있으신가요? 요샌 귀부인들께서 붉은 드레스를 찾으세요."

"흰색 드레스가 좋겠네요."

레베카는 당황했다. 백색은 고위사제와 성녀, 신성제국의 황족만이 입을 수 있는 옷이었다.

"흰, 흰색은 여신에 대한 순결과 순종의 상징이라……."

"농담이에요. 다른 색으로 할 거예요. 시안을 먼저 보여 주겠어요?"

"알겠습니다, 전하."

레베카는 낡은 책을 꺼내 시안을 보여 주었다. 로자리아는 손가락으로 마지막 장을 가리켰다. 그곳에는 아쿠아마린 목걸이와 프린세스 라인의 푸른 드레스가 그려져 있었다.

"이걸로 할게요."

"원단은 마음에 드시나요?"

"마음에 드네요. 드레스를 만드는 데 얼마나 걸리나요?"

"연회 전까지 충분할 거예요."

레베카는 왕녀에게 인사를 하곤 나비궁을 떠났다. 치수를 재고 디자인과 원단을 고르다 보니 피곤해졌다. 로자리아는 소파에 몸을 기대었다. 타샤가 준비해 둔 차를 마시며 기억을 되짚었다. 연회에서 있었던 일을. 보름 후, 라쉬드 공작과 성녀가 그녀를 찾아올 것이다.

'라쉬드…….'

그를 다시 보게 된다니, 생각지도 못한 일이었다.

'과거는 전부 잊었겠지. 그의 기억에 나는 없는 거야.'

어차피 라쉬드에겐 스쳐 지나가는 왕녀였다. 좋은 기억도, 이렇다 할 기억도 그에겐 없었다. 그런데도 어째서 기억해 주길 바라는 건지.

'차라리 잘됐어.'

성녀와 황태자를 죽이고 이스타샤를 멸망시키려고 했던 건 그녀였다.

'흔들려선 안 돼.'

로자리아는 거울에 비친 자신을 보며 다짐을 되새겼다. 그녀에겐 이번 연회가 더없이 중요했다.

연회의 날이 밝았다. 로자리아는 레베카가 정성 들여 만든 드레스를 입은 채 한차례 빙그르르 돌았다. 치맛단에 달린 보랏빛 장미가 춤을 추듯 휘날렸다. 가슴이 살짝 드러나 쇄골이 도드라져 보였다. 동백기름을 바른 백금발을 반은 묶고 반은 곱게 굽이치는 대로 내리자 열다섯의 싱그러운 소녀가 거울 앞에 있었다.

"정말 아름다워요, 왕녀님."

"고마워, 타샤. 네 덕분이야."

로자리아는 연회를 앞두고도 긴장하지 않고 평정을 유지했다. 오히려 상쾌하고 맑은 기운이 그녀 주위로 퍼졌다. 왕녀의 치장을 돕던 타샤가 일렁이는 눈동자로 로자리아를 보았다. 그녀가 모시는 왕녀님은 의기소침한 분이었다. 시녀장만 아니라 왕의 기사조차도 왕녀를 업신여겼다. 그러나 지금은 아니었다.

'왕녀님께서 많이 달라지셨어.'

타샤는 로자리아를 물끄러미 바라보았다. 로자리아가 아니라면 그 누가 테베의 왕족이라 할 수 있을까.

'왕족이라면 수행원이 수십은 되어야 할 텐데 나 혼자라니.'

한참을 기다려도 로자리아를 수행할 인원이 도착하지 않았다. 타샤는 속으로 한숨을 쉬었다.

"수행원이 오지 않네요."

"올 리가 없지. 어차피 예상했던 바야."

"너무 태연하신 것 같아요."

정작 아무렇지 않은 로자리아보다 타샤가 더 속상한 눈치였다. 행여 로자리아가 입은 드레스가 더러워질까 긴 드레스 자락을 들어주는 것도 잊지 않았다.

로자리아는 타샤와 함께 연회장을 향했다.

어느덧 거대한 연회장의 앞이었다. 로자리아는 연회장으로 들어섰다.

'예전이라면 겁에 질린 채로 들어섰겠지만 지금은 아냐.'

그녀는 자신을 경계의 눈으로 보는 기사들의 시선에도 태연했다.

'연회에 프리실라가 올 거야.'

프리실라는 수십의 성기사를 대동한 채 테베를 방문했었다. 우아한 날개가 달린 듯한 하얀 드레스를 걸친 채로. 공작이 성녀의 곁을 지키리란 건 예정된 수순이었다.

'라쉬드, 당신을 이 자리에서 다시 보게 될 줄이야.'

로자리아는 가슴에 손을 얹었다. 그를 생각하면 어째서 심장이 이리 뛰는 건지 알 수 없었다. 그의 손에 죽었건만 어째서 다시 그가 보고 싶은 건지. 눈꺼풀이 파르르 떨렸다. 절로 긴장이 되었다. 감정을 추스르기 위해 숨을 크게 들이쉬었다.

"로자리아 왕녀 저하께서 드십니다!"

시종이 크게 고하자 철문이 열렸다.

'잘할 수 있어.'

예전의 유약한 왕녀, 로자리아가 아니었다. 기다란 속눈썹을 들어 올리자 그녀의 선명한 눈동자가 빛을 발했다. 로자리아는 어깨를 움츠리는 대신 허리를 곧게 펴고 걸었다.

"저 소녀가 소문의 그 왕녀라고?"

"예법도 익히지 못했던 왕녀라고 했는데, 사실과 다르잖아?"

당당한 로자리아의 모습에 놀란 귀족들이 웅성거리자 로테사가 손을 들어 조용히 시켰다. 로테사는 속으로 놀라워했지만 아무렇지 않은 척 입을 열었다.

"오랜만이구나, 로자리아."

"그간 강녕하셨나요, 전하."

당당한 로자리아의 모습에 로테사는 눈을 의심했다. 제 아비를 두려워하고 괴물처럼 보지 않았던가. 그런데 어찌하여 겁조차 집어먹지 않고 자신을 부르는 것일까.

'눈빛이 달라졌어. 걸음걸이도, 숨 쉬는 법도, 말하는 어조도 모두.'

로테사는 로자리아의 의중이 궁금해졌다. 노련한 왕의 눈매가 여우의 것처럼 한껏 가늘어졌다.

"아프다고 들었는데 아주 건강한 모습이구나."

"푹 쉰 덕에 다 나았답니다."

로자리아는 돌려 말하지 않았다. 자신을 죽이기 위해 독초까지 보낸 왕이다. 이제 와서 왕과 따스한 부녀 사이를 연기할 마음은 없었다.

'간교한 로테사마저 처음부터 끝까지 프리실라에게 속았지.'

고작 예언 따위를 믿어서 어머니를 죽이고 자신을 이스타샤에 버린 왕. 로자리아는 로테사에게 더 이상 애정을 갈구하고 싶지 않았다. 미안하다는 사과를 한들 받아줄 마음 또한 없었다.

'사과 따위 죽어서도 하지 않겠지만.'

로자리아는 침묵이 내려앉은 연회홀을 둘러보다 드레스 자락을 살짝 움켜쥐었다. 이윽고 행해지는 자연스러운 예법에 로테사의 주먹이 잘게 떨렸다. 로자리아는 로테사를 물끄러미 바라보았다. 과거의 기억이 뇌리를 스멀스멀 잠식했다.

"예법조차 하지 못하는 어리석은 년. 네년의 어미는 후작가의 딸로서 예법은 잘 지켰었다!"

"죄송해요. 죄송해요. 용서해 주세요. 아버지. 제가 전부 잘못했으니 저를 미워하지 마세요……."

"누가 네년에게 아버지라고 부르라고 허락했느냐?"

로자리아는 입가에 옅은 미소를 지었다. 저를 증오에 찬 눈으로 노려보는 로테사가 우스웠다. 과거라면 왕의 눈치를 보는 데 급급해 말도 제대로 떼지 못했겠지만, 지금은 달랐다. 더 이상 로테사에게 미련은 없었다.

"올해 네가 열다섯이 된 걸 아느냐?"

"네, 전하."

"죽지 않고 살아 있는 걸 보니 네 어미를 닮아 독한 거로군."

"……."

로테사가 악담을 해도 로자리아의 표정은 바뀌지 않았다. 그녀는 두 손을 고이 모은 채 왕과 시선을 마주했다.

"네가 비록 왕가의 수치라 하더라도, 신성제국의 공작과 성녀께서 오는 자리이기에 너를 연회에 부른 것이다."

"불러 주셔서 감사합니다, 전하."

"성녀께서 특별히 테베를 방문하셨는데 왕녀가 얼굴을 비쳐야 예의이지 않겠느냐. 긴히 할 말이 있으니 따라와라."

"알겠어요, 전하."

로자리아는 왕을 따라 테라스로 향했다.

로테사는 단둘이 있는 걸 확인하고 나서야 본론을 꺼냈다.

"이스타샤로 떠나거라."

"전하. 그게 무슨 말씀인지……."

'이 말을 다시 듣게 될 줄이야.'

로자리아는 이미 신성제국으로 가야 한다는 사실을 알고 있었지만, 모르는 척 눈을 크게 뜨며 물었다.

"황제가 내린 명령이니 따라야 한다. 공작과 성녀가 너를 보필할 거다."

"저를 신성제국으로 보내시겠단 말씀이신가요?"

로자리아는 로테사를 물끄러미 보았다. 기억 속의 젊었던 아버지는 그대로였으나, 표독스러운 눈에는 힘이 없었다. 맹수라고 생각했던 왕은 이미 꺼져 가는 숨을 내쉴 뿐이었다.

"네게 선택권은 없다, 로자리아."

"가겠습니다."

로자리아는 손을 꾹 움켜쥔 채로 대답했다.

"이제는 떼를 쓰지 않는구나."

고작 떼를 쓰는 걸로 보였다니. 목숨을 걸고 비는 것이 그렇게 보였을까? 로자리아는 쓰게 웃었다.

"테베를 위해서 잘 결정한 일이다. 그 오만한 것들이 치가 떨리게 싫지만 어겨 봤자 테베에 무슨 일이 닥칠지……."

"아니요, 전하. 테베와 전하를 위한 것이 아닌, 저를 위한 결정입니다."

"건방진 말을 지껄이는구나!"

어릴 적 벌벌 떨며 머리를 조아리던 왕녀가 아니었다. 로자리아는 더 이상 로테사를 두려워하지 않았다. 그에게 살려 달라 엎드려 비는 대신, 분개하는 왕을 가만히 지켜보았다.

"저는 전하의 소유물이 아닙니다. 테베의 왕녀로서 짊어질 의무 또한 없습니다."

"오만한 것! 네가 누구 덕에 살아남았느냐? 왕녀로 태어났기에 테베의 후계자가 된 것이거늘!"

"적어도 전하 덕분은 아닙니다."

로자리아는 싸늘하게 말했다. 그녀는 더 이상 무의미한 미소를 짓지 않았다. 로테사는 그녀의 서늘한 시선에 입을 다물었다. 그가 두려워하는 건 오로지 단 하나였다. 테베를 손아귀에 움켜쥔 이스타샤. 그 외의 존재는 전무했다.

왕의 손이 잘게 떨렸다.

"네 방자함을 봐주는 건 이번뿐이다! 이스타샤의 공작이 널 기다리고 있으니 오만한 그 세 치 혀를 도려내지 않는 게다."

"본디 전하께서 무책임한 건 잘 알았지만, 괄시하던 왕녀에게 책임을 떠넘기실 줄은 몰랐습니다."

로자리아는 담담히 말을 이었다. 로테사가 상처 주기 위해 던지는 말은 아무런 영향도 주지 못했다. 그녀는 할 말이 없어 입을 달싹거리는 로테사를 지나쳐 문밖으로 나섰다.

로테사는 로자리아가 떠난 이후에도 닫힌 문에서 시선을 떼지 못했다. 어리석고 유약한 어린 왕녀. 기사와 시종에게도 무시당하던 가엾은 것. 그러나 로테사가 본 로자리아는 그가 알던 무지한 왕녀가 아니었다.

'예언만 아니었다면 널 테베의 후계자로 삼았을지도 모르겠지.'

로테사는 떨리는 손을 움켜잡았다. 모든 건 예언 때문이었다. 왕비가 그를 배신한 것도, 왕녀가 제게 적대감을 드러내는 것도.

'예언. 그래, 어차피 저년은 날 죽일 계집이다.'

로테사는 침음을 삼켰다.

로자리아가 테라스에서 나온 지 얼마 안 됐을 때였다. 연회가 무르익었을 무렵, 소란이 일었다. 신성제국의 공작과 성녀가 연회홀에 도착한 것이다.

장대한 철문이 서서히 열렸다. 이스타샤의 귀빈이 도착했다는 소식이 들렸다. 테베 귀족들의 시선이 열린 문으로 들어오는 공작과 성녀에게로 향했다. 프리실라는 라쉬드의 에스코트를 받으며 연회장에 들어섰다. 성녀가 입은 흰 드레스가 발걸음에 맞춰 펄럭였다. 성녀만이 가진, 엉덩이까지 오는 검은 머리칼이 돋보였다. 프리실라의 의도대로 새하얀 드레스에 흘러내리는 흑발은 신비스러운 분위기를 자아냈다.

'어차피 염색일 텐데.'

평범한 갈색 머리를 싫어하다 못해 증오한 프리실라는 여신 아니타의 모습과 같아 보이도록 흑발로 머리를 물들였다. 이것 또한 밝혀지면 혼란을 야기하겠지만 아무도 입을 여는 이가 없었다. 모든 성녀가 흑발을 가진 것은 아니었으나, 프리실라는 이를 그녀의 특수한 성력 때문이라 밝힌 적이 있기 때문이었다. 라쉬드 또한 이해관계에 맞물려 프리실라의 비밀을 눈감아주었다.

프리실라가 백(白)이라면, 라쉬드는 흑(黑)이었다. 성녀와 다르게 공작은 순수한 흑발에 그림자가 저밀듯 어두운 보랏빛 눈을 가진 사내였다. 지금은 병환을 앓는 노인에 불과하지만 젊었을 때는 수려한 미남이었던 노만 1세와 경국지색이라 불렸던 제2황비의 소생다웠다. 황비에게 물려받은 요사스러움과 색기는 검은 제복과 날카로운 눈매로 내리눌렀다. 또한 행동거지 하나하나가 절제되었다. 황비와 자매였던 전(前) 성녀를 닮아 서늘한 분위기였다.

프리실라가 들어올 땐 뚫어져라 성녀를 보던 남자들이 라쉬드의 등장에 모두 고개를 돌렸다. 테베의 귀족들은 공작을 성녀의 남자로 여겼다. 그 탓에 행여 도전하는 것으로 보일까 머리를 수그렸다. 이들 간의 서열이 있다면, 공작은 가장 위에 서서 약한 수컷을 발톱으로 짓밟는 맹수의 왕이었다.

'라쉬드…….'

분명 그였다. 라쉬드를 본 로자리아의 눈동자가 잘게 흔들렸다. 선명한 시야에 그의 모습이 가득 찼다.

'흔들려선 안 돼.'

로자리아는 입술을 꾹 물었다. 긴장한 탓인지 온몸이 저릿했다.

"어려운 걸음을 해주셔서 황공할 따름입니다."

"아니에요, 전하. 제가 테베를 찾은 건 예언을 한 이후로 두 번째군요."

프리실라는 아직 로자리아를 보지 못했는지 로테사와 인사를 나누었다. 그 옆에 선 라쉬드는 무표정한 얼굴로 자리를 지킬 뿐이었다.

"이스타샤의 철의 공작께서도 친히 오시다니, 몸 둘 바를 모르겠습니다."

"특별할 것 없습니다. 황제 폐하께서 내린 명령이니."

예의상 웃어줄 법도 했지만 라쉬드는 겉치레가 섞인 예의를 표하지 않았다. 그가 차가운 눈동자로 주변을 훑자 테베의 말 많던 귀족들은 입을 다물었다.

"성녀 저하께서 흰옷을 걸치시니 더욱 아름답습니다."

"외람되오나 제가 하얀 옷을 입은 것은 아름다움을 위해서가 아닙니다. 태초의 성녀, 아니타 님의 가르쳐 준 말씀대로 행했을 따름이에요."

입에 침도 안 바르고 거짓말하는 건 여전했다. 태초의 성녀조차 이미 죽은 년이라며 비아냥거리던 프리실라가 성녀의 권세를 높이기 위해 여신 아니타의 이름을 들먹이는 건 흔히 봤었다. 대화가 오가는 중에도 라쉬드는 한 마디도 하지 않았다.

"로자리아, 각하와 성녀님께 인사드려라."

자신을 부르는 소리에 로자리아는 걸음을 옮겼다.

"제 여식입니다. 왕녀가 아홉 살 적에 성녀님께서 보셨을 겁니다. 시간이 흘렀지만 여전히 교양이 없고 어리석어 보여드리는 게 부끄러울 따름입니다."

"아아, 테베의 왕녀로군요."

"만나 뵙게 되어 영광이에요, 성녀님."

로자리아는 드레스 자락을 살짝 쥔 채로 허리를 숙였다.

"반가워요, 로자리아."

프리실라는 웃는 낯으로 인사를 받았다.

'예언한 것도 모르는 건가? 알면서 내게 고개를 숙이는 것?'

순진무구한 왕녀의 인사에 프리실라는 조소를 감췄다.

"예언 때문에 걱정을 많이 했는데 다행이네요."

"성녀님께서 하신 예언, 잘 알고 있죠."

"성녀로서 예언한 것이니, 마음에 담아 두지 말아요."

프리실라가 안쓰러운 눈으로 로자리아를 쳐다보았다. 성녀의 발언에 귀족들이 수군거렸다.

"그 예언 기억해요? 왕녀님께서 전하를 죽인다는……."

"어머, 망측해라."

주위에서 웅성거리는 목소리가 유독 로자리아의 귀에 선명하게 들렸다.

'어차피 저들은 나를 왕녀로 인정하지 않아.'

로자리아는 상황을 담담하게 받아들였다. 무슨 말을 듣던 침착해야 했다. 로자리아는 라쉬드에게 인사를 건네었다.

"처음 뵙겠어요, 라쉬드 공작 각하."

"반갑습니다, 로자리아 왕녀."

라쉬드가 예법에 따라 가슴에 손을 얹었다. 그로서도 왕녀를 본 건 처음이었으나, 모습이 낯설지 않았다. 짙은 보랏빛 눈동자가 로자리아의 모습을 담았다. 꿈에서 본 적이 있었다. 이스타샤에서 떠나기 한 달 전, 꿈속에서 처연한 여인의 모습을 본 적이 있다. 새하얗게 센 백발, 악에 물든 두 눈동자, 체념과 원망으로 얼룩진 시선이 꿈속의 자신을 옭아매었다.

라쉬드는 저도 모르게 손을 내뻗었다. 저 손을 잡아야 한다는 생각이 들었다. 그러나 전신을 사슬로 묶은 것처럼 꼼짝할 수 없었다.

여인과 로자리아 왕녀는 달랐다. 탐스러운 금발에, 맑고 청아한 물빛 눈동자는 시선을 잡아끄는 구석이 있었다. 하지만 그뿐이었다. 그는 테베의 왕녀를 탐색하려는 의도로, 예언과 관련된 이야기를 꺼냈다.

"전하께 들었습니다. 프리실라가 예언한 왕녀가 있다고."

"공작님, 저는 그 예언을 믿지 않아요."

로자리아는 두 손을 모으며 얘기했다. 그녀의 목소리는 곧게 퍼졌으며 눈빛 또한 선명했다.

"성녀의 예언을 믿지 않는다?"

"제 삶은 제가 결정할 것이며 예언에 휘둘리지 않아요."

로자리아가 차분하게 대답했다.

'그를 보고서도 떨지 않았어.'

로자리아는 말을 마친 뒤 눈꼬리를 휘었다. 이를 보던 라쉬드의 눈에 이채가 서렸다.

'대담하군. 성녀의 앞에서 예언을 믿지 않는다라…….'

라쉬드는 로자리아에게 다가갔다. 갑작스러운 움직임에 로자리아가 뒤로 물러섰다.

"그건 나와 같군요. 저도 여신을 믿지 않습니다."

거리를 둔 라쉬드가 목소리를 낮추었다. 로자리아는 그 말을 듣고 귀를 의심했다. 라쉬드를 다시 보아도 이렇다 할 말은 없었다. 돌아오는 건 차가운 시선뿐이었다.

'방금 뭐라고……. 왜 내게 그런 말을 한 거지?'

로자리아는 눈을 크게 떴다. 분명 성녀의 편을 들 거라 생각했었다.

"라쉬드?"

프리실라가 부드러운 미소를 유지한 채 라쉬드를 불렀다. 라쉬드가 한 말을 들었으나, 그녀는 내색하지 않았다. 성녀의 예언은 아니타 여신으로부터 듣는 것이다. 이를 믿지 않는다는 건 여신을 부정하는 것과 같았다.

'굳이 왜 왕녀에게…….'

그것도 신성제국의 황자이자, 여신의 후계라 불리던 공작이.

프리실라는 미미한 불쾌감을 표했다. 그것도 잠시, 살짝 찌푸려진 미간은 곧게 펴졌다.

'스승님의 죽음 때문인가?'

어렸을 땐 신전의 기도에 참석했던 공작이었다. 프리실라의 스승이었던 데레사의 죽음 이후로, 신전에 발걸음을 끊었지만. 라쉬드는 프리실라의 심기가 불편함을 알아차렸지만 그대로 두었다. 묘한 시선이 로자리아를 향했다.

'성녀 앞에서 예언을 부정할 줄이야.'

신성제국 이스타샤에서 감히 프리실라에게 반기를 드는 이는 없었다. 그건 여신의 총아(寵兒)이자, 현 황제인 노만 1세도 마찬가지. 제 아버지와 형님을 좌지우지하는 여자에게 머리를 빳빳이 드는 자는 전무후무했다. 그러니 이 상황이 더욱 반가울 수밖에.

'흥미로운 상황이 아니던가.'

라쉬드는 왕녀의 생각이 궁금해졌다.

"예언을 믿지 않는다는 건 여신의 뜻에 반한다는 뜻입니다, 왕녀."

라쉬드가 싸늘한 어조로 대답했다. 어쨌든 신성제국의 공작이니 대외적으론 여신을 경외하는 모습을 보여야 했다. 프리실라는 목소리를 한껏 올렸다.

"제 예언을 믿지 않는 건 당신의 자유예요. 그러나 여신을 향한 무례란 걸 잊지 말아요, 로자리아."

"알겠어요, 성녀님."

로자리아는 순순히 대답했다.

'고작 이 정도로 무례라…….'

성녀의 생각이 궁금해졌다. 후에 신전에 반기를 든다면 어떤 표정을 지을지.

"왕녀가 한 말은 실수라고 생각해요. 그러니 다신 예언을 부정하지 말아요. 오직 여신에게 하는 성녀의 기도만이 왕녀의 미래를 바꿀 수 있으니까요."

"조심할게요, 성녀님. 그래도 절 위해 기도해 주신다니 기뻐요."

로자리아는 공손한 태도로 대답했다. 이를 보던 라쉬드가 눈을 가늘게 좁혔다. 이곳은 신성제국이 아닌 테베였다. 비록 속국이라 하나 로자리아 왕녀는 테베의 유일한 후계자였다. 왕녀를 몰아세우는 프리실라의 행동이 지나쳤다.

"프리실라, 그만하도록 하지."

"어차피 그럴 생각이었어요."

"시일이 바쁘니 소개는 이 정도로 끝내는 것이 좋겠어."

라쉬드의 말에 프리실라는 고개를 끄덕였다.

"나중에 얘기하겠어요, 로자리아."

로자리아는 눈을 가늘게 떴다. 사람들의 시선을 의식해서인지 프리실라는 물러서는 듯했다.

"본론부터 말하겠습니다, 전하."

"그러도록 하십시오."

라쉬드는 황제의 칙령을 발표하기 위해 앞으로 나섰다.

"성녀 프리실라와 나는 황제 폐하의 칙령을 전달하기 위해 테베로 온 것이다."

몇몇 귀족은 이스타샤의 귀빈이 방문한 이유를 알아차렸다. 왕녀가 열다섯이 되었으니 신성제국으로 데려가려는 의도였다.

서대륙에는 두 개의 제국이 있었다. 남서에 위치한 신성제국 이스타샤, 북동에 있는 강철제국 바렛사. 바렛사와 테베의 모계 혈통은 같았다. 오백 년 전, 두 나라가 고대 같은 혈족에서 나뉘어졌다는 건 누구나 아는 사실이었다. 이는 북제국이 테베를 지배하려는 근거로 쓰였다. 근래 북제국에 전염병이 시작되면서 테베에 관심을 끊었지만, 예로부터 북제국은 테베를 노려 왔다. 이미 테베가 신성제국의 속국임에도 신성제국은 안심할 수는 없었다.

불안한 신성제국은 한 가지 묘안을 생각해 냈다. 바로 열다섯이 된 어린 왕족을 데려가 가르치는 것이었다. 어릴 때부터 교육을 받은 어린 왕족은 장차 왕이 되어서도 신성제국에 반기를 들지 못했다. 또한 신성제국은 테베의 왕이 북제국에 붙는 것을 경계했다. 가르침은 빌미에 불과했다.

신성제국의 의도는 명확했다. 자국에 반기를 들지 않고 북제국의 편에 붙지 않는 것. 이러한 연유로 테베의 어린 왕족은 성년이 될 때까지 신성제국에서 지내게 되었다.

라쉬드는 말을 이었다.

"로자리아 왕녀가 열다섯이 되었으니 신성제국의 가르침을 받게 될 것이다."

라쉬드는 기사에게서 다른 검을 건네받았다. 매끄러운 하얀 천에 놓인 검은 한때 전대 성녀가 노만 1세의 황위를 공인했을 때 쓰였던 것이다. 성검은 살상력은 없으나 이스타샤의 황명을 공표하는 일종의 상징이었다.

"황제 폐하를 대신하여 내리는 교지이다. 로자리아 왕녀는 테베의 유일무이한 후계자로서, 성년이 될 때까지 신성제국의 가르침을 받게 될 것이다. 또한 로자리아 왕녀는 이스타샤와 테베를 잇는 자로서, 성녀가 직접 신성제국의 문물을 가르칠 것이다."

테베인은 야만인이니 교화시켜 주겠다는 신성제국의 우월감은 여전했다. 한마디로 로자리아를 핑계로 왕국에 깊게 간섭하겠다는 것과 같았지만 그 누구도 항명하는 이가 없었다. 위압적으로 주위를 훑은 라쉬드는 검을 꺼내 들곤 로자리아에게 다가갔다.

'그때도 치렀던 맹세인데 떨릴 줄이야.'

로자리아는 긴장된 표정을 숨기고는 라쉬드의 시선을 감내했다. 설핏 굳은 로자리아의 얼굴에 라쉬드는 묘한 눈으로 그녀를 보았다. 그는 로자리아가 결정할 때까지 기다려 주었다.

로자리아는 주위를 돌아보았다. 귀족들이 그녀를 가련한 눈으로 보고 있었다.

'어차피 가야 한다면 내 발로 가겠어.'

과거의 그녀였다면 이스타샤로 떠나지 않을 거라 거부했을 것이다. 로자리아는 교지를 받기 위해 두 무릎을 꿇었다.

라쉬드는 교지를 이어서 읊었다.

"노만 1세와 여신 아니타의 뜻에 따라, 로자리아 비아 데모나 발데르가를 이스타샤에서 비호한다. 또한 여신의 후계자로서, 왕녀를 지키는 건 전적으로 공작의 의무가 될 것이다."

'삶을 바꿀 기회는 두 번 다시 오지 않아.'

로자리아는 눈을 내리깐 채 교지에 응했다. 테베를 떠나 이스타샤로 가게 된다. 그녀의 심장이 잘게 떨었다. 다시 한번 주어진 기회, 다시는 놓치지 않으리라.

라쉬드가 검으로서 교지를 내리는 것이 전부이건만, 갑작스럽게 닿는 손길에 로자리아는 움찔 몸을 굳혔다. 단단한 손가락이 로자리아의 머리칼을 쥐고, 부드러운 입술로 그녀의 옅은 금발에 입을 맞추었다.

라쉬드는 로자리아에게 귓속말하듯 말했다.

"이스타샤에서 도망친다면 테베가 그 대가를 치러야 한다는 걸 명심하십시오. 왕녀의 모국도, 왕도."

맹세의 키스조차 차가웠다. 아무런 감정이 담기지 않은 형식적인 절차였다. 그걸 알고 있는 로자리아는 덤덤하게 그 사실을 받아들였다. 줄곧 빠르게 뛰는 심장도, 떨리는 눈동자도 모두 감춰야 했다. 감정을 드러내는 순간, 비참해지는 건 그녀였다.

"약속할게요. 이스타샤에서 도망치지 않겠다고."

로자리아는 그렇게 말하며 라쉬드와 똑똑히 눈을 마주쳤다. 라쉬드에게 한 약속이자, 그녀 자신에게 하는 말이었다.

"성녀보다 제 명령이 우선입니다. 도망갈 생각은 버리는 게 좋을 겁니다."

라쉬드는 그녀의 말을 믿지 않았다. 신성제국에 끌려가는 테베의 왕녀가 왕국에 적대적인 이스타샤에서 살아갈 수 있을 리가 없다. 비난과 멸시에 지쳐 자결하거나, 헛된 망상에 빠져 도망치거나. 숨을 거둔 시체라도 이스타샤에서 거둬들이는 게 왕녀의 운명이었다.

로자리아는 연회장을 벗어나 나비궁으로 돌아왔다. 연회에서 보았던 라쉬드의 모습이 잊히지 않았다. 그는 여전했다. 라쉬드는 여신의 후계자로 태어났지만 이스타샤의 황위를 거부했다. 라쉬드는 신성제국 자체를 경멸했다. 그럼에도 태어난 의무를 지키기 위해 사는 이였다. 변방의 바렛사로부터 제국을 지키고 신성제국의 영향력을 키웠다.

'그가 변할 리가 없어.'

로자리아는 쓴웃음을 삼켰다. 이스타샤를 위해 사는 공작이니 왕녀가 도망갈까 경계하는 건 예정된 수순이었다.

'한숨 자 두는 게 낫겠어.'

로자리아는 따뜻한 물로 목욕을 하고, 부드러운 슈미즈로 갈아입었다. 침대에 몸을 뉘었으나 깊이 잠들지 못했다. 내일 아침, 테베를 떠나 이스타샤로 가게 될 것이다. 창가 틈으로 들어온 창백한 달빛이 내려앉았다. 로자리아는 어둠이 내려앉은 침실을 둘러보았다. 떠나기 전까지 마지막 모습을 두 눈에 담았다.

로자리아가 잠에서 깼을 땐 밤이 훌쩍 지나 있었다. 다시 자려고 했지만 잠이 오지 않았다. 그녀는 침실 옆 테이블에 앉아 새벽 서리가 낀 창가를 바라보았다.

로자리아는 로브를 뒤집어쓰고 나왔다. 내일 아침에 출발하기 위해선 새벽에도 대열을 정비할 터였다. 나비궁에서 벗어나 본성으로 향하자 기사들과 함께 이야기를 나누는 라쉬드가 보였다. 기사들이 내려진 명령을 따르기 위해 자리를 비우자, 로자리아는 라쉬드에게 다가갔다.

"공작님."

로자리아는 그를 부르며 로브를 살짝 젖혔다. 그러자 달빛을 닮은 금발과 물빛 눈동자가 드러났다. 로브를 쓴 소녀의 정체는 로자리아 왕녀였다. 라쉬드가 놀란 듯 물었다.

"왕녀님께선 여긴 어쩐 일로 오셨습니까? 좀 더 휴식을 취해도 됐을 텐데, 이른 시간에 나오셨군요."

라쉬드가 대답하면서 주위를 한차례 훑었다. 그로선 의아한 일이었다. 이른 여정으로 휴식을 취해야 할 왕녀께서 새벽부터 저를 찾아올 이유가 있던가? 로자리아를 보는 그의 눈매가 한껏 가늘어졌다.

"공작님께 말씀드리고 싶은 것이 있어요."

"말씀하셔도 좋습니다."

"공작님과 단둘이 얘기하고 싶어요."

로자리아는 치맛자락을 움켜쥐었다. 긴장한 듯 눈을 내리깔았다.

"단둘이 할 이야기가 있었던가요?"

다소 냉정히 들리는 어투였다. 로자리아는 고개를 들어 라쉬드를 바라보았다. 라쉬드가 걸친 검은 제복에는 어깨에 금으로 자수를 놓은 견장이 있었다. 어제처럼 반듯하게 머리칼을 올린 모습을 보다가 풀어진 모습을 보는 건 처음이었다.

라쉬드는 주위를 한차례 둘러보고는 로자리아의 곁으로 다가갔다. 부쩍 가까워진 거리에 로자리아는 숨을 들이켰다. 긴장할 새도 없이 그와의 거리가 좁혀졌다. 그녀가 선 곳에 커다란 그림자가 졌다. 고개를 돌리면 입술이 닿을 가까운 거리였다.

"자리를 옮기도록 하죠."

라쉬드는 로자리아에게로 허리를 숙였다. 그리고 귓속말하듯 말했다.

라쉬드는 로자리아와 함께 정원을 거닐었다. 기사들은 보이지 않았고, 선선한 바람이 부는 정원에는 그와 그녀뿐이었다.

"부탁드릴 것이 있어요."

"부탁?"

"제 전담 시녀 두 명을 보호해 주실 수 있나요?"

별것 아닌 부탁이었다. 라쉬드는 의외란 얼굴로 로자리아를 내려다보았다.

"어떤 보호를 말씀하시는 겁니까?"

"라쉬드 공께서도 아시다시피 저는 부왕과 사이가 좋지 못해요."

모르는 게 더 이상한 일이었다. 따지고 보면 프리실라의 예언 때문이었으나, 로테사가 아비로서 무책임하다는 건 라쉬드도 동의했다.

"제 전담 시녀가 왕성을 벗어나 살 수 있도록 해주셨으면 해요."

"어려운 부탁은 아니군요."

라쉬드는 수긍했다. 왕녀를 이스타샤로 데려가는 입장에서 시녀를 돌봐 달란 요구는 들어주기 어렵지 않았다.

"좋습니다. 사정을 모르는 것도 아니니 도와드리겠습니다."

로자리아는 안도의 숨을 내쉬었다. 그와 단둘이 이야기를 나누는 것은 그녀의 심장을 떨리게 했다.

"그 외에는?"

"그 외엔…… 이스타샤에 도착해서 말씀드리겠어요."

로자리아는 말을 삼갔다. 더 길게 있어 봤자 곤욕스러운 건 그녀뿐이었다.

라쉬드는 짙어진 바이올렛 눈동자로 로자리아를 좌시했다. 공작으로서 형식적인 미소를 곁들이며 말했다.

"왕녀님께서 도망만 치지 않으신다면, 큰일은 없을 겁니다."

"협박인가요?"

"이왕이면 비호라고 해두죠. 제 곁을 벗어나면 위험해질 수도 있으니."

맞는 말이었다. 로테사가 있는 테베보다 이스타샤가 더 안전할지 몰랐다. 어디까지나 프리실라가 얌전히 있다는 조건하였지만. 로자리아는 떨떠름한 얼굴을 했다.

"신경 써 주셔서 고마워요. 하지만 제 몸은 제가 지킬 수 있지만요."

"왕녀님을 보호하는 건 제 의무가 아니겠습니까?"

"무거운 짐을 지시게 되었네요."

라쉬드는 묘한 눈으로 로자리아를 쳐다보았다.

"제가 도망칠 거란 걱정은 안 하셔도 돼요. 어디서 지내든 테베에서의 삶보단 나을 테니까."

로자리아는 안심하라는 듯 말했다.

"제가 명령을 따르지 않고 도망쳐서 공작님이 책임을 지시는 일은 없을 거예요."

"왕녀님께선 친절하시군요."

라쉬드는 한쪽 눈썹을 추켜세웠다. 왕녀의 말이 어째 협박으로 들리는 건 기분 탓인가.

"이스타샤에 도착해서도 변치 않으셨으면 합니다."

"그럼요."

라쉬드는 그녀에게로 허리를 깊게 숙였다. 로자리아는 그를 피하지 않고 시선을 마주했다.

"불편한 것이 있다면 언제든 말씀해 주셔도 됩니다."

아직 어린 왕녀. 열다섯의 어린 여자를 다루는 건 무척 쉬운 일이라 생각했다. 라쉬드는 그의 예상이 빗나갈 거라곤 생각지 못했다. 라쉬드는 먼저 등을 돌려 정원을 벗어나는 로자리아의 모습을 지켜보았다.

다음 날, 새벽이 밝았다. 로자리아는 이른 시간에 눈을 떴다. 벌써부터 깨어 있던 타샤와 시녀가 로자리아의 치장을 도와주었다. 두 시녀는 부지런히 손을 움직였다. 부드러운 금발을 빗어 내고, 허리까지 흘러내린 머리칼을 반으로 묶어주었다. 치장이 끝난 후, 로자리아는 화장대에서 몸을 일으켰다. 로자리아는 타샤와 키아에게 다가갔다. 두 손을 가지런히 모은 타샤와 키아가 고개를 숙이고 있었다.

"왕녀님……."

로자리아는 울먹이는 시녀를 달래 주었다. 그녀는 손을 뻗어 타샤를 안아주었다.

"왕녀님, 저희를 기억해 주세요."

"무사히 잘 지내야 해, 타샤."

로자리아는 타샤의 볼에 입을 맞추었다. 왕녀의 물건을 정리한 키아가 마중 나왔다. 로자리아는 키아에게 똑같은 인사를 해준 후, 나비궁을 벗어났다.

새벽이 지나 해가 수평선을 넘었다. 약속된 아침이 되자, 로자리아는 성문과 가까운 외성으로 향했다. 이미 이스타샤의 기사와 병사들은 공작의 명에 따라 대열을 정비한 후였다. 로자리아는 그녀를 위해 준비된 마차에 탔다.

'이제 테베를 떠나게 되는구나.'

가죽 의자에 느긋이 등을 기대다가 반쯤 열린 창문 틈으로 바깥 정경을 살폈다. 성녀 프리실라는 가장 늦게 나왔다. 이스타샤로 돌아가기 전 아침 기도를 하기 위해서였다. 정말로 기도를 했는지, 뜸을 들인 건지 모르겠지만.

"오늘도 경들께 축복이 있기를 바라요."

검은 머리칼을 우아하게 틀어 올린 프리실라가 기사들 앞에 섰다. 라쉬드와 가까운 편은 아니었지만, 그의 기사들을 관리할 필요는 있었다. 로자리아는 마차 안에서 프리실라의 기행을 구경했다.

'성녀의 인기를 위해서라면 저런 귀찮은 짓도 해야 하는 건가?'

프리실라가 진정으로 기도할 땐, 적의 몰락을 위할 때뿐이었다. 로자리아는 반쯤 열어 두었던 창의 덮개를 내렸다. 대신 바람이 들어올 수 있도록 반대쪽 창문을 열었다.

'후계자라고 말했지만 노예보다 못한 취급을 받게 되겠지.'

억지로 끌려간 이스타샤에서 왕녀 대접을 받으리라곤 생각지 않았다. 그러나 노예보다 못한 취급을 이번 생에선 받을 이유가 없었다. 로자리아는 키아가 준비해 둔 커다란 보따리를 끌어안았다. 짐마차에 실어도 된다는 기사의 말에도 그녀는 끝내 거절했다.

'이페리아.'

로자리아는 황금빛 잎과 뿌리를 어루만졌다.

'이스타샤에서 무사히 지내려면 공작의 비호가 필요해.'

정령술로 모두를 죽일 생각이 아니라면 권력자의 곁에 지내는 것이 제일 적절했다.

'성녀의 연인인 그가 내 뜻대로 따라 주지 않겠지만.'

그런 것치곤 프리실라와 라쉬드의 사이는 미묘했다. 공적인 자리에서도 친밀감을 드러내는 성녀와 달리, 공작은 성녀와 의도적으로 거리를 두었다. 라쉬드는 감정보다 목적과 필요에 의해 움직이는 사람이었다. 그리고 그가 저를 필요로 할 거란 사실을 알고 있었다.

로자리아는 이스타샤의 공작이 원하는 패를 쥐고 있었다. 공작은 치료제 이페리아를 간절히 원했다. 과거, 전염병이 신성제국에 빗발치자 노만 1세와 황태자는 방관했다. 성녀를 대두한 신전 또한 해결하지 못했다. 무너져 가는 신성제국을 살리기 위해 라쉬드가 얼마나 간절했는지 알고 있었다.

로자리아는 이페리아를 재배할 수 있다는 사실을 숨겼다. 지금으로선 그와 거래할 필요가 없기 때문이었다. 오백 년 전, 이스타샤의 마녀사냥에 의해 정령술사는 모조리 죽임을 당했다. 이페리아 잎은 자연에서 나지 않았다. 정확히는 하급 이페리아는 품종 개량으로 자연에서 간혹 발견할 수 있었다. 하지만 고서에 기록된 정통한 이페리아는 정령술사만이 재배할 수 있다.

현존하는 단 한 명의 정령술사는 자신뿐이었다. 설령 다른 정령술사가 있다 해도 라쉬드가 찾는 건 불가능했다.

'전염병을 해결하기 위해서라면 무슨 짓이든 할 사람이야.'

로자리아는 그녀만 아는 비밀을 숨기기로 했다.

로자리아가 탄 마차에 노크 소리가 들려왔다. 문을 열자 성녀를 보필하는 기사들이 보였다.

"왕녀님, 성녀님께서 찾으십니다."

로자리아는 마차에서 내렸다. 멀지 않은 곳에 하얀 드레스를 걸친 프리실라가 그녀를 기다리고 있었다.

"기다리고 있었어요, 로자리아."

프리실라가 화사하게 웃으며 손을 건네었다.

'방금 전, 왕녀가 라쉬드를 찾았다고 했지.'

프리실라는 왕녀와 공작이 무슨 얘기를 나눈 건지 궁금해서 미칠 지경이었다. 그렇지만 이를 내색하지 않았다.

"로자리아를 신성제국에 데려가게 되어서 다행이에요."

"저도 성녀님의 가르침을 받게 되어 기뻐요."

프리실라는 의미심장한 눈으로 로자리아를 보았다. 사실, 왕녀가 신성제국으로 가는 것을 원치 않았다.

'차라리 지금 죽이는 게 수월할 텐데.'

치밀하게 테베에 내정간섭을 하기 위해 후계자가 필요하다는 황제의 뜻을 모르는 건 아니었다. 왕국의 주도권을 북제국에게 뺏기기 싫으니 데려오라는 거겠지만. 어쨌든 내키지 않는 명령이었다. 바쁘고 존귀한 성녀에게 고작 일국의 왕녀를 데려오라 시키다니! 망할 능구렁이 새끼. 프리실라는 욕을 가까스로 삼켰다.

'라쉬드와 오는 게 아니었다면 여기 올 이유도 없었어.'

프리실라는 검은 속내를 감추며 환하게 웃었다.

"신성제국의 사람들은 모두 왕녀를 반길 거예요. 제가 그랬듯이."

"고마워요, 성녀님."

로자리아도 상냥한 미소를 지으며 대답했다. 십 년이 넘게 성녀를 지켜본 로자리아는 그 말이 거짓임을 알았다. 성녀는 그녀가 이스타샤에 가는 걸 원치 않았다. 그러나 곧 위협이 되지 않는다는 것을 알자, 이용하려 했을 뿐.

'네가 원하는 대로 되지 않을 거야, 프리실라.'

로자리아는 성녀의 말을 곧이곧대로 받아들이지 않았다.

멀지 않은 곳에 라쉬드가 있었다. 그는 성녀와 친밀하게 이야기를 나누는 로자리아를 지켜보았다. 주눅 들지 않고 당당한 왕녀의 모습에 라쉬드의 눈에 이채가 서렸다. 유약한 왕녀라더니 소문과는 다르지 않은가.

"제가 당신을 지킬 거예요. 성녀의 이름을 걸고 맹세하겠어요. 그러니 이스타샤로 가게 되면 저만 믿어요, 로자리아."

"고마워요."

프리실라는 의연한 왕녀의 모습에 속이 뒤집히는 걸 참았다. 유약하고 어린 계집이라 들어서 저를 붙잡고 살려 달라 간청하는 것을 기대했었다.

'건방진 년.'

"저를 언니라고 생각하고 따르면 돼요."

"네, 성녀님."

"앞으로 어려운 일이 생기면 공작님 대신 저를 찾아와요."

"……바쁘신 성녀님께서 절 배려해 주신다니 기쁠 따름이에요."

조곤조곤한 왕녀의 어조에 프리실라는 친절하게 답했다.

"벌써 왕녀님을 보필할 시녀도 준비해 두었어요. 왕녀님께서 이스타샤 문화에 익숙지 않으니 여러모로 도와줄 거예요."

"신경 써 주셔서 고마워요, 성녀님."

로자리아는 상냥한 미소를 지었다. 한마디로 시녀를 시켜 왕녀인 저를 감시하겠단 뜻이었다.

'멍청하긴. 네가 의지할 곳이 있으면 내 말을 덜 들으니까 그런 건데.'

프리실라는 웃음이 터지려는 걸 꾹 참았다.

"앞으로 제가 왕녀님을 가르칠 거예요. 걱정 말아요."

"성녀님께선 마음이 고우시네요."

물론 반어법이었다. 한술 더 떠 프리실라가 말을 하려던 참이었다.

"이스타샤에 가면 테베의 옷부터 벗고……."

"프리실라, 시간이 지체되었습니다. 그 얘긴 신성제국에 도착한 뒤 해도 충분할 겁니다. 이만 출발해야 합니다."

라쉬드가 칼같이 잘랐다. 그는 시간을 지체하는 것을 무척이나 싫어했다. 원래라면 한 달 전에 테베에 도착해 왕녀를 데려가야 했으나, 제국의 사정으로 지체되었기 때문이다.

로자리아는 두 대의 마차를 살폈다. 하나는 성녀가 탈 것이고, 다른 하나는 그녀가 탔던 마차였다. 프리실라는 이스타샤 황가의 문양이 찍힌, 화려하고 커다란 마차에 올라탔다.

"마차로 안내하겠습니다, 왕녀님."

이윽고 공작의 기사가 로자리아를 작은 마차로 안내했다.

"진열을 가다듬어라. 성기사는 성녀가 탄 마차를, 공작가의 기사는 왕녀가 탄 마차를 호위한다. 시간이 지체되었으니 출발하도록."

새하얀 군마에 탄 라쉬드가 말고삐를 쥐며 외쳤다. 신성제국의 의례는 규모가 컸다. 이번 사절단은 총 일천 명이었다. 짐마차 열 대, 귀빈이 타는 마차 두 대, 마차를 짊어질 인부, 호위병, 시종과 시녀들까지. 그 수가 결코 적지 않았다. 개중에서도 말을 탄 건 성기사와 공작가의 기사들이었다.

선두에 선 공작이 먼저 출발했다. 이윽고 두 대의 마차와 이를 호위하는 기사들이 뒤따랐다. 테베 왕성에서 신성제국으로 가기 위한 여정이 시작되었다.

'이제 정말로 테베를 떠나는 거야.'

로자리아는 테베 왕성을 바라보았다. 마차가 앞으로 나아갈수록 왕성은 희미해졌다. 작은 점이 되어서야 그녀는 시선을 거뒀다.

삼 일 동안 쉬지 않고 달렸다. 테베의 수도에서 벗어나 북쪽 땅에 도착했다.

"아이고, 삭신아. 성녀님께서 성력을 써 주셔서 다행이지, 아니었으면 어쩔 뻔했어."

"그러게 말이야. 여러 번 봐도 신기하다니까."

마차가 멈추고 두런두런 말소리가 들렸다. 로자리아는 기사의 도움을 받아 마차에서 내렸다. 로자리아는 마른 땅을 밟으며 쭉 팔을 뻗었다. 오랜 시간 마차에 타 결렸던 몸이 한결 풀렸다. 테베의 국경이었다. 북쪽 경계에 있는 거대한 산맥이 안개에 휩싸였다.

'조금만 더 가면 테라강이야.'

이스타샤와 테베를 가로지르는 거대한 젖줄기. 강을 건너기 위해 배가 준비된 건 아니었다. 바깥 풍경을 보던 로자리아는 자신을 부르는 목소리에 뒤를 돌아보았다. 프리실라였다.

"로자리아, 불편한 건 없었나요?"

"테베의 마차보다 훨씬 크고 좋아서 편했어요."

"그렇다면 다행이네요. 아, 참. 나와 가까운 막사에서 지내게 될 거예요."

프리실라는 연신 미소를 지었다. 이를 멀리서 지켜보던 라쉬드가 다가왔다.

"기사에게 못 들었나 보군요. 제 근처 막사로 바꾸었습니다."

"라쉬드!"

"막사를 바꾼 게 소리칠 만한 일인지 모르겠군요."

"아, 아니에요. 로자리아가 걱정되어서 그만……."

로자리아는 귀를 쫑긋했다. 자신이 어느 막사를 쓰는지가 중대한 일인 것인가. 라쉬드에게 한 수 굽히던 프리실라가 이번만큼은 물러서지 않았다.

"걱정될 이유가 뭐가 있겠습니까?"

"라쉬드야 괜찮지만 공작의 기사들이 지내는 곳이잖아요."

"내 기사들?"

라쉬드가 싸늘하게 물었다. 실수를 깨달은 프리실라는 말을 잇지 못했다.

"성녀 프리실라, 그들은 제게 충성을 바친 기사들입니다. 공작가의 기사들을 어린애나 건드는 짐승 취급하는 겁니까?"

"그런 뜻이 아니었어요, 라쉬드."

"막사는 제 뜻대로 하겠습니다."

이번에도 라쉬드의 승리였다. 흥미롭게 이를 지켜보던 로자리아는 시무룩한 얼굴을 했다.

"힘내세요, 성녀님. 전 성녀님 곁에 있는 편이 더 좋은데 아쉽네요."

"아, 신경 써 주지 못해서 미안해요."

'듣던 대로 멍청한 년이라서 다행이네.'

프리실라는 왕녀가 호구란 것에 안도했다. 라쉬드가 그런 프리실라를 날카로운 시선으로 살폈다. 그는 아쉬운 기색을 내비치는 로자리아에게 말했다.

"왕녀님, 잠시 시간을 내주시겠습니까?"

"성녀님, 저 갔다 올게요."

로자리아는 종종걸음으로 라쉬드를 뒤따랐다. 기사들과 떨어진 곳에 오고 나서야 앞서가던 라쉬드가 멈추었다.

"언제 봤다고 성녀를 그렇게 따르는 겁니까?"

"그냥. 좋은 분이잖아요."

'제법 영리한 줄 알았는데 아니었던가.'

라쉬드가 눈을 가늘게 떴다. 성녀에게서 왕녀를 떼어 놓으려는 이유가 있었지만, 로자리아는 알지 못할 것이다.

"단둘이 있는 일은 없도록 하십시오. 도움이 필요하거든 성녀가 아닌 공작가의 기사를 찾으면 됩니다."

로자리아는 고개를 끄덕였다. 성기사와 공작가의 기사를 구분하는 건 간단했다. 성기사는 흰색 견장을 찼으며, 공작가의 기사들은 검은색 견장을 찼다. 로자리아는 문득 이유가 궁금해져서 물었다.

"왜 그래야 하나요?"

"왕녀님을 비호하기 위함입니다."

라쉬드는 세세하게 이유를 알려 주지 않고 뭉뚱그려 말했다. 수가 틀리면 성녀가 어떻게 나올지 뻔했다. 성녀는 그가 곁에 둔 여자는 모조리 죽였다. 젊은 가신부터 늙은 시녀까지. 일을 잘하던 나이 든 시녀장을 죽인 건 오래전 일이었다.

"언제든 제가 보이는 곳에 있어야 합니다."

"저를 싫어하시는 게 아니었나요?"

"오히려 왕녀님께서 저를 불편하게 여기시지 않습니까?"

로자리아는 대답을 피했다. 그렇게까지 티가 났나? 불편하고 어색해하는 것이? 어쨌든 로자리아는 라쉬드의 의도를 알 것 같았다.

'라쉬드 곁에 있는 여자는 죄다 죽이니까.'

로자리아가 말했다.

"불편하지 않았어요. 불편하다면 자리를 피했겠죠."

"공적인 일 때문이니 굳이 마음 쓸 것 없습니다. 다만, 성녀와 가까이 지낼 필요는 없겠군요."

라쉬드는 돌려 말했다. 바보가 아닌 이상 성녀와 거리를 두라는 말은 알아듣겠지. 아니라면 더 성가셔진다. 라쉬드는 로자리아의 대답을 기다렸다.

"알겠어요, 공작님."

눈을 깜빡이던 로자리아가 고개를 끄덕였다. 곁에 있으란 이유치곤 무미건조했지만, 공작이 제게 상냥한 것도 이상한 일이었다.

"혼자 계시는 것도 위험하니 마차로 데려다드리겠습니다."

라쉬드는 로자리아의 곁에서 걸음을 옮겼다. 공작으로서 예의 때문인지, 로자리아의 보폭에 따라 걷는 속도를 맞춰 주었다.

'어차피 예의일 뿐인데.'

로자리아는 느려진 걸음에 뺨을 붉혔다. 행여 그 모습을 들킬까, 정면만 응시한 채 걸었다.

"도착했습니다, 왕녀님."

"벌써 도착했네요."

라쉬드는 마차가 보이는 앞에서 걸음을 멈추었다. 그리고 로자리아가 마차에 올라갈 수 있도록 손을 잡아주었다. 멀지 않은 곳에서 프리실라가 둘의 모습을 주시했다.

"고마워요, 공작님."

로자리아는 라쉬드의 손을 붙잡고 마차에 올라섰다.

라쉬드는 마차의 문을 닫아주며 말을 타기 위해 등을 돌렸다. 로자리아는 멀어져 가는 라쉬드의 모습을 두 눈에 오롯이 담았다.

'내게 다정하지 않았으면 좋았을 텐데.'

그것이 왕족을 위한 예우라도 멋대로 착각하는 건 싫었다.

'하아, 혼자 멋대로 설레긴.'

로자리아는 푹신한 가죽 의자에 등을 기대었다. 이내 아무도 없다는 걸 확인한 그녀는 몸을 뉘었다. 대열을 정비해야 할 테니, 마차가 움직이기 전까진 시간이 있었다.

휴식을 취하면서도 마음은 편치 않았다. 제멋대로 떠오른 여러 가지 생각이 로자리아를 괴롭혔다. 신성제국에서 공작과 성녀, 둘의 사이는 유명했다. 연인 관계는 아니었지만 공작과 성녀의 사이는 긴밀했다. 적어도 로자리아에겐 그렇게 보였다. 공작이 성녀를 무척 아낀다는 말을 믿었다. 그때는 프리실라에게 이렇게 차갑진 않았다.

'내가 알던 것과 달라.'

기억이 잘못된 걸까, 혹은 사이를 감추기 위해 거리를 두는 걸까. 프리실라가 라쉬드를 좋아하는 건 확실했다. 하지만 라쉬드가 성녀를 좋아할 거란 확신에 의문이 들었다.

'상대가 성녀라서 격식을 차린 거였나. 아니면 다른 뭔가가 있는

걸까.'

로자리아는 눈꺼풀을 깜빡였다. 붉은 천으로 감싼 마차의 천장이 그녀의 눈에 커졌다가 다시 작아졌다. 어쨌든 나쁜 일은 아니었다. 둘 사이가 좋지 않다는 것은. 정확히는 공작이 성녀에게 거리를 둔다는 점이.

로자리아는 기지개를 쭉 켰다. 마차의 바퀴가 서서히 움직이자, 로자리아는 몸을 일으켰다. 그리고 등을 꼿꼿이 세웠다. 이내 마차가 빠르게 내달렸다. 목적지는 이스타샤와 테베의 경계인 테라강이었다.

마차는 테라강 인근에 위치한 숲에서 멈추었다. 병사들이 막사를 설치할 때까지 로자리아는 마차 안에서 기다렸다. 이윽고 기사가 마차의 문을 열어주었다. 로자리아는 기사의 손을 잡고 내렸다. 주변을 확인하자 마차의 주변에서 공손히 기다리고 있는 신녀들이 보였다.

"왕녀님, 성녀님께서 함께 저녁 식사를 하기 위해 기다리고 계십니다."

성녀의 수족이라 불리는 신녀였다. 로자리아는 여인을 따라 막사로 향했다.

"어서 와요, 로자리아."

"식사에 초대해 주셔서 고마워요, 성녀님."

꼬박꼬박 성녀라 불러 주는데도 프리실라의 표정은 좋지 않았다.

"여정에 불편한 건 없었나요?"

"불편한 거라뇨?"

로자리아가 물었다.

"라쉬드가 다른 사람에겐 다정한 이는 아니라서 어려워하는 이들이 많아요."

'프리실라, 네가 제일 어려워하던데?'

로자리아는 이유를 알아차렸다. 연인 사이라고 알리고 싶은 건가. 라쉬드가 성녀에게만 잘해 준다는 말을 넌지시 흘렸지만, 로자리아는 한 귀로 듣고 흘렸다.

로자리아는 겉으로는 놀란 표정을 지은 채 물었다.

"아, 정말요……?"

"무슨 문제라도 있나요?"

"성녀님께서 무척 잘해 주시는데, 문제가 있을 리가 없죠."

로자리아는 말간 웃음을 지었다. 프리실라가 굳이 저를 경계하는 것이 우스웠다. 라쉬드는 왕녀인 자신을 무사히 신성제국에 데려가야 했다. 그 외에 사적인 감정도 없건만 촉각을 곤두세우는 프리실라가 한편으론 이해가 가지 않았다.

'조금 건드려 볼까.'

로자리아는 따뜻한 차를 한 모금 마셨다. 그러곤 눈을 내리깐 채 입을 열었다.

"사실, 공작님께서 성녀님을 대하실 때 조금 무섭긴 했어요."

그 말에 프리실라의 표정이 굳었지만, 로자리아는 모른 척 말을 이었다.

"왜 유독 성녀님에게 무섭게 대하시는 걸까요?"

"그렇지 않아요. 오해예요. 둘이 있을 땐 다정한 사람인데."

'어딜 봐서?'

둘의 사이가 깊다는 걸 말하고 싶은 건지, 아니면 프리실라의 희망사항인지 모호했다.

'이렇게 애쓰는 줄 몰랐지.'

어째서 공작과 성녀의 사이가 좋다고 생각했는지 이유를 알아차렸다. 프리실라는 그렇게 보이기 위해 노력했고, 라쉬드는 그대로 방관한 것이다.

“아하, 제가 착각한 거였네요.”

“그럴 수도 있죠. 로자리아, 어서 식사를 들어요. 이러다 다 식겠어요.”

그제야 프리실라는 입가에 미소를 지었다. 프리실라가 칠면조 고기를 썰며 말했다.

“신성제국에서 테베의 관습을 따르면 안 돼요. 나이프 두 개를 들고 써는 건 정말 상스러운…….”

행동이라고 말하려던 프리실라의 말이 멈췄다. 로자리아가 완벽하게 이스타샤의 예법에 따라 식사를 하고 있었다.

“네?”

‘뭔 소리야. 잘 먹고 있는데.’

이를 뒤늦게 알아챈 프리실라의 입이 다물어졌다.

“……제 가르침 없이 잘하시네요.”

“성녀님에게 인정을 받다니, 감동이에요.”

‘감동은 무슨.’

로자리아는 웃음을 참는 얼굴로 식사를 했다. 어쩐지 약 올리는 기분에 프리실라는 화를 삭였다.

‘그래, 저 순진한 년이 뭘 알겠어. 저걸 칭찬으로 받아들인 멍청한 왕녀인데.’

트집을 잡기 위해 프리실라는 눈에 불을 켰다. 상스럽고 무지한 테베의 왕녀를 내리누르고 싶었다.

“그리고 포도주는 삼분의 일을 따라서…….”

“앗, 이미 따랐어요.”

정확히 삼분의 일. 로자리아는 크리스털 잔을 쥐었다. 그 행동조차 지극히 우아해서 흠잡을 데가 없었다.

"……그렇군요."

이번에도 프리실라의 입이 다물어졌다. 가르침을 핑계로 기선제압을 하려고 했는데 이미 알고 있지 않은가.

'뭐, 괜찮아. 식사 예절 정도야 배웠을 수도 있지. 신성제국으로 가면 넌 끝이야.'

"맛은 어때요? 일류 주방장이 한 거라 맛있을 거예요. 성력으로 보관해서 음식이 상하지도 않아요. 신기하죠?"

"……네."

"성력에 대해 말해줄까요? 테베에선 신성력이 뭔지 모르는 무지한 이들도 있다기에."

"와, 전 아무것도 몰라요. 부끄럽네요."

"그럴 수도 있죠. 너무 자책하지 말아요, 로자리아."

'성력은……'으로 시작된 설교는 장장 두 시간 동안 계속되었다. 로자리아는 한 귀로 듣고 흘리며 식사에 집중했다. 간간이 고개를 끄덕였다. 이미 과거의 기억이 있어서 아는 내용이었다.

"이제 성력에 대해 잘 아시겠어요?"

"네, 뭐 대강은."

'가장 강한 성력을 지닌 건 성녀이니 알아서 기라는 거네.'

로자리아는 지겹게 들었던 여신의 율법 제3장 1절을 줄줄 읊었다.

"나의 아이야, 듣거라. 나의 힘으로 병든 자를 구하고 죽은 자의 안식을 구하리라. 나의 가르침에 반하는 건 곧 죄이며 심판하리라."

"……그건 가르쳐 주지 않았는데 어떻게 아는 거죠?"

"테베에도 신실한 아니타 님의 신도가 있어요. 여신의 가르침을 듣는 건 언제나 기분 좋은 일이거든요."

"다행이네요. 로자리아가 아니타 님을 믿어서."

그걸 빌미로 매일 끌려가서 바닥에 엎드려 빌어야 했다. 여신을 믿지 않는다는 죄로. 옛 생각을 떠올리던 로자리아는 피식 웃었다. 열다섯에 낯선 제국으로 끌려와 본 성녀는 존귀해 보였다. 한없이 크고 어려운 존재였고, 성녀의 말에 따라 세상은 바뀌었다. 그러나 지금은 아니었다. 로자리아는 부드러운 천으로 입가를 닦았다.

"즐거운 식사였어요."

"나도 즐거웠어요."

별로 즐겁지 않은 얼굴이었다. 그녀가 원하던 건 기분을 맞춰 줄 호구였지 이미 다 아는 왕녀가 아니었다.

"이만 가도 될까요? 시간이 늦어서 성녀님께 폐가 될까 싶네요."

"아, 라쉬드가 이곳에 올 때까지 기다리는 게 어때요?"

"왜요?"

"로자리아에게 너무 무례했던지라 제가 그이에게 대신 말해야 할 것 같아요."

'네가 뭐기에?'

순수한 의문이 들었다. 로자리아는 극구 사양하며 손을 내저었다. 무례한 건 프리실라였다. 자신은 테베의 왕녀였다. 테베가 이스타샤의 속국이긴 해도 예는 차려야 했다.

'내 앞에서 테베의 문화가 상스럽다고 얘기한 걸로 모자라 테베인을 무지하다고 말했지.'

늘 들었던 말이니 상처받는 건 없었다. 라쉬드가 직설적이긴 해도 단 한 번도 자신의 앞에서 이런 말은 하지 않았다. 무지하며 더러운 야만인 족속. 야만의 나라에서 와서 저급하다며 조소하지 않았고 경멸하지 않았다.

'라쉬드는 유일한 사람이었어.'

지나가던 아이조차 테베인을 보면 비명을 지르며 소리쳤다. 귀족은 물론, 시녀와 시종까지 미개한 야만인이라며 자신을 모욕했다. 그저 무관심했을 뿐 그는 그녀의 앞에서 모욕을 주는 말은 하지 않았다. 그래서 그것이 고마웠다. 잘해 주지 않아도, 냉담해도 같은 사람으로 봐 주어서 기뻤다.

"공작님은 제게 무례하지 않았어요. 그러니 말씀해 주시지 않아도 괜찮아요. 저 때문에 두 분 사이가 틀어질까 염려되네요."

로자리아는 두 손을 곱게 모았다. 그녀가 눈꼬리를 휘며 말하자 프리실라의 낯빛이 어두워졌다.

"이만 돌아가 봐요, 로자리아."

"그럴게요."

프리실라는 왕녀를 붙잡지 않았다. 자신의 배려는 호의가 아닌 명령이었다.

'말을 해준다고 했으면 고마운 줄 알고 당연히 그런 줄 알아야지! 내 호의를 거절해?'

기분이 몹시 더러웠다. 야만국 출신 왕녀 주제에 자기가 뭐라도 되는 것처럼 거절할 줄이야.

"조심히 돌아가요."

말에 뼈가 있었다. 프리실라는 겉으론 자애로운 미소를 걸쳤다. 로자리아가 나가자 그녀는 싹 표정을 바꾸었다.

"건방진 년."

이 더러운 기분을 어떻게 풀어야 할까.

"이번에 들어온 신녀를 불러와."

"네, 성녀님."

이윽고 막사에 어린 신녀가 달려왔다. 성녀가 부른 건 처음이라 설렌 얼굴이었다.

"네 나이가 몇이었지?"

"열다섯이에요, 성녀님."

"왕녀와 동갑이구나."
프리실라는 흡족한 미소를 지었다.
"매를 가져와."
"네?"
"너 말고 거기, 너."
눈치 빠른 신녀장이 새끼줄을 꼬아 만든 밧줄과 채찍을 들고 왔다.
"발가벗겨. 난 눈치 없는 것들이 제일 싫더라."
덜덜 떠는 신녀가 애처롭게 빌었다. 무얼 잘못했는지 알지 못하면서도.
"그 고운 얼굴에 흉 좀 지겠구나."
프리실라는 싸늘한 낯빛으로 중얼거렸다. 그년을 때릴 수 없으니 너라도 맞아야지. 음산하게 읊조린 그녀는 채찍을 높이 쳐들었다.
"신녀가 돼서 기뻤니? 어차피 내 종으로 들어온 건데."
그러니 이것 또한 자신의 권리였다. 어차피 저에게 목숨을 바친 천한 것들. 살려 주는 것만으로도 고마운 줄 알아야 했다.
"아아악! 성녀님!"
"저년 입 다물게 해."
시녀장이 재갈을 물렸다. 아무도 성녀의 행동을 제지하지 않았다. 그 누구도 성녀의 잔혹한 만행을 믿지 않으리라.
"제발…… 살려 주세요, 제발."
"그 입 다물면."
죽일 생각은 아니었다. 그러나 봐줄 마음도 없었다. 프리실라가 높이 손을 쳐들자 어린 신녀가 입은 옷이 피에 흠뻑 젖어 갔다.

신성제국의 사절단과 함께 길을 떠난 지 일주일이 흘렀다. 급하게 제국으로 돌아가야 하는 일이 있는 건지 속력을 올리는 탓에 마차는 줄곧 흔들렸다.

'속이 울렁거려.'

빠르게 달리던 마차는 테라강에 도착하고 나서야 멈추었다. 로자리아는 어지러운 머리를 부여잡고 마차에서 내렸다. 한숨을 돌리던 찰나에 이스타샤의 시녀 한 명이 쭈뼛하며 그녀에게 다가왔다.

"전 에나라고 해요."

"무슨 일로 온 거지?"

"마차가 불편하실까, 필요한 것을 들고 왔어요. 제가 안을 좀 봐도 될까요?

"그러렴."

시녀는 로자리아에게 인사를 올린 후, 마차 안을 살폈다. 화려한 성녀의 마차와 다르게 왕녀가 탄 마차는 다소 작았다. 가죽 의자는 편했지만, 방석이 준비되어 있진 않았다. 시녀는 품에 안고 있던 방석을 가죽 의자에 꼼꼼히 매듭을 지었다. 조심조심 방석을 놓던 시녀가 바람을 쐬고 있는 로자리아에게 다시 한번 허리를 숙였다. 에나는 공작의 명령으로 왔다고 밝히고선 로자리아에게 조심스러운 어조로 물었다.

"마차가 불편하지 않으신가요?"

"괜찮아."

"날이 추울까 모포도 준비했어요."

수줍게 웃은 시녀가 내민 것은 푹신한 모포였다. 낡아서 죄송하다는 말과 다르게 질이 좋았다.

"고마워, 에나."

"제가 할 일을 했을 뿐이에요."

에나가 당황한 듯 손사래를 쳤다. 시녀로서 명령을 받던 그녀가 고맙다는 인사를 들은 건 처음이었다. 에나와 가벼운 담소를 나누던 로자리아는 주위를 살폈다. 반나절이 지나도록 성녀와 공작을 볼 수 없었다. 프리실라는 호화로운 마차에 틀어박혀 기도만 줄곧 올렸고, 라쉬드는 경비에 신경 쓰느라 마주친 적이 없었다.

테라강에 도착한 지 일주일이 흘렀다. 그사이 로자리아는 에나와 제법 친해졌다. 에나는 왕녀가 알기 힘든 속사정을 알려 주었다. 로자리아는 이미 상황을 알면서도 모르는 척 들었다.

"앞으로 나흘 후면 도착할 거예요. 요새 사제들의 성력이 예전 같지 않아서 이동진도 준비하지 못했거든요."

"성녀님은?"

"성녀님은 이런 일에 성력을 쓰지 않으세요. 더 귀한 데에 쓰셔요."

"더 귀한 곳이라…… 그럴 만도 하지."

로자리아는 그렇게 말하며 마차에 올라탔다. 가죽 의자에 몸을 기댄 채 생각에 잠겼다. 에나는 성녀를 두둔했지만, 이상한 일이었다. 성녀의 신력에는 한계가 없었다. 여신 아니타의 축복을 받은 성녀에게 기적을 행사하는 일은 무척 쉬운 일이었다. 로자리아는 성서의 내용을 떠올렸다.

죽어 가는 자를 살리며, 다리를 잃은 자를 걷게 하며, 메마른 땅에 비를 내리고, 푸른 강에서 염화를 일으키리라.

'성서에 쓰인 기록이니 거짓은 아니겠지만.'

로자리아는 넓게 펼쳐진 테라강을 바라보았다. 테베의 어머니라 불리는 위대한 강. 테라는 척박한 땅에 생명을 움트게 한 젖줄이자, 테베와 이스타샤를 나누는 거대한 강이었다.

'이 강만 건너면 이스타샤야.'

프리실라는 가느다란 지팡이를 들고 섰다. 금빛으로 수놓은 지팡이의 가장 위에는 보랏빛의 보석이 박혀 있었다.

'저게 바로 여신 아니타의 심장.'

아니타가 죽기 전, 그녀의 심장을 뽑아 만들었다는 성물이었다. 로자리아는 흥미로운 얼굴로 프리실라를 지켜보았다.

'과연. 성녀란 것이 거짓말이 아니었어.'

늘 사람을 죽이는 일에만 몰두하던 프리실라가 정말로 성녀는 맞긴 한 모양이다. 물줄기가 두 갈래로 갈라지며 길목이 만들어졌다. 프리실라가 비틀거리자, 성녀를 지키는 기사들과 신녀들이 다급한 목소리로 외쳤다.

"프리실라 님, 괜찮은가요?"

"어서 빨리 건너도록 해요. 프리실라 님 몸에 무리가 가는 일이에요. 서둘러요!"

"프리실라 님, 저희를 위해서 이토록……."

로자리아는 저들의 반응이 신기했다. 프리실라가 성력을 쓴 건 아랫사람을 위한 것이 아니었다. 노만 1세의 명령을 가장 빠르고 신속하게 이루어 내기 위함이었다.

로자리아의 마차는 가장 마지막이어서 그녀는 창문 밖으로 보이는 물줄기를 구경했다. 미지근한 바람이 불었다. 차가운 강가의 바람과는 다른.

'불길해.'

서서히 바람의 방향이 바뀌었다. 강의 북쪽에서 오던 바람이 역으로 불기 시작했다. 바람의 방향이 바뀐다는 건 불길한 전조였다. 로자리아는 마차 밖에 서 있던 에나에게 서둘러 말했다.

"에나, 여기 붙어 있지 말고 가장 앞쪽으로 가."

"네? 그러면 왕녀님을 보필할 사람이 아무도 없게 돼요. 혹시라도 무슨 일이 생기면……."

"난 괜찮으니 성녀님을 봐주겠어? 성력을 많이 쓰다 보니 쓰러질까 걱정돼."

성녀를 걱정할 리가 없었지만, 에나를 위해서였다. 그 순간이었다. 다섯 무리 중 로자리아를 호위하던 마지막 무리가 강을 건너려던 때였다. 땅이 울리는 소리와 함께 솟구쳤던 강물이 내려앉았다.

"으아악, 물이 떨어진다!"

"피해! 무기를 버리고 어서 피해라!"

"저하와 성녀님을 보호해라!"

'네 수야 뻔하지.'

거대한 물줄기가 바닥으로 솟구쳐 내렸다. 병사들의 비명이 퍼지며, 거대한 파도가 로자리아가 탄 마차를 덮쳤다. 로자리아는 그녀의 앞으로 밀려오는 거대한 물결과 마주했다. 두려워하며 도망치는 기사들 사이로 그녀는 두 눈을 감았다.

'성력으로 강을 일으킨다 해도 자연을 다스리는 건 정령의 관할이야. 그러니 넌 내 영역을 건드린 거야, 프리실라.'

로자리아는 눈을 뜨며 거대한 물결을 향해 손을 내뻗었다. 그러고는 물을 제어하는 수목(水木)을 불러들이기 위해 낭랑한 목소리로 노래했다. 사람들은 듣지 못하는, 신계의 나무들만이 들을 수 있는 노래. 현존하는 나무라고 볼 수 없는 수목의 거대한 뿌리가 뱀처럼 강물을 휘감았다.

"살려 줘!"

"도망가, 강물이 넘친다!"

비명을 지르는 기사들을 가로막은 건 거대한 나무의 뿌리였다. 사람 백 명의 몸뚱이보다 더 거대한 뿌리는 살아 있는 뱀처럼 움직여 그들을 보호했다.

로자리아는 두 손을 맞붙였다. 그 순간, 날카로운 검이 나타나 물을 베었다. 성녀가 조종하는 물줄기가 힘없이 바닥으로 떨어져 내렸다. 짙은 물안개에 휩싸여 아무도 로자리아가 정령술을 쓰는 것을 보지 못했다. 검 또한 사람이 볼 수 없는 마나로 이루어진 것이었다. 물안개가 걷히는 순간, 로자리아는 물에 빠져들었다. 그녀는 기사들을 구하고 홀로 물에 잠겼다. 아늑한 강이 그녀를 끌어안았다.

그때였다. 누군가가 그녀의 허리를 붙잡았다. 눈을 떠 보니 라쉬드였다.

'말도 안 돼. 당신이 왜……?'

로자리아는 기사들의 만류에도 저를 구하러 오는 사내를 보며 눈을 감았다.

몸이 무거웠다. 손끝 하나 까닥하기 힘들었다. 로자리아는 눈꺼풀을 들어 올렸다. 눈앞에 반라의 사내가 보였다. 시야가 흐릿해 사람을 알아보기 힘들었다.

'누구……?'

이내 뿌연 안개가 걷히면서 시야가 맑아졌다.

"……라쉬드?"

로자리아는 저도 모르게 그의 이름을 내뱉었다. 흐릿한 눈에 사내의 짙은 흑발이 보였다. 그녀의 눈이 커졌다. 꿈이 아니었다. 정말로 라쉬드였다. 로자리아는 퍼뜩 정신이 들었다. 벌떡 일어나려던 그녀의 몸이 비틀거렸다.

"조심해요."

단단한 손길이 느껴졌다. 그가 붙잡아준 것이다. 로자리아는 눈을 깜빡였다. 의외의 상황에 그녀는 당황하고 말았다. 주위를 살피자 강가였다. 날은 새벽이었고 모래가 전부였다. 하늘에 푸른 달이 떠 있었다. 해가 저문 새벽이었다. 강가에 있어 무척 추울 텐데도 젖은 몸에 온기가 감돌았다.

타닥타닥. 새벽의 강가에 모닥불이 주홍빛으로 타고 있었다.

'왜 이렇게 허전하지?'

고개를 내린 로자리아의 얼굴이 붉어졌다. 슈미즈(귀족이 입는 얇은 잠옷)를 걸쳤지만 물에 젖어 안이 전부 비쳤다. 라쉬드의 차분한 목소리가 당황한 그녀를 진정시켰다.

"정신이 드십니까?"

"공작님……?"

"강이 넘쳤습니다. 바닥에서 거대한 뱀이 나타나 병사들을 집어삼켰죠."

'거대한 뱀?'

로자리아는 이해가 안 간다는 듯 눈을 깜빡였다. 곧 그녀는 라쉬드가 말하는 뱀의 정체를 알아차렸다. 설마, 내가 부른 나무를 말하는 건가?

'몸집만 큰 나무뿌리인데.'

로자리아는 뭐라고 말을 해야 할지 몰라 입술을 달싹였다. 게다가 집어삼킨 것도 아니었다. 공작의 병사들을 보호하려던 것뿐.

'정령술사란 사실을 밝힐 순 없어.'

로자리아는 생각을 가다듬으며 떨리는 목소리로 물었다.

"기사들은요?"

"프리실라를 지키던 성기사 두 명이 죽었고, 제 휘하의 부관들은 살았습니다. 그 괴물 뱀이 아니었다면 제가 아끼는 기사들은 전부 죽었을 겁니다."

라쉬드는 방금 전에 있었던 일을 떠올렸다. 프리실라를 지키기 위해 성기사 무리는 앞에 있었고, 공작가의 기사들은 뒤에서 로자리아를 호위했다. 그 괴상한 뱀이 자신의 기사들을 살렸지만 정체를 알아낼 순 없었다.

로자리아는 위로의 의미로 라쉬드의 어깨를 조심스레 두드렸다. 갑작스러운 손길에 라쉬드의 눈길이 그녀를 향했다.

"두렵지 않습니까? 방금 전 왕녀님께선 죽을 뻔했는데도."

"무섭지 않아요. 공작님이 저를 지켜 주신다고 하셨으니까."

'진심에도 없는 소리였건만.'

라쉬드는 속으로 중얼거렸다. 어쨌든 왕녀는 무사히 구해 냈으나 다른 문제가 있었다. 일행과 동떨어진 것이다.

'나보다 더 놀랐겠지.'

그러나 왕녀 앞에서 걱정을 드러내는 것도 좋은 선택은 아니었다.

'어린애를 어떻게 달래야 하지?'

성년을 맞은 19살인 그와 다르게 눈앞의 소녀는 고작 15살이었다.

로자리아는 라쉬드를 물끄러미 바라보았다. 성년을 맞이했지만, 어딘가 모르게 앳된 구석이 남아 있었다.

'평소 중후한 어조가 아니라면 조금 더 어리게 보였을 텐데.'

물빛 눈동자에 라쉬드의 모습이 그대로 비쳤다. 평소 완벽한 공작 그 자체였으나 물에 젖은 머리칼이 뺨에 달라붙었다. 묘한 색기와 어우러져 나른해 보였다.

"머리칼이 뺨에 달라붙었어요."

"괜찮습니다."

그의 말이 들렸지만, 로자리아는 손을 뻗어 그의 뺨에서 머리칼을 떼어 냈다. 왕녀의 창백해진 얼굴이 그의 눈에 스쳤다. 차가울 것만 같았던 손길은 의외로 따뜻했다.

"추운 건가요?"

"조금요."

로자리아는 솔직하게 말했다. 라쉬드는 아쉬움을 삼켰다. 겉옷을 벗어주려고 했지만, 이미 강에 뛰어들 때 벗어 던진 직후였다. 상황을 가늠하던 그의 눈에 떨고 있는 로자리아가 보였다.

'몸도 약하다고 했지. 저체온증에 죽기라도 하면 큰일이겠어.'

라쉬드는 빠르게 결정을 내렸다. 그는 구석에서 웅크린 로자리아에게 다가갔다. 왕녀의 옷도 젖었으니 몸을 덥힐 것이 필요했다.

"조금만 참아주시겠습니까?"

"공, 공작님?"

라쉬드는 로자리아를 뒤에서 끌어안았다. 방심하는 사이, 그와 맨살갗이 닿았다. 달아오른 체온에 놀란 로자리아가 움찔 몸을 굳혔다.

"프리실라에게 저를 좋아하지 않는다고 들었습니다. 그래도 추워서 죽는 것보단 낫습니다."

'아까 라쉬드가 성녀와 같이 있었어. 그때 프리실라가 말한 거였나.'

어안이 벙벙했다. 라쉬드는 단단히 오해하고 있었다. 라쉬드는 찡하니 얼어붙은 로자리아를 더욱 깊게 끌어안았다. 그에게서 차가운 사막의 향이 나는 것만 같았다. 라쉬드의 품은 따뜻했다. 물에 젖어 차갑고 시렸던 몸이 따뜻한 온기에 노곤해졌다. 불편한 자세를 고수하던 로자리아는 라쉬드의 품에 조심스레 몸을 기대었다.

라쉬드는 로자리아가 춥지 않도록 차가운 강가의 바람을 막아주었다. 로자리아는 눈을 내리감았다. 추울까 그녀를 안아주는 손길이 다정하게만 느껴졌다.

'바보 같아. 그저 죽을까 봐 안아주는 것뿐인데. 당신은 여전히 같아.'

로자리아는 라쉬드의 뺨에 손을 뻗다가 멈추었다.

'여전히 차갑고 나를 보지 않아.'

그러니 속마음조차 말할 기회가 없었다.

'당신의 손에 비참하게 죽는 걸 알았다면 마음에 담지 않았을 텐데.'

거짓말이었다. 알면서도 그를 마음에 두었으니까. 그를 만나게 되면 달라지겠다고 결심했다. 그런데도 심장이 뛰었다. 로자리아는 쓴웃음을 지었다. 라쉬드의 손에 죽기 직전, 다시 살아가게 되리란 것도 그를 다시 만나게 될 거란 것도 알지 못했다. 그런데도 어째서 그를 보면 설레는지, 그가 봐주기를 바라는지.

'감춰야 돼.'

그를 좋아하고 있단 사실을 들키고 싶지 않았다. 과거로 돌아왔으니 그녀를 기억하지 못할 것이다. 아니, 기억한다 해도 그녀에게 관심조차 없던 남자였다. 오히려 라쉬드에게 있어 프리실라를 괴롭히는 악귀라면 몰라도.

로자리아는 붉어진 뺨을 가리기 위해 고개를 돌렸다. 눈물을 흘리지 않기 위해 숨을 크게 들이쉬었다. 달아오른 눈가를 서늘한 바람이 식혀 주었다. 로자리아는 심장의 떨림을 억누른 채 입을 열었다.

"공작님께서 지켜 주신 덕에 다치지 않았어요."

"어른스럽군요."

라쉬드는 우는 여자를 질색했다. 프리실라는 그녀의 뜻이 통하지 않을 때, 눈물을 무기로 삼곤 했었다. 그러나 로자리아는 달랐다. 아직 열다섯임에도 의연하고 차분했다. 심지어 그녀는 낯선 제국에 팔려 가는 입장이었다.

"신성제국에 왕녀님의 편은 아무도 없습니다. 어리숙한 것보단 의연한 게 나을 테죠."

라쉬드는 무미건조한 목소리로 읊조렸다. 그것이 왕녀를 위한 처음이자 마지막 호의였다.

"어딜 가도 테베보단 나을 거예요. 그런 것을 두려워하기엔 제겐 할 일이 많아요."

"할 일?"

"행복해지고 싶어요."

"행복?"

라쉬드는 낮게 웃었다. 어린 왕녀가 바라는 행복이라. 그것도 신성제국에서? 강하고 뛰어난 테베의 기사조차 이스타샤에서 살아가지 못했다. 공작에게 아끼던 기사가 하나 있었으나, 신성제국에서의 삶을 버티지 못하고 목을 매었다.

'하물며 왕녀라면…….'

"행운을 빌도록 하죠."

라쉬드는 눈을 내리깔며 뇌까렸다. 그는 순진한 왕녀의 말을 믿지 않았다. 그러나 그것을 가르쳐 줄 생각은 없었다. 한 번 목숨을 구해 준 것만으로 충분했다. 그의 눈빛이 말해주었다. 그녀의 말을 믿지 않는다는 사실을.

'이미 알고 있던 일이야. 그러니 괜찮아.'

로자리아는 웃어 보였다. 그의 말 한마디로 흔들리는 걸 원치 않았다.

"한 가지 묻고 싶은 것이 있어요."

"무엇이 궁금하십니까?"

"공작님께선 테베를 원하시나요?"

"제가 테베를 원할 거라 생각하는 건가요?"

"그렇지 않았다면 제가 죽도록 내버려 두었을 거예요."

라쉬드는 피식 웃었다. 아무런 감정이 담기지 않은 무미건조한 얼굴이었다.

"왕녀님께선 본인의 가치를 너무 높게 평가하는군요. 신성제국의 황위도 거부한 제가 고작 테베의 후계자에게 관심이 있다?"

"그건……."

라쉬드는 차갑게 일렀다.

“아쉬움은 없습니다.”

“그렇게 말하지 않아도 알고 있어요.”

로자리아는 더 이상 라쉬드와 대화를 하지 않았다. 이용 가치가 있는 성녀에게도 그리 차가운 남자가 이용 가치도 없는 테베의 왕녀에게 관심을 두는 건 이상한 일이었다.

로자리아는 모닥불을 쬐며 과거를 떠올렸다. 성녀의 기사로 불리던 그의 모습을. 프리실라를 끌어안고 저를 바라보던 모습이 지금에선 낯설었다.

“제게 따로 할 말이 있나요?”

“추워서 잠이 오지 않아요.”

로자리아는 다른 말을 꺼냈다. 그의 품에서 떨어져서 불을 쬐는 소녀의 얼굴이 창백했다.

“이쪽으로 와요.”

‘그런 말 듣고 갈 수 있을 리가 없잖아.’

로자리아는 고개를 저었다. 이 정도 추위쯤은 버틸 수 있었다. 더한 고통도 이겨 내지 않았던가.

“엣취!”

재채기가 나오는 건 어쩔 수 없었다. 로자리아는 손등으로 입을 가렸다. 연이어 기침이 터져 나왔다.

“그러다 감기 걸립니다.”

“놔둬요.”

“왕녀님께서도 한 고집 하시네요.”

결국 라쉬드가 먼저 로자리아에게 다가갔다. 주저하는 시선을 보고도 그는 단번에 어린 왕녀를 안아 들었다.

“내일 날이 밝으면 기사들이 올 겁니다. 그때까지 싫어도 참으세요.”

“공작님도 참으실 수 있겠죠?”

로자리아는 마음에도 없는 소리를 했다. 그렇게 말하면서도 라쉬드의 어깨에 고개를 묻었다.

'잠시만, 아주 잠시만.'

시간이 멈추기를.

'오늘만, 아니, 지금 이 순간만 욕심을 내도 될까.'

달빛이 그들을 비추었다. 푸른 달빛이 로자리아의 금발에 새처럼 내려앉았다.

"잠든 건가요?

"……."

불러도 답이 들리지 않았다. 새근새근, 숨을 작게 내쉬는 소리가 들렸다. 달빛이 저물어 가는 새벽이었다. 동이 트기 시작했다. 붉은 태양이 강 위로 떠오르는 걸 보며 라쉬드는 로자리아의 머리칼을 어루만졌다.

로자리아는 잠결에 뒤척였다. 해가 중천에 떴지만 일어나지 못했다.

'따뜻해.'

무언가에 안긴 것처럼 온기가 느껴졌다. 그제야 그녀는 눈을 번쩍 떴다. 라쉬드의 품에 안긴 채로 잠이 들었다. 꿈이라고 생각했지만 현실이었다. 귓가에 잠에 취한 목소리가 들려왔다.

"깼군요."

라쉬드는 주위를 둘러보았다. 행여 짐승이 올까 봐 밤을 새웠다. 동이 트는 건 봤는데 언제 잠이 들었는지 기억나지 않았다.

'이 상황에서 왕녀를 끌어안고 자다니.'

그는 낮게 혀를 찼다. 왕녀야 어리니 그렇다 쳐도 무방비하지 않은

가. 흐트러진 머리칼을 쓸어 넘기던 그는 제 품에 꼬옥 안긴 왕녀를 내려다보았다.

'아주 착 달라붙었어. 어린애도 아니고.'

"깼으면 비켜 주겠습니까?"

심지어 그는 반라였다. 헤엄치는 데 방해될까 제복을 벗어 던졌으니 입을 것이 없었다. 맨 살갗에 닿는 감촉은 묘했다. 그는 미간을 찌푸리며 자리에서 일어섰다.

"제가 공작님 품에서 잔 거예요?"

"오해하지 마십시오. 왕녀님껜 손 하나 대지 않았으니까."

오히려 그 반대였다. 품이 따뜻했는지 잠결에 이리저리 만지지 않았나.

"어젯밤에 제 이름을 부르시던데."

"네?"

"그것도 세 번이나."

라쉬드는 눈을 가늘게 떴다. 그리 심한 짓은 하지 않았다 생각했다. 이름을 부를 정도면 감정의 골이 생긴 건가. 멀지 않은 곳에서 인기척이 느껴졌다. 무언가 말을 하려던 그는 입을 다물었다.

"각하!"

기사들이었다. 경거망동하지 마라 일렀거늘 하루 안 봤다고 호들갑은.

"기사들을 시켜 제복을 가져오라 하겠습니다. 여기서 기다려요."

"알겠어요."

기사들이 발에 불이 나도록 뛰어왔다. 까닥 잘못 보였다간 오늘로서 기사를 그만두어야 했다.

'우는 기사도 있네. 그렇게 인기가 좋은가? 아니면 연기?'

로자리아는 수차례 눈을 의심했다. 저를 대할 땐 엄숙하던 기사들이

대왕견이라도 된 것처럼 공작에게 꼬리를 흔들었다.

"모두 제 책임입니다. 제가 부족한 탓에 주군께서 위험에 처하셨습니다."

"됐고 옷부터 벗어."

라쉬드는 차갑게 일렀다.

"예? 저도 물에 빠졌던지라 이거 벗으면 아무것도……."

거의 강제로 벗기다시피 했다.

'신성제국의 공작이니 반라는 좀 그랬나 보네.'

풀썩.

눈 깜짝할 사이에 그녀의 머리 위에 풀썩 기사의 겉옷이 떨어져 내렸다.

"입어요."

"……공작님이 입으시는 거 아니었어요?"

"다 젖은 차림새로 기사들 앞에 서겠다는 겁니까?"

라쉬드는 오히려 반문했다. 긴장감 없는 이 왕녀는 그녀의 모습이 어떤지 자각하지 못했다.

'아직 어리다고 하나 곧 성년일 텐데.'

라쉬드는 마냥 순진해 보이는 왕녀를 보며 눈을 찌푸렸다.

"할 말이 있으신가요?"

"아뇨, 없습니다."

라쉬드는 멀뚱히 자신을 쳐다보는 로자리아에게서 등을 돌렸다. 매몰찬 그의 태도에 그녀는 왜 그러는지 묻고 싶었다.

'내가 먼저 달라고 한 것도 아닌데. 입고 싶으면 먼저 입지.'

로자리아는 도리어 한숨을 쉬며 그를 뒤따랐다.

'차라리 잘되었어. 더 이상 라쉬드와 얽혀선 안 돼.'

심장이 잘게 떨려서 남아날 길이 없었다.

'차라리 매정하게 버려두면 익숙해질 텐데!'

관심도 없고 이용 가치도 없다고 말하면서 체온이 낮다며 끌어안고, 옷이 젖었다며 기사를 시켜 옷을 바치게 했다.

'변한 건 없어. 그는 여전히 성녀의 남자니까.'

3장 계약

로자리아는 마차를 타고 이스타샤에 도착할 수 있었다. 제도에 들르기 전, 신전에서 준비한 의례 행사가 있었다.

"왕녀님께선 마차에서 나오지 마십시오. 성녀님과 각하께서 인사를 하고 나면 출발할 겁니다."

"알았으니 그만 가 보도록 해요."

기사가 와서 엄포를 놓았다. 의식을 중요시하는 신성제국다웠다. 마차에서 먼저 내린 프리실라가 손을 흔들었다. 제도에 들르기 전에도 인파가 몰려들었다. 제국민의 환호에 귀가 먹먹했다. 프리실라는 자애로운 미소를 지었다.

'무지한 것들. 시끄럽고 천박해.'

겉으로 보기엔 완벽한 성녀님이었다. 그녀는 비틀린 속을 감추며 화사하게 웃었다.

"세상에, 성녀님이셔!"

"살면서 성녀님을 뵙게 될 줄이야."

"죽기 직전에 성녀님을 보다니……."

제국민은 눈물을 흘리며 감격했다. 이를 보던 로자리아는 피식 웃었다.

'언제 봐도 프리실라는 인기가 좋아.'

어차피 알고 있던 사실이었다. 라쉬드가 피곤한 얼굴로 프리실라의 곁에서 손을 흔들었다.

'정말 형식적으로 흔드네.'

그러다 라쉬드는 로자리아와 눈을 마주쳤다. 잠시 마주친 것이라고 치기엔 그는 그녀를 뚫어져라 바라봤다.

'놀라지 않는군. 마치 익숙한 것처럼.'

벌 떼같이 몰려든 제국민을 보고도 놀라지 않는 이는 드물었다. 그것도 신성제국에 처음 온 자라면. 야만인 소리를 듣는 왕녀와 다르게 성녀는 경외를 받는다. 그걸 알면서도 그녀는 평온해 보였다. 이에 라쉬드는 묘한 기분을 느꼈다. 의식이 끝나고 멈추었던 마차가 다시 달렸다. 반나절을 달려 이스타샤 제도에 도착했다.

"이스타샤의 황성……."

아라베스크풍의 거대한 황성이 즐비했다. 로자리아는 황성에서 눈을 떼지 못했다. 열다섯에 이스타샤에 끌려와 죽기 직전까지 벗어나지 못했던 곳. 12년이 지나 복수를 끝마침으로써 죽음으로서 풀려났다. 신성제국의 황성은 초라한 왕녀가 발을 딛기에 거대했다.

키득키득. 적나라한 조소와 적의에 찬 말들이 귓가에 파고들었다. 움츠린 로자리아에게 프리실라가 다가가 손을 잡아주었다.

"로자리아, 제가 당신을 구원해 줄게요."

과거를 떠올린 로자리아는 두 눈을 감았다.

'다시 시작되는 거야. 그러나 예전처럼 너를 믿는 일은 없어, 프리실라.'

프리실라의 배신과 복수까지. 수면 아래, 그때의 기억이 황성에 고여 있었다. 처음 황성에 왔던 열다섯의 기억과 복수를 끝낸 스물일곱의 기억이 교차했다.

"내게 감히 반기를 들겠다고? 너 따위가 내게?"

"예언하는 성녀께서 자신의 미래도 보지 못하는 건가?"

로자리아는 검을 쥔 채로 읊조렸다. 얼마 지나지 않아 자신의 검은 성기사와 성녀의 피로 물들었다. 그녀는 물끄러미 손을 내려다보았다.

'그 검을 드는 일이 없기를 바랄 뿐이야.'

기사의 부름에 상념에서 깨어났다.

"왕녀님, 처소로 안내해 드리겠습니다."

로자리아는 기사의 안내를 받아 황성으로 향했다. 옷도 갈아입지 못해 남루한 차림으로 성의 귀족들과 마주쳐야 했다.

"저 꼬락서니 좀 봐. 누가 왕녀라고 믿겠어? 하기야 야만족 테베 출신이니 왕녀라고 대수겠어?"

"테베에서 더러운 병 같은 거 옮기지 않나 몰라."

킥킥거리는 귀부인의 조롱이 들려왔다. 로자리아는 감이 좋은 편이었고 아쉽게도 시력과 청력은 더 좋았다. 적나라하게 들리는 모욕에도 그녀는 앞을 향해 걸어 나갔다.

"우리가 무서워서 말 하나 못 하는 것 봐. 안 봐도 뻔해."

로자리아는 무어라 지껄이는 부인의 말을 깔끔히 무시했다. 그녀는 낡은 드레스 차림에도 움츠러드는 기색 없이 허리를 세웠다. 이윽고 거대한 문이 열렸다. 이스타샤의 황제, 노만 1세가 테베에서 온 왕녀를 맞이했다. 그는 성녀과 공작이 로자리아를 무사히 데려온 것에 무척 기뻐했다.

"폐하께 예를 갖추십시오, 왕녀님."

"처음 뵙겠어요, 폐하. 테베의 왕녀인 로자리아 비아 데모나 발데르가예요."

"아아, 그래 네가 그 유명한 로테사의 딸이로구나. 제 딸에게 무정한 아비가 원망스럽지 않으냐?"

"현명한 선택이라고 생각했어요."

"아예 머리가 없는 건 아니었구나. 로테사로선 왕녀 한 명을 바치는 게 수지타산에 맞을 테니."

노만 1세는 웃었다. 소싯적의 화려한 미남이었으나 지금은 병환에 든 노인에 불과했다. 그럼에도 그는 신성제국의 황권을 틀어쥔 황제였다. 그는 제2황자인 라쉬드 공작과 클라인 황태자 사이에서 후계 자리를 놓고 저울질했다.

"이스타샤에 평생을 감사해라. 성녀가 아니었으면 테베에서 죽을 운명이었다."

이를 듣던 프리실라가 입을 열었다.

"과찬이세요, 폐하. 전 공작님의 공이 더 크다고 생각해요."

'강줄기 나누는 걸 실패한 공? 성력을 써서 기사들까지 묻으려 한 건 기억나지 않나 보네.'

"이리 서로를 아끼니 보기 좋구나."

"라쉬드도 그렇게 생각하죠?"

"대외적인 자리에서 어찌 성녀를 타박하겠습니까?"

라쉬드는 그 말에 동의하지 않았다. 심지어 대외적인 자리에서도 성녀에게 차갑게 대한 그였다.

"짐이 왕녀를 이스타샤에 부른 이유를 아느냐?"

"공작님과 성녀님께 들었어요, 폐하. 신성제국에서 여신의 가르침을 받을 수 있다면 테베와 제게 영광이에요."

"소문과 달리 똑똑한 아이로구나."

"감사합니다, 폐하."

노만 1세가 기뻐하며 말했다.

"폐하께서 그토록 신경 써 주신 걸 감사해야 해요, 로자리아."

"되었다, 프리실라. 로테사왕이 왕녀에게 몹쓸 짓을 했다고 들었다. 신성제국에 온 게 네게 행운일 테지."

"감사합니다, 폐하."

"황태자는 어디 갔느냐? 왕녀와 만나면 좋을 것을."

갑작스러운 말이었다. 공손하게 대답하던 로자리아의 눈이 가늘어졌다.

'황태자는 갑자기 왜?'

"폐하, 전하께선 몸이 좋지 않아 동궁에서 지내고 계세요."

"황태자가 나를 닮아 미남이었지. 만나 보고 싶지 않은가?"

"아니에요, 폐하. 황태자 전하께서 아프시니 어서 쾌차하셨으면 좋겠네요."

로자리아는 말을 돌렸다. 겉치레라도 '네'라고 대답하지 않았다.

'그 얼간이가 미남이란 건 인정해.'

여신이 축복이라도 내렸는지 신성제국의 황족은 남녀를 불문하고 모두 아름다웠다. 단 지능과 능력은 예외였다. 황태자에게 가야 할 지력이 전부 라쉬드 공작에게 간 것이 분명했다.

'과거에는 이런 일이 없었어. 프리실라가 무슨 짓을 꾸민 거지?'

로자리아는 미소를 잃지 않으며 머리를 굴렸다. 분명 놓친 것이 있었다.

'전령을 시켜 노만 1세와 연락할 시간은 충분했을 거야.'

로자리아는 그저 기우이기를 바랐다. 노만 1세가 아들의 미모를 자랑하는 팔불출이 아니었으나, 오늘만은 변덕이었으면 했다.

'설마 황태자와 나를 엮으려는 건 아니겠지. 클라인은 나를 싫어했어.'

과거로 돌아와 달라진다 해도 클라인이 자신을 좋아할 이유가 없었다. 그는 프리실라를 마음에 들어 했고 주변엔 여자가 넘쳤다.

'황태자의 동의 없이 프리실라 멋대로 벌인 일이라면…….'

로자리아는 직감이 뛰어났다. 노만 1세가 실없이 아들 자랑을 할 사람은 아니었다.

"황태자 전하께서 로자리아를 봤다면 좋아했을 거예요."

"성녀님, 황태자 전하는 제겐 과분한 분이에요. 사려 깊고 지혜로우시다고……."

로자리아는 겨우 말을 이었다. 말하다가 실소가 터질 뻔했다. 클라인은 자타공인 황위에 집착하는 얼간이였다.

'정말로 할 말이 없어. 능력 있다고 말할 수도 없고.'

프리실라의 계속된 언질에 로자리아는 확신했다.

'프리실라의 짓이야. 라쉬드는 내게 관심이 없지만 그가 나를 구하러 왔기에 황태자의 후궁으로 정리해 버린 거야. 황후 자리를 주진 않을 테고.'

어떻게 황제를 구슬렸는지 중요하지 않았다. 황태자 또한 성녀의 편이었다. 로자리아는 저를 보고 비식거리는 프리실라에게 눈꼬리를 휘었다.

"형님께서?"

가만히 지켜보던 라쉬드가 웃음을 참지 못했다. 제 형님이 멍청한 건 지나가던 시녀도 알 정도였다.

"황태자 전하는 능력 있는 좋은 분이에요."

'이미 주어진 황위조차도 빼앗길까 전전긍긍하는 황태자가?'

생각만 해도 속이 치밀었다. 로자리아는 입술을 질끈 물었다.

"차기 황제가 될 황태자의 아내가 된다면 더한 영광이 없을 거다."

"누군지 몰라도 행운일 거예요, 폐하."

'적어도 난 아니야.'

로자리아는 불길한 기색을 떨쳐 내었다. 테베인을 더러운 야만인이라며 멸시하는 클라인이니, 성녀의 뜻대로 되진 않기를 바랐다.

'노만 1세와 프리실라가 밀어붙인다면?'

로자리아는 생각을 가다듬었다. 머릿속에 수백 가지의 가정이 떠올랐다. 그리고 결론은 확실했다. 죽어도 클라인과 정략결혼을 할 수 없었다. 마음속으로 외면했지만 단순한 기우는 아니었다.

'프리실라는 무슨 짓을 해서든 날 황태자의 후궁으로 밀어붙일 거야. 노만 1세의 동의는 이미 얻었을 확률이 높아.'

"모두 쉬러 가거라. 먼 여정을 거쳤으니 피곤할 터. 내 나중에 왕녀와 황태자의 자리를 마련해 두겠다."

"제겐 영광이에요, 폐하."

"로자리아가 기뻐해서 다행이에요. 그렇지 않나요, 폐하?"

왕녀를 본 프리실라는 속으로 조소했다. 왕녀가 아무리 발악해 봤자 자신은 성녀였다.

'클라인의 후궁이 되면 다신 라쉬드에게 접근하지 못하겠지. 왕녀가 주제를 모르니 내가 가르쳐 줄 수밖에.'

로자리아는 프리실라와 눈이 마주쳤지만 피하지 않았다. 왕녀는 꽤 담담했다. 프리실라는 가소로운 시선을 보내며 피식거렸다.

"절대로 클라인과 결혼은 안 돼."

로자리아는 한적한 정원으로 도망치듯 빠져나왔다. 그녀는 타오르는 속을 진정시켰다.

"황제는 이미 결정을 내렸어. 성녀가 적극적으로 지지하면 되돌릴 수 없어."

방안을 찾아야 했다. 황태자가 어리석긴 해도 신성제국의 황위를 이을 몸이었다.

"클라인과의 결혼을 막을 수 있는 남자가……."

있긴 있었다. 그러나 로자리아의 표정이 밝아지기는커녕 급격히 어두워졌다.

"이럴 때 왜 하필 라쉬드가 생각나는 거야. 그는 날 죽인 남자야."

「맞아, 맞아! 로즈를 죽인 나쁜 놈이야!」

「우리가 공작을 혼내 주자!」

「힝. 그렇지만 공작은 무서운걸.」

로자리아는 저를 응원하는 정령들을 보곤 매서운 표정을 풀었다. 분명 심각한 상황인데도 귀여운 정령들을 보면 웃음이 나오곤 했다.

한 정령이 반짝거리며 로즈에게 물었다.

「공작과 결혼해서 그 남자를 독살하는 건 어때?」

「로즈, 그 남자와 결혼해? 안 돼! 우리를 전부 죽일 거야!」

「치, 뭐래. 어차피 정령술사가 아닌 인간들은 우릴 못 봐, 겁쟁아. 야, 넌 무슨 정령이 독살이야.」

로즈는 자기들끼리 분란이 일어난 정령들을 말리다가 내버려 두었다. 그녀의 새끼손가락만 한 정령들은 전부 지는 걸 무엇보다 싫어했다. 그건 로자리아도 마찬가지였다.

'라쉬드와의 결혼이라.'

로자리아는 말도 안 된다고 생각하며 고개를 저었다. 그녀는 황태자의 후궁이 되어 부채를 살랑거리는 자신의 미래를 생각하다가 표정을 구겼다. 클라인 생각만 해도 속이 메슥거렸다.

'평생 위염을 앓고 살 게 아니라면 클라인과 결혼은 안 돼.'

로자리아는 반나절 동안 숲속을 거닐며 생각에 잠겼다. 그녀의 표정이 심각해지자 이를 눈치챈 정령은 삼삼오오 모여 자기들끼리 회의를 열었다.

「우리가 로즈에게 멋진 신랑감을 데려다주자!」

「바보야, 이스타샤에선 그런 거 없어.」

「바보야! 로즈가 좋아하는 건 그 남자라고! 그러니까 네가 모태솔로인 거야, 흥.」

한 요정의 말에 다른 요정들이 주억거렸다. 그들은 자기들끼리 속닥거리고는 계획을 실행했다.

「우리는 힘이 미약해서 라쉬드를 데려올 수 없는걸.」

「그럼 신목에게 부탁해야지. 지금 라쉬드는 서쪽으로 가는 중이래. 그러니 윈드를 부르자! 말이 이쪽으로 달려오게 하면 돼.」

「잠깐, 로즈에게 허락을 맡아야…….」

「이건 로즈를 위한 일이야! 내가 윈드에게 한 번만 바람을 일으켜 달라고 조를 테니 너흰 말에게 시원한 물 주겠다고 꼬드겨.」

로자리아는 저들끼리 신이 난 정령을 보며 한숨을 쉬었다. 그녀가 생각하기에 황태자를 뛰어넘을 신랑감은 라쉬드뿐이었다. 제아무리 능력이 출중한 남자를 데려간들, 혈통이 우선인 이스타샤에선 인정하지 않으리라.

푸르릉. 갑작스레 들리는 말소리에 그녀는 귀를 기울였다. 버려진 정원이라 아무도 올 리가 없었건만 말발굽 소리가 들렸다.

"공작님?"

"왕녀님?"

라쉬드는 로자리아의 코앞에서 말고삐를 강하게 틀어쥐었다. 하마터면 정원에 한가운데에 서 있던 왕녀를 다치게 할 뻔했다.

"말이 달려오면 피해야지, 뭘 멀뚱히 보고 계십니까?"

"정원에서 말을 타고 온 공작님이 하실 말은 아닌 것 같은데요."

로자리아는 누가 봐도 말이 쉽사리 오기 힘든 정원을 가리키며 말했다. 민망해진 라쉬드는 낮게 헛기침을 했다. 그러다가 그는 눈을 가늘게 뜨곤 로자리아에게 물었다.

"제게 볼일이 있는 겁니까?"

"실례지만 제가 있는 정원에 뒤늦게 오신 건 공작님이에요."

"그런 것치곤 제게 할 말이 있는 표정이시군요."

라쉬드는 로자리아의 말을 한 귀로 흘리고는 물었다. 그는 말을 제어하기 위해 고삐에 힘을 주었지만 도통 듣지 않았다. 로자리아에게 다가가려는 군마에게 소리치려는 찰나, 그녀가 먼저 말의 갈기를 어루만졌다.

"쉬, 착하지. 바람이 세차게 불어서 놀란 거구나."

로자리아는 라쉬드에게서 고개를 돌리곤 그의 군마와 대화했다. 다른 사람의 시선엔 이상하게 보여도 식물과 동물을 좋아하는 정령술사로선 당연한 일이었다. 그녀에겐 정령들의 장난에 놀란 말을 달래는 게 우선이었다.

"괜찮아. 곧 바람이 멎을 거야."

푸르릉. 로자리아의 말에 대답하듯 말이 투레질을 했다. 콘라드 2세, 명실상부한 명문 혈통의 말이었다. 평생 단 한 명의 주인을 삼으며 그 외에 사람은 태우지 않는 고고한 말이면서, 주인 외의 다른 사람이 만지면 흉포한 성격 탓에 난리가 났다. 마구간지기도 감당하지 못해 라쉬드가 직접 돌볼 정도였다.

'내가 어려 작을 때는 내 말도 안 듣던 놈이 처음 보는 왕녀에겐 순종적으로 굴어?'

라쉬드는 내숭 떠는 말을 보며 헛웃음을 터뜨렸다.

"어떻게 한 겁니까?"

"뭘 말이에요?"

"말과 대화하는 것 말입니다."

"음, 그냥 놀란 말을 달랜 것뿐이에요."

"본디 주인의 말밖에 듣지 않는 말입니다. 남녀 가릴 것 없이 작고 가녀린 것을 보면 발로 차려는 난폭한 놈이죠. 전쟁터에서 투구를 걸친 병사를 짓밟아 죽일 정도로."

"본디 말이 난폭한 동물은 아니에요. 예민한 동물이라 스트레스를 받거나 커다란 소리가 울리는 전쟁터에선 변할 수밖에 없죠. 주인을 믿지만, 그것과 별개로 전쟁터는 동물들에게 본능적으로 두려움을 주는 곳이니까요."

"……그럴 수도 있겠군요."

라쉬드는 처음으로 로자리아의 말을 귀담아들었다. 저에게 잘 보이기 위해 아양을 떠는 귀족 영애와는 달랐다. 라쉬드는 그가 타고 있는 콘라드 2세를 묘한 눈길로 내려다보았다.

"동물들에 대해서 잘 아시나 봅니다."

"어렸을 때 말을 자주 봤었어요."

라쉬드는 로자리아를 주도면밀하게 살피며 물었다.

"황태자가 당신을 마음에 들어 했다던데."

라쉬드에게 클라인은 이복형이 아닌 무능한 황태자였다. 그는 클라인을 형제로 인정하지 않았다.

"이상하네요. 저는 황태자 전하를 뵌 적이 없는걸요."

"성녀가 그렇게 말했다면 그렇게 될 겁니다."

의미심장한 말이었다. 그는 황성에 도착하고 나서 노만 1세와 성녀의 분위기가 이상하다는 걸 알아차렸다. 왕녀를 데려왔으니 이 이상은 왕녀에게 신경을 쓸 이유가 없었다. 그렇게 여겼던 라쉬드는 황제를 보고 나서 생각을 바꾸었다.

'왕녀가 황태자의 후궁이 된다……. 황태자의 아이를 가지면 테베의 후계자가 되겠지.'

그러니 그저 넘길 수 없는 문제였다. 그렇지 않아도 왕녀를 만날 생각이었다.

"……공작님의 말씀은, 제가 황태자 전하의 후궁이 된다는 얘긴가요?"

"저로서도 오늘 처음 듣는 얘기였습니다."

로자리아는 덤덤하게 물었다. 손끝이 떨렸으나 소매로 끌어당겨 가렸다. 라쉬드는 낮아진 목소리로 말했다.

"그저 한 얘기일 수도 있습니다. 이스타샤의 황족으로서 후궁을 들이는 건 여신 아니타의 율법에 어긋나는 일이니까요."

일부일처제였지만 이를 지키는 건 평민과 급이 낮은 귀족들뿐이었다. 고위 귀족은 황족의 허락을 받아 첩을 들였으며, 더 심할 경우엔 본처를 죽이고 첩을 부인으로 맞아들였다.

"……전 그렇게 생각하지 않아요. 노만 1세께서 정하신 일이니 쉽게 바꾸지 못할 거예요. 황태자는 어떤 분이신가요?"

"아아, 클라인? 그는 피곤한 성격입니다. 가지지 못한 것을 탐내고 이미 가진 것을 빼앗길까 전전긍긍하는."

라쉬드는 진심을 말했다. 늘 가면을 덧씌운 그는 클라인의 평가에 대해선 솔직했다. 놀랍지 않게도 이제껏 좋은 평가를 한 적은 없었다.

"아아, 그렇군요. 황태자 전하께선 그런 분이셨네요. 성녀님 말씀과 달리……."

라쉬드는 침묵했다. 로자리아는 숨을 크게 들이쉬었다. 먼저 말을 꺼낼 생각이었다. 이제부터가 본론이었다.

"궁금한 것이 있어요, 공작님. 제가 정말로 황태자 전하의 후궁이 되어 살아갈 수 있나요?"

"사랑받는 후궁 자리를 거부하는 겁니까?"

'저건 심한 농담이야.'

로자리아는 웃음기가 사라진 얼굴로 고개를 끄덕였다.

"흐음."

한숨을 쉬던 라쉬드가 답지 않은 친절을 베풀었다. 그는 로자리아에게 상황을 알려 주기로 마음먹었다. 더욱이 왕녀가 황태자의 후궁이 되면 공작가의 걸림돌이 될 건 자명했다.

"황후는 프리실라가 될 거고, 왕녀님께서 후계자를 낳지 않는 이상 이스타샤에서 버틸 수 없을 겁니다. 아니, 왕녀님께서 사내아이를 품게 되면 더 위험해지겠죠."

"테베는 소왕국이에요. 왕녀인 제가 황후가 되고 후계자를 키울 생각은 해본 적 없어요. 처음 보는 황태자 전하의 후궁이 되는 건 더더욱."

로자리아가 칼같이 대답했다. 라쉬드는 의외라고 생각했다. 겉보기에 클라인은 꽤 반반한 편에 속했다. 이스타샤의 황족에 걸맞게 외모로만 보면 빠질 것 없는 황태자였다. 금발에 에메랄드 눈동자. 서글서글한 인상에 훤칠한 장신. 그리고 이를 무용지물로 만드는 폭발 직전의 열등감과 다소 모자란 두뇌, 허세를 떨지만 보너스로 갖춘 무능력까지.

"황태자가 적장자이니 황제 폐하도 눈감아주는 것이 많을 겁니다."

"황태자 저하와 한 번도 만나지 못했어요. 그런 줄은……."

라쉬드는 과거를 떠올리며 피식 웃었다. 그는 노만 1세의 총애를 받는 황자이면서 노만 1세가 원하는 황제감이었다. 능력 면에선 제2황자인 라쉬드 공작이 우월했으며, 황태자와 혈통도 견줄 만했다.

황태자의 어머니였던 제1황비가 서거한 후 맞은 제2황비의 소생이었고 무엇보다도 여신의 피를 짙게 물려받은 증거가 있었다. 흑발에 자안. 명실상부한 여신의 후계자였으나 라쉬드는 웬일인지 신성제국의 황위를 거부했다. 그는 이스타샤의 멸망을 직감했다. 수도에는 전염병이 창궐했고 오백 년간의 평화는 신성제국의 뿌리부터 갉아먹었다.

'황제가 된다는 것…….'

그는 눈을 내리깐 채로 로자리아를 보았다.

'왜 왕녀를 보면 꿈속의 일이 생각나는 거지.'

꿈속에서 그는 신성제국의 황제였다. 사람들은 전염병에 죽어 갔으며 바렛사의 군대가 이스타샤를 집어삼켰다. 황금의 자수가 놓인 하얀 옷. 허리까지 오는 검은 머리칼, 바이올렛 눈동자. 자신과 같은 얼굴의 황제는 무너져 가는 신성제국을 보았다. 불에 타고 사람들이 죽어 가는 비명을 들어야 했다. 그것이 꼭 미래의 일로 느껴져 황위에 오르지 못했다. 꿈속의 일이 반복되기를 원치 않았다. 황위를 거부하는 대신 그는 전염병을 고치고 바렛사의 군대를 막고자 했다.

생각에 잠긴 라쉬드에게 로자리아가 물었다.

"이스타샤에 오기 전부터 공작님에 관한 소문을 들었어요. 수년 전에 노만 1세께서 공작님께 황위를 주려고 했으나, 공작님이 거부하셨다고……."

"로테사왕이 알려 준 건가요? 내가 황위를 거부했다고?"

라쉬드는 부인하지 않았다. 오히려 그는 로자리아에게 물었다.

"공공연한 비밀이기엔 아는 사람이 꽤 많지 않았나요?"

"그렇다면요?"

라쉬드는 순순히 인정했다.

"어째서인지 물어도 되나요? 황제가 된다는 건 기회잖아요."

"황제 노릇을 할 생각은 없습니다. 이스타샤의 군사권을 가진 공작으로서 북부의 바렛사로부터 신성제국을 지키는 것만이 제 의무입니다.”

그의 말을 듣고도 풀리지 않는 의문이 있었다.

‘예전부터 궁금했었어. 왜 황제 자리에 오르지 않는 건지.’

자신에게 냉정한 공작이지만 한 가지 놓친 점이 있었다. 분명 라쉬드는 야욕을 가졌다. 설령 황태자가 능력이 뛰어나도 그를 제치고 황제가 될 사내였다.

“황위를 이을 생각은 없습니다. 어차피 지나간 일일뿐더러.”

다른 사람은 알지 못해도 자신에겐 충분한 이유였다. 성녀와 여신이 좌지우지하는 신성제국. 제국이 바렛사에게 무너지는 건 볼 수 없으나 황위는 거부했다. 그 자신이 생각하기에도 모순이었다.

‘꿈속의 일을 되풀이하고 싶지 않아.’

라쉬드의 상념을 깨운 건 로자리아의 목소리였다.

“공작님, 한 가지 물어볼 게 있어요.”

“말씀하십시오.”

“공작님께서 이스타샤의 군사권을 가지신 거죠?”

“원래는 제 것이 아니었습니다. 어머니의 가문이 대대로 이스타샤의 북부를 지켰던 무가였음에도.”

라쉬드는 이스타샤에서 누구나 아는 이야기를 전했다. 물론 로자리아는 이미 이 사실을 알고 있었다. 회귀하기 전, 북부의 바렛사로부터 이스타샤를 지킨 라쉬드 공작에 대해 모르려야 모를 수 없었다.

“본래 황제 폐하께서 군 지휘권을 가진다고 들었어요. 이번이 예외인 건가요?”

노만 1세는 클라인을 아꼈다. 라쉬드 또한 적자임에도 황제는 어린 황자에겐 눈길조차 주지 않았다. 제2황비는 독을 마시고 미쳐 버렸고 2황자를 키운 건 황비와 자매였던 전(前) 성녀였다. 프리실라의 스승이었던. 노만 1세는 그의 아들이 장성함에 따라 생각을 바꾸었다. 황태자는 황제가 될 재목이 아니었다. 굶주림, 갈증, 고통. 그 어떤 것도 이겨 내지 못했다. 분노가 생기면 참지 못했고 당장의 이익에 급급했다.

황태자로서 신중한 선택을 해야 하건만 귀가 얇아 신하들에 휘둘렸다. 짐승처럼 욕구를 제어하지 못했고 자존심은 드셌다. 노만 1세가 늙어감에 따라 그의 눈에 황제가 될 재목이 보였다. 바로 관심조차 주지 않았던 2황자, 라쉬드였다.

황제는 자신의 잘못을 깨달아, 라쉬드가 성년이 되었을 때 공작위를 수여했다. 열아홉에 라쉬드는 신성제국의 공작이 되었다. 더 나아가 노만 1세는 공작에게 이스타샤의 군사권을 주었다.

노만 1세는 라쉬드의 마음을 돌리기 위해 남부 영지까지 수여했다. 게다가 황자의 외가가 소유했던, 바렛사와 국경을 맞닿은 북부령을 넘겼다. 라쉬드는 공작의 지위를 받은 것에 그쳤다. 그는 노만 1세의 집요한 설득에도 끝내 거절했다.

"황위를 거부하셨다고 하셨어요. 하지만 황태자 전하가 황위에 오르면 그때도 공작님께서 군사권을 가질 수 있는 건가요?"

'맹랑하기 그지없어. 아무도 쉽게 묻지 못했던 걸 내게 직접적으로 묻다니.'

라쉬드는 측근들에게 말한 이야기를 해주었다.

"황제 폐하는 곧 황위에서 물러날 거고, 황태자는 제게서 군사권을 빼앗으려 할 겁니다."

"공작님은 두렵지 않으세요?"

"그 얼간이를 두려워할 정도면 이미 바렛사와의 전투에서 죽었겠죠. 어쨌든 이건 확실하군요."

라쉬드는 덤덤하게 말했다. 그는 클라인과 맞붙을 생각이 없었다. 황위에 오를 황태자가 두려운 것이 아니라, 상대조차 되지 못해 경쟁할 이유가 없었다. 어차피 군사권은 라쉬드의 것이었으며, 제아무리 황제라 한들 군사권을 장악한 공작을 건드릴 수 없었다.

'그가 모를 리가 없지. 라쉬드는 어렸을 때부터 전쟁이 빗발치는 북부에서 지낸 황자였는데.'

로자리아는 저를 빤히 내려다보는 라쉬드와 시선을 마주했다. 그는 움츠러드는 기색이 없는 로자리아에게 눈을 가늘게 떴다.

"공작님, 저는 테베의 왕녀예요. 그리고 왕께선 후사를 생산할 능력도 없는 데다가, 방계 혈통도 모두 죽어버려서 테베의 왕족은 왕과 저, 둘뿐이에요."

"제가 그 사실을 모른다고 생각하는 겁니까?"

"아니, 테베의 귀족보다 더 잘 알고 계시겠죠. 제가 이스타샤에 온 이유가 테베의 후계자이기 때문이잖아요?"

"그래서 황제 폐하가 황태자와 왕녀님을 정략결혼시키려고 하는 겁니다. 둘 사이에 후계가 생긴다면 그 아이가 장차 테베의 왕이 될 테니."

라쉬드는 이미 완벽하게 파악하고 있었다. 다만 그는 이스타샤의 군사권을 가진 것만으로 충분하다고 여겼다.

'라쉬드가 간과하는 게 있어.'

로자리아는 생각을 가다듬고 말을 이었다.

"그러면 황태자께서 테베의 군사권을 가지게 된다면요? 테베의 후계자란 건 테베의 군사권까지 모두 가진다는 걸 의미해요. 게다가 테베는 믿는 종교도 없어서 왕권이 우선인 나라예요."

"그것까지 모를 거라 생각했던가요? 태어날 후계자가, 아니, 클라인이 군사권을 가진다 해도 군단을 풀면 해결될 일입니다."

"방금 전에 그러셨잖아요. 황태자 전하가 황제가 되면 프리실라 님이 황후가 될 거라고. 그럼 성녀를 따르는 수만의 성기사는요?"

"황제의 군사가 되겠죠."

라쉬드의 목소리가 낮아졌다. 그는 날카로운 눈동자로 로자리아를 주시했다.

"이미 생각한 문제였습니다."

"마지막으로 물을게요, 공작님. 이스타샤의 북부를 위협하는 건 바렛사 제국이에요. 이스타샤가 정통성을 가진 신성제국이라면 바렛사는 가장 무력이 뛰어난 군사 국가예요. 테베와 바렛사의 모계 혈통이 같아요. 오백 년이 지난 지금에야 그 피가 옅어졌다 해도 바렛사는 테베를 이스타샤에 뺏기지 않을 거예요."

"그다음은?"

라쉬드는 흥미로운 듯 물었다.

"어쨌든 황태자 전하께서 마음만 먹는다면 저와의 아이를 빌미로 테베의 군사권을 가지게 될 거예요."

클라인은 외세를 불러들여서라도 자신을 내쫓고 싶어 했다. 그런 상황에서 테베의 군사권까지 넘어간다면 위험했다.

"제가 황태자라면 이스타샤의 북부를 바렛사에게 내어주더라도, 혹은 테베를 주더라도 군사권을 지닌 공작가를 멸할 거예요."

로자리아는 라쉬드가 간과한 사실을 적나라하게 짚었다. 황위를 잇지 않더라도 이스타샤를 지키는 건 그의 의무였다. 클라인 황태자는 테베를 빼앗기는 한이 있더라도, 이스타샤의 북부를 내어주는 한이 있더라도 바렛사의 군대를 불러들여 공작가를 지도에서 없앨 이였다.

"제가 공작님이라면 황태자에게 테베를 빼앗기지 않을 거예요."

"후에 다시 연락하도록 하겠습니다, 왕녀님."

"내일까지 기다릴게요."

"내일까지 답을 달라…… 좋습니다."

라쉬드가 정원을 빠져나가는 걸 보면서 로자리아도 처소로 향했다. 라쉬드의 생각을 알기 힘들었다. 내일까지라고 얘기했지만 그의 연락이 올 때까지 잠들 수 있을까.

'정말로 클라인과 결혼해야 한다면 도망쳐야 해.'

이번에도 황태자의 목을 자를 순 없지 않은가. 로자리아는 쓴웃음을 삼켰다. 그녀는 무거운 발걸음을 움직여 처소로 향했다.

라쉬드는 로자리아가 떠난 이후에도 그 자리를 떠나지 못했다. 푸르릉 하며 처음 본 왕녀를 그리워하는 군마의 투레질은 심란한 주인의 속을 더욱 복잡하게 했다.

'테베를 클라인에게 뺏긴다…… 라.'

라쉬드는 깊은 고민에 잠겼다. 정원에서 집무실로 돌아온 그는 보좌관을 찾았다. 이미 시간이 늦은 밤이었다.

똑똑.

"들어와."

"무사히 테베에서 돌아오셨군요."

깃펜을 들어 서명하던 중이었다. 서글서글한 인상의 수려한 사내가 나타났다.

라뮤엘 에르키사, 올해 스물일곱인 그는 공작의 최측근이었다. 열둘에 정식 사제가 되어 열아홉에 대사제가 되었다. 신성 아카데미를 수석으로 졸업한 수재로, 사제직을 그만두고 공작의 보좌관을 맡은 지 오 년이었다. 차분하고 온화한 성격을 가진 라뮤엘은 라쉬드가 신뢰하는 몇 안 되는 이였다. 점잖은 보좌관께선 무기를 꽤 다룬 거친 사내들조차 잘 다뤘다.

"고민이 있으신 겁니까?"

"고민. 그래, 아주 심각한 고민이지."

"각하께선 고민하기보다 즉각 처리하시지 않았습니까?"

"지금까지라면 그랬지. 그러나 이번 문제는 예전 것과 달라."

라쉬드는 손가락으로 책상을 톡톡 두드렸다.

"라뮤엘, 테베와 바렛사는 오백 년 전엔 같은 혈족이었지."

"그렇죠. 테베는 우리 이스타샤인에 비교적 온화한 사람들이 모여 만든 왕국이었고, 바렛사는 이스타샤를 지도에서 없애려던 전사들의 나라니까요."

"그래서 지금 바렛사가 테베를 넘보는 건가? 이스타샤의 북부와도 전투를 벌이는 와중에도."

"뭐, 그러고 싶어도 공작님께서 워낙 북부를 잘 지키셔서 침략할 수나 있겠어요? 잡아먹고 싶어서 침을 질질 흘리는데, 잡히지 않으니 발을 동동 굴리는 것뿐이지요."

한숨을 쉰 라뮤엘이 말을 이었다.

"아마 바렛사가 테베를 집어삼키거나, 이스타샤의 북부성을 함락시킨다면 전투가 아닌 전쟁이 시작될 겁니다. 수백만의 군대를 끌고 와 이스타샤와 테베, 나머지 소왕국을 집어삼키는 게 그들의 야욕이니까요."

"생각 없었던 바렛사가 요 근래 상황을 살피기 시작했어. 테베는 이미 우리에게 빼앗겼지만 이스타샤의 북부가 남아 있으니까."

테베의 왕은 바렛사와 이스타샤, 두 거대한 제국의 줄다리기 싸움에서 신성제국을 택했다. 그 대가로 이스타샤는 테베를 바렛사로부터 지키며, 제국의 북부도 수호해야 했다.

"바렛사의 군대를 이스타샤가 이겨 낼 수 있나?"

라쉬드는 바렛사가 이스타샤를 침략하는 미래를 머릿속으로 그렸다. 그가 보기에 승산이 없었다. 공작의 굳은 표정을 본 라뮤엘이 말했다.

"이미 답을 알고 계시네요. 애초에 군사 전력으론 바렛사에게 이스타샤는 상대가 되지 않아요. 테베가 우리의 속국이고, 성기사가 수도를 지키고 있으며, 공작가의 군대가 북부를 지키고 있으니 바렛사가 침략하지 못하는 것뿐이지요."

이스타샤는 썩은 물이었다. 지난 오백 년간 평화로웠던 제국은 사치와 향락에 젖었다. 이미 지난 세기의 부흥에 취해 승리를 자만했고 여신 아니타를 믿으면서 더욱 나태해졌다. 이스타샤가 멸망하지 않기 위해선 썩은 부위를 도려내야 했으나 지난 세기 동안 아무도 하지 못했다. 그저 사제의 부패와 귀족의 향락에 뿌리부터 갉아 가는 걸 지켜만 보았다. 그건 황위에 오른 황제도 마찬가지였다.

"황태자와 왕녀가 결혼하면 내게 선택권은 두 가지겠군. 멸망하는 이스타샤를 지켜보거나, 이미 죽음이 각오된 상황에서 이스타샤를 지키는 것."

라쉬드는 깃펜을 내려놓았다. 그는 자리에서 일어나서 검은 제복을 걸쳤다. 판단은 빨랐고 결정은 신속했다. 내일까지 기다릴 여유는 사치였다.

"어디 가십니까?"

"청혼하러."

라쉬드는 짧고 굵게 답했다. 누가 봐도 청혼하러 가는 사람처럼 보이지 않았다. 무미건조한 말투에 차가운 눈빛은 청혼하러 가기보다 협상을 하러 가는 전략가의 얼굴이었다.

"……예? 제가 잘못 들은 겁니까? 이 야밤에 갑자기 청혼하시겠다뇨!"

"눈치가 빠른 줄 알았는데 그것도 아닌 모양이군, 라뮤엘. 클라인에게 왕녀를 뺏기기 전에 내가 먼저 빼앗을 생각이다."

라쉬드는 목 끝까지 완벽하게 금장 단추를 채웠다. 그는 직접 로자리아에게 계약 결혼을 제안할 생각이었다. 직접적으로 청혼하라고 말하지 않았지만, 결론은 멍청한 황태자에게 저를 빼앗기기 싫으면 청혼하란 얘기였다.

그녀가 말하는 테베는 로자리아 그 자체였다. 그녀와 결혼하게 되면 테베의 후계자는 그의 혈육이 될 것이며, 테베의 군사권까지 완벽하게 장악할 수 있었다. 바렛사로부터 이스타샤를 지키는 게 그의 운명이자 숙명이라면, 테베의 군사권을 가지게 된다면 바렛사를 짓밟을 수 있었다.

"형님에게 빼앗기면 패배와 죽음이, 얻으면 승리와 삶이 있다는 말이었군."

테베의 왕녀를 빼앗긴다면 그에게 주어지는 건 이스타샤가 바렛사로부터 멸망당하고, 공작가는 반란죄로 클라인에게 목이 베일 운명이었다.

라쉬드는 남쪽 궁으로 향했다. 황성의 남쪽에는 신전이 있었으며, 구석진 곳에 왕녀가 지내게 될 처소가 있었다.

"공, 공작 각하? 이리 늦은 시간에 어찌……."

"비켜라."

"프리실라 님께서 왕녀님이 거주하는 처소에 아무도 들이지 말라 일렀습니다."

"성녀의 말이 황자인 나의 명령보다 우선인 건가?"

라쉬드는 차가운 시선만으로 기사를 제압했다. 기사는 그가 무력으로 공작을 상대할 수 없음은 물론이고, 잔혹하고 차가운 그의 성격을 잘 알고 있었다.

"감히 공작 각하의 길을 막은 죄, 목을 베어주십시오!"

"다음번에 같은 짓을 한다면 그때 네 목을 베어주도록 하지. 처소를 지키는 성기사를 모두 물려라."

"알겠습니다, 각하."

라쉬드는 테라스 위를 올려다보았다. 그곳에는 아직 잠이 들지 않은 건지 저를 놀란 눈으로 보는 로자리아가 있었다. 눈이 마주치자 화들짝 놀란 왕녀가 뒤로 물러섰다. 라쉬드는 오히려 잘되었다고 여겼다.

“오늘은 밤이 늦었으니 물러가고, 내일 아침이 밝거든 성녀와 황태자에게 아뢰라. 내가 로자리아 왕녀에게 청혼하겠다고.”

“예?!”

“아쉽게도 왕녀께서 성년이 아니니, 스물이 될 때까지 기다려야겠지만 황제 폐하에게 충분히 기다릴 수 있다고 전해.”

“공, 공작 각하?!”

“바렛사로부터 이스타샤를 지키는 내가 신붓감은 고를 수 있어야 하지 않겠나. 내가 첫눈에 반한 여자니 밤에 찾아오는 것쯤이야.”

라쉬드는 혼비백산하여 난리 난 성기사를 보며 입꼬리를 올렸다. 입이 가벼운 자들이니 내일이면 이미 이스타샤 전역에 소문이 퍼질 것이다.

“왕녀님에게 직접 청혼을 하러 왔으니 물러가도록 해라.”

라쉬드는 길가에 핀 붉은 장미를 단숨에 꺾었다. 장미가 일그러지고 가시에 찔려 그의 손에서 피가 흘러나왔지만 조금도 신경 쓰지 않았다.

‘저게 청, 청혼이라고? 왕녀를 죽이러 가는 게 아니라?’

살벌한 그의 기세에 성기사들은 겁을 집어먹고 도망쳤다. 착실하게도 그들은 프리실라가 있는 신궁으로 향하는 대신, 숙소로 도망쳤다. 명령을 허투루 내리지 않는 공작이시니, 잘못 어겼다간 목이 날아갈 판이었다. 그들은 공작이 시킨 대로 다음 날 아침이 밝으면 성녀에게 고하기로 마음먹었다.

“로자리아.”

그는 단숨에 침실의 문을 열었다. 로자리아는 창가에서 이를 지켜보던 차였다. 갑작스레 사라진 라쉬드의 모습에 고개를 기웃하기도 전에 그가 들이닥친 것이다.

"공작님?"

"왕녀님께 청혼하러 왔습니다."

그는 일단 예를 갖추기로 했다. 딱딱하기 그지없는 말투에 차가운 눈동자. 누가 봐도 청혼과는 거리가 멀었지만 로자리아는 고개를 끄덕였다.

"후회하지 않겠어요? 저는 야만족이라 불리는 테베의 왕녀예요. 황제 폐하의 총애를 받고 제국민이 경외하는 공작님에게 유일한 흠이 될지 몰라요."

"후회? 아직 결혼도 안 했는데 무슨 후회를 하겠습니까? 제 청혼을 받아주신다면야, 왕녀께서 원하는 거라면 뭐든 이루어주겠습니다."

"원하는 것……?"

거래의 기본은 협상이었다. 서로 원하는 것을 주고받아야 이루어지는 것이 거래였다. 한쪽만 이득을 취하는 일방적인 관계는 무너지기 쉬웠다.

"원하는 게 있거든 그 무엇을 말해도 좋습니다. 당신을 죽이려 들었던 왕의 목숨이든, 왕녀를 우습게 보는 테베와 이스타샤 귀족의 목숨이든."

"저는 다른 사람이 죽는 걸 원하지 않아요. 제가 원하는 건 오로지 저 자신의 안전이에요. 이스타샤에서 그 누구도 넘보지 못할 자리에 서게 해주세요. 성녀도, 황태자도 나를 건들 수 없는."

"제 아내가 되면 그 누구도 감히 왕녀님을 건들지 못할 겁니다."

라쉬드와 결혼한다는 건 이스타샤의 황족이 되는 것이었다. 로자리아는 이를 실감했다. 그는 신성제국의 제2황자이자 제국의 군사권을 통괄하는 군사령관이며, 공작저가 있는 남부와 북부성의 주인이었다.

명예는 물론 권력, 부까지 갖춘 명실상부한 완벽한 신랑감이었다.

'다만 매몰차다는 것과 차갑다는 점, 그리고 자기 할 말만 하는 성격만 빼면.'

그러나 여기까지 온 상황에서 중요한 문제는 아니었다. 겉만 멀쩡한 클라인의 후궁이 되는 것보다 훨씬 나았다. 그와 라쉬드는 애초에 비교할 수가 없었다.

"공작님의 청혼을 받아들이겠어요. 다만 공작님께 반해서 청혼한다고 생각하면 곤란합니다. 제가 원하는 건 계약 결혼이에요. 공작님도 제가 당신에게 반해서 제게 청혼해 달라 돌려 말한 거라 생각한 건 아닐 거라 믿어요."

"얘기가 빨라서 좋군요. 제가 원하는 건 테베의 왕녀와 공작의 사이에서 난 후계자입니다. 여자아이든 사내아이든 상관없습니다. 성별과 관계없이 자식 중 뛰어난 자라면 테베의 후계자로 만들 겁니다."

"후계……."

"아직 어려서 순진한 건가요? 결혼한 부부 사이에 손만 잡고 자겠습니까."

"그건 그렇긴 해요."

싱숭생숭한 대답에 라쉬드는 관자놀이를 꾹꾹 눌렀다.

"……이 이야기는 다음에 하고. 어쨌든 이스타샤에선 불륜과 바람은 철저한 죄악입니다. 잠자리는 제가 원하는 때, 그리고 왕녀님께서 원하는 때로 하겠습니다."

"전 아직 열다섯이에요."

라쉬드는 짙은 한숨을 삼켰다. 그는 잠긴 목소리로 말을 이었다.

"왕녀님께서 스무 살, 성년이 될 때까지 손끝 하나 대지 않겠습니다."

로자리아는 고개를 끄덕였다. 어차피 저렇게 말할 사람이었기에 그렇게 놀랍지도 않았다.

"황제가 곧바로 허락을 내릴 리 만무하고, 황족의 아내가 되기 위해선 신성 아카데미에서 오 년 동안 신부 수업을 받아야 합니다."

"오 년이라……. 좋아요. 짧은 시간은 아니지만 그게 저에게도 공작님에게도 좋을 거예요. 신성 아카데미를 다니는 동안은 안전한 거겠죠?"

"물론. 그 누구도 왕녀님을 다치게 할 순 없습니다. 그런 자가 있거든 친히 목을 도려낼 테니까요."

어쩐지 진심으로 들렸다. 로자리아는 묘한 기분을 느끼며 라쉬드의 말을 경청했다.

"제 아내가 된 이상, 마음대로 죽는 것도 허락하지 않습니다. 원하신다면 평생을 다치는 일 없도록 보호해 주겠습니다. 제 가문인 바르세데스의 이름을 걸고서."

"아이가 생기고 그 아이가 자라 테베의 후계자가 되고 나서도?"

"약조한 바는 지키겠습니다. 후계자만 태어난다면 왕녀님께서 세상을 떠나더라도 새로운 아내를 들이지 않을 겁니다."

"……전 오래 살 거예요. 아무튼 거기까진 생각하지 않았지만 마음에 들어요. 저와 공작님의 피를 이어받은 아이는 저와 같은 일을 겪지 않을 테니까."

자신을 살리기 위해 죽어 간 어머니도, 자신을 죽이기 위해 발악하던 아버지도. 모두 원하지 않는 운명이었다. 로자리아는 새로운 운명을 받아들이기 위해 손을 뻗었다. 그녀는 라쉬드를 바라보며 진심을 담아 말했다.

"전 이제 공작님의 것이에요."

"저도 왕녀님의 것입니다."

그 한마디에 심장이 철렁 내려앉았다. 형식적인 맹세인 걸 알면서도, 어째서 이토록 떨리는 걸까.

라쉬드가 로자리아의 뺨을 어루만지며 말했다.

"한 번 맺은 결혼은 죽음으로도 깰 수 없습니다. 행여 스캔들을 일으켜 이혼할 생각은 버리는 게 좋을 겁니다."

"제가 원하는 건 공작 부인의 신분이에요. 이스타샤의 공작인 당신의 아내로 남아 있어야 안전하게 여생을 보낼 수 있으니까요."

로자리아는 자신이 그를 애틋하게 바라보고 있다는 사실을 알아채지 못했다. 라쉬드는 저를 올려다보는 그녀를 반쯤 내리깐 눈동자로 내려다보았다. 깊은 보랏빛 눈동자와 마주치자 로자리아의 심장이 잘게 떨렸다. 라쉬드는 한 손으로 로자리아의 허리를 감고는 그녀의 입술을 삼켰다.

로자리아는 눈을 감았다. 그녀에겐 첫 키스였다. 그것도 과거의 자신을 죽인 남자와 이렇게 달콤한 키스를 하리라곤 생각지 못했다. 그는 로자리아의 입술을 부드럽게 머금었다. 연인 사이의 입맞춤이 아닌, 신성한 맹세 의식을 치르는 것처럼.

'여신 아니타에게 맹세하는 관례일 뿐이야.'

그런데도 떨리는 자신이 원망스러웠다. 정식 혼례 절차는 이스타샤의 율법에 의해 로자리아가 성년이 된 이후에 치러진다. 오늘 청혼을 받았으나 첫날밤은 오 년 뒤라니, 기묘한 상황이었다.

그러다가 라쉬드의 묘한 시선에 그녀는 제 품을 내려다보았다. 낡아 해진 원피스가 전부였다. 화려한 귀걸이도, 우아한 웨딩드레스도, 신부가 껴야 할 면장갑도 없어서 그와 결혼했다는 사실이 실감 나지 않았다.

"오늘 약식으로 혼례를 치르고, 정식적인 국혼은 후에 치를 겁니다. 신부의 외가에서 검을 만들어 신랑에게 주는 것이 관례입니다."

"……검 말인가요?"

"태어난 가문을 떠나 사랑하는 남자의 아내가 되었으니 지켜 달라는 의미로서."

로자리아는 고개를 젓고는 망설이다가 말했다.

"제겐 검이 없는걸요. 당신에게 검을 선물할 외가도 없어요."

"그건 걱정하지 않으셔도 됩니다. 제가 알아서 하겠습니다."

약식 혼례와 정식 국혼의 절차는 달랐다. 신전에서 사제가 주례를 하면 약식 혼례는 끝이 났다.

"공작님에게 부탁할 게 있어요."

"뭐든 말하셔도 좋습니다."

"결혼식엔 새하얀 드레스를 입고 싶어요."

"……좋아요. 제 아내가 된 이상 이스타샤의 황족이 되는 거니 앞으로 흰옷을 입는 건 왕녀님의 자유입니다."

라쉬드의 말에 로자리아는 기분이 묘해졌다. 프리실라만이 입을 수 있는 흰옷을 입어도 아무도 그녀에게 벗으라고 할 수 없다는 것. 그것이 앞으로의 달라질 변화였다. 자신이 공작의 아내로서 지내게 된다는 건 앞으로의 삶이 다르게 흘러갈 것임을 의미했다.

라쉬드는 로자리아를 신전으로 데려갔다. 아무도 없는 중앙신전에는 고요함이 흘렀다. 로자리아는 그의 보좌관이 구한 흰 드레스를 입었다. 발끝까지 내려오는 하얀 드레스는 화려하기보단 경건해 보였다.

라쉬드는 늘 입던 검은 제복 대신 흰 제복을 입었다. 고개를 들자 두 눈을 감고 기도하는 여신 아니타의 상이 있었다.

"여신에게 맹세하게 되면 죽음으로도 혼약을 깨뜨릴 수 없습니다. 다음 생에서도."

말을 마친 라쉬드는 로자리아의 손을 잡았다. 무심결에 로자리아는 그를 바라보았다. 보랏빛 눈동자가 그녀에게 닿았다.

"왜 그렇게 보는 건가요?"

"기분이 이상해서요."

라쉬드는 로자리아를 물끄러미 내려다보았다. 그의 시선이 저에게로 향하자 심장이 빠르게 뛰었다.

이윽고 문이 열리며 하얀 로브를 걸친 사제가 들어섰다.

"저 사제가 우리의 결혼을 공인할 겁니다."

"……여신을 믿지 않는다면서요?"

"전 그렇지만 대부분의 신성제국민은 여신을 믿습니다. 그들이 바라던 대로 신성한 국혼을 치러야 하죠."

눈이 마주치자 푸른 눈의 사내가 눈꼬리를 휘었다.

"저는 라뮤엘 에르키사, 한때 신전의 대사제직을 맡았습니다. 부족하나마 제가 여신의 뜻을 대신하여 두 분의 결혼을 공인하겠습니다."

"에르키사……."

신성제국의 정통 있는 명문가였다. 이스타샤에는 두 개의 신성 가문이 존재했다. 동의 에르키사, 서의 에르테반. 전 성녀를 배출한 에르키사의 가주. 그에게서 신성함이 흘러넘쳤다. 서의 에르테반은 성녀 프리실라의 가문이었다.

"여신께서 말씀하시길, 부인은 남편을 경외할지며, 남편은 부인을 존경할지어다. 함부로 말을 낮추지 않으며, 서로를 아끼며 신뢰를 지킬지어다. 일평생 반려만을 사랑할 것이며 이는 죽어서도 영원하리라."

라뮤엘이 청아한 목소리로 주례를 읊었다. 눈을 내리깔며 성서를 보는 그의 모습은 어떤 사제보다 고아했다. 라뮤엘이 손을 내밀어 라쉬드의 이마와 어깨를 어루만졌다. 그의 손에 새하얀 기운이 감돌았다.

로자리아의 차례가 되었다. 손을 뻗으려던 라뮤엘은 멈칫했다.

"당신은……."

라뮤엘은 말을 잇지 못했다. 그는 떨리는 눈동자로 로자리아를 보았다.

"사제님?"

"……아무것도 아닙니다. 오랜만의 맹세라 긴장을 했나 봅니다."

라뮤엘은 눈을 내리감았다. 겨우 진정한 그는 성력이 맺힌 손을 들어 올렸다.

"지금 이 순간, 여신의 대리자로 축복할 것입니다."

로자리아는 숨을 들이쉬었다. 정령술을 가진 그녀에게 성력이 닿는다는 건 아찔한 일이었다. 그러나 벗어날 수 없었다. 그녀는 이미 라쉬드의 손을 잡고 있었다. 그와 깍지 낀 손을 떨쳐 내지 못했다. 이것이 신성한 의식이라 그런 건지, 어째서 잡은 손을 놓기 싫은 건지.

"긴장을 푸세요, 왕녀님. 아픈 것이 아닙니다."

라뮤엘이 웃음을 감추며 말했다. 이윽고 라뮤엘의 손이 로자리아의 이마에 닿았다. 그녀의 우려와 달리 별다른 일은 일어나지 않았다. 라뮤엘은 생긋 웃으며 나머지 성서를 읊었다. 다 읽으려면 반나절이 지나도 부족했기에 약식으로 끝마쳤다.

"누가 혼인에 의문을 제기하거든 라뮤엘 경이 증인이 되어줄 겁니다."

"제 가문이 에르키사이니 쉽게 무어라 하지 못할 것입니다. 비록 지금은 공작님의 보좌관으로 있더라도 말이죠."

뜻밖의 말에 로자리아는 눈을 크게 떴다.

"라뮤엘, 이만 가 봐."

"아, 한 가지 의식이 남아 있습니다."

"무슨 의식."

라쉬드가 무심한 얼굴로 물었다. 그는 답지 않게 질질 끄는 라뮤엘에게 눈짓을 했다.

"키스하셔야죠, 두 분."

"네?"

로자리아의 뺨이 붉어졌다. 잘못 들었나 싶어 라뮤엘을 쳐다봤지만,

그는 평온한 미소를 짓고 있을 뿐이었다.

"하아, 라뮤엘. 상대는 어린애다. 열다섯을 상대로……."

"각하, 부인에게 어린애라뇨. 그러는 각하께서도 올해 열아홉이시지 않습니까?"

"……열아홉."

로자리아는 새삼스레 그의 나이가 많지 않다는 걸 상기했다. 차가운 목소리와 늘 무심한 얼굴, 명령조의 어조로 앳된 모습을 숨기고 싶었는지도 모른다.

"저와 네 살 차이네요, 공작님."

"……공작님, 전 스물일곱입니다. 제가 보기에 두 분, 잘 어울리십니다."

짝짝. 라뮤엘이 박수를 쳤다. 그러곤 매의 눈으로 라쉬드와 로자리아를 살폈다. 키스를 하지 않으면 자리를 뜨지 않겠다는 엄포였다.

"네가 보는 앞에서?"

"전 뭐, 병풍 아니겠습니까? 대사제로 있을 때 고해성사를 많이 들었죠."

"사제 앞에서 키스하는 건 다른 문제……."

라고 말하던 로자리아는 고개를 돌렸다. 라쉬드가 그녀를 돌려세운 탓이었다. 라쉬드는 로자리아의 턱을 부드럽게 그러쥐었다. 그리고 그녀에게로 고개를 숙였다.

"당신만을 사랑하며 아끼겠습니다. 제 아내가 되어주어 기쁩니다."

"……저도요."

로자리아가 대답했다. 워낙 작은 목소리였지만, 라쉬드는 정확히 들었다. 이윽고 라쉬드가 로자리아의 허리를 감쌌다. 그리고 고개를 숙여 깊게 입을 맞추었다. 허리를 휘어감은 손길이 단단했다. 행여 로자리아가 넘어질까 키스를 하면서도 잡는 걸 잊지 않았다.

로자리아는 조심스레 손을 내뻗어 그의 목을 휘감았다. 이에 라쉬드는 무릎을 살짝 굽혀 주었다. 스륵, 로자리아의 두 눈이 감겼다. 차가운 입술의 촉감이 적나라하게 느껴졌다. 왕성에서 했던 형식적인 키스가 아니었다. 농도 짙은 입맞춤에 그녀의 심장이 잘게 떨렸다. 그는 탐미하듯 왕녀의 입술을 삼켰다. 서로의 혀가 얽히고 깊은 숨결이 오갔다. 그녀의 입술이 붉게 물들었다.

한참이 되어서야 라쉬드는 로자리아를 놓아주었다. 여전히 그의 품에 안긴 채로 로자리아는 흐트러진 숨을 골랐다.

'내가 지금 라쉬드와…….'

심장이 방망이질하듯 두근거렸다. 침착하려고 해도 어려웠다. 마음에 담았던 이와의 입맞춤은 실로 달콤했다. 새하얀 뺨이 달아오르고, 왕녀의 속눈썹이 파르르 떨렸다.

"아직은 어리시군요."

"그게 무슨 소리예요?"

"성년이 안 되었으니 여기까지 하겠습니다."

그걸 굳이 사제 앞에서 친절하게 알려 줄 필요는 없었다. 당황한 로자리아를 대신하여 라뮤엘이 상황을 정리했다.

"그렇게 길게 하실 필요는 없었는데, 제가 두 분 사이를 방해하게 될 줄은 몰랐습니다. 앞으로 눈치를 키우겠습니다, 각하."

그는 놀란 가슴을 부여잡으며 말했다. 농으로 말했지만 진심으로, 그것도 적나라하게 키스할 줄은.

'뭔가 주군의 말과 행동이 맞지 않는 듯한…….'

대사제로 살면서 순결을 지켰던지라 그에게도 낯부끄러운 일이었다.

"아쉽지만 저는 이만 가 보겠습니다."

애써 태연한 척하던 라뮤엘이 자연스레 신전을 빠져나갔다. 둘만 남게 된 상황에서 로자리아는 라쉬드와 눈을 마주치지 못했다.

'처음 봤을 땐 피하지 않고 마주쳤었지.'

라쉬드는 고개를 피하는 로자리아의 어깨를 그러쥐었다. 그는 한쪽 무릎을 꿇고 그녀에게 진심으로 일렀다.

"로자리아, 이제부터 당신은 제 아내입니다. 그러니 제 시선을 피할 이유가 없지 않습니까."

"……알겠어요. 그렇게 빤히 쳐다보면 좀……."

"테베의 왕녀로서 어떻게 살았든 저와는 무관한 일이었습니다. 하나 상황이 달라졌죠. 제 아내가 된다는 건 이스타샤의 황족이자, 제 가문인 바르세데스의 안주인이 된다는 것을 뜻합니다."

"알고 있어요, 공작님."

로자리아는 붉어진 얼굴을 감추는 것을 그만두었다. 그제야 이유를 알게 된 라쉬드가 묘한 얼굴을 했다.

"부끄러워서 그런 거였다고 말했다면 좋았을 텐데요."

상대는 열다섯의 소녀였다. 공작 부인의 의무를 운운하기엔 조금 지나쳤단 생각이 들었다.

"우리가 계약 결혼이라 하여도 다른 이들 눈엔 더없이 다정해 보여야 합니다."

"저는 잘할 수 있는데 공작님이 걱정돼요."

"제가 걱정된다는 건가요?"

라쉬드가 눈을 가늘게 떴다. 무슨 의미인지 알 것 같지만 그는 부인했다.

"공작님이 다정하다는 건 한여름에 눈이 내리는 일이니까요."

"……둘이 있을 땐 몰라도 다른 사람이 있을 땐 달리 행동하겠습니다."

어쨌든 기본적인 연기는 해야 했다. 그래야 의심도 피할뿐더러 왕녀와의 결혼으로 인한 소란을 잠재울 수 있었다.

"황제 폐하에겐 제가 말씀드릴 테니 당분간 쉬고 있어요. 황제로부터 결혼 허가를 받으면 그때부터 바빠질 겁니다."

"폐하께서 허락하실까요?"

"여신에게 한 맹세의 의미는 결코 가볍지 않습니다. 신성제국의 황제인 황제가 어찌 모르겠습니까? 더욱이 신성제국의 황자가 한 거라면 죽어서도 깨지 못하는 맹약으로 여겨집니다."

"성녀님을 좋아하신다고 생각했어요."

"오늘 들은 것 중 가장 무료한 이야기로군요."

변명이 아닌 진실이었다. 대외적으로 성녀의 장단을 맞춰 준 적 있었다. 호사가들이 그들의 사이를 의심했지만, 성녀를 마음에 둔 적은 없었다.

"단 한 번도 성녀를 마음에 품은 적 없습니다."

굳이 오해를 살 필요는 없었다. 그런 생각이 들게 한 건 제 책임이란 생각에 라쉬드는 사실대로 말했다.

"그러니 성녀가 부르거든, 제 이름을 대고 가지 않으셔도 됩니다. 오늘부로 당장 공작가의 기사를 호위로 붙여 주겠습니다."

테베의 왕녀가 아내가 된 이상 보호는 확실해야 했다.

'결단력도 있고 결정도 빨라.'

로자리아는 속으로 감탄했다. 라쉬드 폰 칼라네 바르세데스. 바르세데스의 신성이자, 철의 공작이라 불리는 이명다웠다.

"필요한 것이 있다면 라뮤엘에게 부탁하면 됩니다. 까다로운 대사제님께서 제 아내를 마음에 들어 하니."

"그렇게 까다롭게 보이진 않았어요."

"가장 대하기 어렵고, 까다로운 사람입니다."

라쉬드가 딱 잘라 말했다. 라뮤엘이 로자리아에게 친절해서 나쁠 것도 없었지만, 묘하게 기분이 좋지 않았다. 로자리아는 '그런가'라고 생각하다가 궁금한 듯 물었다.

"그런데 성녀님에게 가지 말란 건 무슨 뜻인가요? 제게 무슨 짓을 한다는 말씀이신가요?"

"정말로 몰라서 물으시는 겁니까?"

라쉬드가 로자리아의 진의를 간파하듯 눈을 가늘게 떴다.

"전 테베에서 나고 자라 신성제국에서 일어난 일은 몰라요. 성녀님도 소문만 들었을 뿐이지, 실제로 본 건 처음이에요."

"왕녀님께서 아홉 살이 되었을 때, 프리실라가 예언하러 왕성에 간 적이 있습니다. 그때 당시 열다섯이던 성녀를 보지 못했던 겁니까?"

"제게 일어난 일이지만 기억하진 못해요. 열 살 이전의 기억이 없으니까요."

로자리아는 그렇게 말하며 라쉬드와 눈을 마주했다. 시선을 피하지 말라 했으니 그의 말을 들어줄 생각이었다.

"아홉 살 때 예언을 들었고, 열 살 때 로테사왕이 저를 죽이려 들었어요. 그 충격으로 기억을 잃었을 뿐이에요."

로자리아는 담담하게 말했다. 그에게 속일 만한 것은 아니었다. 어쩌면 이미 알고 있을지도 몰랐다. 테베에서 내쳐진 왕녀이며, 왕의 증오를 받고 자랐음을. 사랑하는 어머니 또한 예언을 믿은 왕의 손에 죽었다. 슬픔을 꺼내는 것이 아닌 담담한 회고였다.

라쉬드는 말없이 로자리아를 바라보았다.

"부인께서 알려 주지 않은 걸 먼저 물은 건 제 실수였습니다. 이것만은 약속하죠. 예언으로 부인께서 다치는 일은 없을 것이며, 로테사왕과 성녀에게서 보호할 겁니다."

라쉬드는 고개를 숙여 어린 부인의 손등에 키스했다. 신성제국의 공작으로서 한 일종의 맹세였다.

"공작님께서 저를 택하신 건 황태자 전하와 성녀님과 반목하는 길이에요.”

“그건 이미 알고 있었습니다. 그렇다고 달라지는 건 없어요.”

로자리아는 저를 물끄러미 보는 라쉬드와 시선을 마주했다. 그의 바이올렛 눈동자에 자신의 모습이 비쳤다.

“앞으로 바르세데스가 제 아내를 지킬 것입니다.”

4장 바르세데스

다음 날, 아침부터 황성이 들썩였다. 왕녀가 공작에게 청혼받았단 사실이 알려졌다.

"말도 안 돼!"

새벽에 일어나 기도를 올리던 프리실라에게 한 시녀가 어젯밤 있었던 일을 고했다. 그녀는 그만 다리에 힘이 빠져 주저앉았다.

"꺄아악!"

"성녀님?!"

성녀의 비명에 놀란 신녀들이 다가와 그녀를 부축했다. 프리실라는 수차례 신녀에게 물었다.

"아침부터 기분 나쁜 농담을 들은 거야, 그렇지?"

"제가 다시 확인해 보겠습니다, 성녀님."

한 신녀가 부리나케 뛰었다. 그러나 돌아올 땐 걸음이 늦어졌다. 소문이 사실이었다. 소식을 전해 들은 프리실라는 악에 받친 비명을 내질렀다.

"그 요망한 년이 술수를 쓴 거야! 그럴 리가 없어. 라쉬드가 나를 버렸다고? 가진 것도 없는 왕녀를 선택할 리가 없잖아……."

프리실라는 끅끅 속에 바친 울음을 토했다. 아끼던 자가 죽기라도 한 것처럼 하염없이 눈물을 흘렸다.

"왜, 왜. 왜 내가 아니라 왕녀를 선택한 거야?"

순수한 의문이었다. 성력을 가지지도 못했고 왕족으로서 입지도 없는 그 계집을.

"내가 왕녀보다 못한 게 뭐야. 내가 그이를 좋아하는 걸 알면서……."

어떻게 처음 본 왕녀와 혼인을 맺을 수 있나. 프리실라는 한동안 사실을 믿지 못했다. 자신을 부축하는 손길을 전부 쳐 냈다. 그녀는 덜덜 떨리는 손으로 벽을 짚고 일어섰다.

"내가 당신을 갖기 위해서…… 당신 눈에 띄고 싶어서 무슨 짓까지 했는데. 왜 나를 봐주지 않는 거지?"

프리실라는 신녀들이 보고 있다는 사실마저 잊어버렸다. 개의치 않았다. 누군가 입을 연다면 그 입을 찢어 내면 될 것이고 세 치 혀를 놀린다면 잘라 내면 그만이었다.

"내 것을 빼앗아 갔어. 그 계집이……. 제 아비에게 버림받은 왕녀가……."

프리실라는 흐느끼며 중얼거렸다. 그녀의 것을 도난당한 기분이었다. 멍청하고 순진한 계집이라 생각했다. 그런데 자신이 사랑하는 남자를 빼앗아 가다니!

"넌 잘못 건드린 거야. 불쌍해서 봐주려고 했는데."

성녀 프리실라. 그것이 자신의 이름이었다. 신성제국에서 성녀의 눈 밖에 난 것이 얼마나 괴로운지 가르쳐 줄 작정이었다. 프리실라의 눈이 독기로 가득 찼다. 짐승처럼 헐떡거리던 성녀는 신녀의 머리칼을 쥐었다.

"알면 막았어야지. 그딴 소식을 내게 고하는 게 아니라……!"

"성, 성녀님?"

겁을 집어먹은 신녀는 비명조차 내지르지 못했다. 이윽고 벽에 붉은 물이 새겨졌다.

"예언대로 해주겠어. 아니, 더 비참하게 만들어줄 거야. 감히 성녀의 것을 빼앗은 죄를 뼈저리게 후회하도록!"

청혼한 다음 날 정오, 노만 1세가 급히 라쉬드를 불렀다. 그는 공작에게 진위를 물었다.

"여신에게 맹세하였다고 들었다."

"그렇습니다, 폐하."

"라쉬드, 맹세의 경중을 모르고 한 것이냐?! 가벼운 구두 따위가 아니다. 아니타에게 한 맹세는 되돌릴 수 없어!"

"신성제국의 공작인 제가 어찌 그 사실을 모르겠습니까?"

라쉬드가 도리어 황제에게 물었다. 그는 고개를 들어 늙은 황제와 시선을 마주했다. 라쉬드는 진심이었다. 거짓으로 속이기 위함이 아닌, 진실로 여신에게 한 맹세였다. 노만 1세는 감정을 움켜잡았다. 이미 공작이 내린 결정이니 받아들이는 수밖에.

"……그 왕녀가 무엇이 마음에 들었느냐?"

"군마를 다룰 줄 알더군요."

"……네가 그런 이유로 청혼하였다고?"

황제의 손이 잘게 떨렸다. 여신에게 맹세한 국혼을 우습게 여기는 것은 아닐 터.

"제겐 중요한 문제입니다, 폐하. 제가 원하는 여자입니다."

"……네 의도를 모르겠구나."

아니면 혹시. 일말의 가능성에 노만 1세는 눈을 가늘게 떴다.

'황태자에게 후궁으로 넘겨주기 싫었던 거군.'

이스타샤의 군사권을 가진 공작에게 테베의 군사권은 놓칠 수 없는 것이었다. 왕녀가 황태자의 후궁이 된다는 건 그에게 위협이 된다는 의미였다.

"북방의 바렛사와 언제 전쟁이 터질지 모르는 상황입니다. 제 목이 잘리더라도, 홀로 도망칠 수 있는 여자가 필요합니다."

"늙은 아비의 숨을 멎게 할 작정이구나. 네가 죽어도 도망갈 여자가 필요하다?"

"이스타샤가 바렛사의 군대에 무너져도 내 아내와 후계자는 살아야 합니다."

사랑이라곤 조금도 찾아볼 수 없는 무미건조한 얼굴이었다. 이 시대의 사내가 여인을 찾는 기준과는 달랐다.

"……난 네가 바렛사로부터 이스타샤를 지킬 것을 믿고 있다. 더러운 야만인 따위에게 신성제국을 내어주지 않음을."

노만 1세는 힘주어 말했다. 처음에는 독단적으로 결정한 공작의 뜻을 용납할 수 없었다.

"내가 믿는 건 너뿐이다, 라쉬드. 왕녀와의 결혼을 허락하도록 하마."

황제는 그의 뜻을 물렸다. 그는 공작의 확고한 뜻을 꺾으려는 시도를 그만두었다. 이에 라쉬드는 눈을 가늘게 떴다.

'생각보다 쉽게 물러서는군.'

"테베의 군사권도 네가 가져라. 내가 성녀의 말만 믿고 판단력이 흐렸구나. 무슨 일이 있어도 바렛사의 침략으로부터 신성제국을 수호해야 한다."

천 년이 된 신성제국은 쇠락의 기조가 들었다. 오백 년 전에 건국된 바렛사, 강철제국은 대륙의 패자가 되기 위해 호시탐탐 기회를 노렸다. 노만 1세는 말없이 공작을 내려다보았다. 황제가 될 재목, 어찌하여 황위에 오르지 않는단 말인가! 황제는 신성제국이 유구하기를 바랐다. 한때 그의 장자를 죽이려고 했을 정도로. 황태자가 사고로 죽는다면 라쉬드가 황위를 이을 거라 생각했지만 오산이었다. 결국 노만 1세는 그에게 군사권을 내어주는 것이 전부였다.

"네 선택을 받아들이겠다, 라쉬드."

노만 1세가 손을 올렸다. 라쉬드는 친히 다가가 메마른 손등에 입술을 맞추었다. 여신이 빚은 것처럼 아름다운 피조물이었다. 여신의 것인 흑발과 자안을 그대로 물려받은 황자.

"짐은 공작과 로자리아 왕녀와의 결혼을 허락한다."

노만 1세가 왕녀와 공작의 결혼을 공인했다. 마침내 이 소식이 제도에 퍼졌다. 곧 신성제국 전역에 혼인을 알리는 칙령이 내려질 것이다.

약식으로 결혼식을 치른 지 한 달이 흘렀다. 로자리아는 햇볕이 드는 정원에서 차를 마시는 중이었다. 바야흐로 한 달 전, 공작의 보좌관인 라뮤엘 경에게 소식을 들었다.

'노만 1세도 허락했으니 이제 정말로 결혼하게 된 거야.'

공작과의 혼인은 많은 변화를 가져왔다. 테베의 왕녀에서 이스타샤의 황족이 되었으며, 황족이 누릴 수 있는 권리가 주어졌고 의무를 이행해야 했다. 다만 아니타의 율법에 따라 스물, 성년이 되기 전까지 신성 아카데미에서 지내야 했다.

"왕녀님, 이제 출발하실 시간입니다."

"라뮤엘 경!"

라뮤엘이 그녀를 불렀다. 그는 왕녀가 입을 웃옷을 팔에 두른 채로, 로자리아를 반갑게 맞이했다.

"오늘 떠나시면 오 년간 보지 못하겠군요. 무척 아쉽습니다. 신성 아카데미에서 잘하시리라 믿지만, 걱정이 되는 건 어쩔 수 없나 봅니다."

"정말 고마워요, 라뮤엘 경. 바쁘다고 들었는데."

"전 각하의 명령을 따를 뿐입니다. 물론 제 마음도 살짝 있지만요."

그는 신기한 사람이었다. 테베의 왕녀라면 치를 떨던 이들이 사제였다. 대사제 출신임에도 라뮤엘은 어린 왕녀를 진심으로 아꼈다. 모르는 사람이 볼 때 나이 차가 많이 나는 오누이라 여겼다. 라뮤엘은 로자리아에게 사랑스러운 어린 누이를 대하듯 했다. 불편한 것이 있으면 찾아서 해결해 주었고, 제도에서 아카데미로 떠날 때까지 여러모로 신경 써 주었다.

"각하와는 인사를 나누셨습니까?"

"어제 그가 북부로 떠나기 전 잠시 보았어요."

'길게 만나진 못했지만…….'

오 년간 보기 힘들 텐데 무척 짧은 인사였다. 그답다는 생각이 들면서도 서운한 마음이 들었다.

'어차피 계약 결혼이야. 많은 걸 바라선 안 돼.'

"으음, 그렇군요. 이번엔 주군의 잘못입니다. 전 그렇게 생각해요."

"북부는 요충지라 들었어요. 바렛사와 이스타샤의 경계가 있는."

"너무 서운하게 생각지 말아요, 왕녀님."

"전 괜찮아요. 이스타샤의 변경백-타국과 영토가 맞닿은 일부 봉토-을 지킬 사람이 공작님 말고 없으니까요."

라쉬드는 공작이자 북부의 군주, 변경백이었다. 북부는 신성제국의 변경백령으로 언제 바렛사와 전쟁이 일어날지 모르는 화약고였다. 북부 국경 지대를 지키는 것 또한 군사권을 가진 공작의 의무였다.

"그래도 잠시 보았으니 괜찮아요. 이야기도 나눴고……."

잘 갔다 오라는 그 흔한 인사조차 없었다. 그에게 기다리겠다는 말을 듣는 건 사치였다.

'일정을 묻는 게 다였지.'

따뜻한 말 한 마디 없었으니 아쉽기도 했지만 그러려니 넘겼다.

'남들 앞이 아니라면 다정한 인사도 안 하는 거야. 이미 라쉬드와 합의한 거잖아.'

그녀는 스스로를 다독였다. 그런 왕녀를 안쓰럽게 보던 라뮤엘이 옷을 건네주었다.

"조심히 갔다 오세요, 왕녀님. 무나크에서 기다리고 있겠습니다."

남부 무나크는 공작저가 있는 영지였다. 공작은 남부의 부유한 상업지와 북부의 전략적인 요충지, 두 개의 령을 가진 군주였다. 오 년간 신성 아카데미에서 가르침을 받게 되고, 남부 공작저에서 지내게 될 것이다. 그때 이후에나 라쉬드를 볼 수 있었다.

"가끔 찾아뵙겠습니다, 왕녀님."

"고마워요, 라뮤엘 경."

정해진 날에 찾아오는 건 허락되었다. 그러나 로자리아는 라쉬드가 오지 않으리란 걸 확신했다.

"몸 건강히 잘 지내요."

라뮤엘은 촉촉해진 눈가를 쓸어내렸다. 한동안 말을 잇지 못하던 그는 로자리아의 두 손을 꼬옥 쥐었다.

"잘 지내실 거라 믿습니다. 왕녀님도 몸조심하세요."

"사제가 저를 불러서 가 봐야겠어요. 잘 있어요."

흰 로브를 걸친 사제가 인사해 왔다. 중년의 사제로, 아카데미에 황족을 데려가는 역할을 수십 년간 도맡았다. 마중 나온 사제를 보니 아카데미로 간다는 것이 실감 났다. 앞으로 오 년간 성 베르실 아카데미에서 지내게 될 것이다. 성 베르실은 신성제국의 황가가 인정한 아카데미였다. 바렛사와 이스타샤의 백년전쟁 이후 세워진 학교로, 사백년의 유구한 역사를 자랑했다. 로자리아는 사제의 안내를 받으며 마차에 올랐다. 그녀가 탄 마차가 황성을 벗어났다.

신성 아카데미의 삶은 녹록하지 않았다. 매일 새벽 다섯 시에 일어나 씻고 기도를 올린다. 아침은 간단히 먹었다. 구운 빵 한 조각, 사과, 주스 정도였다. 아카데미의 재정은 풍족했으나 빈민의 굶주림을 깨닫기 위해서였다. 정오까지 신학을 배우고, 기도를 올린 후에 점심을 먹었다. 오후에는 신성제국의 역사, 경제학, 군사학, 문화에 대해 배웠다. 이미 아는 것들이 대부분이었지만 로자리아는 새로 배운단 생각으로 전념했다. 그리고 저녁 식사 전에 기도를 올리고 저녁은 칠면조 구이, 송아지 스튜, 연어 스테이크 등의 풍성한 식단으로 마무리했다.

특이한 점은 일주일에 한 번 성수로 몸을 씻어야 하며, 처음 보는 여자에게도 '자매님'이라 부르는 점이었다. 또한 나이에 상관없이 말을 높였으며 단식 기간이 존재했다. '페투라'라 불리는 보름 동안 엄격히 금식해야 했다. 한때 정령술사로 신성제국에 파란을 일으켰던 로자리아는 가끔 생각에 잠기곤 했다.

'처음으로 테베 왕성이 그리워졌어.'

자유가 없는 엄격한 생활보다 기도를 올리고 성가를 부르며 여신을 찬양하는 것이 더욱 고되었다. 없는 신앙심이 신성 아카데미에 왔다고 해서 하루아침에 생기는 건 아니었다.

'오히려 더 싫어졌어.'

정령들이 그리웠다. 처음에는 테베의 왕녀라며 구박했지만 신실한 왕녀의 모습에 모두 감동했다. 그러나 로자리아는 여신을 믿지 않았다. 기도를 올리는 것이 가장 큰 곤욕이었다.

'왜 정령술사를 죽이라고 하였는가?'라든가, '당신 후대의 성녀가 무슨 짓을 벌이는지 아는가?'라고 물을 순 없는 노릇이었다.

'기도, 기도 좋지. 오늘 저녁 식단엔 느끼한 스튜 말고 매콤한 요리가 나오게 해주세요.'

소박한 기도를 올렸다. 배우고 절제하며 기도하고 성가를 부른 지 어느덧 오 년이 지났다. 이젠 기도 시간에 눈을 감고 잠을 청하거나 앞으로의 계획을 되새기곤 했다.

그러자 다른 문제가 생겼다. 프리실라에게 가르침을 몇 번 받았던 성녀 후보들이 사사건건 로자리아를 괴롭혔다. 사소한 장난부터 악질적인 누명까지. 죄를 뒤집어씌우는 종목도 다양했다. 교장이 아끼는 도자기를 깨뜨리거나, 성녀가 하사한 보석을 훔친다든가. 아카데미의 사감, 카리나 부인은 천식이 있었는데 후보들이 약통을 바꾼 적도 있었다.

'이런저런 일이 많았지.'

유일한 자유 시간에는 정원을 거닐었다. 미로 정원의 형태라 길을 헤매기 쉬워서 사람이 드물었다. 로자리아는 정원 끝자락에 이페리아를 심었다. 오 년간 키운 이페리아는 천 개가 훌쩍 넘었다. 이페리아가 다 자라면 잎사귀와 뿌리, 열매를 따로 말렸다. 손수 갈아 약통에 넣어 보관했다. 아카데미 내에서도 치료제를 만드는 것을 잊지 않았다.

오늘이 바야흐로 성년이 되는 날이었다. 프리실라의 농간인지 성년이 될 때까지 남편과 만나지 못했다.

"이미 예법이 완벽하군요, 왕녀님."

"고마워요, 부인."

"테베 출신이란 것만 빼면 훌륭한 아내감이 되었을 텐데, 무척 아쉬워요. 이곳은 이스타샤의 제도와 거리가 떨어져 있어 부인에게 모두 친절했지만 공작저는 다를 거예요."

"걱정하지 말아요, 부인."

카리나는 짠한 눈으로 로자리아를 보았다. 열다섯에 공작 부인이 된 왕녀. 테베에서도 무시받으며 자라났다고 들었다. 카리나도 처음엔 신성 학교에 온 로자리아를 꺼렸다. 대놓고 소리치진 못했지만 은근한 차별이 주어졌다. 그녀는 성녀 프리실라의 편이었고, 프리실라를 가르친 스승이었으니 로자리아가 눈엣가시인 건 당연했다.

"그동안 미안했어요. 제가 공작 부인에게 몹쓸 짓을 한 것 같아요."

"또래 아이가 한 거니 마음에 두지 말아요."

결국 카리나는 눈물을 짓고 말았다. 그녀 또한 테베 출신의 왕녀에게 선입견이 있었고, 왕녀가 프리실라의 자리를 뺏는다고 생각해 매몰차게 대했다. 그러나 그럴 때마다 저에게 안부를 묻는 로자리아를 미워할 수 없었다. 처음에는 가식이라고 생각했지만 천식으로 죽을 뻔했을 때, 저를 구해 준 건 미운 오리라 여겼던 로자리아였다.

평소 학생들에게 엄한 탓에 신성 학교의 마귀라 불렸지만 아랑곳하지 않았다. 그러나 그녀가 아꼈던 제자들은 호흡곤란으로 쓰러졌을 때 모두 외면했다. 나중에야 성녀 후보가 될 제자 몇이 장난을 쳤다는 걸 알게 되었다. 후보들이 한때 프리실라의 가르침을 받았던지라 혼낼 순 없었다.

"그때만 생각하면 끔찍해요. 어찌 저 아이들이 약통을 바꿀 생각을 했는지. 신성 학교의 사감으로 지내면서 처음 있던 일이에요."

"다시는 그런 일 없도록 주의를 줬으니 괜찮을 거예요."

"고마워요. 도도하고 오만한 아가씨들이 어떻게 당신의 말을 듣게 된 건지 모르겠지만……."

카리나는 몸을 떨었다. 로자리아에겐 말하지 않았지만 그녀를 죽이라 사주한 건 아카데미를 다녔던 프리실라였다. 자신을 죽이고 그 범인으로 로자리아를 세우려고 했다는 것을 성녀 후보 입에서 듣게 되었다. 이미 오래전 일이지만 그녀는 여전히 프리실라가 두려웠다.

“공작저에서든, 황성에서든 항상 몸조심해야 해요. 가끔 안부 편지 전하면 꼭 답해 줘요, 공작 부인.”

“그럴게요, 부인. 부인도 무슨 일 있으면 제게 언제든 연락해요.”

로자리아는 아카데미 정문으로 나왔다. 카리나는 글썽거리며 로자리아를 배웅했다.

정문에는 공작가에서 보낸 마차가 준비되어 있었다. 오늘부터 공작저가 있는 남부에서 지내게 되었다. 마차를 타기 전에 그녀를 부르는 목소리가 들렸다.

“자매님!”

고개를 돌리니 성녀 후보 셋이 나란히 있었다. 왼쪽부터 베키, 이졸렛, 헬렌이었다. 약통 사건 이후로 후보 자리에서 쫓겨난 이들이었다.

“너희 셋이 내 배웅을 올 줄은 몰랐는데.”

“아니에요! 오늘 가신다고 들어서 줄곧 기다렸어요.”

“내가 가고 나서도 부인 말씀 잘 들어야 한단다. 베키, 이졸렛, 헬렌.”

“알겠어요, 자매님.”

“딱딱하게 자매라니, 언니라고 부르렴.”

베키는 어색하게 웃으며 ‘언니’라고 중얼거렸다. 열둘에 아카데미에 입학한 그들과 달리 로자리아는 열다섯에 입학했다. 세 살 언니였지만 베키는 프리실라의 총애를 받고자 로자리아를 괴롭혔다. 그것도 딱 한 달을 넘기지 못했다. 누명을 씌우려고 해도 죄가 발각되었고, 오히려 배로 갚아주었다. 결국엔 셋 중에 대장이었던 베키가 무릎을 꿇고 사죄했다.

'세상에 어떤 언니가 여동생을 그렇게 살벌하게 가르치겠냐만은!'

베키는 몸을 떨었다. 공작 부인은 청초한 외모와 다르게 무서웠다. 선생님들은 무슨 농담이냐며 웃어넘겼지만 자신들과 있을 땐 달라졌다. 검을 들지도 않고 때리지도 않았다. 말로 조곤조곤 타이르는데, 이상하게 그녀의 앞에 서면 두려웠다. 정령술사로서 가진 마나 때문이었지만 베키가 알 길은 없었다.

"반성해야 해. 다시는 그런 일을 하지 않을 거라고, 나와 약속할 수 있지?"

"네!"

"로즈 언니! 저는 베키가 그런 짓 하나 안 하나 잘 감시할게요!"

"사감 선생님의 약통을 바꾼 건 큰 잘못이었어요. 그래서 성녀 후보에서 쫓겨났지만 반성하고 있어요."

"성녀님께서 시키셨다며?"

"그, 그건……."

베키는 차마 부인하지 못했다. 사감의 약을 바꾼 건 성녀의 부탁 때문이었다.

"왕녀님이요?"

"그래, 약통을 바꿔 주겠어? 누가 물어보면 왕녀가 시켰다고 해."

프리실라는 성녀로서, 아직 어린 성녀 후보에게 가르침을 주곤 했다. 일 년에 한 번 보기 힘든 성녀님이 찾아와 부탁했는데 거절하기 힘들었다.

"성녀님, 괜찮을까요? 선생님은 천식 약을 제때 먹지 못하면 숨을 쉬지 못하세요."

"간단한 거야. 잠시 바꾸면 돼."

"그렇지만……."

"베키, 넌 성녀가 되고 싶은 게 아니었니? 너 말고도 더 뛰어난 후보가 많아. 네 가문을 실망시키고 싶은 건 아니겠지?"

결국 울면서 약통을 바꾸었다. 죽을 뻔한 사감을 구한 건 로자리아였다. 베키가 주도했고 나머지 두 후보도 가담했다는 죄가 밝혀졌다. 성녀 후보직에서 박탈당하는 건 물론, 감옥까지 갈 사안이었다. 프리실라가 시켰다고 말하지 못했다. 말해도 믿지 않을뿐더러, 그 말을 한 순간 가문까지 사라질 테니까. 사감인 카리나 부인의 뜻에 의해 셋은 감옥에 가는 대신 매번 인근 마을로 봉사를 나가게 되었다. 그리고 그 이후부터 로자리아는 말 안 듣는 성녀 후보를 맡게 되었고 예의를 가르쳐 주었다.

로자리아는 은은한 미소를 지었다. 그 미소에 세 명의 소녀가 움찔하며 몸을 굳혔다.

'무서워!'

"언젠가 볼 수 있으면 보자."

"아니, 네. 네. 그리고 결혼 축하드려요! 로즈 님이 이토록 예뻐지신 걸 보면 정말 놀랄 거예요! 그전에는 부랑자 같았거든요."

"넌 어쩜 그렇게 눈치가 없니, 헬렌! 로즈 언니 화났잖아!"

얼굴은 어여쁘지만 머리가 깨끗한 헬렌이 수줍게 말했다. 로자리아가 미소를 슬쩍 내리자 눈치가 빠른 베키가 헬렌의 입을 다물게 했다.

"첫날밤엔 이게 좋아요. 이거 저희 가문에서 대대로 내려오는 비기인데, 언니에게만 드릴게요."

"너희들, 이런 걸 준비하다니. 뇌물 아니야?"

"에잇. 합궁일에 말고 그냥 덮쳐 버려요! 로즈 언니라면 할 수 있어요!"

조숙한 대화에 로자리아는 이졸렛이 내민 비기를 받아 들었다.

"이건 뭔데?"

"정력제요. 아, 안심하세요. 꽃의 열매에서 따 온 거예요. 무슨 꽃인진 기억이 안 나는데."

"……너 신성 아카데미에서 뭘 배운 거야?"

'설마 이걸 쓸 일이 있겠어?'

로자리아는 찜찜한 얼굴로 받아들였다.

'라쉬드는 어떻게 변했을까?'

밤에 잠이 들 때쯤 라쉬드의 얼굴이 떠올랐지만 사사건건 문제를 일으키는 삼인방 때문에 깊이 생각할 겨를이 없었다.

'나를 잊어버린 거 아니야?'

로자리아는 마차에 올라탔다. 양산을 곱게 접고는 푹신한 방석이 깔린 마차에 등을 기대었다. 오늘이 바야흐로 남편과 오 년 만에 처음 만나는 날이었다. 엄격한 율법 때문에 성년이 되기까지 라쉬드의 그림자조차 볼 수 없었다.

'그는 여전할까?'

로자리아는 라쉬드를 떠올렸다. 차갑고 무심한 남자. 어째서 결혼식 날, 그와 키스했던 때가 생각나 버린 걸까. 잊으려고 해도 자꾸만 뇌리에 스쳤다.

5장 임페리얼

아카데미가 있는 곳과 남부 무나크는 가까웠다. 반나절을 꼬박 달린 마차가 공작저에 도착했다. 정오에 출발했으나 어느새 밤이었다. 바르세데스 공작가에 도착한 로자리아를 맞이하러 나온 건 젊은 귀부인이었다. 그녀는 공작가를 총괄하는 시녀장으로 바르세데스가의 안주인으로 불렸다.

'안젤라, 시녀장이자 프리실라의 열렬한 지지자.'

어째 정문으로 들어올 때부터 눈초리가 싸늘하더라니. 로자리아는 예의를 완벽하게 지키는 콧대 높은 귀부인의 안내를 받았다.

"전 안젤라라고 해요, 공작 부인. 제가 앞으로 부인을 모실 거예요."

"반가워요, 안젤라."

로자리아는 상냥하게 인사를 건네었다. 그러다 공작저를 둘러보고는 물었다.

"공작님께선 공작저에 계신가요?"

"공작님께선 북부에서 돌아오시지 않으셨어요. 남부에 안 오신 지

오래되었어요."

'오 년 전에 북부로 간다고 했는데.'

로자리아는 기억을 떠올리며 물었다.

"언제 돌아오시나요?"

"어머, 그걸 모르시나요? 공작님께 연락을 받은 줄 알았는데."

"아카데미에서 오 년 만에 나와서 그이를 볼 수 없었어요."

안젤라가 얄밉게 말하자 로자리아는 차분하게 응대했다.

"피곤하니 침실로 안내해 줘요."

"알겠어요."

이윽고 안젤라가 안내한 곳은 허름한 방이었다.

끼익.

로자리아는 문을 열어젖혔다. 분명 침실은 아니었다.

"여기가 제가 쓸 방인가요?"

"마음에 드시나요?"

"이곳은 내가 지낼 곳이 아니에요, 부인. 공작님의 침실로 안내해 줘요."

로자리아는 싱그럽게 웃으며 말했다. 화를 낼 거란 예상과 달리 차분한 태도에 당황한 건 안젤라 부인이었다.

"무슨 문제가 있나요?"

"아, 아니에요. 제가 착각했어요. 다시 안내해 드릴게요."

로자리아와 눈을 마주친 안젤라는 시선을 피했다. 순간, 바람이 무거워지며 짓누르는 느낌이 들었다.

'왕녀라고 듣긴 했지만 소문과 다르잖아.'

예상치 못한 위압적인 시선에 안젤라는 고개를 숙였다.

"실수라고 생각할게요, 안젤라. 이스타샤의 황족이자 바르세데스의 안주인이 될 내가 쓸 방은 아니었으니까."

로자리아가 부드럽게 말하자 안젤라는 고개를 주억거렸다. 안젤라는 종종걸음으로 로자리아를 안내했다.

'이곳이 공작저의 침실이구나.'

공작 부인을 알아본 기사 두 명이 묵례했다. 끼익, 철문을 열자 나비궁보다 더 큰 침실이 있었다.

'침실이라고 하기엔 성 같아.'

"차를 갖다 드릴까요?"

눈치를 보던 안젤라가 물었다. 거절할 이유는 없었던지라 로자리아는 흔쾌히 수락했다.

"따뜻한 걸로 부탁해요."

"백차는 괜찮으신가요?"

"좋아하는 편이에요."

안젤라는 서둘러 차를 타 왔다. 대부분 하녀를 시켰지만 실수를 했으니 만회해야 했다.

"잘 마실게요, 안젤라."

로자리아는 백차를 마시며 침실을 둘러보았다. 크고 넓었으나 온기는 느껴지지 않았다.

"괜히 첫날밤이라 긴장했나 봐."

씻고 나온 그녀는 깨끗한 원피스로 갈아입었다. 달이 뜬 새벽, 잠이 오지 않아 뒤척이던 로자리아는 겨우 잠이 들었다.

다음 날, 로자리아는 눈을 떴다. 그녀는 응접실에 앉아 안젤라가 따라 준 차를 느긋하게 음미했다.

"오늘도 공작님께선 안 오시는 건가?"

"북부에서 일을 끝마치시고 곧 온다고 들었어요, 마님."

오늘로서 똑같은 말을 들은 지 세 번째였다. 로자리아는 티타임을 멈추고 자리에서 일어섰다.

"알겠어."

"마님, 어디 가시나요?"

"산책할 거니 따라오지 않아도 돼."

로자리아는 이페리아 잎을 챙겨 저택 밖으로 나왔다. 그녀를 알아본 저택의 고용인들이 묵례했다. 공작가의 기강이 엄격한 것이 분명했다. 비록 그녀를 마님으로 인정하지 않아도 겉으로 보이는 예의범절은 나무랄 데가 없었다. 그러나 원숭이 보듯 힐끔힐끔 보는 시선은 고쳐지지 않았다. 아쉽게도 로자리아는 신경을 쓰지 않았다. 기분이 좋다고 말할 순 없지만 이미 예상했던 결과였다.

로자리아는 공작저를 나온 뒤, 마을 어귀에서 말을 빌렸다. 난폭하다는 주인의 말과 달리, 갈색의 꼬리를 가진 말은 푸르릉거릴 뿐 얌전했다. 로자리아는 말의 갈기를 부드럽게 쓰다듬으며 한적한 오솔길을 거닐었다. 시원한 바람을 느끼며 로자리아는 허공에 떠다니는 정령을 조심스레 두 손에 쥐었다.

「이건 뭐야? 이상하게 생겼어.」

「바보야, 그것도 몰라? 그건 말이라고! 그러니 네가 바보인 거야.」

「로즈, 로즈. 나 바보 맞아?」

자신을 의도적으로 홀대하는 사람을 보다가 순수한 정령을 보자 작은 웃음이 터져 나왔다.

"바보라고 놀리면 안 돼."

로자리아는 주위를 둘러보았다. 바삐 오가는 상인들이 대부분이었다. 공작가의 사람으로 보이는 자는 없었다.

'얼마나 관심이 없으면 그림자도 붙이지 않았어.'

로자리아는 말고삐를 쥔 손에 힘을 주었다. 놀란 말이 푸드덕거렸지만 곧 그녀를 주인으로 받아들였다.

'정령술의 장점은 식물과 동물이 따른다는 거지.'

로자리아가 향한 곳은 이스타샤에서 두 번째로 큰 도시인 무나크였다. 무나크에는 임페리얼 길드의 제2지부가 위치해 있었다. 로자리아는 무나크를 돌아보기로 했다. 신성제국의 제도는 둘러봤지만 남부까지 내려온 적은 없었다.

'이곳에 임페리얼 지부가 또 있다고 했지. 한번 가 볼까?'

상단주가 제국의 수도, 남부 도시, 테베 왕국의 세 지부를 오간다고 들었다.

"자자, 장인이 직접 세공한 비녀가 단 5실버!"

"발로 만든 그 비녀 말고, 장인이 뼈를 깎아 만든 귀걸이가 단 1실버!

거리에는 사람 사는 냄새가 물씬 풍겼다. 상업이 엄격히 통제된 제도와 달리, 무나크에는 상업이 활성화되어 있었다. 그녀는 신분을 숨기기 위해 변장하기로 했다. 로자리아는 잡화점에서 염색약과 로브를 샀다. 효과는 하루였다. 머리를 염색하고, 로브를 썼다.

로자리아가 도착한 곳은 임페리얼의 제2지부였다. 신분을 숨기기 위해 변장했다.

"무슨 일로 오셨습니까?"

"폰 님을 만나러 왔어요. 테베에서 상단주와 거래했던 사람이에요."

상단주를 찾자 퉁명스럽던 관리인이 급속도로 친절해졌다.

"상단주께선 자리에 안 계시는데 이거 어쩌죠?"

"아직 남부에 돌아오시지 않았나요?"

"수년 전에 테베 왕국에서 오셨는데 근래 자리를 비우신 지 오래되셨어요. 오늘 저녁때 온다고 하셨거든요."

"괜찮아요. 기다릴 수 있어요."

'지부가 궁금해서 와 봤는데, 운이 좋았어. 폰이 무나크에 오면 만나 볼까?'

"오늘 들어온다는 말씀이 없으셔서……. 죄송합니다. 소식이 닿는 즉시 말씀드리겠습니다."

로자리아는 돈을 퍼부은 듯한 제3지부보다 더 화려하고 넓은 건물 안을 둘러보았다.

'돈이 엄청 많나 보네. 생각보다 커.'

한쪽에는 유리 벽이 있었는데, 성력으로 보호되고 있었다. 그 안에는 로자리아가 팔았던 이페리아가 놓여 있었다.

'백 개를 팔았는데 여긴 열 개뿐이네.'

"이페리아네요."

"오, 알아보시네요. 유명하긴 해도 실제로 알아보는 사람은 드문데."

무나크 지부의 고위 관리자, 에단이 반색했다.

"요새 전염병 때문에 이페리아가 참 귀하죠."

"전염병이라뇨?"

로자리아는 모르는 척 물었다.

"무나크엔 전염병이 퍼지지 않았으니 당연히 모르실 수밖에요. 그렇지만 이스타샤의 수도에는 미라처럼 메마른 시체가 한둘이 아니에요. 감염되면 시체를 불태워 버려서 다른 사람들은 아마 잘 모를 거예요."

"그런 일이 있었네요."

"남부 출신은 아니시죠? 수도에서 오셨나요? 아니면 이국인이신가요?"

"아, 전 테베에서 왔어요."

"멀리서 오셨네요. 아무튼 신전에서 입막음하는 거죠. 무슨 이유에선지 병에 걸린 자를 치료해 줄 수 없다고, 신이 내린 저주니 치료해 주지 않겠다고 둘러댄 거예요. 사실 병인데 못 고친다고 하면 그동안 신전에 불만이 많던 이들이 일어날지도 모르니까요."

"그래서 무나크에 소식이 퍼지지 않은 거였네요."

에단은 꽤 똑똑한 젊은이였다. 신성제국에서 신전의 책임을 묻는 건 어려운 일이라서 사람들은 그를 괴짜로 여겼다.

'역시 테베 사람이라 그런가. 신전을 욕해도 가만히 있네.'

상단주인 폰과 그의 비서인 노엘을 제외하면 이런 말을 했다간 난리가 났다. 모두 무슨 소리냐고 고개를 갸웃거리거나, 심한 경우엔 '지랄 맞은 놈이 신전을 욕보인다'며 곡괭이를 들고 죽이려던 자들도 있었다.

"그래서 상단주께선 전염병 치료제를 팔려는 건가요?"

"그렇죠. 귀족과 상인에게 값비싸게 팔 거예요."

'돈이 없는 제국민은 치료를 받지 못할 거야.'

놀라운 일은 아니었다. 임페리얼은 이익을 추구하는 상단이었다. 그때 보았던 상단주는 동정심이라곤 조금도 없어 보이는, 차가워 보이는 사내였다.

"혹시 상단주께선 사제이신가요?"

"그럴 리가요! 그분이 제일 싫어하는 게 사제예요. 능력도 없는 주제에 돈만 까먹는다며. 아, 이건 비밀이에요. 더 이상의 신분은 알려드릴 수 없어요."

로자리아가 상단주의 신분을 묻자, 에단이 질겁한 얼굴로 손사래를 쳤다. 더 물어봤지만 에단은 어색하게 웃을 뿐 알려 주지 않았다. 그때, 정문을 지켰던 관리자가 헐레벌떡 뛰어왔다.

"에단 님!"

"무슨 일이야?"

"무, 무나크에 전염병 환자가 나타났습니다!"

사색이 된 관리자가 소리쳤다. 지부 밖으로 나가자 거리에 잔뜩 모인 사람들이 보였다. 그들은 미라처럼 비틀린 소년을 보고 기겁해 물러났다.

"비켜요, 비켜!"

에단이 소리쳤다. 얼떨결에 사람들이 물러났다. 에단을 뒤따르던 로자리아는 신중하게 소년을 살폈다.

'비쩍 마른 손에 검은 반점이 곳곳에 어렸어. 틀림없이 푸른 사막에 걸린 거야.'

허름한 옷을 걸친 소년이 비명을 지르며 괴로워하고 있었다.

"폰 님은?"

"자리에 없으십니다."

에단은 입술을 깨물었다. 성력으로 이루어진 유리관은 무력으로 깨뜨릴 수 없었다. 상단주만이 이를 열 수 있었다.

"에, 에단 님. 어찌할까요?"

"우리가 할 수 있는 건 없어. 게다가 이자는 귀족이 아니니까."

그렇게 말하는 에단의 얼굴빛이 어두워졌다.

"신전에서 나서기를 기다리는 수밖에."

에단은 사제가 오기를 기다렸다. 그는 그저 지켜볼 뿐이었다. 그때 로자리아는 전염병 환자에게 다가갔다. 그러고는 소년을 제 무릎에 기대게 했다. 소년은 풀썩 꺼진 눈꺼풀을 힘겹게 들어 올렸다.

"살리는 건 불가능합니다."

임페리얼의 상단주, 폰이었다.

"어째서 불가능하다는 거죠?"

"사제도 아닌데 전염병을 고칠 수 있을 거라 생각합니까?"

"전염병 치료를 위해 이페리아를 구입한 거 아니었어요?"

로자리아는 화를 참으며 물었다. 고용인들의 무시와 조롱에도 아랑곳하지 않았던 그녀는 처음으로 속이 타오르는 것을 느꼈다.

'어째서 저렇게 태연해? 사람이 죽어 가고 있는데!'

"잘나신 귀족과 귀하신 사제에게만 쓰이는 용도죠."

폰은 차갑게 말했다. 로자리아는 점점 숨이 멎어 가는 소년을 붙잡고 그를 노려보았다.

"당신, 좋은 사람인 줄 알았는데 제가 오해한 거였네요."

"장사꾼에게 좋고 나쁜 게 어디 있습니까? 돈만 되면 그만일 텐데."

팔을 꼬고 여유롭게 지껄이는 모습에 로자리아는 입술을 베어 물었다.

"성녀가 와도 치료를 못 할 겁니다."

"폰 님!"

에단은 입을 크게 벌렸다. 폰은 상단주였다. 그가 허락만 한다면 소년은 살 수 있었다.

"이페리아를 당장 가져와야 합니다. 저 소년을 치료해야 해요!"

"저 빈민을 치료해서 우리가 얻는 게 있던가?"

"……아뇨, 없습니다."

에단은 떨리는 목소리로 대답했다.

'나쁜 새끼.'

로자리아는 말을 불러들였다. 그녀는 소문이 퍼지는 것을 원치 않았다. 임페리얼의 본부의 마구간에 잘 묶여 있던 말이 저 멀리서 위엄을 자랑하며 뛰어왔다.

"푸히힝! 푸르릉!"

콧바람을 내밀며 뛰어오는 말의 모습에 구경하던 사람들이 비명을 지르며 혼비백산하여 도망쳤다. 폰은 뒤로 물러섰다.

'됐어!'

로자리아는 주머니에서 치료제를 꺼내 들었다. 이페리아 열매를 갈아 만든 것이었다.

"웬 미친 말이!"

"미친 말이다! 피해!"

로자리아는 관리자에게 물을 가져오라 일렀다. 가루로 된 약에 물을 탔다. 로자리아의 간택을 받은 말이 그녀의 곁을 빙빙 돌았다.

소년의 입에 약을 흘러 넣었지만 의식이 없어 삼키지 못했다. 로자리아는 입을 벌리고는 이페리아 가루를 탄 물을 마시게 했다.

"세상에…… 멀쩡한 아가씨가 씻지도 않아 더러운 부랑자를."

주위에서 수군대는 소리가 들렸다. 더럽다며 그녀를 손가락질하는 사람들의 눈초리에도 로자리아는 소년을 구하는 데 집중했다.

쿨럭.

"허억. 헉."

소년이 뱉지 못하게 해야 했다. 어느새 폰이 소년의 곁에 와 있었다.

"삼켜."

폰은 의식이 불분명한 소년에게 낮게 명령했다. 그는 땀에 젖은 로자리아를 대신해 소년이 뱉지 못하도록 강하게 끌어안았다.

'잘나신 귀족과 높으신 사제들에게만 쓸 거라고 하지 않았어? 왜 도와준 거지?'

"쿨럭, 쿨럭."

"경비병에게 시켜서 거리를 통제해."

폰은 익숙한 듯 에단에게 명령했다. 그는 기절한 소년을 지부 내 치료실로 데려갔다. 잠시 고민하던 로자리아는 폰을 뒤따랐다. 그녀는 수건에 물을 적셔 열이 오른 소년의 몸을 닦아주었다. 그러다 깜빡 잠이 든 로자리아가 깨어난 건 반나절 후였다.

"의식이 돌아왔습니다."

벽에 기댄 폰이 소년을 가리켰다. 그 말이 정말이었다. 겨우 눈을 뜬 소년은 이곳이 어디인지 알아차리지 못했다.

"전염병에 걸렸고 저 여자가 널 치료해 줬지."

'저 여자라니…….'

맞는 말인데 듣기 좋은 어감은 아니었다.

"……죽은 줄…… 만 알았어요."

한 자 한 자 힘겹게 내뱉은 소년이 눈물을 흘렸다.

"……저…… 를 구해 주셔서 고맙습니다."

그는 로자리아에게 몇 번이고 진심을 다해 말했다.

"……."

로자리아에게서 말이 없자 폰은 의아했다.

'로브를 써서 얼굴이 보이진 않는데 놀란 건가?'

뻣뻣하게 굳었던 그녀의 몸이 풀렸다. 기다란 숨을 내뱉은 그녀는 고개를 끄덕였다.

'고맙다는 말을 들은 건 처음이었어.'

그저 고맙다는 인사일 뿐인데 기분이 복잡했다. 로자리아가 대답을 한 건 한참 후였다.

"빨리 낫기를 바랄게."

파리한 안색의 소년이 고개를 끄덕였다. 그걸 보던 폰은 묘한 얼굴을 했다.

'나와 거래할 땐 빈틈을 보이지 않았는데.'

고작 고맙다는 말을 듣고 놀라다니, 이상한 여자였다.

소년을 치료한 후, 로자리아는 폰과 대면했다. 응접실에 기묘한 기류가 흘렀다.

"전염병에 걸릴 거란 생각은 안 들었습니까?"

"안 걸려요."

로자리아의 확신에 그는 눈을 찌푸렸다.

'겁이 없는 건지 대단하다고 해야 할지. 이상한 여자야.'

"앞으로 당신과 거래하는 일은 없을 거예요."

"흐음, 귀족과 사제에게만 치료제를 준다고 해서? 그것까지 당신이 간섭할 권리가 있던가요?"

"아쉬운 건 당신이죠. 그리고 거래를 끊는 것도 제 맘이에요. 이미 거래한 물량을 뺏을 순 없겠지만 더 공급하는 일은 없어요."

로자리아는 화가 난 척 말했다. 속으로 그녀는 머리를 빠르게 굴렸다. 귀족에게만 판다고 했었다. 그런데 아무도 나서지 않는 상황에서 로자리아를 도와주었다.

"수고했어요, 로제."

"그럴 땐 고맙다고 하는 거예요. 내가 당신의 아랫사람은 아니잖아요?"

"본 성격 나오시는군요. 거래할 때와 너무 다르지 않습니까?"

"폰은 거래할 때부터 친절해질 필요가 있겠네요."

로자리아는 로브를 깊숙이 쓰고는 자리에서 일어섰다. 밤이 늦었으니 서둘러 공작저로 돌아가야 했다.

로자리아는 마을 어귀에 있는 마구간에 들렀다. 투레질을 하는 말의 갈기를 쓰다듬었다. 부드러운 손길에 말이 졸린지 눈을 끔뻑였다.

"졸리면 한숨 자."

"푸르릉!"

"자, 얌전히 있어. 알았지?"

"푸릉!"

로자리아는 말에게 당근을 물려 주고는 마구간을 떠나 곧바로 공작저로 향했다. 야밤에 공작저로 돌아오니 무척 조용했다. 로자리아는 조심스레 실내로 들어왔다. 이 가문은 어찌 된 것인지 공작 부인이 사라졌는데 도통 관심이 없었다.

'하기야, 안젤라 부인이 좋아할 일이지.'

로자리아는 살금살금 걸었다. 그녀는 시녀를 부르는 대신 홀로 욕조에 물을 받았다. 머리를 두어 번 감자 염색물이 빠졌다. 갈색 머리에서 본래의 금발로 돌아오자 그녀는 안도했다.

"아, 따뜻해."

뜨거운 물에 몸을 담그니 온몸의 피로가 풀리는 기분이었다. 로자리아는 거품을 뭉실뭉실 일으키며 그 속에 몸을 파묻었다.

"그 남자, 정체가 뭘까?"

로자리아는 수증기로 가득 찬 욕조에서 눈을 깜빡였다. 지친 하루였다. 몸은 피로했지만 신기하게도 정신만은 맑았다.

'다른 사람을 도와준 건 처음이었어.'

테베의 왕녀. 제 한 몸 건사하기 어려웠던 그때, 누군가를 도와주는 건 상상도 할 수 없는 일이었다. 그리고 다른 이들도 자신의 도움 따위 바라지 않았다.

"지금은 많이 바뀌었구나."

모국어인 테베의 글뿐만 아니라 성녀만이 읽을 수 있다던 신성어도 읽고 쓸 줄 알았다. 정령술 또한 강했다. 성력이 신에게 빌리는 것이라면 정령술은 신체의 마나를 운용하는 것.

"자연으로부터 마나를 빌리는 거니까."

'나는 왜 도와준 걸까?'

고맙다는 말을 듣기 위해서? 그 소년은 다시 기절했고 그 뒤로 만나지 못했다.

'돈을 벌기 위해서?'

그것도 아니었다. 그저 생각보다 몸이 먼저 움직였다. 그런 적은 처음이었다. 이상한 기분이었다. 심장이 간질거리는 기묘한 감정이 작은 씨앗처럼 피어올랐다. 로자리아는 배시시 입꼬리를 올렸다. 왜인지 오늘 밤에 잠이 잘 올 것 같은 기분이었다.

로자리아는 씻고 나와 가운으로 몸을 둘렀다.

"그 남자는 잘 돌아갔으려나."

"그 남자가 누구기에?"

로자리아는 무심결에 '상단주'라고 대답할 뻔했다. 그녀는 제복을 입은 채로 자신을 기다리는 라쉬드의 모습에 하마터면 비명을 지를 뻔했다.

로자리아는 유령이라도 본 것처럼 놀랐다. 라쉬드를 본 건 오 년 만이었다. 과거와 달라진 그의 모습에 로자리아는 눈을 떼지 못했다. 이내 그녀의 시야에 라쉬드의 모습이 담겼다.

목덜미를 살짝 덮는 흑발, 짙게 내려앉은 바이올렛 눈동자. 스물넷이 된 그에게선 관능적인 사내의 분위기가 풍겼다. 그럼에도 목 끝까지 잠근 검은 제복으로 인해 절제되어 보였다. 제복으로도 군살 없는 탄탄한 몸을 감추지 못했다. 살짝 젖힌 소매 사이로 날렵한 근육이 있는 팔이 드러났다. 날카로운 보랏빛 눈동자, 사내다운 턱선, 섹시한 입술. 무표정한 얼굴에 굳게 다문 입술임에도 묘한 색기가 흘렀다.

오 년 전에도 누구나 돌아볼 법한 매혹적인 황자였다. 그러나 지금은 그때와 분위기가 달랐다. 스물넷의 공작이 된 라쉬드는 금욕적인 차림으로도 농염함이 물씬 풍겼다.

"오 년 만이군요. 아니, 이제 오 년 만인가?"

라쉬드는 자연스레 말을 놓았다. 결혼 전엔 왕녀에게 말을 높이며 거리를 두었으나, 이제 로자리아는 그의 부인이었다. 그가 묻는 순간, 로자리아의 심장이 철렁 내려앉았다. 그녀는 저도 모르게 라쉬드를 빤히 올려다보았다. 죽기 직전에, 마지막으로 두 눈에 담았던 라쉬드의 모습이 떠올랐다.

"그래요. 오 년 만이에요, 공작님."

라쉬드에게서 이름이 불리자 망치질하듯 심장이 쿵쾅거렸다.

"내가 침실에 있어서 놀란 것 같던데."

"그야, 북부에서 지내신다고 들었으니까요."

"그랬었지. 이번에 성년이 되었다고 들었어."

그는 테이블에 두었던 장미 한 송이를 내밀었다. 그것도 다리를 꼬고 앉은 채로 장미를 가져가라는 식이었다. 잠시 망설이던 그녀는 라쉬드에게 다가갔다.

"제게 주는 건가요?"

"신성제국에선 성년이 된 여인에게 꽃을 주곤 하니까."

"생각지도 못했어요……. 고마워요."

로자리아는 장미를 그러쥐었다. 그녀는 고개를 숙여 향을 맡았다.

'방금 딴 거구나.'

미리 준비한 건 아니었다. 그걸 알면서도 로자리아의 양 볼이 발그레해졌다.

"좀 더 늦게 오실 줄 알았어요."

"내가 오지 않기를 바랐던 건가?"

자연스레 침대에 앉아 머리를 말리려던 그녀의 움직임이 멎었다. 그는 로자리아를 보며 어이가 없다는 듯 말했다.

"왜 놀라는 거지? 남편이 침실에 들어온 것뿐인데."

"공작님을 뵙는 건 오랜만이라서 그래요."

'……그것도 침실에서.'

로자리아는 흘끔 라쉬드를 쳐다보았다. 부부라곤 해도 오 년 만에 보는 것이 아닌가. 그녀의 시선을 곡해한 라쉬드가 사정을 이야기했다.

"북부에서 일이 있었다. 전염병이 돌기 시작했지. 전염병이 급속도로 퍼진 건 수도지만 북부에도 피해가 없던 건 아니었어."

요 며칠 전염병 문제로 신성제국 전역이 떠들썩했다. 입막음을 했으니 평민은 모르겠지만 귀족들에겐 널리 퍼진 사실이었다. 그들의 입을 단속하고 치료하는 것이 라쉬드가 신성제국의 황자로서 해야 하는 일이었다. 클라인 황태자는 황위에만 눈이 멀었지, 평민이야 죽든 말든 개의치 않았다.

"북부에서 돌과 대화하느라 보름을 허비했어."

"돌?"

"머리에 돌만 가득 찬 것들."

단연코 정점은 클라인 황태자였다. 전염병을 의논하기 위해 북부로 온 황태자는 쓸모없는 얘기만 나열했다. 그나마 명석한 프리실라의 조언대로 따르면 반은 가는데, 성녀가 안식 기도에 들어간 이후로 통제가 되지 않았다. 그 때문에 황태자는 제멋대로 일을 키우고 있었다. 로자리아를 보던 라쉬드의 표정이 묘해졌다.

"많이…… 변했군."

라쉬드의 보랏빛 눈동자가 로자리아를 향했다. 그저 바라본 것뿐인데도, 맥박이 빨라졌다. 어쩐지 제 부인에게서 눈을 뗄 수가 없었다.

"공작님?"

라쉬드의 깊은 시선에 로자리아의 심장이 빠르게 요동쳤다. 그녀는 긴장을 풀고자 천천히 숨을 내쉬었다. 라쉬드는 아내를 찬찬히 바라보았다. 공작 부부는 긴 시간 동안 달라진 서로를 마주 보았다. 눈꺼풀도 깜빡이지 않고 강렬하게 눈을 맞추었다. 오 년은 그토록 빨리 지나갔건만, 지금 이 순간은 시간이 느리게 흘러가는 것만 같았다.

먼저 말을 연 건 라쉬드였다.

"나를 기다렸던 건가?"

"아…… 조금?"

로자리아는 애매 모호하게 대답했다. 신성 아카데미에서 그가 한 번쯤은 와 주길 바랐지만 오지 않았으니까. 그녀는 속마음을 감추며 눈을 내리깔았다.

"공작님께선 늘 바쁘신 걸 알아요. 그러니 전 괜찮아요."

그 말에 라쉬드는 앉아 있던 몸을 일으켰다. 그때도 신성제국 평균보다 키가 컸지만 지금은 그 느낌이 달랐다.

"라뮤엘이 당신을 로즈라고 부르던데."

라쉬드는 침대에 앉아 로자리아의 어깨를 끌어안았다. 갑작스러운 신체 접촉에 그녀의 몸이 움찔했다. 라쉬드의 손이 닿는 곳마다 감전된 것만 같았다.

"제 애칭이에요."

"왜 내겐 가르쳐 주지 않았지?"

"그거야 공작님께서 물어보시지 않으셨으니까요."

그와의 거리가 가까웠다. 목소리가 떨릴까 로자리아는 목청을 가다듬었다. 피하려 들자 라쉬드가 몸을 움직여 그녀에게 바짝 다가왔다.

"왜 피하는 거지?"

"그러려던 건 아니었어요. 그저 누군가 곁에 있는 것이 익숙지 않아서……."

신경이 잔뜩 곤두세워졌다. 로자리아는 심호흡을 하며 말을 이었다. 그걸 보던 라쉬드가 그녀의 귓가에 속삭이듯 말했다.

"예전과 많이 달라졌어."

"뭐가 달라졌단 거예요?"

라쉬드는 피식 웃었다. 딱딱하고 고지식한 타입으로 봤는데 의외로 요염한 구석이 있었다.

'도발하는 건가?'

침대에서도 목석처럼 굴 것이 뻔했지만. 그는 아내의 장단에 맞춰 주기로 했다.

"내가 눈치 없이 부인을 기다리게 했군."
"부인이라뇨?"
로자리아는 놀라 라쉬드를 쳐다보았다. 그의 얼굴이 진중해서 놀리려는 건지 진심인지 알기 힘들었다.
"결혼했으니 부인이라 불러야지."
"그냥 로자리아라고 불러 주세요."
로자리아는 진심으로 말했다. 깃털로 문지르는 것처럼 심장이 간질거렸다. 라쉬드에게서 '부인' 소리를 들으니 설레면서도 자꾸만 이상한 상상이 들었기 때문이다. 침대 위의 두 남녀. 물기에 젖은 머리칼, 자신의 곁에 앉은 공작까지. 모든 게 첫날밤의 징조였다.
'처음 공작저로 온 날이 첫날밤 아니었어?'
"딱딱하게 로자리아라고 부르면 되는 건가?"
"그럼요?"
"남자를 다루는 법을 모르는 것 같은데."
그걸 본인 앞에서 대놓고 말하는 라쉬드야말로 여자의 마음을 모르는 게 틀림없었다. 기분이 상한 로자리아가 침대에서 일어섰다. 그녀는 화장대에 앉아 빗질을 하는 데 집중했다.
"로자리아."
그녀는 무례란 걸 알면서도 저를 부르는 목소리에 답하지 않았다. 심지어 시선조차 주지 않았다. 라쉬드는 턱을 괸 채로 그에게서 몸을 돌린 로자리아를 바라보았다.
로자리아는 철두철미한 공작이 저를 놀리고 있다는 사실을 알아차렸다. 어찌해야 할지 몰라서 입술만 베어 물 뿐 대답하지 않았다.
"로즈."
반자동적으로 로자리아의 고개가 돌아갔다. 본능적인 움직임에 결국 라쉬드는 승리의 미소를 지었다. 로자리아는 빗을 내려 두고 라쉬드를 쳐다보았다.

"결국에 볼 거잖나?"

"부르는데 그럼 계속 무시해요? 당신은 공작이고 난……."

"공작 부인이지."

라쉬드가 로자리아의 말을 끊으며 그녀를 침대로 이끌었다.

"공작 부인, 남편을 기다리게 해서 되겠어?"

"첫날밤에 오지 않은 건 공작님이셨어요."

"그럼 오늘을 첫날밤으로 하면 되겠군."

라쉬드가 단도직입적으로 말하자 로자리아의 뺨이 붉게 물들었다. 파르르 떨리는 그녀의 속눈썹에 라쉬드는 입술을 맞추었다. 문득 충동이 들었다. 새하얗고 탐스러운 살결을 진득하게 탐하고 싶다는 열망.

라쉬드는 물빛 눈동자와 마주치자 묘한 기분이 들었다. 달콤한 장미향이 그녀의 몸에서 나는 것만 같았다. 북부에서 보냈던 적막한 밤을 위로하듯 따뜻한 체온이 느껴졌다. 라쉬드는 로자리아의 이마에 입을 맞추었다. 깊게 마주쳐 오는 시선에 갈증이 일었다. 그녀를 품에 안고 욕망을 나누고 싶었다.

오 년간, 북부에서 전염병을 해결하기 위해 하루도 편히 잠든 적이 없었다. 무책임한 황가에 도움을 요청하지 않고 오롯이 북부를 지켜 내기 위해 밤낮으로 쉬지 않고 일을 했다. 새벽까지 업무를 보다가 적막한 침실에 몸을 뉘었다.

잠이 오지 않을 때면 그를 찾아왔던 어린 왕녀가 생각났다. 테라강에서 제 품에 잠든 왕녀의 모습이 잔잔한 강물처럼 밀려오곤 했다. 라뮤엘로부터 아카데미에서 잘 지내고 있다는 소식을 받았지만, 가끔은 궁금하기도 했다. 로자리아, 그의 부인에게 오 년이란 긴 시간은 어떠했는지.

라쉬드에게 지난 오 년은 숨 한 번 돌릴 새 없는 지독한 시간이었다.

로자리아를 보게 되자 진득한 모래와 같았던 시간이 자신의 손가락에서 빠져나가는 기분이었다. 달라진 로자리아를 보게 되자 그를 짓눌렀던 무게가 한결 덜어지는 기분이었다. 왜 그런 기분이 드는지 알 수 없는 일이었다.

"눈을 감아도 좋아, 로즈."

라쉬드는 그녀의 뺨을 다정한 손길로 감쌌다.

"남편으로서 의무를 다하도록 하지."

그 말에 로자리아는 눈을 크게 떴다. 매혹적인 자색 눈동자에 그녀의 얼굴이 비쳤다. 고작 시선을 섞은 것임에도 심장이 터져 나갈 것만 같았다. 그는 아는 걸까? 그렇게 물끄러미 바라보는 것만으로도, 온몸을 걷잡을 수 없다는 것을.

"의무라뇨……?"

"밤에 지켜야 할 의무를 모르는 건가?"

라쉬드는 로자리아의 몸을 감싼 가운을 벗겨 내렸다. 부드럽고 다정한 손길에 그녀는 입술을 질끈 베어 물었다. 무척이나 달콤한 키스였다. 로자리아는 처음 느껴 본 감촉에 놀라 눈을 크게 뜨다가, 곧 눈을 감아 내렸다.

사락. 종이를 넘기듯 가느다란 소리가 들렸다. 날렵하게 짜인 근육을 감추던 검은 제복을, 그가 느릿하게 벗어 내렸다.

풀썩.

곁에 버려진 제복에 로자리아는 혼이 나갈 것만 같았다. 반라가 된 그가 그녀를 침대에 눕히고 두 팔로 가두었다.

"……공작님, 전…… 그냥."

"원하는 대로 해주기를 바란다면야, 얼마든지."

그의 입술이 유독 야하게 느껴졌다. 단단한 목덜미부터 넓은 어깨, 선명한 쇄골, 갈라져 있는 복근까지. 사내다운 반라에 로자리아는 애타게 눈을 둘 곳을 찾았다. 로자리아는 눈을 질끈 감았다.

"내가 보기 싫어졌나?"

"그건 아니었어요. 난 단지 공작님의 몸이……."

'잘 보여서 못 보겠단 말이야.'

평소의 명령하는 어조가 아니었다. 이에 놀란 그녀는 눈을 슬쩍 떴다. 무심결에 라쉬드와 시선이 마주친 그녀는 이번엔 시선을 피하지 못했다.

"부부 사이에 자연스러운 거야. 난 오늘부로 당신의 남편이 되었어."

약식으로 혼례를 치른 건 오 년 전이었으나, 로자리아가 성년이 되어 만난 건 지금이었다. 라쉬드는 아내의 턱을 부드럽게 그러쥐었다. 그는 허리를 숙여 깊게 입을 맞추었다. 남편과의 키스는 세 번째였지만 적응될 리가 없었다. 첫 키스 한 것처럼 은근한 전율이 스쳤다.

그와의 키스만으로도 온몸의 감각이 예민해졌다. 그는 달콤한 과즙을 삼키듯 아내의 입술을 탐했다. 윗입술을 생크림 핥듯 훔치고는 아랫입술을 간질거렸다. 반쯤 내리깐 그의 눈동자에 사내다운 색기가 어렸다. 단단한 손가락이 여린 몸을 훔칠 때마다 옅은 숨이 내쉬어졌다.

이윽고 라쉬드의 숨이 자신의 귓가에 닿자 오소소 소름이 돋았다. 그녀의 새하얀 목덜미를 부드럽게 타고 내려온 입술이 서서히 아래로 내려갔다.

"오 년이나 기다린 보람이 있군."

짓궂은 말에 로자리아는 입술을 질끈 깨물었다. 잇사이로 옅은 신음이 새어 나왔다. 참으려고 해도 자꾸만 흘러나와 그녀는 어쩔 줄 몰라했다.

"참지 않아도 돼. 자연스러운 거니까."

"아…… 공작님……."

말은 짧았고 표정은 늘 차가웠다. 침대에서 달라진 그의 모습에 적

응하기도 전에, 뜨거운 물이 흘러들어 온 것처럼 머릿속이 어질어질해졌다. 심장이 터져 나갈 것처럼 뛰었고 위장이 울렁거렸다. 라쉬드는 아내의 쇄골에 입을 맞추고, 새하얀 살결을 느릿하게 쓸었다. 온몸에 힘이 빠져서 눈꺼풀을 깜빡이는 게 전부였다. 기묘한 열기가 몸을 잠식하자 그녀의 푸른 눈동자가 흐릿해졌다.

"로즈."

라쉬드가 자신의 이름을 부르자, 그녀는 붉어진 눈가로 남편을 응시했다. 그가 몸을 겹치자 희미한 숨이 퍼졌다.

"……하아, 공작님?"

"라쉬드."

그는 허리를 숙이며 아내의 귓가에 제 이름을 속삭였다.

"흣……."

"공작님 대신 앞으론……."

그는 낮은 숨을 토해 냈다.

"이름을 불러 줘. 라쉬드라고."

그는 로자리아를 바라보며 나른해진 목소리로 뇌까렸다.

"라쉬드……."

로자리아는 그의 이름을 새기듯 중얼거렸다. 몇 번이고 부르고 싶었던 이름. 그러나 자신에겐 허락되지 않았던 공작의 진명. 그녀는 붉어진 눈가로 라쉬드의 목을 끌어안았다. 그러곤 떨리는 목소리로 중얼거렸다.

"나, 처음으로 당신의 이름을 불렀어요. 그 전에는……."

로자리아는 입술을 달싹였다. 그걸 보던 라쉬드가 무언가 말을 이으려던 아내의 입술을 삼켰다.

"마음껏 불러. 부인에게 내 이름을 허락했으니까."

그는 파르르 떨리는 로자리아의 눈가에 입을 맞추었다. 그러고선 땀에 젖은 아내의 머리칼을 정리해 주었다.
"내가 부인을 로즈라 부르듯이."
그는 아내의 손바닥에 짙게 키스했다. 온기를 나누던 공작 부부는 서로를 바라보며 잠이 들었다.

다음 날, 로자리아는 눈을 떴다. 해가 중천에 떠오른 정오였다.
'아직도 졸려.'
본능적으로 눈을 다시 감던 그녀는 번쩍 눈을 떴다.
'어젯밤 라쉬드와…….'
잊으려고 해도 잊을 수가 없었다. 하필이면 눈을 뜨자마자 함께 밤을 보낸 사실이 떠올랐다.
'장미를 받고 그다음…….'
로자리아의 얼굴이 화르륵 달아올랐다. 다른 생각을 하려 해도 그의 잠긴 목소리, 차가운 체향, 나른하게 가라앉은 눈빛이 생각난 탓이었다.
"깬 건가?"
본래라면 이른 새벽부터 일어났을 공작이었다. 수면은 다섯 시간이면 충분하다는 그의 지론 때문에 지금쯤 집무실에 있을 시각이었다. 아침에 한 번 깼지만 그는 아내의 곁에 남았다. 계약 결혼이긴 해도 관계만 나누고 가는 건 배려 없는 행동이라 여겼기 때문이다.
"좀 더 자도록 해."
"라쉬드는요?"
"지금쯤 보좌관이 찾을 테니 가 봐야 해."
라쉬드는 시각을 확인했다. 시곗바늘이 열두 시로 향해 있었다.
'보나 마나 라뮤엘이 잔소리를 하겠군.'
라쉬드가 침대에서 먼저 일어났다. 나신으로 일어선 그가 능숙하게 가운을 걸쳤다. 욕실로 향하려는데 뒤에서 시선이 느껴졌다.

"필요한 건가?"

그는 무심한 얼굴로 가운을 가져다주었다. 로자리아는 손을 내뻗어 가운을 그러쥐었다. 새하얀 이불에 감싸여 그녀의 나신은 보이지 않았다. 그럼에도 로자리아는 라쉬드의 시선이 닿는 것이 부끄러웠다.

"할 말이 있는 것 같군."

"……아, 아니에요. 어서 가 봐요."

"같이 씻고 싶으면 말해, 로즈. 난 상관없으니까."

라쉬드가 대수롭지 않게 말했지만 로자리아에겐 큰일이었다.

'같이? 씻어? 그것도 대낮에?'

그와 밤을 같이 보냈지만 대낮부터 나신을 보이는 건 다른 문제였다. 그녀는 새하얀 나신을 이불로 가린 채로 고개를 저었다.

'아마 부끄러워서 죽을 거야.'

"부끄러운 건가? 부부 사이에."

말하지도 않았는데 그는 아내의 속마음을 알아차렸다.

"전 괜찮아요, 라쉬드. 좀 더 자야겠어요."

하암, 나오지 않는 하품을 하며 그녀는 침대에 도로 누웠다.

강요할 생각이 없었던지라 라쉬드는 먼저 욕실에 들어갔다.

"오늘만 날이 아니니 다음에 같이 씻도록 하지, 로즈."

라쉬드는 굳이 아내의 대답을 기다리지 않았다. 거절은 한 번이면 충분하단 생각이 들었다.

달칵.

"하아."

라쉬드가 문을 닫고 나가고서야 로자리아는 안도의 숨을 내쉬었다. 대낮부터 긴장해서 그런지 온몸이 뻐근했다.

"……같이?"

로자리아는 혼잣말을 중얼거렸다. 그녀의 뺨이 발그레해졌고 귓가는 빨갛게 익었다.

라쉬드는 집무실에 도착했다. 그는 라뮤엘의 보고를 받으며 처리해야 할 업무부터 확인했다. 간단한 브런치를 먹으며 서류를 보던 차에 시녀장이 찾아왔다.

"무슨 일이지?"

"각하, 사실 드릴 말씀이 있습니다."

시녀장은 조마조마한 심정으로 얘기했다. 늘 보좌관이 대신 명령을 전달했기에 공작을 보는 건 실로 오랜만이었다. 시녀장은 공작의 모친인 제2황비의 시녀였다. 그래서 공작을 어렸을 때부터 봐 왔음에도 항상 어려웠다. 알 수 없는 두려움이 들었고 입을 제대로 열기가 힘들었다.

"할 말이 있어서 찾아온 것이 아니었나?"

"네, 맞아요! 이건 제가 시종에게 들은 건데……."

공작의 말에 용기를 낸 시녀장이 며칠 전 들었던 말을 그대로 전달했다. 두고 온 것이 있어 본관을 찾았던 시종이 공작 부인의 수상한 행적을 본 것이다.

"그런 일이 있었군."

"밤에 가출하는 게 수상하기 짝이 없어요! 제가 공작 부인을 감시할까요?"

"시키지도 않은 짓을."

라쉬드는 열렬하게 보고하는 안젤라 부인의 말을 끊었다. 시녀장은 묻지도 않은 것을 술술 불었다.

'어라, 당연히 화내실 줄 알았는데!'

안젤라는 당혹스러움을 감추지 못했다. 그녀는 얼굴을 붉히며 다시 한번 로자리아의 험담을 늘어놓았다.

“야만스럽기 그지없어요! 교양도 없고 몸을 함부로 굴리는 천박한 여자예요. 정숙함이라곤 없어서 길가의 창기보다 더하다니까요!”

“안젤라, 시녀장으로서 네 주제를 모르는구나.”

“공, 공작님?”

라쉬드는 화를 내는 대신 피식 웃었다. 마치 제 늙은 첩이라도 된 것처럼 간섭하는 것이 지극히 우스웠다.

“공작 부인을 욕보이는 것은 나를 모욕하는 것이다.”

“하지만 저는 공작님을 위해……!”

“라뮤엘, 이 여자를 공작저에서 끌어내라.”

라쉬드는 차갑게 읊조렸다. 안젤라는 제2황비의 시녀였다. 그녀를 시녀장으로 삼아준 것은 한낱 감정 때문이 아니었다. 돈, 명예, 권력 그 어떤 것이 들어와도 저를 배신하지 않을 것을 알기에 도를 넘는 짓을 해도 눈감아주었다. 그러나 평생을 함께할 아내를 모욕하는 것은 넘어갈 수 없었다. 후에 공작의 후계자가 태어난다면 아이에게 똑같은 말을 지껄일 여자였다.

“술사에게 데려가 기억을 지우도록 해.”

“영원히…… 말입니까? 신전에 들킨다면 지탄을 받을 것입니다.”

“두 번 말하지 않겠다. 나와 관련된 모든 기억을 지워라.”

일종의 강력한 암시였다. 라쉬드는 울면서 비는 안젤라를 차가운 눈으로 내려다보았다.

“시녀장을 새로 뽑도록 해. 말수가 적은 이로.”

“알겠습니다, 주군.”

공작가의 그림자로 일하는 라뮤엘이 고개를 숙이고는 집무실에서 사라졌다.

"라쉬드."

무심결에 저를 부르던 가냘픈 목소리가 생각났다.

'새하얀 뺨이 붉게 물든 게 꽤 사랑스러웠지.'

사각사각. 라쉬드는 양피지를 찾아 생각했던 내용을 써 내려갔다. 막힘없이 흐르는 글귀는 그의 성격을 대변했다. 공작가의 인장이 필요한 부분에 서명하고, 마지막으로 밀봉했다.

휘익. 휘파람을 길게 부르는 소리와 함께, 저 멀리서 황매가 날아들었다. 그는 붉은 인장이 찍힌 서신을 황매에게 물려 교황청에 전달케 하였다

「로즈, 일어나!」

「잠꾸러기! 언제까지 잘 거야?」

「우리 심심하단 말이야.」

로자리아는 정령들이 저를 부르는 목소리에 눈을 떴다. 어찌나 푹 잤는지 해가 질 때까지 잔 것이다.

"으음, 피곤해."

분명 푹 잤는데 몸이 노곤노곤했다. 옷을 입은 기억이 없는데 어느새 커다란 비단옷을 입고 있었다.

'라쉬드의 옷이잖아. 왜 입혀 둔 거지?'

잠시 추측하던 로자리아는 고개를 갸웃했다. 도대체 왜 이따위 걸 고민하는 거야! 그녀는 붉어진 얼굴로 자리를 박차고 일어났다.

"오늘은 약초방에 가 봐야겠어. 이페리아 시세도 알아볼 겸."

로자리아는 거창한 계획을 세우는 대신 소일거리를 찾아다니기로

했다. 밖으로 나서는 건 시장조사를 하려는 이유도 있었다. 그녀는 씻고 옷을 갈아입고 어제와 같은 방법으로 공작저를 나섰다. 이상한 것은 안젤라 부인이 오지 않는다는 점이었다.

'몸살이라도 걸린 건가?'

로자리아는 굳은 얼굴로 경계를 서는 경비병을 살폈다.

'군기가 단단히 잡혀 있네. 정문으로 가면 안 되겠어.'

로자리아는 후문으로 빠져나온 후, 마을 어귀로 향했다. 저번에 갔던 마구간에 들러 말을 빌리고, 가뿐히 말에 올라탔다. 그녀는 말의 엉덩이를 가볍게 때리고는 마을 시내로 달렸다.

로자리아는 마을 시내에 도착했다. 동화를 지불하고 말을 마구간에 매고 오는 길이었다. 사람들이 웅성거리며 모여 있었다. 궁금해서 와 본 곳에 처음 보는 벽보가 붙어 있었다.

"도대체 이 흉악범은 뭐야?"

로자리아는 벽보 앞에서 한참을 서성였다. 벽보에는 험상궂은 여자가 눈을 부릅뜨고 있었다.

〈특보, 무나크에 악마가 나타나다!〉

"호외요, 호외!"

"세상에, 이게 무슨 일이래?"

"그거 들었어? 무나크에 악마가 나타났대!"

"나도 들었어. 길거리에 있던 사내아이를 납치했다는 거? 그래서 신전에서 오늘 밤부터 거리를 통제한다더구먼."

벽보가 붙어 있는 거리는 시끌시끌했다. 로자리아는 금방 벽보 속의 무섭게 생긴 여자가 그녀라는 걸 알아차렸다.

'너무해. 이렇게까지 무섭게 생기진 않았는데.'

로자리아는 내심 섭섭함을 감추지 못했다. 칭찬이나 인정 따위 바라지 않았지만 사람을 구했는데 납치범이라니!

'내가 이상하게 생겼나?'

로자리아는 비에 고인 웅덩이에 비친 얼굴을 내려다보았다. 새하얀 피부에 푸른 눈. 탐스럽고 우아하게 흘러내린 금발까지. 회귀 전 정령술을 익혔을 때 문제가 있었다. 다른 정령술사라면 평생을 바쳐도 이루기 힘든 기적이었지만 그 대가를 치러야 했다. 눈부신 금발은 어느새 푸석푸석한 백발로 변했다. 눈에는 독기가 어려 모두 그녀를 악마의 딸이라고 기피하며 두려워했다.

"지금은 괜찮지 않나? 예전처럼 무섭지 않은데."

로자리아는 웅덩이 속의 여인을 내려다보았다. 금발의 여인이 눈꼬리를 휘고 있었다. 이제는 성년이 되어 여인의 느낌이 물씬 풍겼다. 차갑고 비틀렸던 미소는 사랑스러웠고 독기에 물들었던 두 눈은 맑고 깨끗했다. 로자리아는 웅덩이를 보다가 낯선 사람과 부딪혀 비틀거렸다.

털썩. 그저 몸에 부딪혔는데 단단한 돌에 박은 것처럼 뼈마디가 저려 왔다. 그녀는 고개를 들어 저와 부딪힌 사람을 확인했다.

"아야."

"조심하십시오."

"죄송합니다. 실례했어요."

남자의 목소리는 낮고 굵었다. 로자리아는 신전의 수(秀)기사임을 뜻하는 귀걸이를 보고는 뒤로 물러났다.

'사파이어 귀걸이. 성녀 직속 기사인가?'

사파이어 귀걸이는 오직 성녀를 보필하는 직속 기사만이 착용할 수 있다. 수기사란 기사이면서도 고위급 귀족이었다. 또한 각 신전에 파견된 수만의 성기사들의 우두머리였다.

"마르쉬 님, 어서 가셔야 합니다. 프리실라 님께서 기다리고 계십니다."

"먼저 가도록."

"마르쉬 님? 빨리 안 오시면 프리실라 님께서 역정을 내실 겁니다."

"잠깐만……."

로자리아는 부딪힌 남자가 자신에게 볼일이 있는 것처럼 나오자 눈을 가늘게 떴다.

'프리실라의 수기사라면 대단한 실력자인데 왜 내게 접근하는 거지?'

"당신에게서 성력이 흐르는군요."

"고맙지만 괜찮아요."

로자리아는 뒤로 물러서며 말했다. 수기사 앞에선 웬만한 사제와 귀족들도 고개를 숙였다. 얽혀서 좋을 건 없었다.

"아아, 오해하셨군요. 저는 수상한 사람은 아닙니다."

"아아, 네. 그럼 전 이만."

로자리아는 어색한 미소를 지으며 후다닥 뛰었다. 다행히도 그는 자신을 붙잡지 않았다.

'성력이 넘쳐서 신전에 데려가기라도 하면…….'

한참을 뛰었더니 왔던 곳과는 떨어져 있었다. 마을의 분수대가 보이자 그녀는 걸음을 늦추었다.

'설마 그 남자인가?'

기억 속에서 한 남자가 떠올랐다. 성녀 프리실라의 수기사, 마르쉬 히킨샤를 예전에도 두어 번 본 적이 있었다.

'그땐 새하얀 터번으로 얼굴을 가리고 있어서 봐도 그인지 몰랐지만.'

마르쉬가 두 눈을 드러내고 얼굴을 가리지 않은 채로 있는 건 이례적인 일이었다.

"로자리아 왕녀. 죄인은 고개를 들어라."

"마르쉬 히킨샤. 네가 바로 성녀의 개로구나."

단언컨대 좋은 인연은 아니었다. 로자리아는 자신에게 검을 들었던 프리실라의 기사를 떠올리며 분수대에 털썩 앉았다.

'그 남자가 그때 이스타샤 황성에 있었다면 프리실라에게 복수하지 못했을 거야. 나로선 얽히는 게 찜찜해.'

로자리아는 로브를 더욱 깊숙이 썼다. 발로 그린 것 같은 벽보를 보고 저를 붙잡는 사람은 없겠지만, 조심하는 편이 나았다.

수기사에게서 도망친 로자리아는 약초방을 들렀다.

"이페리아의 시세가 올라갔어. 수요가 많아져서 그만큼 비싸진 걸까?"

딸랑. 로자리아는 약초방의 문을 열고 나오며 중얼거렸다. 상인은 그녀가 들고 온 이페리아를 보고 반색했다. 상인은 꼼꼼하게 이페리아를 살폈다. 말린 이페리아는 진품이었다. 게다가 상급이었으므로, 개당 사백 도르는 받을 수 있었다. 시세를 파악한 로자리아는 이페리아를 품 안에 넣었다. 그러자 상인이 혀를 차면서 아쉬워했다.

'오 년 사이에 가격이 두 배나 더 올랐어.'

그땐 개당 이백 도르였다. 독점으로 거래해서 더 받은 값이었다. 로자리아는 그때 상단주가 했던 말을 떠올렸다.

'성녀도 고칠 수 없는 전염병. 그걸 이페리아로 고칠 수 있어.'

이페리아를 독점으로 판매해 폭리를 취할 수 있었다.

'자금을 모아서 사업을 하기로 했으니 이제 슬슬 준비해야 해.'

로자리아는 손바닥을 조심스레 펼쳐 보였다. 푸른 잎사귀가 햇빛을 받아 반짝거렸다.

'예전이라면 상상도 못 할 일이야. 잎이 어떻게 생겼든지 관심도 없었으니까. 어떤 향이 나는지 어떤 빛깔을 내뿜는지 내겐 하찮은 일이

었어.'

로자리아는 손바닥을 둥글게 말았다. 손바닥에 잎이 닿자 간질거렸다. 옆에서 그녀의 머리칼을 멋대로 잡아 올린 정령들이 키득거리며 속삭였다.

「로즈! 우린 네 편이야. 하고 싶은 대로 하라고 비아도 그러셨어.」

"비아가?"

비아는 그녀에게 정령술을 가르쳐 주었던 스승이었다. 정확히는 노파의 모습으로 나타난 주신이었다. 비단 정령뿐만 아니라 대지와 하늘을 가르는 생명의 신이었으나, 이스타샤가 아니타 여신을 믿은 이후로 사탄이 되어버린 존재였다.

'하고 싶은 것.'

로자리아는 눈을 내리깔며 발끝을 내려다보았다. 그녀가 향하는 길은 어디인지, 정녕 원하는 길로 가고 있는지 스스로에게 물었다.

'행복해지기 위해서…….'

로자리아는 벽보에서 시선을 떼었다. 더 이상 그녀는 우스꽝스러운 손가락질에 휘둘리지 않았다. 로자리아는 다시 왔던 곳으로 되돌아왔다. 잡화점에 들러 염색을 하는 것도 잊지 않았다. 로브로 얼굴을 가린 그녀는 말을 타고 임페리얼 지부로 향했다.

달그닥달그닥. 늘씬한 말이 매끄럽게 포장된 길 위를 달렸다. 빠르게 스치는 바람이 더운 열기를 식혀 주었다. 이윽고 그녀는 임페리얼 지부 앞에 멈춰 섰다. 로자리아는 말에서 내려 지부 안으로 들어갔다.

'먼저 폰을 찾아온 손님인가?'

로자리아는 응접실에서 기다렸다. 그러다 문을 두드렸다.

똑똑.

"계시나요?"

"……손님이 찾아왔나 보군."

'누구지?'

열린 문 사이로 희미한 목소리가 들렸다. 로자리아는 응접실 안으로 들어갔다.

"들어와."

달칵. 차를 마시던 사내는 잔을 내려놓았다. 열린 문 사이로 듣기 좋은 목소리가 새어 나갔다. 로자리아가 문을 열자 딸랑, 낭랑한 종소리가 울렸다.

'왜 저 남자가 여기에 있는 거야?!'

로자리아는 황급히 밖으로 나왔다. 숨을 몰아쉬느라 정신이 없었다. 그녀는 터져 나갈 듯이 뛰는 심장을 진정시키기 위해 심호흡을 했다.

그때 그 남자, 라쉬드가 나왔다.

"폰을 찾는 거라면 그는 지금 나가고 없어."

"아쉽네요. 다음에 찾아올게요."

"임페리얼의 상단주를 찾아온 게 아닌가?"

로자리아는 하마터면 임페리얼까지 온 목적을 잊고 갈 뻔했다.

"맞아요. 폰과 되게 친한가 봐요. 궁금한 게 있는데…… 상단주와는 무슨 사이예요?"

"초면에 궁금한 것도 많군."

"상단주도 없는데 있을 정도면 단순한 손님 같지는 않아서."

"임페리얼 상단주와는 친한 사이니까."

"……상단주와 친우?"

"그런 셈이지."

자리를 피하려던 로자리아는 잠시간 고민했다. 미안한 마음이 들었지만, 라쉬드에게 말할 이유는 없었다. 로자리아는 이성을 되찾고는 상황을 판단했다.

'라쉬드는 내가 로자리아란 걸 몰라.'

폰과 거래한 것뿐이니 로제란 여자도 모르는 건 당연했다. 로자리아는 라쉬드를 모르는 사람으로 대했다.

'임페리얼에 라쉬드가 있을 거라곤 생각 못 했어.'

그래도 다행이었다. 염색도 했고 얼굴도 가렸으니 알아보기 힘들 것이다. 임페리얼에 오기 전부터 한껏 목소리를 낮추었다. 그녀에게 목소리를 바꾸는 건 기본이었다. 라쉬드는 벽에 기대선 채 팔짱을 끼었다. 정체를 파악하기 위해 로제를 주도면밀하게 살폈다.

"폰이 언제 올진 모르겠는데 기다릴 건가?"

"이른 저녁까지만 기다릴 생각이에요. 오늘 못 보면 다음에 오면 되니까."

"나도 마침 그를 기다리던 중이었어. 무료하던 차에 잘됐군. 응접실에서 기다리면 될 거다."

라쉬드는 먼저 응접실에 들어갔다. 잠시 고민하던 로자리아는 그를 따랐다. 둘 사이에 침묵이 흘렀다.

"내게 할 말이라도 있나? 아까부터 뚫어져라 보던데."

라쉬드는 손가락으로 책상을 톡톡 두드렸다. 힐끔힐끔 그를 살피던 로자리아는 고개를 저었다. 그와 눈이 마주치자 로자리아의 입술이 바짝 말라 갔다.

"흠흠. 아, 목이 마르네."

로자리아는 여러 번 목청을 가다듬었다. 평소엔 어렵지 않았는데 라쉬드 앞에선 들킬까 조마조마했다. 로자리아를 보던 라쉬드의 눈이 가늘어졌다. 턱을 매만지던 그가 별안간 관리자를 불렀다.

"이봐, 물 가져와."

라쉬드는 상단의 관리자에게 자연스레 명령했다. 한두 번 시킨 게 아닌지 관리자는 공손한 태도로 물을 가져다주었다.

'관리자가 익숙한 걸 보니 자주 왔나 봐.'

그것과 별개로 공작으로서 명령에 익숙한 사람이긴 했지만.

"잠시만요, 물 좀 마실게요. 목이 너무 말라서……."

목이 물을 마시려던 로자리아는 몸을 돌렸다. 그러곤 몸을 돌린 채로 물을 마셨다. 누가 봐도 수상한 행동이었지만 둘에게선 이렇다 할 말이 없었다. 조용한 방 안에 시곗바늘이 돌아가는 소리만 들렸다. 침묵을 깬 건 라쉬드 쪽이었다.

"이름이 뭐지?"

"로제예요. 그쪽 이름은 뭐예요? 계속 그쪽이라 하는 것도 이상해서."

"다음에 만나게 되면 가르쳐 주지."

"다음이라……. 좋아요, 그렇게 해요. 그쪽 이름이 귀한가 봐요."

일부러 그렇게 말했는데 별 반응이 없었다. 오히려 라쉬드는 수긍하듯 고개를 끄덕이기까지 했다.

"폰은 언제쯤 올까요?"

"지금쯤 안 오는 걸 보면 일이 있는 거겠지. 듣기론 당분간은 무나크에 있을 거라더군."

당사자 대신 말하는 게 이상했지만, 로자리아는 캐묻지 않았다.

"그렇군요. 시간이 얼마 안 남았네요."

로자리아는 힐끗 시계를 쳐다보았다. 현재 시각은 오후 네 시였다. 너무 늦기 전엔 공작저로 돌아가야 했다.

라쉬드는 팔짱을 낀 채로 말했다.

"무료하지 않나? 기다리는 동안에 체스를 두는 건 어때?"

"……체스? 좋아요."

"내기를 하도록 하지. 지는 쪽이 이기는 쪽의 소원을 들어주는 걸로."

"무슨 내기를 말하는 거예요?"

"가벼운 내기야. 예를 들어, 내가 이기면 그 로브를 벗는다거나."

'안 돼. 바로 내 정체가 탄로 날 거야.'

로자리아는 완강히 거부했다.

"그럼 안 하겠어요."

"좋아. 그냥 하는 걸로 하지."

라쉬드는 관리자를 시켜 체스판을 들고 오게 했다. 고래 뼈로 만든 고급 체스판이었다. 라쉬드는 검은 말, 로자리아는 하얀 말을 택했다.

"체스에서 져 본 적이 드물어."

라쉬드는 체스 말을 들었다. 체스를 둔 지 한 시간 만에 라쉬드의 킹이, 로자리아의 퀸에게 붙잡혔다.

"체크 메이트!"

로자리아는 검은 킹을 붙잡으며 외쳤다. 체스의 승리자는 로자리아였다.

"제가 이겼네요."

"……꽤 잘하는군."

"예전에 몇 번 해봤거든요."

라쉬드는 깊은 고민에 잠겼다. 그가 체스를 제안한 건 상대의 성격을 보기 위해서였다.

'공격적이기보단 방어하는 타입이군.'

체스를 몇 번 해보지 않았다면 둘 중 하나였다. 무작정 밀어붙이거나 말을 잃는 것이 두려워 몸을 사리거나. 적절히 공격과 방어를 할 줄 알았다. 전략과 머리가 없으면 이기기 힘든 게임이었다.

"져 준 건 아니에요? 체스 잘 둔다면서요?"

"질 때도 있는 거겠지."

"흐음, 그렇죠."

로자리아는 묘한 얼굴로 고개를 끄덕였다.

"저기, 전 이만 가 봐야겠어요."

"벌써?"

"벌써 네 시가 지났어요. 약속이 있거든요. 오늘 체스를 나눠서 즐거웠어요. 아, 참. 폰에게 로제가 다시 찾아올 거라고 전해줘요."

"좋아, 폰에게 전해 주도록 하지."

로자리아는 서둘러 자리에서 일어섰다. 마구간에 들러 말을 찾은 후, 공작저로 돌아왔다. 다행스럽게도 아무도 공작 부인의 수상한 외출을 이상하게 여기지 않았다.

'오늘은 일찍 쉬는 게 낫겠어.'

로자리아는 행여 라쉬드가 침실로 찾아오지 않을까 긴장했다. 한참을 기다려도 그가 오지 않자 긴장이 풀렸다. 결국 로자리아는 초저녁부터 잠이 들고 말았다.

공작가의 아침이 밝았다. 로자리아는 기지개를 쭉 켜며 일어났다. 잠에서 덜 깬 기분이라. 마른세수하는 중이었다. 별안간 느껴지는 낯선 인기척에 로자리아는 뻣뻣이 고개를 돌렸다.

"깬 건가?"

"라쉬드? 일을 보러 간 게 아닌가요?"

"알려 줄 것이 있어 왔어."

"어떤 거예요?"

"보름 후에 황제 폐하를 만나야 해. 가기 싫더라도 이스타샤 황성에 들러야 하지."

"가기 싫다곤 안 했어요."

로자리아는 뜨끔했다. 속마음을 알아차리는 재주가 있는 게 아닐까.

"병환에 노환까지 온 노인을 보러 가는데 기뻐할 리가 있나."

라쉬드가 그렇게 말하며 픽 웃었다. 아버지를 걱정하는 것과는 거리가 먼 싸늘한 조소였다.

"폐하께서 많이 아프셨나 봐요."

"그런 것치곤 하반신은 멀쩡하더군. 나보다 어린 여자를 후궁으로 맞이한 것을 보면."

말 속에 뼈가 담겨 있었다. 표정만큼은 불쾌한 기색 없이 평온했지만, 차가운 말 한마디가 공작과 황제 사이의 관계를 알려 주었다.

"그리고 클라인 황태자도 만나게 될 거야. 얽혀서 좋을 건 없겠지만."

"네, 조심할게요."

로자리아가 대답했다. 그녀는 신기한 듯 라쉬드를 쳐다보았다.

'걱정하는 건가?'

그럴 리 없다고 생각하면서도 조금은 라쉬드가 신경을 써 주는 것 같았다.

"황성 안으로 들어가면 지금처럼 바깥에 나갈 수 없어."

"지금처럼?"

로자리아가 눈을 깜빡였다. 뭐야, 이미 알고 있던 거였나? 라쉬드가 한숨을 삼키며 말했다.

"한두 번이야 눈을 감아주겠지만 앞으론 내게 어디를 가는지 알리도록 해."

"……공작님께 보고만 하면 되나요?"

"보고만 한다면 막을 이유가 어디 있겠어?"

말 그대로였다. 테베에서도 갇혀 살던 부인의 자유를 막을 의도는 없었다. 공작 부인의 지위가 있는 만큼 수행원을 데리고 나가기만 한다면. 테베와 이스타샤는 문화도 달랐고, 사고에 휘말릴까 걱정이 되었다.

"다음에는 부인 혼자 나가지 말고 기사를 대동해."

"그럴게요, 생각해 줘서 고마워요."

어쩐지 걱정해 주는 듯했다. 로자리아는 고개를 끄덕였다. 그제야 안심이 된 라쉬드가 다른 말을 꺼냈다. 황성으로 갈 때, 미리 입을 맞줘야 할 것이 있었다.

“황성으로 가면 다른 사람이 있더라도 이름을 불러. 나와 데면데면한 사이가 알려지면 귀족들이 우습게 볼 테니까.”

잠시 고민하던 로자리아가 넌지시 물었다.

“왜 우리가 데면데면해요? 우리 사이가…….”

“밤에는 깊었다고 말하고 싶은 건가?”

라쉬드는 터져 나오려는 웃음을 꾹 삼켰다.

“그건 라쉬드가 나를…….”

무언가 말하려던 로자리아는 입을 다물었다. 그녀의 얼굴이 화끈 달아올랐다. 데면데면하다는 말이 대화가 적다는 소리인 줄 알았다.

“어차피 부부로서 관계를 가지는 건 의무야. 익숙해지는 것이 좋아.”

“익숙해지도록 노력할게요.”

로자리아는 고개를 끄덕였다.

‘노력까지야.’

라쉬드가 비장해 보이는 로자리아를 보며 고개를 돌렸다. 웃으면 기분이 상할까, 입술을 꾹 사리물면서. 그러거나 말거나 로자리아는 ‘의무’에 대한 의견을 표했다.

“그러고 보니 우리 자세한 얘기는 하지 않았잖아요. 그 관계라는 건…….”

“아마, 내가 원할 때였지.”

“그럼 저는요? 제가 원할 땐…….”

“당신이 원할 땐 언제라도 좋아.”

“……그렇군요.”

답은 간단명료했다. 얼굴색 하나 변하지 않고 말하는 라쉬드와 달리, 이미 로자리아의 얼굴은 붉게 달아올랐다. 로자리아가 무슨 생각을 하는지 다 알 것 같았다. 라쉬드가 그녀를 보며 말했다.

"후계자를 가지기로 했으니까."

"지금은 생각이 없어요. 아직 이스타샤의 생활에 익숙해진 것도 아니라서요."

"후계자 문제는 전적으로 당신의 결정에 따르도록 하지."

라쉬드는 어깨를 으쓱했다. 그가 이스타샤의 공작이라 하여 강요할 생각은 없었다. 사랑 없이 이루어진 관계라 해도 서로의 의견은 존중해야 하지 않겠는가.

라쉬드는 어색해진 기류에 다른 화제를 꺼냈다.

"어쨌든 황성으로 가게 되면 성녀와도 거리를 두는 편이 좋을 거야."

성녀 이야기에 로자리아의 표정이 슬며시 굳었다. 상황을 알리기 위함이겠지만, 프리실라와 공작의 사이가 가까웠다는 소문이 생각났기 때문이다.

"성녀님은 어떤 분인가요?"

"클라인과 나 사이에서 줄다리기를 했었지."

"왕성에 오기 전까지도 친할 거라 생각했어요."

뭉뚱그린 말에도 라쉬드는 정확히 알아들었다. 그는 성녀와의 관계를 의심하는 거냐고 묻지 않았다. 그저 그가 알고 있던 이야기를 해주었다.

"제도 내에 소문이 파다했지. 황성에서도 밤낮으로 들었던 소리이기도 했고."

"……그렇군요."

"성녀에게 손을 댄 적은 없어."

애틋한 연인, 혹은 몰래 쾌락을 나누는 정인 관계로 소문이 암암리에 퍼졌다. 오죽하면 라뮤엘이 '성녀님의 신녀들이 그러는 것 같다'고 조심스레 말을 해올 정도였다. 실제로 공작과 성녀는 어떠한 부인도 하지 않았다. 결혼하고 나서 성녀와의 소문이 가라앉았다.

"순결을 지켜야 하는 성녀를 어찌 건드리겠나? 그리고 성녀가 아니라고 해도 같았을 거야."

라쉬드는 난잡한 두 명의 얼굴을 떠올리며 미간을 찌푸렸다. 그는 신성가문 에르테반가 출신인 프리실라가 어떻게 성녀가 되었는지 알고 있는 장본인이었다. 성년이 되기 전 열넷, 그때 노만 1세의 침실에 알몸으로 제 늙은 아비와 뒹굴고 있던 것을 두 눈으로 봐야 했다. 프리실라는 강제였다고 눈물을 뚝뚝 흘리며 말했지만, 라쉬드는 프리실라가 먼저 노만 1세에게 접근한 사실을 알고 있었다.

그 이후로 프리실라는 성년이 되기 전, 클라인 황태자도 꾀어냈다. 제 아비로도 지겨운데 멍청한 황태자까지 프리실라의 치마폭에 푹 빠져 정신을 차리지 못했다. 그래서 라쉬드는 프리실라의 말을 믿지 않았다. 제국에서 가장 추앙받는 성녀임에도 프리실라를 경멸하고 경계했다.

프리실라는 황태자도 모자라 라쉬드도 손에 넣으려고 수작을 부렸다. 그런데 '공작이 성녀를 가지고 싶어 한다'고 정반대로 소문이 났다. 라쉬드는 소문을 덮으려고 해봤지만 그럴수록 듣기에도 야하고 노골적인 소문이 퍼져 나갔다. 그는 결국 깔끔하게 그만두었다. 가장 큰 원인은 시간 낭비란 생각에서였다.

"난잡한 추문이 들리더라도 무시하는 게 좋아, 로즈."

"추문이라뇨?"

"나와 관련된 지루하고도 진부한 얘기. 믿고 싶다면 말리지 않겠다만."

라쉬드는 로자리아의 표정을 살폈다. 다행히도 저를 의심하거나, 자신이 거짓말을 한다고 여기는 것 같진 않았다.

"당신과의 신뢰는 지키겠어."

"저 또한 계약을 지킬 거예요. 다른 남자와 동침하거나 마음에 담는 일은 없을 거예요."

로자리아는 차분하게 대답했다. 그리고 능숙하게 감정을 갈무리했다. 그녀는 더 이상 라쉬드의 말에 놀라지 않았다.

"나도 부인 외에 다른 여자를 눈에 담거나 동침하는 일은 없을 거다."

라쉬드는 로자리아의 손등을 그러쥐었다. 한때 제 입술을 마음껏 탐했던 그의 입술이 로자리아의 손등에 내려앉았다.

'어디까지나 계약이야, 로즈.'

로자리아는 입술을 베어 물었다. 붉고 차가운 입술이 손등에 닿자 몸서리가 쳐질 뻔했다. 고작 가벼운 손등 위의 키스임에도 라쉬드가 하면 야하게만 느껴졌다. 깊은 관계 시작 전에 달콤한 디저트를 스푼으로 떠먹는 것처럼 로자리아는 빠르게 뛰는 심장에 입술을 베어 물었다.

"손등에 하는 키스가 무슨 의미인지 알고 있나?"

"알려 주세요."

"존경과 헌신의 표시."

로자리아의 심장이 쿵 내려앉았다. 라쉬드의 듣기 좋은 목소리가 그녀를 나른하게 어루만지는 것 같았다.

"그럼 이건?"

라쉬드가 로자리아의 손을 그러쥐곤 그녀의 새하얀 손바닥에 부드럽게 키스를 했다. 무척이나 강렬하고 짙은 키스였다. 입으로 맞추는 것이 아님에도 발끝이 덴 것처럼 뜨거웠다. 배 속이 더워지는 기분에 로자리아는 얕은 한숨을 내쉬었다.

"무슨 의미인지 알겠나?"

"테베에선 이런 문화가 없어서 잘 모르겠어요. 남자가 여자에게 허리를 숙이며 입을 맞추지 않는걸요. 그러니 제게 무슨 뜻인지 먼저 알려 주세요."

"질투의 표시."

라쉬드가 낮게 대답했다. 그의 목소리도 평소와 달리 쉬어 있었다. 거친 숨을 참아 내는 듯한 목소리가 그녀의 귀엔 자극적으로 들려왔다.

"남의 것은 탐하지 않으나, 내게 주어진 것은 뺏기지 않아."

라쉬드가 날카로운 눈동자를 로자리아에게 고정했다. 그 눈빛에 망치질하듯 그녀의 심장이 쿵쾅거렸다.

"이걸 받아."

라쉬드가 건넨 건 장식 하나 없는 단검이었다. 값비싼 보석이 세공된 장식용이 아니라, 정말로 사람을 죽이기 위한 살상용이었다. 한눈에도 그 검이 처음 쓰인 것이 아님을 알 수 있었다.

"왜 제게 단검을 주시는 거죠?"

시퍼렇게 날이 선 검 끝에 피 냄새가 고여 있는 것 같았다.

"이스타샤에선 테베 출신을 낮추어 본다는 것 알고 있나?"

"아카데미에서 오 년간 있으면서 뼈저리게 느꼈어요. 이미 알고 있어요."

"부인이 생각하는 것보다 무례한 자가 많아. 왕녀인 부인을 모욕하는 것에도 거리낌이 없을 테지. 해치려는 자들도 있을 거고."

로자리아는 그에게서 검을 건네받았다. 단검이 낯설 법도 하건만, 오랫동안 검을 잡은 것처럼 익숙해 보였다. 라쉬드는 궁금해졌다. 로자리아가 제게 뭘 숨기고 있는 건지. 왕녀가 아카데미를 다닐 때 계속 보고를 받았으나 별다른 점은 없었다.

"부인이 다치는 일이 없도록 의무를 다하겠어."

라쉬드는 로자리아의 이마에 키스했다. 로자리아는 단검을 꾹 쥐었다. 으레 남편이 아내에게 입을 맞추는 건 흔했지만 묘한 기분이 들었다.

그날 저녁, 로자리아는 무나크 마을로 향했다. 보름 뒤면 이스타샤 황성으로 갈 테니 그전에 상단주를 만나야 했다. 마차를 타고 본부에 도착하자, 바쁘다던 상단주가 자리를 지키고 있었다. 관리자의 안내에 따라 로자리아는 건물 내 응접실로 들어왔다. 오늘도 완벽하게 가면과 로브를 쓴 상단주가 소파에 앉아 있었다. 그는 관리인을 시켜 따뜻한 벚꽃차를 가져오게 했다.

“오랜만이군요, 로제. 도통 찾아오지 않아서 거래는 끝난 줄 알았습니다.”

“제가 정말로 떠났을까 봐 아쉬운 얼굴이네요.”

“부인은 못 하겠어요.”

솔직한 폰의 말에 그녀는 벚꽃차를 들이켰다. 쌉싸래한 향이 혀끝에 감돌았다. 원산지를 물으니 테베산이었다.

‘이스타샤 사람치곤 테베 문화를 좋아하나 보네.’

의아하긴 했지만 물을 정도는 아니었다. 로자리아는 임페리얼을 방문한 목적을 밝혔다.

“이페리아를 더 공급할 생각인데, 값을 더 쳐줄 수 있나요?”

“좋습니다. 물량은 어느 정도입니까?”

“천 개. 단 이페리아 생화가 아닌 말린 꽃이에요. 오백 개는 가루로 만든 치료제고, 오백 개는 말린 꽃.”

소파에 기대었던 폰이 상체를 앞으로 숙였다. 이페리아를 구하는 건 그에게 있어 가장 중요한 일이었다. 로자리아가 먼저 운을 띄웠다.

“시세가 꽤 많이 올랐어요. 오 년 전에 비해 두 배는 되죠.”

“값을 낮출 생각은 없습니다. 지금 이 시기에 이페리아보다 귀한 건 없으니까요.”

시세보다 높은 값을 제시해야 거래할 생각이었다. 로자리아가 말했다.

“먼저 제시해요. 들어 보고 결정할 테니까.”

“그러도록 하죠.”

협상을 벌일 단계는 아니었다. 이페리아는 귀했고, 상대가 어디든 팔 수 있는 것과 달리 이페리아를 구할 수 있는 거래처는 드물었다. 그걸 눈앞의 여자는 잘 알고 있었다. 아쉬운 건 언제나 자신이었다. 오년 전에도 귀한 치료제였지만 지금은 그 가치가 비교되지 않았다. 이페리아를 먹고 전염병이 나았다는 사람들이 생겨났다. 이페리아의 값이 몇 배로 치솟아도 약초를 찾는 사람들이 늘었다. 귀족이라 한들, 죽음 앞에서 돈은 의미가 없다. 그러니 얼마를 부르든 사는 사람은 나타날 것이다. 생각을 마친 폰이 입을 열었다.

"사백오십."

"기각."

확 낮춘 가격이었다. 로자리아는 팔짱을 낀 채로 거절했다.

"그래도 명색이 임페리얼의 상단주인데 사백육십 부를 건 아니죠?"

"오백."

"조금 더 올리면 독점으로 팔게요. 아니면 다른 상단에 가도 좋고."

"오백오십."

"음, 그동안 고마웠어요. 다음엔 이페리아 말고 다른 걸로 찾아올게요."

로자리아가 말했다. 반쯤은 진심이었다. 분명 지불할 능력이 될 텐데, 한 번에 제값을 부르면 될 것을. 폰은 그녀가 움직이기 전에 말을 꺼냈다.

"육백."

"좋아요, 개당 육백에 임페리얼과 거래하겠어요."

"지금 시세에 비해 많이 높다는 거 알 거라 믿어요, 로제."

"일종의 투자라고 생각해요. 전 임페리얼로부터 육백을 받지만 폰은 귀족들에게 몇 배로 팔 수 있잖아요?"

"정답이군요."

폰은 깔끔하게 시인했다.

“좋아요. 조금만 기다리면 이페리아가 올 거예요.”

싱긋 웃은 로자리아가 벽에 걸린 시계를 확인했다. 오후 두 시, 약속된 이페리아 천 개가 도착할 시간이었다.

임페리얼을 찾은 건 검은 로브를 쓴 사내였다. 윈드는 정령 중에서도 최상위급 존재였다.

“도와줘서 고마워, 윈드.”

「별말씀을.」

이페리아 천 개를 배달하다 말고 윈드는 폰을 빤히 보았다. 잠깐이었지만 진득한 살기가 느껴졌다.

‘왜 나를 노려보는 거지?’

폰의 눈동자가 가늘어지자 로자리아는 윈드를 불렀다.

“아, 여기 수고비야.”

「필요 없습니다.」

윈드가 정령어로 말했다. 고지식하고 무뚝뚝한 이 정령은 사람의 화폐를 쓸 줄 몰랐다.

“다음에 또 부를게.”

「가라는 말씀이시군요. 알겠습니다.」

윈드는 한 번 더 폰을 노려보고는 임페리얼을 떠났다.

“말을 못 하는 사내인가요? 그런데도 대화를 하는 것 같네요.”

“어렸을 때부터 알던 사이라 눈빛만 봐도 알곤 해요.”

로자리아는 별거 아니란 어조로 말했다. 그녀는 재빨리 화제를 돌렸다.

“자루는 총 다섯 개. 자루 하나당 이백 개가 들어 있어요. 약속된 이페리아 천 개예요.”

"생화를 쓰지 않고 말린 이유가 있나요?"

"별 차이는 없어요. 효능은 같으니까. 부피 때문에 말린 거예요."

"하긴, 말리는 편이 가지고 다니기가 용이하겠죠."

"세 번을 헤아려 봤는데 천 개는 넘어요. 아마 천이십 개쯤 될 거예요."

그 말에 폰은 반색했다. 예전이라면 뭔 차이가 있나 심드렁했겠지만, 상단을 운영하다 보니 달라진 점이었다.

로자리아가 말했다.

"절반은 그대로 말린 거고, 여기 있는 약통은 말린 가루로 만든 것이에요."

"왜 약 형태로 만들었죠?"

"들고 다니기 힘들어서요."

약으로 만들었지만 특별한 이유가 있는 건 아니었다. 약초의 보관과 휴대를 위해서였다. 절반은 공작저로 오기 전에 만든 것이었고, 나머지는 말린 꽃 그대로였다. 이페리아를 전부 확인한 폰의 눈에 놀라움이 번져 갔다. 가면으로 가렸지만 그의 눈이 커지는 걸 숨길 수 없었다.

"……어떻게 준비한 겁니까?"

"그건 비밀이에요. 영업 비밀."

"제게만 알려 주실 순 없나요?"

"어려운 부탁을 하시네요. 거래하긴 했지만 제가 폰을 안 지 얼마 되었다고 다 말해주겠어요?"

"오 년은 되었죠."

"하지만 만난 건 이번이 세 번째죠."

로자리아는 차분하게 응답했다. 명백한 거절에 폰은 아쉬움을 감추지 못했다.

"이쯤 되니 정체가 궁금해지네요."

엄밀히 따지자면, 그는 로제를 처음 만났을 때부터 어떤 사람인지 궁금해했다. 근 수년간 연락이 끊겨 거래는 끝났다고 생각했는데, 이페리아 천 개를 들고 찾아올 줄은 예상치 못했다.

폰이 말했다.

"드물게 최상급만 취급하는 걸 보면 대단한 수완이에요."

폰은 철저한 사업가였다. 제도 내에 있을 때 귀족이 희귀한 공물을 바쳐도, 상인이 아무리 귀한 것을 가져와도 놀란 적이 없던 그였다. 그러나 눈앞의 여자는 진짜였다.

"상등품은 확실하군요. 저번에 팔았던 것과 비교할 수 없을 정도로."

폰이 샘플로 나온 이페리아를 살폈다. 오 년 전에 거래한 것이 상급이라면 지금 것은 최상급이었다.

"아, 한 가지 확실히 해둘 것이 있어요. 이페리아 잎을 치료 목적으로 사는 건가요?"

"이 정도 공급해 준다면 속일 것도 없죠. 수도 내에 퍼진 전염병을 치료할 생각입니다."

폰은 따로 이야기하지 않았지만, 귀족에겐 더한 값으로 팔아서 이익을 낼 거란 건 자명했다. 전에 거래할 때도 그에게서 들었던 이야기였다.

'폰의 목적은 하나라고 생각했어. 돈을 많이 버는 것.'

그러니 비싼 값에 이페리아를 사들이는 것일 터. 로자리아는 추측했다. 자신도 이익을 위해 임페리얼에 파는 거였으니, 그를 탓할 이유가 없다.

'귀족들에게 비싸게 되팔 거라 하면서 병에 걸린 소년을 구해 주는 걸 도와줬었지.'

지금으로선 정말로 돈 때문인지 의문이 들었다. 어쨌건 돈을 받고 이페리아를 넘기면 폰이 어디에 쓰든 그건 그의 자유였다.

"폰은 이스타샤의 귀족이죠?"

"글쎄요."
폰이 말을 흐렸다. 대답을 피하겠단 뜻이었다.
"상인에게 명령을 내리는 귀족은 있어도, 직접 상단을 운영하는 이는 드물어요. 그래서 처음엔 하급 귀족이라 생각했지만 이페리아를 유통시킬 수 있는 능력이라면 중앙 귀족쯤은 되겠죠."
로자리아는 생각했던 바를 말했다. 중앙 귀족이 아니라고 거짓말을 한다면 속아주는 척할 생각이었다.
'거기까지 눈치챈 건가?'
폰은 그의 신분을 묻는 질문에 잠시간 입을 다물었다. 부인할 거란 로자리아의 예상과 다르게 그는 담백하게 시인했다.
"제가 이스타샤의 중앙 귀족이라면 머리를 조아리고 인사라도 할 건가요?"
"아뇨, 그럴 생각은 없어요. 폰과 난 귀족과 평민으로 만난 게 아니라, 상인 대 상인으로 만난 거니까요. 설마, 그런 걸 좋아하는 거예요?"
로자리아가 질색이란 얼굴로 물었다. 냉소적인 반응에 폰은 고개를 저었다.
"중앙 귀족인 건 맞지만, 인사는 생략해도 좋습니다. 로제, 앞으로 제게 바라는 것이 있다면 얼마든지 말씀하시길."
상당히 후한 처사였다. 로자리아는 내색하진 않았지만, 속으론 조금 놀란 터였다. 분명 이스타샤의 중앙 귀족이라면, 뼛속부터 신분제가 틀어박힌 골수 지배층이 아니던가.
'예전부터 줄곧 신기하긴 했어. 아무리 가짜 신분이라지만…….'
신성제국의 고위 귀족이라면 예법에 엄격할 텐데, 예법에 자유롭다는 건 예상 밖의 일이었다.
폰은 관리자에게 계약서를 가져오게 했다.
"임페리얼은 이페리아 천 개를 육십만 도르에 매매하겠습니다."

"대금은 언제 주실 건가요?"

"지금 드리도록 하죠."

신성제국은 서대륙에서 가장 부유한 나라였다. 그중에서 최상위 상단이 한 해에 벌어들이는 수입이 육십만 도르에 달했다.

'임페리얼의 상단주니 부유한 건 알았지만 바로 지불할 줄이야.'

로자리아는 놀라운 듯 폰을 쳐다보았다. 돈을 받으면 중급 규모의 상단은 바로 차릴 수 있었다. 로자리아가 물었다.

"도대체 정체가 뭐예요?"

"이제야 궁금해졌나요? 전 로제를 처음 만났을 때부터 알고 싶었는데."

"그때는 신뢰할 수 없었으니까요."

"그럼 지금은?"

"한 삼십 퍼센트 정도?"

어쨌든 폰과 자신은 비즈니스 관계였다. 예전보단 신뢰가 쌓였지만, 어디까지나 임페리얼과 거래해서 이익을 얻기 위함이었다. 턱을 괴고 로자리아를 보던 폰이 말했다.

"제 정체를 알려 줄까요, 로제?"

"분명 공짜는 아니겠죠?"

"물론 아니에요. 저도 당신이 누군지 궁금하거든요."

폰이 말을 이었다.

"평범한 이가 귀한 치료제인 이페리아 작물을 키우는 건 불가능해요."

"그건 그렇죠."

로자리아는 쉽게 수긍했다.

"그 넓은 땅과 물, 값비싼 비료를 어디서 구했지?"

"다 구하게 마련이에요."

"처음 봤을 때 테베에서 봤었죠. 왕국의 귀족일 거라 추측했고."

폰의 말에 로자리아는 가볍게 웃었다. 그녀로서도 더 이상 평민이라고 우길 생각은 없었다.

"마음대로 생각해도 좋아요, 폰."

"로제, 당신을 도와준 사람이 있는 건가요?"

"있어요. 가르쳐 줄 순 없지만."

로자리아는 생명의 신, 비아를 떠올렸다. 엄밀히 말하자면 정령술은 그녀 자신의 것이었다. 단, 이스타샤에서 사탄으로 취급받는 비아에게서 물려받았다고 했다간 교황청에 끌려가 목이 잘리고 말 것이다.

"그게 누구인지 말해줄 수 있나요?"

"말해도 모를 거예요. 그러니 더 이상 캐묻지 말아요. 제가 먼저 알려 줄 때까지."

"칼 같네요."

폰이 말하며 미간을 찌푸렸다. 로제가 여자로서 궁금한 게 아니라, 어떤 사람인지 알아 가고 싶었다. 어느 정도 호감이 있긴 했지만 그는 이미 아내가 있는 몸이었다. 이유를 알 수 없었지만, 로제를 보면 익숙한 느낌이 들었다.

폰은 주도면밀하게 로자리아를 살폈다. 그가 '로제'에 대해 아는 정보는 극히 적었다. 그보다 나이가 어리다는 것. 여자란 것과 테베의 귀족 출신이란 점. 그 외엔 전무했다. 폰은 로자리아에게 넌지시 물었다.

"테베에선 로제란 이름이 흔해요?"

"그건 왜요?"

로자리아는 심드렁하게 대답하곤 찻잔을 들어 벚꽃차를 한 모금 마셨다.

"궁금해서요."

"흔한 편이죠. 지나가던 열 사람 중에 둘이 로제거든요."

물론 거짓말이었다. 조금만 조사해 봐도 알게 되겠지만 자신의 신상을 캐는 건 사양이었다.

'이렇게 말하면 찾을 생각이 사라지겠지?'

"흐음, 이미 찾아봤는데 희귀한 이름이라던데?"

폰이 정곡을 찔렀다. 사레까지 들린 탓에 로자리아는 마른기침만 연신 내뱉었다.

'찾아봤으면서 왜 물어본 거야?'

로자리아가 원망스레 폰을 쳐다보았다. 그가 손수건을 꺼내 건넸지만 로자리아는 받지 않았다.

"어디 아픈 건가요?"

"아뇨, 전 정말 괜찮아요."

"갑자기 손이 떨리는데 괜찮은 건가요? 아는 사제에게 데려다드릴까요?"

폰의 말에 로자리아는 황급히 고개를 저었다.

'희귀하든 희귀하지 않든 상관없어.'

로자리아는 놀란 속을 가다듬었다. 어차피 로제란 이름은 가짜였다. 폰이 저를 찾아보려고 했단 사실에 크게 놀랐을 뿐. 아무리 임페리얼의 상단주라 하여도 테베를 샅샅이 뒤져도 못 찾을 것이다. 얼굴은 가렸고 목소리는 바꾸었다. 머리 색도 원래의 금발에서 갈색으로 염색까지 했다.

'그런데 왜 불안하지? 폰이 라쉬드와 알고 있어서? 아니야, 그래도 내가 공작 부인이란 사실을 알아차리는 건 불가능해.'

"로제."

"폰, 나에게 더 할 말이 있어요?"

'왜 내 귀에 로즈라고 들리는 거야.'

바짝 긴장해서 그런가 보다. 그렇지 않으면 제 귀에 로즈라고 들릴 리가 없지. 로자리아는 애써 침착했다.

'꼭 라쉬드가 부르는 것 같아.'

찻잔을 쥔 로자리아의 손이 잘게 떨렸다. 폰은 금발에 가면을 쓴 신성제국의 귀족이었고 라쉬드는 희귀한 흑발을 가진 공작이었다. 그런데도 어째서 이 자리에 라쉬드가 있는 것만 같을까. 어쩐지 자꾸 라쉬드가 생각나 혼란스러웠다. 로자리아는 저도 모르게 입술을 꾹 깨물었다.

"로제?"

폰이 걱정스러운 듯 로자리아를 불렀다. 늘 유리하게 협상을 이끌어 가던 여자가 어쩐 일인지 불안해 보였다.

"무슨 일이라도 생긴 겁니까?"

"……그게."

로자리아는 말끝을 흘렸다. 답지 않은 그녀의 태도에 폰이 로자리아를 물끄러미 바라보았다. 칼같이 냉정한 여자라고 생각했는데, 이제 보니 제법 귀여운 구석도 있었다. 폰은 곧 생각을 접었다. 사랑하는 여자는 아니었지만 그에겐 아내가 있었다.

"로제, 일이 있는 거라면……."

"아, 맞다. 갑자기 급한 일이 생각났어요. 미안해요, 폰. 전 이만 가봐야겠어요."

로자리아가 주절거렸다. 그녀는 말을 하다가도 손등으로 붉어진 뺨을 훔쳤다. 폰이 떠나려는 로자리아를 붙잡았다.

"잠깐만, 로제. 계약은 치르고 가셔야죠."

"계약은 하고 갈 거예요. 걱정 말아요."

로자리아는 침착하게 대답했다.

"그래요, 그럼. 육십만 도르는 어떻게 받길 원해요?"

"만 도르로 받아도 육십 장이네요. 십만 도르의 화폐는 없을 텐데."

"어렵지 않아요. 육십만 도르를 공인하는 서류를 준비하면 되니까."

“황가의 인장이 찍힌 걸로 주세요. 서류 한 장이면 더 편할 거예요.”

“보름 정도 시간이 걸릴 겁니다.”

“보름이나요?”

로자리아가 믿기지 않는다는 듯 물었다. 이스타샤의 관리자의 일처리가 젬병이란 건 이미 알고 있었지만, 보름은 너무 길었다.

“신성제국의 관리들은 하루면 될 일을 보름을 소요하거든요. 그 안에는 준비될 겁니다.”

‘안 돼! 보름 후에는 제도로 떠나야 돼.’

로자리아는 보름이란 말에 헛숨을 들이켰다.

“일주일로 당겨 주세요. 원래대로라면 치료제를 주는 즉시 받아야 하는 거니까.”

“그럼 관리자를 닦달하도록 하죠. 일주일 뒤, 이 시간에 다시 임페리얼 지부로 찾아오세요.”

황가에 연락해서 일주일 안으로 기간을 줄일 생각이었다. 기간이 줄어들자 로자리아는 안도했다.

“좋아요. 그럼 전 이만 가 볼게요.”

“벌써?”

폰은 아쉬운 얼굴로 물었지만, 로자리아는 선을 그으며 대답했다.

“저녁 늦기 전엔 가 봐야 해요.”

“기다리는 사람이라도 있는 건가요?”

“있긴 있죠. 그러니 자주 볼 수는 없을 거예요.”

“남자입니까?”

“…….”

로자리아는 대답하지 않았다. 폰은 로자리아가 긍정도 부정도 하지 않자, 누구를 만나는지 더 궁금해졌다.

‘그녀가 남자를 만나든 말든 내가 왜 신경 써야 하는 거지?’

그러다 문득 이상함을 느낀 그는 묘한 얼굴을 했다. 생각해 보니 자신과 아는 사람과 닮은 점이 있었다. 몸의 선이라든가, 억양이라든가.

"일주일 뒤에, 오후 세 시까지 이곳으로 와요."

폰은 그렇게 말하며 자리를 비켰다. 바쁜지 뒤도 안 돌아보고 응접실을 떠나는 폰을 보며, 로자리아는 임페리얼 지부에서 나왔다. 색이 빠지려면 반나절은 더 있어야 하므로, 잡화점에 들러 염색을 풀었다. 그러고는 마구간에 들려 말을 돌려준 뒤, 가벼운 걸음으로 공작저로 향했다.

공작저에 도착하자 안도의 한숨이 절로 나왔다. 한바탕 폭풍이 몰아친 기분이었다. 로자리아는 후문으로 들어섰다. 주위를 살피는 것도 잊지 않았다. 다행히 후문 쪽엔 사람이 없었다. 그녀는 자연스레 후문으로 들어왔다.

그녀는 씻고 새로 베이지색 드레스로 갈아입었다. 그리고 침실 안에 놓인 커다란 거울을 향해 다가갔다. 로자리아는 거울에 비친 그녀의 얼굴을 물끄러미 보았다. 굳었던 표정을 풀자, 사랑스러운 미소를 짓고 있는 여인이 있었다.

"고생을 안 하니까 예전처럼 마귀할멈은 아니네."

로자리아는 안도의 한숨을 내쉬며 벽난로로 향했다. 불을 쬐자 따스한 온기가 식은 몸을 덮어주었다. 주홍빛 불이 춤을 추듯 일렁거렸다. 푸른 눈동자에 시시각각 크기가 변해 가는 불꽃이 어렸다. 손을 뻗어 불을 쬐다가 몸을 일으켰다.

'신경 썼더니 피곤해.'

시세를 알아보고 임페리얼에 들렀다가 염색을 푸느라 잡화점까지 갔으니, 피곤할 만도 했다. 로자리아는 침대에 몸을 뉘었다. 온기가 어린 뺨에 뽀송뽀송한 이불이 닿자 기분이 좋아졌다. 배시시 웃음이 절로 나왔다.

피곤해서 그런지 눕자마자 잠이 들었다. 로자리아가 일어난 건 세 시간이 지난 후였다. 벌써 저녁이 되었는지 어스름한 석양이 구름 위로 흩어졌다.

“으음.”

로자리아는 우두둑 뼈가 꺾이는 소리를 들으며 기지개를 켰다. 그러다 문이 열리는 소리에 귀를 쫑긋했다. 열린 문 사이로 라쉬드가 들어왔다. 외출을 했던 건지 그는 제복을 입고 있었다.

“푹 자고 있던데, 깼나 봐.”

“언제 왔던 거예요?”

“한 시간 전쯤이었나. 피곤한 것 같아서 안 깨웠는데 이제 일어난 건가?”

“잠깐 쉬려던 게 잠이 들었나 봐요.”

“많이 피곤했나 보군. 무척 잘 자던데.”

로자리아는 얼굴을 붉혔다. 라쉬드의 말이 사실이라 반박하기 어려웠다. 대신 그녀는 눈을 비비고는 제멋대로 엉킨 머리를 빠르게 정리했다. 어찌나 빠르던지 마치 고양이가 세수를 하는 모양새였다.

“어디 갔던 거예요?”

“잠깐 산책을 갔다 왔어.”

“으음, 산책을 갔던 거군요.”

라쉬드의 말에 로자리아는 고개를 끄덕였다.

“기다릴 테니 본관 식당으로 내려와.”

“본관이요?”

“같이 식사를 하고 싶었어.”

저 말이 진짜일까, 거짓말일까? 로자리아는 눈을 가늘게 떴다.

‘그냥 할 말이 있는 거겠지.’

로자리아는 나름의 결론을 내렸다. 그녀는 침대에서 몸을 일으키며 말했다.

"좋아요, 먼저 가 있어요. 금방 갈게요."

라쉬드가 그녀를 배려하듯 먼저 침실을 빠져나갔다. 로자리아는 드레스룸으로 향했다. 새로운 라벤더색 드레스로 갈아입자, 시녀가 머리를 빗겨 주었다. 금발을 우아하게 틀어 올린 후 흘러내리지 않도록 고정했다. 그리고 다이아몬드로 된 귀걸이를 착용했다.

'단둘이 식사하는 건 처음이야.'

준비를 마친 후, 로자리아는 가벼운 걸음으로 본관 식당으로 향했다.

"많이 기다리셨어요?"

"나도 방금 도착했어."

라쉬드는 서류를 보던 것을 멈추었다. 부인이 가까이 다가오자, 장미향이 은근히 돌았다.

"장미향?"

"바로 아셨네요. 따뜻한 물에 장미를 띄우면 피로 해소에 좋거든요."

"당신과 어울리는군. 나쁘지 않아."

"아, 차가 식었네요. 시녀에게 가져다 달라 해야겠어요."

뜻밖의 칭찬에 로자리아의 뺨이 빨갛게 물들었다. 그녀는 애꿎은 찻잔을 만지작거렸다. 고개를 숙인 부인의 얼굴이 붉어져 있었다. 라쉬드가 턱을 괴고선 물었다.

"부인도 그 향이 마음에 드는 건가?"

"그럼요. 욕실에 놓여 있기에 써 봤는데 마음에 들어요."

"마음에 들었다니 다행이군."

라쉬드의 말에 로자리아는 눈을 크게 떴다.

'그가 준비한 거라고?'

생각지도 못한 선물이었다. 크게 관심은 없다고 생각했는데, 부인에 대한 예우인 걸까. 로자리아는 손목을 살짝 들어 향을 맡았다. 색으로 표현한다면 골든 로즈, 흐드러지게 피어난 장미 한 송이를 담은 향이었다. 향이 강할 경우 귀부인들이 기피하는 경향이 있었는데, 오히려 다른 향보다 더 은은했다.

"요새 유행하는 히아신스나 자스민향과 다르지만, 장미향이 더 좋아요."

"다음에도 준비해 놓도록 하지."

라쉬드가 대답했다. 부인을 보는 그의 눈에 이채가 서렸다. 유행에 관심 없다고 생각했는데 잘 아는 걸지도. 로자리아는 유행하는 품목에 대해서 빠삭했다. 그녀가 입는 것은 유행과는 거리가 먼, 고풍스러운 드레스였지만 후에 상단을 운영할 계획이니 어떤 제품이 인기 있는지 알아 두어야 했다. 향수도 마찬가지였다.

"더 구할 수 있나요?"

"상단주에게 부탁하면 돼."

로자리아는 남편이 말하는 '아는 상인'은 폰임을 알아차렸다.

"궁금한 게 있는데 여쭤봐도 되나요?"

"얼마든지 물어봐."

"이스타샤에선 고위 귀족은 물론이고 황족도 상업을 천한 행위라 기피한다고 들었어요. 라쉬드는 아무렇지 않아요?"

"아마 대부분의 귀족과 황족은 그렇겠지. 클라인 황태자나 황제도 그랬고. 이스타샤는 문화가 발달되어 있으나 전부 사치품이야. 테베에서 차 종류를 수입하고, 바렛사에서 귀한 향신료를 구해 오지. 정작 이스타샤에서 수출하는 물건은 없어."

"그러고 보니 테베에서 이스타샤의 물건은 아주 귀했어요. 왕성에서조차 보기가 힘들었죠."

"이스타사를 한 가정으로 치면 이익이 나지 않는 적자 상태야. 여신의 뜻에 따라 다른 나라를 침략하지도 않으니 정복 전쟁을 벌이지도 못하는 상황이지."

"여신의 뜻에 따라서……."

로자리아는 라쉬드의 말을 되새겼다. 이스타샤는 모든 것이 여신 아니타의 뜻에 따라 움직이는 나라. 거대한 신성제국을 옭아맨 건 여신의 가느다란 손가락이었다.

"다른 나라가 침략하거나 반기를 들면 제압한 적은 있어도 침략한 적은 드물어. 오백 년 전에야 바렛사 제국과 전쟁을 일으킨 적이 있지만 지금은 화친을 맺었지. 결국 땅덩어리는 넓고 인구는 늘어나는데, 제국 측에서 지방까지 신경을 쓰지 않아. 향락에 젖은 귀족은 사치하고, 그에 못지않게 평민들조차 귀한 향료나 비단 천을 쓸 정도니."

라쉬드는 신성제국의 황자임에도 모국을 냉철하게 판단했다.

"바렛사 제국……."

바렛사는 이스타샤의 북쪽 변방에 있는 제국이었다. 초대 황제는 유목민 출신이었고, 사실상 말을 키우며 목초지에서 살아가는 게 아니라 다른 제국을 약탈해서 세력이 커진 쪽이었다.

거대한 군사가 하나로 이루어진 대제국, 바렛사. 오백 년 전에는 나라라고도 부를 수 없는 전투 민족이 모인 부족에 불과했으나, 주변의 국가를 집어삼킨 끝에 이스타샤와 어깨를 나란히 하는 대제국이 되었다.

"지금처럼 국가에서 상행위를 통제해 봤자 효율성이 떨어질 뿐이죠."

라쉬드는 누구에게도 하지 않았던 얘기를 꺼냈다. 동조를 얻기 위함은 아니었다. 로자리아에게 의견을 구하기 위해서였다.

"당신은 어떻게 생각하지?"

"제 생각 말이에요?"

로자리아는 깊은 생각에 잠겼다. 향락에 찌든 귀족들. 부패한 관리들. 실력이 아닌 음서(시험이 아닌 추천제로 관리가 된 것을 뜻함)로 관직에 오른 고위 귀족들. 그들에게 잘 봐 달라는 의미로 뇌물을 주고 장사를 해야만 하는 상인들. 생각을 정리하던 로자리아가 입을 열었다.

"결국엔 세금이 제대로 모이지 않을 거예요. 중간에 다 빼돌릴 테니까 제도가 벌어들이는 수입은 극히 적겠죠."

"신성제국이 통제하지 않는다면?"

"사업에 따라 구분될 필요가 있어요. 식수, 의료, 도로, 무기사업은 국가가 관리해야 해요."

"어째서?"

"공공사업이니까요. 상단이 관리하게 된다면 이익을 좇을 거예요. 그러면 제국민은 필요한 물을 마시기 어렵고 치료를 받기 힘들며 마차 도로는 정비되기 어려울 거예요."

로자리아가 꺼낸 이야기는 무척 흥미로웠다. 라쉬드는 턱을 괸 채로 아내의 말을 경청했다.

"로즈, 제국에서 왜 무기 사업을 관리해야 한다는 거지?"

"무기 사업이 이익에 따른다면 제국은 전쟁의 위협에 처하게 돼요. 돈을 벌 수 있다면 얼마든지 전쟁을 일으키겠죠."

군수 사업이야말로 가장 돈이 되는 것이었다. 신성제국이 수많은 광산을 소유한 이유였다. 철제, 강철 금속을 소유하고 이로써 무기를 제련하는 것이 군사력의 기본이었다.

"무기 사업으로 당장 많이 팔아서 돈을 벌 수도 있을 텐데."

"그보다 가장 중요한 건 국방이에요. 안보는 정치, 경제, 사회, 문화의 위에 있어요. 나라가 부유하기에 앞서 다른 나라로부터 침략받지 않을 힘이 있어야 해요."

그러니 철제, 검, 무기를 다루는 사업은 제국의 엄격한 통제하에 있어야 했다.

'보좌관으로 삼고 싶을 정도야.'

라쉬드는 진심으로 감탄했다. 그는 자신도 모르게 로자리아를 빤히 쳐다보았다.

“그럼 국영사업을 민간에서 해야 하는 이유는?”

“신성제국에서 장사하려면 고위 귀족에게 뇌물을 바쳐야 해요.”

“이 얘기를 황태자는 알아듣지 못하더군. 세금이 모여야 제국이 예산을 짜고 나라를 운영할 수 있건만.”

라쉬드는 얼굴을 찌푸리면서 무슨 소리냐고 되묻던 황태자를 떠올렸다.

“민간사업의 장점은 효율적이란 거예요. 다른 나라의 상단과 경쟁하기 위해선 민간으로 돌려야 해요.”

“로즈, 왜 아직도 신성제국이 대부분의 상단을 통제하는지 알고 있나? 고위 귀족 출신이 아니라면 상단을 운영하기 힘든 것도.”

“고위 귀족이 반발하겠죠. 그들에게 중요한 건 국세가 아니라 뇌물로 벌어들인 이익이니까요.”

“이를 개혁하려면 어떻게 해야 하지?”

“신성제국의 황제가 칼을 들어야 해요. 지금까지의 방식으론 고칠 수 없어요. 하지만 어려울 거예요.”

라쉬드는 그녀의 대답을 기다렸다. 잠시 숨을 들이쉰 로자리아가 말을 이었다.

“신전이 고위 귀족과 결탁하여 황가의 권력이 커지는 걸 원치 않으니까요.”

이스타샤가 무너져 가는 이유, 그것을 라뮤엘이 아닌 다른 사람에게서 듣게 된 건 처음이었다. 라쉬드는 듣고도 믿지 못했다. 똑똑하다는 건 알고 있었지만 이 정도로 지혜로울 줄은.

‘대사제인 라뮤엘이 했던 이야기를…… 아니, 그조차 간과했던 것을 알고 있어.’

라쉬드는 한동안 말을 잇지 못했다. 그는 생각을 정리하기 위해 입술을 매만졌다.

“신성제국을 개혁하려면 어떤 방법을 써야 한다고 생각하나?”

“신전을 무너뜨려야 해요. 병을 치료하면 사제가 막대한 돈을 받고 이는 신전으로 귀속되죠. 타락한 신전은 면죄부를 팔기도 해요. 돈을 받고 죄를 용서해 주는 건 신의 가르침과 거리가 멀어요.”

“부인이 말한 그대로야. 신전은 기도를 들어주는 대신 돈을 받고, 여신에게 바치는 헌금으로 사치와 향락을 즐겼지.”

지금에선 황가의 수입보다 신전이 벌어들이는 금화가 더욱 컸다. 결국 황권과 신권의 불균형을 야기했다. 이스타샤에서 이미 추의 무게는 신전 쪽으로 내려앉았다. 건국 초 경건했던 사제와 신전은 천 년의 역사와 함께 사라졌다.

“신전을 개혁한다라……. 제국민은 모두 여신을 믿고 그에 따라 사제와 성녀를 숭배한다.”

“개혁은 쉽지 않을 거예요. 무력으로 진압하려 해도 제국민이 반발할 거고, 고위 귀족도 이를 알고 있으니 신전 측에 붙은 거구요.”

개혁을 위해선 칼을 빼 들어야 했으나 위험이 따랐다. 북쪽의 바렛사가 신성제국을 집어삼킬 기회를 호시탐탐 노리고 있었다.

‘신전과 황성이 대립하는 날, 그때가 되면 바렛사가 움직일 테지.’

라쉬드는 깊은 한숨을 내쉬었다. 그로서도 고민일 것이다. 로자리아는 라쉬드를 가만히 바라보았다. 그에게 이런 얘기를 해도 되는 걸까.

‘이스타샤를 바꿀 수 있을까.’

지금부터 하려는 이야기는 그 누구에게도 말하지 않던 것이었다.

“개혁을 성공시킬 유일한 방법이 있어요. 하지만 신성제국의 황자에게 듣기 좋은 소리는 아닐 거예요.”

“어떤 방법인지 궁금하군.”

라쉬드가 대답했다. 알고 싶다는 뜻이었다.

로자리아가 말했다.

"검으로서 종교를 무너뜨릴 순 없어요. 오히려 더 큰 파란이 일 거예요. 내란과 반란이 빗발칠 거고, 그때가 되면 바렛사는 이스타샤를 집어삼킬 거예요."

개혁을 이루지 못한 상황을 정확히 파악했다. 내세에는 신전이, 외세에는 바렛사가 틈을 노렸다.

"새로운 종교를 받아들이는 거예요."

"종교를 새로 받아들인다……. 쉽지 않은 일이 될 텐데."

"신성제국이 건국되기 전에는 서대륙의 많은 국가가 다신교였죠. 현재 이스타샤에선 여신만이 유일신이지만, 예로부터 종교는 바뀌어 왔어요."

"다른 종교를 받아들이면 신전의 결집이 약해지겠군."

"아니타 국교와는 다른 율법을 가져야 해요. 사치와 향락을 금하고 황권을 강화시킬 수 있도록."

"확실히 이스타샤 황족에겐 거부감을 가져올 방법이야."

"현실에 안주하지 않고 바꾸는 것이 개혁이라 생각해요."

로자리아는 뜻을 전했다. 그녀는 찻잔을 쥐고서 따뜻한 차를 한 모금 마셨다. 그런 그녀를 보던 라쉬드가 말했다.

"그렇게 생각했던 적이 있었지."

그렇지만 불가능할 거라 여겼다. 아니타 국교가 무너지는 일은 절대 없을 것이라 판단했다.

"개혁하기 위해선 위험을 감수해야 해요. 그러나 그 방법이 꼭 검을 드는 것만은 아니에요."

종교는 가장 예민한 문제였다. 자애로운 사제도 무기를 든 기사도 믿는 여신의 앞에선 목숨까지 내놓았다. 천민이든 고위 귀족이든 여신을 믿는 건 같았다.

"이런 건 어디서 배운 거지?"

"아카데미에서 배웠어요."

이미 알던 지식이 대부분이었다. 신성제국의 권력자인 성녀와 맞서기 위해 알게 되었던 것들. 수만의 성서와 역사, 기록을 읊으면서 자신의 것으로 체득했다. 또한 아카데미에서 배운 군사학과 역사, 제국의 관계에 대해 배운 것이었다.

"내 보좌관인 라뮤엘에게도 빠지지 않겠어. 그도 신성 아카데미에서 수석 출신이었지."

"과찬이에요."

로자리아는 생긋 웃었다. 라쉬드와 이런 얘기를 나누게 되니 꿈만 같았다.

'신기해.'

기분 좋은 울림이 심장으로 퍼져 나갔다. 그에게 인정을 받는 것도 좋았지만, 이런 이야기를 나눌 수 있는 사람이 라쉬드라서 더욱 기뻤다.

"그전부터 당신과 이런 이야기를 자주 나누었다면 좋았을 텐데."

라쉬드가 아쉬운 듯 중얼거렸다. 그 말을 들은 로자리아의 입가에 미소가 지어졌다.

"먼저 집무실로 가 봐야겠어. 피곤할 텐데 쉬도록 해."

"그래요. 때마침 저도 바람을 쐬려던 차였어요."

"날이 차니 따뜻한 것을 걸치는 게 좋겠군."

라쉬드는 그가 입던 겉옷을 벗어 로자리아의 어깨에 걸쳐 주었다. 저녁 식사가 끝난 후, 라쉬드는 정무를 보기 위해 집무실로 돌아갔다. 로자리아는 침실로 바로 돌아가지 않고 정원에 들러 산책하기로 했다.

❖

로자리아는 발길이 닿는 대로 걸었다. 그녀가 입은 라벤더색 드레스가 바람에 살랑였다. 이윽고 도착한 곳은 새벽바람이 부는 정원이었다. 정처 없이 정원을 걷던 로자리아의 발걸음이 멎었다. 그녀는 낯선 남자의 목소리에 귀를 쫑긋했다.

"마님?"

"누구……?"

"오랜만입니다, 마님. 저 라뮤엘의 얼굴을 잊으신 건 아니시겠죠."

실로 다정한 목소리였다. 오랜만에 라뮤엘과 보게 된 로자리아의 얼굴에 반가움이 서렸다.

"라뮤엘 경!"

"그때 이후로 잘 지내셨는지요? 무려 오 년 만에 뵙게 되었군요."

라쉬드에게서 북부에 일이 생겨 바빴다는 말을 들은 적이 있다. 라뮤엘은 공작의 보좌관이었기에 대부분 공작의 일정과 함께했다. 그래서 공작저에 온 지 며칠 되지 않았다는 사실도 알고 있었다.

'이게 얼마 만이야?'

오 년 만에 라뮤엘과 만나게 되다니. 로자리아는 속으로 감탄했다.

"오랜만이에요, 라뮤엘. 잘 지냈어요?"

"하하, 저야 늘 같죠."

라뮤엘이 뺨을 긁적였다. 매사 평온한 성격이라 어디 가도 잘 지내곤 했다. 로자리아는 라뮤엘과 가벼운 담소를 나누다가 은근슬쩍 라쉬드에 대해 물었다.

"라뮤엘은 어쩌다 공작님의 보좌관이 되었어요? 가끔 그만두고 싶지 않아요?"

"하하, 그만두다니요. 제가 감히 어찌 그만두겠어요. 사실은 때려치

우고 싶은 적이 한두 번이 아니었지만, 할아버지가 될 때까지 주군의 곁을 지킬 생각이에요."

"대단하네요. 평생을 그렇게 할 수 있다니."

"마님께서 더 대단하신걸요. 평생을 공작님과 함께하실 거잖아요?"

라뮤엘이 악의 없이 말했다. 방금 전까지 과로로 눈 밑이 시커멓게 물들어 있었으나, 마님을 보고는 화사하게 살아났다. 라뮤엘은 며칠 전의 일을 떠올렸다. 공작저로 왔으니 마님께 인사를 드리겠단 뜻을 밝혔지만, 번번이 무산되고 말았다.

"오랜만에 공작저로 왔는데 공작 부인을 만나 뵙고 싶군요."

"내 아내에게 왜 관심을 가지는 거지?"

"예? 그냥 저는 그때 이후로 뵙지 못해서 인사를 드리려던 거였는데. 왜 주군께서 싫어하시는지……."

"일이나 해."

주로 이런 대화였다. 몇 번을 시도해 봤지만 그때마다 '일이나 잘해', '잘리기 싫으면 일해'라고 싸늘하게 일갈한 터라, 더 묻지는 못했다.

"우리 공작님 사랑꾼이시죠?"

"네? 무슨 사랑꾼?"

로자리아가 믿기지 않는다는 듯 되물었다.

'보좌관에겐 잘해 주려나?'

그것도 곤란했다. 보좌관이니 잘해 주는 거야 어쩔 수 없지만.

"평소의 공작님은 어때요?"

"하하, 공작님이야 늘 한결같으시죠. 무심하고 차갑고 냉정하고!"

'역시 같구나.'

로자리아는 깊게 공감했다. 아차 싶은 라뮤엘이 뒤늦게 공작의 편을 들어주었다.

"그래도 마님께서 한눈에 반한 첫사랑이라 그런지 신경 쓰시던데요? 안젤라 부인 잘린 거 못 들었어요?"

"처음 듣는 소리예요."

로자리아가 대답했다. 라쉬드와는 계약 결혼이었고 첫사랑과는 거리가 멀었지만, 굳이 부인하지 않았다.

'안젤라 부인이 잘렸다고?'

로자리아가 눈을 크게 떴다. 꽤 오래 공작을 보필했다고 들었다. 차가운 밤바람이 그녀의 뺨에 닿았다. 미지근한 열기가 식혀지는 기분이었다.

"안젤라 부인이 잘렸어요? 그녀는 공작님의 모친인 황비마마의 시녀였다고……."

"사사로운 정으로 사람을 두는 분은 아닙니다. 그렇다고 안젤라 부인에게 정을 가지신 것도 아니셨고, 어렸을 땐 줄곧 혼자서 지내셨다고 들었어요."

"아, 혼자서……."

로자리아는 말을 잇지 못했다. 신성제국의 황자, 철의 공작. 제국민의 사랑을 받고 귀족이 경외하며 노만 1세가 총애하는 제2황자. 화려한 이면에는 그것보다 짙은 그림자도 존재했다.

"이건 비밀입니다, 마님. 이런 얘기 하면 공작님께서 제 목을 치실지도 몰라요."

라뮤엘이 한차례 숨을 들이켜며 말을 이었다.

"원래부터 안젤라 부인이 콧대가 높기는 했는데, 시녀장으로서 일은 잘해서 잘릴 지경은 아니었거든요. 듣기론 마님에 관한 이야기를 함부로 하다가 쫓겨났다고 들었어요."

"그래서 어쩐지 보이지 않았구나. 고마워요, 이런 얘기해 줘서."

라뮤엘과의 대화는 즐거웠다. 공작의 보좌관은 사려 깊고 다정한 이였다.
“시간이 늦어서 이만 가 봐야겠어요.”
“네네. 제가 마님을 붙잡고 무슨 헛소리를 한지 모르겠네요. 방금 말씀드린 건 전부 잊어주세요.”
‘희한한 사람이네. 전부 다 말해놓고. 뭐, 그래도 내게 소식을 알려준 사람이니까 약속은 지켜야지.’
로자리아는 알겠다는 의미로 고개를 끄덕였다.
“좋아요, 이건 우리끼리의 비밀이에요. 전 이만 돌아가 볼게요.”
“아, 마님! 다음에는 제게 말씀을 낮춰 주세요. 주군의 보조관이면 마님 또한 제가 모셔야 하는 입장입니다. 제가 불편할뿐더러, 아마 각하께서 크게 뭐라 하실 것 같거든요.”
“그러도록 할게요, 라뮤엘.”
“참고로 제 애칭은 뮤엘입니다, 하하.”
라뮤엘이 눈을 찡긋했다. 라쉬드가 보았다면 시말서를 써야 할 행동이었다.
“알았어요, 라뮤엘. 다음에 봐요.”
로자리아는 드레스 자락을 쥔 채 사뿐사뿐 걸었다. 정원에서 벗어나 침실로 돌아왔다. 그녀의 얼굴에 기대감이 벅차올랐다.
‘잘할 수 있을 거야.’
사업도, 전염병을 고치는 것도, 라쉬드를 도와주는 것도.

침실에는 불이 켜져 있었고, 시녀들은 물러간 이후였다. 창가로 시선을 돌리자 벽에 몸을 기댄 남자가 있었다. 라쉬드였다.
“늦었군.”
“아, 잠이 안 와서 산책을 했어요. 정원에 핀 꽃이 너무 예뻐서…….”

"수술이 달린 꽃이?"

"수술이라뇨?"

"당신이 만난 내 보좌관이 여자는 아니었지. 밤늦게 산책 나가서 그를 보고 온 건가?"

"우연히 만났을 뿐이에요. 거짓말한 적도 없구요. 산책하러 나갔는데 마주친 거니까. 전 떳떳해요."

"라뮤엘은 여자 후리기로 유명해."

"라뮤엘 경은 전직 대사제 아니었나요? 사제와 성녀는 순결을 지킨다고 들었어요."

"……그랬지."

라쉬드가 알기론 여전히 순결을 지키는 중이었다. 본인이 말해놓고도 민망했는지 그는 낮게 헛기침했다. 누가 봐도 질투에 눈먼 남편이 다른 사내를 험담하는 꼴이었다.

"혹시 질투하는 거예요?"

"질투할 이유가 있나?"

"맞아요, 어디까지 계약이니까요."

라쉬드의 말에 로자리아는 입을 다물었다. 가끔 이랬다. 사이좋게 이야기를 해보려고 치면, 그가 먼저 자신을 쳐 내곤 했다. 그것에 익숙해져 멀어지려고 하면 예기치 못한 배려로 놀라게 하곤 했다.

"저도 계약 내용은 잊지 않을 거예요, 라쉬드."

로자리아는 담담한 목소리로 읊었다.

'테베를 얻기 위해서. 정확히는 클라인 황태자에게 테베를 뺏기지 않기 위함이지만.'

라쉬드는 어쩐지 지는 기분이 들어 말을 멈추었다. 계약 결혼이라고 얘기를 꺼낸 건, 로자리아가 아닌 그 자신에게 한 말이었다.

"전 이만 자러 갈게요."

"잠깐만……."

로자리아는 못 들은 척 소파가 있는 쪽으로 걸어갔다.

"각방을 쓰자는 건가?"

그 덕택에 라쉬드는 덩그러니 넓은 침대에 홀로 남겨지고 말았다. 침실로 돌아온 로자리아는 턱을 괴었다. 아까 있던 일을 생각하자 한숨부터 나왔다.

"질투하는 거냐고 왜 물어봤지? 당연히 아닌데. 역시 괜한 걸 물었나 봐."

로자리아는 연신 한숨을 내쉬었다. 그 상황에서 '그래, 내 보좌관을 질투했어'라고 듣는 것도 이상하지만.

'라쉬드는 모르겠지? 자신의 행동이 나를 헷갈리게 한다는 거.'

그는 남편으로서 아내에게 무례하지 않고 예의 바르게 대하는 것뿐이었다.

'하지만 가끔 다정하게 느껴져서…….'

어쩐지 지는 기분이 들었다. 살짝 억울하기도 했다.

'잠이나 자자. 라쉬드는 아무렇지 않을 거야.'

한참을 뒤척이던 로자리아는 밤늦게 잠이 들었다.

새벽이 되어서야 라쉬드는 아내가 잠든 침실을 찾았다. 달칵, 문을 연 그는 조심스레 침실로 들어섰다. 숨을 내쉬는 새근새근 작은 소리가 들렸다. 벌써 잠들었나? 무심결에 시계를 본 라쉬드는 눈을 의심했다.

'벌써 자정을 넘겼어.'

그러니 잠들기에 이른 시간은 아니었다. 라쉬드는 잠이 든 로자리아 곁에 앉았다. 그가 앉자 침대가 미세하게 흔들렸지만 아내는 잠에서 깨지 않았다.

"오늘은 내 실수였어."

라쉬드는 곤히 자는 로자리아에게 말했다. 그도 모르게 손을 내뻗어 뺨에 달라붙은 머리칼을 떼어주었다.

"로즈, 당신이 잠들어서 사과할 시기를 놓치고 말았어."

낮게 한숨을 쉰 라쉬드는 로자리아의 곁을 지켰다. 그리고 잠든 아내를 물끄러미 바라보았다. 라쉬드는 조용히 문을 열고 나왔다. 그가 향한 곳은 집무실이었다. 잠이 안 올 것 같으니 일을 할 생각이었다. 결국 라쉬드는 뜬눈으로 밤을 지새웠다. 업무를 처리하다 보니 어느새 동이 텄다.

똑똑.

익숙한 노크 소리에 시계를 보니 아침 여덟 시였다. 늘 그렇듯, 라뮤엘은 업무를 보고하기 위해 공작을 찾았다. 유독 피곤해 보이는 탓에 라뮤엘은 궁금증을 참지 못하고 물었다.

"공작님, 어제 무슨 일 있으셨어요?"

"아무것도."

"어찌 전직 대사제를 속이려 드십니까? 사실 쫓겨나신 거죠?"

"……내가?"

"부부 싸움이 칼로 물 베기라지만 이기려 들지 말고 져 주세요. 매번 이기려는 남자, 인기 없어요."

라뮤엘이 심각해진 얼굴로 조언했다.

'역시 어제 무슨 일이 있었나 보네.'

라뮤엘은 어렵지 않게 추측했다. 평소라면 쓸데없는 소리라며 일축했을 공작이 가만히 듣고 있었다.

"요새는 져 주는 남자가 대세거든요. 그 책 못 읽어 보셨어요?"

"무슨 책?"

"요새 귀부인 사이에서 가장 인기 있는 책. 한번 보실래요?"
라뮤엘이 꺼내 든 책은 붉은색으로 뒤덮인 성인 소설이었다.

〈바렛사 기사와 은밀한 백작 부인 이야기.〉

보좌관의 성의를 봐서 라쉬드는 책을 집어 들었다. 날카로운 눈동자가 빠르게 내용을 훑었다. 정확히 책을 본 지 오 분 만에 다시 덮었다. 심지어 책을 펼 때와 닫을 때까지 시종일관 무표정이었다.

"보셨죠? 여기 나오는 기사님답게 행동하면 마님에게 쫓겨날 일 없어요."

"아무리 소설이라지만 사람이 아니라 짐승같이 구는 바렛사 남자가?"

'흐음, 아깐 아니라더니 쫓겨난 거엔 아무 말 안 하시네. 정말 쫓겨났나?'

공작과 시선이 마주치자 눈을 가늘게 뜨던 보좌관은 표정을 재빨리 바꾸었다.

"요샌 그렇대요."

라뮤엘은 어깨를 으쓱했다.

"이거 유명한 건데 몰랐어요? 센 경의 모친인 백작 부인께서 쓴 책인데. 센 경의 부친께서 바렛사 기사 출신이잖아요."

"알았으니 그 책 집어치워. 찢어버리기 전에."

전혀 도움이 안 되는 책이었다. 내용도 저속한 데다 바렛사의 기사는 부끄러움을 모르는 자였다. 책이니 실제 바렛사인과는 다르겠지만. 공작은 인상 깊었던 구절을 기억해 냈다. 그로선 이해가 안 가는 일이었다.

「나에게 화가 난 건가?」

「당장 나가요! 백작저에서 당신이 아끼는 물건만 들고 당장 꺼져 버려요!」

「알았다. 들고 갈 게 하나밖에 없으니 조금만 기다려 줘.」

그리고 그 기사가 안아 든 건 백작 부인이었다.

"나가라고 했는데 딴짓이라니. 그건 기만하는 짓이지."

라쉬드는 싸늘한 시선으로 라뮤엘을 주시했다.

"쓸데없는 짓을 하는 거 보니 요새 업무가 가벼웠던가? 다음 달까지 쉬지 말고 일해."

라쉬드는 항의하는 라뮤엘을 무시했다. 그는 저돌적인 바렛사 기사도 아니었을뿐더러, 차분한 왕녀가 저런 걸 좋아할 리가 없었다.

'어제 뭐라고 한 것 같은데.'

잠결에 무슨 말을 들었는데 기억나지 않았다. 로자리아는 머리를 질끈 묶으며 휑한 주위를 둘러보았다.

"지금이 몇 시지? 푹 잔 것 같아."

공작 부인이 깬 것을 본 시녀가 따뜻한 차를 대령했다. 무슨 바람이 불었는지 공작가의 고용인들이 한결 친절해졌다. 차를 마시던 로자리아는 무심결에 시녀에게로 고개를 돌렸다. 시녀의 얼굴을 본 로자리아의 눈이 커졌다. 어제 준비를 도와줬던 시녀와는 다른 이였다. 시녀는 허리를 숙이며 예를 다했다.

"마님, 저는 마님을 보필할 수석 시녀, 에나라고 합니다. 각하께서 안젤라 부인을 대신해 저를 보내셨어요. 마님께서 허락하신다면 오늘부로 제가 마님을 모시는 전담 시녀가 됩니다."

"에나?!"

로자리아가 묻자 에나는 긴장했다. 혹시 안젤라 부인보다 제가 마음에 들지 않은 걸까, 걱정하는 에나를 본 로자리아는 상냥하게 말했다.

"에나, 여기서 보게 될 줄은 몰랐어. 다치지 않아서 다행이야."

"마님께서 제게 성녀님이 계신 앞으로 가라고 알려 주시지 않으셨다면, 저는 살아 있지 못했을 거예요. 마님은 제 생명의 은인이세요. 폐를 무릅쓰고 마님을 뵙고 싶었는데, 다행히 각하께서 허락하셨어요."

"나도 그때 고마웠어. 사절단에서 나를 신경 써 준 건 에나 네가 처음인걸."

"아니에요! 저는 당연히 해야 할 일을 했을 뿐인걸요. 정말로 모시게 되어 영광이에요, 마님. 각하께서 제가 마님을 모실 수 있도록 도와주셨어요."

"공작님이?"

"네. 원래라면 더 빨리 모셔야 했는데, 마님의 전담 시녀로서 가르침을 받기 위해 오늘에서야 인사를 드리네요."

에나가 나긋나긋한 어조로 말했다. 들으면 잠이 오는 목소리라 로자리아는 졸린 눈을 깜빡였다.

'어제 우리 싸운 것 아니었어?'

공과 사에 철저한 건지, 원래 이런 남자인지 전담 시녀까지 붙여 줄 줄이야. 남편으로서 어려운 일은 아니었지만 보통의 귀족들은 아내의 시녀까지 신경 써 줄 정도로 배려하지 않았다.

"에나, 네가 나를 도와준다면 나에겐 좋은 일이야."

"감사합니다, 마님. 앞으로 성심껏 모시겠어요."

에나가 수줍게 웃으며 답했다. 로자리아는 문득 기시감이 들어 에나를 바라보았다. 마냥 순하던 눈빛이 변해 있었다. 로자리아의 시선에 에나는 마른침을 삼켰다. 시녀는 아랫입술을 잘근잘근 깨물었다. 가벼운 오한과 전율이 일었다.

"마님……?"

에나가 떨리는 목소리로 물었다. 시녀를 주도면밀하게 살피던 로자리아가 아무것도 아니라는 듯 웃으며 말했다.

"잘 부탁해, 에나."

공작 부인의 목소리는 평소처럼 부드러웠다. 그러나 묘한 시선이 시녀에게 닿았다.

임페리얼과 계약한 일주일 뒤, 상단주와 만나기로 한 날이 찾아왔다.

'황가의 인장을 받을 때까지 일주일이 걸린다 했었지.'

로자리아는 날짜를 확인했다. 대금을 받기로 한 당일이었다. 이페리아 천 개를 팔았으니 육십만 도르를 받으면 됐다. 화폐 대신 황가의 인장이 찍힌 서류를 받기로 했다.

"일주일 뒤에. 오후 세 시까지 이곳으로 와."

로자리아는 폰의 말을 떠올렸다. 그녀는 넉넉하게 한 시부터 외출 준비를 했다. 채비를 마친 로자리아는 임페리얼을 다시 찾아갔다. 그의 말대로 폰은 오후에 자리를 지키고 있었다.

"정확한 시간에 왔군요. 자, 받아요."

"이게 뭐예요?"

"황가의 인장이 찍힌 증서입니다."

로자리아는 꼼꼼하게 서류를 살폈다. 하단에 성검을 뱀이 휘감은 문양, 황가의 인장이 확실했다.

'금액도 맞고 황제가 바뀌어도 쓸 수 있게 해놨어. 역시 임페리얼이야. 일 처리가 확실하네.'

신성제국이 망하지 않는 한, 서대륙 어디에도 쓸 수 있었다. 로자리아는 서류를 반듯이 접어 품에 갈무리했다.

"아, 계약 외에도 말하려던 게 있어서 왔어요. 중요한 소식이 있거든요."

"어떤 소식이죠?"

"이번에 상단을 차릴까 해요."

폰이 놀란 듯 로자리아를 보았다.

"상단을 차릴 거라고요?"

"네. 임페리얼에 비해선 아주 소규모지만 장사를 시작해 볼까 해요. 아, 물론 임페리얼과 거래를 끊겠다는 건 아니에요."

"상단을 운영하려면 제도에서 시작하는 게 수월해요. 공작저가 있는 무나크가 상업이 더 번창해 있어도 제도의 귀족들이 주 수요자니까요."

"아, 그래서 저도 제도로 가려던 참이었어요."

로자리아는 폰의 말에 동의했다.

폰이 생각에 잠긴 채 말했다.

"이스타샤에서 상단을 운영하기 어려울 겁니다. 귀족의 악질적인 농단은 물론이고 세력이 있다 싶은 상인들도 그들의 소속이 아니면 사람을 시켜 건물을 부수기도 하거든요."

"신성제국에서 상단을 운영하는 게 쉬운 건 아니네요."

이미 아는 사실이었지만 로자리아는 걱정스러운 얼굴을 했다.

"상단이 안정될 때까진 임페리얼이 돕겠습니다."

"정말이에요?"

"일정의 수수료를 낸다면."

역시 공짜는 아니었다. 잠시 고민하던 로자리아는 흔쾌히 수락했다.

"좋아요. 나중에 제도에서 상단을 차리게 되면 그때 찾아갈게요."

"신기하네요. 저도 곧 제도로 가려던 참이었거든요."

"제도는 왜요?"

"잠시 일이 있어서 테베와 무나크를 들른 것뿐입니다. 임페리얼의 본부는 제도에 있어요. 정기적으로 들르곤 하죠."

"당분간 제도에서 지내는 거예요?"

"아마도. 로제는?"

"저도 그럴 거예요. 얼마 동안 있을지 모르겠지만 제도에서 상단을 차리기로 했으니까."

"그때 되면 찾아와요. 상단을 차리는 걸 도와줄 테니."

"고마워요. 어려운 일이 있거나 도움이 필요하면 찾아갈게요. 수수료 들고."

로자리아는 수수료를 강조했다. 아무런 대가 없이 도와주는 것보다 거래하는 편이 확실할 것이다.

6장 이페리아

시간이 빠르게 흘러 약속된 보름이 지났다. 공작 부부는 노만 1세를 알현하기 위해 무나크에서 제도로 향했다. 로자리아는 덜컹거리는 마차 안에서 생각을 정리했다. 원래라면 이동진을 타고 가겠지만 무나크의 사람들에게 보여 주기식 행사였다. 공작이 테베의 왕녀를 아내로 맞아들였음을 알리며 공작 부부의 친밀함을 보여 주는 수단이었다.

공작가의 거대한 행렬이 무나크를 지나 인근 도시 키엘에 도착했다. 키엘은 방랑자들의 도시였다. 간혹 무기를 든 산적이 출몰하기도 했다. 벌써 해가 저물어 가는 저녁이었다. 날이 어두워졌지만 더 가야 준비된 막사에 도착할 수 있었다.

공작 부부가 탄 마차는 키엘의 입구를 지나쳐 깎아지른 절벽을 오르고 있었다. 절벽이 가파르고 험한 데다 아래에는 깊은 강이 있었다. 마부는 마른침을 꿀꺽 삼키며 조심조심 마차를 몰았다.

"피곤해 보여요, 라쉬드. 잠 좀 자는 게 어때요?"

"내가 행렬을 지휘하지 않으면 기사들도 우왕좌왕할 거다."

"누가 겁 없이 공작가의 마차를 건들겠어요?"

그때였다. 거짓말처럼 갑작스러운 비명과 함께 마차가 덜커덩 움직였다. 갑작스레 빨라진 속도에 로자리아는 마부석과 분리된 창문을 열어젖혔다. 이미 라쉬드는 바깥으로 몸을 내밀어 마차의 상태를 확인한 뒤였다.

"로즈!"

그는 로자리아를 보호하듯 품에 안았다. 바퀴가 빠진 마차가 산비탈을 달리고 있었다. 전복하는 마차에서 성력을 쓰려고 해도 어찌 된 영문인지 간단한 이동조차 할 수 없었다.

"로즈, 내게로 와!"

"라쉬드, 난 괜찮아요. 그러니 먼저 피해요!"

탈출할 시간은 지금뿐이었다. 살 수 있는 골든타임, 그 시간을 라쉬드는 주저 없이 포기했다. 혼자 살아남기 위해선 마차의 구석에 앉은 로자리아를 버려야 했다.

"젠장! 왜 말을 안 들어."

거칠게 욕설을 내뱉은 라쉬드는 곧장 로자리아에게 달려가 그녀를 안고 마차에서 뛰어내렸다. 절벽 아래로 떨어지는 순간, 그는 로자리아를 강하게 끌어안았다. 그리고 로자리아를 안은 채로 절벽 아래 강에 떨어져 내렸다.

풍덩!

둔탁한 충격에 라쉬드는 입술을 거칠게 깨물었다. 짙푸른 강물 위로 그의 피가 번졌다. 신음조차 내지 않은 라쉬드는 이를 악물고 뭍으로 나아갔다. 절벽 아래, 강이 없었다면 죽었을 것이다.

"……하아, 하."

그는 거친 숨을 몰아쉬었다. 뼈가 부러지면서 내상을 입은 건지 숨을 제대로 쉬기가 어려웠다. 고통에 익숙해질 법도 하건만 고른 호흡을 유지하지 못했다. 검에 찔려도 살아났던 자신이었다. 그러니 이 정도 고통쯤은 이겨 내야 했다.

으득. 라쉬드는 고통을 이겨 내려 그의 팔을 깨물었다. 피가 새어 나올 정도로 입술을 깨무는 라쉬드를 본 로자리아의 눈동자가 흔들렸다.

"왜 날 구한 거예요? 날 구하지 않아도 되었어요. 우린 그저 계약 관계일 뿐인데."

"남편으로서 의무를 다하겠다고 말했던 것이 농이라고 생각했어? 내가 다쳐도 내 아내가 다쳐선 안 돼."

라쉬드가 희미해진 목소리로 중얼거렸다. 시야가 흐릿했고, 머리가 새하얗게 변했다.

"미안해요. 미안해……. 라쉬드, 내가……."

로자리아는 눈물에 젖은 얼굴로 라쉬드를 바라보았다. 바보같이, 그저 괜찮은 거냐고 물어봤어야 했는데 왜 그런 말을 한 걸까.

"네 죄를 심판하겠다, 왕녀."

그의 차가운 말이 한때 그녀의 가슴에 비수를 놓았다. 장미 가시가 박힌 것처럼 괴롭고 괴로워서 다시 만나도 마음에 담지 않을 거라 약속했다.

"라쉬드, 이젠 내가 당신을 지켜 줄 거예요."

"내 잘못이다. 그러니 울지 마."

라쉬드는 쓰게 웃으며 말했다. 어떤 상황이든 성력을 쓸 수 있어야 했다. 어떤 어려움에 처해도 아내를 구해야 했다. 이상하게도 그때 머리보다 몸이 먼저 움직였다.

'있지도 않은 후사는 핑계인 건가.'

라쉬드는 허탈함에 웃었다. 조금은 이 여자가, 자신을 애틋하게 바라보는 이 여자가 마음에 들던 걸지도.

왈칵. 라쉬드의 입에서 붉은 선혈이 흘러내렸다. 선명한 핏자국에 로자리아는 우는 것을 멈추었다. 그녀는 차분하게 마음을 가라앉힌 후, 쓰러진 라쉬드의 상태를 살폈다.

'살릴 수 있어. 무조건 살려야 해.'

성력을 바깥으로 쓸 수 없지만 그의 몸에 깃든 성력 덕분에 숨은 붙어 있었다.

"당신은 날 구하기 위해 목숨을 걸었는데 난 악마로 쫓기는 것이 두려워 숨기고 말았으니까."

그녀는 파랗게 질린 입술로 라쉬드의 이마에 키스했다. 이윽고 그녀의 손에서 금빛 실오라기가 피어나며, 이페리아 신목(神木)이 메마른 자갈밭을 뚫고 생겨났다.

'신성한 나무라면 당신을 구할 수 있을 거야.'

로자리아는 뺨 위로 떨어지는 금빛의 나뭇잎을 손에 그러쥐었다. 나뭇잎을 입에 물고는 라쉬드의 입가로 가져갔다. 형체를 띠었던 이페리아 잎이 서서히 액체로 변해 갔다.

로자리아는 정령신의 축복이 깃든 생명수를 라쉬드에게 입으로 전해 주었다. 파르르 떨리는 그의 속눈썹을 보자 로자리아는 안도의 숨을 내쉬었다.

'다행이야. 정말 다행이야.'

라쉬드가 죽을까 두려웠던 마음이 겨우 진정되었다.

'고마워, 이페리아. 이제 돌아가도 좋아.'

라쉬드가 깨어날 기미를 보이자 로자리아는 이페리아를 돌려보내기로 했다.

"이게 도대체 무슨 일…… 이지?"

라쉬드는 꿈을 꾸나 싶어서 재차 눈을 감았다 떴다. 분명 죽을 위기에 처했는데 상처가 전부 나아 있었다. 족히 뼈가 부러졌는데 움직이는 데도 문제가 없었다. 꿈이 아니었다. 지극히 현실이었다. 라쉬드는 수상한 나무의 정체에 눈을 가늘게 떴다. 로자리아는 망했다는 걸 직감했다. 이페리아 신목을 돌려보내려던 차에 라쉬드가 먼저 눈을 떴다.

"라쉬드? 괜찮아요?"

"저건 뭐지? 저 커다란 금빛의 나무……."

라쉬드가 가리킨 건 존재감을 뽐내고 있는 이페리아 나무였다. 지상의 것보다 거대하고 금빛의 잎을 휘날리는 나무는 누가 봐도 의심할 만했다.

"뭘 말이에요……?"

"저게 안 보인다고?"

기묘한 침묵이 흘렀다. 눈치 없는 이페리아는 돌아갈 생각을 하지 못했다. 그저 지상에 온 것이 기뻐 멀뚱멀뚱 구경만 하고 있었다.

'계속 여기 있을 생각이야?'

하는 수 없이 로자리아는 역소환을 했다. 물리적 타격으론 고통을 입지 못하는 신목이지만, 역소환은 신목에게도 괴로운 일이었다. 질겁한 이페리아 나무가 나뭇잎을 파르르 떨었다. 지상계로 나가길 원했지만 단 한 번도 부름을 받은 적 없었다. 아직 어린 나무였지만, 주신 비아와 직속 권속인 신목을 부를 수 있다는 정령술사가 몇 없다는 사실을 알고 있었다. 그러니 언제 또 부를지 모른다는 소리였다.

「돌아가기 싫어.」

이페리아가 떼를 썼다. 얼마 만에 나온 나들이인데, 벌써 돌아가라니? 이페리아는 수면 효과가 있는 잎을 흔들었다. 오묘한 무지갯빛 가루가 떨어졌다. 로자리아가 말릴 새도 없이 이페리아 나무가 독단적으로 저지른 일이었다. 거짓말처럼 라쉬드는 다시 잠이 들었고, 나무는 천진난만하게 가지를 흔들었다.

「내가 다시 재웠어. 잘했지?」

해맑게 웃는 소리가 들렸다. 로자리아는 잠이 든 라쉬드를 보며 한숨을 내쉬었다.

"그래, 잘했는데 이제 그만 돌아가."

이페리아는 가지를 세차게 흔들었다. 가기 싫다는 뜻이었지만 이미 로자리아는 역소환 준비를 끝마쳤다. 로자리아는 명령을 거부하는 이페리아 나무를 올려다보았다. 이 녀석에게 많은 도움을 받은 건 사실이지만, 더 이상 사람들이 봤다간 평생을 쫓길 운명이었다.

"약속할게. 신목이 필요할 땐 널 가장 먼저 부르겠다고."

이페리아는 서글픈 듯 잎을 떨어뜨렸지만 로자리아에겐 통하지 않았다.

"가라고 할 때 재깍 갔어야지."

로자리아는 화를 내는 대신 상냥한 미소를 지었다. 그녀가 금방이라도 도끼를 찾는 시늉을 하자 질겁한 이페리아 신목이 호들갑을 떨며 사라졌다.

'하아, 피곤해.'

로자리아는 사람이 올 때까지 기다렸다. 다행인지 불행인지 라쉬드는 깨어날 기미를 보이지 않았다.

"각하를 찾았습니다! 공작 부인께서도 함께 계십니다."

기사들은 꽤 빠르게 공작 부부를 찾았다. 무사히 절벽 위로 구출된 로자리아는 두꺼운 모포를 덮고 있었다. 기사들이 지은 막사 안, 라쉬드는 잠들어 있었다. 그녀는 파리한 안색의 그를 지켜보았다. 남편이 걱정되긴 했지만 정령을 봤다는 둥, 사실 내 아내가 정령술사였다는 둥 헛소리를 할까 봐 매의 눈으로 주시했다.

"각하께서 깨셨습니다!"

구출된 지 반나절 만의 일이었다. 라쉬드는 일어나자마자 미간을 찌푸렸다. 무슨 꿈을 꿨는데 아주 기분 나쁜 꿈이었다. 문제는 그 내용이 기억나지 않는다는 것.

'어린애도 아닌데 이따위 꿈이나 꾸다니.'

나무가 나뭇가지를 팔처럼 흔들던 꿈이었다. 신기하게도 그 나무의 뿌리부터 나뭇잎까지 전부 금색이었다. 세상에 존재하지 않을 것 같은 거대하고 신성한 나무.

'게다가 로즈가 그 나무와 이야기하는 이상한 꿈이었어.'

라쉬드는 이 얘기를 할까 하다가 입을 다물었다. 분명 다쳐서 그렇다는 소리가 나올 게 분명했다.

"베컨."

"예, 각하!"

"마차 사고를 일으킨 배후를 잡아 와라. 그게 불가능하면 어떤 세력인지 알아내야 한다."

"명심하겠습니다!"

"배후가 누구인지 알아낼 때까지 나를 볼 생각은 마라."

"누군지 반드시 찾아내겠습니다."

기사가 가고 로자리아는 라쉬드와 둘만 남게 되었다. 로자리아는 그에게 조심스레 물었다.

"괜찮아요, 라쉬드?"

"괜찮아. 머리가 어지러운 것을 빼곤."

라쉬드는 머리칼을 쓸어 넘기며 중얼거렸다. 그는 자신의 몸을 내려다보았다.

'왜 절벽에서 떨어졌는데 멀쩡한 거지?'

로자리아를 안고 그대로 강에 떨어져 내렸다. 그 충격에 갈비뼈가 부서졌고 내상을 입었다.

‘그건 확실히 기억이 나. 강에 떨어졌고 다쳤다는 건.’

그런데 왜 상처 하나 없이 멀쩡한 건가. 그는 날카로운 시선으로 자신의 몸을 살폈다.

“로즈, 누가 나를 치료해 준 거지?”

“치료라뇨? 그게 무슨 소리예요?”

로자리아는 눈을 크게 뜨며 물었다. 그에게 ‘나야’라고 밝힐 순 없는 노릇이었다.

“미안해요, 라쉬드. 기억이 잘 나지 않아요. 강으로 떨어진 충격 때문인지…….”

“그때 일이 기억이 안 난다고?”

“정신을 차리니 절벽 아래였고, 기사들이 우리를 찾았죠.”

“그럼 그때 그 나무는…….”

“나무라뇨? 무슨 나무?”

로자리아는 시치미를 떼었다. 정말로 모르는 얼굴이었다.

‘어째서 그때 살아났던 거지?’

미미한 성력 때문에 운 좋게 죽지 않았다고 쳐도, 상처가 단번에 낫는 건 힘든 일이었다. 가늘어진 보랏빛 눈동자가 그의 아내를 향했다. 라쉬드는 일단 의심을 내려놓기로 했다. 절벽에서 떨어졌으니 자신은 물론이고, 로자리아도 쉬어야 했다.

“방금 말한 건 잊어도 좋아. 아무래도 내가 착각한 것 같군.”

“괜찮아요. 저 때문에 다친 거잖아요.”

로자리아는 그를 속여서 미안한 마음이 들었다. 라쉬드는 말없이 그녀를 안아주었다.

‘내게 뭔가 감추는 것 같으니 찾아봐야겠어.’

품에 안은 채로 아내의 머리칼을 어루만지던 라쉬드는 마음속으로 결정했다.

'거대한 금빛의 나무가 보였고 목소리가 들렸어. 그리고 절벽에서 떨어진 상처가 치료되었지.'

"나무라……."

라쉬드는 낮아진 목소리로 중얼거렸다.

⁂

휴식을 취한 행렬은 삼 일 만에 다시 출발했다. 이미 절벽 아래로 떨어진 마차를 탈 수 없어, 하는 수 없이 불편한 짐마차에 타야 했다. 라쉬드는 밤마다 잠을 설쳤다. 가끔 그가 '나무'라고 중얼거리는 것을 들을 때마다 로자리아는 화들짝 놀라 일어났다.

'악몽을 꾸는 건가?'

로자리아는 잠든 라쉬드를 깨우려다가 손을 헛디뎌 넘어지고 말았다.

"……로즈?"

잠에서 깬 라쉬드가 잠긴 목소리로 읊조렸다. 이내 눈을 뜬 그는 자신의 허리에 올라탄 아내를 보고 입을 다물었다.

"로즈, 지금 뭐 하는 거지?"

"안 좋은 꿈을 꾸는 것 같아서 깨워 주려던 참이었어요."

머쓱한 로자리아가 후다닥 몸을 일으켰다. 이내 그녀의 주머니에서 작은 주머니가 빠져나왔다.

"이건 뭐야?"

"……그게 왜 거기 있지? 아무것도 아니에요!"

잠이 깨지 않아 나른했지만, 라쉬드는 주머니를 놓치지 않았다. 열어 보니 웬 꽃이 있었다. 눈을 내리깔고 향을 맡던 라쉬드는 눈을 가늘게 떴다.

'사향이 섞여 있는데. 그것도 독한 걸로.'

몇 번 맡아 본 향이었다. 노만 1세의 침실에 가면 나던 독한 사향. 신성제국의 귀족이 밤을 즐기기 위한 일종의 각성제였다.

"로즈, 왜 정력제를 들고 있는 거지?"

"……아, 그건 받은 거예요. 제 것은 아니에요."

"주머니에 로즈라고 자수가 새겨져 있던데."

라쉬드는 주머니를 건네주며 말했다. 로자리아는 그 자리에서 혀를 깨물고 싶었다.

'아카데미에서 주는 걸 받는 게 아니었어!'

아카데미를 떠날 때 그녀와 함께 공부했던 이들이 주었던 것이다. 그녀의 붉어진 뺨을 보던 라쉬드는 모르는 척 넘어가 줄까 고민했다. 잠시 상황을 가늠하던 그는 묘한 목소리로 중얼거렸다.

"의무를 지키겠다고 했는데 남편으로서 실격이야."

"그게 무슨 소리예요?"

"내가 만족시켜 주지 못한 게 아니었나? 밤일을 제대로 하지 못해서."

라쉬드는 로자리아의 귓가에 속삭였다. 은근히 낮아진 목소리에 그녀는 꿀꺽 마른침을 삼켰다.

"좀 더 신경 쓰도록 하지. 부부 사이에 궁합은 중요한 일이니까."

적나라한 발언에 로자리아는 마차를 뛰쳐나가고만 싶었다. 놀리는 것 같은데, 한편으론 진심이 묻어 나오는 것 같기도 했다.

"여기에서 하기를 원해?"

"라쉬드!"

"나쁘지 않은 것 같은데."

라쉬드는 손을 내뻗어 아내의 허리를 끌어당겼다. 발그레한 뺨은 물론 귀까지 빨갛게 익어 있었다.

“이거 쓰라고 구한 거 아니었나?”

“아니에요. 정말로 받은 거예요.”

“어디서?”

“……신성 아카데미에서.”

사실이었다. 그런데 어째서 초라한 변명처럼 들리는 걸까.

“순결과 신앙을 가르치는 신성 아카데미에서?”

“맞아요.”

“누가 줬지?”

“……성녀 후보가요.”

더욱더 이상해졌다. 차라리 말을 안 하는 편이 나았다.

‘정력제인 줄 모르고 샀다고 말을 돌릴걸!’

로자리아는 곧바로 후회했다.

“흐음, 신성 아카데미에서 성녀 후보가 정력제를 줬다…… 라. 지금껏 들은 것 중에 가장 흥미로워.”

라쉬드가 놀리듯 말했다. 정말로 구하든 받았든 귀여운 건 매한가지였다.

“다음엔 솔직하게 말해. 같이 밤을 보내고 싶다고.”

“……알았으니 이제 그만해요.”

망치질이라도 한 것처럼 심장이 쿵쾅거렸다. 어쩐지 목이 말라서 그녀는 바짝 마른 입술을 핥았다.

“달리는 짐마차에선…….”

“…….”

라쉬드는 로자리아의 말을 들어주지 않았다. 그는 도망가려는 아내를 품에 안았다. 그러고는 로자리아의 턱을 부드럽게 그러쥐었다.

“위험해. 정지된 마차라면 모를까.”

라쉬드는 진심이었다. 친절하게 알려 주는 말에 그녀는 울고 싶어졌다.

"그러니 수도에 도착할 때까진 키스만으로 달랠 수밖에 없겠어."

라쉬드는 나른해진 목소리로 뇌까렸다. 그는 고개를 비스듬히 숙여 로자리아의 입술을 삼켰다. 사막의 오아시스를 찾는 것처럼 그는 더욱 더 깊게 갈구했다. 아내의 입술을 탐하면 탐할수록 뜨거운 격정이 휘몰아쳤다. 그는 로자리아를 품에 안았다. 로자리아는 라쉬드의 어깨에 고개를 숙였다. 미지근한 숨이 그의 목으로 깊게 파고들었다.

드디어 마차가 기다란 산맥을 벗어났다. 남부 무나크를 지나 키엘의 끝자락에 도착한 것이다. 다리를 건너면 곧바로 이스타샤의 황성이 있는 수도였다. 공작 부부는 마차 밖으로 나와 바람을 쐬었다.

"로즈, 조금 있으면 수도에 도착할 거야."

"다시 수도로 돌아오게 되었네요."

로자리아는 눈을 내리깔며 중얼거렸다. 그녀의 발목을 휘감는 기억들, 손가락을 옭아매는 과거의 조각. 수도에 오면 거대한 그림자가 자신을 덮치는 것만 같았다.

'……프리실라.'

로자리아는 입술을 질끈 베어 물었다. 마차 사고를 일으킨 건 분명 프리실라였다.

'네 뜻대로 되지 않아.'

로자리아의 푸른 눈동자가 선명하게 빛났다. 그녀는 다리에 몸을 기댄 채로 동쪽을 응시했다. 그동안은 산맥의 안개에 가려 희미해 보이지 않았다. 붉은 노을이 비친 황성은 고즈넉한 분위기에 물들었다. 조금만 더 가면 성녀와 황태자가 있는 수도였다. 바람이 서서히 불자, 산맥의 안개에 가려 희미하던 웅장한 황성의 자태가 드러났다.

❖

새벽이 되었다. 기사들이 바삐 막사를 설치했다. 라쉬드는 무릎에 손을 올린 채, 바닥에 걸터앉았다. 절벽 아래에 수십 대의 마차가 떨어져 쓸 만한 것이 없었다. 임시방편으로 볏짚으로 만든 침대에는 로자리아가 잠들어 있었다. 상처는 다 나았지만 라쉬드는 여전히 빼근했다. 그는 침대보에 기대어 눈을 내리감았다.

'어쩐지 많은 일을 겪은 것 같군.'

마차 사건을 일으킨 배후를 알아내야 했다. 자신뿐만 아니라 로자리아를 죽이려 했던 이들을. 전장에서 오래 검을 들었던 자신은 벗어날 수 있었지만 아내는 아니었다. 공교롭게도 로자리아가 앉은 안쪽의 바퀴부터 빠지지 않았던가.

'클라인이 아니라면…….'

라쉬드는 주먹을 거세게 쥐었다. 황태자가 한 짓이 아니라면 배후는 유일했다.

'어째서 성력을 쓸 수 없었는지, 나를 구한 그 나무는 무엇이었는지.'

전부 알아내야 했다. 라쉬드는 그의 허벅지를 베고 누운 로자리아의 머리칼을 부드럽게 헤집었다. 라쉬드는 때로 그의 아내가 멀리 있는 것처럼 느껴졌다.

'당신은 어떻게 버텨 내는 걸까, 로즈.'

어머니는 아버지의 손에 죽었고, 테베의 왕은 그녀를 버렸다. 처음 본 사람들이 그녀를 저주하며 멸시했다. 공작가의 기사들과 하인들이 로자리아를 공작 부인으로 인정하지 않는다는 말은 줄곧 들었다. 얼마 전엔 죽을 위협에 처했음에도 로자리아는 의연했다. 마치 예견한 것처럼 모두 받아들였다.

'그리고 흔들리지 않았지.'

죽음을 두려워하지도, 불안에 떨지도 않았다. 그녀의 삶이 원래부터 그러한 것처럼 어떤 일이 닥쳐도 이겨 내었다.

"당신은 어떤 삶을 살아온 거지, 로즈."

라쉬드는 잠든 로자리아의 머리칼에 입을 맞추었다. 반쯤 내리깐 보랏빛 눈동자에 곤히 잠든 로자리아의 얼굴이 보였다.

"당신에 대해 알고 싶어졌어. 내게 뭘 숨기는지도."

단순히 공작 부인의 지위를 얻기 위해서라 여겼다. 하지만 다른 것이 있다면…….

"당신이 날 살려 준 거라 믿어. 왜 내게 숨기는지 몰라도."

라쉬드는 부드러운 금빛 실타래를 손에 쥐었다. 사라락, 손에서 빠져나가는 금발을 보는 그의 시선이 가라앉았다.

공작가의 행렬이 밤낮으로 달려 이스타샤 수도에 도착했다. 푸른 사막 때문에 거리에 있던 사람들은 모두 집 안에 들어가 있었고, 적막이 흐른 밤거리에 마차가 달리는 소리만이 그득했다.

로자리아는 마차 안에서 턱을 괸 채 바깥 정경을 바라보았다. 창가를 보는 푸른 눈동자에 과거의 잔상이 스며들었다. 오 년 만에 찾은 수도는 달라져 있었다. 밤이라고 하나 사람 하나 보이지 않았다.

"드디어 수도에 왔네요. 오 년 만인가요?"

"그렇겠지. 로즈 당신이 아카데미로 간 후 나도 줄곧 북부에 있었으니까."

로자리아는 움직임 없이 먼 곳을 응시했다. 이곳에만 오면 시간이 멈춰 버린 것처럼 느껴졌다.

'한때 황성에서 성년을 맞았어.'

화려한 돔 형식의 건물에 회색 먼지가 가득 들어찼다. 어두운 밤 사위를 밝히는 건 붉게 타오르는 불이었다. 비애에 젖은 사람들의 목소리가 바람을 타고 들렸다. 전염병으로 사랑하는 아이와 부모를 잃었기에 이를 위로하는 성가가 거리로 새어 나왔다.

"공작 각하, 황성으로 안내하겠습니다."

"……그러도록 하지."

라쉬드는 잠긴 목소리로 대답했다. 그의 바이올렛 눈동자에 짙은 그림자가 들어섰다.

라쉬드는 무표정한 얼굴 아래, 치밀어 오르는 감정을 억눌렀다. 그가 원하는 건 전염병을 해결하는 것이었으나 수도 곳곳에 이미 주검을 태우는 불길이 타올랐다.

"전염병 환자가 나타났다!"

"신전은 뭐 하고 있나!"

"신전에서 문을 개방하지 않습니다!"

"제길! 병에 걸린 사람이 그토록 많은데 다 불태워 죽이라는 건가!"

기사들의 악에 받친 고함이 들렸다. 어둠이 내려앉은 수도에 흰옷을 입은 이는 보이지 않았다. 하얀색은 순결과 순교의 상징이자 여신이 하사한 신성함 그 자체였다. 사제와 성녀, 황족만이 입을 수 있었으나 그 어디에도 그들은 보이지 않았다. 낡아 무너져 내린 집, 물이 말라붙은 분수대, 아무도 찾지 않는 여신의 조각상, 어지러운 길에는 피다 만 꽃이 흩어져 있었다.

'전염병은 수도를 집어삼켰어.'

로자리아는 그때의 기억을 되새겼다. 황성의 남쪽에는 대신전이 있었다. 성녀가 여신의 말을 전하며 기도를 올리는 곳이기도 했다. 그 대신전 옆에 있는 폐궁이 스물이 된 왕녀가 살던 곳이었다. 로자리아의 푸른 눈동자가 짙어졌다. 그녀는 황성에서 성년을 맞았던 회귀 전의 삶을 떠올렸다. 성년이 되자 신성제국에서의 삶은 더욱 잔혹했다. 왕이 죽고 로자리아는 왕국의 후계자가 되었다.

"로자리아. 이제 당신이 테베의 후계자예요. 그러니 내 말 잘 들어요. 제 숙부님이에요. 나이가 좀 많지만 잘해 줄 거예요."

이를 거절하자 강제로 성기사와 하룻밤을 보내게 했다. 그녀는 성녀에게 충성을 바쳐야 하는 성기사를 유혹했다며 손가락질받았다.

감옥에 갇혀 죽기만을 바랐던 스무 살의 겨울, 로자리아는 주신 비아를 만났다. 감옥에 갇힌 지 3일이 지났을 때였다. 그녀가 있는 감옥 옆에 기력이 쇠한 노파가 기사들에게 끌려왔다. 넝마가 된 회색 로브를 쓰고, 노인은 몸을 벌벌 떨었다. 로자리아는 노파를 멀거니 바라보았다. 하루가 지나도 물을 마시지 못했던 노파가 지나가던 간수를 붙잡으며 애걸했다.

"물, 물을 주시오."

"네까짓 사기꾼에게 줄 물은 없어! 폐하의 병을 치료할 수 있다고 세 치 혀를 놀려?"

"정말입니다. 전……."

간수가 더러운 것을 보듯 노파를 훑다가 몸을 돌렸다. 로자리아는 시름시름 앓아 생기를 잃어 가는 노파에게 물을 건네었다. 그녀의 몫이었지만 노파에게 주기 위해 마시지 않았다.

"할머니, 제 거 드세요."

"내게 주는 게야? 입술이 바짝 말랐구나."

"전 물을 마시지 않아요."

로자리아는 감옥에서 몸을 웅크렸다. 그 뒤로도 몇 번이고 물과 딱딱한 빵을 건네주었다. 딱하다고 혀를 차던 노파는 며칠 굶은 것처럼 허겁지겁 먹었다. 보름쯤 지나자 노파가 로자리아에게 넌지시 물었다.

"감옥에서 나가면 뭐부터 하고 싶니? 넌 원하는 게 없구나."
"성녀를 죽일 거예요."

로자리아는 무덤덤하게 말했다. 처음에는 차라리 죽고 싶다고 생각했다. 그러나 성녀는 자신이 죽게 내버려 두지 않았다. 억지로 썩은 음식을 삼키게 했고 자살을 시도하면 살려 냈다. 꼭두각시로 내세우기 위해 죽이지는 않되, 죽고 싶을 정도의 고통을 주었다. 로자리아는 제 몸을 끌어안으며 이를 악물었다. 그녀를 물끄러미 보던 노파가 물었다.

"그게 정말 네가 원하는 거니?"
"다른 것은 바라지 않아요."

굳은 얼굴의 노파가 안타까워했다. 이윽고 노파가 두 가지 씨앗을 손에서 건네었다. 주름지고 초라한 손과는 어울리지 않는 금빛의 씨앗이었다.

"둘 중 하나를 고르겠니? 삶과 행복은 금빛 씨앗에, 죽음과 복수는 검은 씨앗에 있단다."

동화에나 나오는 소리였다. 그럼에도 로자리아는 주저 없이 검은 씨앗을 택했다.

"금빛 씨앗을 택해서 시련을 넘는다면 행복이 찾아오겠지만 검은 씨앗은 고통을 이겨 내도 달라지는 건 없단다, 얘야."

"더 이상 살기를 바라지 않아요."

그 뒤로 깨어났을 때 노파는 없었다. 아무도 그 노파의 존재 자체를 몰랐다. 황제의 병을 고칠 사기꾼이라고 비난하던 기사조차 노파를 잊고 말았다. 그 후로 기억나는 건 고통과 절망뿐이었다. 7일의 시련을 이겨 낸다면 원하는 것을 얻으리란 말을 되새겼다.

첫날, 새벽마다 환청이 들렸다.

둘째 날, 목이 말랐다. 물을 아무리 마셔도 갈증이 해소되지 않았다. 메마른 목을 붙잡고 까무룩 기절했다.

셋째 날, 온몸이 가려웠다. 보이지 않는 검은 그림자가 그녀의 몸을 에워쌌다.

넷째 날, 죽기 위해 검을 들었으나 죽은 건 기사였다.

다섯째 날, 은은하게 빛났던 금발이 새하얗게 세어버렸다.

여섯째 날, 잠을 자지 못해 두 눈이 붉게 물들었다. 악귀라도 된 것처럼 눈동자엔 살의가 그득 찼다.

일곱째 날, 거짓말처럼 모든 고통이 사라졌다. 덜덜 떨리는 손을 내려다보자 핏물이 가득 담겨 있었다.

'내가 악귀였어.'

로자리아는 고개를 숙인 채 웃음을 토해 냈다. 자조적인 웃음소리가 감옥 안에 메아리쳤다. 악마. 이스타샤인이 두려워하는 악마가 있다면 자신이었다.

로자리아는 감옥의 창살을 부러뜨렸다. 그 후로 일 년을 숨어 살았다. 강한 힘을 얻고도 그녀는 숨죽였다. 제아무리 강하다 해도 상대는 신성제국의 성녀였다.

'차라리 황제를 죽이는 게 쉽지.'

로자리아는 사람을 죽이는 것을 그만두었다. 대신 그녀는 배우지 못했던 것을 익혔다. 테베의 글, 신성제국의 언어, 더 나아가 성녀만 완벽하게 구사할 수 있다는 신어까지. 닥치는 대로 했다. 가면을 쓰고 흉측한 얼굴을 가렸다. 돈이 되는 거라면 가리지 않았다. 정치, 경제, 사회, 문화까지. 저명한 가정 교사를 납치해 와 지혜를 얻었다.

신성제국의 가장 큰 상단을 빼앗았다. 모은 돈으로 성서를 찾아 나섰다. 어떻게 해야 성녀를 죽일 수 있는가. 머릿속에 온통 그 생각뿐이었다. 신전에서 지키던 기록은 모두 보았다. 수만에 달하는 성전을 읽었을 때 신어란 것을 터득했다. 자그마치 신어를 익히는 데 오 년이 걸렸다. 주기적으로 환청에 시달리며 정령술을 터득했다.

'검은 씨앗 대신 금빛 씨앗을 택했다면 행복했을까.'

후회는 하지 않았다. 성녀는 어머니를 죽게 했고 왕을 미치게 만들었다. 종래엔 왕국의 후계자라며 짐승의 삶을 강요하지 않았던가. 회귀한 후에도 그때 배우고 새겼던 것들이 남아 있었다. 테베의 글, 신성제국의 언어, 상업과 의술에 대한 지식. 귀족 문화와 예법, 신성제국의 율법과 법령까지.

정령의 왕이자 신목들의 지배자, 발데르가는 성력과 맞설 수 있는 강대한 마나를 주었다. 생명을 바쳐 부른 검의 여신 데모나는 언제든 그녀의 부름에 답할 준비가 되어 있었다. 데모나와 발데르가는 그녀의 곁에 있었다.

'생명을 바쳐야만 소환할 수 있는 신들이 내 곁에 있어.'

신성한 마나가 그녀의 심장에 모여 있었다. 성검 데모나와 악신 발데르가, 두 개의 검이.

스물일곱의 생일, 그날은 죽기 전 마지막 날이었다. 남은 기력을 바쳐 검의 여신과 신목의 왕을 소환했다. 성녀를 지키는 성기사의 군대를 전멸시켰다. 신전에서 짐승처럼 뒹굴고 있는 성녀와 황태자를 찾아 죽였다.

'그게 내 삶의 끝이었어.'

"로즈."

라쉬드가 그녀를 부르자 로자리아는 상념에서 깨어났다. 자신의 곁에는 신성제국의 공작이 있었다. 라쉬드 폰 칼라네 바르세데스. 이스타샤의 철의 공작이자 바르세데스의 신성인 그가 제 곁을 지키고 있었다.

"거리에 사람이 없네요."

"기사들이 거리를 통제했으니 인적이 드물 수밖에."

전염병이 수도에 창궐했다. 거리를 통제하는 건 지극히 당연한 일이었다.

"대열을 정비하고 수상한 자가 없는지 확인해라."

라쉬드는 기사들에게 명령해 대열을 지키게 했다.

"라뮤엘, 황성에 기사들을 데리고 먼저 가도록."

"바로 황성에 들어가시는 게 아니십니까? 각하, 황제 폐하께서 기다리고 계십니다."

"할 일이 있다고 전해. 어차피 어린 후궁과 뒹구느라 방해받는 걸 싫어할 테니."

라쉬드는 라뮤엘에게만 들릴 정도로 작게 읊조렸다. 청력이 좋은 편이었던 로자리아는 듣고도 모른 척했다.

"각하, 걱정됩니다. 마차 전복 사고도 우연히 일어난 일이 아닙니다.

배후를 밝힐 때까지 황성에서 기다려 주시는 게…….”

“황태자부터 조사해 봐. 난 부인과 함께 수도를 돌아보고 가겠어.”

“명, 받들겠습니다.”

그제야 라뮤엘은 항명하는 법 없이 수긍했다. 그는 라쉬드와 로자리아에게 깍듯이 허리를 숙이고는 기사들을 이끌고 황성으로 돌아갔다.

“이걸 걸치도록 해. 당신 머리칼부터 생김새까지 눈에 띄니까.”

“라쉬드는요?”

“나도 써야지.”

그는 라뮤엘에게서 건네받은 크림색 로브를 로자리아에게 씌워 주었다. 그리고 그 자신도 로브를 걸쳤다. 겉보기엔 완벽한 사제였다. 나란히 로브를 쓴 공작 부부는 시내를 걸었다.

“식사부터 하도록 하지.”

오 년 전과 달리 가게는 문을 닫았고 거리는 휑했다. 라쉬드는 고개를 돌려 열린 가게가 있는지 확인했다.

“문을 연 곳이 있을까요?”

“사제들이 가는 곳은 열었을 거야.”

라쉬드는 로자리아의 손을 붙잡았다. 둘은 말없이 적적한 수도를 걸었다. 조금 걸었을 때 로자리아는 그에게 물었다.

“스승님에 대해서 물어봐도 돼요?”

“모친은 제2황비였고 칼라네가의 영애였다. 어느 날 독을 마시고 미쳐 버렸고, 데레사 님이 나를 돌봐 줬었지.”

“데레사?”

데레사는 프리실라 전대의 성녀였다. 최초의 성녀인 아니타와 비견되는 유일한 성녀. 그리고 프리실라의 스승이었다.

“지금은 성녀의 기록에서 지워졌어. 그녀가 죽은 이후에 일어난 일이지만.”

교황청에는 신명부란 것이 존재했다. 신명부는 역대 신성제국의 황족과 성녀의 이름을 새긴 책이었다. 황족은 태어남으로써, 성녀는 자리에 오름으로써 기록되었다. 전 성녀인 데레사 또한 명부에 있었다. 그러나 데레사가 죽고 프리실라가 성녀가 된 이후, 데레사의 기록은 사라졌다. 전(前) 성녀가 노만 1세를 억압하고 정령술사를 숨겨 주었다는 죄목이었다.

둘 사이에 대화가 끊겼다. 먼저 화제를 꺼낸 건 라쉬드였다. 그는 공작으로서 무슨 일을 하는지 알리기로 했다. 로자리아가 묻진 않았지만, 어떤 일을 하는지 알려 주고 싶었다. 라쉬드는 잠긴 목소리로 입을 열었다.

"황족이라고 다 같은 일을 맡는 건 아니야. 지난 십 년간 북부에서 지냈어. 녹지 않은 얼음 성벽에서 바렛사의 움직임을 지켜봤었지."

"북부에서 살았다는 건 처음 듣는 얘기였어요. 바렛사는 어떤 곳이었나요?"

"더러운 놈들이 즐비했어."

신성제국의 북부는 바렛사의 남부와 경계가 맞닿아 있었다. 바렛사의 남부, 변방 바그둠에는 여자가 없었다. 젊고 건강한 여자들마저 그곳에서 살아남지 못했다. 혹은 욕구조차 통제하지 못하는 짐승들의 먹잇감이 되기 일쑤였다.

라쉬드는 로자리아가 충격을 받을까 봐 더 이상 얘기하지 않았다. 바렛사의 남부는 악명 높았다. 로자리아는 이에 대해 묻는 대신, 신성제국의 북부에 대해 물었다.

"이스타샤의 북부는 무척 삼엄하다고 들었어요."

"예전에는 해이했지. 병사들조차 문란했고 기강 또한 흐트러졌어. 그 당시에 성년도 안 된 바렛사 출신 풋내기에게 훈련받은 기사들이 몰살당할 정도였으니까."

“지금은 다르지 않아요? 호시탐탐 기회를 노리던 바렛사가 근래에 들어선 포기했다고 들었어요.”

“기강을 흐트러뜨린 자들의 목을 쳐 냈으니까. 지금이야 잠잠해도 바렛사는 이스타샤의 북부를 절대 포기하지 않을 거야.”

“그래서 황제가 당신을 보낸 거군요.”

“클라인은 내가 북부로 간 지 한 달 만에 풍토병으로 죽을 거라 비아냥거렸지만, 삼 년을 버티고 이 년을 바렛사로부터 북부를 지키고 나니 다들 머리를 조아리더군.”

로자리아는 말없이 라쉬드를 올려다보았다. 물빛 눈동자에 라쉬드의 모습이 들어찼다.

‘라쉬드는 나와 다르다고 생각했어.’

자신은 왕위를 틀어쥔 로테사의 미움을 받았지만, 라쉬드는 적자이자 황제의 총애를 받는 황자라고 여겼다. 한때, 그렇게 생각했었다.

‘황족으로서의 삶이 익숙하리라, 그렇게 단정 지었지.’

로자리아는 라쉬드를 다시 보게 되었다. 베일에 감싸여 알지 못했던 공작의 모습이 보였다.

“난 당신의 편이에요, 라쉬드.”

로자리아는 말없이 라쉬드를 안아주었다. 라쉬드는 로자리아를 깊어진 시선으로 바라보았다. 이스타샤에서 본 적 없던 푸른 눈동자가 이렇게 아름다웠던가.

“나 또한 그대의 편이야.”

라쉬드는 저를 안아주는 아내의 손길에 몸을 맡겼다. 조심스레 손을 뻗어 로자리아의 머리칼을 부드럽게 그러쥐었다. 탐스럽게 흘러내린 금빛 머리칼에 입을 맞추었다. 처음으로 계획한 것이 아닌, 충동적으로. 로자리아의 머리칼에 닿았던 입술이 떼어졌다. 그러나 품에 느껴지는 따스한 온기는 그대로였다.

"로즈."

라쉬드는 낮게 뇌까렸다. 그에게 거리를 두고 도망치려고 하던 아내가 먼저 다가올 줄 알았던가. 그는 결국 참지 못하고 로자리아의 입술을 탐했다. 라쉬드는 더 이상 머리로 생각하는 것을 그만두었다.

로자리아는 두 눈을 내리감았다. 그녀는 라쉬드에게 매달린 채 그의 맹목적인 키스를 받아들였다. 농락하는 것처럼 붉은 혀가 로자리아의 입술을 핥아 올렸고, 그 야릇한 감각에 그녀는 숨을 골랐다.

"하아."

라쉬드는 그녀의 허리를 두 팔로 휘감은 채 고개를 숙였다. 그러자 좀 더 깊게 들어와 매끈한 혀가 그녀의 혀를 감싸고 감각이 예민한 입천장을 쓸었다. 온몸이 뜨거워지는 기분에 로자리아는 라쉬드의 팔을 강하게 붙잡았다. 그와의 키스는 침대 위에 누운 것처럼 자극적이었다. 입술이 맞부딪히는 것임에도 전희를 나누는 기분에 로자리아의 속눈썹이 파르르 떨렸다.

"로즈."

저를 부르는 목소리가 한껏 낮아져 있었다. 그는 자극적인 쾌감에 나른한 숨을 내쉬었다. 서로의 시선이 얽혔다. 그의 짙은 시선이 어리자 로자리아는 다른 말을 꺼내 들었다.

"음식점은 아직 멀었나요?"

"조금만 더 가면 돼."

로자리아는 키스 후에 어색한 분위기를 전환하기 위해 화제를 돌렸다. 다행히 라쉬드가 자연스레 받아주었다. 어색해하는 건 그녀뿐이었다.

"저녁 여덟 시 이후엔 황성의 문이 닫힐 테니 그 전에 식사를 하는 게 좋겠군."

"그래요."

로자리아는 제 허리를 휘감는 손에 몸을 굳혔다. 결혼도 했고 여러 번 밤을 보냈다. 그런데도 그의 손길이 닿을 때마다 기분이 묘해졌다.

식당에 들어서자 사제들만 있었다. 성력을 타고나 전염병에서 비교적 자유로운 그들은 이곳에서 이야기를 하며 식사를 했다.

"그게 정말이야? 프리실라 님이 전염병을 못 고친다고?"

"쉿! 우리가 말한 게 알려지면 끝장이야. 이건 인근 신전의 견습에게 들은 얘긴데 사제 중에서도 푸른 사막에 걸린 사제가 여럿이래."

"세상에, 사제가 병에 걸리다니 말세야 말세, 쯧쯧."

주위를 둘러보자 전부 새하얀 로브를 걸친 이들이었다. 그들은 기도를 먼저 올린 뒤에야 식사를 했다. 개중에는 수도에서 유행하는 전염병 푸른 사막에 대해 속닥거리는 이들도 있었다.

"우리도 조심해야 해. 괜히 나섰다가 병에 걸려서 죽으면 끝이라고."

"믿음이 부족한 거 아냐? 어차피 죽어도 여신의 곁에 돌아가는 건데."

로자리아는 귀를 쫑긋했다. 사제들의 엄숙한 의식과 경건한 대화를 듣긴 했어도 이렇게 사적인 얘기를 듣는 건 처음이었다.

"전염병이 심각하긴 한가 봐요. 전부 푸른 사막에 대해서 얘기하네요."

"이젠 사제들도 그 병에 걸리고 있다더군. 나도 해결 방법을 찾고 있지만 무척 까다로운 병이야."

"해결 방법이 없는 건가요?"

라쉬드는 곤란한 듯 입을 다물었다. 이페리아 잎이 푸른 사막의 치료제가 될 수 있다는 건 소수만 아는 이야기였다. 부유한 귀족들이야 이페리아를 살 수 있지만 대부분의 제국민은 아니었다. 지금에선 신전이 통제하고 있으니 숨을 죽이고 있지만 이대로 방치한다면 내란이 일어날 것은 자명했다.

썩어 문드러진 고름을 제거하지 않는다면 제아무리 성녀를 믿는 자들이라 한들 들고 일어날 가능성이 농후했다. 치료제가 있어도 귀족과 상인들만 이페리아를 쓸 수 있다면 심각한 갈등이 시작될 것이다. 노만 1세는 이를 우려했다. 벌써부터 수도에 무기를 든 자들이 나타났다는 소문이 돌았다.

"이페리아 잎으로 어느 정도 치료할 수 있어."

"그게 정말이에요?"

로자리아는 짐짓 모르는 척 물었다. 이페리아를 재배한 장본인이니, 그녀는 이미 해결 방법을 알고 있었다.

'라쉬드도 알고 있는 걸 보면 폰이 말한 것 같은데.'

라쉬드는 목소리를 낮추며 비밀이라고 속삭였다.

"그렇지만 이페리아는 무척 귀하지. 결국 치료제를 구하지 못해 죽는 자가 대부분이야."

라쉬드는 한숨을 내쉬었다. 로제란 여자가 임페리얼에 새로 이페리아를 공급했다. 그 개수는 무려 천 개였다. 이페리아의 꽃 하나로 백 명을 살릴 수 있었다. 열매를 말린 가루를 물에 타서 마시는 방식을 택해 관리가 더욱 용이했다.

'좀 더 치료제가 있으면 좋으련만.'

수도에서만 하루에 일만 명이 죽어 갔다. 오 년 전, 신성제국에선 북부에서 최초로 전염병이 창궐했다. 로자리아가 아카데미로 떠났을 때였다. 라쉬드는 임페리얼에서 받은 이페리아로 병에 걸린 북부의 군사를 치료했다. 신속한 대응으로 북부는 초기 진압에 성공했다.

그러나 수도는 아니었다. 북부에 비해 사람의 수는 열 배나 많았고 사실상 통제가 어려웠다. 게다가 이페리아의 수는 제한적이었으며 신전과 황가는 이를 방치했다.

'날씨 탓도 있겠지.'

북부는 얼어붙은 평원, 툰드라 지대였다. 일 년 중 세 달만이 여름이었고, 아홉 달은 눈과 얼음으로 뒤덮였다. 겨울에는 해가 뜨지 않아 밤이 계속되었다. 그러나 남부에 위치한 수도는 온화했다. 강한 바람과 따뜻한 날씨가 푸른 사막의 전염을 빠르게 도왔다.

상황을 되짚던 라쉬드는 무거운 한숨을 쉬었다. 그는 문득 꿈속에서 일을 떠올렸다.

'그 나무는 단순한 꿈이었나.'

라쉬드는 턱을 괴곤 생각에 잠겼다. 그때 꿈속에 보았던 나무의 정체를 알고 싶었다. 임페리얼에 이페리아를 팔았던 로제의 정체는 물론, 로자리아와 함께 있었을 때 보았던 금빛의 나무까지.

'혹시 테베의 왕녀인 로자리아를 지키기 위해서?'

지금으로선 그 가능성이 가장 컸다. 그러나 이것도 단정 짓기엔 무언가 부족했다.

"로즈, 아는 이 중에 로제란 여자가 있나?"

"네? 잘못 들었어요. 뭐라고 하셨어요?"

왈칵, 수박 주스를 뿜을 뻔했던 로자리아는 가까스로 삼켜 내었다.

"로제라고 아는 여자가 있나 물었어."

"그게 누구예요?"

"흐음, 아니야. 아는 사람일 거라 착각했나 보군."

라쉬드는 생각을 그만두었다. 얼굴은 가려서 보지 못했지만 목소리가 달랐다. 로자리아는 옅은 금발이었고, 로제는 갈색 머리였다.

'염색으로 바꿀 순 있겠지만.'

만에 하나 염색이라 쳐도 말이 되지 않았다. 굳이 이페리아를 숨길 이유가 없었다.

'만약 로제가 로자리아였다면 오히려 공작 부인으로서 상단을 운영하는 게 더 유리하지.'

돈을 버는 게 목적이었다면, 공작의 도움을 받을 수 있는 공작 부인의 위치를 이용해야 했다.

'다른 이유가 있다 하더라도…….'

일단 둘은 성격이 달랐다. 그렇지만 평소 차분하고 할 말은 다 하는 점은 비슷했다. 또한 본인이 가진 이점으로 불리한 위치를 협상을 통해 유리한 지위로 바꾼 것도.

'로제는 테베의 귀족이었지. 가문과 자금을 소유한 귀족이면 이페리아를 키울 만해. 그녀만의 비법이 있다면.'

비록 라쉬드 그 자신은 이페리아 재배에 실패했지만 재배를 위해선 가문과 사람, 돈이 드는 데는 동의했다.

'로자리아는 왕녀임에도 아무것도 가지지 못했어.'

귀족과 왕에게 버림받은 왕녀. 둘의 권력은 달랐다. 얼추 나이 대가 비슷했지만 그 당시의 로자리아는 사람도, 돈도, 권력도 없는 힘없는 왕녀였다. 지금에야 공작 부인이자 신성제국의 황족이 되었지만.

'그래도 비슷한 분위기이긴 했지. 몸의 선뿐만 아니라 가느다란 손가락도.'

홀로 추측하던 라쉬드는 고개를 설레설레 저었다. 그가 생각해도 우스운 생각이었다. 아무도 키워 내지 못한 이페리아를 갖고 온 로제와 로즈가 같은 인물이라니.

"그 여자는 누구예요? 라쉬드가 관심을 가질 정도면 대단한 여자인가 봐요."

"친우를 만나러 갔다가 우연히 만나게 되었지. 나도 본 건 한 번뿐이야."

"친우?"

"내 친우가 말하더군. 이페리아 잎으로 전염병을 고칠 수 있다고. 로제란 여자가 이페리아를 재배했다던데."

라쉬드가 침착한 어조로 말했다. 그를 물끄러미 보던 로자리아는 한 가지 가능성을 떠올렸다.

'미쳤다고 이스타샤의 황자가 직접 상단을 운영하겠어? 북부를 지키느라 안 그래도 바쁜 사람인데.'

그리고 결정적인 건 목소리가 달랐다. 얼굴이야 폰이 가면으로 가리고 있어서 못 봤다 쳐도 성격이나 분위기 자체도 겹치는 점이 없었다.

로자리아는 라쉬드가 그녀와 똑같은 생각을 하는지 모른 채, 게살 스튜를 스푼으로 저었다. 고소한 냄새가 올라오자 참았던 허기가 졌다. 그녀는 한 입 조심스레 스튜를 떠먹었다.

"맛있어요."

"황성에 가면 더 맛있는 요리가 준비되어 있지만, 여기도 나쁘지 않아."

라쉬드가 턱을 괴며 말했다. 맛있다는 것치곤 무심한 얼굴이었다. 두 시간 동안 느긋하게 식사를 끝내고 로자리아는 냅킨으로 입가를 닦았다. 무심코 그 모습을 보던 라쉬드는 그녀의 손을 유심히 살폈다.

'손가락 뼈대가 가는 편이군.'

탐색하는 듯한 그의 시선에 로자리아는 저도 모르게 손을 감추었다.

"이만 가 보는 게 좋겠어. 좀 더 있고 싶겠지만."

"아뇨, 저도 일찍 돌아가야 할 것 같아요. 어쨌든 폐하에게 인사를 드리기 위해 황성에 온 거니까요."

라쉬드가 문을 열고 나오자 라뮤엘이 그들을 기다리고 있었다. 그는 갈색 로브로 얼굴을 가린 채, 만족스러운 식사를 마친 공작 부부를 맞았다.

"황성으로 모시겠습니다."

라쉬드는 로자리아를 에스코트했다. 자연스러운 그의 행동에 그녀는 떨리는 기분을 감추고 능숙하게 마차에 올랐다. 그녀를 도와주려던 라쉬드는 높은 문턱에도 혼자서도 잘 타는 로자리아를 묘한 눈길로 쳐다보았다.

'의외의 모습을 자주 보여 주는군. 무엇이 당신의 진짜 모습인 거지?'

라쉬드는 로자리아가 돌아보기 전에 가늘어진 눈매를 감추었다. 그는 언제 의심을 했냐는 듯, 무심한 얼굴로 마차 안으로 들어섰다.

달그닥달그닥.

공작 부부를 태운 마차가 황성을 향했다. 전염병 때문에 통제된 거리엔 정적만이 감돌았다.

신전에서 기도를 올리던 프리실라는 낯선 인기척에 고개를 돌렸다. 잔뜩 불안한 기색의 황태자가 인사도 없이 들이닥쳤다.

"프리실라! 라쉬드가 온다고?"

"황제 폐하께서 부르셨어요. 조만간 사제단을 꾸리라 명하실 거예요."

"사제단은 왜? 아바마마가 또 내게는 말 안 하고 프리실라 네게만 알려 준 거야?"

"아니에요, 그냥 추측한 거예요. 사실 저도 전염병을 고칠 수 없어요. 다행히 성력이 많아서 병에 걸리진 않지만, 성녀인 저와 신전에 좋은 일은 아니에요."

"병도 고칠 수 없는데 왜 파견을 한다는 거야? 하여간 아바마마는 이해할 수가 없어. 그럴 시간과 돈을 내게 투자해야지."

"클라인, 수도의 분위기가 심상치 않아요. 제국민의 불만이 언제 터질지 몰라요. 그러니 내란을 막기 위해선 겉으로라도 전염병을 고치고 있는 모습을 보여야 해요. 더 이상 시체를 태우는 것만으론 신뢰를 줄 수 없어요."

"뭐가 이렇게 복잡해? 병에 걸린 놈들 다 죽이면 되지. 아바마마가 그리 유약하니 공작, 그놈에게 끌려다니는 거라고."

클라인이 얼굴을 일그러뜨리며 말했다.

'하아, 말이 안 통해.'

프리실라의 속이 타들어 갔다. 터놓고 가르쳐 주면 무시하려 든다고 소리칠까 봐 친절하게 알려 주었거늘.

'멍청한 새끼. 그러니까 황제와 공작에게 무시를 당하지.'

프리실라는 머리가 아파 오자 관자놀이를 꾹꾹 눌렀다. 신전에 소란이 일자, 프리실라는 클라인의 옷자락을 쥐었다. 신녀와 기사들에게 물러가라고 명령한 후, 클라인과 함께 침실로 향했다. 침실에 도착한 프리실라가 클라인을 침대에 눕히며 말했다.

"내일 폐하께서 공작 부부를 부르실 거예요. 공작도 사제단에 가야 한다고 제가 폐하께 청했어요. 라쉬드도 황제의 명령을 거부할 순 없을 거예요."

"프리실라, 설마 내 아우를 기다리고 있는 건 아니겠지?"

"설마요, 전 당신의 여자인걸요."

클라인은 침대에서 일어섰다. 그는 제 허리를 휘어 감는 뱀 같은 손길을 뿌리쳤다.

'그놈이 또 내 것을 뺏으려고 온 거라고!'

클라인은 닥치는 대로 물건을 내던졌다. 값비싼 자기부터 귀한 유리병이 깨져 나가며 파편이 튀었다.

'아무리 봐도 황제감은 아니야. 나라를 말아먹을 상이지.'

프리실라는 분노를 조절하지 못하는 클라인을 턱을 괸 채로 바라봤다.

"왜 그렇게 화를 내시는 건가요?"

"아바마마가 아직도 생생해서 이 나이에도 황태자 자리에 있는데!"

"조금만 기다려 주시면 제가 이스타샤의 황제로 만들어드린다고 했잖아요? 전 오로지 당신을 황제로 만들기 위해 살아왔어요."

프리실라는 교태를 부리며 말했다. 그녀는 여우처럼 샐쭉이 웃고는 화가 난 클라인을 다독였다.

'멍청한 새끼.'

프리실라는 웃고 있었지만, 속으론 신랄한 욕을 내뱉었다.

"그래, 네가 내 편이었지. 제국민들은 알려나? 가장 순결해야 할 네가 사실은 거리의 창기보다 허리를 더 잘 흔든다는 것을."

"그걸 가르쳐 준 건 황제 폐하죠. 하지만 전 황제가 아닌 황태자, 당신을 택했어요."

프리실라는 감정을 주체 못 하는 클라인에게 다정하게 속삭였다. 그녀는 클라인의 품에 매일 밤 안기면서도 라쉬드를 그렸다. 형제라고는 하나 클라인과 라쉬드는 닮은 점이 없었다.

'하나는 지혜롭고 강인하며 냉철하지만, 다른 하나는 분노도 조절 못 하는 얼간이일 뿐이지.'

프리실라는 자조적인 웃음을 짓다가 목소리를 은밀히 낮추며 말했다.

"대신 부탁이 있어요."

"무슨 부탁? 성녀님 부탁이라면 뭐든 들어줘야지."

"테베의 왕녀가 방해돼요. 무슨 일이든 왕녀를 죽여야 해요. 행여 그녀가 공작의 후계라도 낳게 되면 테베는 라쉬드의 것이 될 테니까요."

"그깟 쥐새끼만 한 나라를 가지는 게 무슨 상관이야?"

"테베 왕국과 바렛사 제국은 뿌리가 같아요. 모계 혈통으로부터 갈라져 나온 본디 한 민족이었죠. 그리고 바렛사 제국은 이스타샤의 북쪽 경계를 호시탐탐 노리는 야만인들이에요."

"그래서?"

"라쉬드가 황위를 얻으려고 한다면 뭔 짓인들 못 하겠어요? 이스타샤의 북쪽 영지를 내어주고, 바렛사와 협상을 하는 거죠. 그의 아내는 테베의 후계자예요. 둘 사이에 아이가 생긴다면 그것이 계집아이든 사내아이든 테베의 왕이 되겠죠."

"차라리 그놈이 테베로 꺼지면 신경도 안 쓰고 좋은 일이지."

프리실라는 멍청한 말을 반복하는 클라인에게 차근차근 설명했다. 아마 그가 황태자가 아니었다면 얼굴만 반반한 이 남자를 몇 번이고 죽였을지 모를 일이었다.

"라쉬드에겐 명분이 있어요. 그의 아들이 장차 테베의 왕이 될 거고, 바렛사에 이스타샤의 북쪽 땅을 내어주는 대신 황제가 된 당신을 죽이기 위해서 바렛사의 군대를 불러들인다면요?"

"그놈이 과연 그럴까? 정나미 떨어지는 차갑기 그지없는 놈이긴 해도, 이스타샤를 배신하진 않을 거야. 야망도 없고 그저 황제가 내린 명령만 꼭두각시처럼 수행하는 놈이니까."

"그거야 모르죠. 황제가 죽고 나서 어떤 생각을 품을지. 클라인, 그는 야망을 가진 남자예요. 아우를 죽이고자 나를 찾아온 거 아니었어요?"

프리실라가 클라인을 붙잡으며 되물었다. 손 놓고 가만히 구경만 하다가 일이 흐지부지되게 만들 순 없었다. 클라인이 알겠다는 뜻으로 고개를 끄덕이자 프리실라가 말을 이었다.

"그 전에 할 일이 있으니 그것만 지키면 돼요. 지금 당장 라쉬드를 죽일 수 없으니 로자리아부터 죽여야 해요."

"고작 테베의 왕녀 따위를 내 손으로 죽이라니?"

"그게 힘들다면 이혼을 시켜야 해요. 어지간한 일론 이혼할 수 없으니, 그녀에게 죄를 뒤집어씌워서 황자의 아내란 지위를 빼앗는 거죠."

"그 계집에게 누명을 씌우는 것쯤이야, 쉬운 일이지."

클라인이 번들거리는 눈으로 프리실라를 보았다. 그는 야비한 웃음을 토해 냈다.

"역시 당신뿐이에요."

프리실라는 웃음을 참지 못하고 폭소했다. 생각만 해도 짜릿했다.

'건방진 년! 주제도 모르는 년이 나의 라쉬드를 빼앗아? 네깟 년이 신성제국에서 얼마나 잘 버티겠어?'

프리실라는 조소를 머금었다. 그년의 머리채를 짓밟아 제 발아래에 둔다면 실로 완벽했다.

로자리아는 아침에 겨우 눈을 떴다. 시녀의 도움을 받아 따뜻한 물로 씻은 뒤, 실크 드레스로 갈아입었다.

어젯밤, 공작 부부는 황성에 도착했다. 새벽이 되도록 로자리아는 잠들지 못했다. 전염병으로 통제된 거리를 봤기 때문인지, 라쉬드가 로제에 대해 물었기 때문인지 알 수 없었다. 그녀가 잠든 건 새벽이 지나서였다.

젖은 머리를 말린 후, 치장을 위해 화장대에 앉았다. 잠결에 제 머리칼을 빗겨 주는 에나의 손길에 이대로 눈을 감고 자고 싶은 생각이 간절했다. 라쉬드는 이미 준비를 마친 지 오래였다. 그 모습을 바라보던 그가 시녀에게 물었다.

"준비는 다 된 건가?"

"마님께 프리지아꽃 장식만 달아드리면 끝날 것 같아요. 기다리시는 동안 따뜻한 차를 대령할까요?"

"됐다. 늦었으니 준비를 서두르도록 해."

"알겠습니다, 공작님."

손이 빠른 에나가 답지 않게 조금 긴장한 모양이었다. 긴장한 것도 잠시, 세심한 손길로 로자리아의 머리를 올려 주었다. 다 완성됐나 싶을 즈음엔 다시 만지작거렸다.

'왜 손을 떠는 걸까. 내 머리칼을 만지는 게 긴장되나?'

로자리아는 이를 이상하게 여기면서도 걱정스러운 어조로 물었다.

"에나, 괜찮아?"

"그럼요! 마님께서 폐하를 뵈러 가신다고 생각하니 제가 더 긴장되어서……. 죄송합니다, 얼른 준비를 마칠게요!"

"지금도 충분히 예뻐. 고마워, 에나."

"아니에요! 제가 한 건 치장을 도와드린 것밖에 없는걸요. 황태자 전하와 성녀님도 온다고 하시니까 아름답게 보이셨으면 해서요."

에나는 조심스럽게 중얼거렸다. 그녀가 보기엔 로자리아는 기품이 흐르는 고전적인 미녀였다. 둥그런 눈썹은 고전미가 흘렀고, 우윳빛 피부에는 화사한 생기가 돌았다. 풍성한 금빛 속눈썹 아래, 청아한 눈동자가 드러났다. 이스타샤에선 희귀한 푸른 눈이었다. 부드럽게 굽이치는 금발은 탐스러웠고, 제 색이 분명한 붉은 입술은 고혹적이었다.

'마님께서 아직 소녀티가 나시지만 그래도 아름다우셔.'

언뜻 보았던 프리실라도 예뻤지만 에나는 로자리아와 비견할 수 없다고 생각했다.

'게다가 웃을 땐 사랑스러운걸.'

소녀와 여인 사이. 그 아슬아슬한 폭이 로자리아에겐 있었다. 두 눈을 빤히 뜰 때나, 가끔 미소를 지을 땐 무척 사랑스러웠다.

"프리지아의 꽃말이 뭔지 아세요?"

"순결, 순진한 마음이지."

로자리아를 대신해 라쉬드가 대답했다. 그는 벽에 기댄 채로 시녀와 대화하는 로자리아를 예의 깊게 주시했다.

"준비하는 건 좋지만 시간은 엄수해야지. 폐하를 기다리게 할 셈인가?"

"죄송합니다. 저도 모르게 심취하다 보니……."

에나는 당혹한 얼굴로 고개를 숙였다.

"수고했어, 에나."

로자리아는 울 것 같은 에나의 얼굴에 그녀의 어깨를 부드럽게 쥐고는 자리에서 일어섰다.

"생각보다 프리지아가 잘 어울려."

"그래요?"

"이스타샤의 국화(國花)가 프리지아란 걸 알고 있나?"

로자리아도 알고 있는 사실이었다. 프리지아는 이스타샤의 국화이자, 성녀 아니타가 귀애하던 꽃이라 하여 성화(聖花)로도 불렸다.

"에나, 그래서 내게 프리지아를 달아준 거야?"

에나는 수줍게 고개를 끄덕였다. 그녀는 두 손을 가지런히 모은 채로 뒤로 물러났다.

"프리지아라, 프리지아를 부인에게 달 줄이야."

로자리아는 채비를 마치고 라쉬드의 팔짱을 끼며 침실을 나섰다. 붉은 카펫이 깔린 복도를 걷던 공작 부부는 시종들이 보기에도 다정해 보였다. 서궁을 나서자 황제의 기사가 공작 부부를 기다렸다. 기사는 이들에게 묵례했다.

"제가 두 분을 모시겠습니다."

로자리아는 라쉬드와 함께 황제가 기거하는 본성으로 향했다. 황제의 기사가 공작 부부의 뒤를 따랐다.

라쉬드는 로자리아와 함께 본성의 정문에 도착했다. 투구를 쓴 기사들이 정문의 양옆으로 창을 들고 시립해 있었다. 그 사이의 길을 걸으면서 로자리아는 삼엄한 본성의 분위기에 호흡을 가다듬었다.

끼이익, 바닥에 철문이 긁히는 비릿한 소리가 퍼지고, 웅장한 철문이 서서히 열렸다. 어두운 복도 사이로 오래된 붉은 천이 깔려 있었고, 양옆에는 어둠을 밝히기 위한 횃대가 꽂혀 있었다.

신성제국이란 이명처럼 본성의 내부는 모두 흰색으로 이루어져 있었다. 여신 아니타를 기리는 색이자, 이스타샤의 황족이 여신의 후예인 것을 알려 주는 고귀한 상징. 모순적이게도 성안의 분위기는 죽은 미라가 안치된 것처럼 음침하고 음울했다.

"언제 와도 정이 안 가는군. 죽을 때가 왔다고 본성 하나를 장례식장으로 만들어버리다니."

"각하, 말씀을 조심하시지요. 여긴 각하의 주군이신 폐하의 성당(성스러운 장소, 황제가 기거하는 내실)입니다."

"한낱 기사가 내게 가르치는 건가?"

"죄송합니다. 주제넘었습니다."

황제의 기사는 잘못을 깨닫고 바로 고개를 숙였다. 로자리아는 라쉬드가 노만 1세에 대한 감정이 가볍지 않다는 걸 알아차렸다.

"폐하께선 이 말을 듣고 즐거워하셨지. 여신의 곁으로 가는 게 그가 살면서 가장 원하던 일이라고."

라쉬드는 차가운 비소를 지었다. 병에 걸린 황제께서 죽기 직전까지 권력을 손아귀에 움켜쥐고 놓치기 싫어하시니, 원.

"도착했습니다. 저는 이만 물러나겠습니다."

기사는 공작 부부에게 읍했다. 표정이 없는 기사들을 보던 로자리아는 라쉬드와 함께 내실로 들어섰다.

"늦었구나, 라쉬드."

“오랜만입니다, 황태자 전하.”

라쉬드는 의외의 얼굴에 눈을 가늘게 떴다. 노만 1세의 명령이 내려져서 찾아왔건만, 공작 부부를 맞은 건 황태자였다.

“어째서 황태자 전하께서 이곳에 계시는 겁니까?”

“아바마마께서 너보다 나를 먼저 불렀거든. 표정 풀지그래? 곧 아바마마께서 나올 거야. 병환이 또 도졌는지 사제의 치료를 받고 있는 중이지만.”

클라인이 비열한 웃음을 지으며 말했다.

“네가 북부로 떠나고 오 년 만에 보는 건데, 이 형님이 반갑지 않은 게냐?”

“전염병을 의논하기 위해 이 년 전에 북부로 올라온 걸 잊으신 겁니까?”

“황태자인 내가 그걸 일일이 기억해야겠느냐?”

클라인이 이죽거렸다. 벌써 황제가 된 것처럼 의기양양하던 그는 노만 1세가 나올까 눈치를 보며 말을 이었다.

“북쪽의 경계에서 바렛사의 군사가 퇴각했다고 하던데, 아바마마께서 입에 침이 마르도록 네 칭찬을 하더구나.”

“해야 할 일을 했을 뿐입니다.”

“그런데 옆에 있는 계집은 누구냐?”

클라인은 본론으로 들어갔다. 그가 굳이 중앙 본성을 찾아온 이유는 라쉬드가 맞이한 로자리아 왕녀가 어떤지 궁금했기 때문이다.

“계집이라니, 누구를 말씀하시는 겁니까?”

“네 옆에 겁먹은 얼굴로 붙어 있는 이국의 창녀 말이다. 테베의 계집들은 어렸을 때부터 남자를 받아들이는 법을 배운다던데, 첫날밤이 꽤 즐거웠던 게냐?”

라쉬드는 눈매를 차갑게 굳혔다. 보고 싶다는 개소리로 시작해서 그의 아내를 모욕한 것이다.

"난 네가 무척 안타깝다. 이스타샤의 명예를 지켜야 할 공작이 고작 야만인 출신의 창기에게 홀리다니."

"전하만큼이야 하겠습니까? 그러고 보니 이제 아랫도리를 쓸 기력이 없으신 건지, 프리실라가 보이지 않는군요."

라쉬드가 싸늘한 어조로 대답했다. 그는 진심으로 로자리아가 상처받기를 원하지 않았다. 자신이 남편으로서 왕녀를 비호하지 않는다면 홀로 남은 왕녀는 이스타샤에서 살아갈 수 없으리라.

클라인이 당혹감을 감추며 소리쳤다.

"네 어미를 닮아 눈빛이 아주 독해. 왜, 네가 품은 계집을 욕보여서 화를 내는 거냐?"

"말이 지나치십니다, 황태자 전하."

"난 앞으로 황제가 될 몸이니, 그에 따른 예의를 갖춰라!"

"클라인, 기억도 제대로 못 하는 건가? 나와 눈도 못 마주치던 형님께서 할 말은 아닐 텐데."

라쉬드가 정곡을 찌르자 클라인은 진노했다. 그는 무서운 자신의 아우보다 만만한 테베의 왕녀를 타깃으로 삼았다.

"라쉬드! 저년이 내게 예의를 지키도록 가르쳐라. 정신 나간 네 어미 꼴 나는 걸 보고 싶은 거냐?"

"클라인."

라쉬드가 그의 이름을 낮게 부르자 클라인은 몸을 움찔했다. 그것도 잠시일 뿐, 클라인은 로자리아를 보며 음흉한 미소를 지었다.

"여기가 어디라고 네 따위 년이 들어오는 거냐? 자고로 테베의 계집이란 여러 사내에게 즐거움을 주는 게 일이라지?"

"황태자."

라쉬드가 경고하듯 황태자를 불렀다. 짙어진 살기에 클라인이 얌전히 입을 다물었다. 이를 가만히 지켜보던 로자리아가 물었다.

"황태자 전하께선 여신 아니타의 피를 짙게 가지셨다던데, 그런가요?"

"당연한 것을 묻는구나. 이스타샤 황가에 테베의 핏줄을 끌어들일 줄이야. 얼굴만 반반한 이국의 천한 계집을 데려왔을 때부터 알아차렸지."

"제가 천하고 아무 남자에게나 몸을 바치는 창기로 보이시나요?"

"테베의 계집은 전부 그러했지."

"그렇다면, 황태자 전하의 증조부이자 12대 황제이신 에클라멘 선황께서는 창기의 치맛바람에 홀린 황제였고, 에클라멘께서 아내로 맞아들인 소네타 황후는 얼굴만 반반한 이국의 천한 계집이군요."

로자리아의 말에 클라인이 넋이 나간 얼굴로 그녀를 쳐다보았다. 곧 새하얀 얼굴이 붉어지기 시작했다.

"소네타 황후의 소생이신 13대 황제께서 황태자 전하의 조부라면, 전하께선 본인의 핏줄에 대해 무척 엄격하신 분이시네요."

로자리아는 눈꼬리를 휘었다. 상냥하게 말하는 것도 잊지 않았다. 감정을 추스르는 건 그녀에게 무척 쉬운 일이었다. 멸시와 경멸, 조롱과 모욕. 타인의 눈에 먼 판단은 그녀를 해치지 못했다.

클라인이 분한 듯 소리쳤다.

"이스타샤의 황족은 모두 순혈이다! 더러운 야만족의 피가 섞인 테베 왕녀 따위가 뭘 알겠어?"

"이스타샤가 순혈 민족이라는 말은 왜곡된 거예요, 황태자 전하. 이스타샤의 황족에는 바렛사 혈통도 있고, 테베 혈통도 있죠."

"……뭐라고?!"

"돌아가신 황비마마가 들으셨다면 관을 열고 나오셨을 거예요. 테베 출신의 황비께서 눈물을 흘리며 여신에게 달려갔을 말씀을 하시네요."

그녀는 살짝 미소 띤 얼굴로 말을 마쳤다. 클라인이 얼굴을 일그러뜨렸다. 제까짓 것이 뭘 안다고 가르치려는 건가.

“네깟 년이 감히 건방지게……!”

“전하, 저는 더 이상 테베의 왕족이 아니에요. 라쉬드 공작 각하와 결혼했고, 신성한 국혼은 그 무엇으로도 되돌릴 수 없어요. 저는 전하와 같은 이스타샤의 황족입니다. 그러니 제게 예를 갖추세요. 저의 정당성은 이 결혼을 허락한 여신 아니타가 준 것입니다.”

로자리아의 눈동자가 선명하게 빛났다. 그녀는 허리를 꼿꼿이 세우고 당당한 목소리로 고했다.

“재밌군, 재밌어. 감히 차기 황제인 내게 대들다니, 제정신인 게냐?”

“아니타 여신께서 말씀하시길, 누구라도 나의 핏줄을 모욕하는 자에게 등을 보이지 말라고 하셨답니다.”

“이 비천한 년이…….”

“제 아내이자, 이스타샤의 황족입니다. 말을 거두십시오.”

라쉬드는 싸늘한 시선으로 클라인을 노려보았다.

그때였다.

“하하하, 흥미로운 광경이구나.”

별안간 웃음소리가 크게 들렸다. 지팡이를 짚고 부축을 받으며 노만 1세가 들어왔다. 오 년 전에 비해 핼쑥해진 얼굴이었다. 주름이 깊어졌으며 어깨가 더욱 굽어 있었다. 노만 1세는 지팡이를 짚고 있었는데, 비쩍 메마르고 껍질이 일어선 손등이 보였다.

“과연 나의 아들답도다. 아주 맹랑한 계집을 부인으로 맞아들였어.”

“아바마마!”

“그간 강녕하셨습니까, 폐하.”

“클라인, 공작의 아내 하나 내리누르지 못해서 이스타샤의 황제가 될 수 있겠느냐?”

"아바마마, 저년이 이스타샤의 황족을 욕보였습니다! 저는 황제가 될 몸입니다. 저것의 무례를 그저 두고 볼 생각이십니까?"

"그게 억울해서 이 아비에게 이르는 게야?"

노만 1세는 껄껄 웃었다. 가벼운 농처럼 던져진 말이었으나 말속에 뼈가 있었다. 노만 1세는 웃음을 뚝 끊고는 아들을 매섭게 내려다보았다.

"그리고 벌써부터 정정한 이 애비가 서거라도 하기를 바라는 것 같구나. 고얀 놈, 말버릇하고는."

"제가 황태자니 차기 황제인 게 틀린 말인 건 아니지 않습니까?"

"나도 내 마음을 모르겠구나, 클라인. 네놈 하는 꼬락서니로 봐선 황위를 물려줄 마음이 사라져 버리니."

노만 1세가 말하며 헛웃음을 터뜨렸다.

'병환에 든 황제 앞에서 황위를 운운하다니. 빨리 죽으라는 소리군.'

라쉬드는 멍청한 황태자에게 진심으로 감탄했다. 그건 로자리아도 마찬가지였다.

"저년에게 제가 이스타샤 황족으로서 위엄을……."

"되었다. 네 앞가림도 못하는 놈이 뭘 하겠다고, 쯧쯧. 그렇지 않느냐?"

갑작스러운 말에 로자리아는 부드럽게 미소 지었다. 속으로는 '노만 1세가 노망난 건가'라고 고민하면서도 그녀는 예의 바르게 인사를 건네었다.

"좋게 봐주셔서 감사합니다, 폐하."

"수도에서 지내는 건 어떠하느냐? 공작저가 있는 무나크가 마음에 들더냐."

"제 눈엔 무나크와 수도, 모두 아름다워요."

"어찌 비교가 되겠느냐? 전염병이 들끓는 수도보다 평화로운 무나크에 사는 게 훨씬 낫지. 둘 다 멀리서 오느라 피곤할 테니 쉬어라."

"감사합니다, 폐하."

노만 1세와의 알현이 끝나고 로자리아는 그녀가 머무는 방으로 들어왔다. 라쉬드는 정무를 보기 위해 떠난 뒤였다. 중앙 본궁은 노만 1세가 기거했으며, 동궁은 황태자가 거주했다. 서쪽에 한적한 궁이 있었는데, 그곳에서 라쉬드와 지내게 되었다.

가신들과 회의를 하기 위해 떠났던 라쉬드가 돌아온 건 늦은 밤이었다. 로자리아는 침대에 누워 휴식을 취하고 있었다. 일을 마치고 온 라쉬드가 그녀 곁으로 다가왔다.

"자고 있을 줄 알았는데. 내가 깨운 건가?"

"아니에요, 잠이 안 와서 눈만 감고 있었어요."

라쉬드는 로자리아의 목덜미에 고개를 묻었다. 자신보다 체격도, 키도 훨씬 큰 사내가 제 품에 기대는 건 묘한 기분이었다.

"로즈."

"왜요?"

"내게 키스해 줘."

생각지도 못한 말이었다. 라쉬드를 안아주던 그녀의 몸이 뻣뻣하게 굳었다. 농담이라고 하기엔 그의 표정이 가볍지 않았다.

"먼저."

라쉬드가 타이르듯 말했다. 목소리에 은근한 색기가 어려 그녀를 유혹하는 것처럼 들렸다.

'내가 먼저? 내가?'

로자리아는 한껏 달아오른 뺨을 가리지도 못한 채 망설였다. 할 듯 말 듯 시간을 끄는 아내를 라쉬드는 빤히 내려다보았다.

'그 정도로 내가 싫은 건가?'

로자리아가 고개를 숙여 가볍게 입을 맞췄다. 깃털처럼 살짝 닿는 감촉에 라쉬드는 로자리아의 입술을 깊게 삼켰다. 지독한 갈증이 치밀어 가벼운 입맞춤 따위로는 해소되지 않았다.

"으응."

"숨 쉬어."

라쉬드는 그녀의 허리를 휘어 감고는 격렬하게 입을 맞추었다. 이것이 키스인지, 관계 전 애무인지 헷갈릴 정도로 진득한 키스였다. 온몸이 노곤해지고 볼이 붉어지다 못해 몸에 열이 감돌았다. 한참을 그의 키스를 받아 내다 보니 다리에 힘이 풀리고 말았다.

'키스할 때마다 기분이 이상해져.'

그녀는 손을 내뻗어 라쉬드의 목을 끌어안았다. 단단한 혀가 입안을 유린하며 여린입천장을 쓸자 배 속이 울렁거렸다.

"하아."

묘한 흥분감과 머리를 녹이는 쾌감에 그녀는 한숨을 내쉬었다. 그건 그도 마찬가지였다. 평소의 차가웠던 눈매가 나른해졌다. 로자리아는 그의 타액으로 젖은 입술을 손등으로 가렸다. 너무 야했다. 야해도 너무 야했다!

'아냐, 난 성인이잖아. 키스 가지고 호들갑 떨 필요 없어.'

그렇게 중얼거리면서도 내심 얼굴이 달아오르는 걸 막을 수 없었다.

"키스 왜 이렇게 잘해요?"

"칭찬?"

"음, 칭찬 아닐까요?"

"남편으로서 순결을 지킬 테니 오해하지는 마."

라쉬드는 그녀의 말을 곡해했다. 혹시 문란한 남자로 볼까 봐 한마디 말도 덧붙였다.

"결혼 전엔 몰라도, 결혼 후에 내 몸은 부인의 소유지."

"제게 준다는 말씀이세요?"

"이스타샤의 부부 사이에 흔히 있는 일이야."

라쉬드는 더욱 이상해지는 대화에 적당히 둘러대었다. 키스에 너무 취한 건지 제멋대로 입을 연 자신의 멱살을 쥐고 싶었다.

"그럼 저는요?"

"당신은 내 아내니……."

라쉬드는 말끝을 흘렸다. 그는 말로 알려 주는 것보다 몸으로 알려 주는 것이 필요하다고 생각했다.

풀썩.

"이미 결혼했을 때부터 내 소유였지."

라쉬드는 로자리아를 침대에 눕히며 그녀의 귀에 속삭이듯 말했다. 그는 단단한 팔로 그녀를 가두었다. 아내의 가느다란 숨소리조차 그에겐 자극적이었다. 라쉬드는 로자리아를 잠긴 시선으로 내려다보았다. 그는 그녀의 드레스 자락을 벗겼다. 여린 허벅지에 단단한 손이 스치자 그녀는 몸을 움츠렸다.

"하아, 라쉬드."

가슴 아래 차가운 입술이 닿자 그녀는 소스라치게 놀랐다. 사내의 입술이 엄한 곳에 있다는 생각이 들었지만, 그녀는 거부하는 대신 몸을 맡겼다. 그가 복사뼈를 어루만지자 기분이 묘해졌다. 점점 위로 올라온 손길과 다르게 그의 입술은 아래로 내려왔다.

쇄골에 입을 맞추던 그는 달콤한 과실을 음미하듯 키스했다. 우윳빛 살결에 붉은 자국이 드러나고, 그는 마지막으로 남은 그녀의 슈미즈마저 벗겼다. 아무것도 걸치지 않은 나신에 로자리아는 두 손으로 얼굴을 가렸다. 계약 결혼을 얘기할 때도, 후사를 말할 때도 부끄러움 따위 없었다. 그와 결혼을 했으니 당연한 일이었지만 생각과 현실은 달랐다.

"왜 얼굴을 가리는 거지?"

"이런 일이 익숙하지 않아요. 어떻게 해야 할지 모르겠어요."

"부끄러운 건가? 부부 사이에선 자연스러운 일이야."

"라쉬드, 난……."

매끄러운 손이 옆구리를 쓸어내리자 발끝이 간지러웠다. 그의 입술이 가슴에 닿자 척추를 타고 무언가가 짜르르 울렸다. 한참을 어루만지던 라쉬드가 그녀의 늘씬한 다리를 붙잡았다. 그는 그녀를 품에 가두며 내려다보았다.

그가 가까이 다가오자, 옅은 한숨이 쉬어졌다. 그의 품에 안겨 온기를 나누는 것이 좋았다. 지금 이 순간은 아무런 생각이 들지 않았다. 단단하게 밀착된 틈으로 땀이 흘렀고 방 안 가득 숨소리가 퍼졌다.

"로즈."

라쉬드가 낮게 자신의 이름을 부르는 것이 들렸다. 그녀는 팔을 뻗어 그의 목덜미를 끌어안았다. 로자리아는 입에서 이상한 소리가 나오는 걸 원치 않아 굳게 다물었다. 잇자국이 생길 정도로 꽉 깨문 입술에 라쉬드는 그녀의 아랫입술을 케이크를 음미하듯 핥았다.

"침대에선 솔직한 게 좋아."

머릿속이 어질어질했지만 나지막한 목소리가 그녀의 귓가로 파고들었다.

"아……."

처음 겪는 아릿한 통증에 그녀의 입에서 작은 신음이 새어 나왔다. 그도 낮은 숨을 내쉬었다. 땀에 젖은 금발, 발갛게 물든 새하얀 뺨, 울 것 같은 푸른 눈동자가 더욱 갈증 나게 했다.

"로즈……."

낮게 울리는 라쉬드의 목소리가 듣기 좋았다. 그녀는 파르르 떨리는 눈꺼풀을 들어 올렸다. 로자리아의 눈에 그의 모습이 가득 들어섰다. 선명한 보랏빛 눈동자, 새까만 머리카락. 단단한 손과 귓가에 낮게 울리는 목소리까지. 그의 턱 끝에서 흘러내린 땀이 로자리아의 쇄골을 타고 흘렀다. 잔뜩 긴장한 아내를 위해 그는 고개를 숙여 땀에 젖은 이마에 키스했다.

"로즈."

"……라쉬드?"

"이제 적응이 되었겠지?"

"……무슨 말……!"

이냐고 물으려던 그녀는 숨을 몰아쉬었다. 그가 몸을 숙이자 도저히 말을 이을 수 없었다. 금욕적이고 철두철미한 공작이 침대에선 한없이 야한 사내라는 걸 그녀는 새벽이 될 때까지 몸소 알게 되었다.

다음 날 아침이 되자 로자리아는 눈을 떴다. 그녀는 라쉬드의 품에 나신으로 안겨 있었다. 로자리아는 그 자리에서 다시 눈을 감았다.

'얼굴을 보고 눈을 마주칠 수가…….'

그녀의 속을 아는지 모르는지 라쉬드가 물었다.

"일어난 건가?"

귓가가 간질거렸다. 자연스레 느껴지는 그의 체온에 그녀는 대답 대신 자는 척했다.

"아까 눈을 뜬 걸 봤는데."

턱을 괸 채 그녀를 보던 라쉬드가 낮게 웃었다.

"……지금 깼어요."

둘 사이에 침묵이 흘렀다. 로자리아는 당황했다. 뭐라고 말을 해야 하는데 아무 생각이 들지 않았다. 그가 빤히 쳐다보고 있었던 탓이다.

"배고플 텐데 아침 식사부터 하도록 하지."

"저보단 당신이 더 배고프겠죠."

무심결에 말을 하던 로자리아가 숨을 깊게 들이켰다.

'왜 그런 말을 한 거야!'

쥐구멍에 숨고 싶은 심정이었다.

"배려해 주는 건가? 어제 그랬으니 그럴 만도 하지만."

로자리아는 붉어진 뺨을 가렸다. 그 모습에 라쉬드가 미소를 지으며 짓궂게 말했다.

"같이 씻을까?"

"대낮에요?!"

"지금은 말고 밤에?"

"아뇨, 일어났으니 지금 씻어야죠. 씻는 게 맞는데……."

단둘이? 햇볕이 잘 들어오는 욕조에서? 갈까 말까 고민하는 사이에 라쉬드는 침대에서 몸을 일으켰다. 그는 로자리아가 말을 바꾸기 전에 그녀를 안아 들었다.

"황제가 불렀다더군. 간단한 아침 식사 후에 황제를 보러 갈 거야. 같이 준비하는 게 좋아."

라쉬드는 능숙하게 로자리아를 안고는 욕실로 향했다. 설레다 못해 부끄러운 것은 그녀의 몫이었다.

거대한 식탁에서 로자리아는 라쉬드의 곁에 앉았다. 송아지 고기 스튜, 화이트 크림 연어구이, 샤토브리앙, 애플파이, 크렌베리 초콜릿이 나오고 그녀는 느긋하게 풍미를 즐겼다. 담백한 음식으로 배를 채우자

만족감이 어렸다. 식사를 마쳤을 즈음, 황제의 기사가 공작을 찾았다. 노만 1세가 공작 부부를 부른 것이다.

"공작 각하, 폐하께서 부르십니다. 공작 부인과 함께 오시라는 명이 있었습니다."

"바로 가겠다고 전해."

로자리아와 라쉬드는 단정하게 매무새를 정돈하고는 노만 1세가 기거하는 본궁으로 향했다.

붉은 융단이 새하얀 대리석 위로 깔려 있었고, 중앙에는 노쇠한 황제가 앉아 있었다. 오른쪽에는 흰 드레스를 입은 프리실라가 있었다. 황제가 공작 부부를 부른 목적은 단 하나였다. 무능한 황태자를 대신해 공작에게 전염병 해결을 맡기기 위함이었다. 황제는 라쉬드에게 사제단을 지휘할 것과 성녀를 보필할 것을 명령했다. 황제의 명령을 듣고서도 라쉬드는 따르겠다는 말을 하지 않았다.

라쉬드가 말했다.

"저를 사제단에 보내겠다는 말씀이십니까?"

"프리실라와 결정한 일이다. 이틀 후, 성녀가 직접 수도에서 전염병을 치료할 테니 라쉬드 네가 따라가서 프리실라를 지켜라."

"그건 성녀의 수기사가 할 일입니다. 저는 그 명령에 따르지 않겠습니다."

"무엄하구나, 라쉬드. 늙어 가는 이 아비의 말도 못 들어주겠다는 게냐?"

"두 번 말하지 않겠습니다. 따르지 않을 겁니다, 폐하."

라쉬드는 차가운 목소리로 대답했다.

"라쉬드, 우린 제국민을 구하기 위해 수도로 가야 해요. 당신이 저를 도와줘야만 해요."

'우리?'

로자리아는 묘한 어감에 눈을 찌푸렸다. 프리실라는 노만 1세가 그녀의 편을 들어주는 것에 만족했던지 승리의 미소를 지었다.

'폐하께서 내린 명령인데 라쉬드도 따를 수밖에 없을 거야.'

로자리아는 입술을 꾹 베어 물었다. 라쉬드가 가기를 원하지 않는다. 그러나 이를 말릴 명분은 그녀에게 없었다.

라쉬드는 그의 뜻을 확고히 밝혔다.

"황태자 전하께 부탁하십시오, 프리실라."

"아쉽게도 전하께선 몸이 편찮으세요. 게다가 황태자 전하께선 성력이 없으신데, 자칫하다간 병에 걸리시고 말 거예요."

"형님께서 홍등가를 집처럼 드나들어도 그 흔한 매독조차 걸리지 않았는데 전염병은 다르다는 겁니까?"

라쉬드는 싸늘한 목소리로 일갈했다. 틀린 말은 아니었는지 프리실라의 눈가가 파르르 떨렸다.

"폐하, 저는 결혼한 몸입니다. 제 아내 또한 여신께서 축복을 내린 이스타샤의 황족입니다. 아무리 사제단의 일이라고 하나, 프리실라와 함께할 수 없습니다."

신전에서 파견한 사제단은 푸른 사막을 치료하기 위해 모인 고위 사제의 무리였다. 또한 성녀의 지휘 아래 병을 치료하는 것이 그들의 의무였다.

'프리실라를 지키라는 건 밤낮으로 떨어지지 말라는 거겠지.'

라쉬드는 황제의 뜻을 간파했다. 명백한 거절의 뜻을 밝히자 황제가 진노했다.

"고얀 놈! 제 백성들이 죽어 가는데, 황자인 네가 돌보지 않겠다는 거냐? 프리실라가 다치기라도 하면 어쩌려고 그러는 게야!"

"마르쉬 경이 성녀를 잘 지킬 것입니다."

라쉬드는 딱 잘라 말했다. 노만 1세는 그를 설득할 수 없음을 깨달았다. 그는 꿔다 놓은 보릿자루처럼 대화를 듣고 있는 로자리아에게 물었다

"아가, 네가 황자를 설득해 보거라. 너 때문에 황자로서 의무를 저버리겠다는데 네가 공작 부인으로서 거들어야 하지 않겠느냐?"

"이미 결정한 일입니다. 저는 번복할 생각이 없습니다."

라쉬드는 그렇게 말하며 로자리아를 보호하듯 그녀의 앞을 가로막았다. 로자리아는 자신을 죽일 듯이 노려보는 노만 1세와 눈을 마주쳤다. 황제의 입가가 파르르 떨렸고 금방이라도 암살자를 여럿 보낼 얼굴을 하고 있었다. 한참을 고민하던 로자리아는 부드러운 목소리로 운을 떼었다.

"이토록 신경 써 주시니 몸 둘 바를 모르겠어요, 공작님. 신혼이지만 저 때문이라면 괜찮아요. 공작님께서 성녀님을 지켜 주시면 전 더 기쁠 거예요."

로자리아는 경건하게 두 손을 모으며 말했다. 그녀는 프리실라를 바라보며 묘한 미소를 지었다.

"프리실라 님께서 외롭지 않도록 싫으시더라도 저를 봐서 이번 한 번만 참아주세요."

"로자리아."

라쉬드는 로자리아의 이름을 낮게 불렀지만 그녀는 짐짓 모르는 척했다. 라쉬드는 프리실라가 전염병을 고치지 못한다는 사실을 이미 알고 있었다. 그러니 사제단을 파견할 이유가 없었다. 성녀를 보필하는 것은 제국민의 불만을 잠재우기 위한 교묘한 속임수에 불과했다.

'남자를 다룰 줄도 모르는 계집이 뭘 안다고 지껄여?'

프리실라는 로자리아를 표독스러운 눈으로 노려보았다.

'라쉬드가 나와 있는 걸 싫어한다고? 멍청한 년, 내가 제 남편 뺏는

줄도 모르고 착한 척하는 거야?'

프리실라는 비웃음을 짓다가 라쉬드의 시선에 곧 표정을 바꾸었다.

"저는 진심이에요. 불쌍한 사람 돕는다 치고 부디 프리실라 님을 도와주세요."

"부인께서 그리 나오신다면야……."

라쉬드는 찜찜한 얼굴로 말했다. 그는 기어코 제 뜻을 굽히지 않는 로자리아를 원망스레 쳐다보았다.

'무슨 생각이지?'

라쉬드는 끝내 한숨을 쉬었다.

"하하, 황자가 참 속 깊은 부인을 두었구나! 이스타샤의 경사로다!"

"알겠습니다."

라쉬드는 한참 후에야 무미건조한 목소리로 답했다.

"저 그런데, 폐하……. 청이 있습니다."

"뭐든 말해보거라! 그게 뭐라고 못 들어주겠느냐?"

"부디, 저도 공작님을 따라 사제단에 가는 것을 허락해 주세요. 공작님께서 고생하시는데 부인인 제가 편하게 황성에서 지낼 수야 없으니까요."

"그건……."

노만 1세는 잠시 고민했다. 분명 새벽부터 프리실라가 득달같이 찾아와 황자를 사제단에 넣어 달라고 자신에게 부탁했다.

"제 부탁을 들어주시지 않으면, 폐하께서 저와 부적절한 관계라는 걸 밝히겠어요."

프리실라의 협박이 마음에 걸렸지만, 노만 1세는 공작 부인의 청을 수락했다.

'성녀가 사제단에 공작 부인을 넣지 말라 한 건 아니니.'

노만 1세는 스스로의 결정에 정당한 이유를 부여했다. 황제의 결정에 로자리아는 기쁜 기색을 내비쳤다.

"폐하께서 제 소박한 소원을 들어주신다니 이 은혜를 어찌 잊을까요."

"일단 프리실라의 의견부터 묻도록 하거라. 성녀가 사제단을 책임지기로 했으니."

"당연히 프리실라도 기뻐할 겁니다."

라쉬드는 상황을 종료시켰다. 아들들에겐 한없이 잔혹하면서, 프리실라의 말 한 마디에 줏대를 잡지 못하는 비열한 늙구렁이. 라쉬드는 로자리아의 어깨를 감싸고는 내실을 빠져나왔다.

공작 부부는 본궁을 빠져나왔다. 방금 전의 일을 떠올린 라쉬드는 깊은 생각에 잠겼다. 예로부터 성녀에게 휘둘리던 신성제국 이스타샤. 천 년이 흐른 지금에서는 더 심각해져 성녀의 말이라면 무엇이든 따르는 얼간이들의 집합소였다.

"로즈."

"할 말이 있으신가요?"

"할 말이 있어야만 하는 건가?"

라쉬드가 되묻자 로자리아는 고개를 저었다. 라쉬드는 그를 빤히 올려다보는 로자리아의 뺨을 어루만졌다. 로자리아는 어젯밤의 격렬한 정사가 떠올라 몸을 움찔 굳혔다. 단둘이 있을 때는 그의 목소리가 달라졌다. 평소에는 이다지도 무미건조한 눈빛의 남자가 사랑을 속삭일 때는 달콤하게 그녀의 이름을 불렀다.

"왜 사제단에 가려고 한 거지?"

"라쉬드를 도와주고 싶었어요."

"나를 도와주고 싶었다고?"

예기치 못한 말이었다. 로자리아는 그를 보며 말했다.

"라쉬드는 전염병을 해결하고 싶었잖아요? 그리고 전 이스타샤의 황족이에요. 병에 걸린 제국민을 돕는 건 의무라 생각해요."

'그 얘기를 테베의 왕녀에게서 들을 줄이야.'

라쉬드는 손가락으로 입술을 매만졌다. 성녀와 황태자에게선 듣지 못한 말이었다.

"그게 다예요."

"그렇군."

라쉬드가 알겠다는 듯 고개를 끄덕였다. 그를 보던 로자리아는 진심 어린 미소를 지었다. 라쉬드는 그도 모르게 아내를 빤히 응시했다. 그러자 로자리아도 그를 바라보았다.

"그렇게 빤히 올려다보면 내게 바라는 게 있다고 여겨져."

"무슨 소리예요?"

"아직 부인에게는 어려운 얘기였나?"

로자리아는 붉어진 귀를 감추기 위해 고개를 돌렸다. 처음에는 몰랐지만 그의 은근한 시선에 눈치를 채고 말았다.

"이틀 후에 떠나기 전에…… 어제와 같은 시간에 찾아가겠다고 약속하지."

"약속까지 하는 거예요?"

로자리아는 당황해서 물었다. 라쉬드가 말하는 건 아직 자신에게 있어 다소 짙고 농염한 이야기였다. 어젯밤 자정에 나누었던 부부의 관계를 말하는 게 분명했다.

"사제단에 속하게 되면 모든 욕구를 통제해야 해. 술을 마시는 것도, 음식을 마음대로 섭취하는 것도, 그리고 여자를 안는 것도."

"……그렇게까지 세세하게 알려 주실 필요는 없어요."

"그러니 먼저 잠들면 곤란해."

기다리라는 말을 이렇게 적나라하게 말할 줄은 몰랐다. 로자리아는 테베를 야만족이라 일컫지만, 신성제국 이스타샤야말로 관능적인 성의 제국이란 생각이 들었다.

'그게 아니라면 신성제국의 황자가 어젯밤 그렇게까지…….'

어젯밤 일을 떠올리던 로자리아는 마른침을 삼켰다.

"무슨 생각하는 거지?"

"아무 생각도 안 했어요."

"그렇게 걱정할 것 없어. 혹 원한다면 밖에서도 얼마든지 할 수 있으니까."

"뭘, 뭘요?"

"뭔지 모르면 어쩔 수 없지."

라쉬드는 묘한 어조로 말했다. 웃음을 참는 듯한 얼굴로 이런 얘기를 하는 것이 금욕적인 이미지와 정반대였다.

'도대체 난 라쉬드를 어떻게 봐 왔던 걸까.'

로자리아가 생각한 라쉬드는 금욕적이며, 신실하고, 고지식한 공작이었다. 그러나 이렇게 대담한 줄 알았다면 첫날밤에 마음의 준비라도 했을 텐데!

"난 일 때문에 먼저 가 봐야겠어. 필요한 건 라뮤엘이 알아서 준비할 테니 쉬도록 해."

"알았어요. 라쉬드. 이따 밤에 봐요……?"

"그러도록 하지."

라쉬드는 묘한 얼굴로 대답했다. 라쉬드가 집무실로 먼저 가는 걸 지켜보던 로자리아도 침실로 돌아왔다.

어느덧 새벽녘이었다. 그녀는 시녀를 시켜 종이와 깃펜을 구했다.

바로 잠드는 대신 종이에 지금까지의 상황을 정리했다.
“전염병에 대한 치료제는 구했어.”
이페리아 치료제를 수도에 공급할 것이다. 병에 걸린 환자가 낫는 것도 중요했지만 병이 급속도로 퍼지는 것을 막아야 했다.
‘원인을 찾아야 해.’
어째서 바렛사에서 전염병이 시작되었는지, 그 원인이 무엇인지 밝혀야 했다.
“해결책을 찾더라도 원인을 모른다면 전염병은 되풀이될 거야.”
로자리아는 전염병을 해결할 방법에 몰두했다.

❖

라쉬드가 서궁으로 돌아온 건 새벽이 지나서였다. 새벽까지 깨 있던 로자리아는 침대 위에 누웠던 몸을 일으켰다. 라쉬드는 겉옷을 벗어 그의 팔에 걸치고는 아내에게 다가갔다.
“아직 안 자고 있었군.”
“잠이 안 왔어요. 라쉬드는 이제 온 거예요?”
“회의 중에 잠시 서궁을 들른 것뿐이야. 다시 가야 해.”
“회의라뇨?”
“성녀와 사제, 수기사와 사제단을 어떻게 파견할 것인지 정해야 하니까.”
라쉬드는 목을 조이던 깃을 느슨하게 풀어냈다.
‘이 늦은 시간에……?’
베개를 끌어안고 있던 로자리아의 움직임이 멎었다. 그녀는 낮아진 목소리로 물었다.
“다소 시간이 늦지 않았어요?”

"낮에는 기도를 올려야 한다고 하니, 성녀인 프리실라의 시간에 맞출 수밖에."

라쉬드는 더 이상 말하지 않았다. 그의 시선이 고개를 돌리고서 창문만 보는 로자리아를 향했다.

"로즈."

그는 애써 태연한 척 베개를 끌어안고 있는 로자리아에게 다가갔다. 그녀는 감정을 들키지 않기 위해 두 손을 꾹 붙잡았다.

"난 바람을 피우지 않아. 한번 아내를 선택하면 죽을 때까지 반려로 삼는다. 아내가 죽든, 병이 들든, 떠나가든 다시 결혼하는 일은 없어. 신성제국의 황자는 성년이 되기 전에 여신 아니타 앞에서 맹세한다. 결혼하는 순간, 아내를 배신하지 않겠다고."

"우린 계약 결혼이에요. 그렇게까지 애쓰실 필요 없어요."

"결혼 전에는 어떤 여자와 지내든 간섭받을 이유가 없어. 하지만 이제 당신이 내 부인이 되었으니 마음도, 육체도 당신의 것이 되어야만 한다."

라쉬드의 말에 로자리아는 그를 올려다보았다. 미세하게 흔들리는 그녀의 눈동자에 라쉬드는 아내의 곁에 앉았다.

"그대를 두고 바람을 피우는 일은 없어. 그러니 어디를 가든 알려 주는 거야. 프리실라와 만나는 걸 얘기하는 이유는 당신이 오해하지 않길 바라서야."

"라쉬드."

"어차피 계약 결혼이지만 당신은 내 아내니 남편으로서 의무는 지키겠다."

로자리아는 그녀의 귀를 의심했다. 라쉬드는 고귀하게 태어난 신성제국의 황자이자 제국민의 사랑을 받는 공작이었다. 그러나 어떤 이들은 라쉬드에게 성녀 프리실라만을 바라보며, 성녀만을 위해 살아가던 기사라고 말하곤 했었다. 그들의 오해는 로자리아에게 중요하지 않았다.

"다녀와요, 라쉬드."

라쉬드는 로자리아에게 인사를 하는 대신, 그녀의 이마에 입술을 맞추었다. 무겁고 깊은 키스에 그녀의 심장이 크게 요동쳤다. 그 소리를 들킬까 숨조차 작게 내쉬었다.

'라쉬드는 나를 속이지 않아.'

로자리아는 그 사실에 안도했다. 그는 거짓을 말하지 않는 진실한 남자였다. 차갑고 무미건조해도 약속한 바는 목숨을 걸어서라도 지켜 낼 것이다.

'그러니 프리실라가 이토록 라쉬드에게 목을 매는 거겠지.'

로자리아는 쓴웃음을 지었다. 아무리 노만 1세의 지지를 받고, 클라인의 총애를 받아도 부족하고 불안하겠지. 노만 1세와 클라인은 프리실라가 아름답지 못하거나 성녀의 지위를 잃는다면 곧바로 내칠 것이다. 라쉬드는 비록 일이 잘못되어도 그녀를 끝까지 책임질 남자였다. 사랑이 없는 관계여도 신의를 지킬 공작이 바로 그였다.

'다행이야, 그가 예전처럼 프리실라에게 지켜 주겠다고 맹세하지 않아서.'

홀로 남은 로자리아는 베개에 얼굴을 파묻었다. 자신에게 생각을 말해주지 않거나 다정한 말을 속삭이지 않아도 좋았다. 비록 좋아하는 여자가 생기더라도 결혼한 아내와의 약속을 지킬 것이다.

'라쉬드가 나를 좋아하지 않는 걸 알지만 그래도 이럴 때마다 설레는걸.'

로자리아는 발을 동동 굴리다가 침대에 벌러덩 누웠다. 혼자서 너무 많은 생각을 한 것만 같았다.

'일단 일에 집중하자. 전염병의 원인을 찾아야 해.'

로자리아는 창문 틈으로 비치는 금빛 달을 바라보았다. 더 이상 복수로 얼룩진 피에 물든 손도, 살의로 물든 눈도 없었다. 침대에서 일어선 로자리아는 거울을 향해 발을 내디뎠다. 그리고 거울에 비친 자신을 바라보았다. 달빛을 받아 반짝거리는 금발, 말간 에메랄드빛 눈동자, 붉어진 뺨. 그것이 그녀 자신의 모습이었다.

새벽 회의가 일주일 동안 계속되었다. 볕이 드는 아침, 오랜만에 공작 부부는 아침 식사를 같이했다. 창문이 활짝 열려 있었고, 하얀 커튼이 바람에 부드러이 휘날렸다. 그러나 식사를 하는 내내 공작 부부 사이엔 정적이 흘렀다. 라쉬드가 몇 번 이야기를 시도했으나 로자리아는 그저 듣기만 했다. 화제를 바꿔 가며 이야기하려던 라쉬드는 입을 다물었다.

'벌써 일주일째야. 늦은 밤에 나가서 아침에 돌아오는 거.'

처음에는 회의라며 이해하던 로자리아도 일주일이 되자 마음이 상하고 말았다.

'프리실라는 신성제국의 성녀야. 게다가 수기사와 사제도 같이 있었을 테니까.'

이렇게 생각하며 마음을 다독인 적이 있었다. 그러나 라쉬드가 회의 때문에 들어오지 않는 날이 일곱 번이 되자 그녀는 이해를 포기했다. 식사를 같이하는 공작 부부는 단 한 마디도 하지 않았다. 지나치게 고요한 아침이었다.

로자리아는 눈을 내리깐 채, 식사를 했고 라쉬드는 무표정한 얼굴로 물을 마셨다. 그러다 결국 라쉬드가 먼저 입을 떼었다. 그가 회의 때문에 못 온 지 일주일이 되던 날부터 공작 부인의 태도는 묘하게 냉랭해졌다.

"입맛이 없는 건가?"

"아니에요, 맛있어요."

밤샘 회의로 날을 지새웠다. 그럼에도 라쉬드는 로자리아가 걱정할까 피곤한 기색을 지웠다. 바람을 피운 적도 없었고 새벽에 회의를 간 건 업무 때문이었다.

'……내게 화가 난 건가?'

이유는 충분했다. 원래의 그였다면 어차피 회의 때문이라고 가볍게 넘겼을 터였다. 그러나 이번은 달랐다. 그는 목 끝까지 차오르는 깊은 한숨을 삼켰다. 그로서도 노력을 안 한 건 아니었다. 라쉬드는 굳은 얼굴로 회의 때 있었던 일을 떠올렸다. 회의는 프리실라가 있는 남쪽의 중앙신전에서 이루어졌다.

"프리실라. 회의 시간을 옮기도록 하지."

"그건 곤란해요, 라쉬드. 낮에는 여신께 기도를 드려야 해요."

회의 시간을 옮기자는 말에 성녀가 눈물을 뚝뚝 흘렸다. 낮에 여신에게 기도해야 하는데, 그러지 못하면 어쩌느냐고 되물었다. 순식간에 회의장에 정적이 내려앉았다. 싸늘한 분위기가 감돌았다. 주변에 있던 사제와 수기사의 시선이 모두 공작을 향했다.

라쉬드는 성녀의 편이 전부인 신전에서 성녀를 다그치는 것을 그만두었다. 그로서도 어이가 없었지만 성녀가 작정하고 나오자 달리 회의 시간을 바꾸지 못했다.

'이젠 나에게까지 저런 짓을…….'

자신이 알기론 안식 기도를 하는 시기가 아니었다. 밤이 아닌 낮에 꼭 기도를 올려야 하는 이유도 없었다. 심지어 그것을 모두 알고 있었다. 공작은 물론 울던 성녀와 편을 들던 수기사와 사제들까지. 그러다 보니 매번 밤에 나가야 했고, 좋지 않은 소문까지 돌았다.

'도대체 그딴 소문을 누가 내고 다니는 거지.'

'회의를 빌미로 단둘이 있었다더라'라든가 '공작과 성녀가 깊은 관계'라는 말이 떠돌았다.

이해가 안 가는 건 그 소문이 공작인 자신에게는 물론, 순결을 지켜야 할 성녀에겐 명예를 깎는 추문이란 점이었다. 사제단을 정하는 일은 무척 바빴다. 누가 소문을 냈는지 안 봐도 뻔했지만 그것을 신경 쓰기엔 할 일이 많았다. 어쨌든 공작 부인의 귀에 그 소문이 들어갔음은 분명했다.

"내게 화가 난 건가?"

"아니에요, 공작님."

로자리아는 평소와 같은 어조로 말했다. 질투하는 감정을 보이고 싶지 않았다.

'……바보같이.'

로자리아는 짙은 한숨을 쉬었다. 그의 잘못이 아닌 걸 알면서도 속이 타들어 갔다.

'라쉬드는 약속을 지킬 남자야.'

믿는 것은 변하지 않았다. 성녀가 벗고 달려들어도 쳐 낼 사내란 것도 확신했다.

'프리실라의 농간에 당하면 안 돼.'

이성적인 생각과 별개로 마음이 무거워졌다. 결국 그날도 공작 부부는 대화를 하지 않았다.

식사를 마치고 돌아온 로자리아는 창 너머를 바라보았다.

'내가 너무 심했어.'

아침에 있던 일을 떠올리자 한숨밖에 나오지 않았다. 로자리아는 라쉬드가 그녀에게 말을 붙이려고 노력했다는 것을 알았다. 그땐, 알면서도 섭섭함이 더 컸다. 그의 호의를 거부한 건 자신이었다.

'좀 더 살갑게 대할걸.'

평소와 다른 공작 부인의 모습에 에나가 조용히 로자리아 곁을 지켰다. 창밖을 보던 로자리아의 눈이 크게 떠졌다. 새하얀 터번을 쓴 사내가 보였다. 성녀의 수기사인 마르쉬 히킨샤였다.

성녀의 수기사는 높은 직급이었다. 긴급한 임무가 아니라면 부관과 함께 다니는 것이 관례였다. 또한 마르쉬 히킨샤가 서궁에 올 이유가 없었다. 그가 라쉬드를 찾아올 일도 없었고, 만약 그렇다 하더라도 라쉬드는 지금 서궁에 없었다. 어떤 목적으로 서궁에 왔는지 모르겠지만, 그는 성녀의 최측근이었다.

로자리아는 서궁 밖으로 빠른 걸음으로 걸었다. 뒤에서 에나가 부르는 소리가 들렸지만 그녀는 돌아가지 않았다.

'왜 성녀의 수기사가 서궁에 있는 거지?'

공작 부부가 지내는 서궁과 성녀가 기거하는 남쪽의 대신전은 거리가 멀었다. 황성 내에서 마차를 타야 할 정도였다.

'성녀의 수기사와 라쉬드의 사이가 좋지 않은 건 누구나 아는 일이야.'

그러니 성녀의 수기사인 마르쉬가 서궁의 정원에 올 일은 없었다. 게다가 이 시간에 온 걸 보니 더욱 이상했다. 로자리아는 수상한 수기사의 뒤를 좇았다. 밤이 되자 싸늘해졌지만 그녀는 아랑곳하지 않았다. 로자리아는 마르쉬의 뒤를 밟았다.

마르쉬 히킨샤. 성기사들의 우두머리이자 프리실라의 총애를 받는 뛰어난 검사였다. 이스타샤의 귀족 출신이 아닌 자가 성녀의 수기사가 되려면 어지간한 실력으론 불가능했다.

로자리아는 바람의 정령, 윈드를 불렀다.
「윈드, 내 기척을 지워 줘.」
「알겠습니다.」
이윽고 강한 돌풍이 불었다. 어느새 고요해진 바람이 그녀의 기척을 없앴다. 마르쉬가 들어간 서궁의 정원은 미로로 되어 있었다. 게다가 이미 해가 져 버린 밤이었다. 사위가 어두워서 앞이 잘 보이지 않았다. 정원을 거닐고 있는 거라 보기엔 걸음이 무척 빨랐다. 로자리아는 그를 뒤쫓기 위해 더 깊숙한 곳으로 들어섰다. 정원의 끝자락에 다다르자 마르쉬의 걸음이 늦춰졌다.
'정원이라기보다는 무덤 같아.'
로자리아는 조심스레 안으로 들어섰다. 해가 진 정원은 을씨년스러웠다. 마르쉬가 다리를 건너자, 로자리아도 숨을 죽이곤 뒤를 따랐다.
그때, 성녀의 수기사가 뒤를 돌아보았다. 그전에 로자리아는 덤불로 몸을 숨겼다. 마르쉬는 그녀가 있는 코앞에서 멈추었다.
스르릉. 수기사가 허리춤에서 검을 빼 들었다. 서늘한 금속의 소리에 로자리아는 숨을 죽였다.
휙—!
그가 검을 로자리아가 있던 덤불로 향해 휘둘렀다. 반으로 갈라진 덤불 사이로, 그녀의 금발 가닥이 잘려 땅으로 떨어졌다.
'조금만 더 가까웠다면 검에 베였을 거야.'
그걸 알면서도 로자리아는 피하지 않았다. 정확히는 피할 이유가 없었다. 마르쉬는 신성제국에서 검으로 져 본 적 없는 수기사였다. 그가 마음만 먹는다면 눈을 감고도 사지를 벨 수 있었다.
'죽일 마음은 없는 거야. 그럴싸한 협박인 건가?'
정말로 죽이려고 했다면 쫓기 시작할 때부터 검을 빼 들었을 것이다. 로자리아는 두 손을 들어 올린 채 자리에서 일어섰다.

"누군지 정체를 밝혀라."

"……."

마르쉬는 날카로운 검을 그녀에게 겨누었다. 그의 검이 정확히 로자리아의 턱 끝을 겨누었다. 로자리아는 눈을 내리깐 채로 검의 움직임을 주시했다.

"영애께선 누구신데 저를 쫓아오시는 겁니까?"

마르쉬는 검을 거두지 않았다. 처음에는 쫓기고 있다는 사실을 몰랐으나 무언가 이상했다. 바람의 기류가 비틀어져 있었다. 후각이 예민한 그에게 옅은 꽃의 향이 났다. 힐끗, 시선을 내리깔자 정원에 흔적이 남아 있었다. 어떻게 기척을 지웠는지 모르겠지만 주의를 기울이고 나서야 쫓기고 있단 사실을 알아차렸다.

"마르쉬 경, 검을 거두세요."

로자리아는 자신의 목을 겨누는 검에도 평정을 유지했다. 검을 들고 있던 마르쉬는 순식간에 로자리아의 정체를 파악했다.

'눈부신 금발, 푸른 눈…… 테베의 왕녀로군.'

마르쉬는 왕녀인 것을 확인하고는 검을 검집에 집어넣었다.

"신성제국에서 금발은 흔치 않습니다. 더욱이 푸른 눈이라면. 이번에 공작 각하와 결혼하신 테베의 왕녀이시군요."

마르쉬는 프리실라가 로자리아를 멍청한 왕녀라며 비아냥거렸던 기억을 상기했다.

"성녀 프리실라 님을 보좌하는 수기사 마르쉬 히킨샤라고 합니다. 부디 공작 부인을 몰라뵌 점, 용서해 주시길."

"로자리아예요."

"말씀 낮춰 주십시오."

마르쉬는 로자리아에게 깍듯하게 대했다. 그러나 로자리아는 섣불리 말을 놓지 않았다.

"아뇨, 괜찮아요. 전 이게 편해요, 마르쉬 경."

"알겠습니다. 공작 부인께서 기사도 대동하지 않고 홀로 정원에 오신 이유를 물어도 되겠습니까?"

"바람을 쐬고 싶었어요."

'대놓고 거짓말을 하는군.'

마르쉬는 로자리아의 말을 믿지 않았다. 그는 가늘어진 눈동자로 그녀를 예의 주시했다.

'마르쉬는 성녀에게 충성도가 높아. 적의를 숨길 정도로 똑똑한 편이기도 하고.'

애초에 대부분의 성기사는 이미 성녀의 사람이었다. 육체적인 관계만 없을 뿐이지, 그들은 모두 순결의 서약을 했으며 프리실라만이 그들이 목숨을 바쳐 지켜야 할 여자였다. 실제로 아니타의 계율에는 성녀 이외의 여자를 돌로 보라는 말도 있었다. 아이를 가지거나 부인을 들이는 건 모두 성기사직을 은퇴한 이후여야 했다.

"이미 밤이 늦었습니다, 부인. 제가 서궁까지 안내해 드리겠습니다."

마르쉬는 로자리아에게 캐묻는 것을 그만두었다. '바람을 쐬고 싶었다'는 건 누가 봐도 거짓말이었다.

'그 말을 한 본인이 모를 리가 없지.'

그러나 왕녀가 자신을 미행한 이유를 밝힐 의무는 없었다. 그 또한 떳떳하지 못한 이유가 있었다. 마르쉬는 그가 서궁에 온 목적을 떠올렸다.

"마르쉬 경, 그대에게 부탁할 것이 있어요."

"무슨 명이든 따르겠습니다, 성녀님."

"로자리아 왕녀를 감시해 줘요. 황성의 서궁. 그곳에서 왕녀가 지낼 거예요."

"알겠습니다."

마르쉬는 성녀에게 그 이유조차 묻지 않았다. 그의 주인은 성녀였으니 시키는 일은 무엇이든 따랐다. 그것이 선한 일인지 악한 일인지는 중요하지 않았다.

'왕녀를 감시하라는 성녀의 명령으로 서궁을 왔으나 내가 도리어 미행당했군.'

마르쉬는 눈을 가늘게 떴다. 이제껏 그보다 강한 검사를 마주친 적은 없었다. 마르쉬는 강했다. 그럼에도 신중한 편이었다. 그는 자신의 검을 믿고 무모한 선택은 하지 않았다. 전략과 계획을 세워 승리하는 것. 그것만이 그가 밟아 온 길이었다. 아무리 실력이 뛰어난 자라 한들, 결국엔 수기사의 검에 목이 베였다.

"마르쉬 경. 나를 위한 검이 되어주겠나요?"

열다섯, 백발의 소년은 성녀의 수기사가 되겠노라고 맹세했다. 그는 처음 성녀를 만났을 때부터 프리실라의 잔혹한 성정을 알아차렸다. 그러나 그것이 성녀의 수기사가 되는 데 걸림돌은 되지 못했다. 황가의 기사들이 성녀의 개라 조소해도 아랑곳하지 않았다. 마르쉬는 주저함이 없었다. 성녀의 명이라면 갓난아기라도 죽였다. 죄가 있든 없든 성녀가 시키는 대로 했다.

마르쉬가 성녀를 따르는 건 성녀가 선해서가 아니었다. 오히려 그가 모시는 프리실라 성녀는 그 누구보다 악독했고 잔혹했다. 그는 성녀의 비틀린 모습을 알면서도 그 곁을 떠나지 않았다. 그 어떤 어려운 명령을 내리든 해내었다.

마르쉬 히킨샤, 그 앞에선 자애로운 성녀도 검은 속내를 드러내었다. 마르쉬는 왕녀 앞에서 검은 발톱을 숨겼다. 데려다주겠단 낯선 기사의 호의에 로자리아가 입을 열었다.

“저를 안내해 주겠단 말인가요, 마르쉬 경?”

“제가 부인을 모시겠습니다. 날이 어두워져 출구를 찾기가 어렵고, 미로식의 정원이라 위험합니다. 허락해 주시겠습니까?”

“고마워요, 마르쉬 경.”

로자리아는 흔쾌히 수락했다.

‘너무 쉽게 수락하는데.’

그녀를 주시하던 마르쉬는 눈을 가늘게 떴다.

“허락해 주셔서 감사합니다.”

로자리아는 마르쉬를 관찰했다. 과거에도 몇 번 마주친 적이 있었지만 이렇게 자세히 보는 건 처음이었다.

‘그땐 새하얀 터번으로 얼굴을 가렸으니까. 붉은 눈밖에 드러나지 않았지.’

신성제국의 사내와 달리 눈앞의 수기사는 구릿빛 피부였다. 테베와 이스타샤 출신은 대부분 피부가 하얀 편이었다.

“마르쉬 경은 이국 출신인가요? 이스타샤 출신은 아닌 것 같은데.”

“바렛사 출신입니다.”

로자리아는 알면서도 물었다. 그에게 무나크에서 우연히 마주쳤던 것을 기억하는지 굳이 묻지 않았다.

“그렇군요. 이스타샤에 온 지 얼마 되었나요?”

“이스타샤로 귀화한 지 10년이 넘었습니다.”

‘마르쉬는 바렛사 출신이지만 억양도, 행동도 이스타샤인에 가까워.’

로자리아는 그의 대답을 들으며 말했다.

“바렛사라면 테베와 모계 혈통이 같네요.”

“부인께선 이스타샤의 피를 물려받으셨군요. 바렛사 쪽의 피가 짙었다면 저처럼 갈색 피부를 가졌을 테니까요.”

마르쉬의 말이 맞았다. 그녀의 외가인 데모나에 신성제국민의 피가 흘러들어 온 적이 있었다.

"부인께선 명검이라 불렸던 데모나 가문으로 알고 있습니다."

"맞아요, 전 데모나 가문 출신이에요. 검은 못 들지만요."

로자리아는 검을 들지 못한다고 정보를 흘렸다. 굳이 성녀의 수기사에게 검을 잘 다룬다고 밝힐 이유가 없었다. 또한 검의 여신, 데모나를 불러들인 것도.

'데모나 출신이었지.'

마르쉬의 눈에 이채가 서렸다. 데모나는 역대 정령술사를 배출한 혈족이었다. 이를 아는 사람은 드물었다. 그는 바렛사의 극소수만 알고 있는 사실을 떠올리곤 눈앞의 로자리아를 깊게 주시했다.

"서궁으로 안내해 드리겠습니다."

"좋아요, 마르쉬 경."

로자리아는 수기사의 청을 수락했다. 얼마 지나지 않아, 서궁 입구에 도착했다. 로자리아는 수기사에게 고마움을 표했다.

"데려다줘서 고마워요."

"아닙니다. 기사로서 당연히 해야 했을 일입니다. 부인께 여신 아니타의 축복이 함께하기를."

"조심히 돌아가도록 해요, 마르쉬 경."

마르쉬는 로자리아에게 나무랄 데 없는 예를 취했다. 이윽고 그는 등을 돌렸다. 등을 돌린 순간, 마르쉬는 정중하게 웃던 낯을 무표정으로 바꾸었다.

"그녀를 정원에서 봤단 말인가요?"

"네, 서궁에서 마주쳤습니다."

프리실라는 나른하게 젖은 목소리로 물었다. 방금 전 다녀간 클라인과 몸을 섞은 탓에 정사의 여운이 가시지 않았다. 실크로 된 드레스는 성녀의 젖은 몸을 비췄다. 프리실라는 땀에 젖은 제 머리칼을 쓸어 넘기며 중얼거렸다.

"수고했어요, 마르쉬 경."

마르쉬는 단조로운 목소리로 보고했다. 그는 성녀의 반라에도 덤덤했다.

"프리실라 님을 위해 뭐든지 따를 것입니다."

그저 다시 한번 충성을 맹세할 뿐이었다.

'엉덩이 가벼운 노만 1세와 물건이 형편없는 클라인보단 당신이 나아, 마르쉬 히킨샤.'

성녀가 보기에 수기사는 지조와 절개를 지켰다. 그녀가 알기론 검술도 바렛사에서 가장 뛰어났다. 신성제국의 신성이자 명검이라 불리는 공작과 비견할 만큼. 프리실라는 뱀처럼 가느다란 팔로 마르쉬의 목을 끌어당겼다. 입술이 가까이 닿을 거리에서도 눈앞의 수려한 기사는 조금도 동하지 않았다.

"마르쉬 경, 당신은 나의 완벽한 체스 말이에요."

프리실라는 붉은 입술을 혀로 핥아 올렸다. 어차피 반반한 사내들이야, 그녀의 주위에 차고 넘쳤다. 원하는 건 뭐든지 손에 넣었고 눈에 거슬리는 사람을 죽여도 누구 하나 뭐라 하는 이가 없었다. 그저 누명이라며 여신상 앞에서 눈물을 흘리면 오히려 죄를 고발한 사제와 신녀들이 죽어 나갔다.

"모든 이가 내게 무릎을 꿇어도 만족스럽지 않아요. 내가 원하는 건 그이뿐이니까."

프리실라는 신성제국 공작의 모습을 그렸다. 그녀의 수기사도 아름답고 강했지만 자신이 원하는 건 공작이었다. 성녀에게 있어 라쉬드는 꺾이지 않는 꽃이었다. 그 꽃을 꺾어 바치는 건 성녀가 총애하는 수기사가 되리라 믿어 의심치 않았다.

"난 황후가 될 거예요. 하지만 내가 원하는 건 클라인의 황후가 아니에요."

성녀가 원하는 건 라쉬드 폰 칼라네 바르세데스. 신성제국의 철의 공작, 라쉬드였다. 그가 황위를 원했다면 얼마든지 내어줄 수 있었다. 노만 1세를 독살하고 클라인의 목을 도려내면서까지, 기꺼이 바치리라.

'매혹적인 꽃을 가지기 위해선 그만큼의 대가를 치러야 해.'

프리실라는 신성가문 에르테반의 가르침을 뼛속까지 깊게 새겼다. 그녀의 아비였던 에르테반 전(前) 후작은 원하는 것이 있으면 수단과 방법을 가리지 말고 얻어 내라 하지 않았던가.

프리실라는 성녀로서 모셔야 할 여신 아니타까지 증오했다. 최초의 성녀로 추앙받는 여신의 이름을 찢어 내고 영원한 성녀로서 이름을 남기기를 갈망했다.

'그건 불가능한 일이야. 그 어떤 성녀가 와도 여신 아니타의 장난감으로 살아갈 테니.'

프리실라에겐 남은 선택지는 단 하나였다. 황후가 될 때까지 성녀의 권위를 유지하는 것. 신성제국에서 성녀의 권력은 영원하리라 지껄이는 어리석은 자들의 말을 믿지 않았다.

'내가 나이가 들어 성력이 약해진다면, 그땐 더 어리고 강한 성녀가 나타나겠지.'

자신이 전(前) 성녀인 데레사를 죽인 것처럼 가증스러운 어린 성녀가 나타나 제 목을 도려낼 것이다. 그러니 영원한 성녀란 건 없었다. 그건 사람으로 태어나 여신으로 죽음을 맞은 최초의 성녀 아니타뿐이었다. 그녀가 죽은 지 천 년이 지났으나 모두가 여신의 총애를 바라지 않던가.

'나를 믿는 게 아니라 여신의 껍데기를 믿는 것뿐이야.'

프리실라는 성녀의 지위를 마음껏 이용하면서도 영원하리라 믿지 않았다.

'성력을 잃어버리기 전에 황후가 될 거야. 황제가 된 클라인과 결혼하여 황후가 된 후, 클라인을 독살하면 돼.'

신성제국의 유일한 후계자는 공작이 될 것이다. 제아무리 황위를 거부하던 공작이라 해도 무너져 가는 신성제국을 외면하진 못할 것이다. 프리실라는 수년 전부터 계획을 세웠다. 공작을 황제로 만들어 그의 사랑스러운 아내가 되고 싶었다.

'신성제국은 내 것이야. 공작도, 신전도, 황가도 모두.'

프리실라는 피가 새어 나올 정도로 입술을 깨물었다.

'그년만 나타나지 않았으면 모든 게 순조로웠을 텐데.'

프리실라의 표정이 싸늘해졌다. 하지만 결국엔 라쉬드도 그녀를 원하게 될 것이란 확신이 있었다.

'라쉬드, 당신에겐 결국 내가 필요할 거야.'

매일 밤 남자를 번갈아 가며 안기면서도 그를 그렸다. 그녀의 상상 속에선 노만 1세의 버짐이 핀 손이 라쉬드의 단단한 손이었고, 클라인 황태자의 입술이 라쉬드의 부드러운 입술이었다.

"마르쉬, 난 그가 보고 싶어요."

"성녀님께서 원하신다면 공작을 바치겠습니다."

"가끔은 그를 죽여서라도 온전한 시체를 갖고 와 달라는 명령을 내리고 싶어요. 그러면 들어줄 건가요?"

"그것이 성녀님의 뜻이라면."

"농담이었어요, 마르쉬 경. 표정 무섭게 하지 말아요. 정말로 경이 라쉬드를 죽일까 봐 염려돼요."

"제가 어찌 감히 신성제국의 공작을 죽이겠습니까? 제 검이 강하다 한들, 그의 상대가 되지 못할 겁니다."

마르쉬는 한쪽 무릎을 꿇고 성녀의 손등에 입을 맞추었다. 그는 밤이 깊기 전에 대신전을 벗어났다.

❖

마르쉬와 마주친 후, 로자리아는 서궁으로 돌아왔다. 그런데 침실에는 라쉬드가 그녀를 기다리고 있었다.

'어떻게 내가 나가기만 하면 와 있는 거지?'

로자리아는 당황한 기색을 숨기고는 말했다.

"라쉬드, 이른 저녁부터 무슨 일이에요?"

"이미 밤이 깊었는데 이른 저녁?"

"시간이 이렇게 늦었을 줄은 몰랐어요."

"로즈."

"왜요, 공작님?"

"네게서 사향 냄새가 나는데. 어딜 갔다 온 거지?"

그녀는 이번에 라쉬드의 물음에 대답하지 못했다.

"마르쉬, 그 남자를 만난 건가?"

"어떻게 아셨어요?"

"네게서 그자의 향이 나니까."

그 사내에게선 바렛사인 특유의 사향이 났으니 라뮤엘에게 보고받지 않아도 알아내는 건 충분했다.

'지금 질투하는 거야?'

관심조차 없을 텐데 질투할 리가 없었다. 로자리아가 아무렇지 않은 얼굴로 말했다.

"마르쉬 경과 아무 일 없었어요. 정원을 갔다가 우연히 마주친 것뿐이에요."

"서궁의 정원을 보고 싶었다면 다음부턴 내게 말해."

"공작님께선 항상 바쁘잖아요?"

"시간을 내어서라도 데려가 줄 테니. 다른 남자와 밤늦게 있는 게 보기 좋진 않아."

이를 듣던 로자리아는 눈을 깜빡였다. 그녀가 대답하지 않자 라쉬드는 다시 말을 이었다.

"로즈."

"말씀하세요, 공작님."

"마르쉬는 프리실라의 기사에다 바렛사 출신이니 속을 알 수 없는 남자다. 그러니 조심해."

"그와 친해지지 말라는 건가요? 나쁜 사람은 아닌 것 같았는데."

로자리아는 수긍하면서도 궁금한 척 물었다.

"라뮤엘의 말로는 그가 바렛사의 높은 신분이라더군."

라쉬드는 프리실라에게도 말하지 않았던 이야기를 꺼냈다. 어째서 이를 설명하고 있는지 모르겠지만, 그는 일종의 기밀을 로자리아에게 알린 셈이었다.

"높은 신분?"

"뭐, 자기는 아니라고 하지만 모를 일이지."

라쉬드는 로자리아를 바라보며 말했다. 그는 줄곧 마르쉬의 정체를 의심해 왔다. 로자리아는 설마라고 생각하면서도 물었다.

"질투하시는 거예요?"

"그럴 이유가 있다고 생각하나?"

라쉬드는 목깃이 갑갑하게 느껴져 거칠게 풀었다. 어쩐지 그의 아랫배가 뻐근해졌다.

"아니면 말고요……. 제가 괜한 걸 물었나 보네요."

로자리아는 미심쩍어하는 기분을 지우지 못했다. 그녀는 라쉬드에게 다가가 그의 뺨을 감싸며 그를 빤히 올려다보았다.

"왜?"

"평소와 다른 것 같아서요."

"……그랬던가."

공작 부부는 서로를 바라보았다. 눈이 마주치자 굳었던 분위기가 풀렸다.

결국 할 말이 없었던 라쉬드가 먼저 입을 열었다.

"아무튼 마르쉬는 위험한 남자야."

"라쉬드의 보좌관인 라뮤엘도 만나지 말라고 하셨잖아요?"

"그건 홧김에."

라쉬드는 한숨을 내쉬었다. 감정을 드러내지 않도록 주의했는데 그녀 앞에선 때때로 본래 모습을 드러낼 수밖에 없었다.

"한숨 자도록 해. 모레 정오에 출발할 테니. 준비는 시녀에게 시켰으니 할 건 없어."

"으음, 알겠어요. 라쉬드도 잘 자요."

그가 침대로 가는 걸 본 로자리아는 욕실로 향했다. 이윽고 그녀는 시녀를 불렀다.

"에나, 따뜻한 물을 받아주겠어?"

곧 시녀가 다가와 목욕 준비를 마쳤다. 로자리아는 에나의 도움을 받아 욕조로 들어섰다.

"씻는 건 혼자 할게. 이만 가서 쉬도록 해."

"네, 마님."

로자리아는 따뜻한 물이 차오른 욕조에 몸을 담갔다.

'성녀가 나를 감시하라고 보낸 건가? 왜 라쉬드는 그를 높은 신분이라고 했을까?'

그녀가 알기론 마르쉬는 실력만으로 수기사직에 오른 자였다. 애초에 바렛사의 귀하신 분이라 하여도 신성제국인은 야만인이라며 조소하겠지만.

'나중에 그의 정체를 알아봐야겠어.'

목욕을 마친 그녀는 실크로 된 쉬폰 드레스를 몸에 걸쳤다.

욕실에서 나온 로자리아는 침실로 향했다. 문을 열자 라쉬드가 있었다.

"라쉬드, 아직 안 자고 있었어요?"

"기다리고 있었어."

라쉬드가 대답했다. 소파에 몸을 기대던 그는 턱을 괸 채로 로자리아를 보고 있었다.

'왜 기다린 거야?'

로자리아는 궁금했지만 묻지는 않았다. 이윽고 라쉬드가 그녀에게 와인이 든 잔을 건넸다.

"한잔 마셔."

이미 한참 전에 씻은 건인지 그에게서 은은한 향이 났다. 말로 정의하기 힘든, 매혹적인 향에 로자리아는 와인을 마시다 말고 라쉬드를 훔쳐보았다.

"할 말이 있는 건가?"

"아뇨, 없어요. 당신은 있나요?"

"아니."

라쉬드는 로자리아를 물끄러미 바라보며 말했다.

'뭐야, 정말. 할 말이 있으면 얼른 하지.'

말은 없고, 자신을 뚫어져라 보는 시선에 그녀는 미칠 지경이었다.

"더 마셔."

묘하게 말이 짧아졌다. 독한 위스키만 마시던 라쉬드는 그의 취향을 버리고 달큼한 와인을 마셨다.

'술이 아니라 음료 수준이라 취하지도 않아.'

그는 처음 먹어 보는 맛에 혀로 입안을 핥았다. 마치 로자리아의 향처럼 달달하면서도 더 마시고 싶은 욕구가 들었다.

"벌써 자정이야."

"벌써요? 그럼 빨리 자야겠어요. 내일 일찍 일어나려면 지금 자도 늦어요."

로자리아는 냉큼 침대 위로 도망갔다. 라쉬드는 그녀의 의도를 눈치채고는 홀로 앉아 빈 잔을 두드렸다.

톡. 톡. 그 기묘한 소리에 로자리아는 베개에 얼굴을 파묻었다. 차라리 불이라도 꺼 주면 마음껏 자겠는데, 저기 혼자서 와인을 마시는 걸 보자니 기분이 이상했다.

라쉬드는 빈 잔을 내려놓고 로자리아가 잠든 척하는 침대로 다가왔다. 그는 로자리아가 누운 곁에 앉아 그녀의 머리칼을 어루만졌다. 이윽고 그 손이 실크를 입은 허리로 내려오고, 눈을 내리깐 그가 묘한 눈길로 로자리아를 내려다보았다.

"키스하고 싶어졌어."

대놓고 하는 말에 로자리아는 깜짝 놀라 누운 자리에서 일어났다. 헝클어진 머리로 당황하는 그녀를 본 라쉬드가 낮게 웃었다.

"싫으면 거부해."

그는 기회를 놓치지 않으며 로자리아를 단숨에 끌어안았다. 그러고는 새하얀 목덜미에 짙게 입술을 맞추었다. 차가운 입술이 살갗에 닿자 찌르르한 전율이 흘렀다. 와인을 마실 때보다 더한 열기가 몸을 덥혀 왔다. 발끝이 간질거렸고 긴장이 되어 허리는 뻣뻣해졌다. 로자리아는 질끈 감았던 눈을 조심스레 떴다.

"로즈, 날 너무 그렇게 싫어하지 마."

"싫지 않아요."
"나를 싫어하는 게 아니었나?"
로자리아는 라쉬드의 말에 멈칫했다.
'이렇게나 설레는데 내가 라쉬드를 싫어한다니?'
"내가 눈치 없이 곤란한 질문을 했어. 어차피 계약 결혼이니 마음까지 바라는 건 사치이니까."
로자리아는 자신을 가만히 안아주는 라쉬드에게 몸을 기대었다. 속을 알 수 없는 그녀를 바라보던 그는 로자리아의 입술을 탐했다. 그저 본능적으로 로자리아의 입술을 취하면 이 답답한 기분의 이유를 알 거란 생각이 들었다.
"로즈, 당신은 내 아내다."
라쉬드는 로자리아를 침대에 눕히며 두 팔로 가두었다. 위에서 자신을 내려다보는 진득한 시선에도 그녀는 피하지 않았다.
"전 당신의 아내예요, 라쉬드."
"잊지 마."
라쉬드는 목깃까지 채우던 단추를 풀어내고 그녀의 몸을 가리던 쉬폰 드레스를 벗겨 내었다.

7장 푸른 사막

날이 밝자, 로자리아는 황실 서고를 찾았다. 그녀가 이곳에 온 이유는 하나였다. 바로 푸른 사막의 원인을 찾는 것이었다.

'전염병이 발생한 원인이 있을 거야.'

신성제국의 황성, 서궁 안쪽에 위치한 황실 서고는 황족과 성녀만이 기록을 볼 수 있었다. 그러니 회귀 전, 그녀가 가지 못한 유일한 곳이었다. 신전에 있는 수만의 성서에도 기록이 없다면…….

'황실 서고에 전염병이 발생한 원인이 있을 거야.'

로자리아는 서궁의 지하와 연결된 서고의 입구에 들어섰다. 늙은 사제가 횃불을 든 채 그녀를 안내했다. 사제를 따라 나선형의 계단을 내려가자 아치형의 쇠문과 연결된 서고가 보였다. 안으로 들어서자, 오래된 책 냄새와 옅은 나무향이 그녀를 반겼다. 로자리아의 눈이 크게 떠졌다. 듣던 대로 방대한 기록이 담긴 서고였다.

'전염병에 대한 책부터 찾아봐야 해.'

로자리아는 밤이 될 때까지 서고 안을 샅샅이 뒤졌지만 이미 아는 푸른 사막의 증상만이 나와 있었다.

'이스타샤 학자가 쓴 것도 있지만 죄다 엉터리야.'

로자리아는 서고에 틀어박혀 책을 빠르게 골랐다. 마침내 고른 건 오래되어 누렇게 색이 바랜 책이었다.

〈종의 기원.〉

"한번 읽어볼까?"

놀랍게도 테베의 학자가 쓴 것이었다. 시기상으로 따지면 백 년 전의 책이었다. 첫 장을 넘기자 낡은 종이의 향이 코끝을 스쳤다.

"푸른 사막의 원인이라……."

로자리아는 빠르게 책을 훑었다. 그녀의 눈동자가 분주할 때쯤, 후반부에 이르러 푸른 사막에 대한 기록을 찾을 수 있었다.

"이거야!"

로자리아는 너무 놀라 자리에서 벌떡 일어났다. 그녀는 책을 펼쳐 빠르게 읽었다.

"푸른 사막의 원인은 날것을 섭취한 데에 있다. 그 기원은 오백 년 전 바렛사로부터 시작되었다. 바렛사의 민족은 살아 있는 짐승의 피와 살을 마시는 것이 전사를 용맹하게 만든다고 믿는다. 북부의 란 부족에선 박쥐 고기를 즐겨 섭취하나, 이를 섭취한 자들의 피부가 검게 변했으며 종래엔 미라처럼 몸이 비틀렸다."

'박쥐 고기가 전염병의 원인이라고?'

로자리아는 깊은 생각에 잠겼다.

'가장 중요한 건 예방이야. 병에 걸린 사람을 치료하되, 전염병 환자가 더 느는 일이 없도록 통제해야 해.'

로자리아는 몇 번이고 푸른 사막의 기록을 반복해서 읽었다. 이 책에서 얻은 지식으로 전염병을 종식시킬 수 있었다.

'주기는 오백 년으로 짧지 않은 편이야. 오백 년 전에 발발했던 병이 왜 지금에서 유행된 걸까?'

사망자는 하루 만에 벌써 만 명이 넘었다. 바렛사 인구의 삼분의 일이 죽었고, 인근 국가였던 이스타샤는 그 피해가 더욱 컸다. 병이 시작된 건 바렛사이나 땅이 넓고 인구의 밀도가 낮은 바렛사에서 전염병은 느리게 진행되었다. 그러나 수도로 인구가 밀집된 이스타샤에선 전염병이 급속도로 퍼져 나갔다.

'어째서 이스타샤의 북부가 아닌 수도에 더 퍼진 거지?'

바렛사와 국경을 마주한 건 이스타샤의 북부였다. 이스타샤 북부에서 최초로 전염병이 발생했는데도 피해는 수도가 더 막심했다.

로자리아는 의문점 두 개를 발견했다. 바렛사의 북부는 녹지 않는 동토이자 제국의 문화와 단절된 오지였다. 소규모로 부족생활을 하는 북부의 란족이 이스타샤까지 내려올 일은 없었다.

"푸른 사막 때문에 이스타샤는 큰 피해를 입었어. 처음 전염병이 발병한 건 바렛사였지. 란족이 이스타샤까지 내려올 일이 없을 텐데 수도까지 전염병이 퍼졌다는 건……."

문득 한 가지 추측이 떠올랐다.

"전염병에 걸린 란족을 이스타샤 수도로 내보냈다면?"

로자리아는 스스로의 생각이 지나친 억측이 아닐까 되짚었다. 그러나 그럴 리 없다고 단정 지을 순 없었다. 가능성이 희박하긴 해도 아예 불가능한 건 아니었다. 바렛사와 인접한 이스타샤의 북부는 멀쩡한데, 어째서 수도에서 전염병이 급속도로 퍼지는 건지 알아내야 했다.

"낮은 기온에서 병의 진행이 더뎌지는 것을 감안해도 이상해."

로자리아는 낡은 책을 어루만졌다.

"이스타샤에선 아무도 박쥐 고기를 먹지 않아. 일단 전염병에 걸린 바렛사 사람부터 격리해야 해."

쉽지 않은 일이었다. 이스타샤와 바렛사의 사이는 좋지 않았으나, 그것과 별개로 두 제국이 맺은 조약으로 출입이 허가된 자를 다시 내쫓는다면 분란이 생길 위험이 있었다.

"어려운 일이야. 바렛사의 협조도 얻어야 하고, 이페리아를 계속 공급해서 병을 고쳐야 해. 게다가 더 이상 바렛사의 란 부족이 고기를 먹지 않게 해야 하는데……."

병을 고치기 위해선 두 제국의 협조가 필요했다. 이스타샤 하나만으로도 벅찬데, 바렛사라니.

"이걸 라쉬드에게 어떻게 말하지?"

로자리아는 심각한 고민에 사로잡혔다. 이 사실을 알려 주어도 이스타샤와 바렛사의 협조를 끌어내는 건 어려운 일이었다. 하지만 라쉬드는 이스타샤의 공작이니 협조를 이끌어 낼 수 있을 것이다. 그리고 자신이 그를 도와줄 수 있는 확실한 방법이었다.

다음 날 정오, 공작 부부는 바삐 움직였다. 수도의 전염병을 고치기 위한 사제단이 꾸려졌다. 사제단은 황성을 떠나 수도에 있는 신전으로 가게 되었다. 그동안 신전은 문을 폐쇄하고 전염병 환자를 받지 않았다. 그러나 노만 1세의 명령으로 신전의 문을 개방하게 되었다. 신전으로 향하는 사제단은 약 이백 명의 인원이었다. 치료할 다섯의 고위 사제, 성녀와 사제를 지킬 스물의 성기사로 이루어졌다. 나머지는 성녀와 공작 부부를 보필할 시종들이었다.

로자리아는 에나의 도움을 받아 사제단으로 가기 위한 준비를 마쳤다. 신전 바깥으로 나오자 프리실라를 모시는 사제와 성기사가 일렬로 모여 있었다.

"야만족 왕녀야."

"쉿, 들리겠다."

"사제단에 테베 출신과 같이 가야 한다고?"

무장한 채 침묵을 지키는 성기사들과 달리, 사제들의 입은 가벼웠다. 그들은 노골적으로 로자리아를 훑어 내렸다. 이때 프리실라가 등장하자 소란스럽던 이들의 입이 다물어졌다.

"앞으로 수도의 신전에서 두 달간 전염병 치료를 하게 될 거예요. 사제들은 전염병에 걸리지 않겠지만 주의하는 게 좋아요. 전염병을 고치지 못한다면 우리는 황성에 있는 대신전으로 돌아올 수 없어요."

프리실라가 두 팔을 넓게 펼치며 말했다. 햇빛을 받아 그녀의 검은 머리칼이 더욱 짙게 보였다.

'이제 제대로 성녀로서의 일을 하려나 보네.'

로자리아는 가장 뒤편에 서서 프리실라를 보았다. 기사들과 사제들은 선망의 눈빛을 담아 성녀에게 예를 취했다. 가장 앞에 선 프리실라를 보다가 고개를 돌렸다. 로자리아는 색이 빠진 회색 로브를 입은 채, 그녀를 불편하게 바라보는 시선들과 마주했다.

"앞으로 한 달간 이스타샤의 공작으로서 사제단을 지휘할 것이다. 세 가지만 명심하면 된다. 첫째, 치료할 수 없는 환자에게 성력을 쓰지 않는다. 둘째, 사사로운 감정에 흔들리지 않는다. 셋째, 전염병 확산을 막기 위해 병에 걸린 자는 격리시키고 시신은 불태운다. 그 어떠한 경우에도 명령을 어기는 건 용납되지 않는다."

라쉬드는 새하얀 제복을 걸친 채 말했다. 그는 사제단의 가장 앞에서, 검은 군마를 탄 채 주위를 내려다보았다.

'지도자로서 타고난 사람이야. 그가 황제가 되지 않는다는 게 상상이 가지 않을 정도로.'

로자리아는 라쉬드를 올려다보았다. 그는 언제나 빛나는 사람이었다. 사람들의 존경과 경외를 받으며 이스타샤를 지키는 수호자. 여신 아니타의 사랑을 받는 후계자라 일컬어질 만했다.

로자리아는 문득 라쉬드의 시선을 느꼈다. 그가 자신의 모습을 볼 수 있도록 로브를 살짝 벗었다. 햇볕을 받은 눈부신 금발이 반짝거렸다. 라쉬드는 한참 동안 로자리아를 보다가, 군마를 이끌고 앞으로 향했다.

"문을 열어라!"

쿵, 쿵, 쿵. 굳게 닫힌 황성의 정문을 열기 위해 거대한 도르래가 마찰음을 내며 돌아갔다. 공작과 성녀에게 예를 갖추기 위해 황성의 기사들이 일렬로 묵례했다.

'역시 신성제국이야.'

로자리아는 순수하게 감탄했다. 사제단을 보내는 것도 테베와는 비교도 안 될 정도로 큰 규모였다. 달그락거리는 말굽 소리와 함께 라쉬드가 이끄는 사제단 일행은 수도의 신전으로 출발했다.

이스타샤의 황성에서 수도에 있는 신전까지 말을 타고 약 두 시간 정도 걸렸다. 말을 타고 달렸으면 제때 도착했겠지만, 성녀의 안전을 위해 마차는 천천히 달렸다. 라쉬드와 공작가의 기사들은 사태를 파악하기 위해 사제단보다 먼저 신전으로 향했다.

로자리아도 마차를 타려고 했으나, 준비된 마차의 바퀴가 삐걱거렸다.

'신전에서 준비한 마차는 불안해.'

마차를 고쳐 달라 했으나 묵묵부답이었다. 다른 마차가 있는지 묻자 쓸 수 없다는 말만 들려왔다. 로자리아는 하는 수 없이 말을 빌려 탔다.

'세상에 천박하게 여자가 말을 타고 있잖아.'

로자리아는 자신을 흘기는 신녀들의 눈초리를 무시했다. 말은 짐승이었고, 그 짐승 위에 올라타는 건 남자들에게 허락된 전유물이었다. 로자리아는 자신을 이상하게 쳐다보는 기사와 사제들의 시선에도 아랑곳하지 않았다. 그녀는 허리를 꼿꼿이 세우고는, 두 손으로 말의 고삐를 잡았다.

"잘 타는데?"

맨 마지막 행렬에 있던 기사, 센이 중얼거렸다. 그는 성기사가 아닌 공작가의 기사로 실제로 공작 부인을 본 건 이번이 처음이었다.

"안녕하세요, 마님."

"실례지만 누구신가요?"

"아, 저는 센이라고 합니다. 공작 각하를 모시는 기사죠. 오늘부로 마님의 호위를 맡게 되었습니다."

"수고가 많아요, 센 경."

로자리아는 상냥하게 인사해 주었다. 이에 센이 뺨을 긁적이며 말했다.

"제 자랑을 좀 하자면 북풍의 센이라고 불립니다."

"북풍?"

로자리아는 친근하게 인사해 오는 기사와 눈을 마주했다. 고불거리는 녹색 머리칼에, 따뜻한 고동색 눈을 가진 남자였다. 이제 삼십이 된 그는 넉살이 좋은 편이었다.

"제가 바르세데스가의 두 번째 기사단장입니다. 북부에 가 계신 로열 마스터(제1기사단장을 높이 부르는 말)를 대신해 제가 이번 사제단의 총괄 호위를 맡게 되었습니다."

"믿음직스러워요, 센 경. 일찍 인사를 나눴으면 좋았을 텐데 지금에야 보게 되었네요."

"제가 타국에 떠돌아다니다 보니 공작가에 머무는 시간이 적습니다.

그나저나 처음 타 보실 텐데, 말을 능숙하게 모시는군요."

"처음은 아니에요. 테베에서 몇 번 타 봤거든요."

"대단하시네요. 저는 말을 탄 부인은 처음 보는지라……. 아, 바렛사 출신의 여자들은 말을 타고 짐승을 사냥한다고 하더군요."

"신기하네요. 언젠가 바렛사도 가 보고 싶어요."

"하하, 제 누이도 기사가 되겠다고 했는데 이스타샤에선 힘들 거라 했었죠. 사제들이 하는 소리는 신경 쓰지 마세요."

센이 로자리아에게 윙크하자, 그의 등 뒤로 싸늘한 시선이 닿았다. 정체를 확인하기도 전에 자신의 주군인 걸 알 수 있었다.

"아무튼 마님의 안전은 제가 책임지겠습니다!"

"고마워요."

센은 흐뭇한 미소를 지으며 로자리아에게 수차례 인사했다.

'이렇게 살갑게 대하는 기사는 처음이야.'

썩 나쁘지 않았다. 바르세데스의 소속 가신 중에서 라쉬드를 제외하고 로자리아와 대화를 나누는 이는 극히 적었다. 센과 얘기를 나누다 보니 수도로 들어서는 길이 보였다.

"곧 도착입니다, 마님."

"평소라면 북적거릴 수도가 한산하네요."

"전염병 때문에 통제했으니까요. 아마 목숨을 내놓은 자를 빼고는 전부 집에 있을 겁니다."

센은 대답하면서도 착잡한 감정을 감추지 못했다. 앞서 달리던 공작가의 기사가 흰 깃발을 들어 올렸다.

"도착했습니다!"

황성에서 사제단이 출발한 지 두 시간이 지났다. 바야흐로 수도 중앙에 위치한, 두 번째로 큰 신전인 데레사에 도착했다. 수도에 있는 데레사 신전은 무척 넓었다. 용도에 따라 여러 건물로 나누어졌다. 본관은 성녀의 기도실이 있는 곳으로, 별관에 환자를 받았다. 별관이라 해도 환자 오백 명을 수용할 정도로 넓었다. 지붕에는 빛을 투과시키는 스테인드글라스가 있었으며, 신녀들이 부르는 성가가 흘러들었다.

빛이 비치는 아래, 사람의 키만 한 단상이 있었다. 단상의 중앙에는 눈을 감고 기도하는 여신의 대리상이 있었다. 대리석을 정성 들여 깎아 만든 상은 명장이 그린 것처럼 섬세했다. 내리감은 눈꺼풀, 함께 모은 두 손, 여신이 입은 새하얀 의복과 미사보까지. 여신상은 금방이라도 숨을 내쉴 것처럼 생생했다.

"여기가 바로 아니타의 신전이군요. 웅장하고 화려한 신전이라고만 들었지, 실제로 보니 경이롭네요."

"센 경께선 공작님을 따라 신전에 자주 가 보지 않았나요?"

"수도의 신전은 처음입니다. 다른 신전이야, 들어가 본 적은 있는데 여기만큼 크지 않았어요. 바렛사 혼혈이라 쫓겨난 적이 더 많았거든요."

센은 턱을 매만지며 대답했다. 그 덕택에 서러운 일도 많이 겪었지만 실력으로 제2기사단장이 된 건 괄목할 만한 일이었다.

"어머니가 이스타샤인이고 아버지가 바렛사인입니다. 외가 쪽의 피를 짙게 물려받아서 말하지 않으면 잘 모르지만요. 먼저 말씀드리려고 했는데……."

"괜찮아요, 센 경. 전 이스타샤인도 아닌 데다가 센이 어디 출신이든 상관없어요."

"아, 그렇군요."

센은 바로 수긍했다. 테베에서 온 마님께서 더 심한 모욕을 받았을 것을 생각하니 마음이 편치 않았다.

사제단이 모두 별관 안으로 들어서자 문이 닫혔다. 이윽고 단상에 선 프리실라가 사제들에게 일렀다.

"정갈하게 성수로 몸을 씻고, 아니타 님께 기도를 올리세요. 저녁부터 환자를 치료할 겁니다."

그녀는 주위를 둘러보며 말을 이었다.

"사제님들께선 잠시 쉬도록 해요. 아직 두 시이니 저녁부터 신전의 문을 개방하여 환자를 받아들이겠어요."

저녁이 되자 사제들은 분주해졌다. 개방된 신전으로 찾아오는 건 값비싼 옷을 걸친 귀족들이었다.

'환자라고 찾아온 건 전부 귀족들이야.'

심지어 푸른 사막에 걸린 것도 아니었다. 감기나 소화불량 같은 자잘한 잔병치레가 대부분이었다. 로자리아는 귀족들 앞에서 성심껏 기도하는 사제에게서 시선을 돌렸다. 높은 단상에 선 프리실라는 성서만 볼 뿐 이렇다 할 치료는 하지 않았다.

"센 경, 신경을 쓰느라 수고 많았어요. 난 사제들과 이야기를 하고 올게요."

"한 것도 없습니다만 그리 말해주시니 감사합니다. 여기서 기다리고 있겠습니다."

센과 헤어진 로자리아는 한 사제에게 다가갔다. 젊어 보이는 사제는 유독 게으름을 피워 댔다. 로자리아는 사제에게 다가가 물었다.

"왜 전부 일반 환자들이죠? 푸른 사막에 걸린 사람은요?"

"에이, 잘 모르시니 그런 말을 하시는 거죠. 정말로 푸른 사막에 걸린 환자가 찾아와 봐요. 모두 혼비백산하여 도망칠걸요? 아니면 성기사들이 신전에 들어오기도 전에 목을 벨 거예요."

로자리아는 굳어진 낯으로 주위를 둘러보았다. 이 중에 아무도 전염병에 걸린 이가 없었다. 이유를 알 수 없었다.

"푸른 사막의 증상을 알아요?"

"실제로 본 적 없으니 저희야 잘 모르죠."

로자리아의 물음에 친절히 답하던 사제가 무슨 헛소리를 하냐며 웃음을 터뜨렸다. 고위 사제에 속한 젊은 청년은 아예 다른 사람이 치료하는 걸 멀뚱멀뚱 지켜보고 있었다.

“몸에 검은색 반점이 있으며 거죽이 메말라 갈라졌고 두 눈에 붉은 핏발이 서린다. 이게 푸른 사막의 증상이에요. 경우에 따라서 열꽃이 피기도 해요.”

“음, 저는 잘 모르겠네요. 시체만 봐서 그런가?”

고개를 갸웃하던 사제가 아예 손 놓고 신전을 유유자적하게 돌아다녔다. 수도로 출발하기 직전에 보였던 비장한 사명감은 눈을 씻고 찾아봐도 볼 수 없었다.

‘이게 사제들이야? 아픈 병자를 치료하고 여신의 뜻을 가르치는?’

행여 병이 옮을까 인상을 찌푸리고 욕을 하는 이도 있었다. 로자리아는 허탈한 웃음을 지으며 뒤로 물러섰다.

‘이건 아니잖아. 나에게 그토록 더러운 악마라고 욕했던 이들이, 어째서 죽어 가는 사람을 도와주지 않는 거지?’

정녕 사제라면 죽어 가는 이를 지켜봐서는 안 되었다. 설령 성력으로 치료할 수 없다 해도 힘이 닿는 데까진 해봐야 하지 않는가.

로자리아는 어째서 라쉬드가 사제단에 오는 것을 거부했는지 알 수 있었다.

‘병을 치료할 마음이 없어. 전염병에 하나둘 죽어 갈 때, 불만이 쌓인 제국민들이 반란을 일으킬까 봐 보여 주기식으로 사제단을 꾸린 거야.’

로자리아는 쓴웃음을 지었다.

‘그래, 놀랄 것 없어. 어차피 예상했던 결과잖아.’

테베 출신이라고 조롱하며 죽이려 들었던 이들이 자국민이라고 도와줄 리가 없다. 고위 귀족이나 부유한 상인이 아니면 치료를 해주지 않을 것이다. 로자리아는 주먹을 그러쥐었다. 모순적이게도 악마라 불리던 정령술사가 죽어 가는 환자를 구하게 될지도 모른다. 로자리아가 발걸음을 떼자 사제가 황급히 물어 왔다.

"어, 어디 가시려구요?"

"그걸 알려야 하나요?"

"성녀님이…… 아, 아무것도 아닙니다."

사제는 급히 말을 바꾸었다. 다급한 마음이 들어 로자리아를 붙잡고 말았다. 프리실라가 '공작 부인을 잘 지켜봐라' 하고 내린 명령을 어길 수 없었다. 이스타샤의 황족이자 라쉬드의 아내인 공작 부인의 신체에 함부로 손대는 것은 극명한 죄였으나, 사제는 의식하지 못했다.

"황족인 내가 네게 허락을 받아야 하나?"

"아, 아닙니다……."

로자리아는 눈빛을 싸늘하게 굳혔다. 속으로 공작 부인을 무시하던 사제는 놀라 뒤로 물러섰다.

"공, 공작 부인?"

사제는 넋이 나간 채로 더듬거렸다. 강자에게 약하고 약자에게 강한 그가 두려워하는 건 라쉬드 공작과 성녀뿐이었다.

"성녀가 네게 무례를 허락하던가? 이스타샤의 황족이자 공작 부인인 내 몸에 함부로 손을 대도 좋다고?"

"그게 아니라…… 죄송합니다. 제가 무례를 저지른 것 같습니다."

고개를 빳빳이 들던 사제는 그제야 고개를 숙이며 사죄했다. 진심에서 우러나온 것이 아니었다. 그는 자신을 짓누르는 위압적인 기운에 머리를 조아렸다.

"한 번만 더 성녀를 들먹여 내게 무례하게 군다면 대가를 치르게 될 거다."

로자리아는 차가운 눈으로 사제를 내려다보았다. 사제는 땀을 뻘뻘 흘리며 연신 죄송하다는 말을 하며 허리를 굽혔다. 한심한 얼굴로 사제를 보던 로자리아는 미련 없이 등을 돌렸다. 센은 흥미롭게 이를 지켜보고 있었다.

로자리아는 수도의 마을을 돌아보았다. 사람으로 북적거려야 할 시장터가 휑했다. 신전 주위에는 성기사들이 통제하고 있어서 사람들을 볼 수 없었다. 그러니 상황을 파악하려면 마을의 사람을 만나야 했다.

'어라? 시장에 사람이 있잖아. 목숨 걸고 장사하는 건가?'

중년의 상인이 매대에 약초를 팔고 있었다. 병사들이 거리를 통제한 데다가 전염병이 창궐하는 때였다. 목숨을 걸고 시들시들한 레몬 잎을 살 사람은 없어 보였다.

로자리아는 일부러 상인에게 다가가 물었다.

"이거 얼마예요?"

"오 실버."

"비싸요."

"사지 마, 그럼."

로자리아는 눈을 가늘게 떴다. 목숨 걸고 팔러온 사람치곤 배짱이 컸다.

"알았어요, 안 살게요."

로자리아가 떠나가자 상인이 황급히 그녀를 붙잡았다. 주름이 진 중년의 상인이 손가락 두 개를 가리켰다.

"안 사요."

"일 실버!"

"좋아요."

로자리아는 품에서 은화 한 개를 내밀었다. 실버와 골드는 서대륙 어디에서나 쓰이는 공용 화폐였다. 일 실버도 비싼 값이었지만 약초의 시세를 잘 모르는 이스타샤에선 흔한 일이었다. 그녀는 레몬 잎을 건네받으며 자연스레 물었다.

"요새 전염병이 빈번하다죠?"

"아이고, 말도 마. 건넛마을 빵집 아들내미도 걸리고, 저기 저 꽃집 보이지? 저기 어린 딸도 병에 걸려서 죽었잖아. 둘 다 여신을 안 믿으니 벌을 받은 거여."

"사제들의 치료는 받았어요?"

"예끼! 큰일 날 소리를 하네. 우리 같은 평민이야, 평생 살면서 사제 얼굴 한 번 볼까 말까인데. 미쳤다고 높으신 분들이 찾아와서 치료해 주실까."

"그럼 의원은요?"

"병에 걸려서 고치려고 찾아갔는데 이미 죽은 의원이 한둘이 아니거든. 병에 걸리면 그냥 뒈졌다고 봐야지."

"그런데 이렇게 시장에 와서 장사해도 되는 거예요? 병사들이 마을을 통제한다고 들었는데."

"아이고, 말도 마. 통제하던 병사들까지 다 죽었다니까!"

상인은 참담한 얼굴로 말을 이었다.

"처음에는 모두 무서워서 장사 접고 집에만 틀어박혔지. 그런데 먹고 살아야 할 거 아니야. 게다가 집에 있는다고 병에 안 걸리는 것도 아니여. 일가족이 걸려서 시신도 찾지 못하고 불태워졌다니까."

상인은 몸을 부르르 떨었다. 끔찍한 것을 떠올리듯 그의 얼굴이 창백하게 질려 갔다.

"그냥 운이라고 봐야지. 굶어 죽을 바에 장사라도 해야지, 어쩌겠어. 죽을 놈은 죽고 살 놈은 살고. 내일 전염병에 걸릴지, 모래 걸릴지 아무도 모르는 거여."

말을 하다 말고 상인이 벅벅 뒷목을 긁었다.

"나처럼 운 좋은 놈들만 살아남는 거지! 며칠 전부터 가려운 걸 빼면 건강한 게 다행이여."

로자리아는 상인의 목을 면밀히 살폈다. 자그마한 검은 반점이 보였다.

'자기가 전염병에 걸린 것도 모르고 있어. 신전에서 병의 증세도 알려 주지 않는 건가?'

로자리아는 주머니에서 이페리아로 만든 치료제를 꺼내 상인에게 건네주었다.

"이게 뭣이여?"

"약초예요. 몸에 좋은 거니까 한번 먹어 봐요."

"뭐여! 옆집에서 보낸 간자여? 약초 장사 염탐하려고 온 거여?"

"아니에요. 의심되면 저도 먹어 볼게요."

로자리아는 치료제 한 알을 삼켰다. 이를 보던 상인이 의심쩍어하면서도 그녀를 따라 치료제를 입에 넣었다. 심술궂은 상인의 얼굴로 미소가 번졌다.

"고것 참 맛나네."

"보통 사람은 써서 가루를 내지 않고는 못 먹는데 잘 드시네요."

"허이구, 그럼. 파는 놈이 못 먹으면 약초 장사 접어야지. 그나저나 아가씨도 조심해. 나도 원래는 일 실버 받다가, 언제 뒈질지 몰라서 막 장사하는 거여."

속이려던 게 미안했는지 상인이 흠흠 헛기침을 했다.

상인과 헤어진 후, 로자리아는 적막한 시장을 샅샅이 살폈다.

'전염병이 도니까 모두 집에 있는 거야.'

그런데 무언가가 이상했다. 상인의 말대로라면 병사들은 통제에 실패했고, 사람들이 나오지 않는 것도 자발적으로 숨었기 때문이다.

'병에 걸린 환자가 어째서 보이지 않는 거지?'

신전에서 전염병 환자를 받아줄 리가 없었다. 푸른 사막의 증상은 눈에 띈다. 그러니 병에 걸린 사람이 있다면 환자임을 모를 리가 없었다.

'시신이야 불에 태운다고 해도 거리에 환자가 한 명도 없다는 건…….'

모순이었다. 수도에서 하루에 일만 명씩 죽어 나갔다. 이스타샤가 통제에 실패했다면 환자가 보이지 않을 리가 없었다.

'아무리 신전이라도 전염병에 걸렸다고 다 죽이진 않을 거야.'

한 가지 가능성이 뇌리를 스쳤다. 수도에서 따로 환자를 모아 둔 곳이 있을 것이다. 푸른 사막에 걸린 환자를 모아 둔 장소가 어디인지 알아내는 것이 관건이었다.

로자리아는 밤이 되어서야 신전으로 돌아왔다. 그녀를 알아본 성기사들이 문을 열어주었다. 로자리아는 배정된 처소를 향했다. 막상 가보니 방 안은 의외로 깔끔하고 아늑했다. 이 정도로 좋은 방을 내어준 걸 보면 프리실라가 성녀로서 바쁜 모양이었다. 혹은 공작의 눈치가 보였거나.

로자리아는 따뜻한 물로 목욕하고 깨끗한 옷으로 갈아입었다. 그녀는 하품을 하며 침대에 누웠다. 푹신한 베개에 얼굴을 묻자 잊었던 피로가 몰려왔다.

'그나저나 라쉬드는 어디 간 거야? 도통 보이지를 않네.'

로자리아는 낮에 있었던 일을 떠올렸다.

'센도 보이지 않고. 다른 공작가의 기사에게 물어도 모른다는 말뿐이었어. 다들 뭔가 숨기는 것 같은 느낌인데…….'

유독 공작가의 기사들이 그녀만 보면 땀을 삐질삐질 흘려 댔다. 눈이 마주치면 죄라도 지은 것처럼 고개를 돌렸다. 개중에 태연한 자들도 있었지만 대부분이 그러했다. 수도의 중앙신전은 무척 넓어서, 신전 안에 있는 건지, 밖에 있는지도 행방이 묘연했다.

로자리아는 몸을 일으켜 종이와 깃펜을 들고 왔다. 그녀는 침대에 누운 채로 전염병의 원인을 기록했다.

"란 부족은 바렛사 제국민과 말이 통하지 않는다던데. 동물의 울음소리를 낸다고 했으니까. 그들에게 박쥐 고기가 전염병의 원인이라고 설명할 수 있을까?"

글로 써 내려가자 한결 보기가 수월했다.

'라쉬드에게 먼저 전염병의 원인을 알려야 하는데, 오지를 않네.'

자려고 누웠던 그녀는 라쉬드가 자정이 되어도 들어오지 않자 눈을 깜빡였다.

달칵. 어두운 조명만 켜고 집중했던 탓에 로자리아는 문이 열리는 소리를 듣지 못했다.

"라쉬드, 이제 온 거예요? 당신이 올 때까지 기다렸어요."

"내가 하려던 말이었어, 로즈."

"보이지 않아서 걱정했어요. 신전에 있던 거예요?"

"급한 일이 있어 기사들과 함께 수도의 외곽을 갔다 왔지."

라쉬드는 사실을 말했다. 그러나 외곽에 간 이유는 순순히 말해주지 않았다.

'외곽은 왜?'

로자리아는 궁금했지만 굳이 묻지 않았다. 물어봐도 그가 답하지 않으리란 생각에서였다. 로자리아는 그의 일정에 별로 관심 없어 보였다. 어쨌든 아내에게 숨김없이 답했으니 이번엔 그가 물어볼 차례였다.

"아까 저녁부터 신전을 나갔다던데. 이 밤에 어디 갔다 온 거지?"

"아, 잠시 마을에 들렀어요."

"전염병 환자가 득실거리는 마을에?"

라쉬드가 팔짱을 끼며 묻자, 로자리아가 침착한 목소리로 대답했다.

"전염병 환자가 보이지 않았어요. 뭔가 이상하지 않아요? 마을 주민을 통제하던 병사들조차 죽어 나갔다고 들었는데."

"그걸 알아내기 위해 혼자 마을로 갔다고? 호위도 없이?"

라쉬드의 눈동자가 한껏 가늘어졌다. 이미 센에게 보고를 받은 뒤였다. 그는 로자리아가 있는 곁으로 다가왔다.

"종종 말없이 사라지곤 하는데, 언제까지 날 곤란하게 하려는 거지?"

"라쉬드……."

라쉬드는 로자리아의 곁에 앉았다. 로자리아는 뭐라고 대답해야 할지 몰라 입술을 달싹였다.

"도대체 내게 뭘 숨기고 있는 거지, 로즈?"

"아무것도 숨기지 않았어요."

라쉬드는 로자리아의 턱을 손으로 들어 올렸다. 자신의 시선을 피하지 못하도록, 그녀의 두 뺨을 감싼 채로 물었다.

"내게 숨기는 게 없어야 해, 로즈."

"라쉬드, 내 말 믿어줘요."

라쉬드는 고개를 느릿하게 숙였다. 취조하는 것치고는 둘 사이의 거리가 너무 가까웠다. 들켰다는 생각에 그녀의 심장이 쿵쿵 요동쳤다. 어째서 이리 떨리는지 알 수 없었다. 라쉬드에게 숨기고 싶었던 마음을 들켜서인지, 아니면 그와의 거리가 너무 가까워서인지.

"내게 먼저 키스한다면 이번에도 모른 척 넘어가 줄지도 모르지."

라쉬드는 차가운 눈동자를 내리깔며 그녀의 귀에 속삭이듯 말했다. 로자리아는 라쉬드의 말을 믿지 않았다. 키스는 핑계였고 무얼 숨겼는지 알아낼 것이다. 그럼에도 그녀는 라쉬드의 목을 끌어안고 그에게 먼저 입술을 맞추었다.

라쉬드는 기다렸다는 듯 로자리아의 허리를 끌어안았다. 그는 단단한 손으로 그녀의 머리칼을 그러쥐었다. 서로의 혀가 얽히고 더욱 깊게 입을 맞추었다.

"하아, 로즈."

라쉬드는 낮은 신음을 뱉었다. 그는 갈증을 참지 못하고 여린 입안을 애무하듯 키스했다. 달빛이 비치는 창가, 눈을 마주친 공작 부부 사이에선 한동안 말이 없었다. 라쉬드는 캐묻는 것을 그만두고 로즈를 침대에 눕혔다.

"내가 묻기 전에 먼저 말해봐."

"거짓말. 키스하면 넘어간다고 하지 않았어요?"

"이미 알면서 내게 입 맞춘 게 아니었나?"

라쉬드가 도리어 묻자 로자리아는 고개를 끄덕였다. 아니라고 말할 줄 알았던 부인의 긍정에 그는 잠시 숨을 들이켰다.

"그렇게 순순히 인정하면 내가 나쁜 놈이 되는 것 같잖아."

"나 봐줄 거죠, 라쉬드?"

"일단 말은 들어 봐야지."

"당신을 속이려던 게 아니었어요. 전염병의 원인을 찾고 싶었어요."

"전염병의 원인?"

라쉬드는 한껏 낮아진 목소리로 물었다. 그는 더 말해보라는 시선으로 로자리아를 바라보았다. 원인을 밝히려고 하니 절로 긴장이 되었다. 로자리아는 잠긴 목을 가다듬으며 말했다.

"전염병의 원인을 찾았어요."

로자리아는 그녀가 보았던 책에 대해 이야기했다. 원인이 무엇인지, 전염병이 퍼지는 것을 막기 위해선 어떻게 해야 하는지. 로자리아는 그녀가 조사했던 내용을 모두 알려 주었다. 로자리아의 말을 주의 깊게 듣던 라쉬드가 물었다.

"푸른 사막이 바렛사의 란 부족으로부터 시작되었고, 그 원인은 박쥐 고기를 먹어서이다?"

"맞아요. 그러니 전염병을 막기 위해선 바렛사의 협조가 필요해요. 바렛사가 자국민에게 박쥐 고기를 먹지 않도록 금지해야 병이 더 생기지 않을 거예요."

이스타샤와 바렛사는 서로를 조롱하며 사이가 좋지 않았다. 그러나 적대적인 관계와 별개로 두 제국 모두 급한 상황이었다. 신성제국과 북제국 모두 전염병 진압에 실패한 까닭이었다.

"그게 정말이라면 바렛사에 공식 서신을 보내야겠군."

이스타샤의 제국민은 박쥐를 잡아먹지 않으니, 바렛사의 란족이 더 이상 박쥐를 섭취하지 못하도록 금해야 했다. 전염병의 원인을 들은 라쉬드는 묘한 얼굴을 했다. 깊은 생각에 잠긴 그가 말을 한 건 시간이 지나서였다.

"부인에게 부탁할 게 있는데……."

라쉬드는 곤란한 얼굴을 해보이며 교묘히 말끝을 흘렸다. 그답지 않은 행동에 로자리아는 가슴이 조마조마했다.

'이번엔 무슨 부탁을 하려고?'

떨리는 기색을 감춘 로자리아가 태연하게 물었다.

"어려운 부탁이에요?"

"어렵다면 어려울 것이고, 쉽다면 쉽겠지. 내가 부탁한다면 들어줄 수 있겠어?"

어쩐지 시험하는 것 같은 느낌에 로자리아는 망설였다. 무슨 부탁인지 먼저 말해주지 않으니 알 겨를도 없었다. 당연히 된다고 수락해야 할지, 아니면 거절해야 할지 고민했다.

"말해줘요. 무슨 부탁인지 들어 볼게요."

"전염병에 걸린 환자를 돕는 일이야."

"그게 왜 부탁이에요? 사제단에 간다고 할 때부터 도와주겠다고 했는데.”

로자리아는 고개를 갸웃했다. 그때 흔쾌히 도와주겠다고 하지 않았던가.

“도와준다고 해도 목숨을 걸어야 하는 일이면 달라지지. 나야 성력이 있으니 병에 걸리지 않아도, 로즈 당신은 아니니까.”

“라쉬드, 난 당신을 돕고 싶어요. 내가 할 일이 뭔지 알려 줘요.”

로자리아의 진심을 알아차린 라쉬드는 기뻐하는 대신 복잡한 얼굴을 했다. 깊게 한숨을 내쉰 그가 말을 꺼냈다.

“수도 외곽에 전염병 환자를 모아 두었어. 신전에서 한 일이지.”

“그곳에서 치료했던 건가요? 그렇다면 왜 수도의 중앙신전에선 전염병 환자를 받지 않는 거죠?”

“치료하기 위해 모아 둔 곳이 아니라, 전염병이 퍼지지 않도록 버려둔 곳이야. 정확히는 방치라고 봐야지.”

로자리아는 듣고서도 믿지 못하겠다는 듯 재차 물었다.

“환자를 신전에다 버렸다는 말이에요?”

“외곽에 있는 신전은 이백 개가 넘어. 전쟁이 나거나 만일을 위해 넓은 부지 위에 지었지. 신전이라기보단 대피소로 봐야겠지만.”

“그렇다 해도 하루에 일만 명이면…….”

“일만 명 중에서 살아남은 자는 몇 되지 않아. 삼분의 일만 병에 걸려도 살아남았고 나머지는 전부 죽었으니까.”

전염병의 진행 속도는 사람마다 달랐다. 지병이 있거나 나이가 든 노인, 어린아이, 건강이 좋지 못한 사람이라면 전염병의 진행속도가 빨랐다.

“그곳에서 공작가의 기사와 하인들이 목숨을 걸고 환자를 돌보고 있어. 명령이라 해도 거부하는 자는 돌려보냈지만.”

라쉬드는 관자놀이를 꾹꾹 눌렀다. 늘 평정을 유지하던 그가 유독 심란해 보였다.

'아끼는 기사들을 사지로 내몰았단 생각이 들 거야. 기사들이 강하다 해도 전부 성력을 가진 건 아니니까.'

신전의 사제와 성기사, 그리고 성녀와 황족이 아니라면 대부분 성력은 미약했다.

"이스타샤의 황족이 되었지만 당신에게 성력이 있는 건 아니야, 로즈."

"알고 있어요."

로자리아는 담담한 목소리로 말했다. 라쉬드에게 밝힐 수는 없지만 자신은 정령술사였다.

"걱정하지 말아요, 라쉬드. 병에 걸리지 않을 거예요."

"어째서 확신하지?"

"젊고 건강한 데다가 충분히 조심할 거예요. 게다가 이페리아를 치료제로 쓸 수 있다고 했잖아요?"

"대부분의 환자가 나았지만 죽은 이들도 있었어. 몸이 약하거나 지병이 있는 자들은 치료제를 먹어도 죽고 말았지."

"치료제를 먹는다고 해서 전부 낫는 건 아니에요. 그러니 라쉬드, 제가 그곳에 가야만 해요. 병을 체계적으로 관리할 사람이 필요해요."

"어떻게 하려고?"

"공작가의 기사와 하인들이 있다고 했죠? 내가 그들을 관리하는 건 어때요?"

"어떻게 관리할 생각이지?"

라쉬드는 거절하는 대신 그녀에게 물었다.

"전염병을 포함한 모든 병은 초기에 다스려야 해요. 상처를 입은 즉시 치료하는 것과 곪은 부위를 치료하는 건 달라요."

당연한 이야기였다. 라쉬드는 계속 말해보라는 듯 눈짓을 했다.

"전염병도 마찬가지예요. 너무 늦게 손을 썼기에 치료제가 듣지 않았던 거예요. 건강한 젊은이들이야 치료제를 먹어도 낫지만 그렇지 않다면 늦어버리게 되겠죠."

로자리아는 라쉬드에게 말하며 바로 깃펜을 들었다. 그리고 종이에 무언가를 써 내려갔다.

"……뭘 적는 거지?"

"만들려는 게 있는데, 그 재료를 적는 중이에요."

로자리아는 깃펜을 들어 필요한 것을 세세하게 적어 내렸다.

로즈마리, 정향, 계피, 박하, 세이지, 오레가노, 캠퍼, 백리향, 안젤리카, 마죠람, 조팝나무.

깃펜을 놓은 로자리아는 침실을 지키던 공작가의 기사에게 종이를 건네면서 말했다.

"필요한 것이 있는데 구해다 주겠어요?"

"알겠습니다. 얼마나 구해드려야 할까요?"

"있는 대로 가져오면 좋겠어요. 최대한 많이."

신전엔 늘 먹을 것이 풍족했고, 다양한 식재료를 구비하고 있으니 구하는 건 어렵지 않았다.

"조금만 기다려 주시면 부관을 시켜 싹 쓸어 오겠습니다."

기사는 정중하게 묵례한 뒤, 식재료가 있는 창고로 향했다. 벽에 기댄 채로 이를 지켜보던 라쉬드의 눈에 이채가 서렸다. 궁금한 것을 넘어 전염병의 원인을 찾아낸 로자리아가 신기했다.

'미리 준비라도 한 것처럼 신속한 결정이군.'

게다가 무엇을 만드는진 몰라도 꽤 전문적으로 보였다. 로자리아의 손에서 어떤 것이 나올지 궁금해졌다.

"로즈, 뭘 만들려는 거지?"

"비네거(식초)를 만들 거예요."

"비네거?"

비네거는 요리를 할 때 음식의 향미를 더하기 위해 쓰는 것이었다.

'갑자기 음식을 할 생각은 아닐 테고.'

라쉬드는 의아한 얼굴로 물었다.

"그게 왜 필요한 거지?"

"이페리아가 전염병의 유일한 치료제예요. 그렇지만 전염병 환자에 비해 치료제의 수는 턱없이 부족해요. 한계가 있어서 모두에게 나눠주긴 힘들어요."

"그렇지. 임페리얼에서 친우가 팔려던 이페리아를 모두 몰수했지만 결국엔 부족했어."

푸른 사막이 퍼지는 속도가 무척 빨랐다. 제국의 수도, 이케르는 이스타샤의 중심지였다. 수도에 창궐한 전염병을 고치지 못한다면 이스타샤의 다른 도시로 퍼지는 건 시간문제였다.

"사람들이 수도를 오가지 못하도록 성문을 통제해도 결국엔 병이 퍼질 거예요."

"개중엔 사제와 신녀, 성문을 통제하는 병사들도 있을 테니까. 물과 음식을 운반하는 상인이 걸린다면 막을 수 없어."

성문은 폐쇄했고 매일 새벽에만 열렸다. 철저한 검문으로 성문을 드나드는 자는 사제의 확인을 받았다. 병이 걸린 자라면 신분을 막론하고 외곽 신전으로 격리되었다. 한 시간이 채 지나지 않아 저 멀리서 여러 명의 발걸음 소리가 들렸다. 무언가 말하려던 라쉬드는 헐레벌떡 뛰어오는 기사들을 응시했다.

"마님께서 알려 주신 재료를 모두 가져왔습니다."

"수고했어요."

"헉, 신전의 주방장에게 사정사정해서 들고 왔습니다."
사실은 협조가 아닌 협박이었다. 라쉬드를 본 기사는 눈치껏 말했다.
'단단히 뜯어낸 모양인데.'
라쉬드는 기사의 표정만 봐도 어떻게 얻어 왔는지 알아차렸다. 평소라면 기사로서 어울리지 않는 행실 어쩌고저쩌고했을 기사가 뿌듯한 얼굴을 했다.
"이 정도면 오백 명은 쓸 수 있을 거예요."
"비네거를 어디에 쓰려고?"
"비네거엔 살균과 소독 효과가 있거든요."
"마시는 비네거로 병을 고치겠다고?"
"고친다기보단 예방하는 거예요. 전염병 환자를 치료하는 것도 중요하지만 병에 걸리지 않은 사람이 전염병에 감염되지 않도록 하는 게 더 중요해요."
"맞는 말이야. 치료제만으론 한계가 있는 데다, 푸른 사막이 퍼지는 속도를 따라잡을 수 없어. 이대로 가면 치료제가 있더라도 전멸할 거고."
"해결할 수 있어요. 아니, 우리가 해결해야만 해요."
로자리아는 확신에 찬 목소리로 말했다. 라쉬드와 자신이 해결하지 않는다면 신성제국의 사람들이 죽어 나갈 것이다. 신전은 무능력했고 제국민을 외면했으며 전염병에 걸린 환자를 방치했다.
'외곽에 격리하는 건 나중에 더 큰 문제를 야기할 거야. 한 명이라도 도망치면 다른 도시로 퍼지게 돼. 그러면 이스타샤는 끝이야.'
"외곽 신전에는 백포도주가 있죠?"
"매일 금주를 하는 건 아니니 신전 창고에 백포도주야 즐비해 있지."
"백포도주와 기사가 가져온 재료로 비네거를 만들 거예요."
"그건 마시는 건가?"
"이걸 마실 수 있는 사람이 있나 싶은데……. 이 재료를 다 배합하면

향도 좀 그런 데다 시큼해서 마셨다간……."

아무튼 별로 좋지 못했다. 로자리아의 표정에 라쉬드는 어떤 맛인지 깨달았다.

'예전에도 만들어 본 건가? 마치 맛을 본 사람처럼.'

이미 한 번 해본 것처럼 어떻게 능숙하게 해내는지 궁금했다.

"몸에 뿌릴 거예요. 제일 중요한 건 손에 이 비네거를 뿌리는 거예요. 환자와 접촉할 가능성도 제일 많고 무의식적으로 눈을 비비거나 밥을 먹는다거나 하면 걸릴 확률이 높아지니까요."

확실히 일리가 있는 말이었다. 이를 듣던 라쉬드는 놀란 눈으로 로자리아를 쳐다보았다.

'아카데미에서 가르친 지식이 아니야. 저렇게 자세히 안다는 건…….'

전문적이라는 건데, 그것도 조금 이상했다. 그의 아내는 테베의 왕녀로서 자라났다. 예언으로 인해 왕에게 버림받았고 시녀와 시종이 제대로 보필하지도 않았다.

'그렇다고 해도 왕녀가 직접 주방에 들어가는 일은 없었을 텐데. 시녀들에게 이런 일을 시켰다고 보기엔…….'

벌써부터 커다란 자루를 뒤적거리며 재료를 살피는 걸 보니 여러 번 해본 듯했다.

'위화감이 없어. 흙이 묻은 재료를 아무렇지 않게 만지는 데도.'

보통의 귀족 아가씨라면 태어나서 흙을 구경할 경우가 많지 않았다. 그저 주방장이 해주는 요리를 먹고 시종이 이를 치우고 정리하는 게 다반사였다. 귀족보다 신분이 높은 왕족과 황족도 마찬가지였다.

"재료를 배합해서 삼 일 동안 숙성시키면 될 거예요."

"그런 건 어디서 배웠지?"

"……어릴 때."

로자리아는 말을 돌렸다. 슬퍼서 말을 흘린 것이 아니라, 달리 설명할 방도가 없었다.

'오 년간 신전 서고에 숨어 살면서 수만의 성서를 보면 알 수 있다곤 절대 말 못 해.'

대부분의 사제와 신녀도 모르는 사실이었고, 이는 성녀도 마찬가지였다. 성녀는 기도문을 줄줄 읊고 다니며 율법을 꿰뚫는다지만 수만의 성서를 다 읽어 낼 순 없었다.

"일단 지금 바로 외곽 신전으로 출발해야겠어. 때마침 성문이 열릴 시간이니."

라쉬드는 기사들을 시켜 자루 다섯 개를 마차에 싣게 했다. 그는 먼저 앞서가는 로자리아를 보며 눈을 내리감았다.

'전염병이 터질 거라는 것도 알았고, 치료제가 이페리아라는 것도 알았어. 하지만 다른 방법이 없었지.'

신성제국에서 처음 푸른 사막이 발생한 건 북부였다. 초기 진압에 성공했기에 다른 도시로 전염병이 퍼지는 것을 막았다. 그러나 수도에 전염병이 퍼지는 것을 막지 못했다.

공작 부부는 사이좋게 마차에 탔다. 원래라면 말을 타고 전속력으로 달렸겠지만, 라쉬드 자신은 몰라도 아내에게 새벽의 찬바람을 쐬게 할 순 없었다.

'그것도 나를 도와주기 위해 온다는 부인을.'

달그락달그락, 마차 소리만이 텅 빈 거리에 울렸다. 거리는 통제되어 사람 하나 보이지 않았다. 동물의 울음소리조차 나지 않는 적막한 새벽이었다.

"북부에선 전염병을 막았지만 수도엔 퍼지고 말았어."

마차의 창 너머를 바라보던 라쉬드가 운을 떼었다. 그는 턱을 괸 채로 붉게 물든 마을을 바라보았다.

미래가, 그가 바라지 않는 꿈속의 일이 그대로 이어진다면…….

"이번에 푸른 사막을 막지 못하면 이스타샤는 무너지겠지."

그는 덤덤한 목소리로 읊었다. 목이 메말라서 말을 잇기가 힘들었다. 공작에게 있어 신성제국은 기묘한 나라였다. 그가 태어난 나라이자 증오했던 모국. 모순적이게도 그는 신성제국의 멸망을 바라지 않았다.

열아홉, 왕녀에게 교지를 내리기 전에 꾸었던 꿈. 그 꿈이 그를 무겁게 짓눌렀다. 사치와 향락, 뇌물과 부패, 흔들리는 율법과 무너진 기강. 그것이 신성제국의 미래를 가리키는 조각들이었다.

"신성제국은 멸망하지 않아요."

"어째서 확신하지? 성녀조차 이 일을 방관하고 손을 놓았어."

"성녀가 신성제국의 전부는 아니니까요."

이상한 말이었다. 신성제국의 황자이자, 북부를 지키는 공작. 그가 지금까지 봐온 이스타샤는 성녀의 나라였다. 그런데 어찌하여 테베의 왕녀는 성녀가 전부가 아니라고 할 수 있는가. 왕국에서부터, 그리고 신성제국으로 와서 그것을 뼈저리게 느꼈을 그의 아내가.

"저는 그렇게 생각해요, 라쉬드. 이스타샤는 성녀를 위한 나라가 아니라고 믿어요."

"그렇게 믿은 적도 있었지만 이미 오래전 실망했었지."

라쉬드는 쓴웃음을 지었다.

"언젠가 신을 믿지 않아도 살아갈 수 있는 나라가 될 거예요."

"여신 아니타의 손아귀에 얽매인 신성제국이?"

"과거에 그러했지만 지금부터는……."

로자리아는 숨을 크게 들이쉬었다. 그녀는 자신을 물끄러미 보는 공작과 시선을 마주했다.

"달라질 테니까. 당신과 나, 우리를 둘러싼 모든 것이."

그것은 변화의 의미였다. 선명한 푸른 눈동자가 더없이 강인해 보였다. 라쉬드는 달빛이 스며든 옅은 금발을 손으로 그러쥐었다. 그리고 아내의 머리칼에 입술을 맞췄다.

신성한 의식이 아님에도 더없이 경건해 보였다. 어떠한 의미가 담긴 것이 아니었다. 그녀의 머리칼에 입을 맞추고 싶다는 충동이 들었다. 이상한 일이었다. 어째서 입술을 탐하거나 그녀의 몸을 취하는 것이 아닌, 왕녀의 머리칼에 입술을 맞추고 싶었는지.

라쉬드는 성년이 되기 전, 열다섯에 들었던 가르침을 떠올렸다. 독을 마시고 미쳐 버린 제2황비를 대신해 그를 돌봐준 건 전(前) 성녀, 데레사였다. 새하얀 면사포를 걸치며, 두 손을 곱게 모은 성녀가 따스한 목소리로 말했다.

"황자. 당신에게 가르쳐 드릴 것이 있어요."

"그게 무엇인가요, 성녀님."

데레사는 새하얀 로브를 걸친 채 자신을 올려다보는 소년과 눈을 마주했다. 가슴까지 오는 흑발을 단정히 묶은 황자가 보랏빛 눈으로 성녀를 바라보았다.

손등에 하는 키스는 존경과 경의를 담아서.

눈가에 하는 키스는 축복을 받기를 바라며.

목덜미에 하는 입맞춤은 열망과 갈망을 그려서.

"그럼 머리카락에 하는 입맞춤은요?"

"마음을 가지고 싶다는 뜻이에요. 당신의 몸뿐만이 아니라. 그리고 나를 봐달란 의미에요."

라쉬드는 자신도 모르게 떠오른 옛일에 눈을 내리감았다. 다시 눈을 뜬 후에도 그는 말이 없었다. 라쉬드는 짙어진 눈동자로 로자리아를 보았다.

'전염병 때문에 피곤했던 건가? 쓸데없는 기억이…….'

왜 지금 생각나 버린 건지. 라쉬드는 서서히 숨을 골랐다. 그녀를 탐하고 싶고 입을 맞추고 싶은 건 당연했다. 로자리아는 그의 아내였고, 그는 그녀의 남편이었다. 둘 다 성년이었으니 지극히 자연스러운 일이었다. 그러니 이 또한 갑갑한 마차에 단둘이 있어서 느끼는 감정일 뿐이라 여겼다.

'스스로가 생각하기에도 우습군. 고작 열다섯의 기억이 지금에서야 떠오르다니.'

그러면서도 라쉬드는 잠든 로자리아의 뺨을 어루만졌다. 잠결에 깰까, 조심스레 제 어깨에 머리를 기대게 했다.

'이 정도야 다른 사내들도 하는 것이니, 이상할 건 없지.'

남편으로서 의무를 지키겠다고 수차례 말하지 않았던가. 그러니 아내의 머리칼에 입을 맞추려던 것 또한 의무의 연장선이었다.

어스름한 새벽, 마차가 달리는 소리만이 그득했다. 세 시간이 지난 후에 공작 부부가 탄 마차가 외곽에 위치해 있는 신전에 도착했다.

달그락. 마차가 도착한 후에야 라쉬드는 잠든 아내를 깨웠다. 잠결에 눈을 깜빡이던 그녀는 서늘한 바람에 주위를 둘러보았다. 잠에서 깬 로자리아는 라쉬드의 손을 붙잡으며 마차에서 내렸다. 바람이 강한 곳인지 귀에 웅웅거리는 바람 소리가 들렸다. 어젯밤부터 비가 내렸는지 옅은 물 냄새가 코끝을 스쳤다. 이름 모를 들꽃과 풀들이 저들끼리 엉켜 있어서 걷기엔 푹신했다.

"신전이라고 하기엔 아무것도 없네요. 여신의 대리석상도 안 보이고."

늘 화려한 신전만 보다가 낡은 신전을 본 건 로자리아로선 처음이었다. 사람 다섯을 합친 것보다 거대한 기둥에는 녹색 이끼가 잔뜩 피어 있었다.

"안으로 들어가도록 하지."

라쉬드가 먼저 신전 안으로 들어서자, 로자리아는 그를 뒤따랐다.

공작 부부를 알아본 기사들이 정중하게 묵례했다. 신전 안은 환자 오백 명을 수용할 수 있을 정도로 넓었다. 중앙에 거대한 본관, 각각 양옆에 그보단 작은 별관이 존재했다. 본관에 환자 오백 명이 있었고, 왼쪽 별관이 공작가의 시종과 하인이 지내는 곳이었다.

앞서가던 라쉬드는 환자가 있는 본관으로 향하는 대신 오른쪽 별관으로 향했다. 공작 부부의 방이 있는 곳이었다.

"로즈, 한숨도 못 잤을 테니 눈을 붙이고 와."

"라쉬드는 괜찮아요?"

"마차에서 충분히 잤어."

라쉬드는 직접 로자리아를 방까지 데려다주었다. 여러 번 지금 돕겠다고 말을 했지만 그는 그녀의 말을 듣지 않았다.

"환자를 관리하는 건 힘든 일이야. 처음부터 무리하려 들지 마."

라쉬드는 로자리아가 눕는 걸 보고 나서야 문을 닫고 나갔다.

'한숨 자고 맑은 정신으로 일해야겠어.'

새벽까지 밤을 지새워 피곤했던지 로자리아는 바로 잠이 들었다.

다음 날, 로자리아가 눈을 뜬 건 정오가 되기 전이었다. 푹 잔 건 아니지만 한결 피로가 풀렸다. 일어나서 보니 방은 꽤 넓었다. 바로 옆에는 커다란 욕조가 있는 욕실도 있었다. 로자리아는 가운을 들고 욕실로 향했다. 따뜻한 물로 씻고 나온 그녀는 방에 비치된 새하얀 의복을 입었다.

'이거 신녀들이 입는 옷이네.'

어쩐지 눈에 익더라니. 로자리아는 방문을 열고 나섰다. 신전의 본관에는 푸른 사막에 걸린 제국민들이 누워 있었다. 무심결에 고개를 든 로자리아는 눈을 크게 떴다.

'라쉬드?'

라쉬드는 땀에 젖은 머리칼을 손으로 헤집었다. 늘 완벽하고 흐트러짐 없게 입었던 새하얀 제복은 환자의 피와 고름으로 더럽혀져 있었다. 땀과 피, 먼지로 헝클어진 모습을 보는 건 로자리아에게 있어 믿을 수 없는 광경이었다.

"로즈, 잠은 좀 잔 건가?"

"덕분에 푹 잤어요."

라쉬드는 시계를 확인했다. 푹 자라고 일부러 깨우지 않았는데 세 시간 잔 것이 전부였다.

"좀 더 자 두면 좋을 것을."

"전 괜찮아요. 잠이야 나중에 더 자면 되니까요."

로자리아는 본관을 둘러보았다. 공작가의 기사와 하인은 모두 흰옷을 입고 있었다.

"전부 흰옷을 입고 있어서 사제인 줄 알았어요."

"사제와 신녀는 이미 도망간 지 오래라, 그들의 옷을 입게 했지."

"그래도 되는 거예요?"

"매일 깨끗한 옷으로 갈아입어야 하는데, 전염병 때문에 물품을 공급받기가 쉽지 않아."

남부 무나크에는 의복, 약초, 식량 등 모든 것이 풍부했으나 수도까지 올라오는 데는 많은 시일이 소요되었다. 또한 무나크는 최후의 보루였다. 만일 전염병 때문에 수도가 무너진다면 무나크가 그 역할을 맡아야 했다.

"환자의 체액, 피, 고름이 튄 걸 단번에 알 수 있으니. 나를 믿고 목숨을 거는 자들인데, 흰옷쯤이야."

"흰옷이 치료할 땐 좋긴 하죠. 라쉬드, 몸조심하고 이따 봐요."

로자리아는 라쉬드와 인사를 나눈 후, 옷차림을 다시 한번 점검했다.

그때, 공작가의 기사가 로자리아에게 다가왔다. 그는 신전에 처음 온 로자리아에게 상세히 알려 주었다.

"환자의 체액, 피가 닿지 않도록 조심해야 합니다. 흰 수건으로 얼굴을 가리시고, 손에는 준비된 천 장갑을 사용해 주세요."

"이건 공작가에서 준비한 건가요?"

"그렇죠. 사실상 신전이 아무런 준비도 하지 않은지라……. 이미 알고 계신지 모르겠지만 여기 있던 사제와 신녀는 전부 도망갔습니다."

로자리아는 어쩐지 알겠다는 얼굴을 했다.

"덥고 갑갑하시더라도 손으로 얼굴을 만지거나 땀을 훔치셔도 안 됩니다. 저희도 꽤 자주 하는 실수라……. 불편한 점이 있으시면 언제든 불러 주십시오."

로자리아는 기사의 안내를 받으며 환자가 있는 곳으로 다가갔다. 흰 천으로 눈만 드러나게 하고, 허리까지 오는 금발을 단정히 묶었다. 천 장갑을 세 겹을 끼고 나서야, 기사는 고개를 끄덕였다. 신전에 온 당일부터 로자리아는 환자를 돌보았다. 이곳에 있는 환자는 모두 평민과 천민이었다.

로자리아는 깨끗한 천을 손에 쥐었다. 그러곤 고통을 호소하는 여인의 몸을 닦아주었다.

'전부 병이 많이 진행된 이들이야.'

정신없이 환자를 여럿 돌보다 보니 어느새 세 시간이 지나 있었다. 눈 아래를 하얀 천으로 가린 라쉬드가 그녀를 불렀다.

"힘들지 않아?"

"괜찮아요, 할 만해요."

"아까부터 쉬지 않고 하던데 쉬면서 해. 그러다 몸 상하면 어쩌려고?"

무심한 말투였지만 걱정하는 것 같았다. 로자리아는 고집을 피우는 대신 고개를 끄덕였다. 그러는 와중에도 그녀는 의무실에 있는 사람의 수를 헤아렸다.

"라쉬드, 나 먼저 가 볼게요."

"좀 더 쉬지 않고?"

"충분히 쉬었어요."

로자리아는 되레 라쉬드에게 쉬라고 이르고는 다시 환자가 있는 곳으로 돌아갔다.

'오백 명 남짓이야. 일손이 턱없이 부족해.'

반나절 동안 로자리아는 환자를 돌보았다. 쉬지 않고 아픈 이를 돌보는 그녀의 모습에 기사들은 놀라워했다.

"우리야 목숨 걸고 왔다지만 공작 부인께서 오실 줄이야."

"그러게 말입니다. 주군이야 원래 그러시는 분이고 성력이 있든 없든 오셨겠지만. 공작 부인께선 테베의 왕족이시지 않습니까? 신성제국 출신도 아닌데 대단하다고 해야 할지……."

"전쟁터에서 목숨을 걸던 기사들도 전염병만큼은 두려워하는데. 너도 그렇고 나도 그렇고 한 번은 도망쳤다가 힘든 결심하고 다시 돌아온 거잖아."

"외람되지만 전 도망친 게 아니라 바람 쐬러 간 겁니다! 도망친 것이 아니었어요."

기사 둘이 속닥거렸다. 깨끗한 천과 물을 나르던 그들의 눈길이 로자리아에게 멈춰 있었다. 로자리아는 고통을 호소하는 군인의 다리를 닦아주었다. 마음 같아선 정령술로 바로 치료해 주고 싶었지만 보는 이가 너무 많았다.

“힘드시지 않아요?”

“네?”

부드러운 말소리에 로자리아는 고개를 돌렸다. 그녀에게 다가온 이는 라뮤엘이었다.

“쉬면서 하세요. 그러다 병나요, 마님.”

“괜찮아요.”

“마님, 왜 이렇게까지 하는지 물어봐도 되나요?”

“처음에는 공작님을 도와주고 싶었어요. 하지만 이곳에 와 보니 생각이 달라졌어요. 이들에겐 도움이 간절히 필요해요.”

“그렇다고 해도 마님께선 전염병이 두렵지 않나요?”

“수도에 와서 많은 걸 깨달았어요. 제국민을 돌봐야 할 신전은 이를 방치했고, 죽어 가는 사람들이 생겼어요. 내게 처음으로 사람을 도울 기회가 주어졌는데 이를 버리고 싶지 않아요.”

“……기회 말인가요?”

라뮤엘은 깊어진 시선으로 로자리아를 보았다. 전염병에 걸린 이들을 돌보는 걸 아무도 기회로 여기지 않는다. 죽음의 그림자가 드리운 곳에서 어찌 기회라 할 수 있을까.

“라뮤엘에게 다 말할 수 없지만 전 정반대의 삶을 살아왔어요. 외면받고, 버림받고, 결국엔 버리는 법을 배웠죠.”

“버리는 법이라…….”

“과거와 달리 살기를 원해요. 그땐 삶이 벅차서 다른 사람을 볼 겨를이 없었어요. 하지만 지금은…….”

로자리아는 숨을 들이켠 뒤 말했다.

"내가 테베의 왕녀이든 이스타샤의 황족이든 중요하지 않아요. 이젠 내게 다른 사람을 구할 능력이 있어요."

이스타샤의 사람들을 도와주고 싶었다.

"그랬군요. 제 질문이 어리석었습니다, 마님."

라뮤엘이 잔뜩 잠긴 목소리로 대답했다. 그는 목이 메어 한동안 말을 잇지 못했다.

아무도 로자리아에게 살아가는 방법을 가르쳐 주지 않았지만 과거의 혹독한 삶은 그녀가 한 걸음 더 내딛게 해주었다. 그때의 목표가 복수였기에 제자리에 멈춰 있었다면 지금은 바라던 길을 걷고 있었다.

"왕국에 병이 돌아도 마찬가지였을 거예요. 다시 가기 어렵더라도요."

다행히도 왕국에는 전염병이 돌지 않았다. 로자리아의 말을 잠자코 듣던 라뮤엘이 한 손으로 얼굴을 쓸어내렸다.

"많이 깨달았습니다, 마님. 대사제였던 제 스스로가 부끄럽습니다."

"그건 라뮤엘 경의 잘못이 아니에요. 꼭 대사제로서만 도움을 줄 수 있는 건 아니잖아요?"

로자리아는 상심한 그를 위로했다.

"그렇게 말해주시니 감사합니다."

"별로 한 것도 없는걸요."

"아, 기사에게 들으셨겠지만 더우셔도 땀을 닦으시면 안 됩니다. 전염병에 걸린 이들의 체액과 피가 묻으면 위험하니까요."

로자리아는 고개를 끄덕였다. 전염병 확산을 막기 위해선 위생부터 철저히 지켜져야 했다. 사소한 듯 보여도 가축과 사람, 사람과 사람 사이에서 옮기는 전염병 앞에선 더없이 중요했다.

로자리아는 환자를 돌보던 것을 잠시 멈추었다. 그녀는 두 손을 차가운 물에 닦아 내며 한숨을 쉬었다.

'사제와 신녀가 일손을 거들어준다면 상황이 나아질 텐데.'

벌써 하루가 저물어 가고 있었다. 허리를 펴자 으드득 소리가 났다. 그녀는 물이 마른 분수대로 걸어갔다. 그러고는 준비된 함에 장갑과 겉에 걸쳤던 의복을 벗어 냈다.

로자리아는 오른쪽 별관으로 향했다. 침실에 도착한 그녀는 입었던 옷 대신 깨끗한 옷을 들고 욕실로 향했다. 도와줄 시녀가 없었지만 혼자 하는 건 어렵지 않았다. 지금이야 공작가의 시녀가 도와줬지만 과거에는 모든 것을 혼자서 했었다. 따뜻한 물로 몸을 씻자 피로가 풀리는 느낌이었다. 긴장이 풀려서 그런지 노곤하기도 했다. 욕실로 나와 깨끗한 옷으로 갈아입자 한결 상쾌해졌다.

아직 잠들기까지 두 시간의 여유가 있었다. 로자리아는 비네거를 만들기 위해 백포도주와 여러 가지 재료가 있는 지하로 향했다. 비네거를 만드는 건 어렵지 않았다. 지하에서 잠시 쉬고 있던 기사들이 그녀를 보자 벌떡 일어섰다.

"마님께서 쉬러 가신 줄 알았는데 어찌 다시……."

"아, 따로 만들 것이 있어서 왔어요."

기사의 태도는 무척 정중했다. 새벽에 신전으로 들어올 때만 해도 시큰둥하던 이들이었다. 태도가 바뀐 건 반나절 만의 일이었다. 그들은 저들끼리 눈짓을 주고받더니 그중 한 명이 용기를 내어 물었다.

"무엇을 만드시는지 여쭈어봐도 될까요?"

"비네거란 건데……."

로자리아는 라쉬드에게 했던 설명을 그대로 해주었다. 처음에는 '소독? 살균? 그게 무슨 말이지?'라며 고개를 갸웃하던 이들이 나중에는 고개를 주억거렸다. 차근차근한 설명을 들은 기사들이 옳다구나, 손을 탁 치더니 저들끼리 돕겠다고 나섰다.

'먼저 묻지도 않았는데 기사들이 도와줄 줄이야.'

로자리아는 미안한 얼굴을 하며 말했다.

"안 그래도 되는데……."

"아닙니다! 저희가 힘 뒀다 어디에 쓰겠습니까? 지시만 내리시면 저희가 만들어 드리겠습니다."

'잘됐다. 먼저 도와준다니까 이왕 하는 거 제대로 시킬까?'

로자리아는 회심의 미소를 지었다. 순진한 기사 둘은 달라진 그녀의 눈빛을 알아차리지 못했다. 기사들은 로자리아의 말에 따라 깨끗하게 발을 씻고, 여러 번 천으로 감쌌다.

그 뒤로 그들은 다음 날 아침이 될 때까지 재료를 밟고 또 밟았다. 한동안 그들의 발에서 식초 냄새가 가시지 않았다. 애석하게도 동료들에게 무좀에 걸린 거냐며 외면당했지만 마음만큼은 뿌듯했다. 오백 명이 바를 수 있는 비네거가 완성된 건 삼 일 후였다.

다음 날, 로자리아는 일찍 눈을 떴다. 인원수가 많다 보니 비네거를 만드는 데 생각보다 오랜 시간이 걸렸다. 새벽에 잠들어서 그런지 졸음이 몰려왔다. 그녀는 잠을 내쫓기 위해 세수를 연거푸 했다. 차가운 물로 씻자 잠이 한결 가셨다. 그녀는 주방으로 가서 레몬잎차를 만들었다. 벽에 기대선 채로 차를 한 모금 마시자 절로 옅은 숨이 새어 나왔다.

'따뜻해서 좋아. 조금 쓰긴 해도.'

차를 다 마신 로자리아는 레몬잎차 두 잔을 들고서 그녀의 주변에 서성이던 기사 둘에게 내밀었다.

"이거 드세요."

"……그게 뭡니까?"

"레몬잎차예요. 피로 해소에 좋아요."

로자리아는 며칠 전에 산 잎을 담가 만든 차를 건네었다. 어젯밤 혼을 다해 비네거를 만들었던 두 기사는, 얼떨결에 차를 받았다.

'레몬차는 들어 봤어도 레몬잎차?'

딱 봐도 쓴 향이 올라오자 기사들은 서로의 눈치를 보았다. 오묘한 향에 눈을 찌푸리던 기사는 한 모금 차를 마시고 난 뒤 눈을 크게 떴다.

'맛있어.'

그는 연달아 두 모금 먹어 보더니 아예 벌컥벌컥 마시기 시작했다.

"더 드릴까요?"

"……예."

"넌 눈치가 좀 있어라."

그러는 상관도 부관을 따라 차를 내밀었다. 피로에 지쳤던 그들의 얼굴에 절로 미소가 지어졌다.

"여기 있어요."

로자리아는 빈 부엌으로 들어가서 갓 우려낸 따뜻한 차 두 잔을 건네주었다. 행여 신전 사람이 올까 잔뜩 긴장했던 기사들의 표정이 노곤해졌다. 바르세데스의 기사는 주군의 명령이 내려오자 한걸음에 마을로 달려온 이들이었다. 하지만 전쟁터에서 목숨을 걸던 이들은 전염병 앞에서는 두렵고 불안해했다.

"마님께서 직접 차를 우려 주실 줄이야."

"뭔가 안정이 되는 것 같기도 하고."

로자리아는 나머지 스물의 기사에게도 차를 건네주었다. 그러고선 다시 치료실로 향했다.

어느새 시간이 흘러 저녁이 되어 있었다. 줄곧 환자를 돌보던 그녀는 인적이 드문 외관 뒤로 나와 숨을 돌렸다. 선선한 바람이 불어 미지근한 땀을 식혀 주었다.

'아침부터 일찍 돌아다녔더니 피곤해.'

몸은 피곤해도 보람 있는 일이었다. 로자리아는 말간 미소를 지으며 두 눈을 내리감았다. 그녀가 있는 곳은 꽃이 잔뜩 시든 화단이었다. 넓적한 돌에 털썩 앉고는 숨을 돌렸다. 로자리아는 이내 무릎을 끌어안고서 고개를 묻었다. 삼십 분이 지났을 때, 그녀는 겨우 눈을 떴다. 제법 쌀쌀한 날씨에 몸이 으슬으슬했다.

'내 정신 좀 봐! 깜빡 잠들었네.'

로자리아는 주위를 둘러보았다. 누가 화단에서 조는 모습을 본 건 아니겠지. 그녀는 가늘어진 눈동자로 주변을 훑었다.

'다행이야, 아무도 없어.'

안도하기가 무섭게 재채기가 나왔다.

"엣취!"

"감기에 걸린 건가?"

"라쉬드?"

재채기를 하던 와중에 라쉬드의 목소리가 들렸다. 린넨 셔츠를 걸친 그가 팔짱을 끼고 있었다. 일을 하는 데 불편했는지 늘 입던 제복 대신 간소한 차림이었다. 이런 모습은 처음 보는지라 로자리아는 신기한 듯 그를 쳐다보았다.

"추우면 안에 들어가서 자면 될 것을."

"아, 마침 들어가려던 참이었어요."

하루 종일 환자를 돌봐서 그런지 어질어질했다. 자리에서 일어서려던 로자리아는 중심을 잃고 비틀거렸다. 어느새 라쉬드가 다가와 그녀를 붙잡아주었다.

"어지러우면 내게 기대."

"고마워요."

조금 욕심을 내도 괜찮을 것 같았다. 그녀는 라쉬드의 어깨에 얼굴을 묻었다.

"내가 괜한 부탁을 한 것 같아."
"아니에요, 라쉬드를 도울 수 있어 좋아요."
도와주는 건 고맙지만 은근히 걱정되었다. 로자리아는 기사들보다 더 오랜 시간을 일했으며, 잠을 자는 시간은 더 적었다. 아내가 병에 걸릴지도 모른다는 두려움과 불안으로 인한 요인도 한몫했다. 그런데 기사들도 힘들어하는 일을 그녀가 해내는 것을 보니 묘한 기분이 들었다.
"좀 더 쉬도록 해."
라쉬드는 로자리아의 뺨에 붙은 머리칼을 떼어내 주었다. 이상하게도 그날의 기억이 떠올랐다. 열다섯의 어린 왕녀와 만났던……. 물에 젖어 창백해진 왕녀의 얼굴, 그의 뺨에 닿았던 하얗고 여린 손까지. 눈을 찌푸린 라쉬드는 그의 머리칼을 헤집었다. 어째서 그때의 기억이 떠오른 건지 의문이었다.
"라쉬드?"
"아, 무슨 말을 했었지?"
"……아무런 말도 안 했어요. 그저 당신의 이름을 불렀어요."
'종잡을 수 없는 여자.'
라쉬드는 눈을 내리깔았다. 그의 보랏빛 눈동자가 한층 더 잠겼다.
'그도 많이 지쳤을 거야.'
라쉬드에게서 말이 없자 로자리아는 그가 피곤한 거라고 여겼다.
"이만 가 볼게요. 조금이라도 더 쉬어요, 라쉬드."
그의 시선이 자신에게 닿자 맥박이 빨라졌다. 할 말이 있다면 해주면 좋으련만. 그의 잠긴 눈동자를 보고 있자니 기분이 이상해졌다.
'어째서 쳐다본 것만으로도 설레는 거야.'
로자리아는 저도 모르게 얼굴을 매만졌다. 붉게 물든 뺨도, 파르르 떨리는 속눈썹도 모두 감추고 싶었다. 그 앞에만 서면 가끔 시선을 피하고 싶을 때가 있었다.

"로즈."

라쉬드가 낮은 목소리로 그녀를 불렀다.

'알고 싶어졌어. 로즈, 네가 무슨 생각을 하는지, 어떤 모습으로 있는지.'

라쉬드는 로자리아의 손등을 제 손으로 감쌌다. 맑고 깊은 눈동자. 함부로 속을 헤아릴 수 없는 고아한 눈빛이 무얼 숨기고 있는 걸까. 그는 로자리아에게로 허리를 숙였다. 고개를 비틀자 입술이 닿을 것처럼 가까워졌다. 그녀는 숨을 깊게 들이켰다. 이미 그와 몸을 섞었는데도 이토록 떨리는 이유가 뭘까.

로자리아는 거부하는 대신 눈을 스르륵 감았다. 그녀의 입술에 차가운 촉감이 맞닿았다. 달콤한 과즙을 삼키는 것처럼 무척 단 입맞춤이었다. 격렬하기보다 심장을 깊게 울리는 키스라서 더 좋았다.

달콤한 입맞춤이 끝났다. 로자리아는 라쉬드의 품에 안긴 채로, 그의 모습을 두 눈동자에 담았다. 라쉬드는 자신을 애틋하게 바라보는 그녀를 강하게 끌어안았다.

"지금은 말해주지 않아도 괜찮아."

"뭘 말이에요?"

"당신이 숨기고 있는 것 모두."

라쉬드는 나직하게 말했다. 그 말에 그녀의 심장이 철렁 내려앉았다. 로자리아는 놀란 가슴을 진정하려고 애썼으나, 터질 것 같은 심장을 가라앉히기 힘들었다.

'어째서 라쉬드는 내게 이런 말을 하는 걸까?'

다시 만나게 되더라도 그의 아내가 될 거란 생각은 하지 못했다. 그 후에 기적처럼 그와 결혼했으나 그의 사랑은 바라지 않을 거라 스스로에게 맹세했다.

'더 비참해지기 전에 사랑을 구걸하지 않을 거라 생각했었지만…….'

로자리아는 감았던 눈을 떴다. 지금, 그녀의 푸른 눈동자에 죽는 순간까지도 잊지 못한 이스타샤의 공작이 있었다. 그의 손에 죽는 순간까지도 로자리아는 자신의 마음을 알아차리지 못했다.

'당신의 마음을 얻고 싶어.'

로자리아는 떨리는 심장을 진정하기 위해 숨을 내쉬었다. 그녀를 깊어진 눈동자로 내려다보던 라쉬드가 말했다.

"이제 그만 묻도록 하지. 곤란한 것 같으니까."

라쉬드는 묘한 시선으로 아내를 바라보았다. 그녀가 제게 뭘 숨기는지 알아내고 싶었다. 자신을 살린 그 금빛의 나무가 뭐였는지도.

"테베의 여자는 모두 비네거를 잘 만드나?"

"아마도 그럴 거예요."

심장이 쿵쿵 뛰어서 그의 말이 제대로 들리지 않았다. 배 속이 울렁거렸고 어지러운 기분도 들었다. 로자리아는 바람을 쐬는 척 그의 품에서 벗어나 걸음을 옮겼다.

"로즈, 내일은 수도의 중앙신전에 돌아가. 너무 오래 자리를 비우면 말이 많아질 테니."

"라쉬드는요?"

"나도 가려고 했지만 일이 생겼어. 문제만 해결하면 바로 갈 테니, 먼저 가 있어."

"알겠어요. 같이 가면 더 좋았겠지만."

"가는 건 공작가의 기사가 호위할 거고, 중앙신전은 센에게 명령했으니 위험할 일은 없을 거야."

"신경 써 줘서 고마워요, 라쉬드."

"남편으로서 당연한 것을."

로자리아는 그의 배려가 고마웠다. 라쉬드는 당연한 거라고 했지만,

그를 제외하고 이런 배려를 받아 본 적 없는 자신에겐 기분이 좋아지는 일이었다.

"……내일 봐요, 라쉬드!"

"내일 봐, 로즈."

라쉬드는 서둘러 숙소로 돌아가는 로자리아의 뒷모습을 지켜보았다. 홀로 침실로 돌아온 라쉬드는 그날 밤 잠을 이루지 못했다. 그건 로자리아도 마찬가지였다.

'내일 봐, 로즈라니.'

분명 그냥 한 말인데 왜 이렇게 심장이 떨리는지! 로자리아는 자신이 이해가 가지 않았다.

다음 날, 로자리아는 새벽부터 서둘렀다. 오늘은 수도의 중앙신전으로 돌아가는 날이었다. 그녀는 신전에서 지내면서 입었던 흰옷을 벗었다. 그러고는 베이지색 원피스로 갈아입었다. 밑으로 길게 묶었던 머리칼도 풀었다. 탐스러운 금발이 그녀의 뺨을 타고 흘러내렸다.

"이제 중앙신전으로 돌아가야 해."

너무 오랫동안 자리를 비우면 의심할 것이 분명했다. 그녀의 적은 평범한 사람이 아니었다. 무려 황제와 맞먹는 권력을 가진 이스타샤의 성녀이지 않던가.

'성녀가 물을 피라 이르면 피가 되고, 피가 물이라 이르면 물이 되는 신성제국이지.'

쓴웃음이 절로 나왔다. 옷매무시를 가다듬은 후, 로자리아는 준비된 마차에 올라탔다. 그리고 세 시간을 꼬박 달려 마차가 중앙신전에 도착했다. 그녀를 알아본 성기사들이 신전의 문을 열어주었다. 치료에 여념 없을 사제의 모습을 기대하는 건 사치였다. 오늘도 그들은 한가해 보였다. 신녀들은 저들끼리 삼삼오오 모여 이야기를 나눴다.

“그게 정말이야?”

“그렇다니까. 며칠 전에 낮부터 몰래 나가는 걸 봤다는데?”

“세상에, 그렇게 안 봤는데. 엉덩이 가벼운 여자네.”

“그러게. 남편만 안됐지.”

로자리아는 그녀를 보고 흘끔거리는 시녀들에게서 이상 징후를 알아차렸다.

‘평소에는 본 척 만 척 넘어갈 텐데 오늘은 뚫어져라 보는데?’

얼마 지나지 않아 그녀 자신이 추악한 소문의 주인공이 되었다는 걸 알게 되었다.

“남자를 너무 좋아해서 남편이 잠시 자리를 비운 틈에 남자를 찾아갔대.”

“어머, 웬일이래. 하긴 얼굴 반반하고 신분도 높은데 마다할 남자가 어디 있겠어.”

“어머, 난 그래도 테베 출신이라면 도망갈 것 같은데.”

로자리아는 은근한 뒷담에 눈을 찌푸렸다. 시녀들이 공작 부인을 흘끔거리며 자기들끼리 속닥거렸다.

‘또 프리실라가 한 짓이야?’

로자리아는 자신을 더럽다는 듯 피하는 시녀들을 지나쳤다. 프리실라를 보필하는 성기사와 공작가의 기사조차 그녀를 경멸하듯 바라봤다.

“로자리아.”

누군가 그녀의 이름을 불렀다. 순식간에 사방이 조용해졌다. 정적이 가라앉은 신전 안에서 새하얀 드레스를 끌며 프리실라가 걸어 나왔다.

“네, 성녀님.”

로자리아는 저에게로 집중된 이목을 느끼고는 나긋한 어조로 대답했다.

"당신에게 말해줄 게 있어요."

"무슨 일이시죠?"

"으음, 여기서 말하기 곤란한데 둘이서 얘기할까요?"

프리실라가 비릿한 웃음을 입가에 걸쳤다. 그녀는 일부러 곤란한 얼굴을 했다.

"아뇨, 여기서 말해주세요."

"알겠어요, 로자리아."

프리실라는 결국 비웃음을 숨기지 못하고 웃음을 터뜨렸다. 사람들의 시선에 성녀는 걱정된다는 얼굴로 표정을 바꾸고는 말했다.

"로자리아, 무슨 일이 있었나요? 삼 일간 보이지 않아서 크게 걱정했어요."

"아무 일 없었어요. 그렇지만 걱정해 주시니 고마워요."

"어젯밤, 거리에서 그대를 봤다는 말을 들어서……. 밤에 거리를 나가는 건 위험한 일이에요."

"그게 무슨 말씀이신지……."

프리실라는 머뭇거렸다. 이를 어찌 말해야 하나는 얼굴로 주저하며 말을 이었다.

"그 붉은 간판이 있는…… 그런 곳은 가면 안 돼요. 병이 옮을 수도 있어요."

키득키득. 성녀의 말을 알아챈 신녀들이 입을 가리며 웃었다.

'흐음, 이렇게 나온다 이거지?'

어쩐지 요새 좀 얌전하더라. 로자리아는 팔짱을 끼며 프리실라의 말을 들어주었다.

"전염병에 걸리면 고쳐 주겠지만 그, 거리에서 옮는 병은……."

신성제국에서 '거리'는 순수한 길을 뜻하기도 했지만 다른 의미도 있었다. 밤에 사내를 구하러 홍등가를 간 것이 아니냐는 물음이었다.
'성녀가 되어서 성력으로 전염병을 고치지 못하는데 저런 말을 할 줄이야.'
로자리아가 묘한 미소를 걸치며 성녀에게 속삭였다.
"그 병, 고쳐 주는 거 성녀님 전문이잖아요. 황태자 저하께서 아프실 때마다 찾는 걸로 알고 있는데, 아닌가요?"
찰싹. 프리실라는 격분을 참지 못하고 로자리아의 뺨을 후려쳤다. 성녀의 분노에 일을 하던 시녀와 기사들이 놀라 하던 것을 멈추었다.
"아무리 그래도 여신을 모욕하는 말을 해선 안 되었어요!"
로자리아는 이골이 나 눈을 찌푸렸다. 매일 노만 1세와 황태자와 뒹굴기에 네 생활 아니냐고 물었을 뿐인데, 갑자기 여신을 모욕했다니?
프리실라는 눈물을 흘려 내며 끅끅 울었다. 숨도 쉬지 못한 채 주저앉아 우는 성녀의 행동에 성기사 무리가 한걸음에 달려왔다.
"무슨 일이십니까, 성녀님!"
"공작 부인! 프리실라 님에게 무슨 짓을 하신 겁니까?"
"괜찮아요, 여러분. 전 괜찮아요. 공작 부인께서 상처받으실까 단둘이 말하려고 했지만 그게 화날 일이라곤 생각지 못했어요."
마음이 약하다고 알려진 성녀의 눈물에 이를 방관하던 공작가의 기사들조차 전부 로자리아를 쳐다보았다.
'하.'
한순간에 천하에 못된 년이 된 로자리아는 헛웃음을 터뜨렸다. 그녀는 과거처럼 잘못했다고 무작정 비는 대신 팔짱을 끼곤 프리실라를 내려다보았다.
"제가 성녀님의 상처를 건드린 건가요?"
"뒤늦게 잘못을 빌어 봤자, 성녀님 눈 밖에 나게 마련이지."
사제와 신녀들이 수군거렸다. 그들은 뒤에서 말을 할 뿐, 로자리아의 앞에 나서지 못했다. 테베의 왕녀라면 모를까, 공작 부인에게 무어라 소리칠 수는 없었다.

그때였다. 한 젊은 성기사가 나타나 소리쳤다. 이제 갓 스무 살을 넘긴 청년이었다.

"네년이 공작 각하의 부인만 아니었어도 검을 빼 들어 죽였을 거다. 그 방자한 입 닥치지 못하겠느냐!"

"방자한 입?"

로자리아는 그녀에게 소리친 기사와 눈을 마주했다. 반반한 얼굴에, 높은 귀족 가문 출신. 누가 봐도 성기사직에 어울리는 귀족 청년이었다.

'재밌네. 아주 재밌어, 프리실라.'

로자리아는 피식 웃었다. 그녀는 프리실라를 지나쳐 성녀를 곁에서 부축하는 성기사에게 다가갔다.

찰싹. 로자리아는 있는 힘껏 성기사의 뺨을 내려쳤다. 그 커다란 마찰음에 주위에 있던 이들이 얼어붙었다.

"고개를 들어라."

"지금……!"

찰싹.

"고개를 들라고 명령했을 텐데."

로자리아는 웃음기를 싹 지우고는 싸늘하게 말했다. 상냥하게 웃던 미소 대신, 위압적이고 오만한 눈빛에 제리얼은 고개를 들고 말았다.

"네가 지금 한 짓을 깨닫지 못한 것 같은데, 여신 아니타를 믿는 성기사가 이스타샤의 황족에게 네년이라……."

"공작 부인께서 먼저 프리실라 님께 무례를 저질렀으니……!"

스르릉.

로자리아는 성기사의 허리춤에 차진 검을 빼 들었다. 단순히 장식용은 아닌지 은으로 된 검은 무척 무거웠다. 이를 가벼이 한 손으로 든 로자리아가 제리얼의 목에 검을 겨누었다.

"기사의 덕목도 모르는 자가 어찌 성녀의 곁을 지킬 수 있나."

"로자리아!"

"성녀께선 이스타샤의 황족을 욕보인 성기사를 감쌀 생각이신가?"

"제리얼 경은 나의 성기사이자, 신전의 사람입니다. 당신에게 제리얼 경을 처분할 권리는 없어요."

프리실라의 목소리가 한껏 가라앉았다. 신전에 무거운 정적이 감돌았다.

"성녀, 나는 이스타샤의 황족입니다. 성녀께서 여신의 대리자라면 나는 아니타의 혈족입니다."

"엄밀히 말하면 테베의 왕녀인 당신에겐 여신의 피가 섞이지 않았어요."

프리실라는 고개를 든 채 왕녀를 싸늘하게 노려보았다. 달라진 성녀의 모습에 주위의 성기사들은 조용히 상황을 주시했다.

로자리아는 검을 든 채로 가벼운 웃음을 터뜨렸다. 우스웠다. 자만하는 성녀가. 그리고 그런 성녀에게 머리를 조아리는 자들이.

"그건 성녀께서 결정할 일이 아닙니다. 나의 정당성은 최초의 성녀이자, 여신 아니타께서 내리신 것입니다."

쾅. 로자리아는 말을 마치며 검을 땅에 박았다. 대리석이 움푹 파이며 바닥이 갈라지자 프리실라의 눈이 가늘어졌다.

"그러니 성녀인 내게 그럴 권리가 없다?"

프리실라는 입술을 비틀어 올렸다. 그녀는 터지려는 분노를 억눌렀다.

'감히 신성제국의 성녀인 내게……!'

저 발칙한 것의 살을 가르고 심장을 도려내면 좋으련만.

로자리아는 프리실라의 생각을 알아차렸다. 지금쯤 자신을 수천 번 찢어 죽이는 미래를 그리고 있으리라.

"성녀께선 어찌하여 황족인 내게 말을 낮춘단 말인가?"

로자리아는 검을 버린 채, 성녀에게 다가갔다. 아무것도 들지 않았으나 위압적인 기운이 감돌았다. 프리실라는 뒤로 물러났다.

"황족인 내게 성기사의 처분권이 없다는 건, 신성제국의 황족을 우습게 보는 처사인 걸 알았어야지."

신성제국은 성녀의 나라였다. 그럼에도 아니타 율법에 의해서 신성제국의 황족과 성녀는 동등했다.

"내게 무례한 처사입니다, 로자리아……!"

"내가 무례하다고?"

로자리아는 입술 끝을 여유롭게 올렸다. 이윽고 그녀의 청아한 목소리가 신전 안을 울렸다.

"이스타샤, 나의 어린아이야. 나의 피와 살점을 이어받았으니 무릇 살아 있는 자들의 경외를 받을지어다."

이스타샤는 신어로 어린아이를 뜻했다. 아니타의 혈족 그 자체였다. 로자리아는 부드러운 목소리로 성서의 구절을 읊었다.

"나의 혈족을 함부로 낮출 수 없으며 해하지 못하리라."

로자리아가 말한 건 그저 성서의 구절만이 아니었다. 그녀는 눈을 내리깐 채, 신어로 성서를 되뇌었다.

"성녀는 여신의 가르침을 혼에 새기며, 황족은 여신의 피와 살을 이어받으리라."

그러자 성기사들의 눈이 커져 갔다. 이를 숨어서 지켜보던 신녀들도 마찬가지였다.

'말도 안 돼. 성녀님만이 완벽하게 구사할 수 있는 신어를…….'

개중엔 손에서 검을 놓친 자들도 있었다.

신성제국의 성녀라는 유일한 증거는 신어를 구사할 수 있다는 것이었다. 다른 이들이 읽을 수 없는 신의 글을 읽으며 신어를 말한다는 건 성력을 쓸 수 있는 근거였다. 서늘한 눈동자로 주위를 내려다본 로자리아가 말을 이었다.

"성녀, 나는 여신께서 인정한 신성제국의 황족이다. 무례한 건 그대였지."

로자리아는 프리실라를 차가운 시선으로 내려다보았다. 프리실라는 그만 흠칫 뒤로 물러서고 말았다.

'내가 고작 이따위 계집에게 겁을 먹은 거야?'

프리실라는 그 상황이 믿기지 않아 제 발을 내려다보았다. 그녀의 새하얀 손끝이 잘게 떨려 왔다. 제아무리 권세 높은 황족과 왕족이라 한들, 프리실라는 떨어 본 적이 없었다. 프리실라에게 성력은 사람을 구원하는 것이 아니라, 아랫것들에게 권위를 보여 주는 힘이었다.

"무릎을 꿇어라, 제리얼."

"……명을 받들겠습니다."

제리얼은 떨리는 목소리로 말했다. 그는 스스로 두 무릎을 꿇었다. 신성제국에서 성검을 들며 신어를 읊는다는 건 피보다 짙은 권력이었다.

"나는 여신 아니타의 후계자인 제2황자의 아내다. 또한 남부 무나크의 주인이자, 북부령의 군사권을 총괄한 라쉬드 공작의 반려다. 공작께선 내게 무례를 저지르는 자를, 바르세데스가의 이름으로 용납하지 말라 했었다."

"그럴 의도가 아니었습니다. 전 단지 성녀님을 위해서……."

"네 죄를 덮기 위해 성녀의 이름을 들먹이지 마라. 네 주군인 프리실라의 이름이 성기사인 네게 가벼운 건가?"

로자리아는 싸늘한 목소리로 읊었다. 제리얼은 떨리는 눈으로 왕녀를 올려다보았다.

"네가 저지른 무례는 성녀의 명예를 더럽히는 짓이다."

로자리아는 허리를 숙여 제리얼의 턱을 매끄러운 손가락으로 들어 올렸다. 아무런 위해를 가하지 않았건만 제리얼의 눈에서 눈물이 흘렀다. 두렵고 두려웠다. 무엇이 그토록 그를 공포에 떨게 하는지 그 자신도 알지 못했다. 검의 여신, 데모나의 위압적인 기세가 기사를 내리눌렀다. 성기사들은 이겨 내지 못할 위압감이었다. 애초에 데모나의 마나는 정령의 기와는 비교될 수 없는 신의 힘이었다.

제리얼은 제정신을 차리지 못했다. 그는 왈칵 입가로 흘러내리는 검붉은 핏덩이에 그만 기절하고 말았다.

"가서 깨워."

로자리아는 믿을 수 없다고 중얼거리는 공작가의 기사 둘에게 명령했다. 그들은 의심조차 하지 않고 로자리아의 명을 따랐다.

"차가운 물을 가져와라!"

상황 판단이 빠른 기사가 시종에게 시켜 찬물을 가져오라 일렀다. 얼음까지 채운 냉수에 기절한 제리얼의 몸이 발작하듯 튀어 올랐다.

"켁, 켁."

"기절하면 편하겠지. 하나, 내게 사죄도 하지 않고 눈을 감는 건 어디서 배운 예의지?"

로자리아는 제리얼을 봐줄 마음이 없었다. 그가 사실은 돈만 주고 성기사직을 산, 백작가의 외동아들이란 사실도 중요치 않았다.

"지혜와 강인함을 갖춰야 할 성기사가 우둔하고 어리석어."

로자리아는 차가운 눈동자를 내리깔았다. 붉은 핏덩이를 토해 내던 제리얼이 머리를 조아렸다.

"……쿨럭. ……제가 잘못…… 하였습니다. 제가 왕녀님께 용서받지 못할 죄를 저질렀습니다……."

성기사가 잘못을 인정하자, 로자리아는 공작가의 기사에게 눈짓했다.

"성기사를 풀어줘라!"

눈치 빠른 상관이 기사들에게 명령했다. 제리얼은 여전히 머리를 조아린 채로 무어라고 중얼거렸다. 성기사들은 제리얼의 행동을 직접 보고도 믿지 못했다. 무엇이 그토록 가문의 권세를 믿고 무서울 게 없었던 성기사에게 두려움을 심어주었는지도.

공작가의 기사들은 목울대를 넘겼다. 신녀의 조소와 사제의 무례에도 한차례 넘겼던 공작 부인이었다.

'지금에야 이해가 가겠군. 어째서 주군께서 공작 부인을 택하셨는지.'

이를 멀리서 지켜보던 센의 눈에 이채가 서렸다.

프리실라는 넋이 나간 채로 우두커니 서 있는 성기사들을 노려보았다.

"성기사는 성녀님의 관할이니 더 말하지 않겠지만, 바르세데스를 욕보인 저 성기사는 파면하도록 하세요."

프리실라는 입술을 질끈 베어 물었다. 원래대로라면 성기사들이 득달같이 달려와 어디서 성녀님에게 명령하느냐고 소리쳐야 했다.

'쓸모없는 새끼들!'

프리실라는 이를 갈았다. 그녀와 눈을 마주친 성기사 무리는 전부 성녀의 시선을 피했다.

'가문으로 작위를 산 네놈들이 그럼 그렇지.'

프리실라는 목 끝까지 치민 울분을 집어삼켰다. 성녀가 짓씹듯이 말했다.

"알겠어요, 로자리아. 제리얼 경의 잘못이니 그를 성기사직에서 파면하겠어요."

그 말을 마친 프리실라는 홱 몸을 돌려 급히 자리를 떴다. 성녀가 떠나자 신전에는 고요한 적막이 찾아들었다. 수백의 사람이 있었지만 숨

쉬는 소리조차 들리지 않았다.

스륵. 센은 반쯤 꺼내었던 검을 다시 거두었다. 제리얼이 나선 순간, 그는 성기사의 방자한 팔을 잘라 낼 생각이었다. 센은 공작의 말을 떠올렸다.

"로자리아를 모욕하는 이가 있다면 네가 알아서 처리해라."

그 이후의 일을 감당하는 건 제 몫이었다. 물론 공작께서 감옥에 갇히지 않도록 해주실 것은 자명했다.

"아쉽지만 공작 부인을 위해서 제가 할 일이 없었습니다, 주군."

센은 중얼거리며 입꼬리를 올렸다.

8장 철의 공작

그로부터 일주일 후, 성기사 제리얼이 파면되었단 소식이 널리 퍼졌다. 그리고 이는 공작의 귀에도 들려왔다. 이미 센에게 보고를 들은 뒤였다. 라쉬드는 흐트러진 차림을 정돈했다. 그는 목깃에 달린 단추를 느릿하게 채워 나갔다. 어깨에 달린 금실의 수가 달빛에 드러났다. 그가 신성제국의 공작임을 알려 주듯. 라쉬드는 로자리아가 있는 침실로 향했다.

"오늘 센에게 있었던 일을 들었어."

"센 경이?"

로자리아는 마른침을 삼켰다.

"프리실라의 성기사를 파면했다던데."

"그거야 성녀님의 결정이에요. 제가 한 일이 뭐가 있겠어요?"

"프리실라는 웬만해서 성기사를 내치지 않아. 아무리 큰 잘못을 저질러도 그녀의 사람이라면 봐주거든."

"폐를 끼쳤다면……."

"아니, 정말로 잘했어. 센이 입이 마르도록 칭찬을 하더군. 바르세데스의 명예를 부인께서 지켜 냈다던데."

로자리아는 의외의 말에 눈을 깜빡였다. 분명히 도가 지나친 행동이었다고 뭐라 할 줄 알았는데, 오히려 좋아하는 것처럼 보였다.

"그자는 성기사직에서 파면당했어. 가문에서도 쫓겨나 귀족 지위를 박탈당했지."

"성녀님이 하신 건가요?"

"프리실라야 그자를 파면하는 걸로 감싸고 싶었겠지만 난 아니야. 내 아내를 모욕한 자를 어떻게 두고만 볼 수 있겠어."

그의 아내가 모욕당하는 건 바르세데스의 명예를 해치는 일이었다. 라쉬드는 로자리아의 반응을 기다렸다. 의외로 무덤덤한 그녀의 얼굴에 그는 실망스러운 기색을 감추었다.

"라쉬드."

"내 처사가 마음에 안 들었던 건가?"

"고마워요. 저를 생각해 준 거죠?"

로자리아는 라쉬드를 보며 환히 웃었다. 반짝거리는 푸른 눈동자에 그는 저도 모르게 그녀를 빤히 바라보았다. 곧 정신을 차린 그가 묻고 싶었던 이야기를 꺼냈다.

"손이 여려 보이는데 검은 언제 배운 거지?"

"그건……."

"부인께선 이번에도 어렸을 때라고 할 건가?"

로자리아에게서 대답이 없자 그는 눈을 가늘게 떴다. 라쉬드는 아내에게 다가가 그녀의 귓가에 낮게 읊조렸다.

"지금까진 부인의 말에 속아주었지만……."

고개를 비틀면 입술이 부딪힐 거리였다. 라쉬드는 그녀의 눈동자가 흔들렸단 사실을 알아차렸다.

“앞으론 부인의 말에 넘어가 주지 않아. 로즈, 당신이 내 입을 막기 위해 키스해 주어도.”

예전에 그가 했던 말이었다. 그에게 먼저 키스한다면 묻지 않고 넘어가겠노라고.

“앞으로 계속 숨겨도 좋아. 그럴수록 파헤치고 싶어지니까.”

라쉬드는 아내의 손을 들어 올렸다. 허리를 숙인 그는 그녀를 올려다보며 손등에 짙게 키스했다.

로자리아는 로제로 변장했다. 준비를 마친 뒤, 임페리얼에 가서 전염병에 대한 사태를 파악하기로 했다. 임페리얼은 서대륙에서 가장 부유한 상단이었고, 정보를 독점하는 건 당연했다. 지금으로선 신전과 황가보다 임페리얼이 가진 정보력이 더욱 뛰어났다.

“……그래서 제 친우가 당신을 보고 싶어 합니다.”

폰은 우아하게 차를 들이켰다. 여전히 가면을 쓰고 있었고, 오 년 전 처음 거래했을 때 보았던 화려한 금발도 그대로였다. 로자리아는 정보를 얻으러 왔다가 그에게 뜻밖의 제안을 받았다.

“친우라면…….”

“그때 보지 않았나요? 흑발에 자안, 제복을 입었던 사내 말입니다.”

“그 사람이 저를 왜요……?”

“궁금한 게 있다더군요. 로제에게 물어보고 싶은 것도 있고.”

로자리아는 입술을 베어 물었다. 친우라더니, 둘이서 뭘 그리 알아내려는 건지.

“제 친우와 본 적이 있다고 들었습니다.”

“맞아요, 한 번 봤었죠.”

"그가 신성제국의 황족임을 알고 있었나요?"

"그건……."

폰은 말을 돌리는 법 없이 단도직입적으로 물었다. 로자리아의 반응을 본 그는 눈을 가늘게 떴다.

'신성제국의 황자인 것을 알면서도 접근하지 않았어. 오히려 거리를 두었지.'

신성제국의 황족과 거래한다면 더없이 좋은 기회였다. 임페리얼의 상단주인 '폰'과 거래하는 것보다.

'그런데 왜 그런 좋은 기회를 놓쳤을까?'

그가 본 로제는 결코 기회를 놓칠 여자가 아니었다. 오히려 불가능에 가까웠던 기회를 자신의 것으로 만든 수완가였다.

"로제, 황자 저하께서 당신을 보고 싶어 합니다."

"황자 저하라면……."

로자리아는 매끄러운 손가락으로 찻잔을 어루만졌다. 차에 생각에 잠긴 그녀의 모습이 비쳤다. 그녀를 보던 폰이 말했다.

"라쉬드 폰 칼라네 바르세데스, 신성제국의 황자께서 당신을 만나기를 원합니다."

"왜죠?"

"로제가 이페리아 치료제를 만들었으니까요. 제가 그때 샀던 이페리아 천 개, 모두 황자 저하에게 바쳤습니다."

"그런 중요한 이야기는 미리 했어야죠."

그녀의 뇌리로 라쉬드와 했던 대화가 떠올랐다.

"이페리아가 전염병의 유일한 치료제예요."

"그렇지. 임페리얼에서 친우가 팔려던 이페리아를 모두 몰수했지만 결국엔 부족했어."

로자리아는 이미 알고 있는 이야기임에도 구태여 말했다.

"전 폰을 통해서만 거래하고 싶어요. 황족과 직접 만나는 건……."

"저도 황자 저하의 부탁은 거부할 수 없습니다, 로제."

폰이 흐트러진 금발을 쓸어 넘기며 말했다.

"저를 한 번만 도와주시겠습니까?"

"알겠어요. 이번 한 번뿐이에요."

로자리아는 차를 한 모금 마시며 대답했다. 황족이 직접 부탁했다면 거절할 명분이 없었다.

폰이 제안한 날은 제국력 1014년, 첫 겨울을 맞는 달의 보름이었다. 그리고 오늘은 로자리아가 외곽에 있는 신전에서 전염병 환자를 돌보기로 한 날이었고, 약속 시간이 겹쳤다. 가짜 신분인 로제와 본래의 신분인 로자리아 왕녀. 둘이 한 시간에 존재하는 건 불가능했다.

'내가 로제로 변할 순 없어. 갑자기 외곽의 신전에서 사라진다면 라쉬드가 의심할 거야.'

그렇다고 로제가 나타나지 않는 것도 이상했다. 앞으로 가짜 신분으로 장사를 하려면 임페리얼과 거래가 끊겨서는 안 된다. 사업을 시작하기로 한 곳은 신성제국의 수도, 이케르였다. 이케르에서 공작의 눈에 벗어나 사업을 한다는 건 불가능했다. 또한 이스타샤에 거주하는 자가 황족의 명령을 거부한다는 건 중대한 죄였다. 공작이 '로제'의 목을 치는 일은 없겠지만 족히 수십 년을 감옥에 갇혀도 항명할 수 없었다.

'실제로 감옥에 갇히는 일은 없더라도 정체를 들키고 말 거야.'

이 일을 해결하려면 두 가지 방법이 존재했다.

'……로제의 신분을 버리는 것밖엔.'

그녀가 이페리아를 팔았던 수완, 임페리얼과의 인맥, 사업을 시작하여 상단을 운영하는 수단을 포기해야 했다.

'그러면 프리실라와 맞설 수 없어.'

신성제국에서 성녀의 권력은 황제의 것과 비견했다. 노만 1세가 죽는다면 클라인이 황제가 될 것이며, 프리실라의 권력이 더욱 커질 것은 자명했다.

'사업을 크게 키워서 사병을 고용하기로 한 계획이 틀어지는 거야.'

딱 한 번의 위기만 넘기면 로제의 신분을 계속 쓸 수 있었다. 무슨 이유에서 로제를 부른지 모르겠지만 애써 키운 사업주로서의 신분을 버릴 순 없었다.

'위험을 감수해서라도 라쉬드가 의심하지 않을 상황을 만들어야 해.'

로자리아는 생각을 마쳤다. 턱을 괴고서 그녀를 보던 라쉬드가 말했다.

"미리 말해두었으니 신전으로 가면 준비가 되어 있을 거다. 그리고 로즈, 신전에 테베 출신의 여자가 있으니 그녀가 네게 병을 어떻게 치료하는지 알려 줄 거야."

"그때 말했던 치료제를 만든 사람인가요?"

"맞아, 로제도 오늘 밤에 오기로 했으니 잘된 셈이지."

라쉬드는 로자리아를 면밀히 살폈다. 당황하거나 놀라는 기색을 보인다면 의심했겠지만, 아쉽게도 그녀의 얼굴에 별다른 감정은 보이지 않았다. 아니, 지나치게 차분했다. 로자리아는 까먹은 것처럼 물었다.

"그 여자의 이름이 뭐였죠?"

"로제."

라쉬드는 흐음, 낮은 숨을 삼켰다. 그의 입을 타고 나온 가짜 신분에 로자리아는 이 자리에서 뛰쳐나가고 싶었다. 그녀는 충동을 억누르며 천연덕스럽게 대답했다.

"좋아요. 치료제를 만든 사람이라면 한번 만나 봐야 할 것 같아요."

'분명 둘이 아는 사이이거나, 숨기는 게 있다고 생각했는데 전혀 모르는 사람을 말하는 태도로군.'

라쉬드는 의외의 답에 눈을 가늘게 떴다.

"밤이 되기 전에 널 데리러 올게, 로즈."

라쉬드는 먼저 침실을 떠나갔다. 홀로 침실에 남은 로자리아는 한동안 우두커니 서 있었다.

'난 망했어. 분신을 만들 수도 없고!'

로자리아는 머리를 쥐어뜯으며 소리 없는 아우성을 쳤다.

"홍홍, 안녕하세요. 제가 바로 로제예요."

"하아, 이걸로 정말 안전해?"

"홍홍, 저는 변신술의 귀재이자 주신 비아의 오백사십 번째 신성한 나무인 베리예요. 사람이든, 동물이든, 식물이든, 강이든, 바다든 어떤 모습으로도 변할 수 있죠."

로자리아는 검게 물든 손에 얼굴을 묻었다. 아무도 없는 한적한 숲, 그곳에서 진을 그리고 신목을 소환해 내는 것까진 좋았다. 변신이 다 안 돼서 손이랑 발이 나무인 걸 보기 전까진! 누가 봐도 걸어 다니는 나무 괴물이었다. 그녀는 힘이 빠진 목소리로 물었다.

"나무라서 눈이 없는 거야? 사람인데 왜 콧구멍이 세 개냐고."

"홍홍, 죄송해요. 오랜만에 직접 변신술을 쓰려니 잘 안 되네, 끙. 나이를 먹다 보니 가는 세월에 정령술도 가 버렸어요."

제법 나이가 많은 편인 900살의 베리 나무가 훌쩍거렸다. 특수한 능력을 가진 나무이다 보니 종종 능력을 빌리긴 했지만 직접 신목을 소환한 것은 이번이 처음이었다.

「망했어, 로즈. 하필이면 베리베리를 부르다니. 베리베리는 심각한 조울증 환자라고!」

「아니야. 베리는 그저 관심이 필요한 아픈 나무일 뿐이야. 우리가 따뜻하게 대하면 베리도 정신 차릴 거야.」

로자리아는 정령들의 속삭임에 넋이 나갈 지경이었다. 분명 완벽하게 소환했는데 이놈의 나무가 제대로 일을 하지 않는다. 게다가 되다만 로제의 얼굴로 눈물, 콧물을 흘리며 울기에 일부러 반항하는 건지 정말로 변신이 안 되는 건지 분간이 가지 않았다.

"너 지금 누가 봐도 사람 아니거든. 조금 사람답게 변신해 줄래? 로제의 얼굴처럼 해달라고는 안 할게."

"이게 최선이에요."

"부탁할게, 베리."

베리는 못 들은 척 딴청을 부렸다. 점점 화가 나려던 차에 로자리아는 다시 한번 상냥하게 말했다.

"제대로 해줄래? 너 제대로 할 수 있는데 안 하는 거잖아."

"아니에요! 제가 무슨 풋내기 이페리아도 아니고."

"이페리아보다 200살이나 많은데 그러기야?"

"사람 나이로 치면 열다섯이라구욧! 왜 다들 제 사춘기를 이해 못 하는 거죠? 인간들이란, 쯧쯧."

베리의 말을 듣던 로자리아의 이마에 줄이 그어졌다. 결국 그녀는 까불거리는 베리의 멱살을 쥐어 허공에 들어 올렸다.

"내가 이번에 가구 하나 들일 생각인데, 마땅한 나무를 찾지 못했거든. 내 취미가 참고로 도끼질이야. 열 번 찍어서 안 넘어가는 나무 없다더라. 넌 신목이니 열 번은 기본으로 버티겠지?"

"세상에! 이런 잔혹한! 어떻게 나무 앞에서 도끼를 꺼내 들겠다는 말을 할 수가 있어!"

베리는 새하얗게 질린 얼굴로 도망치려고 했다. 로자리아는 나무에서 사람으로 변신한 베리의 뒷덜미를 잡아챘다.

"이거 봐라? 아까는 발이 나무로 되어 있더니 도망갈 때 되니까 완벽한 사람의 발이 됐네. 나무에서 인간형으로 바뀔 줄 알면서, 왜 내가 알려 준 로제로 모습을 안 바꾸는 거냐고."

"쳇, 들켰네."

베리는 '마귀할멈', '악마', '마녀'라고 연신 중얼거리며 로제의 모습으로 바꾸었다.

"나는 남자라구욧! 아무리 변신술이라지만 못생긴 로제 따위 되고 싶지 않아욧."

"잔말 말고 해. 정말로 토막 내기 전에."

더 대들려던 베리의 입이 다물어졌다. 싸늘한 한기에 흠칫 놀란 베리가 뒤로 후다닥 물러섰다. 베리는 그녀의 살벌한 눈빛에 울며 겨자 먹기로 고개를 끄덕였다. 그리고 더는 반항하지 않았다.

"누가 말시키면 단답으로 해. 괜히 말 길게 해서 들키지 말고."

"그랭, 홍홍."

"장난해?"

"그래, 호호."

"네 이름은?"

"로제다."

"나이는?"

"방년 스물이올시다."

"능력은?"

"정령술을 쓰고…… 라고 말하면 주인이랑 나랑 사이좋게 불태워지겠지? 이페리아 치료제를 만든 능력자!"

"네가 할 일은?"

"그 뭐냐. 다친 인간 놈들 치료해 주는 거. 그런데 난 치료 능력이 없는데?"

"내가 이페리아 잎 줬잖아. 그걸로 치료하면 돼."

"으으, 이페리아 따위를 손에 들어야 돼? 그 애송이의 능력을 빌려야 한다니. 손에서 젖비린내 날 텐데."

확실히 나이를 더 먹은 신목은 사람답게 변할 줄도 알았고, 그들 기준에선 인간 세상에 빠삭했다. 단, 성격이 요상하다는 것을 빼고.

"좋아. 그 라쉬드란 놈 앞에서 로제 흉내를 내면 되는 거지? 근데 왜 흉내를 내야 해? 그냥 죽여야 하는 거 아냐? 널 죽인 놈이잖아, 로즈."

베리가 툴툴거리며 말을 이었다.

"지금 신목들 사이에선 화가 나 있어. 너를 죽인 그놈을 갈가리 찢을 거라고, 검은 나무가 그러던걸."

"신목들이 라쉬드를?"

로자리아는 뜻밖의 말에 눈을 가늘게 떴다. 신목의 왕, 검은 나무. 정령의 언어로 그의 이름은 발데르가였다. 흑발에 적안을 가진 악신, 발데르가는 그녀의 두 번째 검이었다.

"발데르가는 언제든 네 부름에 나갈 준비를 마쳤어. 누구든지 널 건드리면 죽여 버리겠다고. 혹시 이스타샤에 재앙이나 저주를 내리고 싶으면 꼭 불러 달라던데?"

"나라 하나 없애 버릴 일 있어?"

로자리아가 혀를 낮게 차며 말했다.

"네가 과거에 가장 자주 불렀던 건 발데르가였어."

로자리아는 현실을 찌르는 베리의 말에 입을 다물었다.

"앞으론 발데르가를 부르는 일은 없을 거야."

"뭐, 네가 발데르가를 부르지 않겠다면 나야 좋지. 우리의 왕은 절제할 줄 몰라서 그를 부른 자리에는 남아나는 게 없으니.”

베리는 신목의 왕, 검은 나무를 떠올리며 부르르 몸을 떨었다. 세상의 악은 모두 합쳐 놓은 듯 살기가 흐르는 위험한 발데르가! 다시는 보고 싶지 않은 1순위였다.

“아무튼 우리는 네 편이야, 로즈. 네가 굳이 사람들 세상에 살지 않겠다고 해도 괜찮아. 발데르가만 부르지 않으면.”

로자리아는 옛 파트너를 떠올렸다. 발데르가는 맹목적으로 자신을 따랐고 그녀의 명령이라면 뭐든지 이루어 냈다. 그것이 선이든 악이든.

“두 번 다시 발데르가를 부르는 일은 없어.”

로자리아는 겁에 질린 베리의 머리칼을 헤집었다. 부드러운 손길에 소년의 볼이 빠방하게 부풀어졌다.

“네가 로제의 역할만 잘해 낸다면.”

로제로 변한 베리를 먼저 마을로 들여보낸 뒤, 로자리아는 숨을 돌렸다. 중앙신전의 근처에서 간단하게 식사를 마치자 벌써 저녁이 되었다. 신전 안 침실로 돌아온 로자리아는 기우를 떨쳐 내었다.

‘알아서 잘하겠지. 베리도 구경하는 걸 좋아할 테니, 괜히 사고 쳐서 역소환되는 건 원하지 않을 거야.’

기사의 안내로 문밖으로 나서자 라쉬드가 기다리고 있었다. 그는 자연스레 그녀의 허리를 감으며 마차로 향했다. 라쉬드가 에스코트하자, 그녀는 묘한 기분을 느끼며 마차에 올라탔다. 얼마 지나지 않아 마차가 출발했다. 달그락거리는 말발굽 소리를 들으며 로자리아가 말을 꺼냈다.

“신성제국에서 황권이 신권보다 더 강한 적이 있었나요?”

“누가 황제가 되느냐에 따라, 어떤 성녀가 나오느냐에 따라 신권과 황권의 우위는 바뀌었지. 때로는 바렛사처럼 절대군주도 있었으나 미약한 자가 황위에 오르면 이름뿐인 황제가 될 뿐이야."

이스타샤의 영리한 황제들은 '여신 아니타께서 축복을 내리어 황족으로 태어났으며, 짐에게 황권을 주었다'고 선포하며 신권을 내리눌렀지만 이는 신성제국에서 쉬운 일은 아니었다. 이스타샤의 역사를 떠올리던 라쉬드가 말을 이었다.

"절대 황권을 이루었던 황제조차도 종래엔 죽음 앞에서, 혹은 후계자의 탄생 앞에서 성녀를 찾아가 기도를 올리곤 했으니."

그의 말을 듣던 로자리아가 말했다.

"어째서 신전이 외면한 전염병 환자를 돌보는지 궁금했어요."

"내겐 이스타샤의 제국민을 지켜야 할 의무가 있어."

라쉬드가 답했다.

'라쉬드가 모든 짐을 진 것 같아. 신전이 나서야만 하는 일도, 황가가 해야 하는 일도.'

로자리아는 옅은 한숨을 내쉬었다. 잠시 고민하던 그녀가 궁금했던 것을 물었다.

"……왜 평민과 천민을 돕는지 물어봐도 돼요? 라쉬드는 이스타샤의 황자잖아요."

"로즈, 넌 내게서 어떤 대답을 원하는 거지?"

라쉬드의 말에 로자리아는 말문이 막혔다.

그녀가 바라던 대답은 '사람들을 위해서'였지만 그와는 거리가 먼 얘기였다.

"값싼 동정심이나 황자로서 구제해야 한다는 생각과는 거리가 멀었지. 어느 날 꿈속에서 한 여자를 만났고, 그 여자가 이스타샤를 무너뜨렸다."

로자리아는 그녀의 귀를 의심했다. 그에게서 처음 듣는 이야기는 자신이 겪었던 것을 떠올리게 했다.

"악마, 마녀, 마귀. 그것이 그녀를 부르는 이름이었지. 나는 그 여자를 죽였고, 이스타샤는 평화로웠다. 아니, 평화로울 거라 생각했지만 결국엔 그게 아니었지."

"꿈속에서 당신과 이스타샤는 어떻게 되었어요?"

"나는 죽은 황태자를 대신해 황제가 되었고, 이스타샤를 다스렸으나 새로이 태어나는 자보다 죽는 자가 더 많았다. 그 마녀가 아니었더라도 이스타샤는 멸망할 운명이었어. 수도로 퍼져 나가는 전염병이 망국의 기조였지. 꿈속에서 나는 전염병을 방치했고 그 대가는 제국의 멸망으로 이어졌다."

"그게 라쉬드 탓은 아니잖아요. 꿈속 이야기라 하더라도."

"아니, 내 탓이었다. 황권을 높이기 이전에 사람을 구해야 했어. 나를 믿는 자들을 방치한 대가는 참혹했지. 바렛사로부터 국경만 지키면 된다고 여겼던 꿈속의 나는 어리석었다. 그 뒤로는 기억나지 않아. 절망이 뼛속에 가득 차서 썩은 부위를 도려내느라 손에 피가 마를 날이 없었고, 내가 죽인 자들의 원성이 휘몰아쳐 잠을 이루지 못했다."

"……."

로자리아는 말을 잇지 못했다. 라쉬드는 알고 있었다. 그녀만이 과거로 돌아왔다고 생각했는데, 그는 꿈속의 이야기로 알지언정 그때의 일을 기억했다.

"프리실라의 예언이 있었고, 악마의 지배를 받은 마녀가 나타나 이스타샤를 멸망하게 할 거라 했지만 결국 지배자의 책임이었어. 황태자가 죽었으니 내가 황제가 되어야 했고, 나는 눈앞에서 이스타샤가 무너지는 걸 봐야만 했다."

그 뒤로의 삶은 지옥이었다. 바렛사의 황제가 나타나 이스타샤를 집어삼켰고, 그들에게 기사들의 딸과 누이, 어머니가 유린당했고 아버지와 형제가 참살당했다. 귀족들조차 노예가 되었으며 그 광경을 두 눈으로 지켜봐야 했다. 피울음이 목에 가득 차 울부짖었으나 그의 곁에 남아 있는 이는 없었다. 충성을 바치기 위해 전장에 나간 기사는 모두 죽어버렸고, 여신 아니타의 대리석상이 놓인 황성과 신전은 모두 불타 버렸다.

그때, 반쯤 정신이 나간 황제는 무작정 신전을 찾았다. 낡은 누더기를 걸쳐 입고 맨발로 사막을 헤매었다. 그가 찾은 건 여신 아니타의 신전이 아니었다.

"누군가의 것인지 모를 세월의 흐름이 멈춘 고대의 신전이었어. 그 신전이 언제 세워졌는지, 누가 만든 건지, 어떠한 신을 기리기 위한 건지 알지 못했다."

맨발에 돌조각이 박혀 핏물이 흘렀고, 자르지 못해 허리까지 흘러내린 흑발은 황제이기보다 도망친 노예와도 같았다. 그는 보랏빛 눈동자를 들어 올려 차가운 여신의 상을 바라보았다. 피가 흐르는 손을 뻗어 조각상을 끌어안았다. 아니타와 다른, 눈부신 금발에 푸른 눈동자를 가진 여신이었다.

그는 무작정 빌었다. 목숨을 걸겠다고 맹세했다. 뜨거운 눈물로 얼룩진 얼굴을 들어, 이름 모를 신에게 빌었다. 이스타샤의 오만한 황자로 태어나 지배하는 것밖에 몰랐던 자신의 죄를 빌었다. 그에겐 사랑하는 사람이 없었다. 그러나 그를 믿고 충성을 바친 자들이 모조리 죽었을 때, 처음으로 슬픔이란 걸 깨달았다.

"이름 모를 여신이여."

황제는 스스로 머리를 조아리고 여신의 드러난 발등에 입을 맞추었다.

"나를 구원해 주소서."

그는 얼굴을 가리던 검은 터번을 벗어 내렸다. 바렛사 제국으로부터 쫓기는 목숨이었으나, 제국이 그를 포기할 리가 없었다.

"후회와 증오로 가득 찬 제 삶을 돌보시어."

그는 한 자 한 자 조심스레 입을 떼었다.

"이스타샤에게 축복을 내리소서. 향락한 귀족, 타락한 사제와 오만한 황족들의 죄를 제가 감내할 것입니다. 영혼을 걸라면 걸 것이고 사지를 찢어 죽으라면 죽을 것입니다. 제 영혼을 바쳐 진심으로 아뢰옵건대, 시간을 돌려 주소서."

황제는 눈물을 흘리며 고했다. 그에게 늘 침묵했던 아니타와 다르기를 바랐다. 그에게 있어 신이란 사제들의 권력을 위해 이용된 가짜였다. 그러나 이름 모를 여신은 진실이었다. 그 여신의 이름이 무엇인지도, 어째서 버려진 신전에 홀로 남아 있던 것인지 알지 못했다.

"나의 손에 장미가 피었으매 이스타샤를 위한 줄기가 될 것이며, 날카로운 가시는 아니타의 저주로부터 지키는 방패가 될 것이다. 네가 나에게 진심으로 영혼을 건다면 내 아버지에게 맹세하여 너를 위해 시간을 돌려 줄 것이다."

환청이었다. 환각일지도 몰랐다. 황제는 눈물을 멈췄다. 그는 어두운 보랏빛 눈동자를 들어 올려 여신과 눈을 마주했다. 황제는 몸을 일으켰다. 그는 닳아 얼굴이 보이지 않는 여신상에게 홀린 듯이 다가갔다.

나를 구원해 줄 여신이 사람이었다면. 나의 고통과 번민을 이해한 당신이 사람이었다면. 황제는 여신을 앞에 두고 움직이지 않았다. 신을 믿지 않던 그는 환각이라는 생각을 버렸다. 그는 차가운 여신상에 입술을 맞추었다. 미쳤다는 생각이 먼저 들었으나, 몸이 먼저 움직였다. 이윽고 뒤로 물러선 황제는 검을 들어 올렸다.

라쉬드는 꿈속의 남자가 그 자신의 미래라고 생각했다. 그러나 그 기억은 점점 흩어져 빛이 바랜 기억이 되어버렸다.

"신성제국에 악귀가 나타난다는 꿈이었지만 가능할 리가 없지."

"저도 그렇게 생각해요."

로자리아는 산 너머 마을을 바라보며 말했다. 과거는 지나갔으며, 그녀에게 새로운 기회가 주어졌다. 이 기회를 놓치지 않을 것이다. 그렇게 다짐한 로자리아가 물었다.

"그래서 전염병을 고치고 싶은 건가요? 꿈속의 남자가 라쉬드인 것 같아서요."

"그저 한낱 꿈이라고 여기기엔 너무 강렬했어. 열아홉 성년이 되던 때 그 꿈을 꿨으니까."

라쉬드는 테베로 향하던 날을 떠올렸다. 열아홉, 프리실라와 함께 이스타샤로 떠나기 하루 전이었다. 노만 1세의 명령을 받아 로자리아 왕녀를 만나러 가는 전날 밤, 그때 꾸었던 꿈은 현실인 것처럼 생생했고 강렬했다. 그는 꿈속에서 얼굴을 알 수 없는 백발의 마녀를 죽였고, 이후 황제가 되었으며 잊힌 신전을 찾아다녔다.

'금발의 푸른 눈을 한 여신상.'

단서는 오로지 하나뿐이었다. 라쉬드는 꿈속에서 이루어진 일이 단순한 환상이라고 여기지 않았다. 그가 붙든 건 드문드문 끊긴 기억이었지만 이스타샤에 전염병이 발발하는 일이 반복되었다.

프리실라는 사제단을 꾸려 수도로 가지만 전염병을 해결하지 못하고, 백성들의 불만은 높아져 갔다. 설상가상으로 북부의 바렛사마저 전쟁을 일으키고자 침략을 시도했다. 안으로는 내란, 바깥으로는 전쟁으로 어질러진 이스타샤를 무너뜨린 건 꿈속의 마녀였다.

'어쩌면 미래일지도 모르지.'

그러니 전염병을 해결한다면 마녀가 다시 한번 나타난다고 해도 이스타샤가 무너지는 일은 없을 것이다.

"검을 쓰는 마녀였거든. 어떤 검이었는지 보진 못했어. 기억이 안 난다는 말이 정확하겠군."

로자리아는 그녀의 검을 떠올렸다. 날렵한 금빛 레이피어의 전신은 주신이 첫 번째로 창조한 나무, 데모나였다.

'데모나.'

백발에 푸른 눈을 가진 여신의 혼이 담긴 검이었다. 그러나 로자리아는 데모나를 쓰지 않았다. 그녀가 택한 건 악귀라 불리는 발데르가, 피로 물든 마검이었다.

"솔직히 말하자면 꿈에 집착하는 것도 우스웠지. 보좌관인 라뮤엘에게도 말하지 못했으니. 당신에게만 말하는 비밀이야."

라쉬드는 어째서 그녀에게만 털어놓을 수 있는지 궁금했다. 다른 사람에게 꿈속에서 미래를 보았다고 이야기한다면 미친놈 취급을 받기 일쑤였다. 혹은 장단을 맞추기 위해 미래가 확실하다고 아양을 떨거나.

"그 마녀를 미워했나요?"

"황제는 마녀에게 아무런 감정이 없었다. 그저 뒤늦게야 어떤 사실을 깨닫고 후회했지. 그게 어떤 일이었는지는 기억나지 않아."

라쉬드는 오른쪽 눈가에 상흔이 있던 젊은 황제를 떠올렸다. 흑발에 보랏빛 눈동자. 신기하게도 그의 곁에는 연인이라 불릴 여자가 없었다.

'황후는 물론이고 후궁도 들이지 않았지.'

그저 이스타샤에만 목을 매던 황제. 라쉬드는 꿈속의 상념에서 벗어나 로자리아의 손을 감쌌다.

"외곽에 있는 신전에 도착했습니다, 각하."

달리던 마차가 멈췄다. 중앙신전에서 출발하여 외곽에 있는 신전에 도착한 것이다. 라쉬드는 로자리아가 마차에서 내릴 수 있도록 도와주었다. 라뮤엘이 마차 근처에서 공작 부부를 기다리고 있었다. 다시 신전으로 돌아왔으니 전염병을 치료하는 게 우선이었다.

"라뮤엘, 부인을 잘 보필해라."

"알겠습니다, 각하. 마님, 이쪽으로 오십시오."

라뮤엘이 다정한 미소를 지으며 로자리아를 이끌었다. 푸른 머리칼에 청록색 눈동자를 한 그는 병과 무관한 사람처럼 평온해 보였다.

'신기하네. 모두 병을 두려워하는데, 라뮤엘 혼자 편안해.'

달리 이유가 있는 걸까. 로자리아가 신기한 듯 라뮤엘을 쳐다보았다.

"마님, 저분께서 바로 치료제를 만드신 로제 아가씨입니다. 로제 아가씨껜 미리 말씀드렸으니 편히 부르시면 됩니다."

"로제?"

로자리아는 알면서도 모르는 척 물었다.

"설마 공작 각하께서 마님께 말씀드리지 않은 건가요?"

"아, 들었어요. 로제란 사람이 이페리아를 재배했다고."

로자리아는 이리저리 바쁘게 돌아다니는 로제를 보며 말했다. 과연 신목의 왕, 발데르가를 만나고 싶지 않은지 그녀(?)는 성심껏 일했다.

"반가워요, 로제. 난 로자리아라고 해요."

"너 왜 이제야 온…… 아니, 로즈…… 리아 님, 안녕하세요."

"로자리아예요."

"……들던 대로 미인…… 이시네요. 반…… 가워요."

"고마워요, 로제."

로자리아는 조마조마한 심정으로 대답했다. 자신과 있을 땐 말 잘하던 나무가 벼락이라도 맞은 것처럼 말을 제대로 하지 못했다.

"그럼 잘 부탁드릴게요, 마님."

라뮤엘이 두 손을 곱게 모아 인사를 올렸다. 베리가 로자리아의 뒤에 숨은 채로 라뮤엘을 노려봤으나, 그와 눈이 마주치자 깨갱 시선을 피했다.

'저 남자 진짜 수상해. 그러니 조심해, 로즈.'

'알았으니 일단 환자 치료부터 좀 해.'

로자리아는 자신에게 엉겨 붙는 베리를 떼어 내며 정령어로 말했다. 불만 많고 말 잘 안 듣는 주제에 치근덕거리는 건 제일이었다. 어째서 베리가 검은 나무, 발데르가에게 매일 맞는지 그 이유를 알 수 있었다. 로자리아는 가짜 로제를 데리고 신전 본관으로 들어섰다.

"위생에 각별히 신경 써야 해요. 흰 천은……."

그러고는 첫날 기사에게 들었던 설명을 그대로 해주었다.

"네, 마님."

설명을 듣고 난 베리가 고개를 주억거렸다.

그 정도는 정령인 자신도 할 수 있었다.

"잘할 수 있겠죠?"

"걱정 마세요, 마님."

로제로 변한 베리가 별거 아니란 어조로 말했다. 사고를 칠까 한편으론 불안했지만, 로자리아는 베리의 말을 믿기로 했다. 이윽고 그녀는 치료제와 물, 마른 수건을 들고 늙은 군인에게 다가갔다. 그는 북부 출신으로 바렛사와 소규모 전투 때 한쪽 다리를 잃었고, 신전에 온 지는 일주일이 되었다. 며칠 전에 기사에게서 공작 부인이란 말을 듣고 놀라고 말았다.

"치료제예요. 조금 쓰더라도 참고 마셔야 해요."

로자리아는 군인을 부축해 치료제를 탄 물을 마시게 했다.

꿀꺽, 치료제를 삼킨 그가 안도의 한숨을 내쉬었다.

"높으신 분들께서 우리를 도와주시다니 정말로 고맙습니다. 성녀님 덕분에 병이 다 나아 가네요."

"아, 저는 성녀가 아니에요. 성력도 없는걸요."

"예, 예. 사실 프리실라 님이 아니란 걸 알고 있었습니다. 그렇지만 병들고 버림받은 자를 치료해 주는 게 성녀님이 아니면 누구겠습니까."

다친 군인의 상처를 치료해 주던 로자리아의 손이 멈칫했다. 그녀는 눈물을 흘리며 연신 고맙다고 중얼거리는 남자에게 따뜻한 목소리로 말했다.

"이스타샤를 지키기 위해 다치신 분인데, 제가 오히려 고마워요. 북부를 지키는 군인과 병사 덕분에 바렛사로부터 안전한걸요."

"그런 말 처음 들어 봅니다, 하하. 귀족들에게 무시받는 게 저희의 일상이었거든요. 그나마 공작 각하께서 북부를 맡으신 이후엔 그런 일이 사라졌지만요."

"그래요?"

"신분에 상관없이 실력으로 군 지휘관을 뽑았어요. 능력 없고 신분만 높은 귀족들은 견디지 못하고 도망치거나 공작 각하께서 쫓아내셨죠. 그러다 보니 적의 기습에도 빨리 대응할 수 있고, 피해도 줄어들었지만 전 오래전에 은퇴했거든요. 수도에서 딸아이와 살아가려는데 병에 걸려서……."

"빨리 나으셔야겠네요. 그래야 따님을 보실 수 있으니까요."

"차라리 죽었으면 좋겠단 생각을 많이 했습니다. 제 딸아이는 반년 전에 푸른 사막을 심하게 앓고 여신의 품으로 돌아갔으니까요."

늙은 군인이 쓰게 웃으며 말했다.

"병이 완전히 낫게 되면 공작가에서 일하고 싶습니다. 전쟁에서 다리를 다쳐 절뚝이는 놈을 써 줄진 모르겠지만요."

"북부를 지키다 그렇게 된 거잖아요. 너무 자책하지 말아요. 제가 보기엔 당신은 다리를 다쳤어도 훌륭한 군인이에요."

로자리아는 깍듯하게 그녀에게 예를 차리는 군인의 상처를 닦아주었다. 묵묵히 일하는 그녀의 턱 끝으로 맺힌 땀이 흘러내렸다.

"병에 걸리고 죽기 직전에 기도했어요. 단 한 번만이라도 성녀님이 나타나면 좋겠다고. 죽은 딸아이를 위해 기도라도 올려 준다면, 고통스럽게 죽어도 여한이 없을 거라고."

그는 거칠고 마른 손으로 눈물을 닦아 내었다. 다 늙어서 공작 부인의 앞에서 눈물을 보이는 게 주책이라 생각했다.

"고맙습니다, 성녀님."

"그렇게 부르면 안 돼요."

로자리아는 심각하게 말하는 대신 상냥하게 웃으며 말했다.

"저희 북부의 기사들은 프리실라 님을 하늘의 성녀라고 부르곤 했어요. 하지만 성녀님과 신전은 이스타샤의 지배자로 태어난 황족, 고위 귀족, 사제가 아니면 거들떠보지도 않았죠."

"……그런가요."

"그래서 가끔 농담조로 말하곤 했어요. 정말로 여신께서 우리를 위한 성녀님을 보내 준다면 여한이 없을 거라고 했는데, 제가 드린 기도를 들어주셨나 봅니다, 하하."

평소라면 성녀 소리를 좋아하지 않겠지만 그녀는 기분이 나쁘지 않았다. 오히려 마음이 따뜻해졌다. 그저 다치고 아픈 사람을 치료해 준 것임에도 위로를 받는 기분이 들었다.

'악귀라고 불리던 거에 비하면 좋은 말이지.'
로자리아는 말간 미소를 지으며 군인을 정성껏 돌보았다.

로자리아가 외곽에 있는 신전에서 지낸 지 일주일이 흘렀다. 그동안 많은 변화가 있었다. 공작가의 기사들이 먼저 공작 부인에게 인사를 해 왔다. 처음에는 어색해하던 그들은 이젠 서로 경쟁하듯 로자리아를 찾아와 안부를 물었다.
"저리 비켜, 이 새끼야. 내가 먼저야!"
"어딜 새치기해? 그리고 마님 앞에서 어디서 욕지거리야, 미친놈이."
다소 입이 험한 북부 출신이라 적나라한 욕이 들리는 게 문제였다. 로자리아는 그들을 혼내는 대신 차분히 인사할 때까지 기다려 주었다.
"안, 안녕하세요. 공작 부인!"
"예의 없게 공작 부인이 뭐야! 마님이라고 불러야지."
"죄송합니다, 마님! 저번에 저희에게 주신 레몬잎차 잘 마셨습니다."
"그건 제가 아니라 로제가 준 거예요. 전 그저 물에 우린 것뿐이구요."
"하하, 로제 님에게도 감사하죠."
화기애애한 분위기 속에서 기사들은 앞다투어 로자리아에게 잘 보이려 안간힘을 썼다. 거칠고 폭력적인 기사들조차 그녀의 앞에 서면 순한 양이 되었다. 그들은 칭찬받기를 바라는 어린아이처럼 로자리아의 곁에 다가가 이것저것 묻더니 공작 부인의 일을 도와주었다.
"빨래 마쳤습니다!"
"저는 끓는 물을 준비했습니다! 이 물에 천을 넣으면 되는 거겠죠? 저는 이번에 소독이란 걸 처음 해봤습니다, 하하."
"젖은 빨래를 햇볕에 바싹 말렸습니다."
라쉬드는 경쟁하듯 로자리아에게 보고하는 그의 기사들을 묘한 눈길로 보았다. 숫제 그들의 주군이 자신이 아니라 부인이 된 것처럼 구는 남자들을 이해할 수 없었다. 게다가 개중엔 전염병이 두렵다며 도망쳤던 기사들도 있었다. 먼저 외곽에 있는 신전을 가겠다며 찾아온 기사들이 대부분이었지만, 간혹 불만을 품고 도망가는 자들도 있었다.

'다 같이 죽기 싫다며 도망쳤던 놈들이 아예 팔을 걷어붙이고 빨래를 해? 그것도 수십 년간 검만 들던 기사들이.'

라쉬드는 쯧쯧 혀를 찼다. 덕분에 일손이 많이 줄어들어 마을에 있던 환자의 수가 급격히 줄었다. 삼분의 일은 병이 나아 집으로 돌아갔다.

"이러니까 꼭 남부의 공작저에 있는 것 같지 않습니까? 제 고향이 무나크인데, 안 간 지 오래되어서 그립네요."

"아아, 무나크 출신이었어요? 어쩐지 말투가 좀 다르다 했어요."

"간혹 건방진 수도 출신 제비 놈들이 촌스럽다고 으스대긴 해도, 무나크가 남자들의 도시 아닙니까?!"

가슴을 팡팡 치던 기사가 짙은 살기에 흠칫 뒤로 물러섰다. 저 멀리서 라쉬드가 팔짱을 낀 채로 지켜보고 있었다. 기사는 소스라치게 놀라며 횡설수설하다가 로자리아가 한눈을 파는 사이 도망쳤다. 눈빛으로 기사를 쫓아낸 라쉬드가 로자리아에게 다가가 그녀의 어깨를 감쌌다.

"일이 힘들지 않아?"

"힘들지 않다면 거짓말이겠지만 할 만해요. 라쉬드는요?"

"나야 지휘하는 게 전부니 힘들 것도 없지."

그는 자신을 부러운 눈길로 쳐다보는 기사들을 째려보았다. 도대체 자신의 명령을 들으러 온 건지, 공작 부인의 심부름을 들며 노닥거리러 온 건지 분간이 가지 않았다.

"기사들이 당신에게 귀찮게 구는 것 같던데, 이참에 정리해야겠어."

"왜요? 전 재밌고 좋아요. 말할 사람이 생겨 심심하지도 않고 힘쓰는 일도 잘 도와주는걸요."

로자리아는 힘을 쓰지 못해 안달이 난 기사들을 떠올리며 말했다. 심심할 때마다 팔씨름하던 그들은 이제 누가 누가 공작 부인을 잘 돕나 경쟁으로 종목을 바꾸었다.

"그러면 놔두겠지만."

라쉬드는 말을 바꾸었다. 예전의 그였다면 가차 없이 기사들을 내쫓았을 것이다.

"병에 걸린 환자 중에 삼분의 일은 회복해서 집으로 돌아갔고 나머지 환자들도 나아 가고 있어. 로즈, 네가 아니었다면 이루지 못했을 일이야."

"아니에요. 다 로제가 한걸요. 그녀가 이페리아 잎을 끊임없이 공급했고, 저는 그걸로 약제를 우린 것밖에 없어요."

"불만을 품던 기사들이 시키지도 않은 일을 먼저 한다는 건 힘든 일이지. 로즈, 당신이 날 도와줬기에 마을에 있는 환자를 고칠 수 있었어."

"정 그렇게 말한다면 제 공을 인정할게요. 라쉬드도 고생 많았어요."

라쉬드는 로자리아의 머리칼을 쓰다듬었다. 자연스러운 손길에 그도 그녀도 놀라 서로를 멀뚱히 보았다.

"일일이 허락을 맡아야 하는 건가?"

"어차피 안 물어보실 거잖아요?"

라쉬드는 맞는 말이라 고개를 끄덕이며 웃음을 터뜨렸다. 그는 로자리아를 본 채로 눈꼬리를 휘었다.

'라쉬드의 웃는 모습 처음으로 봤어. 비웃음이 아니라 진심으로 웃는 거 말이야.'

그녀는 라쉬드를 보며 마주 웃었다. 그때였다. 한 기사가 공작을 찾아왔다.

"각하, 신전에서 연락이 왔습니다."

"신전에서 무슨 일로 연락이 온 거지?"

라뮤엘이 심각한 얼굴로 라쉬드에게 일렀다. 그녀는 무슨 일인지 궁금했지만 귓속말을 하는 터라 들리지 않았다.

"당장 가 봐야겠어. 로즈, 당분간 외곽에 있는 신전에서 지내도록 해. 신전보단 나을 테니."

"중앙신전으로 가는 거예요? 갑작스레?"

"일이 생겼어. 신전의 일에 공작가가 간섭했다고 곧 성기사들이 찾아올 거야. 일단 센에게 당신 호위를 맡게 했으니 위험한 일은 없을 테지만."

시간이 촉박했다. 고위 사제가 성기사를 몰고 와 마을을 시찰하기 전에 신전에 압력을 넣어야 했다. 로자리아는 군마를 타고 달려가는 라쉬드와 라뮤엘을 물끄러미 지켜보았다.

"라뮤엘, 황가에 서신을 보낼 준비를 해라. 신전의 간섭이 도가 넘었어."

"대사제 출신인 것이 이렇게 부끄러워질 줄은……. 신전은 이미 푸른 사막을 방치했고 주군과 가신들이 목숨을 걸고 전염병의 확산을 막지 않았습니까?"

온화하기로 유명한 라뮤엘마저 화가 나는 일이었다.

"치료 전엔 가만히 있다가, 전염병이 해결되는 기미가 보이자 월권이라는군."

공을 받기 위해 시작한 일이 아니었다. 사제의 성력으로 전염병을 고치지 못한 신전이 바르세데스에 책임을 물을 순 없었다.

"오히려 고마워해도 모자랄 판에……. 성녀가 내린 명령일까요?"

"순 억지를 부리는 걸 보면 성녀 쪽은 아니야. 오히려 프리실라는 책임을 면하게 되어 안도할 테니까."

"그럼 대체 누가 이런 일을……."

라뮤엘은 그렇게 말하면서도 황태자를 떠올렸다.

'신전의 늙은 사제들과 황태자가 손을 잡고 벌인 일일까?'

대사제로 있었던 그는 신전이 돌아가는 상황에 빠삭했다. 간혹 성녀의 말을 듣지 않는 자들도 있었다.

"클라인 짓이지."

라쉬드는 낮아진 목소리로 읊조렸다. 이런 멍청한 짓을 일삼는 자는 황태자가 유일했다.

"신전의 억지를 더 이상 눈감아줄 순 없지. 내가 신전에 직접 가면 꼬리를 내릴 테니 자리를 비우더라도 가 봐야겠어."

"음, 마님은 괜찮을까요?"

"제2기사단장인 센이 지킬 테니 별일이야 없겠지."

라뮤엘은 미련이 생기는지 자꾸만 뒤를 돌아보았다. 그를 재촉한 건 주군의 명령이었다.

"라뮤엘, 네가 로자리아를 아끼는 건 알지만 지금은 명령에 따를 때란 걸 잊지 말도록."

"알겠습니다, 각하."

그러는 라쉬드도 말을 몰다 말고 뒤를 돌아보았다. 그러나 이미 멀리 와 있던 터라 로자리아가 있는 마을은 보이지 않았다.

"정말로 가 버렸네."

로자리아는 미련 없이 떠나간 라쉬드가 야속했다. 한 번쯤 뒤를 돌아볼 만도 한데, 한 번도 뒤를 돌아보지 않았다. 오히려 라뮤엘이 걱정스러운 눈으로 자신을 쳐다보곤 라쉬드를 뒤따랐다.

"뭐, 별일이야 있겠어? 공작이 돌아올 때까지 신전에서 병을 치료해야지. 오히려 편하고 좋아."

라쉬드가 간 걸 어찌 알고 졸졸 쫓아온 베리가 귀를 후비며 중얼거렸다.

"하아."

로자리아는 깊은 한숨을 내쉬었다. 라쉬드가 지켜보는 탓에 행동에도 제약이 있었고, 약초 하나를 정리하는 것도 눈치가 보였다. 너무 못하면 도와주러 온 입장에서 민폐가 될 것이고, 너무 잘해도 왕녀가 약초에 대해 빠삭하다며 의심을 살 일이었다.

"로즈, 너 저놈 키워서 잡아먹으려고 그러지?"

"나보다 키도 크고 나이도 많은데 무슨 소리야?"

"날 속이려 들지 마! 저놈이 황제가 되면 나중에 이때다 싶어서 검을 들고 죽일 생각이지?"

"넌 도대체 날 어떻게 보기에 볼 때마다 그 소리야?"

슬슬 이골이 나서 째려보자 베리가 황급히 입을 다물었다.

"정말로 봐주는 거야?"

"라쉬드가 내게 잘못한 것도 없는데 내가 그를 해칠 이유가 뭐가 있겠어."

"그럼 저놈이 네게 잘못하면 그때는?"

"그건 그때 가서 생각할 거야."

로자리아는 그렇게 말하며 어깨를 으쓱해 보였다. 새초롬히 노려보는 베리의 눈빛에도 그녀는 확고했다.

"이미 복수는 이뤘어. 지금은 다른 삶을 살고 싶어. 내가 프리실라와 맞서는 건 복수하려는 게 아니야. 똑같은 짓을 두 번 하지 못하도록 하려는 거지.”

“난 진짜 네가 이해가 안 가. 내가 너라면 발데르가를 시켜서 전부 죽였을 거야. 도대체 왜 정체를 숨기는 거야?”

“네가 그걸 이해하면 더 이상 나무가 아니라 사람일걸?”

로자리아는 자연스레 말을 돌렸다. 베리는 결국 그녀의 고집에 설득을 포기했다.

“난 네가 예전처럼 흔들리지 않았으면 좋겠어, 로즈.”

베리는 자못 심각한 얼굴로 말했다. 그는 언제나 로자리아의 편이었다. 정확히는 주신에게 생명을 받아 탄생한 신목은 모두 정령술사인 로자리아의 편이었다.

“과거에 내가 그렇게 보였겠지. 복수만을 생각해서 다른 건 돌아볼 겨를 없이 독기를 품고 살았으니까. 오로지 복수만이 내 삶의 전부였어. 복수를 이루고 나자 살아갈 의미를 잃었던 거야. 그때 라쉬드가 나타나 나를 죽였고.”

로자리아는 덤덤한 목소리로 말을 이었다.

“그건 내가 원하던 삶이 아니야, 베리. 거짓 예언으로 내 삶을 빼앗아 간 프리실라가 바라던 대로 살아갔을 뿐이야. 모든 걸 빼앗기고, 잃고, 되찾을 수도 없는데 복수하는 게 무슨 의미가 있을까.”

로자리아는 아직은 이해를 못 하는 베리의 머리를 쓰다듬었다.

“생각해 줘서 고마워. 너희 신목이 아니었다면 나는 다시 살아갈 생각을 못 했을 거야.”

다시 삶의 희망을 불어넣어준 건 친구이자 가족 같은 나무의 정령들이었다. 신목이라 불리는 그들은 사람으로부터 상처 입은 로자리아를 품에 안아주고 그녀를 위로했다.

「괜찮아, 로즈.」

「네 잘못이 아니야.」

「로즈, 울지 마.」

과거에는 비참함과 증오에 휩싸여 진심 어린 목소리를 듣지 않았다. 오히려 저에게 마음을 주고 아껴 준 신목을 사람을 죽이기 위한 도구로 이용했었다.

"베리, 나를 믿어줘. 네가 걱정하는 게 어떤지 잘 알지만 그런 일은 일어나지 않아."

로자리아는 평화로운 마을 어귀를 보다가 말했다. 밥 짓는 향이 오두막을 통해 올라오고, 졸린 얼굴의 기사들이 경계를 서고 있었다.

"알았어. 넌 내 주인이니까 어차피 네가 뭘 하든 따를 생각이었어."

이러니저러니 해도 로자리아는 그의 주인이었고, 어떤 선택을 하든 지지할 생각이었다.

"잠깐만, 로즈."

베리는 별안간 섬뜩해진 눈으로 주위를 훑었다. 그녀는 날카로워진 신목의 동공을 보곤 의아해했다.

"무슨 일이야?"

"……착각이길 바라야겠는데. 너 조만간 발데르가를 꺼낼 일이 올지도 모르겠다."

베리는 자신의 직감이 틀리기를 기도했다. 물론 여신 아니타에게 하는 기도는 아니었다.

베리는 조심하라고 이른 뒤, 사람들을 치료하러 돌아갔다. 로자리아는 센이 마을 어귀로 올 때까지 기다렸다. 급하게 달려온 센이 로자리아를 보며 안도했다. 행여 주군의 명령을 어길까 서둘러온 탓에 그의 머리는 바람에 잔뜩 헝클어져 있었다.

로자리아는 센과 함께 마을 주변을 돌았다. 한참 할 말을 고르던 그가 물었다.

"심심하지 않으세요?"

"괜찮아요. 로제도 있고 기사들이 말을 붙여 줘서 심심할 겨를이 없네요."

"저놈들이 좀 말이 많아요. 원래는 과묵한데 근래 들어 입이 가벼워졌거든요."

"센은 지루하지 않아요? 보통은 로열 기사단장(제1기사단의 단장)과 북부를 지킨다고 들었는데."

"으음, 저희는 남부 무나크보다 북부 케딜락에서 오래 지내긴 했어요. 무나크는 해안과 인접해 있어서 배를 타고 바다를 건너 이스타샤를 침략할 나라가 없거든요. 북부 케딜락은 위에 바렛사와 국경을 마주해서, 언제 전쟁이 일어날지 모르는 화약고예요."

"케딜락은 남부와 많이 달라요? 무나크는 공작저가 있어서 그런지 평화롭고 사람들도 활기찼어요."

"이스타샤에서 무나크가 제일 살기 좋은 도시예요. 세금도 적게 걷고, 귀족이라도 이유 없이 노예를 죽이면 처벌받아요. 뭐, 그렇지만 이스타샤에선 무나크가 특별한 편이에요."

센은 검을 마른 천으로 닦으면서 말했다. 그의 눈은 온통 검에 집중되었으나 로자리아와 대화하는 데 소홀함이 없었다.

"북부는 위험한 곳이에요. 바렛사 전사의 주검과 이스타샤 기사의 시체가 즐비한 곳이죠. 그곳은 무척 춥고 얼음이 뒤덮여서 검을 쓰려고 해도 손부터 얼어요. 한 번은 검을 잡으려다가 손이 얼어 죽을 뻔한 적도 있죠."

"바렛사로부터 이스타샤를 지키는 것도 힘든데 날씨마저……. 그래서 북부 출신 기사들의 손이 붉었구나."

"동창은 물론 동상도 기본이라 손을 잘라 낸 기사도 더러 있지만 다들 극도로 경계하는지라 지금은 예전보다 나아졌어요. 아무튼 공작 각하께서 북부로 가신다고 하면 뜯어말렸을 겁니다. 두 분께서 신혼인데 북부에서 사신다고 생각을 하면……."

센은 고개를 저었다. 그가 생각해도 북부 케딜락은 아니었다. 게다가 이스타샤가 야만인이라 비아냥거리는 테베, 바렛사보다 더 거칠고 무례한 짐승들이 터를 잡은 곳이 북부였다.

'아무래도 연약한 공작 부인께선 힘드시겠지.'

연약하다는 생각에 잠시 의문이 들긴 했지만 센은 '그때를 생각하면……'이라고 중얼거리다 고개를 주억거렸다.

"마님과 말씀하다 보니 벌써 저녁이 되었네요. 저는 경계를 서야 해서 자리를 먼저 비워야 할 것 같습니다. 주군이 안 계실 때 마님과 좀 더 얘기를 나누고 싶었는데 아쉽네요."

"내일 또 얘기를 나누면 되잖아요. 그러니 잘 갔다 와요, 센."

센은 로자리아의 말에 씩 웃었다. 그는 정중하게 묵례하고는 가뿐히 말 위에 올라탔다.

"시간이 늦었으니 먼저 주무세요, 마님."

그는 말고삐를 잡아당기고는 마을 어귀에서 벗어났다.

로자리아는 신전으로 돌아왔다. 피곤한 몸을 이끌고 별관의 침실로 향했다. 오늘은 이상하게도 잠이 오지 않았다. 평소라면 지쳐서 푹 잤을 텐데 라쉬드가 떠나서 그런 건지, 베리의 말 때문인지 생각이 깊어졌다.

'그냥 빨리 자자.'

로자리아는 이불을 머리끝까지 뒤집어썼다. 마음이 흔들리는 촛불처럼 일렁거렸다. 양 백 마리를 세고 나서야 그녀는 끔뻑 잠이 들었다.

"로즈, 일어나!"

벌컥, 문이 열리며 베리가 뛰어들어왔다. 로자리아는 잠이 붙은 눈으로 그를 보며 물었다.

"왜? 벌써 아침이야?"

"아침은 무슨! 네가 잠든 지 두 시간도 지나지 않았어. 너 여기 있다 큰일 나! 무장한 성기사들이 쳐들어왔다고!"

"뭐라고?"

로자리아는 침대에서 벌떡 일어났다. 그녀는 헝클어진 머리를 단번에 묶고는 외투를 걸치고 밖으로 나왔다. 닫힌 문을 열고 커튼을 살짝 젖혔다. 고개만 내밀어 바깥의 정경을 살피자 공작가의 기사들이 사슬에 묶여 있었다.

"이게 무슨……."

"신전에서 널 잡으러 왔나 봐."

"나를 왜? 내가 정령술사란 걸 들키지도 않았고 프리실라에게 위해를 가한 적도 없어."

"아닌가? 아무튼 저기 공작가의 기사들이 묶여 있잖아. 와, 저래도 되는 거야?"

창가 아래를 살피던 베리가 경악했다. 정령이 보기에도 지금의 상황은 이상했다.

"네 말로는 바르세데스의 기사들도 높은 신분이라며. 그런데 아예 노예 취급하네."

"프리실라가 성기사를 보냈다면 저렇게 하지 않았을 거야. 성녀는 라쉬드의 눈치를 보는 편이니까."

바깥을 내려다보던 로자리아는 눈을 가늘게 떴다. 저렇게 안하무인으로 공작가의 기사를 죄인 취급할 사람은 뻔했다.

'클라인 황태자.'

로자리아는 입술을 베어 물었다. 근래 사고 치지 않고 조용하나 싶더니, 저런 일을 벌일 줄이야. 이복동생인 라쉬드를 무서워하면서도 그가 신전으로 간 사이, 그의 기사들을 허락도 없이 잡아들인 것이다. 저 정도로 뒷일을 생각 안 한 걸 보면 클라인의 단독 행동이었다.

"나가 봐야겠어, 베리. 넌 여기 숨어 있어."

"어디 가려고? 로즈!"

"라쉬드가 가면 내가 여기서 가장 높은 사람이야. 저들을 지켜 줄 사람이 없다고. 클라인은 제정신이 아니라서 정말로 라쉬드의 기사를 죽일지도 몰라."

로자리아는 베리를 침대 밑에 숨도록 시켰다. 베리가 신목이긴 하나, 그는 변신의 능력이 있는 나무일 뿐이지 작은 벌레 하나 못 죽이는 순둥이였다. 정확히는 전투 능력이 없는 데다가, 주신 비아가 그에게 살생을 허락지 않아 무장한 성기사들 앞에선 숨는 편이 오히려 나았다.

"정말 혼자서 괜찮겠어? 차라리 발데르가를 불러서 싹 쓸어버려."

"그거야말로 내가 네놈들이 두려워하는 정령술사라고 알려 주는 꼴이지."

로자리아는 창문 아래로 뛰어내렸다. 그녀는 가면과 검은 로브를 쓴 채로 성기사들이 모인 군단으로 뛰어들었다.

"침입자다!"

"전투가 가능한 기사들은 전부 포박했을 텐데, 저 여자는 누구지?"

"저 움직임이 여자의 것이라고?"

상대는 단 한 명이었다. 그들은 무기 없이 걸어오는 로자리아를 경계했다. 그녀는 고개를 들어 힘없이 쓰러진 센을 보았다. 무력으로 자명한 바르세데스의 기사단장이 이토록 쉽게 당할 리가 없었다.

"그나저나 공작 부인은 어디 있는 거야? 이 새끼는 순진한 건지, 마음이 약한 건지 공작 부인을 붙잡고 있다니까 순순히 항복할 줄 몰랐는데."

"……."

두 손이 묶인 채 센은 무릎을 꿇고 있었다. 센의 눈동자에 호승심이 어렸지만 그는 성기사들에게 반기를 들지 않았다.

"뭐, 바르세데스의 기사단장이라면 수기사와 맞먹는다며? 마르쉬님 없어도 빌빌 기는 저놈이?"

"네놈에게 당했겠어? 공작 부인을 인질로 잡고 있다니까 항복한 거겠지. 저놈은 공작에게 뼛속같이 충성을 바친 놈이라, 기사단의 명예보다 공작 부인의 안전이 중요할 거라고."

로자리아는 붙잡힌 센을 보며 입술을 질끈 깨물었다. 어쩐지 이상했다. 클라인 황태자가 마을을 침입했다고 해도, 제아무리 황태자의 명이라도 굴복하지 않을 기사들이었다.

'하나같이 노예처럼 묶어 놨어. 라쉬드의 기사를. 바르세데스를 지키는 명예로운 기사들을.'

로자리아는 차갑게 타오르는 눈동자로 성기사 무리를 노려보았다. 그들에게 힘을 쓰지 않겠다고 다짐했었다. 다시는 정령술사의 힘을 쓰지 않으리라. 사람을 죽이고 해하는 짓을 하지 않으리라 맹세했던 게 우스워졌다.

"네놈도 바르세데스의 기사냐? 호리호리한 계집애 같은 사내 새끼가 검 하나 들지 않은 채 뭘 하겠다고?"

성기사들이 일제히 낄낄거렸다. 센이 이를 갈았으나 그는 이들에게 반기를 들 수 없었다. 혹시라도 공작 부인을 데리고 있는 게 사실이라면 목이 베이는 한이 있더라도, 굴복을 참아 내야 했다.

"네놈들이 그렇게 찾는 공작 부인은 여기에 없어."

"뭐라고?"

"내가 방금 전 그녀를 안전한 곳으로 데려다줬으니까."

로자리아는 사내처럼 목소리를 낮추며 말했다. 짓씹듯이 내뱉어진 음성에 센의 눈이 크게 떠졌다.

"주제도 모르는 개새끼들이, 감히 내가 아끼는 바르세데스를 건드려?"

"이 미친놈이 네가 뭐라도 되는 줄 아는가 본데……."

로자리아는 눈을 감았다. 말이 통하지 않는 자에게 때론 말보단 검으로 보여 주는 게 먼저였다. 그녀는 신목들의 왕, 검은 나무 발데르가를 부르기 위해 손을 내뻗었다. 새하얀 손에 검은 그림자가 일렁이며 주위의 땅이 모두 검게 물들었다.

스스스. 검은 안개가 뱀처럼 기는 소리를 내며 자욱하게 퍼져 나갔다. 로자리아는 정령의 언어로 신목의 왕을 불렀다.

'나의 검이자 친우여. 나의 부름에 답해 주소서.'

그녀는 검을 잡기 위해 손을 내뻗었다. 자욱한 검은 안개와 함께, 날렵한 묵색의 검신이 나타났다. 정확히는 검을 든 그림자의 사내였다.

「오랜만이야, 나의 주인.」

정령들의 언어로 발데르가라 불리는 남자가 웃었다. 그저 웃었음에도 이를 보던 성기사들은 바짝 얼어붙었다. 새하얀 것을 넘어 창백한 피부에, 동공이 찢어진 붉은 눈동자, 발끝까지 내려오는 검은 머리칼은 겉보기에도 인간이 아니었다.

"악마다!"

"악마가 나타났다! 모두 전투태세를 갖춰라!"

로자리아는 일사불란한 성기사를 보며 입꼬리를 비틀어 올렸다.

"착하게 살려고 했는데 안 되겠어. 네놈들이 자꾸 나를 건들잖아."

"정령술사다! 모두 피해라!"

"피하긴 뭘 피해? 이미 늦었는데."

로자리아는 싸늘하게 말했다. 그녀는 눈짓으로 발데르가에게 명령했다. 저런 놈들에게 직접 검을 들 필요는 없었다. 망령화된 발데르가로도 충분했다.

「나의 주인, 내게 명령을 내려라.」

"저놈들의 목…… 을 베진 않고 도망치지 못하게 팔다리는 베어 놔."

로자리아는 성기사들을 손가락으로 짚었다. 척 보기에도 발데르가는 그들이 제압할 수 있는 존재가 아니었다.

「나는 주신 비아의 두 번째 가지, 신목들의 왕이다.」

간단하게 소개를 마친 발데르가는 씩 웃으며 검을 들어 올렸다. 그의 전신은 검이었으나 로자리아가 잡지 않을 땐 사람의 모습을 띠었다.

"자, 어느 놈부터 팔다리를 부러뜨려 볼까?"

그 뒤로는 발데르가의 축제였다. 그는 단 한 번의 손짓으로 팔과 다리를 모조리 베어 내었다. 보랏빛 입술을 핥은 그는 목을 벨 수 없다는 것에 무척이나 아쉬워했다.

「더러운 버러지 같은 것들. 감히 주신의 딸에게 반기를 들어?」

"헛소리 그만하고 정리해, 발데르가."

「다 끝났는데.」

얼마나 걸릴지 시간을 헤아리던 로자리아는 그 광경에 입을 다물었다. 너무 오랜만에 불러서 발데르가의 능력을 잊고 말았다. 붉은 핏물이 메마른 땅을 적셨으나, 죽은 자는 없었다.

"신전에 지원을……."

「네놈의 혀도 도려내 줄까.」

로자리아는 금방이라도 성기사를 죽일 것 같은 발데르가를 말렸다. 충성심이 높은 편에 속했던 그는 살기를 억누르고 로자리아의 말을 따랐다.

"자, 이제 돌아가도 좋아. 네가 여기 있으면 신전에서 군대를 보낼 거야."

「그거 아쉽게 됐네.」

발데르가는 주위를 둘러보다가 제법 멀쩡한 편에 속하던 기사들을 내려다보았다. 파충류의 것처럼 찢어진 동공을 본 기사들이 움찔 몸을 굳혔다.

「저놈들도 죽일까.」

"내 친구들이야. 건들지 마."

「쳇.」

대놓고 아쉬워하던 발데르가의 눈길이 센에게로 닿았다. 다른 인간 놈들이야 날아다니는 파리만도 못해서 흥미가 생기지 않았지만 피칠갑을 한 기사는 제법 강한 편에 속했다.

「넌 한 입 거리는 되겠다.」

"잡아먹을 생각 말고 이제 가 줄래?"

「하아, 너무 야박해졌잖아. 인간 두어 명 잡아먹는다고 큰일이 생기는 것도 아닌데. 영양분이 부족해 나뭇가지가 비쩍 메말랐다고.」

발데르가는 불만에 찬 목소리로 말했다. 신목들의 왕, 검은 나무는 신으로 추대받는 신목을 휘어잡았지만 로자리아 앞에선 앙탈 부릴 줄도 아는 나무였다.

「그런데 그놈은?」

"바르, 더 말하면 곤란해."

「으음, 뭐 주인의 사정을 모르는 건 아니니까.」

발데르가는 신성제국의 공작이 없다는 걸 확인한 다음, 뒤로 물러섰다. 만약 그자가 그의 눈에 띄었다면 갈가리 몸을 찢어도 부족했다.

「다음에는 본체를 소환하지그래. 고작 나뭇가지 하나 불러내면 감질나거든.」

발데르가는 멀뚱히 자신을 쳐다보는 로자리아에게 씩 웃었다. 새하얀 이를 드러내며 짐승처럼 웃는 모습에, 기사들이 히익 비명을 질렀다.

「다음에는 이페리아, 베리 같은 비릿한 애송이들 부르지 말고 나를 불러.」

그는 로자리아에게만 들리도록 귓속말을 했다. 발데르가의 신신당부에 그녀는 고개를 끄덕였다. 정령의 언어로 그의 이름을 부른다면 명검 발데르가였다. 그녀는 시간이 흘러도 변치 않는 나무의 정령을 바라보았다. 신목이 있기에 자신이 살아갈 수 있었다. 발데르가가 사라진 뒤, 기사들이 포박된 대저택의 마당에는 정적이 내려앉았다.

"정령술사!"

"악, 악마다."

"우리를 잡아먹을 건가! 이 더러운 악마!"

"조금 있으면 사제들이 와서 네년을……."

그들을 도와준 정령술사였다. 로자리아는 변치 않은 시선에 쓰게 웃으며 말했다. 예전과 달라진 점이 있다면 더 이상 악마란 말에 상처받지 않았다.

"한 번 더 지껄여 봐. 그 입을 도려내 줄 테니까."

평소 온화한 화법을 즐겨 쓰던 그녀는 소싯적의 거친 말투를 사용했다.

"우리도 잡아먹을 건가? 내 살아생전 악마를 부르는 마녀를 보다니!"

"죄다 입 다물어."

"단장님?!"

"단장님, 일어나실 수 있겠어요?"

상황을 정리한 건 센이었다. 그는 차오르는 화를 내리누르며 기사들을 노려보았다. 결국엔 분통을 참지 못해 부상당한 채로 그들의 등을 발로 짓눌렀다.

"악! 왜 이러세요? 저 정령술사에게 홀리기라도 하신 거예요?"

"우리를 도와준 사람한테 무슨 개짓거리야."

"하지만 우리는 이스타샤의 사람입니다. 여신 아니타께선 사탄을 보면 돌을 던지라고……."

"닥쳐. 난 바렛사 혼혈이니까."

"저번에는 분명 아니라고……."

센은 우두커니 서서 자신을 바라보는 정령술사에게 다가갔다. 잠시 망설이던 그는 로자리아의 두 손을 꼬옥 붙잡았다.

"저희를 도와주신 분께 송구스럽기 그지없습니다. 검에만 매진하느라 평소에 뇌가 없는 자들이니 심려치 마십시오."

"고맙다고? 내게?"

로자리아는 일부러 딱딱한 어투를 썼다. 행여 센에게 들킬세라 그녀는 붙잡힌 손을 단번에 빼냈다.

"당신이 아니었다면 저 X 같은, 아니, 연약한 성기사님들의 나뭇가지에 찔려 죽었을지도 모를 겁니다."

"정령술사가 기사단장을 매수했다!"

결국 센은 허리춤에 매진 검집에서 검을 뽑았다. 스르릉, 검이 뽑히는 소리에 생각 없이 떠들던 기사들의 입이 다물어졌다.

"당신은 저희를 구해 주신 분입니다. 솔직히 전 정령술사인 게 뭐가 문제인지 모르겠습니다. 사제로 태어나 떵떵거리며 살아 본 적이 없어서 그런지, 귀족 출신이 아니라서 무식한 건지 모르겠지만 고마운 게 당연한 거 아닙니까?"

"기본은 돼 있는 놈이네."

"아무렴요. 바르세데스의 기사단장으로서 멍청한 부관 놈들과는 달라야 하지 않겠습니까? 예부터 주군께서는 제게 검을 잘 쓰라고 하기보단 짐승처럼 살지 말고 사람처럼 살고 생각 좀 하라고 혼내셨거든요."

"라쉬드가?"

일부러 거친 말투를 썼음에도 센은 기분 나쁜 기색이 아니었다. 평소의 공작 부인의 온화한 말투를 쓰지 않도록 그녀는 조심 또 조심했다. 그러다가 무심결에 공작의 이름을 내뱉고 말았다.

"라쉬드?"

센이 물었지만, 그녀는 대답하지 않았다. 더 말을 섞었다간 눈치 빠른 센에게 정체를 들킬지도 몰랐다. 무식하다는 말과 달리 그는 영민한 편이었고 라쉬드의 사람답게 예리했다.

"뒤처리는 알아서 해. 그리고 저들의 기억은 지우는 편이 좋아. 바르세데스가 정령술사를 불러들였다고 거짓말을 지어낼 수도 있고, 다른 기사들이야 그렇다 쳐도 넌 나를 옹호했으니 위험해질 거야."

"그런 거 일일이 조심하는 성격이었다면 제가 바르세데스의 기사단장이 되진 않았을 겁니다. 다음에 또 만날 수 있는 겁니까?"

"아니."

"정령술사님?"

"나를 붙잡지 마."

로자리아는 차갑게 말했다. 돌아가려던 그녀를 붙잡은 건 센의 간절한 목소리였다.

"……실례지만 공작 부인께선 어디 계십니까?"

"그 여자는 저 멀리 숲에 숨겨 놨다. 내가 책임지고 돌려보내도록 하지."

"어디 계신지 알려 주신다면 제가 직접……."

"아니야. 필요 없다."

로자리아는 당혹감을 감추지 못했다. 이러다가 직접 공작 부인을 모시러 갈 것 같은 태도에 그녀는 부리나케 뛰었다. 그녀가 사라지고 기사들은 심각한 얼굴로 수군거렸다.

"이스타샤의 한복판에 정령술사라……. 그것도 수도와 멀지 않은 신전에서?"

"단장님, 왜 정령술사를 봐준 겁니까!"

"넌 현실 좀 봐라. 우리 중에 누가 저 여자를 잡을 수 있겠냐?"

"여자? 남자 아니었습니까?"

"하이고, 말을 말아야지. 이 새끼들아, 성기사들에게 조금 얻어터진 걸로 언제까지 누워 있을 참이야? 저놈들 신전에 치료하라고 던져 줘야 우리에게 죄를 뒤집어씌우지 않을 거 아냐."

"저 재수 없는 놈들을요?"

"아까 정령술사가 하는 말 못 들었어? 저놈들은 지들이 때려 놓고 우리에게 맞았다고 구라 칠 새끼들이야."

센은 한심한 눈으로 기사들을 보았다. 센은 라쉬드가 자신을 보는 시선이 그가 기사들을 보는 시선과 같다는 걸 무심결에 깨닫고 말았다.

'그래서 주군이 그렇게 나만 보면 화를 내셨던 거였군.'

센이 착잡한 얼굴로 명령했다.

"그리고 정령술사에 대한 건 함구한다."

"예?"

"신전에서 조사가 들어와도, 압박이 들어와도, 어느 날 사제들에게 납치당해도 입 다물고 발설하지 말란 얘기야."

"공작 각하께 알려야 하지 않습니까, 단장님."

"그건 내가 알아서 결정해."

센은 그렇게 말하며 이미 사라지고 없는 정령술사의 흔적을 살폈다. 이스타샤에서 정령술사는 마땅히 죽여야 할 악한 존재들이었다.

'정령술사가 왜 우리를 도와준 거지?'

여러가지 생각이 들었지만, 센은 쉽사리 답을 내놓지 못했다. 그는 정령술사의 말을 믿고 공작 부인이 돌아올 때까지 기다렸다. 기사들을 시켜 다친 성기사를 신전으로 짐처럼 끌고 가는 것도 잊지 않았다.

❖

“헉, 헉. 이게 무슨 짓이야, 도대체.”

1인 2역도 아닌, 1인 3역이라니! 로자리아는 땀에 젖은 얼굴로 숲을 헤쳐 나왔다. 대충 옷도 갈아입고 손에 튀었던 피도 닦아 내었다.

“도대체 숨겨야 하는 사람이 왜 이렇게 많아!”

발데르가를 부른 것을 후회하지 않았지만 뒷감당은 순전히 자신의 몫이었다.

‘수도에 한바탕 파란이 일 거야. 악마의 정령술사가 나타났다고 소문이 쫙 퍼지겠지.’

수도는 물론, 제국 전역에 사제들의 감시가 심해질 테니 조심해야 했다. 그런데도 앞날이 걱정되기보단 오히려 후련했다. 그동안 갑갑하게 조여 왔던 올가미를 끊어 낸 기분이었다.

‘그래, 난 정령술사야. 정령술사라서 마냥 악한 것도 아닌데.’

다른 사람을 돕는 것도 중요하지만 힘이 필요한 상황에서 무조건 숨는 것도 현명한 선택은 아니었다.

“그나저나 꽤 멀쩡하잖아. 난 센이 죽기 직전처럼 보여서 구해 주려고 쓴 건데.”

어쩐지 속았다는 기분이 들었다. 헝클어진 머리를 다시 단정하게 빗어 내리던 로자리아를 정령들이 이상하게 쳐다보았다.

「드디어 로즈가 미쳤나 봐!」

「아니야, 로즈는 원래 미쳤어! 정령들 사이에 로즈가 원래 미친 인간이라고 알려진 거 몰랐어?」

「그렇지만 난 로즈가 좋아.」

「나도.」

병 주고 약 주는 정령들이었다. 좋다고 해줘서 고마워해야 할지 미쳤다고 해서 슬퍼해야 할지. 로자리아는 한숨을 푹 내쉬며 해맑은 정령들을 손으로 조심스레 감쌌다.

"고위 사제가 나타나면 정령의 기척을 느낄 거야. 그러니 당분간 나타나면 안 돼."

「왜? 왜? 우린 로즈가 좋은걸.」

"비아가 직접 탄생시킨 신목들이야, 사제들과 마주쳐도 괜찮지만 너흰 작고 어려서 소멸당할지도 몰라. 나중에 안전해질 때 내가 부를게."

「치, 알았어. 우린 약하다는 거지? 로즈, 못됐어!」

정령들은 눈물을 뚝뚝 흘리며 하나둘씩 사라져 갔다. 정령계로 돌아가는 작은 요정들은 엉엉 울기까지 했다.

'나 왜 항상 나쁜 사람 취급받는 것 같지?'

로자리아는 착잡한 얼굴로 사라지는 정령을 보다가 이내 몸을 돌렸다. 어쨌든 지금부터 사악한 정령술사에게 납치된 가련한 공작 부인을 연기해야 했다.

"아, 젠장. 이젠 나뭇가지까지 내 발을 붙잡네."

숲을 빠져나가던 로자리아는 문득 걸음을 멈추었다. 전에는 느껴지지 않았던, 낯선 인기척이 느껴졌던 탓이었다.

'북쪽인가?'

그녀는 눈을 가늘게 뜨고 북쪽의 방향을 응시했다. 그곳에는 새하얀 터번으로 얼굴을 가린 사내가 있었다.

"정령술사라……."

가벼운 조소였다. 적의는 느껴지지 않았으나, 그녀는 뒤로 물러섰다.

탁. 딱딱한 나무에 등이 닿는 순간, 붉은 눈동자만 드러낸 사내가 그녀를 내려다보았다.

"태어나서 처음으로 정령술사를 보는군. 이 두 눈으로 직접."

사내의 입에서 흘러나온 건 이스타샤어가 아닌 바렛사어였다.

"바렛사?"

"위대한 정령술사를 내 두 눈으로 보게 돼서 기뻐."

지극히 순수한 기쁨을 표했지만 사내는 순수함과는 거리가 먼 자였다. 로자리아는 그의 귓가에 매달린 사파이어 귀걸이에 눈을 가늘게 떴다.

"마르쉬 히킨샤?"

"저를 알아보시는 겁니까?"

마르쉬는 의외라고 중얼거렸다.

성녀의 명령을 받아 로자리아를 감시하던 그는 놀라운 광경을 목격했다.

"그 푸른 귀걸이를 매단 남자가 당신밖에 더 있겠어? 성기사들의 우두머리이자 성녀의 수기사라는 증거잖아."

"무척 곤란해 보이는 얼굴이네요. 정령술사라 그런 건가?"

그렇게 말하며 마르쉬는 정중한 미소를 걸쳤다. 그는 자신을 경계하는 로자리아에게 한 걸음 다가갔다.

"이스타샤에서 떠나십시오. 이미 제게 당신의 정체가 발각되었으니까요."

"나는 이스타샤를 떠나지 않아."

"제가 성녀님에게 사실을 고한다면 신전에서 당신을 잡기 위해 군대를 풀 겁니다."

"상관없어. 어차피 예상했던 일이니까."

"당신이 죽는다는 것도?"

마르쉬가 표정을 굳혔다. 로자리아는 자신을 걱정하는 그의 눈빛이 위선으로 느껴졌다. 마르쉬는 프리실라의 남자였다. 프리실라만을 위해 사는 충직한 기사가 그녀의 안위를 걱정할 리가 없었다.

"군대를 풀든 말든 마음대로 해. 나는 도망치지 않고 맞설 테니까."

"이스타샤에서 죄 없는 사람들이 죽어 나갈 겁니다. 정령술사인 당신 때문에."

"말은 바로 해야지. 신전은 제국민을 방치했어. 전염병으로 죽어 가도록 내버려 두었지. 네가 모시는 프리실라와 저만 귀한 줄 아는 사제들이 뭘 해주었지? 병을 고치지 못하는 건 둘째 치고, 고치려는 노력이라도 해봤던가?"

"그건 당신이 간섭할 일이 아닙니다, 공작 부인."

"그러니 너도 네게 간섭하지 못해."

"여긴 이스타샤입니다. 한때 정령술사가 태어나고 자란 테베와 바렛사가 아닙니다."

로자리아는 묘한 어감에 눈을 가늘게 떴다. 테베와 바렛사라고 다르지 않았다. 이스타샤의 속국인 테베는 정령술사를 모조리 신성제국에 바쳤고, 바렛사 또한 극심한 가뭄에 식량난을 앓고 있을 때 정령술사를 넘기는 대가로 식량을 얻어 내었다.

'모두가 신성제국의 편이야. 내가 아무리 사람들을 도와준다고 해도, 그들에게 나는 처음부터 악마였어.'

그렇다고 그만둘 생각은 없었다. 대가를 바라지도 않는다. 인정을 원한 것도 아니었다. 이미 알고 시작한 일이었다.

"난 이미 뼈저리게 느끼고 있어. 이스타샤가 어떤 나라인지. 가서 프리실라에게 일러바치든 마음대로 해. 넌 내게 명령할 권리가 없어."

로자리아는 냉정하게 상황을 판단했다. 그녀는 애처롭게 마르쉬의 팔을 붙잡거나, 그에게 빌지 않았다. 또한 성녀의 수기사는 자신에게 원하는 패가 없을 테니 거래가 통하지 않는 상대였다.

"그럼 여기서 당신을 죽이겠습니다."

마르쉬는 검을 들어 올려 로자리아의 목을 겨누었다. 짙은 살기에도 그녀는 눈 하나 꿈쩍하지 않았다.

"공작 부인, 제 앞에서 정령술을 쓰지 못할 겁니다."

마르쉬는 커다란 손으로 그녀의 손목을 움켜쥐었다.

"윽."

아릿한 고통에 그녀의 입에서 신음이 흘러나왔다. 로자리아는 정령술을 쓰는 대신 신경을 곤두세웠다.

'사람들이 이쪽으로 오고 있어.'

수십의 발걸음 소리가 숲의 언저리를 타고 귓가에 파고들었다.

"공작가의 기사가 온다 한들, 달라지는 게 있겠습니까? 행여 그 센이라는 자를 믿는 거라면……."

"내 아내가 왜 센을 믿어야 하지?"

마르쉬는 낯선 사내의 목소리에 고개를 돌렸다. 멀지 않은 곳에 검은 제복을 걸친 라쉬드가 있었다. 겨우 열 걸음이었다. 열 걸음만 가면 만날 수 있는 거리였다. 로자리아는 자신의 목을 겨누는 검에게서 시선을 떼어 냈다. 그녀는 애처로운 눈동자로 라쉬드를 바라보았다.

"공작 각하 아니십니까. 중앙신전에 계셔야 할 분이 여긴 어쩐 일이십니까?"

"건방진 놈."

라쉬드는 낮게 욕지거리를 내뱉었다.

"네게 내 아내에게 손을 대라 허락한 적 없다."

라쉬드는 말을 잇는 대신, 허리춤에 차진 검을 빼냈다. 은빛의 성검이 예리한 살기를 띠었다. 아니타의 영혼으로 만든 성검 칼라네가 마르쉬를 향했다.

"넌 예로부터 말로 해서는 안 되는 성녀의 개였지."

라쉬드는 검을 든 채로 걸음을 옮겼다. 진득한 살기가 마르쉬를 향했다.

꽈악. 그는 겁을 집어먹은 로자리아를 보며 검을 쥔 손에 힘을 주었다.
"사랑 없이 결혼한 사이에 어울리지 않는 행동이십니다."
"네가 우리 사이를 어떻게 안다고."
라쉬드는 단숨에 로자리아를 빼내 품에 안았다. 그는 퍼렇게 멍이 든 그녀의 손목을 보며 제 입술을 강하게 짓이겼다.
"센, 로즈를 지켜라."
"명 받들겠습니다. 마님, 제게 오십시오. 다친 곳은 없으십니까?"
"괜찮아요. 잠시 놀란 것뿐이에요."
"안심하셔도 좋습니다. 이제부턴 공작님과 저, 바르세데스가 마님을 지킬 것입니다."
라쉬드는 로자리아를 깊게 안아주고는 그녀를 센의 곁으로 보냈다. 걱정하는 아내에게서 시선을 뗀 그는 마르쉬와 검을 맞부딪혔다.
챙. 검이 부딪히는 쇳소리가 숲을 울렸다. 느슨하게 기대서던 마르쉬는 자세를 고쳤다. 적어도 눈앞의 공작은 진심이었다.
"자기감정도 통제할 줄 모르는 당신이 이스타샤를 지키겠다고? 지나가던 개가 웃겠군."
마르쉬는 라쉬드에게만 들릴 정도로 낮게 속삭였다. 본색을 드러내는 수기사에 그는 대답하는 대신 검을 들어 올렸다.
"내가 언제까지 프리실라를 눈감아줄 거라 생각하나. 내 기사단을 모욕하고 아내를 죽이려 한 성녀를. 내가 그동안 프리실라를 봐줬던 건 성녀로서 도가 넘는 짓을 하지 않았기 때문이다."
로자리아는 그 말에 눈을 크게 떴다.
"무엄하십니다, 공작 각하. 그 누구도 성녀님의 뜻을 거스를 순 없습니다."
마르쉬는 이를 갈면서 라쉬드의 검을 쳐 내었다. 진심으로 검을 섞는다면 누가 이길지 우열을 가릴 수 없었다.

"봐주는 건 여기까지다, 마르쉬 히킨샤."

"아쉽게도 공작 각하께서 든 검, 곧 부서지겠군요."

라쉬드는 손끝에 힘을 주었다. 마르쉬의 말대로 라쉬드의 검은 부서지고 말았다. 산산이 검이 깨지는 순간, 라쉬드는 새하얀 검으로 마르쉬의 가슴팍을 베었다.

"쿨럭, 성기사와의 대결에서 성검을 꺼내시는 겁니까?"

"네놈이 정말로 성기사라면 내가 든 검이 성검이란 걸 알아차렸겠지."

라쉬드는 낮게 혀를 찼다. 조금만 반응이 느렸어도 심장에 검을 박아 숨을 멎게 할 작정이었다. 그는 검을 높게 쳐들어 마르쉬의 목을 겨누었다. 붉은 핏물이 줄줄 새어 나왔으나 그는 아랑곳하지 않았다.

"오늘이 마지막 기회다. 너와 네 주인의 방자한 꼴을 넘어가 주는 건."

"당신의 행동은 성녀님에게 반기를 드는 짓입니다. 아무리 황족이라고 하나 이스타샤는 신성제국임을 잊지 마십시오."

"그렇지 않아도 아주 뼈저리게 느끼고 있지."

라쉬드는 봐주려던 마음을 버렸다. 그는 살기가 어린 눈동자로 마르쉬를 내려다보다, 있는 힘껏 기사의 팔을 내려쳤다.

써걱. 날카로운 검에 단단한 팔이 잘렸다. 절단된 부위에서 붉은 핏물이 치솟자 센은 황급히 로자리아의 눈을 가렸다.

"어차피 성녀가 치료해 줄 텐데 팔 한쪽 없이 돌아가야 상황 파악을 하지."

"으윽."

라쉬드는 간결한 동작으로 검을 귀환시켰다. 가루가 되어 사라지는 검을 보던 그는 무릎을 꿇은 마르쉬에게 등을 돌렸다.

"네겐 더 이상 볼일이 없어. 다시 한번 내 아내를 노린다면 바렛사에 있는 네 혈족까지 멸할 거다."

라쉬드는 센이 부축하고 있는 로자리아에게 다가가 그녀를 단숨에 끌어안았다.

"로즈, 내가 왔으니 이젠 괜찮아."

자신을 대할 때는 다른 다정한 목소리에 한쪽 팔을 잃은 마르쉬가 허탈하게 웃었다.

"후회하실 겁니다. 공작 각하, 그리고 공작 부인."

마르쉬는 무덤덤하게 잘린 팔을 주워 들었다. 오히려 절단면이 깨끗해 붙이는 건 어렵지 않았다. 그는 피에 젖은 새하얀 터번을 던지듯 벗고는 숲을 빠져나왔다.

"허억, 주군. 그 팔은 어떻게 되신 겁니까?"

"이스타샤의 공작에게 베였지."

"그걸 참으셨어요?!"

"그럼 여기서 너 죽고 나 살자 붙게?"

마르쉬는 그의 부하가 보는 앞에서 오른쪽 귀에 매달았던 사파이어 귀걸이를 빼내었다. 찌익. 여린 살이 찢어지며 핏물이 배어 나왔지만 그는 조금도 신경 쓰지 않았다.

"세상에, 귀한 육체에 무슨 짓을 하신 겁니까! 팔이야 붙이면 되니 그렇다 쳐도 귀는 왜 찢으시는 거예요?"

"귀걸이 하나 뺐다고 호들갑은."

마르쉬는 잘린 어깨를 지혈하며 눈을 흘겼다. 그는 성기사로 같이 잠입한 부관에게 닥치라고 일갈했다.

"제가 당장 그 남자를 찾아 죽이겠습니다! 아니, 바렛사의 모든 전사를 끌고 오겠습니다.”

“건방 떨지 마. 바렛사도 전염병을 앓고 있어서 병력을 모집할 순 없어. 게다가 아직 내가 황제가 된 것도 아닌데 군사를 불러들이겠다고?”

마르쉬 히킨샤, 그는 바렛사의 열네 번째 황자였다. 심지어 그의 이름은 본명이었다. 그 누구도 황위와 거리가 먼, 태어나자마자 버림받은 열네 번째 사생아가 황자라고 생각하지 못했다. 바렛사는 여전히 황위 다툼으로 내란 중이었고, 그의 목적은 바렛사 제국을 통일하여 이스타샤를 침략하는 것이었다.

“성녀의 개라, 언제 들어도 기쁜 말이지.”

“마르쉬 님, 그 잘린 팔 좀 어떻게 해보세요. 덜렁거려서 보기 껄끄럽습니다.”

바렛사 출신에게 다치고 죽는 일은 흔한 것이었다. 평균 수명이 삼십이 되지 못했으니 죽음과 병 또한 자연의 섭리라 여겼다. 그는 잘린 팔을 보고도 이를 드러내며 웃었다.

“그토록 헤매었던 보물을 찾아냈어. 성녀가 바렛사에 도움이 안 된다면 다른 수를 써야지. 운 좋게 정령술사를 만났으니.”

“이미 대가 끊어지지 않았습니까?”

“로자리아 비아 데모나 발데르가. 그 여자가 바로 검의 여신인 데모나와 우리가 모시는 검은 나무이자 악신 발데르가의 주인이다.”

마르쉬는 붉은 혀로 입술을 핥아 올렸다. 바렛사의 편이 되어주지 않는다면 협조하게 만들 수밖에.

“악마의 정령술사가 바렛사를 구원할 여신이 될 거야.”

그는 로자리아가 들었던 명검을 떠올리며 눈을 내리깔았다. 바렛사가 수호자로 모시는 검은 나무로 만든 검, 발데르가. 지금도 전설 속에서만 보았던 신목의 왕을 직접 본 게 믿기지 않았다.

“그 여자만 있으면 이스타샤와의 전쟁에서 이길 수 있어.”

"프리실라는 어떻게 하구요?"

"물론 둘 다 이용해야지."

마르쉬는 자신을 기다리고 있을 성녀를 위해 옷을 갈아입었다. 비릿한 피 냄새를 싫어하는 고귀하신 성녀를 위한 배려였다.

"자, 이만 가 볼까. 성녀님께서 나를 기다리고 계시는군."

"마르쉬 님, 아니, 마르쉬 경! 귀걸이는 하고 가셔야죠."

마르쉬가 성가시다는 듯 걸음을 빨리 옮기자, 부관이 그를 뒤따르며 물었다.

"주군, 궁금한 게 생겼는데 공작 부인이 정령술사란 걸 성녀에게 밝히실 겁니까?"

"아니, 절대로."

마르쉬는 새하얀 로브를 쓴 채 대답했다. 살기를 지워 낸 그는 단정하고 예의 바른 성녀의 수기사, 마르쉬 히킨샤로 변모했다.

"아쉽지만 성녀님에겐 비밀로 할 겁니다."

마르쉬의 감쪽같은 변신에 부관은 황당한 얼굴로 그를 쳐다보았다.

"그나저나 어쩌실 거예요? 정령술사에게 단단히 찍혀서 협조하라 해도 하지 않을걸요. 게다가 이미 그 여자는 결혼도 했잖아요? 늘 쓰시던 미남계도 못 쓰실 텐데."

"한 번 결혼하든 두 번 결혼하든 상관없어. 원하는 여자가 생겼는데, 공작 부인이라는 사실이 바렛사 출신의 남자에게 문제가 될 리가 없지."

"하긴, 바렛사 여자는 신랑을 납치하고 바렛사 남자는 신부를 약탈해 오는 게 관례였죠. 설마 정령술사까지 약탈하실 생각은 아니시죠? 정말 그런 거라면 주군께선 천재이십니다!"

"반쯤은."

쿤은 자신만만한 마르쉬를 보며 눈을 반짝거렸다. 기적처럼 이스타샤의 성녀와 대적할 정령술사가 나타난 것이다. 물론 공작의 아내가 된 정령술사가 바렛사에 순순히 협조하진 않겠지만.

* * *

"다친 곳은?"

"전 괜찮아요."

라쉬드는 안도의 한숨을 내쉬며 로자리아를 끌어안았다. 성녀의 수기사가 그의 아내를 해치려 했다. 그는 방금 전의 상황을 떠올리며 치미는 분노를 억눌렀다.

"큼큼, 저는 기사들을 이끌고 그만 가 볼까요?"

"기사들을 먼저 돌려보내라. 센, 넌 나와 같이 마을로 돌아간다."

말을 마친 라쉬드는 그의 품에 안긴 아내를 물끄러미 내려다보았다. 얼마나 무서웠던 건지 얼굴은 창백했고 머리칼은 땀에 젖어 있었다.

"무서웠던 건가?"

"무섭진 않았어요. 라쉬드가 절 구해 줬잖아요."

로자리아는 솔직하게 말했다. 만약 인기척이 들리지 않았다면 진즉 검을 빼내 들어 마르쉬와 붙었을 것이다.

'그가 강하긴 해도 두려울 정도는 아냐.'

마르쉬와 맞설 이유가 없었기에 검을 섞지 않았을 뿐, 목숨을 위협받으면서까지 그를 봐줄 이유는 없었다.

"지켜 주겠단 말은 언제나 진심이었다. 그러나 오늘 널 위험에 처하게 만들었어. 그건 내 실책이자 과오다."

"위험에는 언제든지 처할 수 있어요. 그걸 이겨 내는 게 라쉬드와 내 일이잖아요. 안전한 신분을 원했지만 이젠 괜찮아요. 라쉬드가 내 곁에 있어준다면 이겨 낼 수 있어요."

"로즈."

그녀의 말이 의외였다. 라쉬드는 잠긴 목소리로 로자리아를 불렀다. 자신을 원망하고 탓할 거라 생각했으나 제 아내는 의연했다.

"고마워."

"고맙긴요."

"놀랐을 테니 신전으로 가서 쉬어. 기사들에게 명령을 내릴 테니. 바르세데스를 노리는 게 성기사든, 황태자의 기사이든 항복하지 말라고."

"라쉬드, 그건 위험해요. 성녀의 기사와 맞서게 되면 신전과 반목하는 거예요."

"말이 달라졌잖아, 로즈. 아깐 언제든지 위험에 처할 수 있다며?"

라쉬드는 짙은 한숨을 삼켰다. 그녀 자신이 위험에 처하는 건 괜찮아도 공작가가 위험해지는 건 원하지 않는다니.

"바르세데스는 당신을 위해, 그리고 날 위해 검을 드는 것뿐이다. 가문의 명예를 지키고 내 명령에 따르기 위해 모인 자들이니 죽음을 두려워하지 않아."

"맞는 말씀입니다. 전염병에 걸릴까 빌빌거리던 놈들도, 전쟁터에 나서면 눈빛이 달라지니까요. 저희는 언제든지 각하와 마님을 위해 목숨을 걸 준비가 되어 있습니다."

센이 가슴에 손을 얹으며 말했다. 공작의 명령 없이 성기사들에게 검을 들 수 없었으나, 그가 허락한 이상 그 누구든 바르세데스의 명예를 더럽힐 수 없었다. 라쉬드는 로자리아를 처소로 데려다주었다. 놀랐을 로자리아를 위해 한동안 그녀의 곁에서 시간을 보냈다. 그는 늦은 저녁이 되어서야 아내의 곁을 떠났다.

신전으로 돌아온 라쉬드는 센의 보고를 받았다.

"이미 소문이 퍼졌더군. 정령술사가 공작가의 기사들을 구해 주었다고."

"알고 계셨군요. 마님께서 계셔서 바로 보고를 드리지 못한 점, 용서해 주십시오. 성기사 무리가 저희를 포박했고, 마님을 데리고 있다 하여 그들에게 항복했습니다. 그러던 차에 웬 정령술사가 나타나 저희를 구해 주었습니다."

"정령술사는 이미 그 대가 끊긴 지 오백 년이 흘렀다. 숨어 살던 정령술사가 있다 해도, 이스타샤에 나타나는 건 무모한 짓이야."

"그렇지만 제 두 눈으로 직접 보았습니다. 정령술사가 나타나 성기사를 가뿐히 제압하는 것을요. 신목의 왕이라던 정령이 나타나 성기사를 짓밟았습니다만……."

"신목들의 왕?"

"주신 비아의 두 번째 가지, 신목의 왕이다…… 라고 하더군요. 비아가 사탄의 이름입니까?"

"이스타샤에선 비아의 이름을 부르는 건 금지되어 있어. 여신 아니타의 기록에는 남아 있지만, 넌 바렛사 출신이라 모르겠군."

"전 이스타샤와 바렛사의 혼혈이라 신화에는 문외한입니다. 어머니가 이스타샤의 백작 부인이셨고 아버지가 바렛사의 기사였으니까요."

신화라……. 센의 말에 라쉬드는 깊은 생각에 잠겼다. 그가 불현듯 물었다.

"공작 부인의 이름이 뭔지 알고 있나?"

"로자리아 비아 데모나 발데르가였죠."

센이 대답했다. 라쉬드는 로자리아의 이름을 몇번이고 되뇌었다. 한때 비아는 하늘과 땅을 다스리는 생명의 신이자 주신이었다. 그러나 최초의 성녀, 아니타가 황제를 도와 이스타샤 제국을 세우면서 주신 비아의 기록은 모두 지워졌고 그는 사탄이 되었다.

"비아…… 라. 데모나는 테베의 후작 가문이었고 비아는 누구의 성을 따른 거지?"

"글쎄요. 원래 테베의 왕가는 정령신을 믿고 정령술사를 따르던 가문이었으니 특별한 건 아닙니다. 실제로 테베의 고위 귀족 중에서 비아의 성을 가진 자가 없진 않습니다."

"……그랬었지."

정령술사가 이스타샤에 나타나서 걱정하시는 건가? 센이 결연에 찬 표정으로 말했다.

"정령술사의 정체는 수소문해서 찾아내겠습니다."

"혹시 여자였던가?"

"기사들은 남자라고 하였으나 육감이 발달한 제 눈에는 여자로 보였습니다."

"얼굴을 확인했나?"

"로브에 가려져 있어 확인하지 못했습니다. 다만 목소리로 보아 노인의 것은 아니었습니다. 전설 속에만 존재하던 정령술사니 실제로 몇 살인지 모르겠습니다만."

"……알겠다."

라쉬드는 꿈속에서 보았던 정령술사를 떠올렸다. 백발에 증오로 깃든 눈동자. 성기사의 피로 물든 메마른 미라의 손. 대대로 정령술사는 비아의 축복을 받아 아름다운 존재들이었으나 꿈속의 그 여자만은 달랐다.

"신전에서 그 정령술사를 찾는 것보다 우리가 먼저 찾아내야 한다."

"명 받들겠습니다, 각하."

로자리아는 신전의 침실로 돌아왔다. 침대 밑에 숨어 있던 베리가 꼬물꼬물 기어 나왔다. 멀쩡한 로자리아의 모습에 베리는 안도했다. 그러나 더 큰 걱정이 있었다.

"이제 어쩔 거야?"

"들키는 건 시간문제일 거야. 베리, 고위 사제가 널 알아볼 수도 있어."

"그렇긴 하지. 어중간한 놈들이면 몰라도 성력이 높으면 알아볼 거야."

베리는 고개를 주억거렸다. 태평하기 그지없는 정령 때문에 로자리아는 심란했다. 베리야 정체를 숨기면 되겠지만, 그녀는 이미 마르쉬에게 정령술사란 정체를 들킨 후였다.

"하아, 마르쉬를 어떻게 해야 하지?"

"뭘 고민해. 그자가 성녀에게 나불대기 전에 슥삭 해야지."

로자리아는 베리를 노려보았다. 매서운 눈초리에 말 많던 나무는 입을 다물었다.

"공작에겐 안 들켰다며?"

"그런 것 같아. 알면 그가 가만히 있지 않겠지. 이스타샤의 황자니까, 내가 아무리 공작 부인라고 해도 죽이려 들 거야."

"뭐가 그래? 널 아내로서 지켜 주겠다고 맹세한 남자가, 정령술사인게 발각되면 죽인다고? 순 허풍쟁이 아냐?"

"라쉬드가 직접 말한 적은 없지만 이스타샤인들에게 주신 비아는 사탄이야. 하물며 그는 황자니 정령술사를 찾아 죽여야 할 의무가 있어."

"하여간 인간들이란. 이스타샤 제국 이전에 이 세상을 창조한 게 비아 님인데, 아니타 말만 믿고 주신을 사탄으로 몰다니! 한심한 것들."

베리는 울분에 차 소리쳤다. 그에게 있어 주신 비아는 어머니이자 아버지 같은 존재였다. 누구보다도 자애롭고 따스한 분을, 이 땅에 태어난 생명들에게 축복을 내린 분에게 악마라니!

"라쉬드에겐 어려운 문제야. 내가 정령술사란 걸 알게 된다면 선택해야겠지. 이스타샤 황자로서 날 죽일지, 남편으로서 아내를 지킬지."

"설마 공작을 믿는 건 아니지? 과거에도 널 죽였는데 이번이라고 널 못 죽이겠어?"

"……그러니 내가 정체를 숨기는 거야. 마르쉬에게 먼저 들켰지만, 아직까진 잠잠한 것 같으니."

"들키면 어쩔 수 없지. 그땐 우리 신목들이 목숨을 걸고 널 도와줄게!"

"신목에겐 죽음이 없잖아? 웬만한 죄를 저지르지 않는 이상 소멸도 없어."

"말이 그렇다는 거지! 하여간 너 그 남자를 위해서 정령술을 쓰는 것도 그만둬. 그러다가 아예 정체가 발각되면 어쩌려고 그래?"

"라쉬드 때문이 아니야, 베리."

로자리아는 말을 이었다.

"난 내 신념대로 할 거야. 평생 정체를 숨길 수 없다면 내가 하고 싶은 일을 할 거야. 그리고 전생의 죗값을 갚는 것도 나쁘지 않아."

베리는 로자리아를 보며 한숨을 폭폭 쉬었다. 아무도 그게 로자리아의 잘못이라고 다그치지 않았다. 신목들은 선과 악의 구분이 없었고, 본성이 선한 나무와 악한 나무가 있을지언정 그게 죄가 되지 않았다.

'과거 때문에 힘들어했구나. 그저 내려놓고 마음대로 살면 될 텐데. 왜 굳이 다른 사람을 도와주려고 하는 거야, 로즈.'

안쓰럽기도 했지만 로즈는 그의 주인이었다. 베리는 걱정과 기우를 내려놓았다. 아름답고 강한 정령술사는 수차례 있었지만 그 누구도 신목의 왕, 발데르가의 마음을 얻지 못했다. 왕이 믿는 정령술사라면 어려운 길도 잘 헤쳐 나가겠지. 베리는 로자리아를 믿기로 했다.

"좋아! 이왕 이렇게 된 거 신전에서 질투 날 정도로 전염병 환자를 전부 치료해 주는 거야."

"웬일로 적극적이야?"

"나도 내가 왜 이러는지 모르겠어. 정령들에게 공작이 널 구해 줬다는 말을 들어서 그런 것도 아니고, 그 센이란 놈이 널 지키려다 성기사들에게 두드려 맞는 걸 봐서 그런 것도 아니야."

"흐음, 우리 베리가 달라졌는데?"

"달라진 건 너야, 로즈. 넌 잘 모르겠지만."

베리는 로자리아에게 손을 내밀었다. 게으름을 피우던 정령도 진심으로 그녀를 도와주고 싶단 생각을 했다.

마을에 있던 전염병 환자가 낫게 된 건 단 일주일 만의 일이었다. 외곽의 신전에 있던 오백 명의 환자가 전부 완치되었다. 병이 나은 사람들은 수도로 돌아가 공작 부부의 은혜가 아니었다면 죽었을지도 모른다고 입을 모아 말했다. 로자리아의 기우와 다르게 신전에선 어떠한 조사도 없었다.

'마르쉬는 어째서 내가 정령술사란 사실을 프리실라에게 말하지 않은 걸까?'

로자리아는 사람들이 빠져 한가해진 마을 정경을 바라보았다. 이곳을 지키던 기사들도 철수하려는지 각자의 무기를 챙기고 있었다. 마부는 황성으로 돌아가기 위해 마차를 점검했으며 시녀와 시종들은 저마다의 짐을 정리하고 있었다. 의원들은 로자리아가 준 이페리아를 보물 모시듯 품에 안았다.

"공작가가 좋긴 좋아. 여동생이 아파서 치료해 준다기에 나도 의료원 일 팽개치고 왔는데 봉급도 두둑하게 챙겨 줬어."

"공작님의 가문인 바르세데스가 검으로도 알아주지만 부유한 걸로도 유명하잖아. 그러니 우리 같은 말단 의원에게도 봉급을 두둑하게 주는 거겠지."

시녀와 시종들의 표정도 별반 다르지 않았다. 그들은 저마다 금화가 든 주머니를 품에 안으며 흐뭇한 미소를 지었다.

"기사들은 따로 떨어지는 거 없나?"

"단장이 들으면 너 엎어치기 당한다. 우리는 이미 바르세데스에 충성을 바쳤는데 뭘 바라."

"쳇, 그래도 은근히 기대했는데."

"들리는 말론 장비를 모두 바꿔 주신다던데? 녹슬고 낡은 검 대신 명장이 만든 새 검으로!"

"오오! 역시 주군이셔. 뭐가 예쁘다고 우리 같은 놈들에게 넘칠 정도로 베푸시는지 몰라."

신이 난 기사들은 춤까지 출 지경이었다. 로자리아는 기뻐하는 사람들을 지켜보다가 인적이 없는 숲길로 향했다. 홀로 그녀를 기다리고 있는 베리에게 다가갔다. 푸른 사막에 걸린 전염병 환자를 모두 고쳤으니 신목과 작별할 시간이었다. 로자리아는 눈시울을 붉히는 베리를 달래 주었다.

"고마워, 베리."

"흑흑. 이러니까 영원히 헤어지는 것 같잖아. 앞으로도 나 불러 줄 거지?"

"그럼. 네가 안 나온다고 해도 내가 불러낼 거야. 신전의 경계가 더 삼엄해졌으니까 당분간은 작별이야."

"몸조심해, 로즈. 다음에 꼭 불러 줘."

로자리아는 자신과 떨어지기 싫어하는 베리를 안아주었다. 그의 이마에 상냥한 키스를 해주는 것도 잊지 않았다. 얼굴이 붉어진 베리는 한참을 망설이다가 정령계로 돌아갔다.

베리가 떠난 후, 로자리아는 금빛으로 휘날리는 나뭇잎을 보다가 황성으로 돌아갈 준비를 마쳤다. 황성에서 노만 1세와 성녀를 알현한 후,

공작성이 있는 무나크로 돌아갈 것이다. 앞으로 푸른 사막에 걸린 사람이 생기지 않는다면, 그걸로 되었다.

로자리아는 기지개를 켰다. 어느새 해가 높이 뜬 정오가 되어 있었다. 빈 몸으로 와서 마땅히 챙길 것도 없었기에, 검은 코트를 입은 채 문밖으로 나섰다.

"오래 기다리셨습니다, 마님."

"드디어 황성으로 돌아가게 되었네요."

신전 바깥으로 나서자 라뮤엘이 로자리아를 반겼다. 그 옆에서 공작 부인을 기다리던 센도 정중하게 묵례했다.

"함께 무나크로 돌아가면 좋았을 텐데 무척 아쉽습니다. 언제 무나크에 오시게 되는 겁니까?"

"폐하와 성녀님을 알현해야 해요. 일주일만 황성에서 시간을 보내고 무나크로 돌아갈 거예요."

"그렇군요. 두 분께서 무나크로 오시기만을 기다리겠습니다."

"저도 무나크에서 처리할 일이 있어서 먼저 떠나게 되었습니다. 무척 아쉽네요."

라뮤엘이 눈시울을 붉히며 말했다. 갑작스러운 그의 눈물에 로자리아는 당황하면서도 달래 주기 바빴다.

"죄송합니다. 다 늙어서 눈물이라니, 주책이야."

"라뮤엘 경, 아직 한창 젊지 않습니까? 삼십 대인 제가 민망합니다만."

"보이는 게 다가 아닙니다. 이래 봬도 눈가에 주름도 있고……."

로자리아와 센은 탱탱한 그의 피부를 보며 어안이 벙벙했다. 과로로 쓰러질 것 같다는 말을 매번 입에 달면서도, 라뮤엘은 완벽한 젊음을 유지했다.

“비결이 뭡니까? 밤마다 몰래 바르는 미백 약초?”

“하하, 타고난 겁니다. 저야 매일 안에서 서류를 보다 보니 그런 거죠. 햇빛에, 고된 훈련에, 얼음밖에 없는 북부를 자주 가시는 센 경에 비하면 좋을 수밖에요. 그래도 원하신다면 특별한 비법을 알려드리겠습니다.”

찡긋, 라뮤엘은 센에게 상큼하게 윙크했다. 라뮤엘이 말을 하면서도 센의 엉덩이를 살짝 두드리자 그는 당혹감을 감추지 못했다. 분명 자신보다 어린데, 손자 대하듯 하는 것이 기묘했다.

“아무튼 저흰 먼저 가 보겠습니다. 공작님께서 직접 부인을 데리러 오시니 방해할 수 없죠.”

“보기 좋을 때입니다.”

라뮤엘이 흐뭇한 미소를 지으며 말했다. 센은 그의 서글서글한 미소에 괜스레 움찔했다. 센이 라뮤엘에게서 슬금슬금 피할 때쯤, 말이 달려오는 소리가 들렸다. 예전에 보았던 공작의 군마, 콘라드 2세였다. 군마는 콧김을 푸르릉 내뿜으며 오랜만에 보는 로자리아를 반겼다.

“아직도 출발을 안 했던 건가? 라뮤엘, 센.”

“공작님께서 늦게 오시기에 마님께서 적적하실까 기다리고 있었습니다.”

“잘했다. 무나크로 떠나는 일이 급한 건 아니니까. 무나크에 도착하면 전령을 시켜서 연락해. 남부에는 전염병이 퍼지지 않았겠지만, 혹시라도 환자를 발견하면 격리해서 치료하고.”

“걱정 마세요, 주군. 죽어 가던 자도 벌떡 살릴 이페리아니까요.”

라뮤엘은 이번에도 윙크했지만 라쉬드는 단번에 무시했다. 라쉬드는 말을 이끌며 로자리아에게 다가갔다. 그는 능숙하게 말에서 내린 채 말했다.

"신전에서 도로를 정비하는 중이니 불편하더라도 말을 타야 돼."
"괜찮아요. 말 타는 데 익숙하거든요."
로자리아는 무나크에서 말을 빌려서 탔던 일을 떠올렸다. 주위를 살폈으나 그녀의 눈에 라쉬드가 타고 온 군마밖에 보이지 않았다.
"이런, 두 분 같이 타시는 겁니까? 죽어도 저는 안 태우셨으면서. 너무하십니다."
"라뮤엘, 그만 떠들고 무나크로 돌아가라. 시간 낭비다."
라쉬드는 로자리아를 안아 말 위에 올려 준 뒤, 단숨에 말에 올라탔다. 그는 아내를 뒤에서 안은 채로 말의 고삐를 쥐었다.
"전령을 통해 연락할 테니 별일 없도록."
라쉬드는 자신과 부인에게 묵례하는 라뮤엘과 센에게 이르고는 말을 움직였다. 제 품에 안겨 뻣뻣하게 굳은 아내를 보곤 피식 웃었다.
"말 많이 타 봤다며?"
"혼자서 타 봤지, 같이 타 본 적은 처음이에요."
"잘됐군. 앞으로 익숙해지면 되니까."
로자리아가 뭐라 대답하기도 전에 말이 앞으로 내달렸다. 목적지는 이스타샤 황성이었다.

로자리아는 라쉬드와 함께 노만 1세를 알현했다. 노만 1세는 로자리아와 라쉬드를 크게 반겼다. 아무도 해결하지 못한 전염병을 공작 부부가 고친 것에 기뻐했다. 황제의 환대에 멀리 떨어져 있던 황태자 클라인의 낯빛이 어두워졌다. 프리실라의 표정도 클라인과 별반 다르지 않았다.
"이 아비도 고치지 못한 푸른 사막을 해결하다니. 라쉬드, 정말 자랑스럽구나.”
“아바마마! 공작은 신전에 월권을 행사했으니, 이에 대한 책임을 져야 합니다!”
“미리 말씀드리지 못한 점, 죄송합니다. 제 독단으로 벌인 일입니다.”
“아니, 아니다. 사제들도 고치지 못한 병을 내 아들이 고쳤다는데 뭐가 문제겠느냐?”
“아버지, 공작이 제멋대로 월권을…….”
“넌 이 기쁜 날에 아비를 화나게 만들 생각이냐, 클라인?”
노만 1세는 호탕한 웃음을 터뜨렸다. 그는 황태자를 한번 노려봐 주고 공작을 향해 빙그레 웃었다.
“황태자 전하께도 알리지 않은 점, 양해해 주시길.”
“양해할 게 뭐가 있느냐. 원래 황태자가 했어야 할 일을 네가 위험을 무릅쓰고 책임졌다. 그 공은 신전은 물론 황가에서도 반드시 인정할 것이니라.”
“감사합니다, 폐하. 제 뜻을 헤아려 주시니 기쁠 따름입니다.”
‘저 새끼가 아바마마에겐 알리지 못했고 내겐 알리지 않아? 건방진 놈!’
클라인은 이를 갈았으나 프리실라의 만류에 화를 삼켰다. 그는 공작의 옆에서 웃고 있는 로자리아를 노려보았다. 클라인은 공작에게서 공작 부인으로 타깃을 바꾸었다. 그가 로자리아에게 건들거리며 말했다.
“그나저나 우리 공작 부인께선 야밤에 무슨 볼일이 있기에 돌아다니는 거지? 벌써 다른 남자를 찾는다는 소문이 잦던데.”
“제가요?”
로자리아는 일부러 느릿하게 물었다. 고개를 갸웃하던 그녀가 클라인을 쳐다보았다.
“모르는 척 시치미 떼지 마. 프리실라에게 다 들었다고. 네가 남자에게 미쳐서 라쉬드에게 만족 못 하고 다른 놈들을 찾아다닌다고."

"그건 형님께서 하시는 일이 아닙니까? 바쁘지 않으면 늘 여자를 찾아가던 버릇, 아직도 고치지 못했나 봅니다."

"이 새끼가!"

프리실라가 황태자를 불렀으나 그는 들은 척도 하지 않았다. 이를 지켜보던 라쉬드가 말했다.

"프리실라를 만나고 나서 고쳤다지? 개 버릇 남에게 줄 리가 있나."

라쉬드는 클라인에게만 들리도록 낮게 읊조렸다. 공작과의 거리가 가까워지자 클라인이 몸을 움찔 굳혔다.

'그러게, 되지도 않는 싸움인데 왜 걸고넘어져? 라쉬드는 무섭고 테베의 왕녀인 나는 만만하다 이건가?'

다섯 살이나 아래인 이복동생에게 겁을 집어먹는 모습에 로자리아는 속으로 혀를 찼다.

"그 소문을 어디서 들었는지 몰라도 잘못된 거예요, 전하. 저는 공작님과 함께 신전에서 환자를 돌봤어요."

로자리아의 말에 클라인이 당황했다. 프리실라의 말을 곧이곧대로 믿은 탓이었다. 클라인이 소리쳤다.

"프리실라가 분명 내게……!"

"황태자 전하, 지금 제 부인에게 무슨 짓을 하는 겁니까? 두 번 말하지 않을 테니 예를 갖추십시오. 아무리 황태자라고 하나, 무례한 처사입니다."

"네가 저 야만 계집을 감싸니 낯부끄러운 소문이 도는 거다, 라쉬드!"

"부인은 저를 도우러 온 겁니다. 제가 환자를 돌봐 달라고 했습니다. 제 부인이 이스타샤의 제국민을 목숨 걸고 도왔을 때, 정작 전하께선 어디에 계셨습니까?"

"……몸이 안 좋아서 가고 싶어도 못 갔을 뿐이다!"

"아아, 병? 얼마나 몸을 함부로 굴리기에 매번 병에 걸리시나."

라쉬드는 서늘한 목소리로 말했다. 평소에는 겁이 많아 쳐다보지도 못하던 얼간이가 프리실라가 제 편이 되었다고 겁대가리를 상실한 듯 굴었다. 자신을 모욕하는 것은 참아도 부인을 낮추는 것은 참을 수 없었다. 그는 클라인에게 소리치는 대신 차가운 눈동자로 내려다보았다.

클라인은 얌전히 입을 다물었다. 오늘은 웬일인지 프리실라도 자신의 편을 들어주지 않아 물러서기로 했다.

"클라인, 넌 사사건건 동생에게 간섭이구나. 내 바르세데스의 기사에게 직접 들었다. 네가 나의 허락도 없이 공작의 기사를 죽이려 했다고?"

"아바마마, 그건……."

"나 원, 한심한 놈. 네가 지켜야 할 북부를 라쉬드가 목숨 걸고 지키는 걸 모르겠느냐? 네가 무력은 물론 판단력도 흐린 탓에 라쉬드에게 북부를 억지로 맡겼으면 깨닫는 게 있어야지! 나가라, 꼴도 보기 싫다!"

노만 1세가 화를 참지 못하고 병을 클라인에게 내던졌다. 병에 등을 맞은 클라인을 보던 로자리아는 웃음을 꾹 참았다.

'신성제국이라고 프라이드가 높더니 완전 콩가루 집안이네.'

하루 이틀도 아니었지만, 실제로 겪는 것과 듣는 것은 달랐다.

"황태자 전하, 오늘은 물러가 계세요."

"프리실라 너마저……."

프리실라는 행여 책잡힐까 봐 클라인의 시선을 외면했다. 오늘도 지랄을 떨겠지만 밤에 달래 주면 그만이었다.

'미쳤어? 네놈이 멋대로 벌인 일을 내가 책임지게!'

프리실라는 클라인이 독단으로 벌인 일을 책임질 생각이 없었다.

"고생했어요, 라쉬드. 저에게 도움을 청했다면 더 일이 빨랐겠지만요."

"그건 제가 결정할 일입니다."

"지금 제게 뭐라고 하신 거죠?"

"앞으로 신전은 바르세데스의 일에 간섭하지 마십시오."

"전 당신을 생각해서 한 거예요, 라쉬드!"

라쉬드는 프리실라의 말에 대답하지 않았다. 그는 노만 1세에게 말했다.

"폐하, 전 이만 물러가겠습니다."

"그래, 그러도록 해라. 피곤할 테니 쉬는 게 좋겠구나."

노만 1세는 라쉬드의 청을 수락했다.

"라쉬드!"

프리실라가 라쉬드를 불렀지만 이미 그는 로자리아와 함께 나간 뒤였다. 프리실라는 속으로 분통을 터뜨렸다.

'어째서, 어째서! 내가 먼저 당신을 사랑했는데. 내가 어떻게 당신과 만나기 위해 성녀가 되었는데! 당신의 연인이 되고 싶어서 전(前) 성녀인 데레사까지 죽이면서 성녀가 되었는데…….'

프리실라는 입술을 짓이겼다. 노만 1세가 그녀를 보며 말했다.

"이번에는 네 편을 들어줄 수 없었다, 프리실라. 그러니 더 이상 실수하지 않도록 해라."

"실수? 저는 실수 따위 하지 않아요, 폐하. 그리고 오늘 일 절대 잊지 않을 거예요. 폐하께선 공작의 편이 아니라 끝까지 제 편을 들어주셔야 했어요."

프리실라는 노기가 서린 음성을 짓씹듯 내뱉었다. 노만 1세의 표정이 일그러졌으나 그녀는 아랑곳하지 않았다.

"열넷에 저를 취한 폐하께서 약조하신 거, 전 절대로 잊지 않아요. 어린 날 데려와서 성녀로 만들어준다고 하셨죠. 폐하에게 몸을 바치면, 제가 성녀가 되는 걸 반대하는 데레사를 죽이는 걸 도와주겠다고."

"그래서 네가 원하는 대로 해주지 않았느냐! 라쉬드의 어미를 미치게 만들고, 그녀와 자매였던 성녀 데레사도 죽였다. 이 사실을 라쉬드가 알면 퍽이나 기뻐하겠구나!"

"하, 신전이 병들어 죽어 가는 폐하의 말을 들을 것 같아요? 성녀가 되기 전이야 당신의 말을 노예처럼 들었지만 지금은 아니야. 내가 죽인 게 아니라, 당신이 어린 계집에게 눈이 멀어 제 부인과 부인의 자매를 죽인 거지."

프리실라는 독기가 서린 눈으로 노만 1세를 노려보았다. 오늘 무슨 일이 있든지 황제는 그녀의 편을 들어야 했다. 멍청한 아들놈인 클라인은 몰라도, 일찌감치 성녀가 되어 노만 1세의 편이 되어준 자신을 배신하는 일은 없어야 했다.

'능구렁이 같은 새끼. 이미 신전의 지지를 얻은 나보다 테베를 얻을 수 있는 왕녀가 더 낫다 이거지?'

프리실라는 경멸하는 눈으로 노만 1세를 노려보다가 세차게 등을 돌렸다.

'그 계집년도 어리석은 클라인도 날 배신하려는 노만 1세도 모두 죽일 거야. 죽여서 라쉬드를 내 손에 가지겠어.'

프리실라는 노만 1세가 더 이상 두렵지 않았다. 병환을 앓는 황제가 더 일찍 죽게 되더라도 이상한 일은 아니었다.

9장 아니타의 시험

“라쉬드, 고마워요. 제 편을 들어준 거죠?”

“당연한 거였어. 부인이 모욕당하는 걸 지켜보는 놈이 멍청한 거지.”

로자리아는 고개를 끄덕이며 수긍했다. 라쉬드는 그녀를 보다가 웃고 말았다.

“일주일 동안 있을 필요도 없겠어. 황제와 성녀를 만났으니 내일 바로 무나크로 돌아가도록 하지.”

“난 좋아요. 수도보단 무나크가 마음에 들었거든요.”

“그동안 고생했으니 공작저에서 쉬도록 해.”

화기애애한 분위기가 피어오를 즈음 교황청의 사제가 나타났다.

“처음 뵙겠습니다, 공작 각하. 저는 아리안 대사제이자 교황청 소속 성기사입니다.”

“대사제께선 무슨 일이지?”

“성하께서 공작 부인께 교지를 내렸습니다. 공작 부인께선 교황청에 있는 신명부에 이름을 올리셔야 합니다.”

"이미 된 게 아니었나?"

"몇 가지 문제가 있었습니다. 결론을 말씀드리자면, 교황 성하의 허가를 받으셔야 신명부에 이름을 올리실 수 있습니다."

신명부는 대대로 이스타샤 황족의 이름과 태어난 날과 시를 기록한 책이었다. 교황이 이를 관리했으며, 명부에 이름이 있어야 사후에도 황족으로 추대되었다. 또한 직계 혈족이 혈통을 인정받기 위해선 황족인 아버지와 어머니, 양친의 이름이 모두 신명부에 기재되어야 했다.

라쉬드와 클라인은 태어나자마자 명부에 새겨졌고, 프리실라는 성녀가 된 이후에 적시되었다. 라쉬드와 결혼한 로자리아가 이스타샤 황족이 되는 건 당연한 수순이었으나 신명부에 기록되는 건 다른 일이었다.

원래라면 여신의 대리자인 성녀의 인가만으로도 기록에 올릴 수 있으나, 성녀가 이를 원하지 않아 교황을 직접 찾아가야 했다. 이스타샤 황족으로서 인정하겠단 신전의 공표가 있어야, 살아 있을 때 비호를 받으며 죽어서도 황족으로서 추대될 수 있었다. 이는 자식의 혈통과도 긴밀해 신전과 사이가 좋지 않은 황족은 빌면서 올려 달라 간청할 정도였다.

"무나크 공작저에 있을 때 이미 서신을 보냈었다. 성하께서 이를 직접 받았고 부인의 신분을 황족으로 인정하겠다고 내게 일렀다."

"하지만 성하께서 저희에게 따로 기록에 올리라는 말씀은 없으셨습니다."

라쉬드는 이미 정리된 것을 없던 일로 만드는 신전에 진절머리가 났다.

"양피지에 내용을 적었고, 공작가의 인장을 새겼다. 독수리를 시켜 성하께서 직접 서신을 볼 수 있도록 하였고, 그러겠노라는 답변도 받았다. 여기서 뭘 더 하란 거지?"

"확인해 봐야겠지만 성하께서 거부하시면 저희도 어쩔 수 없습니다. 그러니 다시 허가를 받으셔야 합니다. 성하께서는 공작 부인을 직접 뵙기를 원하십니다."

"형식적인 절차로 끝날 일을, 직접 보시겠다는 건가?"

"성하께서 말씀하신 바, 저희에게 책임을 물으셔도 달리 방법이 없습니다. 신전은 공작 부인께서 기록에 올리지 않으셔도 무방하다는 입장입니다."

"부인을 황족으로 인정하지 않겠다는 거군."

어차피 신전의 장난질이야 한두 번도 아니었다. 놀라운 일이 아니었건만 말을 바꾸는 걸 그저 넘어갈 순 없었다. 따로 교황을 찾아갈 수 없으니, 서신을 보낼 생각이었다.

"성하께선 언제든지 공작 부인을 기다리시겠다고 하셨습니다. 성녀님께서 인가를 거부하셨으니, 성하께서도 거부하신다면 공작 부인께선 이스타샤의 황족으로 누리는 권리를 제한받게 됩니다."

"좋아. 내 직접 부인과 가겠다고 전해."

"외람된 말씀이지만 불가합니다. 성하께서는 믿음이 부족한 자는 신전에 들이지 말라 명령하셨습니다. 성녀님께서야 공작님을 눈감아주시지만 교황청은 공작님이 여신 아니타를 믿지 않는다는 사실, 너무나 잘 알고 있습니다."

"이번 푸른 사막 일로 그러는 건가? 내가 신전의 치료를 믿지 않고 독단적으로 행동해서?"

"예전처럼 군사를 푸는 일은 없기를 바랍니다. 어차피 죽어 나가는 건 저희 같은 고위 사제가 아니라 직급이 낮은 자들입니다."

대사제는 묘한 미소를 지었다. 그는 이스타샤의 귀족들이 두려워하는 공작 앞에서도 당당했다.

"공작 각하보다는 부인께 먼저 묻는 게 빠르겠군요. 공작 부인께선 어찌하실 생각이신지요?"

"……공작님의 뜻에 따르겠어요."

"오, 안타깝게도 그건 안 됩니다. 지금 제게 의사를 알려 주셔야 모실 준비를 할 테니까요. 혹여 시간이 필요하신 겁니까?"

로자리아는 잠시 고민하다 대답했다.

"아뇨, 필요하지 않아요. 교황청으로 가겠어요."

"현명하신 선택입니다. 그럼 앞으로 저를 대신해서 성기사들이 부인을 모시게 될 겁니다."

대사제는 그렇게 말하며 물러났다. 대사제가 떠난 뒤, 둘 사이엔 침묵이 감돌았다. 미묘한 침묵 끝에 라쉬드가 물었다.

"왜 가겠다고 한 거지?"

"빈껍데기 황족은 되고 싶지 않아요. 신전에서 받아들이지 않겠다면 직접 가서 받아들이게 할 거예요."

"이미 성녀가 반대해서 가능성이 없어. 교황 또한 성녀의 편이다. 차라리 나와 다른 방법을 찾는 게 나아."

"신전에서 만반의 준비를 했겠지만, 명부에 이름을 올리기 위해선 가야 해요."

"지금이라도 생각을 바꾸는 건 어때? 강요는 하지 않겠다만 나 없이 홀로 교황청으로 떠나겠다고? 게다가 그곳은 북부 케딜락과도 가까운 곳이라 위험해."

"폐를 끼치진 않을 거예요. 가는 걸 허락해 주세요, 라쉬드. 당신과 나 사이에서 태어난 아이가 사생아 취급을 받길 원하지 않아요."

"……알겠어, 로즈. 당신의 뜻이 그러하다면 받아들이겠어."

더 말릴 것 같았던 라쉬드는 그녀의 의견을 받아들였다.

그로서도 이상한 일이었다. 처음에는 로자리아가 무슨 짓을 하든 관심이 없었고 기대조차 하지 않았다. 그러나 자신도 생각지 못한 길을 먼저 걷고 있는 로자리아를 보았을 때, 그는 많은 생각이 들었다.

'내 말이 아니면 듣지 않는 기사들의 신뢰를 얻었어. 공작 부인이 되었음에도 평민과 천민을 돌봐 주었지.'

로자리아는 전염병을 두려워하지 않았다. 이스타샤의 황태자인 클라인에게도 당당했으며, 하물며 성녀로서 최고의 권력을 가진 프리실라에게도 물러서지 않았다.

'로자리아가 아니었다면 이페리아가 있다 한들, 전염병을 빨리 고치지 못했겠지.'

라쉬드는 푸른 사막의 원인까지 밝혀낸 로자리아를 믿기로 했다.

"라쉬드?"

라쉬드는 자신을 부르는 목소리에 상념에서 깨어났다. 그는 자신과 다르게 별걱정이 없는 로자리아를 보며 한숨을 쉬었다.

"어떻게 매번 태평한 거지? 본래 성격이 그런 건가?"

"글쎄요, 걱정하는 것보다 그저 받아들이는 게 낫다는 걸 알고 난 뒤로부터?"

"그럼 왜 테베에선 소문이 그렇게 났던 거지?"

"아아, 소문요? 호구 왕녀, 야만인, 글도 모르는 멍청한 왕족…… 이런 것들 말하는 거예요?"

로자리아는 가볍게 웃음을 지었다. 그녀는 맑은 미소로 답했다.

"테베의 왕은 제가 똑똑하고 지혜로운 걸 원하지 않았어요. 순진하고 멍청하고 무지한 딸이기를 바랐고, 지켜 줄 사람 또한 없었죠. 그래서 어린 왕녀로서 살아남기 위해 그랬던 거예요."

"직접 물어보지 않고 소문으로만 로즈 당신을 판단했다. 내가 어리석었어."

"라쉬드는 날 인정해 준 유일한 사람이에요. 그러니 이번에도 믿어 준다면 반드시 명부에 올릴 거예요. 로자리아 비아 데모나 발데르가,

내 이름을."

로자리아는 확고한 의지를 담아 말했다. 라쉬드는 자신을 바라보는 그녀의 눈동자에게서 눈을 떼지 못했다. 곧 정신을 차린 그가 말했다.

"부인의 뜻이 정 그렇다면야 기다려야겠지."

라쉬드의 손가락이 그녀의 뺨을 매만졌다. 그는 부드럽게 감기는 금발에 입을 맞추었다.

공작 부부는 서궁에 도착했다. 욕실에서 따뜻한 물로 씻은 로자리아는 침대에 앉아 휴식을 취했다. 그때였다. 갑작스레 문이 열렸다. 문을 열고 들어온 건 라쉬드였다. 그는 단정한 걸음으로 침대에 앉아 있는 로자리아에게 다가왔다. 라쉬드의 커다란 손이 로자리아의 허리를 감았다. 그는 자연스레 그녀를 침대로 이끌었다. 풀썩, 침대에 몸이 닿는 소리가 났다.

"아까 기다린다고 하지 않았어요?"

"오늘 밤은 기다리지 못하겠어."

라쉬드는 그의 몸을 감싼 제복을 단숨에 벗었다. 그의 날렵한 근육이 보이자 로자리아는 붉어진 뺨을 감추기 위해 두 손으로 얼굴을 가렸다.

"우리의 후계를 위해서 교황청으로 간다면서?"

"자꾸 놀리지 말아요."

"그러니까 더 놀리고 싶잖아."

라쉬드는 로자리아의 어깨를 부드럽게 쥐었다. 갑작스러운 손길에 그녀는 화들짝 놀라 몸을 굳혔다. 라쉬드는 로자리아의 목에 고개를 묻고는 그녀의 허리로 손을 가져갔다. 스륵, 옷이 흘러내리는 소리와 함께 우윳빛 몸을 감싼 페티코트가 드러났다.

"하아."

차가운 입술이 닿자 절로 낮은 숨이 흘러나왔다. 로자리아는 나른해진 눈동자로 라쉬드를 올려다보았다. 라쉬드가 그녀의 귓가에 속삭이듯 말했다.

"내 이름을 불러 줘, 로즈."

"라쉬드, 난 언제나 당신의 이름을 불렀어요."

"듣기 나쁘지 않군."

라쉬드는 그녀의 허벅지를 부드럽게 어루만졌다. 매끄러운 손가락이 여린 살결을 스치자 이상한 기분이 들었다. 쾌감과 전율이 뒤섞여 자신의 몸이 아닌 것만 같았다.

'기분이 묘해.'

점점 달아오르는 체온에 그녀는 가냘픈 숨을 내쉬었다. 제 귓가에 들리는 그의 낮은 숨소리가 듣기 좋았다. 자신을 다정하게 내려다보는 그의 눈동자가 아름다웠다.

로자리아는 조심스레 손을 내뻗었다. 그녀는 애틋한 눈빛을 감추고 달뜬 숨을 내뱉었다. 놓치지 않겠다는 듯 라쉬드의 목덜미를 깊게 끌어안자 그가 농밀한 키스를 해왔다. 맹세의 의식을 할 때와는 다른 야릇한 감각이었다.

로자리아는 라쉬드에게 말하지 못했다. 당신을 사랑하게 될까 봐 거리를 두는 거라고. 일방적인 관계를 드러내고 싶지 않았다. 비겁하다고 손가락질받아도 좋았다. 그를 사랑한다고 인정한다면 비참해질 테니 끝까지 이 감정을 부인한다면 조금은 편해질까.

"내게 키스해 줘요, 라쉬드."

"얼마든지."

"라쉬드…… 오늘 밤을 잊지 못하도록 다정하게 안아줘요."

"왜 마지막인 것처럼 말하는 거지?"

"오늘이 마지막인 것처럼 사는 법밖에 몰랐으니까."

"어째서?"

로자리아는 대답하는 대신 라쉬드에게 깊게 입을 맞추었다. 그녀는 한참 후에야 잠긴 목소리로 입을 열었다.

"내게 미래는 없었고 꿈은 가짜였고 기적은 거짓이었어요. 하루하루 사는 게 벅차서 아무것도 원하지 않았어요. 무언가를 바라면 욕심을 부려서 벌을 받을 거라 생각했거든요."

"무언가를 바라는 게 왜 잘못된 거지? 누구나 원하는 게 있고 그걸 이루기 위해 살아가는 건데."

"바보 같죠? 난 그게 아니었어요."

죽지 못해 살았고, 버림받지 않기 위해 살았고, 죽는 게 두려워서 살았다. 과거 그녀의 삶을 이야기하던 로자리아는 눈을 감았다. 어느새 그녀의 눈에서 눈물이 흐르고 있었다.

"로즈, 나의 부인."

"난 당신의 아내인 거죠?"

"그래."

라쉬드는 그녀의 젖은 눈가에 입을 맞추었다. 잠자리만을 위한 것이 아닌 마음이 담긴 키스였다. 로자리아는 흐릿한 시야로 그를 바라보았다.

"왜 우는 거지? 네가 울면 기분이 이상해져."

"원래 우는 여자 안 좋아했잖아요. 프리실라가 울 때도 돌아보지 않았던 거 기억해요."

"프리실라와 당신은 달라."

라쉬드는 로자리아의 입술을 삼켰다. 마치 성녀의 이름을 말하지 말라는 것처럼.

"당신은 내 부인이자 바르세데스가 충성을 바치는 공작의 아내다. 그러니 당신이 원하는 미래를 살 수 있고 바라는 꿈을 가질 수 있고 기적을 만들 수도 있는 거야."

라쉬드는 눈이 빨개진 로자리아를 달래 주었다. 귀여운 부인. 처음 만났을 땐 테베의 왕녀가 그의 아내가 될 거라고 생각하지 못했다.

"당신이 원하는 건 뭐든 누릴 수 있어. 공작 부인이자 이스타샤의 황족으로서. 로즈, 당신이 원하는 건 뭐든 이루게 해줄게."

라쉬드는 로자리아의 손을 그러쥐고 입을 맞추었다. 그의 보랏빛 눈동자에 확고한 진심이 어렸다. 로자리아는 고개를 들어 라쉬드를 바라보았다.

원하는 게 무엇이든 주겠다는 말은 처음이었다. 모든 이가 자신에게 행복을 바라지 말라고, 저주를 받고 태어났으니 행복을 꿈꾸며 살지 말라고 하지 않았던가.

"나에게 그런 말을 해준 건 라쉬드가 처음이에요."

로자리아는 과거를 떠올렸다. 자신에게 무관심하고 차가웠으나, 그는 결코 제 출신을 경멸하지 않았다. 어리석다며 조롱하지도, 유약하다며 비웃지 않았다.

'그 감정이 서리지 않은 눈동자가 오히려 내겐 위로였어. 이 세상의 단 한 사람, 이스타샤의 공작만이.'

당신은 나를 이해해 줄까. 내가 당신이 믿는 악마라고 알려져도 내 곁에 있어줄까. 이스타샤의 모든 사람이 나를 악마라 지탄해도 라쉬드, 당신만 내게 손을 내밀어준다면…….

"로즈."

자신의 이름을 부르는 목소리에 로자리아는 그를 두 눈동자에 담았다. 그녀의 말간 미소에 그는 로자리아를 바라보았다.

라쉬드는 치미는 감정을 억누르곤 그녀의 입술을 탐하고 또 탐했다. 로자리아를 품에 안다 보면 가슴을 짓누르는 답답함이 무엇 때문인지, 목이 타는 갈증이 어째서 생긴 건지 알 것만 같았다. 라쉬드는 그녀와 몸을 겹쳤다.

"하아. 라쉬드."

로자리아는 그를 불렀다. 평소에는 진중한 남자가 침대에선 한껏 나른해졌다. 이스타샤의 문화 때문인지 낮에는 엄숙한 공작이면서 밤에는 적극적이었다. 그의 모습을 보는 것이 좋았다. 자신을 놓칠까 깊게 끌어안은 그의 품도, 약간 찌푸려진 얼굴도, 낮게 가라앉은 목소리도.

로자리아는 라쉬드의 품에 안겼다. 붉어진 눈가로 그를 바라보았다. 공작으로서 능력이 있는 데다, 북부를 지키는 군주였다. 또한 사람을 홀리는 매력이 있었다. 때때로 그가 자신의 남편이란 게 실감 나지 않았다.

가장 중요한 건 아무도 이해하지 못했던 로자리아, 그녀의 마음을 이해해 준단 사실이었다. 평소에는 차가운 남자가 조금 다정하게 보였다. 라쉬드는 땀에 젖은 머리칼을 단단한 손으로 쓸어 넘겼다.

"로즈, 나를 봐."

그가 '로즈'라고 자신의 귓가에 이름을 속삭일 때마다 심장이 뛰쳐나갈 것만 같았다.

다음 날 아침, 로자리아는 라쉬드의 품에 안긴 채 눈을 떴다. 새하얀 나신에 붉은 흔적이 남아 더욱 부끄러웠다. 그의 어깨에 얼굴을 묻고는 달아오른 뺨을 감추었다.

"깼어?"

"라쉬드, 언제 일어났어요?"

"한참 전에. 새벽에 깨는 것이 습관이 됐어. 당신이 날 안고 놔주지 않는 탓에 일어나지 못했어."

"……자느라고 몰랐어요. 깨우지 그랬어요?"

"곤히 자고 있기에 깨우고 싶지 않았거든. 난 폐하를 보러 갈 테니 쉬도록 해."

라쉬드가 떠나고 로자리아는 그녀만의 시간을 얻게 되었다. 수도에 있는 전염병은 해결되었으며, 노만 1세는 그녀를 감시하는 성기사를 신전으로 보내 버렸다.

'능구렁이 황제가 내가 마음에 든 모양이네.'

별로 반갑진 않지만 황제는 상황 판단이 빠른 자였다. 과거에는 적이었지만 지금은 아니었다. 라쉬드가 노만 1세를 알현하러 간 후, 로자리아는 황성을 나왔다. 목적지는 임페리얼의 지부였다. 그녀는 로제의 모습으로 바꾼 뒤, 임페리얼로 향했다.

"활기를 되찾았네. 사람들의 표정도 한층 밝아 보여."

그녀는 임페리얼로 가는 마차에 올라탔다. 마차가 달리는 소리를 들으며 사람들의 모습을 구경하다가 마부에게 물었다.

"요새 장사는 잘돼요?"

"아이고, 당연하죠. 얼마 전엔 푸른 사막 때문에 거리가 통제되었는데 요새 떠나간 사람들이 다시 수도로 돌아왔어요. 덕분에 손님도 늘었고, 죽어 가던 상권도 회복됐어요."

"듣던 중 기쁜 소식이네요. 어떻게 전염병이 고쳐졌나요?"

"그 뭐냐, 공작님께서 치료제를 나눠줬다고 하던데요? 평민과 천민에게도 주신 모양이더라구요. 그리고 전염병을 미리 예방해야 한다나? 비네거라든가, 이상한 것도 바르고. 껄껄."

"그래요?"

"아이고, 또 다른 상단이 있었는데 기억이 가물가물하네요. 아, 맞다. 그러고 보니 치료제 이름이 로제였어요."

"로제……?"

로자리아는 뜻밖의 소식에 놀랐다. 굳이 치료제에 이름을 붙인 라쉬드의 의도가 궁금했다.

"전부 공작님과 공작 부인 덕분이죠. 또 로제 님 덕분이라나요? 성녀님이 저희를 고친 게 아니라, 약초로 고쳤다니 신기할 따름이에요."

"아아, 그랬군요."

그녀는 흐뭇한 미소를 지었다. 대가를 바란 건 아니었지만 듣기에 나쁜 얘기는 아니었다.

"자, 도착했습니다."

"수고하세요."

로자리아는 임페리얼 지부 안으로 들어섰다. 그녀를 알아본 임페리얼의 관리자들이 반갑게 인사를 해왔다.

"오랜만에 오셨네요, 로제 님."

"마스터는요?"

"마스터께선 방금 오셨어요. 안으로 들어가시면 마스터가 기다리고 계실 거예요."

관리자가 그녀를 응접실까지 안내해 주었다. 로자리아는 임페리얼과 독점 거래를 맺었다. 천 개로선 부족했으니 천 개를 더 판다는 계약이었다. 수도의 전염병은 해결되었으니 바렛사에게 공급할 이페리아였다. 응접실에 도착한 그녀에게, 폰이 내민 것은 서류 한 장이었다.

"이번에도 바로 지불하는 건가요?"

"물론. 거래의 기본은 신용이니까요. 서류를 만들었으니 신전의 금고를 찾아가면 언제든 찾을 수 있을 겁니다. 아니면 쓰는 만큼 기록이 남으니까 서류 한 장으로도 충분합니다."

"편리하네요. 수천의 금화를 들고 다니기 곤란했는데. 아, 참. 왜 치료제에 제 이름을 붙인 거예요?"

"당신이 만들었으니까요. 사업하기 전에 앞서 좋은 이미지를 만들고

인지도도 쌓는 거죠."

"아무튼 고마워요. 폰도 고생했어요."

"아쉽지만 전 남부 무나크로 떠나야 합니다. 그러니 당분간 수도에서 볼 수는 없을 겁니다."

"언제 무나크로 떠나시는 거예요?"

"글쎄요……. 빠르면 일주일 안에 갈 겁니다."

"남부에서도 잘 지낼 거라 믿어요. 아, 몇 가지 알려드리면 저 이제 사업을 시작하기로 했어요."

"무슨 사업인가요?"

"임페리얼이 차와 약초는 취급하지 않잖아요? 그래서 차와 약초를 팔아 볼까 해요. 로제란 치료제가 알려진 이후로, 이스타샤 사람들의 인식도 바뀐 것 같고."

"치료제는 무료로 나눠준 거라 쉽지 않을 텐데요. 이미 귀족은 암암리에 약초를 밀반입하는 루트를 알고 있거든요."

"제가 팔려는 건 몸에 좋은 건강한 차예요."

"솔직하게 말하자면 망하기 수월한 계획이군요."

"일단은 가볍게 시작할 거예요. 그다음은 영업 기밀이에요. 다음에 봐요, 마스터."

로자리아는 작별 인사를 한 후, 임페리얼 지부를 나섰다. 이스타샤에서 상단을 운영하기 위해선 새로운 사업을 시작해야 했다. 이미 대규모의 상단이 취급하는 상품과 경쟁해선 큰돈을 벌어들일 수 없었다. 차, 약초, 치료제를 판다면 이스타샤의 상단을 장악하는 건 어렵지 않았다.

로자리아는 본격적으로 사업을 시작했다. 사업을 위한 준비도 순조롭게 진행되었다. 그녀는 임페리얼로부터 받은 대금으로 허름한 건물을 싸게 구입하고 인부를 고용했다. 벌레가 꿇는 곳을 깨끗이 청소하고, 곳곳에 벌레가 기피하는 풀잎을 놓았다. 당장 작업은 내일부터 시작하기로 했고, 뼈대부터 공사하는 것이 아니라 내부를 바꾸는 것이니 시일이 오래 걸리진 않았다.

그녀가 고용한 인부들은 전부 천대받는 바렛사 출신 평민이었다. 이스타샤의 평민은 제법 생활 조건이 풍요로웠지만 조상이 바렛사인 이들은 '반피'라고 불리며 멸시를 받았다. 또한 일자리를 얻는 것조차 쉽지 않았다.

"이건 어떻게 할까요?"

"벽지가 너무 침침한 것 같아요. 화사한 색으로 바꿔 주세요. 굳이 바닥은 대리석으로 하지 않아도 좋아요."

"대리석이 귀하긴 하죠. 예전이야 부유한 평민도 대리석을 구입했는데 요새는 어지간한 귀족 아니면 구하기 힘들어요."

"대신 바닥을 매끄럽게 다듬어주세요."

"네, 디자이너가 보여드린 시안대로 하면 되나요?"

"그러면 돼요."

그렇게 말하며 로자리아는 건물 내부를 꼼꼼히 살폈다. 작은 실수도 허투루 넘기지 않았다.

'내가 장사라니, 생각만 해도 떨리네.'

로자리아는 후, 숨을 들이켰다. 내부 공사만 끝나면 잠시나마 숨을 돌릴 수 있을 것 같았다.

로자리아는 모습을 갖춰 가는 상단을 한차례 둘러보았다.

시간이 빠르게 흘러 약속된 일주일이 지났다. 건물 공사는 막바지에 이르렀다. 로자리아는 상단의 대리인을 에단으로 정했다. 임페리얼의 상단주, 폰은 그녀에게 에단을 추천했고 그는 임페리얼의 관리자 일을 그만두고 새로운 적임자가 되었다. 관리자와의 연락은 통신석으로 하기로 했다.

일주일간 로자리아는 사람을 고용하기로 했다. 그녀는 그럴싸하게 꾸민 응접실에서 면접을 시작했다. 단 두 명을 뽑는 데 백 명이 지원했다. 천민부터 황족까지 수많은 사람을 만나면서 그녀는 믿을 만한 자와 믿지 못할 자를 구분했다.

로자리아는 긴장한 기색이 역력한 남자를 보며 말했다. 아카데미 출신의, 72번째 지원자였다.

"통과."

"예? 인사밖에 안 했는데 통과입니까?"

"뭐, 이스타샤의 행정직으로 일했다면 충분하죠. 평민인데도 아카데미를 나온 거 보면 실력은 의심할 여지가 없어요."

"사실 제가 신전에 찍힌 사람이라 어딜 가도 안 받아주거든요."

"무슨 짓을 저질렀기에?"

"여신 모독죄로 관청에 찍혀서 관리직을 박탈당했습니다."

"그래요? 횡령, 폭행, 사기 이런 죄는 아니네요. 먼저 밝히는 이유는?"

이미 서류에 나와 있는 거였지만 사내는 자신의 죄를 강조했다.

'지금 붙어도 나중에 잘릴까 봐 그러는 건가?'

"어차피 나중에 다 들통나요. 상인들은 대개 정보에 빠삭해서 알아차리거든요. 그런데도 절 고용하겠다는 건가요?

"그래요, 케이. 오늘부터 잘 부탁해요."

케이는 어안이 벙벙해서 눈만 끔뻑거렸다. 몇 초 동안 입을 벌리던 그는 겨우 턱을 닫고 고개를 끄덕였다.

"상단의 허가는 이미 받아 놨으니 걱정할 것 없어요. 그리고 경호해

줄 용병도 찾은 데다 일하는 데 필요한 사람은 모두 뽑아 놨어요. 숙소도 지을 테니까 거기서 지내면 되구요."

"혹시 신전에서 또 절 내쫓으려 하면……."

"대범해져야 해요, 케이. 신전의 눈치를 보면 곤란해요. 일부러 문제를 일으킨 당신을 뽑은 건데, 일일이 사제와 성기사에게 눈치를 보는 사람에게 우리 상단 일을 맡길 수 없어요."

로자리아는 필요한 내용만을 전달했다. 어수룩한 청년의 눈빛이 단번에 달라졌다. 돈 냄새를 맡은 건지 그의 동공이 확장되었다.

"그럼 제가 딱 적임자네요! 전 또 무슨 이상한 성력 실험에 끌고 가나 싶어서……. 아무리 관리직에 아카데미를 나왔다지만 평민인데 보수가 이리 높을 리가 없거든요."

그렇다고 오해할 만도 하다. 로자리아는 웃음을 꾹 참으며 말했다.

"관리직은 두 명. 한 명은 이미 뽑았고, 당신이 마지막이에요. 혹여 횡령하거나 기밀을 누설하면 신전보다 더한 처벌이 내려질 거예요. 아시죠? 임페리얼과 우리 상단이 동업자가 된 거."

"임페리얼……?"

눈을 크게 뜬 케이가 알겠다는 듯 고개를 주억거렸다.

"할 일은 먼저 뽑은 에단이란 관리자가 알려 줄 거예요. 보고는 꼬박꼬박 전령을 통해 받을 테니까, 상단 회칙에 적힌 이외의 상황은 제 인가를 받아야 해요."

"차와 약초를 판다고 하셨는데 행여 상단이 망하면……."

"전 망하는 장사 안 해요. 설령 망해도 봉급은 줄 테니 걱정 말아요."

"네, 네. 알겠습니다!"

"기밀을 흘릴 수 있는 사람은 단둘뿐이니 잘 지키는지 지켜볼 거예요."

잠시 고민하던 케이는 흔쾌히 고개를 끄덕였다. 평민에게 이렇게 큰 상단의 관리직을 맡을 사람은 흔치 않았다.

'처음에는 작은 상단으로 시작해 대형 길드로 만들 생각인가 보네. 정말로 상단이 크면 출셋길이야!'

케이는 확신했다. 그가 가슴을 치며 말했다.

"맡겨만 주세요!"

"케이는 앞으로 각 지부를 관리할 거예요. 현장을 관리한다고 생각하시면 되겠네요."

"그렇군요. 그 에단이란 분은 무슨 일을 맡나요?"

"에단이 할 일은 장부를 정리하는 것과 재정 관리예요."

"아하! 그럼 전 지부를 관리하면 되는 거네요."

"맞아요. 그리고 모든 지출은 사소한 거라도 기록을 남겨요. 쓸 수 있는 예산은 전령을 통해 매번 전달할 거고, 긴급 사항이 아니라면 이주마다 서류로 보고하면 돼요."

"알겠어요. 실례지만 존함이……."

"로제라고 부르면 돼요."

로자리아의 대답에 케이가 놀란 듯 그녀를 보았다.

'이 여자가 바로 그 치료제를 만든 사람이라고?'

케이는 로자리아를 뚫어져라 쳐다보았다. 분명 돈 많은 대상의 딸이거나 귀족의 딸이라고 생각했다.

'이건 대어야! 이페리아로 치료제로 만들어서 신전도 해결 못 한 전염병을 고쳤잖아?'

케이의 얼굴이 밝아졌다. 언제 망할지 모르는 상단은 사양이었지만, 로제란 사람이 만든 상단은 확실했다.

'게다가 공작이 전염병을 통제했으니 분명 이스타샤의 황족과도 연결된 사람이야.'

케이는 너무 기뻐 소리를 지르려던 것을 참았다. 그는 머리를 굴리던 것을 멈추고 로자리아의 두 손을 붙잡았다.

"저 진짜 열심히 할게요. 신전에서 압박해도 보란 듯이 상단을 키울 겁니다!"

"뭐, 천천히 해요. 아, 그리고 누군지 알려 주지 않겠지만 감시직도 있어요. 그러니 과한 사업을 벌인다든가, 규정을 어긴다든가 하면 제 귀로 다 들어오게 돼요."

"감시야 늘 받던 거 아닙니까! 맡겨만 주세요! 제 꿈이 예전부터 큰 상단의 관리직이 되는 거였습니다."

로자리아는 시간을 확인했다. 일주일 동안 자유롭게 수도로 나왔으나 이제 그만 돌아갈 때였다.

"아, 그리고 전령에겐 따로 말을 걸 필요 없어요. 서류만 전해 주면 돼요."

"어렵지 않네요. 그럼 에단을 찾아가서 그와 의논하겠습니다! 또 로제 님께서 주신 회칙을 보고 따라서 지부를 관리하겠습니다!"

씩씩하게 대답하던 케이가 궁금한 듯 물었다.

"아, 참. 거래처는 정해진 건가요? 제가 거래처에 찾아가야 할 것 같아서요. 인사도 하고."

"첫 거래처는 아이리쉬 백작가예요. 실수 없이 잘하도록 해요."

아이리쉬 백작의 금지옥엽 외동딸이 푸른 사막에 걸린 적이 있었다. 이페리아 치료제 덕분에 살아났으니 자신이 만든 상단에 우호적일 것이다.

"제가 귀족 비위 맞추는 건 또 천부적입니다!"

"에단과 케이가 우리 상단의 대외적인 얼굴이란 걸 기억해요. 행동거지도 조심해야 하고, 술이나 도박 등의 스캔들도 일으켜선 안 돼요."

"제 별명이 사제입니다. 모친께서 무척 깐깐해서 그런 것과는 거리가 멀죠. 그래도 아쉽네요. 사장님을 못 뵙고 서류로만 만나야 한다니."

"전령이 잘 전달해 줄 거예요. 비가 내리든 눈이 내리든 다리가 끊기든.”

전령의 정체는 정령이었다. 정확히는 바람의 정령이라 불리는 풍목(風木), 윈드였다. 그는 과묵하기로 소문난 정령이지만 주어진 일은 예외 없이 해내는 완벽한 신목이었다.

“그럼 가 볼게요, 케이. 에단과 잘 지내도록 해요.”

“네, 알겠습니다!”

그렇게 바람의 정령 윈드, 임페리얼 출신 관리자 에단, 신전에서 쫓겨난 케이로 이루어진 정체불명의 상단이 탄생했다. 물론 셋의 목표는 각각 시킨 대로 잘하기, 목돈 굴리기, 관리 잘하기였다.

황성에서 마지막 밤을 보내고 아침이 밝았다. 로자리아는 어스름한 새벽공기를 느끼며 그녀를 기다리고 있는 성기사 무리로 향했다. 그녀의 뒤를 한 사내가 뒤따랐다. 바르세데스의 기사로, 교황청까지 공작부인의 호위를 맡은 자였다.

“…….”

보통 인사라도 할 법한데, 그는 말없이 로자리아를 뒤따랐다. 어젯밤, 라쉬드가 자신을 위해 호위를 붙였다고 했다.

“뛰어난 기사를 호위로 붙였어. 말수가 없는 편이나 신뢰할 만하니, 교황청까지 안전하게 지켜 줄 거야.”

“고마워요, 라쉬드.”

“어렸을 때 화상을 입어서 가면을 쓰고 있으니 얼굴은 가렸지만 수상한 자는 아니야. 교황청에 도착해서도 그와 떨어져선 안 돼.”

“기사의 이름은 뭐예요?”

"……칼."

아무튼 칼이란 기사가 자신을 지켜 준다고 했다.

'앞으론 라쉬드 없이 나 혼자야. 바르세데스의 기사가 날 지킨다고 했지만 바짝 정신 차려야 해.'

로자리아는 그림자처럼 따르는 기사를 흘끔 쳐다보았다.

"칼이라고 합니다. 앞으로 제가 교황청까지 안전하게 모시겠습니다."

"고마워요, 칼 경."

로자리아는 주위를 둘러보았으나 마르쉬는 보이지 않았다. 눈에 보여도 찜찜했지만 보이지 않으니 더 신경이 쓰였다.

"그럼 출발하겠습니다."

로자리아는 뒤를 돌아보았다. 배웅해 줄 거란 기대를 했지만 라쉬드는 보이지 않았다. 로자리아는 작게 한숨을 쉬며 등을 돌렸다. 올 거라고 살짝 기대했는데 역시나 오지 않았다.

'어차피 전염병 일로 바쁘다고 했으니까.'

그런데 왜 괘씸한 걸까. 로자리아는 재촉하는 칼을 따랐다. 멀지 않은 곳에 마차가 준비되어 있었다. 그녀는 칼의 에스코트를 받으며 마차에 올라탔다. 그녀가 탄 마차가 출발했다. 교황청으로 가는 길은 험난했던 탓에 마차가 덜컹거리며 흔들렸다.

'교황은 어떤 사람일까.'

교황은 무늬만 지도자였고 실질적인 권력은 성녀 프리실라에게 있었다.

'멀리서 지켜본 게 다였지.'

과거의 기억을 되짚으며 로자리아가 물었다.

"성하께서는 어떤 분이신가요?"

"성하 말입니까? 뭐라고 말씀드려야 할지……. 알 수 없는 분입니다."

칼이 말을 이었다.

“말수도 적으신 데다 원체 필요한 말만 하시는 분이라…….”

“그렇군요.”

“신전에 가는 건 이번이 처음이십니까?”

“아뇨, 전염병을 고치러 수도에 있는 신전에 간 적이 있어요.”

“하하, 수도의 신전은 프리실라 님의 직속이라 굉장히 엄격하죠.”

의외로 칼은 친절했다. 그러나 속을 알 수는 없었다. 무척 정중했지만 그렇다고 편한 사람은 아니었다.

“마차를 타고 일주일을 달리면 도착할 겁니다. 이곳에서부턴 험난한 북부 산지이니 조심하셔야 합니다.”

“칼 경만 믿을게요.”

위급한 상황이 되면 검을 들어야 할지 모르겠지만, 당분간은 지켜볼 생각이었다.

‘설마 이번엔 프리실라가 또 마차에 장난질을 친 건 아니겠지.’

그러면 실망이었다. 바보도 아니고 같은 수에 두 번 당할 리가 없지. 그러면서도 로자리아는 바짝 긴장했다. 프리실라는 상식으로 판단할 여자가 아니었다.

마차는 반나절을 달려 북부 산, 마레샤에 도착했다. 산어귀에 이르러서 성기사들은 마차를 세웠다. 그들은 한껏 심각한 얼굴로 마차를 점검하고 휴식을 취했다. 여기저기서 투덜거리는 소리가 들려왔다. 고산지대에 들어서자 공기는 줄어들었고 쌀쌀해졌다. 땀을 흘린 탓에 체온이 급격히 떨어지는 자들도 속출했다.

“목말라 죽겠네. 죄다 물이 차가워. 이럴 때 따뜻한 물을 마시면 딱 좋은데.”

“우리가 무슨 노예도 아니고, 먼 길을 오는데 따뜻한 물조차 제대로 못 마신다니…….”

“야만족이라 말도 잘 탄다면서 마차를 꼭 타야 하는 거야?”

로자리아가 마차에서 쉬고 있을 때였다. 두런두런 성기사들의 대화가 들렸다. 온화한 목소리와 다르게 주로 그녀 자신에 대한 험담이었다.

벌컥. 마차에 있던 로자리아는 창문을 젖히곤 고개를 내밀었다.

“으아악! 갑자기 문을 여시면 어떡합니까. 귀신인 줄 알았네.”

성기사가 눈치를 살피다 물었다.

“설마 들으신 겁니까?”

“목소리가 우렁차서 들었죠.”

못 들었다고 둘러대는 게 일반적인 반응이었다. 당당한 로자리아의 태도에 성기사들은 당황했다.

“흠흠, 죄송합니다…….”

“물을 주실 수 있나요?”

“시종을 시켜 갖다 드리겠습니다.”

기사가 시종에게 눈짓했다. 시녀가 따뜻한 물을 로자리아에게 건넸다. 로자리아는 물을 받으며 다시 마차의 창문을 닫았다.

‘이제 좀 조용해지겠지.’

성기사들은 그녀에 대한 험담을 하는 대신 푸념을 늘어놓았다.

“산이라서 추운데도 마차를 이동하려니 땀이 나네. 비나 왕창 내렸으면 좋겠다.”

“미쳤냐. 절벽에서 미끄러지게. 너 공작 각하 성격 몰라? 저번처럼 마차 사고라도 나면 개죽음당한다고. 거기에 조금이라도 관련된 놈들, 다 죽었어.”

“헉, 그거 진짜였어? 소문인 줄 알았는데.”

“이젠 더 이상 프리실라 님도 우리를 보호하지 못해. 마차 사고를 방관하던 놈들도 같이 처형당했거든.”

"와, 그걸 흔적도 없이 죽인단 말이야?"

"순진한 놈, 소식 못 들었어? 이번에 프리실라 님과 공작 각하의 사이가 틀어졌다는 거. 잘못 걸리면 끝나는 거야."

"아아, 진짜. 공작이 확 북부로 떠나 버렸으면 좋겠다. 쓰레기는 쓰레기들끼리 모아 놔야 우리 같은 선량한 성기사들이 피해를 안 입지."

로자리아는 눈을 가늘게 떴다. 목소리 낮추면 안 들리는 줄 아는 모양이다. 청력이 좋아서 듣기 싫어도 들렸다. 배웅도 오지 않은 라쉬드에게 섭섭하던 마음이 확 달아났다.

'이제 교황청으로 떠나면 언제 볼지 모르는데.'

로자리아는 깊은 한숨을 내쉬었다. 심란한 마음을 다잡기 위해 창문을 열고 바람을 쐬었다. 시원한 바람이 뺨에 닿자 답답했던 속이 뚫리는 기분이었다.

쾅-!

그때였다. 단검이 쉬고 있던 성기사들 사이로 갑작스럽게 날아들었다. 정확히 사타구니를 노린 단검에 성기사들이 질겁하며 자리에서 벌떡 일어났다.

"어떤 미친놈이야! 휴식 중에 무기 관리도 제대로 못 하는 놈이!"

"……접니다. 어떤 성기사분이 제게 목소리를 높이신 겁니까?"

손을 든 건 칼이었다. 가면으로 얼굴을 가린 기사의 말에 그들은 당혹감을 감추지 못했다. 듣기론 꽤 실력자라는데, 잘못 걸리면 뼈도 못 추린다는 소문이 돌았다.

"칼 경! 이러다가 저희 목 날아가겠습니다. 공작 부인을 지키는 건 저희의 몫이니 부디 장난으로 검을 드는 건 삼가세요."

"장난?"

칼이 눈을 찌푸리며 되물었다.

"공작 부인을 지킨다고 했습니까? 점검하라고 휴식 시간을 줬더니 놀고 있는 거 잘 봤습니다."

짝짝, 칼이 박수를 치자 성기사들은 움찔했다. 가면 사이로 드러난 눈빛이 싸늘하기 그지없었다.

"점검은 언제 하실 겁니까."

그것도 잠시, 칼의 목소리가 무척 낮아졌다. 그는 서늘한 시선으로 성기사들을 좌시했다.

"죄, 죄송합니다. 너무 힘들어서 그만……."

"변명할 거면 입 다물고 행렬 정렬해서 출발 준비합니다."

"지, 지금 하겠습니다!"

"한 번만 더 제가 보는 앞에서 노닥거리면 아니타를 일찍 보게 될 겁니다."

칼은 진심이었다. 그는 단검의 날을 어루만지며 중얼거렸다. 진득한 살기에 편하게 앉아 있던 성기사들이 단체로 일어났다.

"사고 나면 전원 책임집니다. 뭐, 말 안 해도 사고가 나서 본인 가문까지 박살 나는 건 원치 않겠지만."

칼은 출발 직전, 엄중히 경고했다.

'저게 기사야, 협박범이야?'

다시 한번 노닥거리거나 공작 부인의 험담을 하면 사달이 날 것 같은 눈빛에 성기사들은 꿀 먹은 벙어리가 되었다.

'뛰어난 기사라더니, 성기사들이 움츠러들 만하네.'

로자리아는 그의 실력이 대단할 거라 추측했다. 그게 아니라면 거들먹거리는 성기사들이 순한 양으로 변할 리가 없었다.

"부인, 이제 마차를 출발하겠습니다."

"수고했어요, 칼 경."

칼이 출발 소식을 알리자, 로자리아는 고개를 끄덕였다.

덜컹. 마차가 절벽 입구에 도달했다. 여기서부턴 마차가 진입할 수 없는 길이었다. 성기사들은 진땀을 흘리며 마차의 문을 열어주었다.
"저희를 밟고 가십시오. 칼 경의 명령, 아니, 부탁입니다. 신고 계신 신발이 무척 얇아 자갈에 행여 상처가 난다면……."
"으억!"
"고, 공작 부인. 아직 제 얘기가 끝나지 않았, 억."
로자리아는 사양하지 않았다. 둥글게 몸을 만 성기사들의 등을 차례차례 밟자 고고한 흑마가 기다리고 있었다.
"제게 오십시오, 부인."
칼이 그녀에게 손을 내밀었지만, 로자리아는 가지 않았다. 그녀는 성기사의 등을 밟은 채 멈추었다.
"……칼 경과 저, 둘이서 말을 타고 가는 거예요?"
로자리아의 질문에 칼은 갑작스레 말이 없어졌다. 아뿔싸, 생각을 못 했단 느낌이었다.
"공작님의 명령입니다."
"……그렇다 해도 이건 아니란 생각이 들어요."
"……그렇군요."
칼은 입을 다물었다. 그는 당혹감을 감추고는 말을 몰아 로자리아에게 다가갔다. 고집 센 기사는 끝까지 뜻을 꺾지 않았다. 그는 로자리아의 곁에서 말을 멈춘 채로 그녀가 올 때까지 기다렸다.
'바르세데스의 기사라더니, 왜 저러는 거지?'
로자리아는 칼에게 이유를 묻지 않고 그와 거리를 두었다.
"부인?"
"다른 말은 없나요?"
"말을 타실 줄 안다고 들었습니다만, 평지에서 모는 것과 산비탈을 올라가는 건 다릅니다."
"저는 칼 경이 모는 말을 함께 타고 싶지 않아요."

로자리아는 딱 부러지게 말했다. 그녀는 불쾌한 뜻을 전했다.

"칼 경과 함께 타야 한다면 성기사들과 함께 걷겠어요. 아니면 제게 말을 양보하세요."

"그럴 순 없습니다. 행여 말이 길을 이탈한다면 절벽 아래로 떨어지게 될 겁니다."

"그럼 걸어갈게요. 뜻은 고맙지만 내가 원하던 건 아니에요."

로자리아는 차가운 목소리로 말했다. 칼이 정중하긴 해도 그와 몸을 붙이면서까지 말을 탈 이유는 없었다.

"아무튼 배려해 줘서 고마워요, 칼 경."

로자리아는 그렇게 말하며 칼이 말에서 내릴 때까지 기다렸다. 그의 얼굴에 당혹감이 어렸다. 결국 칼은 말고삐를 쥐던 것을 풀고 말에서 내렸다. 그는 말을 이끌고 로자리아에게 다가갔다.

"타십시오. 제가 말을 이끌겠습니다."

"아뇨, 정말 괜찮아요."

"이러면 공작 각하를 뵐 면목이 없습니다. 두 번 말하지 않겠습니다."

"……알겠어요."

로자리아는 칼의 완강한 고집에 그의 배려를 받아들였다. 더 이상 지체했다간 날이 저물어서야 산 중턱에 도착할 것 같았다. 로자리아는 먼저 말에 올라탔다.

"말은 제가 몰게요. 위험한 길이 나타나면 그때 도와줘요."

"하지만……."

"배려는 고맙지만 제 뜻대로 해주시겠어요?"

로자리아는 화를 내는 대신 부드럽게 타일렀다. 칼은 못 이기는 척 고삐를 쥐던 손을 놓았다. 그는 행여 말이 길을 이탈할까 촉각을 곤두세웠다. 로자리아는 고삐를 강하게 틀어쥐었다.

"제가 앞장설게요."

푸르릉. 로자리아는 허리를 곧추세우다가 몸을 낮췄다. 그녀는 어기적거리는 성기사들을 지나쳐 가장 선두로 달렸다.

"공작 부인! 세상에! 절벽에서 말을 그렇게 모시면 어떻게 하십니까?"

로자리아는 기사의 말을 무시한 채 말을 몰았다. 뒤에서 다른 기사가 소리치는 것이 들렸다.

"대열을 정비해라!"

이렇게 가다간 하루가 지나도 산 중턱에 이르지 못한다. 로자리아는 기사들의 만류에도 앞으로 내달렸다.

'어차피 날 진심으로 보필하는 것도 아니니 맞춰 주는 건 충분했어.'

로자리아는 그녀를 가르치려는 기사들을 내려다보았다.

"그쪽이 아니라……."

"설마 경들, 닦아 놓은 길로 갈 생각이에요? 그렇게 해서 언제 도착하겠어요. 나 때문에 지체된다며?"

교황청에서 일을 빨리 처리하고 다시 무나크로 돌아가야 했다. 적밖에 없는 곳에서 오래 시간을 끌 필요는 없었다. 그녀는 비탈길을 매섭게 내달렸다. 주위에서 당황한 성기사들이 로자리아를 말렸지만 그녀는 듣지 않았다. 쫓아오지 못한다면 그건 그들의 능력이 그 정도란 뜻이었다.

로자리아는 길이 끊긴 산 중턱에서 말을 멈췄다. 아슬아슬하게 말이 멈추자 성기사들의 얼굴이 하얗게 질려 갔다.

"난 야만족이라 말이 기는 걸 못 참아서 말이야. 경들, 언제까지 날 기다리게 할 셈이지?"

선두에 선 로자리아는 질겁하며 쫓아오는 기사들을 내려다보며 말했다.

"설마 절벽 아래로 내려가실 건……."

"우리는 예정된 시간 안에 교황청에 도착한다. 눈치 없게 마차를 탄 탓에 일정이 늦어졌으니 내가 책임지겠어."

"제발 멈춰 주세요. 이러다가 전부 골로 갑니다!"

"성기사들은 목숨을 걸고 여신의 뜻을 지키는 자들이라 들었는데, 고작 비탈길 따위가 무섭나?"

로자리아는 픽 웃었다. 장단을 맞추어주려고 해도 우매한 자들에겐 사치였다. 정말로 가문의 특권으로 돈을 바쳐 작위를 산 게 아니라면 이 정도 길은 건너야 하지 않겠는가.

휘이익. 로자리아는 칼바람이 부는 산 아래를 주시했다. 내리막길을 통과하면 산 중턱이었다. 총책임자인 아리안 대사제가 나섰다.

"이 길은 건너지 못합니다. 공작 부인께서 늦으셔도 성하께서 자비를 베푸실 테니 다른 길로 돌아가야 합니다."

"자비라, 좋은 말이지. 하나 산 중턱에 중반도 오지 못했어. 날 언제까지 기다리게 할 생각이지, 아리안 경?"

로자리아는 목소리를 낮추며 물었다. 노기가 어린 푸른 눈동자에 대사제는 소리치듯 말하려던 것을 그만두었다.

"마지막으로 말한다. 절벽 길을 건너지 못하는 연약한 성기사는 성녀가 이동진을 열어줄 때까지 기다려라. 나는 약한 자들의 호위 따위 필요로 하지 않는다."

"공작 부인!"

로자리아는 더 이상 멸시를 받지 않기로 했다. 봐주는 것도 이 정도면 충분했다. 이페리아로 제국민의 목숨을 구했다고 인사를 받을 생각은 전혀 없었다. 겉치레뿐인 예의라도 관여치 않았다. 그러나 그녀가 보는 앞에서 라쉬드를 모욕하고 바르세데스를 우습게 만드는 건 참을 이유가 없었다.

로자리아는 그대로 말의 고삐를 쥐고 내달렸다. 가속도가 붙어 말이 거꾸러지기 전에 그녀는 윈드를 불렀다. 바람의 정령이 나타나 풍속과

풍향을 바꾸었다. 바람이 바뀐 덕에, 더 빨리 도착할 수 있었다. 마레샤의 중턱에 도착한 로자리아는 위를 올려다보았다. 설상가상으로 안개가 끼어 위에 있는 기사들이 보이지 않았다.

그때, 아래로 내달리는 말을 탄 사람이 보였다. 놀랍게도 칼이었다. 그를 선두로 몇몇 성기사가 말을 탄 채로 내려오고 있었다.

"안 가겠다고는 안 했습니다, 공작 부인."

칼은 이름 모를 성기사에게서 빼앗은 말을 탄 채로 말했다. 그는 예리한 시선으로 로자리아가 다쳤는지 살폈다. 훈련받은 기사도 목숨을 걸어야 할 길을 아무렇지 않게 내려올 줄은 예상하지 못했다. 공작 부인과 바르세데스의 기사, 둘을 뒤따르던 아리안이 한숨을 짙게 쉬었다.

"성기사가 된 지 십 년째인데, 멀쩡한 길 놔두고 절벽을 내려올 줄은 몰랐습니다."

"뒤따른 이는?"

"일 할도 안 됩니다. 오십 명 중, 저를 포함하여 셋만이 길을 넘었습니다. 공작 부인의 명령대로 망설이는 자들이 있기에 돌아가라 일렀습니다."

아리안의 대답에 로자리아가 싱긋 웃으며 말했다.

"잘했어요. 호위에 딱 필요한 인원수네요."

"처음부터 저희 셋만 왔어야 했습니다, 아리안 경."

죽이 잘 맞는 칼과 공작 부인을 본 아리안은 관자놀이를 매만졌다. 어쩌다 이런 골치 아픈 이들과 엮이게 되었는지 벌써부터 피곤해졌다.

"놔두고 온 이는 모두 교황청의 기사들입니다. 성기사들을 인솔하지 못한 건 제 책임입니다."

"기사들을 단속하지 못한 책임에 비하면 약과 아니겠습니까, 아리안 경."

칼은 다시 부드러워진 목소리로 말했다. 아리안은 이중인격도 아닌데 성격이 확확 바뀌는 칼 때문에 미칠 지경이었다.

'대사제인 내게 명령질이라니.'

그것이 마음에 들지 않아 일부러 기사들의 무례도 방관했는데 도리어 곤경에 처하게 되었다.

"이제부턴 제대로 모시겠습니다, 공작 부인."

갑작스레 경외가 우러나온 건 아니었다. 그에게 있어 여전히 로자리아는 모시기 싫은 테베의 야만 왕녀였다. 다만 공작 부인은 자신이 제대로 하지 않는다면 가만히 지켜볼 성격이 아니었다. 아리안은 로자리아를 얕잡아 보는 것을 그만두었다.

"앞으론 제가 일행을 이끌겠습니다, 칼 경."

"이제 와서?"

칼이 건조한 목소리로 되물었다.

"제가 책임질 일입니다."

"성기사들에겐 지휘를 내려도 좋습니다. 전 바르세데스의 기사니, 공작 부인의 명령을 들을 것입니다."

칼이 싸늘한 목소리로 일갈했다.

로자리아는 칼과 아리안이 신경전을 벌이는 것을 지켜보았다. 그녀는 팔짱을 낀 채로 그들의 대화가 끝날 때까지 느긋하게 기다렸다.

홱, 아리안이 흘끗 로자리아를 보다가 먼저 등을 돌려 버렸다.

"계속 싸우실 거예요?"

"아닙니다. 못난 모습을 보여드려 죄송합니다. 다시 일행을 정비하겠습니다."

칼이 정중한 태도로 사과했다.

"뭐, 난 좋아요. 내려오느라 다들 고생했어요."

짝짝. 로자리아는 박수를 쳤지만 그들에게 감동한 건 아니었다. 오히려 그 반대였다. 어쨌든 이들이 교황청의 핵심 무력이란 건 분명해졌다. 교황청의 성기사들은 보지 못했으니 파악해 두는 편이 좋았다. 낙오된 기사들은 신경 쓸 필요가 없었다.

"자자, 어서 가 볼까요?"

이목을 집중시킨 건 가느다란 목소리의 기사였다. 로자리아가 면밀히 살폈지만 달려 있어야 할 목젖이 보이지 않았다.

'여자?'

의문은 곧 해소되었다. 성기사가 투구를 벗으며 말했다.

"전 아델이라고 해요, 부인. 저희 성기사들은 기본적으로 성력이 있으니 며칠 굶어도 괜찮지만 부인께선 아닐 거예요. 그러니 이제부터 전속력으로 달리도록 하죠."

"좋은 생각이에요, 아델 경."

아델이 로자리아를 보며 눈을 찡긋했다.

"자, 사이 냉랭한 두 기사님? 일행이 교황청까지 도착할 때까지 우리의 주군은 공작 부인이십니다. 다들 작위를 산 얼간이들과 같은 취급받긴 싫으시죠?"

"그건 동감입니다."

"말이 되는 소리를 해야지, 아델."

칼이 먼저 대답하자 아리안도 뒤이어 대답했다. 실력으로 성기사가 된 이들에게 자긍심은 필수였다. 아델의 말이 도화선이 되었는지 그들은 단번에 군마에 올라탔다.

"공작 부인, 부디 저희의 무례를 용서해 주세요. 이제부턴 부인의 안전을 최우선으로 모시겠습니다."

아델이 가슴에 손을 얹고 묵례했다. 과거에도 현재에도 수많은 성기사를 만났지만 처음 받는 인사였다.

'……아델 경이라.'

아델 에르키사. 신성제국이 무너지기 전, 교황청의 성기사단장이었다.

'라뮤엘의 사촌 여동생이었지, 아마.'

그리고 신성가문 에르키사의 직계 혈족이었다. 그때 당시 에르키사의 가주는 라뮤엘이었다. 로자리아는 진심 어린 미소를 지으며 아델의 인사를 받아주었다.

"아델 경, 제일 믿음직스러워요."

"제가 여기선 막내지만 제일 어른스럽거든요."

"아델!"

"제가 언제 틀린 말 했어요? 그만 싸우고 앞장서기나 해요. 언제까지 칼 경과 보호해 드려야 할 공작 부인을 앞세우실 거예요!"

아리안은 아델의 말을 납득할 수 없었다. '공작 부인께선 혼자 산맥을 뚫겠던데'라고 중얼거렸다가 더 혼나고 말았다. 아리안이 아델에게 무어라 귓속말을 했지만 그녀는 못 들은 척했다.

"날이 어두워지기 전까지 두 번째 산맥을 넘어야 해요. 마레샤의 밤은 가혹하니까요."

"이랴!"

네 명이 탄 말이 바람을 헤치고 달렸다. 정상에 다다를수록 기온이 낮아지고 기압이 약해졌다. 칼바람이 매섭게 치달았지만 큰 문제는 되지 못했다. 쉬지 않고 달린 결과 로자리아 일행은 두 번째 산맥에 도달했다. 주위가 어두워진 걸 확인한 칼은 손을 올려 일행을 멈추게 했다.

"여기서부터 쉬도록 하지요."

"더 가는 건 위험해요. 여기서 쉬고 내일 아침에 출발하도록 하죠."

"동감이에요, 부인. 제 모포와 식량을 드릴게요. 여분이 많이 없어서 큰일이에요."

아델이 로자리아의 말에 동의했다.

"모포가 단 두 개뿐이군요. 다 같이 얼어 죽거나 서로의 체온에 의지하는 수밖에."

"체온?"

칼이 물었다. 큰 실수를 한 듯 노려보자 말을 꺼낸 아리안은 당황했다.

'아까부터 왜 저렇게 무섭게 쳐다보는 거지? 기사는 무슨, 사람 여럿 죽일 얼굴로 쳐다보잖아.'

아리안이 대답을 피하자, 칼이 재차 물었다.

"체온이 무슨 뜻이지?"

칼에게서 자연스레 반말이 나왔지만 아무도 이상함을 눈치채지 못했다. 그만큼 마레샤의 날씨가 살벌한 탓이었다.

"……저희 눈 폭풍에 휩쓸려 가는 건 아니겠죠?"

"휩쓸리진 않겠죠. 평지로 오지 않고 험난한 산맥을 타고 와서 시간은 많이 단축했지만 더 조심해야 합니다. 닦아놓은 길과 자연의 길은 천지차이인 데다, 한때 사제들이 불을 피우는 마법을 쓰곤 했지만, 아쉽게도 이곳은 사제들이 지나가는 길목이 아니니까요."

아리안의 말에 아델이 고개를 끄덕였다. 그녀가 걱정스러운 어조로 물었다.

"과연, 사제들의 힘이 닿지 않은 곳이라 원래대로 눈이 녹지 않은 거네요. 이제 어쩌죠?"

모두의 시선이 로자리아에게 향했다. 그들은 언젠가부터 어려운 일이 생길 때마다 그녀에게 의견을 구했다.

"어쩌죠, 칼 경?"

로자리아는 자연스레 자신을 보는 칼에게 물었다. 이윽고 모두의 시선이 그를 향하자 칼은 어깨를 으쓱했다.

"제가 해결하겠습니다."

"……어떻게 하시려구요?"

아델의 질문에 칼이 대답했다.

"저도 성력을 쓸 수 있으니까요."

칼이 두 손을 내뻗자 지켜보던 셋의 눈이 커졌다.

'바르세데스의 기사가 성력을 쓸 수 있다고?'

공작 부인이 느낀 기시감을 아델과 아리안, 두 명의 성기사도 느꼈다. 그런데 뭔가 이상했다. 아델은 고개를 갸웃하며 그의 행동을 지적했다.

"주문은 안 외우세요?"

"주문?"

그런 게 뭐가 필요하냐고 물으려던 칼이 아차 싶어 말을 바꾸었다.

"가장 먼저 주문이 필요합니다."

간단한 설명이 끝이었다. 칼은 곤란한 기색을 감췄다.

'주문 따위 일일이 기억하지 않아서 모르겠는데.'

그에게 성력을 쓰는 건 숨 쉬는 것보다 더 쉬웠다. 복잡하게 수식을 계산할 필요도 없었다. 심지어 주문에 필요한 신어를 읊지 않아도 성력을 자유자재로 쓸 수 있었다.

'……이런.'

괜한 말로서 성기사들의 이목을 돌리려고 했지만 처참히 실패했다. 셋이 칼을 보며 기대감에 눈을 빛냈다.

"다들 그거 알아요? 성력이 어느 정도로 도달하면 신어를 읊지 않아도 된다는 거. 막 복잡한 기도문 같은 것도 필요 없어요. 주문 없이 성력을 쓰는 칼 경께서 대단하신 거죠."

"아하."

"나로선 금시초문인데 신학에 무지했던 거로군요……. 돌아가면 다시 공부해야겠어요."

로자리아가 감탄하며 말했다.

"저도 처음 듣는 소리입니다만 공작 부인께서 그러시다면 그러신 거겠죠."

다들 '그렇구나' 하고 넘어가는 분위기였다. 로자리아는 안도하는 칼을 보며 눈을 가늘게 떴다.

"그리고 성력을 쓸 때 빤히 바라보는 게 예의가 아니라고 들었어요."

"아, 저희는 습관이 되어서……."

아델이 당황한 얼굴로 주절거렸다. 위급 시에 성기사는 사제가 성력을 쓸 수 있는지 판단했다. 사제의 주문이 실패하면 성기사들이 성력을 써야 했으므로, 주문을 잘 쓰는지 지켜보곤 했다. 사제에게 부담이 되는 것과 별개로 일종의 관례였는데, 아델은 이번에도 고개를 돌린 칼을 뚫어져라 보았다. 그러다 실수를 깨달은 듯 몸을 뒤로 돌렸다.

"세심한 부분까지 신경을 쓰시다니, 제가 너무 무뎠나 봐요. 역시 공작 부인이셔."

아델이 연신 감탄했다. 여기에 있는 모두가 수십 년간 성기사로서 살아온 이들이었는데, 이들도 모르는 사실을 알고 있다는 건 대단한 일이었다. 로자리아는 아델의 칭찬이 부담스러웠지만, 살짝 미소를 지었다.

"칼 경이 부담스러워하시니 눈을 감읍시다."

"그냥 등을 돌리는 게 낫겠어요."

"칼 경, 힘내세요! 유사시엔 저희가 있잖아요."

그들의 진심 어린 격려에도 그의 표정은 별반 달라지지 않았다. 그는 무표정으로 성력을 쓰는 준비를 마쳤다. 별다른 주문 없이 단번에 원형의 진을 만들어냈다.

"오오, 역시 칼 경!"

"칼 경, 나이스! 덕분에 얼어 죽진 않겠어요."

성기사들의 환호가 들리자 칼은 로자리아가 있는 방향으로 돌아보았다. 유일하게 차분한 그녀의 반응이 궁금했던 탓이다.

“왜요?”

“……아닙니다. 아무것도.”

그는 어쩐지 허무해졌다. 아리안 대사제도 ‘오오’라고 감탄하건만, 정작 그녀는 시큰둥했다.

“따뜻하고 좋아요.”

로자리아의 칭찬에 그는 굳었던 표정을 풀었다. 그 묘한 변화에 눈치 빠른 아리안이 칼을 힐끔힐끔 쳐다보았다.

“흐음.”

“왜요, 아리안?”

“칼 경께서 한결같으시군요. 누가 보면 반하기라도 한 것처럼 공작부인만 바라보시네요.”

“아리안 경! 공작 부인과 칼 경 모두에게 실례인 데다가 위험한 발언이에요!”

아델이 질색하며 소리쳤다.

“공작 각하께서 아시면 목을 쳐 낼 거라구요!”

“말이 그렇다는 거지. 왜 네가 화를 내, 아델?”

아리안의 말에 칼의 표정이 굳어졌다. 그는 쓸데없는 말을 지껄인 대사제를 노려보았다.

“이런, 무서워라. 실례지만 부인 뒤로 숨어도 될까요?”

“왜요?”

“칼 경께서 저를 죽일 듯이 노려보고 있거든요.”

“개인적인 원한이 있던 거 아니었어요? 두 분 아는 사인 줄 알았죠.”

그렇지 않다면 저렇게 서로를 매섭게 쳐다볼 이유가 없었다. 로자리아의 말을 잠자코 듣던 칼이 말했다.

"공작 부인을 보호하는 게 저의 의무이니 곁을 지키겠습니다."

말릴 새도 없이 칼은 로자리아를 안았다. 꽤나 자연스러운 태도에 아델이 높은 비명을 질렀다.

"칼 경! 당장 부인에게서 손을 떼세요!"

"이 이상 계속하신다면 바르세데스 가문에 알리겠습니다."

기사의 품에서 벗어나려던 로자리아의 눈이 크게 떠졌다. 익숙한 향이 코끝을 스쳤다. 그에게서 나는 향이었다.

'……설마?'

차갑고도 은은한 향이었다. 로자리아는 놀란 기색을 감추며 말했다.

"전 괜찮아요. 그러니 내려 주세요, 칼 경."

"알겠습니다."

칼은 아쉬운 듯 그녀를 내려 주었다.

'뭔가 이상해.'

로자리아가 눈을 가늘게 뜨며 그를 살폈다. 성기사에게 자연스레 명령했고 대사제에게도 아랫사람 부르듯 했다.

"제 실책입니다."

칼은 그의 죄를 시인했다.

'……설마? 아냐, 라쉬드는 아닐 거야.'

그렇게 생각하면서도 로자리아는 기사에게로 손을 내뻗어 그가 쓴 로브를 벗겼다. 로브가 땅으로 떨어져 내리며, 짙은 흑발이 드러났다. 동시에 칼을 파렴치한으로 보던 시선이 경악으로 바뀌었다.

벗겨진 가면 사이로 보랏빛 눈동자가 드러났다. 로자리아는 너무 놀라 말을 잇지 못했다. 흑발에 자안을 가진 이는 흔치 않았다. 하는 수 없이 라쉬드는 정체를 밝혔다. 흐트러진 머리칼을 쓸어 넘기자 그의 모습이 훤히 드러났다.

"라쉬드……!"

로자리아가 라쉬드를 붙잡으며 외치자, 그가 곤란한 얼굴을 했다.

"로즈, 당신이 너무 걱정돼서 따라올 수밖에 없었어."

"정말로 라쉬드였어요?! 난 처음에 그저 변태인 줄……."

"네게 알렸어야 했는데 싫다고 할까 봐 비밀로 했어. 속인 건 미안해, 로즈."

"얼마나 놀랐는지 알아요?"

나중에 라쉬드가 안았을 때 반쯤 알아차렸지만, 그전까진 짐작도 하지 못했다.

"끝까지 숨기려 했는데, 바르세데스에 신고한다기에 밝혔어."

라쉬드는 덩달아 놀란 아리안을 날카로운 시선으로 훑었다.

"바르세데스에 신고해 봤자 소용은 없겠지만."

라쉬드는 그렇게 말하며 로자리아에게 다가갔다. 그는 손수 로브를 벗어 아내에게 걸쳐 주었다. 로자리아가 입은 옷의 소매를 반으로 접어주기까지 했다.

"라쉬드, 뭐 잘못 먹었어요? 갑자기……."

"아프지 마. 난 성력이 있지만 당신은 없으니 감기라도 걸릴까 봐 걱정돼."

라쉬드의 행동에 성기사들은 눈을 의심했다. 로자리아는 딸꾹질을 했다. 얼마나 놀랐는지 그녀는 입만 벙긋거렸다.

"라쉬드, 혹시 나한테 잘못한 거 있어요?"

"그런 게 있을 리가."

라쉬드는 로자리아를 끌어안았다. 성기사들이 보고 있다는 걸 알면서도 로자리아는 그의 품에서 벗어나지 못했다. 뒤늦게 아델이 손가락으로 라쉬드를 가리키며 입을 다물지 못했다.

"공, 공작 각하께서 어째서 여기에 계신 건지……."

"크게 신뢰가 안 가서 말이지. 교황청에 도착해선 못 본 척해."

'귀찮은 것들.'

라쉬드는 로자리아를 품에 다독이며 성기사들을 주시했다.

다음 날, 라쉬드는 먼저 눈을 떴다. 모포 하나로는 부족했던지 성기사들은 서로를 감싼 채로 잠들었다. 로자리아는 부스럭거리는 소리에 잠에서 깼다. 산에서 야영하는 거라 잠자리는 불편했지만 빙 두른 모포 덕에 몸은 따뜻했다.

'잠결에 따뜻한 체온이 느껴졌던 것 같은데.'

로자리아는 기지개를 켜며 자리에서 일어났다. 눈을 떠서 주위를 둘러보니 성기사들도 이제 일어난 모양이다. 그녀는 모포를 두른 채 라쉬드에게 다가갔다.

"언제 깬 거예요?"

"새벽에 잠깐 깼어. 피곤하진 않아?"

"그럭저럭 괜찮은 것 같아요. 벌써 해가 뜨네요."

로자리아가 산을 넘는 해를 지켜보며 그의 어깨에 고개를 기대었다. 예전이라면 상상도 못 했을 일이었다. 라쉬드는 자신에게 있어 눈도 마주치기 힘든 신성제국의 황자였고, 종래엔 그녀가 죽여야 할 적수였다.

'이대로 안심해도 되는 걸까?'

로자리아는 모른 척 자리를 비켜 주는 기사들을 보며 생각했다. 모두 좋은 사람이었다. 과거에는 악연이었을 인연이 지금은 달라졌다.

'그래도 성기사니 프리실라의 편이겠지…….'

로자리아는 좀 더 상황을 지켜보기로 했다.

가장 먼저 잠에서 깬 아리안이 라쉬드를 힐끔거렸다. 바르세데스의 황가의 자수가 놓인 제복 대신, 기사의 옷을 걸친 공작이 신기한 듯했다.

'어째서 공작께서 교황청까지 따라오신 거지? 가지 않는 것처럼 굴더니.'

아리안은 눈을 가늘게 떴다. 그는 항간에 떠도는, 공작이 부인에게 한눈에 반했다는 소문 따위 믿지 않았다. 그가 아는 공작은 철저한 계산에 의해 움직이는 남자였다. 이스타샤를 아끼고 지키는 것처럼 보여도 그 이면에 신성제국에 대한 충성심 따위 없었다.

"오랜만입니다, 공작 각하."

"이미 황성에서 봤었지, 아리안 대사제. 잘 보필하겠다더니 기사들을 통솔하기는커녕, 내 아내에게 무례하게 굴더군."

싸늘한 눈빛이 대사제를 향했다.

'공작이 성녀에게 하시는 행동에 비하면 약과지.'

그렇게 생각하던 아리안이 입가에 부드러운 미소를 띠었다.

"죄송합니다, 각하. 제 생각이 짧았습니다."

"성기사들이 해이한 건 어떻게 생각하나?"

"그것 또한 제 불찰입니다. 공작 부인께 송구스럽습니다."

"성하께서 기거하는 교황청과 성녀의 대신전이 얼마 전부터 대치하고 있다고 들었다."

"아쉽게도 성기사의 통솔권은 성녀님에게 있습니다. 저는 교황 성하께 충성을 바친 교황청의 기사입니다."

"그걸 내게 알려 주는 이유는?"

"바르세데스야 유명하지 않습니까? 신전과 이번에 대대로 틀어진 걸로."

그 말에 라쉬드는 눈을 가늘게 떴다.

"굳이 내게 말하는 건 프리실라의 명을 거부하겠단 말로 들리는데.

대사제의 생각은?"
"정확히 맞추셨습니다."
아리안이 공손한 태도로 대답했다.
"속을 감추기로 저명한 대사제께서 따로 속셈이 있나 보군."
라쉬드가 흥미롭다는 시선으로 그를 보았다. 아리안이 한쪽 무릎을 꿇고 라쉬드에게 예를 취했다.
"여신 아니타를 모시는 두 번째 종, 아리안이 인사드립니다. 한때 데레사 님의 수기사였으나, 지금은 성하를 따르는 대사제일 뿐입니다."
"데레사?"
라쉬드가 물었다.
"가장 훌륭한 성녀님이셨지만, 마녀라 오명을 쓰신 분입니다. 또한 데레사 님은 성녀님과 공작 각하의 스승이셨죠."
"대사제가 그 남자라고?"
"공작 각하께서 못 알아보시는 것도 당연합니다. 시간이 많이 흘렀을뿐더러, 그때완 많이 바뀌었으니까요."
아리안이 쓰게 웃었다. 데레사가 죽은 후, 그를 둘러싼 모든 것이 변했다.
"데레사 님이라면 전(前) 성녀를 말씀하시는 건가요?"
로자리아가 아리안에게 묻자, 그는 잠긴 목소리로 말을 이었다.
"데레사 님께선 성녀님과 공작 각하에게 성력을 가르쳐 주신 스승이십니다. 지금은 신명부에서 이름이 지워져 비천한 마녀가 되어버렸지만 진실과는 무관합니다."
"나 또한 데레사 님에 대해서 들어 본 적 있어요."
"데레사 님께선 공작 각하의 모친이신 황비 마마와 자매였습니다. 사실 공작 각하께선 어렸을 때 얘기를 꺼내는 걸 무척 싫어하셨지만요."
"그 이야기를 내 앞에서 꺼내는 이유는?"

라쉬드가 낮아진 목소리로 물었다.

"공작 각하께서 데레사 님의 누명을 벗겨 주실 유일한 분이니까요."

"이미 지난 일이다, 대사제. 다시는 내 앞에서 그 얘기를 꺼내는 일이 없도록 해라."

라쉬드는 싸늘한 목소리로 일갈했다. 그러곤 산맥 주변을 살피고 오겠다며 자리를 벗어났다. 그가 돌아온 건 몇 시간이 흐른 뒤였다.

"기다렸어요, 라쉬드."

"……나를?"

로자리아는 유독 말이 없어진 라쉬드의 손을 잡았다.

"해가 지는 것도 예뻐요. 안 볼 거예요?"

"놓칠 뻔했어. 이걸 안 볼 순 없지."

라쉬드는 한참 후에야 대답했다. 로자리아는 그에게 과거를 물어보지 않았다. 궁금했지만 그가 말하고 싶지 않아 했다.

그는 어두워진 낯빛을 숨겼다. 손에 닿는 체온이 따뜻했다. 라쉬드는 그의 손을 마주 잡은 로자리아를 바라보았다.

"마레샤의 태양이 이처럼 아름다울 줄이야."

그렇게 말하는 그의 시선은 로자리아를 향해 있었다.

다음 날, 가장 먼저 눈을 뜬 건 라쉬드였다. 그는 잠결에 비몽사몽한 로자리아의 어깨에 따뜻한 모포를 걸쳐 주었다. 다시 출발하기 위해 야영했던 흔적을 지우고 짐을 챙겼다. 주변을 정찰하러 간 아델이 돌아오자, 라쉬드는 공작가의 기사로 보이기 위해서 검은 로브를 걸쳤다.

"이제 출발하도록 하지."

그는 곧바로 말 위에 올라탔다. 잠에서 깬 아델은 어리둥절한 얼굴로 로자리아를 살폈다. 어쩐 일인지 공작 부인의 표정이 그리 밝지 않았다.

"아리안, 또 무슨 짓을 한 거예요?"

"아무것도 안 했어. 이번엔 정말이야."

아리안이 난색을 표하며 말했다. 그의 시선은 여전히 공작 부부를 향했다. 그가 궁금한 건 공작의 진의였다.

데레사가 죽은 후로, 아리안이 알던 황자는 달라졌다. 감정보단 이성에 의해 움직였고, 필요에 의해 행동했다. 지금으로선 그의 진의를 알 수 없는 일이었다. 남편의 의무로서 챙겨 주는 건지, 정말로 공작 부인에게 마음이 있는 건지.

'데레사…….'

로자리아는 낯선 이름을 되뇌었다. 데레사는 이스타샤의 전(前) 성녀이자 라쉬드와 프리실라의 스승이었다.

말을 몰던 로자리아는 한숨을 삼켰다. 복잡한 생각에 잠긴 탓인지, 그녀가 쥔 말고삐가 느슨해졌다. 휘청거리는 말을 본 라쉬드는 앞서 달려가 그녀가 탄 말을 가로막았다.

히이잉. 절벽과 멀지 않은 곳이었다. 갑작스럽게 앞이 가로막히자 로자리아가 탄 말이 놀라 울었다. 그제야 그녀는 자신이 탄 말을 진정시켰다. 어느새 다가온 라쉬드가 그녀를 채근했다.

"위험했어, 로즈. 여긴 산세가 가파르니 조심해."

"미안해요, 라쉬드. 어제 잠을 못 자서 피곤했나 봐요."

그렇게 말하며 로자리아는 고개를 끄덕였다. 피곤이 쌓인 탓인지 눈이 뻑뻑했다. 잠에서 깨기 위해 마른 손으로 얼굴을 쓸어내렸다.

"피곤하면 이쯤 쉬도록 하지."

"난 괜찮아요. 날이 어두워지기 전에 이동진까지 가야 해요. 식량도 떨어져 가서 여기서 지체하면 안 돼요."

라쉬드의 시선이 자신을 향하자 로자리아는 심란한 기색을 감췄다.

'비밀인 것 같은데 내게 얘기하진 않겠지.'

어쩔 수 없는 일이었다. 자신도 라쉬드에게 숨기고 있으니 원망할 수도 없는 노릇이었다. 손끝이 시렸다. 정신을 차리기 위해 차가운 손으로 뺨을 감싸자 심란했던 속이 한결 가라앉았다. 그녀는 짧게 심호흡을 한 후, 말을 몰았다.

로자리아 일행은 쉬지 않고 달려 세 번째 산맥에 도착했다.

"이제 세 번째 산맥입니다. 저곳에 가면 교황청과 연결된 이동진이 준비되어 있습니다."

로자리아의 시선이 이동진으로 향했다.

'묘한 기척이 느껴지는데.'

모두가 앞을 보는 가운데, 로자리아는 자신이 탄 말을 뒤쪽으로 돌렸다. 아리안이 별안간 뒤를 돌아보며 물었다.

"아델, 공작 부인은?"

"저 뒤에 오고 계세요. 공작 각하께서 곁에 있으실 테니 우린 먼저 가도록 해요."

"그게 낫겠네."

아델의 말에 아리안은 고민하다 고개를 끄덕였다. 이동진만 밟으면 바로 교황청이었다.

"공작 부인, 이곳으로 오시겠어요? 이동진을 타시면 바로 교황청에 도착할 수 있거든요."

"그러도록 하죠."

로자리아는 말을 돌려 이동진 앞으로 향했다. 이윽고 라쉬드가 그녀를 뒤따랐다. 말에서 내린 로자리아와 라쉬드는 이동진 위에 올라탔다. 공작 부부가 이동진에 올라탄 것을 본 아리안은 대검을 꺼내 들었다. 새하얗게 빛나는 진에 검을 박자, 이동진이 작동했다. 눈부신 빛을 발하기 전, 로자리아는 북쪽을 응시했다. 멀지 않은 곳에서 새하얀 터번을 쓴, 붉은 눈의 사내가 그들을 지켜보고 있었다.

로자리아 일행은 교황청에 도착했다. 산의 이동진은 신전의 내실과 연결되어 있었기에 눈 깜짝할 사이에 산에서 교황청으로 장소가 바뀌었다.

'어지러워. 교황청에 도착한 건가?'

갑작스러운 빛 때문에 절로 눈이 찡그려졌다. 서서히 빛이 걷히고, 세 명의 사제와 일곱의 성기사가 예를 취했다. 프리실라가 있는 대신전과 경쟁이라도 하듯 하얀색으로 가득 찬 곳이었다.

'신전 안이라 그런지 별 차이가 없네. 바깥 건물이야 좀 다르겠지만.'

로자리아는 신기한 듯 내실을 둘러보았다. 예전에 교황청 바깥에서 건물을 본 적은 있었지만, 교황청 안에 들어온 것은 처음이었다. 그런 로자리아를 보며 웃던 아델이 말했다.

"여기가 교황청이에요. 무사히 도착해서 다행이에요, 부인."

"성녀님이 기거하는 대신전과는 다른 분위기네요. 여긴 그곳보다 더 조용한 것 같아요."

전체적으로 화려한 대신전과 달리 교황청은 엄숙한 분위기를 가진 곳이었다. 로자리아는 사제의 안내를 받으며 걷다가 중앙의 여신상 앞에서 멈추었다. 아델이 의아한 얼굴로 물었다.

"불편한 곳이라도 있으신가요?"

"아무것도 아니에요."

아델에게 말을 하면서도 로자리아의 시선은 여신상을 향했다. 대리석으로 정교하게 조각된 아니타 상이 두 손을 내밀고 있었다. 이처럼 거대한 여신상을 보는 건 그때 이후로 처음이었다. 대신전에서 프리실라와 성기사들을 죽였을 때였던가. 로자리아는 고요한 시선으로 아니타 상을 바라보았다. 라쉬드는 가면과 로브를 쓴 채 그녀의 곁을 지켰다. 그녀의 어두운 낯빛을 본 아델이 말했다.

"대신전과는 조금 모습이 다르죠? 이번에 대대적인 공사가 들어가서 여신의 얼굴이 조금 바뀌었어요. 몇몇 기사는 아니타 님보다 프리실라 성녀님에 가깝다고 말할 정도예요."

"저도 그런 생각이 드네요."

"조금 이상한 일이지만 성기사인 제가 판단할 문제는 아니겠죠."

씁쓸한 미소를 짓던 아델이 사제의 눈짓을 알아차렸다. 아델은 가슴에 손을 얹고 로자리아에게 묵례했다.

"실례지만 부인, 전 성하께서 먼저 부르셔서 이제 떠나야 할 것 같아요. 부인께 여신의 축복이 함께하기를."

"저도 이만 가 보겠습니다. 여신의 축복이 함께하기를 빌겠습니다."

"수고했어요, 아델 경, 아리안 경. 다음에 또 만나기를 바라요."

교황의 부름을 받은 아델과 아리안이 떠났다. 사제가 로자리아를 내실 안으로 안내하며 말했다.

"성하를 만나 뵙기 전에 신녀들이 부인의 목욕을 도와드릴 겁니다. 불편한 문제가 생기거든 제게 말씀해 주세요."

"목욕재계를 하라는 거군요."

로자리아는 고개를 끄덕였다. 산에서 구르고 말을 타서 흙먼지를 뒤집어쓴 지 오래였다. 신성제국의 교황을 이런 꼴로 볼 순 없었다. 로자리아는 신녀를 따라 배정된 처소로 향했다. 로자리아가 도착하자, 푸른 옷을 걸친 신녀들이 예를 취하며 맞아주었다.

신녀의 도움을 받아 목욕재계를 마친 뒤, 로자리아는 가운을 걸친 채 욕실을 나섰다. 의식을 준비하는 데 특별한 것은 없었다. 성수로 몸을 씻는 게 다였다.

"다 됐습니다. 이제 성하를 만나셔도 됩니다."

"수고했어요."

로자리아는 신녀가 내민 드레스로 갈아입었다. 할 일을 끝낸 신녀들이 물러가고, 로자리아 혼자 남게 되었다.

'좋아. 드디어 나 혼자야.'

로자리아는 다시 한번 주위를 살폈다. 문을 잠그고는 바람의 정령, 윈드를 불렀다. 교황청임을 알아차린 윈드가 곧바로 사라지려 했지만 아무도 없다는 걸 확인하고 나서야 안도했다.

"저를 교황청 중앙에서 부르신 건 상식에서 벗어난 행동이십니다."

"급해서 어쩔 수 없었어. 부탁할 일이 있었거든. 마레사산에서 수상한 기척을 느꼈는데 뭔지 알아봐 주겠어?"

바람의 신목, 윈드는 굳은 얼굴로 고개를 끄덕였다. 워낙 표정이 없는 정령이었지만 적어도 그가 화났다는 건 분명했다.

"알겠습니다."

윈드는 한숨을 내쉬며 결국엔 로자리아의 청을 수락했다. 강한 돌풍과 함께 녹색 머리칼의 정령이 사라졌다.

로자리아는 신녀의 안내를 따라 처소를 벗어나 교황이 기거하는 넓은 내실로 향했다. 가면으로 얼굴을 가린 라쉬드가 그녀를 따랐다. 성기사들이 검을 든 채 일렬로 서 있었다. 바닥에 깔린 붉은 카펫 위에 우아한 황금 의자가 놓여 있었고 그곳엔 교황이 있었다. 이스타샤의 교황, 요한 2세였다.

"반갑습니다, 공작 부인. 교황청에 오신 걸 환영합니다."

"저를 직접 불러 주어 영광입니다, 성하."

요한이 로자리아를 따스하게 맞아들였다. 환대하는 분위기에 그녀는 눈을 가늘게 떴다.

"명부에 이름을 올리고 싶다 들었습니다. 몇 가지 간단한 시험을 통과한다면 여신에게 이스타샤 황족으로 인정받으실 겁니다."

요한이 손짓하자 신녀들이 로자리아에게 거대한 거울 앞으로 안내했다.

"이스타샤의 성물이자 심판자로 불리는 거울입니다. 아니타 님의 심장의 파편으로 만든 것으로, 당신의 성력을 입증할 겁니다."

"성력…… 말씀이신가요?"

"공작 각하께 말씀을 듣지 못하셨군요. 시험의 규칙이 바뀌었습니다. 황족으로서 인정받기 위해선 충분한 성력이 있어야 합니다."

"성하, 외람되지만 그전엔 결혼만으로 이스타샤의 황족이 될 수 있지 않았나요?"

"아쉽게도 며칠 전에 그 율법이 바뀌었습니다. 성녀와 의논 후에 내린 결정입니다."

그러니 잔말 말고 따르라는 소리였다. 로자리아는 심판자라 불린 거울 앞으로 다가갔다. 긴장한 법이 없었던 그녀의 손가락이 미세하게 떨렸다. 발끝에 천 근의 추를 매단 것처럼 무거워졌다.

"여신 아니타께선 누구에게나 평등하십니다. 성물이 공작 부인 여신의 사람인지, 아닌지를 판단할 것입니다."

'시험이라, 아니타가 나를 시험하는 건가?'

로자리아의 속눈썹이 파르르 떨렸다. 그녀는 손을 내뻗어 거울의 끝을 잡았다.

'정령술사란 게 탄로 난다면?'

로자리아는 저도 모르게 손을 떼었다.

"신명부에 이름을 올리기 위한 시험일 뿐이니 두려워하실 필요 없습니다."

교황이 탐색하듯 로자리아를 내려다보았다. 그녀는 조심스레 거울을 어루만졌다. 이들이 그토록 증오하던 악마란 게 들통난다면? 이스타샤인이 그토록 증오하던…….

'라쉬드.'

로자리아는 그의 이름을 속으로 되뇌었다.

'라쉬드, 당신은 내 정체를 알게 되면 나를 원망할까.'

그녀는 밀려오는 두려움에 두 눈을 감았다.

"시험을 거부하시는 겁니까? 두렵다면 치르지 않아도 괜찮습니다. 단, 오늘이 이스타샤 황족으로서 신명부에 이름을 올릴 수 있는 유일한 기회입니다."

"시험에 응하겠습니다."

로자리아는 서서히 눈을 떴다. 그녀의 푸른 눈동자에 결연함이 서렸다. 정체를 발각되어도 두렵지 않다. 어차피 해야만 하는 일이었다. 로자리아는 물이 흐르는 거울 속으로 손을 뻗었다. 여신 아니타가 자신을 미워하더라도 그녀에겐 주신 비아가 있었다. 언제 망설였냐는 듯 로자리아는 거울 속 공간으로 발을 내디뎠다.

요한의 눈에 이채가 서렸다. 유약한 왕녀라는 성녀의 말과는 달랐다. 여신의 시험장에 거침없이 들어가는 황족은 극히 적었다. 무엇이 진실인지 여신 아니타께서 가르쳐 줄 것이다.

"여신 아니타께서 나, 로자리아 비아 데모나 발데르가를 이스타샤의 황족으로 인정할 겁니다."

로자리아는 거울의 공간으로 들어서기 전, 뒤를 돌아보며 말했다. 그녀의 푸른 눈동자가 잠시간 라쉬드에게 머물렀다. 기도실의 끝자락에 서 있던 라쉬드가 로자리아를 물끄러미 지켜보았다.

"여기가 어디지?"

로자리아는 눈을 떴다. 머릿속이 어지러웠고 손가락 하나 까딱할 만한 힘이 없었다. 쓰러진 몸을 일으키자 그제야 주변의 광경이 눈에 보였다. 아침이었는지 햇볕이 내리쬐고 있었고, 새가 지저귀는 소리가 들렸다. 멀지 않은 곳에 고아한 신전이 있었다.

"……신전? 양식이 달라."

네 개의 기둥이 신전의 지붕을 받치고 있었고, 푸른 강이 신전의 주위를 흐르고 있었다. 로자리아는 홀린 것처럼 신전을 향해 걸었다. 기억을 더듬어 봐도 그 어디에도 이렇게 기묘한 신전은 없었다. 신전 안으로 들어서자 그녀를 둘러싼 광경이 바뀌었다.

'환상? 그것도 아니면 환각? 단순한 꿈인 건가?'

발끝에 새하얀 드레스가 닿으며 사락거렸다. 부드러운 땅의 감촉을 느끼며 앞으로 걸어 나갔다. 그때, 어디선가 아름다운 노랫소리가 들렸다. 그곳에는 날개를 가진 소녀가 노래를 부르고 있었다. 푸른 눈동자는 맑았고 목소리는 청아했다. 소녀의 오른쪽 눈 밑이 반짝거렸다. 눈을 가늘게 뜨자, 반짝거리는 것이 무엇인지 어렵지 않게 알 수 있었다.

'저건 황가의 인장이자…….'

성검을 뱀처럼 감싼 금빛의 가지, 아니타 여신의 성흔이었다.

"이오르."

"여기 계셨습니까, 성 율리아."

소녀는 로자리아에게 말하는 대신 어머니의 이름을 불렀다. 그러자 새하얀 제복을 걸친 남자가 걸어 나왔다.

'금발에 푸른 눈. 어머니와 같은 모습이야. 어째서 이름도 같은 거지?'

로자리아는 소녀와 남자를 물끄러미 바라보았다. 그때, 이오르라 불린 사내가 눈가를 휘며 말했다. 이스타샤의 성기사들이 입는 제복을 걸친 그는 율리아를 안아주었다. 허리춤에는 은의 성채라 불리는 성검이 있었다.

"나는 언제 이오르처럼 검을 들 수 있을까?"

"검을 배우시지 않아도 됩니다. 모든 자연이 율리아 님을 경배하고, 검의 여제 데모나께서 수호할 겁니다."

"으음, 아니타는?"

이오르의 표정이 굳었다. 한동안 말이 없던 그는 대답 대신 율리아를 품에 안아주었다.

"아니타는 성녀가 되지 못하는 거야?"

"주신 비아께서 선택한 성녀는 단 한 명입니다. 율리아, 당신이 아니타에게 자리를 양보한다면 신으로서 살아갈 수 없습니다. 전 율리아께서 영생과 권능, 축복을 모두 빼앗겨 인간으로 사는 걸 원치 않습니다."

"그럼 아니타는? 비아는 왜 아니타를 미워해?"

"그건 예언 때문입니다. 언젠가 아니타께서 율리아 님을 죽이고 데모나를 가두어 종래엔 비아를 사라지게 할 것입니다."

"그렇지만 아니타가 힘들어하는걸."

"그분과 가까이해선 안 됩니다."

율리아와 아니타는 같은 피를 나눈 자매였다. 비아에게서 율리아는 선을, 아니타는 악을 이어받았다. 아니타는 한날한시 함께 태어났으나 비아와 데모나의 사랑을 독차지하는 율리아를 미워했다.

"성 율리아, 당신께선 먼 훗날 신성제국을 세우게 될 겁니다. 비아와 데모나, 그리고 발데르가는 신으로서 잊히겠지만 율리아는 최초의 성녀로서 사람들에게 영원히 기억될 겁니다."

"에이, 그건 말도 안 돼. 나는 똑똑하지도 않고 실수도 잘하고 아직 어린걸."

"율리아, 후에 성녀님께서 어른이 되면 달라지실 겁니다. 목이 마른 자에게 비를 내리고 배고픈 자에게 땅을 일구게 하며 그들이 짐승을 두려워한다면 불과 검을 선사하여 축복을 내릴 것입니다. 당신을 닮은 그들은 아직 어리고 약해 자라날 때까지 비호해야 합니다."

"그들은 전부 이스타샤야?"

신어로 이스타샤는 어린아이를 뜻했다. 나의 어린아이, 그들을 돌보는 게 율리아가 신으로서 태어난 이유였다.

"그러니 운명의 씨앗을 빼앗기지 마세요. 당신의 심장에 서린 그 씨앗을 무슨 일이 있어도 아니타에게 넘겨선 안 됩니다."

축복과 행복. 명예와 경외. 권능과 신성. 그것은 모두 율리아의 것이었고 아니타는 이를 욕심냈다.

로자리아는 이질적인 공간에 서서 그 광경을 지켜보았다.

율리아의 주위로 꽃과 나무가 흐드러지게 피어나며, 신수라 불리는 동물이 몰려들었다. 손을 내뻗자 푸르른 가지가 피어나며 그녀의 발이 닿는 곳에 황금빛 신목이 뿌리를 뻗었다.

"나 정했어, 이오르. 내가 돌볼 사람들을 앞으로 이스타샤로 부를 거야."

율리아는 장미꽃을 이오르에게 건네주었다. 율리아의 푸른 눈동자에 이오르의 모습이 맺혔다. 어린 여신은 눈꼬리를 휘며 금빛의 검을 품에 안아 들었다. 율리아가 손에 든 건 자매인 데모나의 검신이었다.

로자리아가 눈을 떴을 땐, 교황청의 내실이었다.

쨍그랑. 심판자라는 성물로 불리던 거울이 깨어졌다. 거울 옆에 쓰러졌던 로자리아는 두 팔로 땅을 짚으며 거친 숨을 몰아쉬었다. 숨을 들이쉬자 곧바로 현실이 들이닥쳤다.

"단 한 번도 거울이 깨진 적은 없었습니다, 공작 부인."

"……."

로자리아는 눈을 내리깐 채로 자신의 손에 잡힌 레이피어를 응시했다.

"그건 당신이 악마라는 증거입니다."

"거울이 깨진 것이?"

로자리아는 요한의 말을 끊으며 물었다. 그녀는 피식 웃다가 이내 검을 다잡았다.

"차라리 제가 성검을 불러냈다고 생각하는 게 어떤가요?"

요한은 로자리아의 말에 대답하지 않았다. 성기사가 로자리아를 경계하며 소리쳤다.

"무례하다! 감히 성하께 무슨 짓이냐?!"

"……황족에게 예를 갖춰야 할 성기사가 내게 말을 낮추는가?"

로자리아는 눈을 찌푸렸다. 금빛의 검, 데모나를 들어 올렸다.

"제가 보기엔 아니타의 시험을 통과한 것 같은데 봐주실 건가요?"

"시험을 통과한 게 아니라, 아니타의 성물을 부순 겁니다."

요한이 손을 높게 들어 올렸다. 그러자 성기사들이 원을 그리듯 로자리아를 포위했다. 로자리아는 주위를 빠르게 훑었다. 방심한다면 저들의 검에 베일 것이다.

'내가 시험에 맞서든 피하든 간에 어차피 날 죽일 생각이었나.'

어차피 반쯤은 예상했던 결과였다. 프리실라가 이런 절호의 기회를 놓칠 리가 없었다. 로자리아는 검을 들어 올렸다.

"성기사들이 검을 거둔다면 제가 교황청에서 검을 쓰는 일은 없을 겁니다, 성하."

"이미 성녀와 끝난 얘기입니다. 정말로 신전을 믿고 제 발로 걸어 들어올 줄은 몰랐지만, 다시 나갈 수 없을 겁니다."

요한은 사파이어 반지를 낀 손을 들어 올리며 명령했다.

"로자리아 비아 데모나 발데르가, 그녀를 포박하십시오. 신전에서 보호해야 할 환자들을 허가도 없이 가로챈 죄, 세 치 혀로 공작을 홀린 죄. 교황청에서 심판하겠습니다."

'푸른 사막 일로 공작가는 신전과 틀어졌었지. 바르세데스를 건드릴 수 없으니, 나라도 치겠단 건가?'

로자리아는 위로 향하던 검을 땅으로 내리며 검을 쥔 손에 힘을 주었다. 그러고는 상황을 가늠하다가 창을 들고 겨누는 성기사들에게 반격할 틈을 주지 않고 먼저 공격했다.

'무슨 여자의 힘이 이리……!'

성기사들은 당황했다. 로자리아는 검으로 성기사들을 베는 대신 그들의 검을 막았다.

"도대체 왜 나만 보면 못 잡아먹어서 안달들이야."

성기사들을 베지 않고 검을 쓰려니 내치는 수보다 달려드는 수가 더 많았다. 로자리아는 손등으로 턱 끝으로 흐르는 땀을 훔쳤다. 이러나 저러나 끝이었다. 신성한 교황청에서 성기사도 아닌 이가 무기를 든 이상 어떤 명분도 통하지 않을 것이다. 신전에서 자신을 적으로 간주한 이상, 라쉬드가 보호해 주지 않을 것이다. 로자리아는 검을 든 채 집중했다.

챙-! 성기사들의 검을 흘리는 데 한계가 있었다. 로자리아는 검으로 기사들의 검을 내려쳤다. 그들은 로자리아의 압도적인 무력에 당황했다. 한 번이라도 맞았다간 여신을 더 일찍 보게 되리라.

"로자리아 님!"

뒤늦게 내실을 찾은 아델이 뛰어들었다. 아델은 얼마 전까지 그녀의 부관이자 동료였던 이들과 맞섰다. 로자리아는 뜻밖의 상황에 눈을 크게 떴다.

"아델, 당신이 왜……?"

"저도 모르겠어요. 무언가 오해가 있었던 게 분명해요. 아무리 성하의 명령이라곤 하나, 부인께 검을 들 순 없어요."

로자리아는 아델에게서 시선을 거두었다. 그녀는 정면과 측면을 빠르게 살폈다. 진심으로 죽이려 드는 성기사들과 다르게 로자리아는 방어밖에 하지 못했다. 이를 멀리서 지켜보던 라쉬드는 성검을 꺼내 성기사의 팔을 베었다. 로브와 가면을 썼으니 공작이라곤 알아보지 못할 것이다.

"으아악!"

자신들을 해치지 못할 거라 생각했던지, 방심했던 성기사가 비명을 질렀다.

"신전에 대한 반역이다! 모두 저 반역자를 잡아서 처단해라!"

"성하를 지켜라!"

요한은 성좌에 앉아 이를 관람했다. 아무리 상황이 급박해도 교황청의 주인인 요한을 죽이려 드는 자는 없었다. 라쉬드가 요한에게 다가가며 말했다.

"성하, 명령을 거두십시오."

라쉬드는 그의 앞을 가리는 성기사를 베었다. 그는 피가 흐르는 검에 힘을 주었다. 교황이 앉은 성좌에 다가가, 요한의 목에 검을 겨누었다. 성기사들이 달려가 라쉬드를 막으려 했지만 역부족이었다.

"성하의 목이 베일지도 모르겠는데, 이제 어떻게 나올 거지?"

라쉬드는 얼어붙은 성기사들에게 물었다. 그들은 바르세데스의 기사가 교황의 목에 검을 겨눈 것을 보고도 믿지 못했다.

"성하, 괜찮으십니까?!"

놀란 성기사가 달려와 물었다. 그러나 라쉬드의 날카로운 기세에 교황에게 다가가지 못했다.

"……괜찮습니다. 제게 검을 겨눈 기사와 얘기를 나누어야 할 것 같군요. 모두 검을 내리고 물러나세요."

"하지만 성하!"

"물러나세요."

요한은 강경했다. 이윽고 성기사들이 떠나자 아델은 망설이다 자리를 떴다.

"……로자리아, 당신도 남길 바랍니다."

같이 떠나려던 로자리아는 발걸음을 멈추었다. 난장판이 된 내실을 내려다보던 요한이 한숨을 내쉬다가 로자리아와 라쉬드를 기도실로 안내했다.

요한이 안내한 응접실은 무척 안락했다. 방금 전까지의 소란이 거짓말처럼 느껴질 정도로 안은 조용했고 아늑했다. 요한이 소파에 앉을 것을 권하며 말했다.

"얘기를 나누기에 여기가 안전할 겁니다."

"오랜만입니다, 성하."

"그간 전염병 일로 바빠서 그런지 얼굴을 보기 힘들었네요, 공작."

요한과 라쉬드의 대화를 듣던 로자리아가 자리에서 벌떡 일어섰다. 놀랍게도 둘은 가벼운 포옹을 했다. 그것도 무척 반가운 얼굴을 한 채.

"어땠습니까? 제 연기가."

"연기라니 무슨 말이에요, 라쉬드?"

로자리아는 놀란 얼굴로 물었다.

"아, 부인께선 놀라실 만도 합니다. 공작님과 전 꽤 친한 편이었습니다. 같은 아카데미를 다녔으니까요. 공작이 학생회장이었고 제가 부회장이었죠."

"……라쉬드. 이건 성하가 아니라 당신이 내게 해명해야겠는데."

로자리아는 팔짱을 끼며 말했다. 진작 알려 줬으면 이렇게 속은 기분은 들지 않을 텐데! 그녀는 라쉬드를 보며 눈을 가늘게 떴다.

"보는 눈이 너무 많았다. 속이려는 의도는 아니었어, 로즈."

"하아, 알겠어요. 다음부턴 미리 말해줘요. 아델에겐 어떻게 설명할 거예요?"

"설명할 필요가 있나? 이대로 틀어진 척하는 거지."

"나는 그렇다 쳐도 아델은 성하를 배반했어요. 성기사로만 살아가던 아델에겐 돌아갈 길이 없어요."

"그럼 부인께서 거두면 되겠군."

"……그렇지 않아도 이미 책임질 생각이었어요."

라쉬드는 의자에 기대며 차를 마셨다. 느긋한 그의 태도에 로자리아는 혈압이 올라갈 지경이었다.

"신혼이라기엔 다소 분위기가 무섭네요."

"성하, 본론부터 물어볼게요. 프리실라의 사주를 받고 저를 죽이려던 게 아니었나요?"

"맞습니다. 성녀의 사주를 받고 당신을 죽이려 했습니다."

요한이 바로 수긍하자 로자리아가 이해가 안 간다는 얼굴로 물었다.

"그런데 왜 살려 둔 거죠?"

"저는 라쉬드와 친우이나 교황입니다. 제게는 테베의 왕녀인 부인보다 성녀가 더 중요합니다. 대외적으론 그렇게 보여야죠."

"……당신은 프리실라의 편이 아니다?"

"같은 편입니다. 프리실라가 다치거나 죽으면 교황청도 힘을 잃게 되니까요. 이스타샤는 신성제국입니다. 대신전과 교황청이 가진 신권과 황권이 균형을 이루어야 하죠."

"그래서 그런 일을 벌인 건가요?."

"클라인이 황태자가 되면, 프리실라는 성녀 지위를 버리고 황후가 될 겁니다. 혹은 성녀를 유지한 채로 황후가 되겠죠. 그때가 되면 신권은 완전히 떨어져 신전은 허수아비가 될 겁니다."

"그때를 대비해서란 말인가요?"

"지금은 같은 편이지만 프리실라가 신전을 위해 영원히 일해 줄 거라 믿지 않습니다. 간단하게 말씀드리면 라쉬드 공작과 제가 황제가 된 클라인의 세력을 견제할 겁니다."

"지금은?"

로자리아의 질문에 라쉬드가 대신 답했다.

"지금은 견제할 이유가 없어, 로즈. 클라인이 가진 권력이라 해봐야 허수아비 황태자란 지위와 프리실라에게 충성을 바친 성기사들뿐이니까. 황제가 황권을 틀어쥐고 있으니 그가 죽지 않는 이상, 큰 위협은 되지 못해."

"요컨대 현재는 적이지만 클라인이 황제가 되면 동업자란 말이네요. 굳이 그렇게까지 하는 이유가 있나요?"

"저는 허수아비 교황입니다. 프리실라가 신전을 배신하지 않는다면, 여전히 그녀의 편이어야 합니다. 제가 공작님과 친분이 있다 해도 신전을 버릴 수 없습니다."

"성하보다는 군 전략가에 가까우시네요."

"제가 배운 것이 그러한 것들입니다."

로자리아의 말에 요한은 미소를 지었다. 둘을 보던 라쉬드가 말했다.

"프리실라가 성기사를 황태자의 병사로 쓴다면, 성하께서 나서게 될 거야. 그때까지 성하께선 성녀가 눈치채지 않도록 공작 가문과 적대적인 사이를 유지할 거고."

"그래서 일부러 공작 부인을 죽이려고 들었고, 라쉬드가 제때 나서 준 덕분에 계획이 성공했습니다."

성기사들은 라쉬드를 그저 바르세데스의 기사라고만 알고 있었다.

아델과 아리안이 가면을 쓴 기사의 정체를 말할 일은 없을 것이나, 공작가의 기사가 교황을 위협한 건 전적으로 공작의 책임이었다.

"프리실라는 제가 라쉬드와 친한 걸 알기에 줄곧 의심해 왔습니다. 그러니 저에게 공작 부인을 죽이라고 부탁했겠죠. 비록 실패했지만 공작의 기사가 저를 위협했다는 사실만으로도 성녀는 우리의 사이가 틀어졌다고 믿게 될 겁니다."

상황이 이해가 갔다. 교황 요한은 프리실라를 믿지 않았다. 그럼에도 성녀가 건재해야만 교황청과 신권은 유지되었다. 프리실라가 신전을 배반하는 선택을 하지 않는다면, 성녀에게 등을 돌리진 않을 것이다.

"아직 위협이 안 되지만, 클라인이 황제가 되면 위험해지겠지."

로자리아는 고개를 끄덕였다. 한 가지 걱정되는 점이 있었다. 노만 1세는 노환을 겪고 있었고, 언제 쓰러질지 모르는 상황이었다.

"황제는…… 괜찮을까요?"

"황제께선 아직 정정하십니다, 공작 부인."

요한이 웃으며 말했지만, 그 말을 듣는 로자리아의 낯빛은 여전히 어두웠다.

'황제가 죽는 건 삼 년 뒤야.'

그러나 과거가 바뀌었으니 황제의 죽음을 예측할 수 없었다.

"이제부터 성기사들은 바르세데스를 예의주시할 겁니다. 대부분 프리실라를 따르더라도 교황인 제가 검에 위협당한 건 넘길 일이 아니니까요. 신전은 공작에게 책임을 물을 겁니다."

라쉬드는 요한의 말에 수긍했다.

"당분간은 조용히 지내는 걸로 하지, 로즈."

"개중엔 과격한 자도 있으니 두 분께서 조심해야 합니다. 제게 충성을 바친 기사들에겐 일러 두었으니 성녀에게 소속된 성기사를 조심하면 됩니다."

'마르쉬 히킨샤를 말하는 건가?'
로자리아는 고개를 끄덕였다. 필요한 말만 전달한 요한이 자리에서 일어섰다. 그는 오랜만에 본 라쉬드와 가벼운 포옹을 하고서 떠났다. 둘만 남게 되자 라쉬드가 잠긴 목소리로 말했다.
"이런 일에 끌어들이고 싶지 않았어. 그래서 말하지 않았던 거야."
"이해했어요, 라쉬드. 원래 적군을 속이기 위해선 아군부터 속이는 법이니까요. 나야 원래 평판이 안 좋아서 괜찮지만 당신은……."
"평판 따위 어떻게 되어도 상관없어. 내겐 군사권이 있으니. 난 당신과 바르세데스만 지키면 돼."
라쉬드는 그렇게 말하며 다시 로브를 썼다.
"당분간은 여기서 지내야 해. 일이 해결될 때까지 날 보기 힘들 거야."
"어디 가려는 거예요?"
"아리안 대사제를 만나러."
"그는 왜요?"
"마르쉬 히킨샤가 우리에게 따라붙었어. 아리안 대사제가 먼저 찾아간 것 같은데, 둘이 썩 좋은 사이는 아니거든."
라쉬드는 로자리아가 걱정하고 있다는 것을 알아차렸다. 그의 예상과 달리 로자리아는 다른 것을 걱정했다.
'윈드를 다시 불러야겠어.'
로자리아는 빠르게 결정을 내렸다. 라쉬드가 다시 바람의 정령을 보면 큰일이었다.
"라쉬드, 잠깐만!"
"왜 그러는 거지?"
"작별의 키스 안 해줄 거예요?"
"좋아, 눈 감아."
라쉬드는 로자리아의 허리를 끌어안고 그녀에게 키스했다.

"하아, 라쉬드."

여린 입안의 살을 헤치는 야릇한 감각에 로자리아는 옅은 숨을 내쉬었다. 라쉬드는 로자리아에게 더욱 깊게 파고들었다.

"무슨 일이 있으면 요한에게 말해. 그가 못 이기는 척 명부에 네 이름을 올려 줄 테니까. 명부에 황족으로서 이름이 올라가게 되면 더 이상 성기사들도 네게 검을 들지 못할 거야."

"고마워요. 날 도와줘서."

"당연한 것을."

라쉬드는 아쉬움을 억누르고는 신전을 벗어났다. 로자리아는 라쉬드가 신전 밖을 빠져나가 보이지 않을 때까지 지켜보았다. 그러다 주위를 살피곤 빈 기도실 안으로 들어섰다.

"발악은 그게 끝인가?"

마르쉬는 아리안의 턱에 검을 겨누었다. 새하얀 터번으로 얼굴을 가려 붉은 눈동자밖에 보이지 않았다. 마르쉬의 귀에 걸린 사파이어를 보던 아리안은 결국 웃었다.

"과연 성녀의 개라 불릴 만해. 왜 공작 부부를 뒤쫓았던 거지?"

마르쉬는 입꼬리를 비틀어 올렸다.

"교황이 성녀를 배신하려던 게 아닌가?"

"배신? 이젠 성하에게까지 누명을 씌우겠다?"

"일종의 경고지. 성녀를 배신하지 말라는."

"교황은 성녀의 편이다. 나를 죽이는 건 문제를 일으키는 것밖에 되지 않아."

"굳이 그게 아니더라도 널 죽일 이유는 충분해."

마르쉬는 살기가 그득한 눈을 내리깔았다.

"숨죽여 살았어야지. 성녀와 같은 가문을 달고서 죽기엔 아쉬울 텐데."

자신은 데레사의 수기사에게 유감이 없었다. 그러나 유독 프리실라는 데레사와 관련된 모든 것을 없애고자 했다. 전(前) 성녀인 데레사의 기록, 그녀가 성녀였다는 증거, 그리고 수기사까지.

"아리안 에르테반, 넌 데레사의 수기사였으니까."

마르쉬는 아리안의 목을 향해 검을 내려쳤다. 시간이 흘러도 고통이 느껴지지 않자, 아리안은 감았던 눈을 떴다. 죽음을 기다렸으나 그의 목은 여전히 붙어 있었다.

"끝이 아닙니다."

녹색 머리칼을 느슨하게 묶은 사내가 아리안을 등지고 섰다. 마르쉬로선 처음 보는 남자였다. 날카로운 동공은 사람의 것이라 볼 수 없었고 손엔 무기조차 쥐지 않았다.

"내가 널 방해할 거거든, 인간."

윈드는 조롱하듯 웃다가 마르쉬에게서 검을 빼앗았다. 갑작스럽게 들이닥친 폭풍에 마르쉬는 뒤로 물러났다. 그 순간, 윈드는 아리안을 데려갔다. 하필이면 공주님 안기로. 도망치는 것도 무척이나 빨랐다. 아리안은 너무 놀라 한참 후에야 윈드에게 물었다.

"……당신, 정체가 뭐지?"

"너희는 나를 악마라고 부르던데."

"악마가 나를 구했다고? 당신 말이 정말이라면 왜 나를……?"

"네놈이 예뻐서 구해 준 건 아니니까 그만 물어봐."

윈드는 단칼에 차단했다. 다른 정령들처럼 순진하게 '주인님께서 널 도우라 하셨다'는 말은 하지 않았다. 자신의 정체가 궁금했던지 아리안이 계속 귀찮게 굴었지만 묵묵부답이었다.

"도착했군. 여기가 네가 사는 신전이라 했었지."

윈드는 아리안을 교황청 정문에 내팽개쳤다. 부상당한 환자를 배려하는 손길치곤 무자비했다.

"내가 널 구해 줬다고 떠들어 댔다간 네놈의 혀부터 잘라 줄 거다. 숨어도 찾아갈 테니 문제 일으키지 마."

아리안은 얼떨결에 고개를 끄덕였다. 살아 있는 일조차 그에겐 기적이었다.

'그럼 왜 나를 구해 준 거지? 도대체 누구지?'

아리안은 바람과 함께 사라지는 윈드를 지켜보았다.

"아니타의 신전에서 정령술을 쓰려니 좀 찜찜하지만 윈드부터 불러야 해."

로자리아는 눈을 감고 윈드의 이름을 불렀다. 동시에 거대한 폭풍이 불면서 바람의 정령이 나타났다.

"윈드! 어떻게 된 거야? 묻고 싶었는데 신녀들이 있어서 부르지 못했어."

"마르쉬가 주인과 공작을 쫓았습니다. 그걸 아리안이란 자가 막았기에, 지켜보다가……."

"지켜보다가?"

"죽기 직전에 구해 줬습니다."

윈드는 특유의 저음으로 답했다.

"잘했어, 윈드."

로자리아는 안도의 한숨을 내쉬었다. 윈드가 성기사를 구해 준 건 의외였다. 명령이라 나선 거겠지만 그는 성기사를 제일 싫어했다. 그래도 자신을 위해 이렇게 일해 준 것이 고마웠다.

"그자가 다시 찾아온다면 그때 저를 부르십시오."

윈드는 가슴에 손을 얹고 묵례했다. 사람들의 인기척이 느껴지자 윈드는 흔적을 감추었다.

로자리아가 교황청에서 지낸 지 삼 일이 흘렀다. 교황청에서의 생활은 나쁘지 않았다. 실로 오랜만에 맞는 평화였다. 윈드가 아리안을 구했고 마르쉬는 교황청에서 보이지 않았다. 요한은 명부에 로자리아의 이름을 올리기로 했다. 황족으로 인정받는 조건으로 교황청에서 가르침을 받아야 했다. 꼭두새벽부터 기도를 올리는 것으로 하루를 시작했다.

"마르쉬가 정말로 날 찾아오는 건 아니겠지?"

로자리아는 교황청의 정원을 거닐며 중얼거렸다. 그녀의 걱정은 오래가지 않았다. 저 멀리서 신녀들이 다급한 얼굴로 찾아왔기 때문이다.

"로자리아 님! 어디 가세요!"

"이미 기도를 마쳤는데 또 하라는 건 아닐 거야."

꼼짝없이 들킨 로자리아를 구해 준 건 아델이었다. 그녀는 덤불에서 이 광경을 지켜보다가 로자리아를 몰래 빼냈다.

"로즈 님! 여기예요!"

"아델, 고마워."

로자리아는 숨을 돌리며 물었다.

"그나저나 성기사직에서 파면당했는데 여기 있어도 돼?"

"안 될 게 뭐가 있겠어요. 전 태어나서부터 신전에서 자라서 여기 아니면 갈 데가 없어요. 결국 잘렸지만 성기사 말곤 할 것도 없거든요."

"힘내, 아델. 네 잘못이 아니잖아."

"저는 상관없어요. 오히려 엄격한 성기사로서 사는 것보다 이렇게 자유롭게 지내는 것이 더 좋아요. 이왕 이렇게 된 거 마을로 가 보실래요?"

하루 종일 로자리아를 지켜보는 게 아델의 일과였다. 로자리아는 악의 없는 스토킹을 눈감아주며 아델을 따라 마을로 나섰다. 성기사들이 지키고 있는 교황청의 정문에서 쭉 걸으면 마을이었다.

로자리아와 아델은 마을 입구에서 마차를 탔다. 한 시간을 달린 마차가 마을의 중앙에 있는 분수대에서 멈추었다. 아직 밤이 아닌데도 마을엔 정적이 감돌았다. 마차에서 내린 로자리아는 아델의 말을 들으며 마을을 둘러보았다.

"아마 북부보단 남부가 살기 좋을 거예요. 한번은 무나크로 가 보고 싶었는데, 성기사는 마음대로 떠날 수 없거든요. 이렇게 자유 시간을 가진 게 언제인지 몰라요."

"내가 무나크로 돌아갈 때 같이 갈래?"

"저도 말인가요?"

아델은 놀라 걸음을 멈추었다. 그녀가 떨리는 목소리로 물었다.

"강요하는 건 아니야. 만약 갈 곳이 없거나 무나크로 오고 싶다면 와도 돼."

"와, 성기사인 제가 무나크로 갈 수 있는 거예요? 무나크로 꼭 가고 싶어요. 다음에 저도 같이 데려가 주세요."

"그럴게. 북부에서의 일이 마무리되면 무나크로 돌아갈 거야."

"돌아가자마자 짐을 싸야겠어요. 아, 무나크라면……!"

"왜? 아는 사람이라도 있어?"

아델은 손뼉을 딱 쳤다. 가장 중요한 사실을 잊다니!

"가주님이 계신 곳이에요!"

"라뮤엘 경 말하는 거야?"
로자리아는 어쩐지 알 것 같은 얼굴을 했다.
"공작가에 있으시다고 들었지만…… 그 뒤로 소식이 끊기셔서……."
"라뮤엘은 무나크에서 잘 지내고 있어. 아, 궁금한 게 있는데……."
"네, 뭐든 물어보세요!"
"에르키사는 이스타샤의 신성가문이잖아? 그 자체로 고위 귀족인데 공작가에서 굳이 보좌관을 할 이유가 있을까?"
"예? 보좌관이라뇨?"
아델이 처음 듣는다는 얼굴을 했다.
"모르는 거야?"
"라뮤엘 님은…… 종잡을 수 없는 분이에요. 저희 에르키사도 이해하는 걸 포기했어요."
아델이 고개를 설레설레 내저었다. 그 말에 로자리아는 고개를 끄덕였다.
'하긴, 대사제가 아무나 되는 것도 아닌데.'
알 수 없는 기묘한 관계였다. 신성가문의 가주, 전(前) 대사제를 보좌관으로 둔 공작도 그렇고. 그런 공작을 따르는 라뮤엘도 그렇고.
"무나크에 가면 가주님께 인사를 드리러 가야겠어요."
정작 아델은 라뮤엘이 공작의 보좌관으로 있다 해도 별로 놀라지 않는 눈치였다.
'가주가 뭘 해도 넘어가 주는 듯한…….'
로자리아는 더 이상 추측하는 것을 관두었다. 혈족들조차 종잡을 수 없어 하는 것 같으니.
"무나크에서 보게 되면 라뮤엘도 기뻐할 거야. 아, 참. 아델. 어디 볼만한 데 있어?"
"여기에는 딱히 구경할 만한 곳이 없어요. 제가 다른 곳으로 안내해 드릴게요."

"대장간은?"

"대장간요? 안 가 본 지 오래되었는데 여기서 삼십 분 거리에 유명한 곳이 있어요. 한때 성검을 만들었던 대장장이였는데 지금은 그냥 무기만 만들어요."

"그럼 거기 가 보자. 오랜만에 검도 구경할 겸."

"좋아요, 로즈 님."

대장간은 마을 중앙에서 한참 떨어진 귀퉁이에 위치해 있었다. 아델을 따라 좁은 길로 접어들자, 작은 집들이 드문드문 보였다. 로자리아와 아델은 대장간의 문 앞에서 멈추었다. 매캐한 냄새가 올라오며 탕, 탕 망치로 쇠붙이를 두드리는 소리가 들렸다.

"실례합니다."

"들어오세요."

들려온 건 앳된 목소리였다. 대장간 안으로 들어서자 담금질에 열중인 소녀가 있었다.

"오랜만이야, 멜라니! 아버지는 어디 가셨어?"

"……아델 님? 이곳 서북부에 계셨던 거예요?"

"서북부에서 지냈는데 일이 바빠서 못 왔어. 사실 며칠 전에 신전에서 파면당했거든. 이젠 성기사가 아니라 백수야. 아버지는?"

"……아버지는 돌아가셨어요."

"아저씨가?"

"돌아가신 지 한 달 되었어요."

소녀는 담금질을 멈추며 말했다. 당황한 아델은 말을 잇지 못했다.

"아, 정말로 미안해. 그런 줄도 모르고……. 내가 눈치가 없었어."

"마을 사람들도 모르는 사실이에요. 아버지께서 고향으로 내려가셨다고 거짓말했으니까요."

말을 하는 멜라니의 낯빛이 어두웠다. 멜라니를 걱정스레 보던 아델이 조심스레 물었다.

"무슨 사정이 있었어?"

"오래전 신전에서 사람이 왔었어요. 그 사람들이 아버지를 데리고 간 이후로 보지 못했어요. 얼마 전 그들이 제게 잘린 목을 보냈죠."

담담한 목소리였으나 슬픔이 고여 있었다. 로자리아는 대화에 끼어드는 대신 감정을 추스르는 소녀를 바라보았다. 아델은 겨우 분노를 억누르며 물었다.

"누가 아저씨를……."

"말해도 못 믿으실 거예요."

"누가 그랬는지 알려 줘."

"북부의 성지기, 케이사예요. 아델도 몇 번 봤을걸요."

"그놈이 왜? 너랑 약혼도 했고 아저씨의 제자였잖아!"

"말하자면 길어요. 다른 사람에게도 말하지 않았지만 아델에겐 더더욱 말해줄 수 없어요. 미안해요, 아델 경."

"멜라니!"

죽은 아버지를 대신해 대장간을 물려받은 멜라니는 더 이상의 대화를 거부했다. 멜라니는 아델에게 고개를 숙이며 문을 닫았다. 아델이 쾅쾅 문을 두드렸지만 굳게 닫힌 문은 열릴 기미가 보이지 않았다.

"로즈 님, 죄송해요. 이런 일이 있는지 알지 못했어요. 그렇다고 멜라니를 두고 갈 수도 없는데……."

"아냐, 괜찮아. 아델, 왜 네게 이유를 말할 수 없다는 건지 알아?"

"잘 모르겠어요. 어렸을 때 자주 봐서 거리낌이 없었는데 너무 오랜만이라 그런지, 아무런 도움이 되지 못한 제가 미운 건지."

"오늘은 돌아가자, 아델. 아마 생각할 시간이 필요할 거야."

로자리아는 아델을 부추기는 대신 물러서는 방법을 알려 주었다. 본래대로라면 멜라니에게 득달같이 물었을 아델은 고개를 끄덕였다. 망설이는 아델을 뒤로하고, 로자리아는 먼저 대장간을 나섰다. 뒤늦게 나온 아델과 함께 마을로 돌아가려던 때였다. 그녀의 시야에 갑주를 걸친 한 병사가 보였다.

"저 새끼, 케이사잖아?"

아델이 이를 갈며 말했다. 아델은 몸을 숨기며 병사의 움직임을 살폈다. 낌새를 알아차린 로자리아도 몸을 낮췄다. 병사가 향한 곳은 멜라니의 대장간이었다.

"문 열어, 멜라니!"

"케이사!"

케이사가 뒤를 돌아보며 이죽거렸다.

"어라, 이게 누구야? 성기사라고 뻐기더니 파직당한 아델이네."

"입조심해, 케이사."

"너나 조심해. 더 이상 성기사도 아닌 네년에게 뭐가 아쉬워서? 예전이야 네 더러운 성격 맞춰 줬지만 지금은 아니라고. 오빠가 화가 많이 났으니까 조용히 돌아가라?"

로자리아는 케이사를 훑었다. 과연, 듣기론 아델과 같은 연식인 줄 알았는데 서른은 족히 넘어 보였다.

"뭘 꼬라 봐? 네년이 예전과 같은 줄 알아? 나로 말할 것 같으면 북부 케딜락의 성지기, 케이사라고. 그것도 공작님께 직접 훈장을 받은."

"훈장?"

로자리아는 재밌다는 듯이 물었다.

"저년은 또 뭐야?"

"나? 테베 출신 여자."

"벌레 년들이 테베에 박혀 있을 것이지. 저주받은 테베의 것들이 이스타샤로 오니까 전염병 같은 게 나도는 거야."

그는 재수 없다며 침을 퉤 뱉더니 대장간을 향했다.

“멜라니!”

케이사가 윽박지르자 이윽고 멜라니가 나왔다.

“내 저걸 당장!”

“쉿, 지켜보자.”

로자리아는 나서려고 하는 아델을 붙잡았다. 그녀는 아델을 진정시킨 후, 케이사를 예의 주시했다.

“아직도 질질 짜고 있었냐? 성녀님이 부르시는데 왜 안 온다는 건데?”

“돌아가.”

“내가 아저씨 죽인 거 아니라니까? 야, 넌 왜 사람 말을 못 믿냐?”

케이사가 껄렁거리며 소리쳤다. 멜라니는 그를 노려보았다.

“꺼져! 찾아오지 말라고.”

“이게 확!”

케이사가 멜라니의 머리채를 쥐려던 참이었다.

“으억! 뭐, 뭐야?!

로자리아는 케이사에게 다가가 그의 손을 가뿐히 꺾었다.

“뭐긴. 꺼지라는데 왜 안 꺼져?”

“네가 뭔데 나한테……!”

우두둑. 한숨을 내쉰 로자리아는 손에 힘을 주었다. 말로 해선 안 되는 종자이니 힘을 쓸 수밖에.

“나로 말할 것 같으면……!”

“그래, 북부의 성지기.”

로자리아는 심드렁한 얼굴로 읊었다.

“두 팔은 달려 있어야 성문이라도 잘 열지.”

“놔, 이거 놓으라고!”

그가 발버둥 치자 로자리아는 정말로 놔주었다. 하필이면 거름이 있는 곳에 얼굴을 처박은 케이사가 치욕감에 몸을 떨었다.

"멜라니! 나중에 다시 찾아올 거야! 그땐 성기사들도 함께 올 테니 언제까지 네가 버티나 보자!"

다리를 다친 케이사가 절뚝거리며 도망쳤다. 행여 로자리아가 붙잡을세라 한쪽 발을 끌며 뛰기까지 했다.

'뭐 저런 놈이 다 있지?'

팔짱을 끼며 지켜보던 로자리아가 한숨을 쉬었다. 멀리 도망쳤는지 케이사는 보이지 않았다. 아델은 우는 멜라니에 다가가 달래 주었다.

"……흑, 아델, 사실 할 이야기가 있어요……."

멜라니의 눈시울이 붉어졌다. 그녀는 로자리아 일행을 작은 방으로 안내했다. 멜라니가 안내한 곳은 따뜻한 벽난로가 있는 방 안이었다. 낡고 흠집이 난 협탁 위에 부서진 단검이 놓여 있었다. 소녀는 떨리는 손으로 부서진 검을 주워 들었다.

"저 좀 도와주세요, 아델."

"도와줄 테니 일단 무슨 일인지 차근차근 말해봐."

"아버지를 죽인 건 사실 케이사가 아니에요."

"그럼 도대체 누가……!"

"……프리실라 에르테반, 이 나라의 성녀예요."

툭. 바닥으로 떨어진 소녀의 눈물에 부서진 검의 잔해가 비쳤다.

"프리실라가 네 아버지를 죽였다고?"

"삼 년 전 일이었어요. 프리실라는 아버지에게 성검을 만들라 명령했고, 아버지는 따르지 않았죠. 그땐 어렸을 때라 이유는 알지 못했어요."

"즉, 성녀의 명령을 거부했다?"

"맞아요. 아버지는 원래 그런 분이셨어요. 당신의 신념에 따라 검을 만들었죠. 왜 수많은 명장을 두고 아버지를 찾았는지 모르겠지만……."

"그 검이 어떤 거였지?"

"성검 데레사였어요."

"……데레사?"

"어렸을 때 붉게 빛나는 보석을 본 적이 있었어요. 그게 전 성녀이신 데레사 님의 심장이라고 들었던 말이 기억나요."

"성녀의 심장으로 성검을 만든다고?"

"지금 성녀님이 쓰는 성마(성력을 가진 지팡이) 위에 붉은 보석, 그게 아니타 여신의 심장이니까요. 그게 가능한 일인지 모르겠지만 아버지께서 할 수 있다고 생각했나 봐요."

"성력의 차이가 있을 뿐 가능해. 전 성녀였던 데레사를 프리실라가 내쫓았다고 들었어."

죽였다는 말이 더 사실에 가까웠지만 로자리아는 굳이 말하지 않았다.

"그 성검이 있으면 원하는 걸 가진다고 했어요. 권력, 명예, 부, 이 스타샤 제국민의 존경과 사랑까지…… 모든 걸 가진 성녀가 왜 성검 데레사를 원했는지 모르겠어요."

"그 검에 특별한 능력이 있는 거겠지."

데레사의 성력이 강한 만큼 프리실라는 죽은 스승을 두려워하면서도 시기했다.

"아, 주군. 저도 들어 본 적 있어요. 데레사 님은 역대 성녀 중 가장 강한 성녀였어요. 그녀의 심장으로 만들었다면 여신 아니타의 성력과 견줄 만한 성검이 탄생할 거예요."

"그 검이 만들어졌을 가능성은?"

"아버지께선 협박에 굴하지 않는 사람이에요. 무슨 일이 있든 거부했을 거예요. 그러니 성녀가 아버지의 목을 잘라서 저에게 보냈겠죠."

'……프리실라가? 아니, 프리실라는 원하는 패를 얻을 때까지 이용가치가 있는 사람을 죽이지 않아.'

그 사실은 프리실라를 가까운 곳에서 지켜본 자신이 잘 알았다. 로자리아는 눈물을 흘리는 멜라니에게 손수건을 건넸다.

"힘들 땐 울어도 돼. 우리 앞에서까지 눈물을 감출 필요는 없어."

"멜라니, 주군과 내가 도와줄게. 힘들어도 조금만 버텨 줘."

"고마워요. 억장이 무너지는 것 같았는데 참고만 있었거든요. 바보 같다고 생각하면서도 방법이 없었어요. 한낱 대장장이인 제가 어떻게 성녀와 맞설 수 있을지 두려웠어요."

"네 잘못이 아니야. 누구든 성녀를 보면 그런 생각부터 할 테니까."

로자리아는 어릴 적 기억을 떠올렸다. 그녀의 눈에 성녀 프리실라는 자애롭고 아름다운 천사였다. 아버지에게 버림받고 테베에게 미움받는 왕녀. 그런 자신을 도와주겠다고 손을 내밀어준 성녀를 진심으로 믿었고 경외했다.

'결국엔 그 대가를 치르게 했지만.'

지금에선 무덤덤했다. 이미 오래전, 프리실라의 목을 베기로 결심했을 때부터 그런 감정 따위 모두 버렸다. 프리실라보다 더 지혜로워야 했다. 성녀가 무슨 수를 쓰든 그 패를 먼저 읽어야 했다. 그리고 강해야 했다. 성녀의 성기사와 이스타샤의 군대와 맞서기 위해선. 그렇지 않으면 목이 베이는 건 자신이었다.

로자리아는 멜라니의 말에 상념에서 깨어났다.

"그러고 보니 아버지가 이런 말씀을 하셨어요. 그 검이 정령술사를 죽일 수 있는 검이라고."

"……정령술사를?"

"저는 말도 안 된다며 웃고 말았죠. 그때는 아버지가 신전의 협박을 받고 있다곤 생각하지 못했어요. 그저 평소처럼 이상한 농을 한다고 여겼어요. 이미 오래전 일인 데다가 정령술사란 존재가 믿기지 않았어요. 정령술사의 대는 오백 년 전에 끊겼으니까요."

"실제로 그런 검이 있다면 정령술사 또한 있다는 소리겠지. 프리실라는 원하는 것에 수단과 방법을 가리지 않아."

로자리아는 말을 마치며 자리에서 일어섰다. 멜라니를 안아주던 아델이 무거운 발걸음으로 로자리아를 뒤따랐다.

10장 성검 데레사

아델과 함께 교황청으로 돌아온 로자리아는 반나절 동안 기록을 찾았지만 서고에는 마땅한 정보가 없었다. 새벽이 되어서야 로자리아는 보고 있던 책을 덮었다.

서고를 나오자 그녀를 알아본 신녀들이 수군거렸다. 그러나 로자리아와 눈이 마주치기도 전에 모두 고개를 숙였다. 교황이 로자리아를 받아들였기에 더 이상 대신전에서 왈가왈부하지 못했다. 이미 신명부에 이름을 올렸으니, 황족으로서 대우받는 것은 당연했다.

바깥으로 나오자 밤바람이 그녀를 반겼다. 남부 무나크에 비해 교황청이 있는 서북부는 추웠다. 주위에 아무도 없음을 확인한 로자리아는 바람의 정령, 윈드를 불렀다.

"윈드."

"잠이 안 오시는 겁니까?"

"물어볼 게 있어서 불렀어. 성녀가 정령술사를 죽일 검을 만든다고 들었는데 어떻게 생각해?"

"저로선 처음 듣는 이야기지만, 조사해 봐야 할 듯합니다."

"사실 여부는 확인해 봐야겠어. 멜라니의 말대로 검이 없을 확률도 있으니까."

"그러한 검이 있다면 저희 정령들이 소멸될 수도 있겠군요."

윈드는 담담하게 말했다. 정령들에겐 생과 사의 경계가 없었다. 죽음 또한 무의미했다. 로자리아가 쓴웃음을 지으며 말했다.

"이제까지 정령은 죽지 않을 거라 생각했어."

"정령은 본디 정령계에 속합니다. 정령술사의 힘이 약해지면 정령계로 돌아가는 것이나, 소멸은 다릅니다."

"소멸된 정령이 있었어?"

"징벌을 받아 사람으로 환생한 자는 있었지만 소멸된 정령은 없었습니다. 그러나 소멸된다 해도 두렵지 않습니다. 제 목적은 로즈, 나의 주인을 지키는 것이니까요."

'정령이 소멸된다면…….'

로자리아는 입술을 꾹 깨물었다. 자신이 위험해지는 건 괜찮았다. 과거에도 그러했듯 목숨을 걸고 삶을 바쳤었다. 그러나 정령이 사라지는 걸 원하지 않았다.

"만약 있다면 그 검을 찾아내서 없어야 해."

"그 어떤 명령에도 따르겠습니다."

윈드는 한쪽 무릎을 꿇으며 말했다. 로자리아는 그러지 말라는 듯 고개를 저으며 그를 일으켜 세웠다. 침체된 분위기를 바꾸기 위해 그녀는 다른 얘기를 꺼내 들었다.

"사업은 잘 준비되고 있어? 관리자를 감시하기도 바쁠 텐데 자꾸 불러내서 미안해."

"걱정하지 마세요. 전 사람과 다릅니다. 동시에 여러 장소에 있을 수 있고, 관리자들을 지켜보는 것은 별문제가 되지 못합니다. 본론을 말씀드리면 잘 진행되고 있습니다."
"에단이야 성실한 사람이니 별문제는 없을 거야. 케이는 어때?"
"가끔 늦잠을 자기에 제가 단단히 주의를 놓았습니다. 내일이면 이스타샤 수도에 지부가 설립될 겁니다. 아이리쉬 백작가와 거래도 성공적으로 마쳤습니다."
"수고했어, 윈드."
"별말씀을."
로자리아는 안도의 한숨을 내쉬며 윈드의 머리칼을 부드럽게 쥐었다. 사라락, 손에 닿는 머리칼은 바람처럼 차가웠다. 로자리아는 자신을 가만히 내려다보는 윈드를 보며 웃었다. 예전에는 윈드에게 사람을 죽이라는 명령만 내렸던 그녀였다. 아무리 정령이라고 하나 윈드는 원치 않았을 것이다. 그는 본래 자연의 수호자였으니, 섭리를 거스른다는 걸 알면서도 자신을 위해 나선 거였다.
윈드가 로자리아를 보며 말했다.
"예전과 많이 달라졌습니다."
"내가?"
"과거에는 저희의 이름을 불러 주시지 않았으니까요. 저희가 인간의 모습으로 나타나는 것도, 당신의 이름을 부르는 것도 허락지 않았습니다."
"그땐 내가 어리석었어. 어리석고 이기적이었지. 정령술사로 태어난 것을 저주했어."
복수에 눈이 멀어 소중한 것을 돌아보지 못했다. 스스로를 책망하고 과거에 집착하다 보면 현재를 놓치게 마련이다. 로자리아는 옅은 미소를 지으며 말했다.
"지금은 정령술사가 될 수 있었던 게 축복이라고 생각해."
"달라지지 않는다 해도 저희 정령들은 로즈에게 충성을 바칠 것입니다. 그래도 제 이름을 기억해 주신 건 기쁘군요.”

윈드는 눈꼬리를 휘었다. 사람처럼 웃지는 않았지만 무표정했던 정령치곤 커다란 변화였다. 윈드는 말을 마치며 로자리아를 안아주었다. 주인이 어렸을 땐 곤히 잠들 수 있도록 머리맡을 쓸어주기도 했다. 그땐 정령을 부르지 못했으니 잠결에 바람이 분다고 여겼겠지만.

‘귀여운 로즈. 주인이 잠든 걸 보던 게 엊그제 같건만.’

그는 어렸을 땐 해맑던 로자리아를 떠올렸다. 로자리아가 아장아장 걸을 때부터 성년이 되기까지. 천 년의 세월을 보낸 그에게 있어 그녀는 아직 어린아이였다. 아마 그녀는 정령인 자신이 이런 생각을 하는지 모를 것이다. 가벼운 바람과 함께 윈드는 자취를 감추었다.

오늘이 교황청에서 지낼 마지막 날이었다. 그리고 동시에 황족으로서 의식을 치르는 날이기도 했다. 기도실에는 붉은 카펫이 깔려 있었고, 흰옷에 자주색 실을 매단 교황이 서 있었다.

로자리아는 계단 아래, 두 무릎을 꿇고 두 손을 가지런히 맞잡았다. 누가 보아도 경건한 태도로 여신께 기도를 올리는 모습이었다. 로자리아는 새하얀 면사포를 쓴 채 두 눈을 감았다. 그녀는 엄숙한 태도로 의식을 치렀다.

교황, 요한 1세가 팔을 뻗었다. 그에 따라 하얗고 넓은 소매가 펄럭였다. 그는 로자리아의 정수리에 손을 얹은 채 고요한 목소리로 읊었다.

“오늘부터 로자리아 비아 데모나 발데르가를 이스타샤의 황족으로 공인합니다. 이는 교황청의 결정이며, 이스타샤의 황족으로서 모든 성기사의 비호를 받을 것입니다.”

요한이 말을 마쳤다. 숨죽이고 이를 지켜보던 신녀와 사제들이 놀라움을 감추지 못했다. 그녀가 의식을 위해 무릎을 꿇고 기다린 것이 벌써 세 시간째였다. 그럼에도 지치거나 힘든 기색은 전혀 찾아볼 수 없었다.

"마지막으로 성수를 뿌리겠습니다."

요한이 꺼내 든 건 아니타의 눈물이라 불리는 성수였다. 그는 로자리아의 정수리에 톡, 성수 세 방울을 떨어뜨렸다.

'차가워.'

여신을 믿지 않았기에 그저 하늘에서 내리는 빗물을 맞는 느낌이었다. 로자리아는 평온한 얼굴로 기도식을 마쳤다. 눈을 감고 기도를 올리는 성스러운 자태는 어떤 성녀가 와도 견줄 만했다.

"끝났습니다. 앞으로 저는 로자리아 님을 이스타샤의 황족으로 대할 것입니다. 그건 제 휘하의 모든 사제와 성기사도 마찬가지입니다. 프리실라 님과 노만 1세, 클라인 황태자 또한 로자리아 님에게 예를 갖춰야 하며, 명령을 내릴 수 없습니다."

요한은 정적이 깃든 기도실을 보다가 말을 이었다.

"질병과 저주로부터 안전할 것이며, 성기사들은 로자리아 님이 다치거나 죽는 일이 없도록 목숨을 바쳐 비호해야 할 것입니다."

요한이 선서함으로써 모든 기도식의 절차가 끝났다. 로자리아는 요한의 손을 잡고서 자리에서 일어섰다. 오랫동안 무릎을 꿇었음에도 휘청이는 법이 없었다. 흐트러짐 없는 자세를 보며 요한은 놀란 듯 눈을 크게 떴다.

"축하드립니다."

요한의 축하를 뒤로 아리안 대사제가 인사를 건넸다.

"앞으로 저희 성기사들이 로자리아 님을 지키겠습니다."

아리안이 로자리아를 보며 미소 지었다. 그녀는 과거와는 달라졌단 사실을 알아차렸다. 이 자리에서 누구도 로자리아에게 고개를 똑바로 들지 못했다. 평소라면 '야만인 계집'이라며 비아냥거릴 기사들이 모두 정중하게 묵례했다.

"공작 부인께 예를 갖춰라!"

아리안이 엄숙한 목소리로 성기사들에게 명했다. 로자리아의 앞에 붉은 카펫이 깔렸다. 그녀는 새하얀 면사포와 드레스를 걸친 채로 교황청의 정문을 향해 걸었다.

"경하드립니다!"

"축하드립니다!"

신녀들이 새하얀 프리지아를 한 아름 뿌렸다. 꽃비처럼 쏟아진 하얀 꽃잎들이 그녀 주위로 흩날렸다. 손을 내뻗자 꽃송이가 떨어져 내렸다. 자신에게 허락되지 않았던 성화 프리지아였다. 로자리아는 정식으로 황족이 되었음을 실감했다.

일렬로 시립한 성기사들이 검을 든 채로 예를 다했다. 로자리아는 뒤를 돌아보지 않았다. 그녀는 새하얀 꽃가지를 쥔 채 앞만 보고 걸어 나갔다. 이로써 성녀인 프리실라와 같은 예우를 누리는 황족이 되었다. 적어도 겉으론, 프리실라가 이스타샤의 황족인 자신을 내리누를 순 없었다.

교황청의 내실을 나오자 아리안과 아델이 그녀를 기다리고 있었다.

"무나크에서 찾아뵙겠습니다."

"다쳤다고 들었는데 괜찮아요, 아리안 경?"

"괴한에게 당한 거라 지금은 괜찮습니다."

말과는 달리 여전히 부목을 한 채였다. 큰 부상은 아니었기에 아리안은 민망한 듯 웃었다.

“저는 이미 잘려서 준비할 게 없지만, 교황청에 직위 복구를 요구할 생각이에요. 그 후에 스스로 성기사직에서 물러나 공작저가 있는 무나크로 갈게요. 그때까지 기다려 주세요.”

“물론이야, 아델. 무나크에서 기다리고 있을게. 아리안 경도 잘 지내요.”

둘의 배웅을 받으며 로자리아는 교황청 밖으로 나섰다. 그곳엔 바르세데스 가문의 문장이 찍힌 마차가 준비되어 있었다.

“기다리고 있었어, 로즈.”

익숙한 목소리가 뒤에서 들려왔다. 라쉬드는 자신을 찾고 있는 로자리아를 등 뒤에서 끌어안았다.

“……라쉬드?”

“이쪽이야. 어딜 봐?”

“당신을 찾고 있었죠.”

로자리아의 말에 라쉬드는 웃었다.

“남부 무나크로 가기 위한 준비를 모두 마쳤어. 그동안 힘든 일이 많았을 테니 무나크로 가서 쉬도록 해.”

“북부 케딜락은 들르지 않아요?”

“케딜락은 들어가기 까다로운 데다가, 한 번 들어가면 석 달은 있어야 해. 바렛사가 이미 물러나서 당분간 전투도 일어나지 않을 거고.”

“으음, 아쉽네요. 케딜락도 한번 가 보고 싶었어요. 라쉬드가 군사령관으로 있는 북부는 어떤 곳인지 궁금했거든요.”

“가 보면 실망할 거야. 춥고 식량은 늘 부족하고 기사들의 주검이 마르지 않는 곳이지. 게다가 다들 폭력적이고 호전적이라 데려갈 순 없어.”

대화를 나누던 중에 라쉬드의 전령이 그를 찾아왔다.

"공작 각하, 긴히 말씀드릴 얘기가 있습니다."

"로즈, 마차에서 기다려 주겠어?"

라쉬드는 로자리아의 양해를 구했다. 로자리아는 무슨 일이냐고 묻지 않고 고개를 끄덕였다.

"갔다 와요, 라쉬드."

로자리아는 마차에 올라탔다. 이미 무나크에 돌아가기로 결정된 상황에서 무슨 일이 생긴 걸지도 몰랐다.

라쉬드와 둘만 남게 되자, 전령이 심각한 얼굴로 이야기를 꺼냈다. 바렛사의 경계와 맞닿은 북부 케딜락에 보냈던 전령이었다.

"바렛사에서 전쟁을 준비 중이라고?"

"최근 국경 지대에서 군사의 이동이 있었다고 합니다. 바렛사의 황제가 독에 중독되어 위급한 상황입니다."

"얼마 전 내란이 있었다고 했었지. 수년간 비어 있던 황제 자리를 차지한 지 얼마 되지 않았는데, 독살이라……."

"요 며칠 동안 바렛사에서 반란이 일어났다고 합니다. 열네 번째 황자가 이끄는 군대가 수뇌부의 목을 베었습니다."

"열네 번째 황자?"

라쉬드는 눈을 가늘게 떴다. 일부다처제인 바렛사에서 황자가 열여섯 명인 건 놀랍지 않은 일이었다. 그러나 이름도 들어 보지 못한 황자가 반란을 일으켰다는 건 이스타샤에 반가운 소식은 아니었다.

"내란이 끊이지 않도록 해. 바렛사의 새로운 황제가 등극하면 그다음엔 이스타샤에 눈을 돌릴 거다."

"바렛사의 현 황제는 가망이 없습니다. 우리에게 반가운 소식은 아닙니다. 그는 온건파였으니까요. 또한 우리의 문물을 좋아했던 편이라, 외교가 단절되는 걸 원하지 않았습니다."

"지금 군대를 이끌었다던 그 황자, 강경파인가?"

"그렇습니다. 워낙 호전적인 인물이라 바렛사 내에서도 감당할 자가 없다고 알려졌습니다. 또한 그가 열둘로 나눠진 부족을 통일한다면 이스타샤는 바렛사의 군대를 이겨 낼 수 없습니다."

"……협상은?"

"응하지 않았습니다. 저번에 말씀드린 대로 무용지물이었습니다. 황위에 오르는 걸 도와주는 대가로 바렛사에게 국경의 영토를 얻으려고 했지만 거절했습니다."

"그렇겠지. 어차피 그자가 황제가 되면 전쟁으로 이스타샤를 집어삼키려고 할 테니."

라쉬드는 깊은 한숨을 쉬었다. 이스타샤는 신성제국이 된 이후부터 침략 전쟁을 멈추었다. 건국 초, 여신의 뜻으로 야만인을 교화시킨다며 이스타샤의 군대가 왕국을 복속시켰지만 오백 년도 더 된 일이었다. 수복했던 영토는 이미 이스타샤의 것이 되었으며 오백 년 동안 평화로운 제국은 사치와 향락으로 부패해 갔다.

"성기사와 제국의 군대를 모두 통솔해도 바렛사에겐 상대가 되지 못해. 지금이야 바렛사가 황위 다툼과 내란에 휩쓸리고 있으니 섣불리 나서지 않는 것뿐이지. 전염병으로 바렛사가 주춤했다고 해도, 피해가 더 큰 건 우리 쪽이고. 새로운 황제가 등극하여 바렛사의 나머지 부족을 통일한다면 이스타샤는 바렛사의 군대를 버티지 못해."

라쉬드는 냉정하게 현실을 판단했다. 이스타샤가 무너진다면 신전과 대립하는 것도 무의미했다. 이스타샤 제국이 멸망한다면 성기사와 수백만의 군사는 바렛사의 종이 될 것은 자명했다. 신성제국이 존속해야 성기사와 신전, 황가 또한 유지될 수 있었다.

"신전에는 알리지 말도록."

"예? 만약 전쟁이 터진다면 군사를 얻어야 합니다. 더 이상 성기사는 성녀님을 지키는 게 아니라 이스타샤 제국 자체를 비호해야 합니다."

"정보를 알려 주면 도리어 바렛사와 협상할 거다. 우리의 영토인 북부 케딜락을 바렛사에게 넘기면서까지, 클라인은 황제로 남을 테지. 내게 맞서는 것보다 적국의 위협을 받는 것이 차라리 낫다고 생각하는 놈이니까."

"하지만 성녀님께선……."

"성녀는 변했다. 아니, 우리가 처음부터 잘못 생각하던 거였지. 전쟁이 일어난다고 해도 프리실라는 눈 하나 깜짝하지 않아. 영원히 성녀로 남을 수 있다면 무슨 짓인들 못 하겠어."

"그럼 성기사들 없이 저희 군사로만 막아야 하는 겁니까?"

"예정된 수순이었다. 작위를 받은 수만의 성기사 중 순수한 실력으로 기사가 된 자가 몇이라고 생각하나. 어찌 됐든 전쟁은 막아야 하니, 지금부터 바로 북부 케딜락으로 떠난다."

"알겠습니다. 무나크에 있는 공작저에 이를 알리겠습니다. 그럼 공작 부인께서는……."

"그건 부인과 의논하여 결정할 문제다."

라쉬드는 전령에게 북부 케딜락으로 가기 위한 준비를 마치라고 일렀다. 그는 마차에서 기다리고 있는 로자리아에게 다가갔다.

"로즈."

"무슨 일이 생긴 거예요? 표정이 좋지 않아요."

"지금 바로 북부 케딜락으로 떠나야 해."

"아깐 분명 남부 무나크로 가야 한다고……."

"바렛사의 군대가 북부 케딜락으로 내려오고 있다. 케딜락에 군사령관으로서 가 봐야 해. 라뮤엘과 센도 북부로 부를 생각이다."

라뮤엘은 공작의 보좌관이었다. 남부 무나크에서 공작저의 업무를 총괄하는 라뮤엘까지 북부로 부른다는 건 위급한 상황임을 뜻했다.

"라쉬드, 내가 어디로 가길 원해요?"

"당신의 의견을 존중하겠어."

뜻밖이었다. 분명 위험하니 남부 무나크에서 기다리라는 말을 들을 줄 알았다. 몇 가지 이유를 대며 케딜락으로 가겠다고 말하려던 차에 로자리아는 어안이 벙벙했다.

'예전에는 내 의견조차 묻지 않았는데.'

로자리아는 놀란 마음을 다잡으며 말했다.

"나도 북부 케딜락으로 가겠어요. 바르세데스의 사람으로서."

로자리아는 확고한 뜻을 전했다. 잠자코 그녀의 대답을 기다리던 라쉬드는 로자리아를 와락 안았다.

"라쉬드?"

"로즈, 당신이 그 말 할 줄 알았어. 물어본 내가 잘못이었군."

갑작스러운 포옹에 로자리아는 눈을 깜빡였다.

'내가 북부 케딜락으로 떠난다고 해서 좋아하는 거야, 좋아하는 척하는 거야?'

고민해 봤지만 마냥 좋아할 것 같진 않았다. 번거롭다고 생각하려나. 그렇게 추측하던 로자리아가 말했다.

"짐이 되진 않을 거예요. 걱정 말아요."

"그 반대였어. 무나크로 돌아간다고 했으면 붙잡았을지도 몰라."

"정말이에요?"

"당신이 내 곁에 있어야 안심이 되니까."

라쉬드의 말에 로자리아는 너무 놀라 사레가 들리고 말았다. 갑작스레 들린 탓에 고개를 숙인 채 기침했다. 얼굴색 하나 바뀌지 않고 저런 말을 할 줄이야!

"북부 케딜락이 위험하긴 해도 내 곁에 있으면 괜찮을 거다. 오히려 라뮤엘도 센도 없는 남부 무나크에 널 혼자 보내긴 싫었어."

“이상하게 생각할지 모르겠지만 전 북부 케딜락으로 꼭 가 보고 싶었어요. 케딜락 사람들이 거칠고 호전적이라도 상관없어요. 그곳에서 더 잘 지낼 수 있을지도 모르죠.”

로자리아는 솔직하게 말했다. 남부 무나크에 있을 때도, 이스타샤 황성에서 지낼 때도 완벽하게 예법대로 행동했다. 책잡히지 않기 위해 사뿐사뿐 걷거나 경건하게 기도를 올리곤 했었다. 지금까진 검을 들기엔 마땅찮은 상황이었다. 그리고 멜라니와 약속한 대로 성검 데레사에 대해 조사해 봐야 했다. 이건 그녀에게 주어진 기회였다.

“공작 각하, 지금 바로 출발할 수 있도록 준비를 모두 마쳤습니다.”

전령이 라쉬드에게 말했다.

“북부를 지키고 있는 로열 기사단장께도 전령을 보냈습니다. 즉시 경계 태세로 전환하겠다는 답이 왔습니다.”

“수고했다, 엘. 로자리아도 함께 갈 테니 부인이 쉴 수 있는 거처를 마련해 둬. 내가 쓰던 침실보다 더 큰 방을 준비해 놔. 청소는 물론 호화롭게 꾸미는 것도 잊지 말고.”

라쉬드는 북부 케딜락의 성을 떠올리며 미간을 찌푸렸다. 그야 항시 전쟁 중인 케딜락에서 지내는 것이 익숙했지만 로자리아는 아니었다.

케딜락은 테베의 왕성보다 더욱 컸지만 거칠고 난잡하기 짝이 없었다. 성 뒤편에는 햇볕이 잘 들지 않아 퀴퀴했고 내부는 얼어붙어 녹이 슬었다.

‘임시방편으로 대충 꾸린 침실이라 거기서 지낼 수는 없지.’

라쉬드는 열다섯, 어린 나이에 케딜락으로 떠났을 때를 떠올렸다. 이스타샤 황성에서도 눈칫밥을 먹고 자라 편하게 지내진 않았지만, 케딜락에서 지내는 것에 비하면 황자로서의 삶은 천국이었다. 그에게 옷은 물론 식량조차 제대로 내어주지 않았다. 성년이 되기 전, 케딜락의 군사권을 가지게 되면서 상황은 바뀌었다.

"나를 따르지 않아도 좋다. 어차피 검조차 들지 못하는 네놈들 따위 바르세데스가 지고 갈 생각은 없었다."

그는 오만한 케딜락의 귀족과 명령에 따르지 않는 기사들의 목을 전부 베었다. 그것도 휘하의 기사를 시키지 않고, 수만의 기사가 보는 앞에서 직접 쳐 냈다. 그들의 잘린 목을 성벽에 걸어 케딜락의 군사가 볼 수 있게 하였다.

군사는 개편하였으나 케딜락의 성은 여전히 춥고 음침했으며 불편했다. 바렛사와의 전쟁이 언제 터질지 모르는 상황에서 성을 재건할 순 없었다. 라쉬드는 이미 낡은 성에 익숙해져 불편함이 없었지만-공작가의 휘하 기사들조차 케딜락에 처음 온 날, 잔병치레했을 정도였다-로자리아는 아니었다.

"알겠습니다. 마님께서 지내시는 데 불편함이 없도록 가장 깨끗한 곳에 침실을 준비하고, 의원과 시녀도 준비하겠습니다."

"또 할 말이 남은 건가, 엘?"

"이걸 어떻게 말씀드려야 할지……."

"급한 일이 아니라면 여기서 말하도록 해. 지금 당장 케딜락으로 떠나야 하니까."

"성녀님께서 주군을 뵙기를 원합니다. 방금 전에 교황청에 오셨고, 지금 이곳에서 기다리고 계십니다."

"프리실라가?"

라쉬드가 낮아진 목소리로 물었다.

"멀리 떨어진 교황청에 일부러 올 정도면 교황을 만나러 온 건가?"

"이미 성하와의 접견은 끝났다고 들었습니다. 성녀님께서 기다리는 건 주군이십니다."

전령은 로자리아를 쳐다보지도 못한 채 소식을 전했다. 명령에 따라 주군께 알리는 게 그의 일이었지만 알 수 없는 죄책감이 들었다.

"……내가 가지 않는다면?"

"급한 일이라고 하셨습니다. 북부 케딜락으로 떠나기 전에 꼭 뵈어야 한다고 제게 전하셨습니다."

"프리실라가 어떻게 내가 케딜락으로 간다는 사실을 알고 있는 거지?"

"죄송합니다, 주군. 그건 저도 잘 모르겠습니다."

"엘, 넌 여기 남아서 로자리아를 지켜라. 금방 갔다 올 테니."

라쉬드는 마차의 문을 열고 나왔다. 그는 로자리아를 뒤돌아보는 대신, 프리실라가 기다리고 있을 교황청으로 떠났다.

"오랜만이에요, 라쉬드."

"무슨 일로 여기까지 온 거지?"

"케딜락으로 떠난다고 들었어요. 그 전에 얼굴 보고 싶어서 온 거예요. 라쉬드는 나를 보고 싶지 않았어요?"

프리실라는 애처롭게 말하며 라쉬드의 품에 기대었다. 그녀가 유일하게 사랑하는 남자. 그럼에도 눈길 한 번 준 적 없는 차가운 이. 라쉬드는 무표정한 얼굴로 프리실라를 떼어 내었다.

"라쉬드, 당신도 내가 보고 싶었던 거죠? 우리 어렸을 땐 자주 시간을 보냈잖아요."

"무슨 말을 하는지 모르겠는데. 고작 이런 이유로 나를 찾아온 건가?"

"어렸을 때 스승님과 지내던 거 기억해요? 라쉬드와 나, 스승님. 이렇게 우리 셋이서 늘 같이 있었어요."

"……내가 우스운 건가, 프리실라. 네가 데레사를 쫓아냈던 걸 모른다고 생각하나 본데."

"그건 어쩔 수 없는 사고였어요. 전 데레사 님을 진심으로 믿었지만 그녀가 먼저 우리를 배신했어요. 성녀로 태어났으면서 정령술사를 살려 둔 건 스승님이 책임질 일이었어요."

"그래서 데레사를 내쫓았다?"

"기억하시잖아요. 데레사 님이 라쉬드에게 어떤 짓을 했는지! 라쉬드의 어머니에게 독약을 먹이게 한 것도 데레사 님의 짓이었어요."

"그 이야기를 네 입으로 듣게 될 줄은 몰랐군."

라쉬드가 차가운 눈동자로 프리실라를 내려다보았다. 어차피 자신의 어미는 미쳐 버렸고, 데레사는 그녀를 모시던 성기사에 의해 죽음을 맞았다.

"라쉬드…… 예전처럼만 대해 줘요."

"황제의 첩으로 살다가 이제 그가 늙어 죽을 때가 되자 클라인의 부인이 되려는 걸 모른다고 생각하나?"

"당신도 알잖아요. 내가 원해서 그런 게 아니라는 거……!"

"네가 황제와 황태자에게 무슨 짓을 하든 상관없어. 하나 내 아내를 건드린다면 가만히 지켜보지 않을 거다."

라쉬드는 프리실라에게 싸늘하게 말했다. 그의 얼굴을 물끄러미 보던 성녀가 뒤로 물러섰다. 프리실라의 표정이 차갑게 굳었다.

"알겠어요. 나도 더 이상 당신에게 매달리지 않을 거예요. 오늘 당신에게 줄 것이 있어 부른 거예요."

"고작 그런 이유로 나를 부른 건가?"

"분명 당신이 기뻐할 일이에요. 나를 믿고 와 줘서 고마워요."

프리실라의 인사에도 라쉬드가 단도직입적으로 물었다.

"……그래서 내게 주겠다는 물건은?"

"성검 데레사. 당신에게 바친 이 검이 정령술사를 죽일 유일한 검이에요."

프리실라는 새하얀 천에 감긴 성검을 내밀었다. 라쉬드는 가라앉은 눈으로 검을 내려다보았다.

"수도에 정령술사가 나타났다고 들었어요. 당신이 사악한 정령술사로부터 이스타샤를 지켜야 해요. 이건 성녀이자 여신의 대리자로서 하는 부탁이에요."

시간이 지나서야 라쉬드는 검을 쥐었다. 그의 시선이 데레사의 심장으로 보이는 붉은 보석에 스쳤다.

"유용하게 잘 쓰도록 하지."

라쉬드가 마차로 돌아온 건 한 시간도 지나지 않아서였다. 그는 평소와 다를 것 없는 얼굴로 로자리아의 곁에 앉았다.

"기다리고 있었어요."

"……일이 좀 있었어. 기다리게 해서 미안하군."

라쉬드는 피곤한 듯 두 눈을 감았다. 그는 검을 가져오는 대신 전령에게 맡겼다.

"무슨 일 있었어요?"

"아무것도."

라쉬드는 말을 삼갔다. 프리실라와의 일을 알려 주지 않겠단 뜻이었다. 로자리아도 더 이상 묻지 않았다.

'프리실라가 왜 라쉬드를 부른 거지?'

그 의문은 마차가 북부 케딜락에 도착해서도 풀리지 않았다. 반나절 동안 달리던 마차는 성의 정문에서 멈추었다.

"여기가 우리가 앞으로 지내게 될 케딜락이야."

"확실히 남부나 수도완 분위기가 다르네요."

투구를 쓴 채 문을 지키는 병사들은 무표정했다. 성의 경계는 삼엄

했고 군기 또한 엄격했다. 이윽고 거대한 도르래가 돌아가며 케딜락성의 문이 열렸다. 성문이 올라가자 그녀가 탄 마차가 앞으로 나아갔다. 로자리아는 반쯤 열린 창문으로 성안을 구경했다.

"로즈, 북부는 식량이 부족해 남부만큼 풍족하진 않아. 시종들에게 신경 쓰라고 미리 일러뒀지만."

"풍족하지 않아도 괜찮아요."

"따로 호위 기사를 붙여 줄 테니 웬만해선 혼자 성을 돌아다니지 마."

"마을을 구경하는 것도?"

"마을은 성과 멀리 떨어져 있어 마차가 없으면 가지 못해. 다른 도시에서 온 범죄자들도 있을 테고."

"호위를 데리고 가더라도 안 되나요?"

"센 정도 되어야 안심하겠지."

그 외엔 불가능하단 뜻이었다. 로자리아는 과보호라고 생각하며 한숨을 내쉬었다.

'내겐 데모나가 있는걸.'

그때 검을 쓰는 모습을 봤으면 허락할 거라고 생각했다. 그러나 그건 오산이었다.

"그리고 이렇게 입다간 감기 걸려."

라쉬드는 그가 입고 있던 검은 제복을 벗어주었다. 생각지도 못한 행동에 그녀는 얼떨결에 호의를 받았다.

"답답하더라도 두꺼운 모포를 꼭 걸쳐. 이곳에선 감기라도 걸리면 치료하기 까다로우니까."

"알았어요. 그러는 라쉬드도 두꺼운 옷 입어야 하는 거 아니에요? 셔츠만 입으면 감기 걸릴 텐데."

"성력이 있어서 춥지 않아."

라쉬드는 무심히 말했다. 추위에 강했지만 추위를 못 느끼는 건 아니었다. 그렇다고 한겨울에 잠시 셔츠만 입는다고 해서 죽는 건 아니었다.

"아, 이번에도 센 경이 제 호위를 맡게 되나요?"

"그건 어려울 거야. 한가로울 땐 센이 네 호위를 맡았지만 그는 제2 기사단장이니까. 북부 케딜락에선 부지휘관인 셈이지."

"그럼 제가 원하는 호위 기사를 선택해도 되나요?"

"원하는 이가 있나?"

"센이 바쁘다면 다른 사람을 구할 바에 내가 아는 사람에게 맡기고 싶어요. 호위는 제가 뽑게 해줘요."

"……좋아. 그래서 부인을 호위할 이는 누구지?"

라쉬드는 믿지 못한 눈치였다. 로자리아는 잠시 고심하다 답했다.

"윈드 경이라고 테베의 기사예요."

"테베의 기사? 시녀면 몰라도 테베의 기사가 케딜락에서 지내기엔 어려워."

"으음, 그렇다면 더욱 윈드 경이 좋겠어요. 라쉬드는 만난 적 없겠지만 전 그보다 더 강한 기사를 본 적이 없어요."

"부인께서 말하는 윈드 경은 언제 올 수 있는 거지?"

"오늘 안에. 허락한다면 서신을 전할 거예요."

"좋아, 그러도록 해."

"바로 윈드 경을 불러야겠네요. 일이 있다고 했죠? 그럼 전 먼저 가볼게요, 라쉬드."

로자리아는 라쉬드가 말을 바꾸기 전에 말했다. 그녀는 피곤한 기색을 보이며 그의 시선에서 벗어났다.

로자리아는 시녀를 따라 침실에 도착했다.

"이곳이 지내실 침실입니다, 마님."

시녀가 로자리아를 새로 꾸민 침실로 안내했다. 깨끗한 침대 위에 푹신한 모포가 준비되어 있었다. 중앙에는 벽난로가 있었고 희귀한 이국의 검과 방패가 벽에 걸려 있었다.

'장식용 검이 아니라 진검이야.'

로자리아는 침대에 벌러덩 누워 눈을 감았다. 아까부터 프리실라와 무슨 얘기를 나눴는지 궁금해서 다른 생각은 들어오지 않았다.

'아냐, 그만 생각하자.'

그녀는 라쉬드 생각을 떨쳐 내곤 윈드를 불러내었다.

"윈드, 네게 맡길 일이 있어."

"무슨 일이십니까?"

"호위를 맡기려고 해."

"알겠습니다."

윈드가 선뜻 대답하자, 로자리아가 도리어 물었다.

"길드 일로 바쁠 텐데 호위까지 맡을 수 있겠어?"

"제겐 쉬운 일입니다."

윈드가 당당하게 말했다. 로자리아는 믿음직한 정령을 보며 웃었다. 갑작스러운 손길에 그가 눈을 깜빡이자 로자리아는 윈드의 볼을 늘어뜨리며 말했다.

"한 가지 문제가 있어, 윈드. 지금의 넌 누가 봐도 정령 같아."

"……그야 정령이니까요."

"완전히 사람처럼 보여야 해. 혹시 힘들다면 내가 도와줄까?"

"그 정돈 제겐 쉬운 일입니다."

옅은 바람이 스쳐 지나가고 눈앞에는 수려한 사내가 있었다. 녹색 머리칼에 에메랄드 눈동자를 가진 그는 누가 봐도 케딜락의 기사였다.

"이따 밤에 맞춰 케딜락의 성으로 찾아오겠습니다."

미리 연습이라도 한 것처럼 윈드의 행동은 자연스러웠다.

케딜락성에서의 하루가 지나가고 있었다. 윈드는 정식으로 공작 부인의 기사가 되었다. 어젯밤 일찍 잠들었던 로자리아는 눈을 떴다. 북부 케딜락성에서 처음 맞는 아침이었다. 그녀는 기지개를 켜곤 창문가로 향했다.

'아침 일찍부터 기사들이 훈련 중이구나.'

가벼운 차림의 기사들이 대련하고 있었다. 그녀는 씻고 간단한 식사를 마친 후 연무장으로 내려왔다. 그곳에는 금발을 묶은 남자가 있었다. 이스타샤에선 희귀한 편이라 로자리아는 그를 물끄러미 구경했다. 약 백 명 남짓의 기사가 구호에 맞춰 검을 휘두르고 있었고, 남색 제복을 걸친 기사단장이 이를 지휘했다. 거칠고 난폭하다는 말과 달리 절제된 동작이었다.

'누가 봐도 기사처럼 보여.'

기사들은 낯선 여자의 등장에도 고개를 돌리지 않았다. 일부 흘끗거렸던 자들도 기사단장의 매서운 눈초리에 다시 검에 집중했다.

'확실히 남부의 기사들과 달라. 기합이 단단히 들어갔어. 북부를 지키는 로열 기사단이라 이건가.'

로자리아는 순수하게 감탄했다. 공작가에서 보았던 기사들은 나쁜 사람들은 아니었지만 무례한 자도 있었고 기사로 보기 어려운 자들도 있었다. 그러나 지금 훈련을 받는 기사들은 달랐다. 살면서 이토록 기사다운 이들을 보는 건 처음이었다. 훈련이 다 끝나고 나서야 선두에서 지휘하던 사내가 다가왔다.

"처음 뵙겠습니다, 마님. 북부 케딜락의 로열 기사단장, 지오반니 에르테반이라고 합니다. 편하게 지오라고 부르시면 됩니다."

"반가워요, 지오 경. 로자리아라고 해요."

지오는 정중하고 예의 바른 자였으나 로자리아는 눈앞의 사내가 편하지 않았다.

'에르테반 가문이라면 프리실라의…….'

가문이지. 로자리아는 쓴웃음을 삼켰다. 신성제국에는 동의 에르키사, 서의 에르테반 두 개의 신성가문이 존재했다. 신성가문이란, 성녀를 배출한 가문을 뜻했다. 두 가문의 혈족들은 황족을 제외하고 신성제국에서 가장 높은 성력을 지니고 태어났다. 역사상 뛰어난 대사제와 수기사는 대부분 신성가문 소속이었다.

지오의 어린 누이가 일찌감치 성녀가 되었을 때, 그는 역대 최연소 수기사였다. 그때 당시 프리실라는 열다섯, 지오는 열여덟이었다. 성년이 되지 않은 자가 일반 성기사도 아닌 수기사직을 차지한다는 건 이례적인 일이었다. 지오는 수기사 중에서도 손꼽히는 실력자였다.

"에르테반가라면……."

로자리아는 말끝을 흘렸다. 어째서 성녀의 오라버니가 케딜락에 있는 걸까. 그녀가 생각하기에도 의문이었다. 지오는 수기사로서 열다섯에 성녀가 된 누이를 지켰다. 삼 년간, 어떤 일을 겪었는지 몰라도 그는 수기사직을 그만두었다.

"알고 계셨군요. 당대 성녀이신 프리실라 님과 같은 가문입니다. 지금은 바르세데스의 기사단장이지만요."

"로열 기사단이라면 바르세데스 전체를 이끄는 기사단을 말하는 거네요."

속으로 수많은 추측이 들었으나, 그녀는 궁금해한다는 걸 내색하지 않았다.

'……어째서 에르테반 사람이 여기에?'

회귀 전에는 당연하다고 생각했던 일이 지금은 이상하게 느껴졌다. 그땐 성녀와 공작의 사이가 깊다고 오해했으니 그럴 만도 하지만.

'라쉬드는 왜 지오를 받아준 거지?'

성녀와 가장 가까운 피를 이어받은 이를. 마땅한 답을 찾기 어려웠다.

'라쉬드의 최측근…….'

공작의 최측근은 셋이었다. 보좌관인 라뮤엘, 제2기사단장인 센. 그리고 로열기사단장인 지오까지. 즉, 눈앞의 사내가 바르세데스에서 가장 뛰어난 기사란 소리였다. 또한 라쉬드 공작을 제외하고, 그다음으로 군 지휘권을 가진 부사령관이었다. 어쨌든 지오를 실제로 보는 건 처음이었다. 과거에는 북부 케딜락으로 떠날 일이 없었으니 소문만 들었을 뿐이었다.

지오반니 에르테반. 신성가문 출신으로 바렛사의 전사들을 도륙 내어 공작의 개로 불렸다. 그가 검을 휘두를 때마다 바렛사의 시체가 산처럼 쌓였다는 이야기는 과장이 아니었다.

"제가 훈련에 방해됐나요? 그저 지켜보려던 것뿐이었는데."

"언제든 보셔도 됩니다. 센에게 자주 이야기를 들었습니다. 뛰어난 검술로 바르세데스의 기사를 구하셨다고 하더군요."

그렇게 말하며 지오는 입가에 옅은 미소를 지었다. 로자리아는 의심하던 것을 그만두었다. 지오는 이미 에르테반가에서 나왔고, 지금은 공작의 사람이었다.

로자리아는 손을 내밀었다. 지오가 그녀의 손등에 입을 맞추었다. 정중한 예법이긴 했지만, 로자리아는 기쁘진 않았다. 자신에게 있어 에르테반은 성녀의 가문, 그 이상도 이하도 아니었다. 지오는 로자리아의 손을 놔주었다. 로자리아는 숨을 깊게 들이쉬며 말했다.

"실례했어요, 지오 경."

"아닙니다. 어려운 일이 있거든 제게 말씀하시길."

로자리아에겐 에르테반의 남자가 어려운 사람이었다. 그녀는 발끝이 무겁게 내려앉는 기분에 자리를 벗어났다. 등을 돌렸음에도 그의 시선을 떨쳐 낼 수 없었다.

'바르세데스에 충성한 기사단장이니 라쉬드가 믿을 만한 자겠지.'

로자리아는 정원을 찾아 거닐었다. 녹지 않는 동토에서 피어날 꽃은 없었다. 복잡한 속을 달래려고 갔으나 더욱 심란해졌다. 얼어붙은 나무를 보던 그녀는 한숨을 내쉬었다. 전쟁 준비에만 전력을 다하는 케딜락에서 정원은 사치였다. 유사시엔 정원사조차 무기를 들고 나가야 한다는 말도 심상찮게 들릴 정도였다. 한차례 정원을 둘러보던 그녀는 라뮤엘과 마주쳤다.

"라뮤엘 경!"

"마님, 정말 오랜만입니다. 무나크에서 오매불망 마님을 기다리다가 오시지 않아, 제가 직접 북부로 왔습니다."

"놀리지 말아요. 라쉬드의 명령으로 센과 같이 온 거잖아요?"

"하하, 들켰군요."

라뮤엘은 멋쩍은 듯 턱 끝을 매만지며 웃었다.

"그래도 하루 만에 올 줄은 몰랐어요. 거리상 짧은 시간에 올 수 있는 곳이 아닐 텐데."

"이동진이 준비되어 있으니 하루 만이든, 한 시간 만이든 올 수 있습니다."

그러니 이렇게 깜짝 놀라게 할 수도 있다고 덧붙였다. 라뮤엘이 상냥한 미소를 지으며 물었다.

"정원을 둘러보시고 계셨나요?"

로자리아는 고개를 끄덕였다. 이상하게 그와 있다 보면 마음이 편해졌다. 그녀의 귓가에 소곤거리는 목소리가 들려왔다. 정령들이었다.

「라뮤엘이야!」

「로즈, 우린 숨어 있지 않을 거야!」

로자리아는 제멋대로 튀어나온 정령들을 보며 소리 없는 비명을 질렀다. 다짜고짜 정령들이 라뮤엘에게 달려들었다. 작은 정령이 제 머리칼을 들어 올리는 걸 모르는지 그가 안타까운 얼굴로 말했다.

"아쉽게도 정원의 꽃이 모두 시들었네요."
"전쟁 준비로 바쁘니 그럴 만도 해요."
"전 사실 전쟁 같은 건 잘 모르겠습니다. 그저 작은 아이들이 다치지 않기를 바라요."
라뮤엘이 손을 내뻗자 작은 정령이 그의 손에 앉았다.
「꺄르르, 로즈, 이것 봐.」
「나 이 남자가 좋아!」
해맑은 웃음소리에 로자리아는 심각했던 표정을 풀었다. 과거에 물들었던 상념이 해맑은 정령의 장난에 씻겨 나갔다.
"누가 괴롭히는지 귀가 간지럽네요."
"바람일 거예요."
"유령을 무서워해서 유령만은 아니길 바랄 뿐입니다."
라뮤엘이 심각한 얼굴로 말했다. 로자리아는 유령은 아닌 것 같다고 말하려다가 모른 척 넘겼다.
"아, 참. 지오 경을 만나 보셨나요?"
"방금 전에 만나고 온 길이에요. 우연히 마주쳤죠."
로자리아가 답했다. 그녀는 뺨을 긁적이다가 문득 궁금하다는 듯 물었다.
"지오반니 경은 어떤 사람이에요?"
"그는 좋은 사람이에요."
"좋은 사람?"
"으음…… 엄격하고 고지식한 기사이긴 하지만 나쁜 사람은 아닐 거예요."
라뮤엘은 말끝을 흘렸다. 그리 밝지 않은 로자리아의 얼굴에 그는 지오 얘기를 꺼내지 말았어야 했다고 내심 후회했다.
"여긴 케딜락입니다. 전부 공작가의 사람이에요. 물론 아닌 자도 많지만, 지오와 저는 믿을 만한 사람입니다."
"센은요?"
"아, 참. 센 경을 빼먹었네요."
라뮤엘이 잔잔한 미소를 지으며 말했다.
"곧 전쟁이 일어날지도 모르겠군요. 이곳을 떠도는 바람의 기운이 달라졌어요."
라뮤엘이 바람을 어루만지듯 허공에 손을 뻗었다. 이때다 싶어 달려드는 정령을 보니 그의 정체가 궁금해졌다.
'사람을 따르지 않는 정령이 어째서 라뮤엘만 보면 좋아하는 걸까?'
정령들은 손에 피를 묻힌 자를 두려워하고 꺼려했다. 이스타샤를 지키는 명예로운 기사라 한들, 정령에게 있어선 그저 피 냄새가 고인 무서운 사람이었다.
"케딜락에 파란이 일겠군요. 그때 되면 부인께선 어쩌실 생각이십니까?"
"케딜락에 파란이?"
"저라면 케딜락을 떠날 거예요. 전쟁이 일어나기 전에."
더 말할 것 같았던 그는 입을 다물었다. 평소답지 않은 어두운 얼굴에 로자리아는 그에게 다가갔다.
"무슨 일이 있었나요, 라뮤엘 경?"
"밤새 잠을 못 자서 피곤했나 봅니다. 할 일이 쌓여 있어서 안색이 좋지 않은가 봐요."
"그런 거라면 괜찮지만……. 제게 말해준다면 어떤 일이든 도와줄게요. 고민이 있으면 말해도 좋아요."
"전 당신의, 아니……."
무언가 더 말을 하려던 라뮤엘이 화들짝 놀라 뒤를 돌아보았다. 라쉬드가 팔짱을 끼고 둘을 지켜보고 있었다.

"마저 말해봐. 전 당신의? 당신의 귀여운 남자라도 된다는 건가?"
"그럴 리가요! 몰래 듣는 게 주군 취미시죠?"
당황한 라뮤엘이 말을 돌렸다. 로자리아는 궁금한 얼굴로 그를 물끄러미 보았다.
'전 당신의……? 무슨 말을 하려던 거지?'
"라뮤엘 경, 괜찮아요. 저에게만 말을 해준다면 비밀로 할게요."
"아닙니다. 전 가 보겠습니다. 그럼 이만!"
라뮤엘이 창백해진 얼굴로 정원을 벗어났다. 행여 라쉬드와 로자리아가 붙잡을까 봐 뛰기까지 했다.
"예의 주시해야겠는데."
"무슨 말을 하려는지 궁금했는데 듣지 못했어요."
"저러다 사랑 고백이라도 하면 어쩌려고?"
"그건 아닐 거예요."
로자리아는 단호하게 말했다. 라뮤엘의 행동으로 봤을 때 그럴 가능성은 없었다. 라쉬드도 그걸 알고 있었기에 납득했다. 보좌관으로서 일 처리하는 것 이외엔 순진한 사제께서 주군의 아내에 흑심을 품을 리가 없었다. 마냥 친절한 것이 다소 거슬리긴 해도.
"정원을 좋아하나?"
"좋아하는 편이에요."
"난 예전엔 별 관심이 없었는데 지금은 나쁘지 않아."
라쉬드는 정원에 시든 나무를 보면서 말했다. 그는 팔을 내뻗어 메마른 잎을 손으로 그러쥐었다.
"정원을 관리하는 건 어때?"
"내가요?"
"오래전 정원사가 죽은 뒤로 새로운 사람을 구할 생각은 못 했어. 새로 사람을 뽑을 테니 원하는 대로 정원을 바꾸어도 좋아."

"정원이 크긴 하지만 세 명이면 충분하겠네요."

"로즈."

라쉬드는 로자리아에게 다가갔다. 아내를 물끄러미 보던 그가 무언가 말하려다 입을 다물었다.

"내게 할 말이 있는 거 아니었어요?"

"아무것도 아니야."

라쉬드는 그녀를 끌어안을 뿐 별다른 말은 하지 않았다. 로자리아는 그의 어깨에 고개를 묻었다. 정원에서의 하루가 지나가고 있었다.

로자리아가 정원을 맡게 된 지 하루가 지났을 때였다. 다음 날, 그녀는 기사와 함께 티타임을 즐겼다. 겉보기엔 공작 부인이 따뜻한 차와 달콤한 디저트로 휴식을 즐기는 것처럼 보였지만, 로자리아는 윈드에게 보고를 받고 있었다.

윈드는 사업이 잘 진행되는지, 장부에 누락된 거나 횡령한 것은 없는지, 과한 투자는 아닌지 매의 눈으로 상단을 감시했다. 그리고 에단이 정리한 장부를 모아 로자리아에게 가져다주었다. 장부를 살피던 로자리아는 만족스러운 미소를 지었다.

아이리쉬 백작과의 거래는 성공적으로 마쳤고, 그녀의 상단은 본격적으로 약초 사업을 시작했다. 로자리아는 장부 확인을 끝마쳤다. 소소한 휴식을 즐기는 공작 부인에게 윈드는 준비해 둔 선물을 건넸다. 연꽃으로 만든 차였다.

"백련차?"

"연꽃으로 만들었는데 향이 어떠십니까? 마음에 드실 것 같아 가져왔습니다."

온화한 미소를 지은 윈드가 로자리아 앞으로 찻잔을 가져왔다.

“실례가 안 된다면 제게 끓여 주시겠습니까?”

“음, 괜찮은 거지? 나무가 꽃을 먹으면…….”

“그렇게 말하시면 제가 뭐가 됩니까, 로즈.”

책망하는 목소리에 로자리아는 얼린 백련 꽃봉오리를 살폈다. 숨을 들이쉴 때마다 고고한 연꽃의 향이 파고들었다.

“얼린 백련 꽃봉오리를 잔에 넣고, 뜨거운 물을 부으면 돼. 한번 봐 봐, 윈드.”

“연꽃잎이 하나씩 피어나는군요.”

윈드는 미소를 지으며 답했다. 그의 에메랄드 눈동자에 서서히 피어나는 연꽃이 어렸다.

“로즈와 이런 시간을 보내게 돼서 기쁩니다.”

“나도 기뻐.”

“예전에는 주인과 이렇게 대화를 할 거라곤 생각지 못했으니까요.”

나의 어린 여신. 전생인 율리아와는 달랐지만 사랑하는 건 같았다. 목숨을 바쳐 경외하며 지켜야 할 주신의 딸이었다.

‘지금은 모두 잊었겠지만.’

윈드는 두 손으로 따뜻한 차를 그러쥐었다. 율리아가 죽고 나서 감정을 잃어버리지 않았던가. 그런데도 뭉클한 기분이 들었다. 윈드는 저도 모르게 심장가를 어루만졌다.

형체가 없는 바람의 정령이었던 윈드는 율리아를 만나 그녀와 닮은 사람으로 변했다. 자그마한 손을 내뻗고 실낱같은 목소리로 율리아의 이름을 부르고 있노라면, 어린 여신은 두 팔을 내밀어 자신을 안아주었다.

처음에는 갓난아이의 모습을 하다가, 점점 소년으로 자라나고 종래에 성년이 되었을 땐 율리아는 제 곁에 없었다. 그녀는 제게 어머니이자, 친우이자, 누이였다. 더 이상 말을 나눌 사람이 없다는 걸 깨달았을 땐 이미 천 년이 지나 있었다. 그러다 금발의 푸른 눈을 한, 율리아와 같은 모습의 왕녀를 보았을 때는 심장이 두근거렸다.

'나의 주인.'

그러나 로자리아는 자신을 보지 못했다. 비아의 씨앗으로 정령술사가 되었을 땐 달라져 있었다. 그와의 대화를 거부했고, 그의 목소리조차 들어주지 않았다. 율리아의 환생마저 죽었을 때, 세상에 무너지는 것만 같았다. 시간이 돌아가고 다시 로자리아가 자신을 불렀을 때의 그 벅찬 심정을 주인은 모를 것이다. 윈드는 미소를 머금으며 말했다.

"백련차의 향이 좋군요."

"백련차를 팔면 어떨까? 기름진 음식을 먹고 나서 속이 더부룩할 때 마시면 좋기도 하고."

"저도 좋습니다."

윈드는 눈가를 휘며 대답했다. 그의 눈에 비친 로자리아는 이미 성년이 되었다. 더 이상 제 허리밖에 안 되던 작은 아이가 아니었지만, 사랑스럽긴 매한가지였다.

"주인의 마음에 든다니 다행입니다."

윈드는 사촌지간에 꽃을 뺏겨(?) 울던 백련을 떠올렸다. 구슬피 울던 여인은 로자리아가 좋아할 거란 말에 마저 핀 꽃마저 떨어뜨렸다.

'이곳에 있는 연꽃과는 다르지만.'

백련은 물에 자라나는 수목이나 정령계에 있는 것은 거대한 나무였다. 인계에서 핀 꽃은, 정령계의 신목으로부터 자라났다.

"윈드, 만약 정령술사를 죽일 검이 있다면 내가 찾을 수 있을까?"

"제가 당신을 도울 것입니다."

윈드는 그녀의 손등에 입을 맞추며 말했다. 지켜야 할 누이가 있다면 이런 기분일까. 화목한 시간이 깨진 건 기사를 부르는 목소리 때문이었다. 자신을 부르는 목소리에 윈드는 아쉬운 얼굴로 로자리아에게 인사했다.

"이만 가 보겠습니다."

"몸조심해, 윈드."

"조심할 일이 무어 있겠습니까? 걱정 끼칠 일은 없을 테니 안심하세요."

윈드는 웃으며 자리에서 일어섰다. 응접실을 나간 그의 표정이 순식간에 차갑게 바뀌었다.

"윈드 경!"

"무슨 일이지?"

윈드가 자신을 찾는 기사에게 되물었다.

"병사들 사이에서 문제가 생겼습니다. 와 보셔야 합니다."

"다른 기사들은?"

"전부 윈드 경에게 맡기라고 하셔서……."

"알겠다. 안내하도록 해."

윈드는 한쪽으로 녹색 머리칼을 묶고는 로자리아가 준 장미로 고정했다. 기사들이 소녀 같다며 놀려도 자신은 마음에 들었다. 로자리아는 빠르게 걷는 기사들을 뒤따랐다. 이미 윈드라면 기척을 알아차렸겠지만 눈치껏 모른 척했다. 로자리아는 기사들과 일정 거리를 두며 그들의 뒤를 쫓았다. 이내 그들이 도착한 곳은 창고였다.

"여긴 왜?"

"왜긴 왜야. 건방진 네놈을 가르치기 위해서지."

날이 선 검이 윈드의 등을 찔렀다. 그의 몸이 휘청이자 기사는 윈드의 몸을 질질 끌고 창고에 넣었다.

쾅-!

이윽고 문이 닫혔다. 안에서 열지 못하도록 밖에서 잠그는 것도 잊지 않았다.

"건방진 새끼. 어디 출신인지도 모를 낙하산 주제에, 우리와 같은 기사가 되겠다고?"

"제 호위 기사가 낙하산인가요?"

잔뜩 비아냥거린 기사가 몸을 뒤로 돌렸다가 흠칫 놀랐다. 두 손을 곱게 모은 공작 부인이 그를 보고 있었다.

"무, 무슨 일이십니까?"

"윈드 경에게 할 말이 있어서 따라왔는데……."

"혹시 보셨습니까?"

"문 열어요."

로자리아는 기사에게 명령했다. 잠시 후에 정신 차린 기사가 거부했다.

"지오 경의 명령입니다. 아무리 마님이라곤 해도 단장님의 명령을 거부할 수 없습니다."

"……내 기사를 건드려 놓고?"

로자리아가 화를 내려던 차에 문이 부서졌다.

"콜록."

기사가 쏟아지는 먼지에 기침을 내뱉을 때였다. 부서진 문 사이로, 멀쩡한 윈드가 나타났다.

"문제가 있다고 하지 않았습니까?"

"으어억!"

기사는 유령이라도 본 것처럼 소리쳤다. 부들거리며 윈드를 쳐다보던 기사의 눈이 휘둥그레졌다.

"내가 분명 찔렀는데 어떻게 멀쩡한 거지?!"

"저승에 가거든 여신에게 물어보든가?"

윈드는 무기를 들지 않은 채로 기사에게 다가갔다. 겁먹은 기사의 하반신이 축축하게 젖었다. 쯧, 혀를 낮게 찬 윈드는 기사에게 말했다.

"꺼져. 죽이기 전에."

기사가 도망치고 나자 윈드는 제 가슴팍을 내려다보았다. 아까부터 따끔거린다 싶더니 남색 제복이 붉은 피에 젖어 있었다.

"이건…… 수액인가?"

"피야. 사람으로 변했으니까 피도 나는 거야."

로자리아는 놀란 윈드를 진정시켰다. 그러곤 주위를 살폈다. 아무도 없음을 확인한 그녀는 손을 뻗어 윈드를 치료해 주었다.

"아무리 죽지 않는 몸이라지만, 사람의 몸일 땐 상처도 입고 아픔도 느껴. 그러니 웬만하면 다치지 마."

"아아, 이런 적은 처음이라. 로즈에게 걱정 끼치지 않겠다고 했는데."

어지간히 놀랐던지, 자연스레 말을 놓는 윈드를 본 로자리아는 한숨을 내쉬었다. 무모하고 맹목적인 자신의 정령들을 보니 걱정이 이만저만 아니었다.

"난 네가 다치는 걸 보기 싫어. 아무리 죽지 않는다 해도 칼에 베이거나 찔리는 걸 보고 싶지 않아. 조심하도록 해. 피할 수 있는데 왜 안 피했어?"

"그냥 궁금해서……?"

진심이었다. 그녀처럼 말을 하고 움직였다. 더 나아가 고통을 느낀다면 어떤 기분인지 궁금했지만 로자리아는 반가운 기색이 아니었다.

"조심하겠습니다."

"그래, 약속해."

"약속."

윈드는 말끔하게 나은 상처를 어루만지다 창고를 가리켰다.

"안에서 썩은 내가 나던데."

"창고에서?"

로자리아는 창고에 들어갔다. 그러자 윈드가 말한 대로 악취가 풍겼다. 소매로 코를 가린 그녀는 눈을 찌푸렸다.

"이게 다 뭐야……?"

"밀과 쌀입니다."

"왜 전부 썩어 있지?"

로자리아는 무릎을 꿇고 바닥으로 흩어진 쌀알을 골랐다. 고개를 숙여 냄새를 맡자 비릿한 향이 올라왔다.

"군의 식량을 저장하는 창고일 거야. 나도 본 건 처음이지만."

로자리아는 낮은 목소리로 말했다. 무언가 이상했다. 안을 더 살피려던 걸 윈드가 말렸다.

"사람을 불러오십시오. 제가 확인하겠습니다."

안에 있는 것은 주검이었다. 피와 구더기가 들끓는 사체가 있었다. 로자리아는 인적이 드문 창고 주위를 벗어났다. 때마침 주변을 시찰 중이던 기사를 발견하곤 그를 불렀다. 그녀는 기사에게 라뮤엘과 센을 데려오라 일렀다. 기사로부터 소식을 들은 라뮤엘과 센이 창고로 왔다. 어두워진 그녀의 얼굴을 본 센이 물었다.

"마님, 무슨 일이십니까?"

"창고에 사람이 죽어 있어요. 윈드 경과 산책 중에 발견했어요."

"저희가 확인하겠습니다. 혹여 보게 되실까 염려됩니다. 뒤로 물러나 계십시오."

라뮤엘은 공작 부인을 뒤로 물리며 말했다. 윈드는 둘을 창고로 안내했다. 센도 그들을 따라 창고 안으로 들어섰다. 라뮤엘은 사건을 파악하기 위해 윈드에게 물었다.

"윈드 경, 무슨 일입니까?"

"삼십 대로 추정. 남자. 병사들이 입는 옷을 걸치고 있고 죽은 진 일주일이 지났습니다."

그들은 검게 변색한 주검을 보며 미간을 찡그렸다. 이윽고 센의 얼굴이 딱딱하게 굳어 갔다. 세 명의 사내는 창고 바깥으로 나왔다. 시체 냄새와 곡물이 썪는 냄새가 섞여 숨 쉬기조차 어려웠다.

"누가 식량 창고에 사체를……."

"식량은? 식량부터 확인하세요."

"알겠습니다, 라뮤엘 경."

라뮤엘이 소매로 코를 가리며 센에게 명령했다. 창고의 식량을 확인한 센이 어두워진 낯빛으로 나왔다. 그는 잔뜩 가라앉은 목소리로 보고했다.

"병사들이 삼 년 동안 먹을 식량입니다. 창고에 있던 식량이 전부 썩었습니다."

"주검 하나 때문에?"

"누군가 고의로 식량에 조치한 것으로 보입니다."

윈드가 손으로 자루를 훑으며 말했다. 일종의 독초였다. 카나리아라 불리는 독초는 사람에게도 유해했다. 서서히 먹으면 몸에 부종이 생겨 죽게 만들었고, 그 자체로도 나무와 꽃을 죽일 수 있는 강력한 독초였다. 라뮤엘이 무거운 한숨을 내쉬며 말했다.

"큰일이군요. 하필이면 바렛사의 군대와 맞서야 할 상황에서 식량이 바닥나다니."

"책임자를 찾아야 합니다."

센은 병사들을 불러내었다. 그들은 사색이 된 얼굴로 비명을 질렀다.

"창고를 지키던 병사입니다. 일주일 전에 소피를 보러 간다고 야밤중에 사라지더니……."

"그걸 왜 보고하지 않았지?"

"워낙 성실한 친구라 창고를 지키러 간 거라 생각했습니다. 얼마 전 저희 대대가 변경 일대를 돌아보고 오느라…….”

쾅—! 센이 주먹으로 벽을 내려쳤다. 창고를 지키는 병사는 총 스물이었으나 전원 실종되거나 죽은 채로 발견되었다. 센이 기사들에게 명령했다.

“지금부터 바렛사의 간자를 찾는다.”

“어째서 바렛사의 짓이라 단언하십니까?”

윈드가 팔짱을 낀 채로 물었다.

“이런 짓을 할 자가 바렛사 말고 어디 있겠습니까?! 저희 공작가가 이끄는 군대를 무너뜨릴 이들이 그놈들 말고 누가!”

격분을 참지 못하던 센은 화를 누그러뜨렸다. 공작 부인의 앞에서 못난 꼴을 보일 수 없었다.

“일단 공작 각하를 모셔 오도록 하죠. 이 일을 어찌해야 할지…….”

라뮤엘이 침음을 삼켰다. 이윽고 병사들이 주검을 정리하고 핏자국까지 전부 닦아 내었다. 그럼에도 쌀과 밀, 작물이 썩는 냄새를 지우진 못했다.

‘바렛사가 벌인 짓이라면 군대 내에 간자가 있는 거야.’

로자리아는 어두워진 얼굴로 창고 안을 살폈다.

얼마 지나지 않아 라쉬드가 창고를 찾았다. 라뮤엘이 심각한 얼굴로 공작에게 상황을 보고했다. 무슨 일이 일어났는지 파악한 라쉬드가 굳어진 표정으로 말했다.

“라뮤엘, 창고에 있는 식량을 전부 쓸 수 없게 되었다고 들었다.”

“두 곳의 다른 창고도 확인한 결과, 이곳과 같았습니다. 제2창고, 제3창고까지 모두 먹지 못하도록 약물 처리를 했습니다.”

“어떤 약물이었지?”

“카나리아란 독초입니다. 사람이 장기간 복용할 경우, 몸에 부종이 생겨 죽게 됩니다. 사람에게 쓸 경우 수십 년이 필요할 정도로 약한 독이지만 식물에겐 강한 독입니다.”

윈드가 라뮤엘 대신 대답했다.

“독초를 잘 알고 있는 자가 벌인 짓이다.”

“독초를 잘 알지 못하더라도 얼마든지 구해서 벌일 수 있는 일입니다.”

윈드는 라쉬드의 말을 정정했다. 그는 정령술을 쓰는 로자리아가 범인으로 몰리기를 원치 않았다. 비약적인 판단이라 해도 조심해야 할 필요성이 있었다.

‘저 남자는 로즈를 죽인 사내이니까. 정령술사란 사실이 발각된다면 주인을 죽이려 들겠지.’

“맞습니다. 카나리아야, 돈만 있으면 시중에서 얼마든지 구할 수 있는 독초입니다.”

라뮤엘이 말을 덧붙였다.

“범인부터 조사하도록 해. 황성에 식량 지원을 요청할 테니.”

“괜찮을까요, 공작 각하?”

“황성의 지원만 얻는다면 괜찮아. 널린 게 식량이니까.”

라쉬드는 관자놀이를 눌렀다. 케딜락에 군사령관으로 있으면서 이런 일이 있던 적은 없었다.

“군부대를 강화하고 범인이 도망가지 못하도록 성문을 폐쇄해.”

“알겠습니다, 각하.”

“무슨 수를 써서라도 범인을 찾아내라. 부인께서 많이 놀라셨을 테니 침실로 모셔라.”

라쉬드는 라뮤엘에게 일렀다. 그를 따라 센과 라뮤엘도 창고를 벗어났다. 라쉬드가 돌아가고 나서, 로자리아는 부상을 입은 윈드에게 물었다.

"윈드는 괜찮아?"

"으음, 전 풀이 아니라서 독초엔 당하지 않습니다."

윈드는 로자리아를 안심시키고는 공작의 명에 따라 침실로 데려다 주었다. 그날 밤 로자리아는 잠들지 못했다. 그녀는 윈드로부터 사건이 어떻게 흘러가고 있는지 들었다. 범인을 색출하기 위해 바르세데스의 기사들이 분주해졌다. 독초 사건 이후로, 로열 기사단이 직접 창고를 지켰지만 이미 식량은 못 쓰게 된 이후였다.

케딜락성에서 군 회의가 열렸다. 범인을 색출하려 했으나 관련된 자는 모두 죽은 이후였다. 공교롭게도 어젯밤 대규모로 사체가 발견되었다. 황성에 서신을 보낸 지 일주일이 흘렀으나 답은 돌아오지 않았다. 가장 상석에 앉아 있던 라쉬드가 지오에게 물었다.

"지오, 이 일에 대해 어떻게 생각하지?"

"제 불찰입니다. 제가 책임지겠습니다."

"자리에서 물러나겠다는 건가? 범인도 찾지 못하고 식량 문제도 해결하지 못한 상황에서."

침묵이 내려앉았다. 이번에는 군단장조차 입을 열지 못했다.

"입단속 시켜. 이 사실이 새어 나가지 않도록. 식량을 다시 구할 때까지 오늘의 사건은 함구한다."

"알겠습니다."

"황성은 어떻게 되었습니까, 각하?"

잠자코 듣던 사내가 물었다. 올해 오십이 된 군단장은 머리가 희끗희끗한 사내였다.

"폐하에게 서신을 받지 못했다. 황성에 있는 전령들과도 연락이 끊겼어."

"황가는 물론, 엘 경과도 말입니까? 황성의 연락을 전담하고 있는 그가 아무 이유 없이 서신에 답하지 않을 리가 없습니다."

"간과한 게 있었지."

"각하, 저희가 놓친 거라면……?"

"황제께서 내 전언에 답하지 못할 이유가 몇이나 되겠나."

노만 1세는 자신이 바렛사로부터 케딜락을 지키기를 원했다. 클라인를 버리면서까지 공작을 택한 이유가 바렛사 때문이었다.

"그럼 혹시 황태자 저하께서 무슨 일을 벌이신 게 아닐지……."

라뮤엘이 조심스레 말했다.

"그럴지도 모르지. 언제 터질지 모르는 화약고가 드디어 터진 모양이야."

라쉬드는 눈을 감았다. 최악의 상황이었다. 케딜락성의 식량이 바닥났으며, 군대 내엔 간자가 있었다. 군사와 식량을 지원할 황성과 연락이 되지 않는다는 건 심각한 문제였다.

"황태자께서 반란이라도 일으키신 거라면 저희는 북부를 버리고 수도에 가야 합니다."

"반란? 클라인이 그 정도로 생각이 없진 않아. 이미 황위가 그의 것인데 반란을 일으킬 필요가 뭐가 있겠나."

"그렇다 해도 어떻게 된 일인지 조사해야 합니다. 엘 경과의 연락도 끊겼으니, 제가 수도로 가겠습니다."

"황제께서 황자인 내 전언도 받지 않는데 기사단장을 만날 거라 보나?"

"그럼 각하께서 직접 수도로 가시는 겁니까? 안 됩니다. 북부에 남아 바렛사로부터 케딜락성을 지켜야 합니다. 케딜락성이 함락되면 수도를 뺏기는 건 시간문제입니다."

"아직 전쟁이 일어나진 않았어. 바렛사가 이 사실을 알아차렸다면 조만간 군대를 이끌고 오고도 남겠지."

라쉬드는 고민했다. 북부에 남아 케딜락을 지켜야 하는가. 혹은 수도로 가서 황제를 만나야 하는가.

'내가 수도로 갔을 때 북부에서 전쟁이 터진다면 케딜락은 끝이다.'

그렇다고 수도를 가만히 내버려 둘 수는 없었다. 후에 전쟁이 터진다면 남부 무나크와 수도에 있는 군사는 소수 병력을 제외하고 전부 북부로 이동해야 했다.

"내가 가서 직접 확인해야겠어. 센은 나를 따르고, 지오는 군단장들과 함께 케딜락을 지킨다."

"알겠습니다, 각하."

"각하, 저는……."

"라뮤엘은 케딜락에 남아 성의 업무를 보도록 해. 로자리아가 지내는 데 불편함이 없도록."

라뮤엘은 안도의 한숨을 쉬었다. 묘하게 기뻐하는 보좌관을 본 라쉬드는 무어라 하는 대신, 탁자 위에 놓인 지도를 내려다보았다.

"케딜락은 무슨 수를 써서라도 지켜야 한다."

그러기 위해선 병환에 든 노만 1세가 정정해야 했다. 클라인이 황제가 되면 바렛사와 전쟁이 일어나도 군사와 식량 지원에 협조하지 않을 것이다.

"마님께 말씀드릴까요? 수도로 떠나신다고."

"아니, 떠나기 전에 직접 보고 오겠어."

회의가 끝나고 라쉬드는 로자리아를 찾았다.

이미 늦은 밤, 로자리아는 침실에서 홀로 잠들었다. 라쉬드는 잠든 아내를 바라보면서 생각했다.

'바렛사가 아니었다면 무나크에서 평화롭게 지냈겠지.'

라뮤엘에게 들은 바론, 창고 근처에 로자리아가 있었다. 전쟁 직전이라 하여도, 이곳이 험난한 북부라 하여도 주검 따위 보여 주고 싶지 않았다.

'내가 케딜락을 지키지 못하면 바렛사에 이스타샤를 뺏기게 될 거다. 그때가 되면 공작으로서 살아남을 수 없어.'

전쟁에서 진 패배자가 어떻게 되는지 잘 알고 있었다. 사내들은 노예가 되며, 자국의 군사령관과 군단장들의 목은 베일 것이다. 배신에 가담하지 않은 고위 귀족은 가문이 멸할 것이고 기사들조차 죽는 건 자명했다. 반란의 여지가 없는, 힘을 쓸 수 있는 평민 사내는 바렛사의 천민으로 살아야 했다. 여자는 처녀든 결혼하여 아이가 있는 부인이든 노리개가 될 것이다. 이스타샤의 아이는 그 모습을 보고 자라날 것이며.

라쉬드는 생각을 멈추었다. 잠든 로자리아의 머리칼을 그도 모르게 어루만졌다. 이 알 수 없는 감정이 무엇인지 잠든 아내에게 물어본다면 알 수 있을까.

"잘 자네."

'내가 당신을 이스타샤로 데려오지 않았다면 좋았을까.'

문득 그런 생각이 들었다. 그는 죽음이 두렵지 않았다. 죽어서 이스타샤를 지킬 수 있다면 그러겠노라. 그러나 잠든 아내를 보았을 때 이루 말할 수 없는 감정이 들었다. 죽고 싶지 않았다. 죽을 리가 없었다.

'로즈, 당신을 두고 떠나고 싶지 않아.'

라쉬드는 잠든 로자리아의 머리맡을 쓸었다. 왜 미련이 생기는지 그 자신도 알 수 없었다.

"내가 전쟁에서 진다면 내 아내는……."

아름다운 그의 아내. 달빛을 받아 반짝이는 금발과 사랑스럽게 휘어지는 푸른 눈동자를 볼 때면 그녀가 제 것이길 원했다. 안위를 지켜 주겠다 맹세했다. 그러나 잔혹한 바렛사의 전사들이, 공작 부인을 예우할 리 없었다.

"그 전에는 승리만 생각했었어. 지는 것 따위 나와는 무관한 일이라 여겼지."

바렛사에 패배할 리 없었다. 그러나 자신을 보며 웃는 로자리아를 볼 때면 그는 이따금 가슴이 무거워졌다. 라쉬드는 마른 목울대를 삼켰다. 그저 로자리아가 그의 아내라서, 그녀의 안전을 지키겠다고 맹세했기 때문이리라.

"나는 수도로 갈 거야. 당신을 혼자 두고서."

라쉬드는 낮은 숨을 내쉬었다. 떠나고 싶지 않았지만, 떠나야 했다.

"라…… 쉬드?"

로자리아는 잠결에 눈을 떴다. 꿈결에 들렸던 목소리가 생생했다. 그를 기다리다가 잠이 든 것 같은데, 어느새 새벽이 되었다. 곁에 앉은 라쉬드가 자신을 내려다보고 있었다.

"내가 당신을 깨웠나?"

"그랬나 봐요. 당신 목소리가 들렸어요. 꿈인 줄 알았는데……."

"방금 왔으니 꿈일 수도 있어."

로자리아는 가벼운 농에 웃는 대신, 잠긴 목소리로 물었다.

"날 혼자 두고 갈 거예요?"

"당분간은."

"수도로 가야만 하는 거예요?"

"내가 아니면 갈 사람이 없으니까."

로자리아는 조심스레 손을 내밀어 라쉬드의 손을 잡았다. 오랫동안 밖에 있었던 건지 그의 손이 차가웠다. 라쉬드는 아내의 손을 쥐어 입을 맞추었다. 부드러운 입술이 닿자 간질거렸다. 그는 자신의 품에 기대는 로자리아를 안았다. 본능적인 욕구보다 그녀와 눈을 마주치고 목소리를 듣고 싶단 생각이 들었다.

'전쟁을 앞두고 한심한 생각이야.'

스스로를 질책하던 그는 생각과 달리 그녀의 턱을 들어 올렸다. 이윽고 고개를 숙인 라쉬드가 아내의 입술을 삼켰다. 무엇이 이토록 답답한지 묻고 싶었다. 붉은 입술에 입을 맞추면 알게 되리란 건 변명이었다.

"나를 기다렸어?"

"매일 기다리는걸요."

"농담이겠지. 내 아내는 나보다 기사들을 더 좋아할 테니."

"그게 무슨 소리예요?"

"네 호위가 된 그 남자나 센, 라뮤엘을 다정하게 바라보니까."

생각지도 못한 말이었다. 말을 하고도 민망했던지 라쉬드는 낮게 헛기침했다.

'설마 질투하는 거야?'

'질투로 보이는 건 아니겠지.'

둘은 같은 생각을 했지만 서로 모른 척했다. 라쉬드는 붉어진 얼굴로 말을 돌렸다.

"아무튼 수도로 떠나게 되었어. 센은 나와 갈 거고 라뮤엘이 북부에 남아서 당신을 보필할 거야."

"수도에 무슨 일이 생긴 거예요?"

"그건 황성에 가 봐야 알겠지. 그 전에 로즈, 당신에게 인사하러 들렀어."

"만약 안 깼으면 라쉬드를 못 볼 뻔했어요."

로자리아는 안도의 숨을 내쉬었다. 라쉬드는 깊어진 눈동자로 그의 아내를 보았다.

"내가 가서 아쉬운 건가?"

"당신이 다칠까 걱정돼요."

"금방 올 테니 걱정하지 않아도 돼."

라쉬드는 그렇게 말하며 로자리아의 뺨을 어루만졌다. 깊게 숨을 내쉬며 그는 본능을 억눌렀다.

'새벽에 떠나야 하니 지금 나가야 하는데.'

나가고 싶지 않았다. 라쉬드는 어둡게 물든 눈동자로 로자리아를 보다가 그녀의 뺨에 손을 가져다 대었다.

"오늘 밤 시간을 빌려줬으면 해."

"으음, 시간이야 빌려줄 수 있지만 그러니까 왜 나를……."

그렇게 유혹하듯 보는 거냐고 묻지 못했다. 그가 단단한 손으로 허벅지를 쓸었다.

"커튼을……."

"안 쳐도 돼. 충분히 아름다우니까."

그는 아내의 붉어진 뺨이 사랑스러웠다. 고개를 숙여 파르르 떨리는 그녀의 눈꺼풀에 키스했다.

"잠시 시간을 빌려주면 돼."

야릇한 목소리에 그녀는 목울대를 넘겼다. 그녀는 나른한 보랏빛 눈동자에서 눈을 떼지 못했다.

두근두근. 기분 좋은 심장의 울림이 귓가로 들렸다. 로자리아는 팔을 내뻗어 그의 목덜미를 끌어안았다. 마치 키스해 달라고 조르는 것 같아 라쉬드는 기꺼이 아내에게 입을 맞췄다. 사내다운 턱선도, 강인한 육체도, 깊게 들어간 눈꺼풀도, 날카로운 눈매도 완벽했다. 하얀 피부와 대조적인 흑발은 그를 더욱 관능적으로 보이게 했다.

"수도로 떠나면 당분간 못 보게 될 거야."

"얼마나 오랫동안 가 있는 거예요?"

"군 식량을 지원받을 때까진 있어야겠지."

라쉬드는 아쉽다는 말은 하지 않았다. 대신 제비꽃 같은 눈동자에 그의 감정이 여실히 드러났다. 그러니 떠나기 전에 아내와 온기를 나누고 싶었다. 라쉬드는 고개를 내려 로자리아에게 키스했다. 그는 자신의 밑에서 가냘픈 숨을 내쉬는 아내를 내려다보았다. 흐트러진 호흡, 달아오른 뺨, 붉어진 눈가. 모든 것이 사랑스러웠다.

"로즈, 일을 마치고 당신이 있는 케딜락으로 돌아올게."

"……하아, 기다릴게요. 무사히 올 거라 믿어요."

호흡이 흐트러진 탓인지, 그녀가 한 자씩 겨우 내뱉는 것이 더욱 야릇하게 보였다.

"라쉬드……."

로자리아는 라쉬드의 품에 안겨 그와 시선을 마주했다. 그의 눈동자 속에 비치는 자신의 모습이 낯설었다. 그녀는 부끄러움을 느낄 새도 없이 그에게 안겨 들었다.

"……로즈."

라쉬드는 가라앉은 목소리로 아내의 이름을 불렀다. 몇 번이고 되새겨도 부족했다. 그는 로자리아의 손을 맞잡았다. 둘은 서로의 온기를 느끼며 입을 맞추었다.

❖

로자리아는 잠에서 깼다. 그녀는 땀에 젖은 몸을 일으켰다.

'벌써 이른 저녁이야. 도대체 몇 시간을 잔 거야?'

곧 라쉬드가 떠날 시간이었다. 서둘러 씻고 말끔한 옷차림으로 갈아입었다. 머리를 가지런히 묶고선 성문으로 향했다. 이미 준비를 마쳤는지 군마에 탄 라쉬드가 보였다.

"라쉬드!"

"이제야 깬 거야?"

라쉬드는 발꿈치를 드는 아내를 위해 허리를 숙였다. 로자리아는 그의 이마에 키스했다. 수도로 떠날 남편이 무사히 돌아오기를 바라며. 마지막으로 입을 맞춘 공작 부부는 서로를 바라보았다. 작별의 키스라고 치기엔 실로 달콤했다.

"기다려 줘, 로즈."

"케딜락성에서 기다릴 테니 몸조심해요."

"알았어. 필요한 것이 있으면 언제든 라뮤엘에게 말해."

군마를 탄 라쉬드가 로자리아를 내려다보았다. 평소라면 지체할 시간이 없다며 인사도 남기지 않고 떠났을 그였다. 그러나 떠나는 날을 늦추면서까지 아내와 함께 시간을 보냈다. 그는 미련이 남은 듯 로자리아에게서 시선을 떼지 못했다.

"각하, 이제 그만 가셔야 합니다."

"출발하도록 하지, 센."

라쉬드는 말고삐를 쥔 채 자신을 보는 아내에게서 등을 돌렸다. 둔중한 징 소리가 성안에 울리며 굳게 닫혔던 케딜락의 성문이 열렸다. 이윽고 거대한 말발굽 소리와 함께 공작 일행이 케딜락성을 떠나 수도로 향했다.

라쉬드가 제도로 떠난 지 이틀이 지났다. 로자리아가 케딜락성에서 보내는 일과는 평온했다. 그녀는 아침에 일어나 씻고 간단히 아침 식사를 했다. 그리고 새로 온 정원사들과 인사를 주고받은 후, 정원에서 오후 시간을 보냈다. 매일 오후 세 시가 되면 티타임을 가졌다. 시녀에게 시키지 않고 그날 마실 차를 직접 준비했다.

"모리화차야."

"은은하고 좋군요."

윈드는 눈을 감으며 차향을 맡았다. 바람을 타고 자스민 향이 코끝으로 스며들었다.

"동대륙에선 모리화차라 불리지만 실은 자스민이야. 귤껍질과 장미꽃을 같이 우렸거든."

"늘 마시던 홍차와 달라서 마음에 듭니다."

"네 마음에 든다니 다행이네."

"로즈가 만든 차는 향이 좋으니까요."

"그나저나 그 병사는 찾았어?"

로자리아는 주위를 살피다가 그에게만 들릴 정도로 목소리를 낮추며 말했다. 그녀가 말한 건 북부 케딜락의 성지기였다.

"저번에 말씀하신 그자 말입니까?"

"응, 어떻게 됐어?"

"성을 지키는 것 외엔 수상한 움직임은 없었습니다. 극도로 경계하는 것을 빼면요."

"그게 바로 수상한 거야. 죄를 짓지 않았다면 왜 떳떳하지 못하겠어?"

"그자와 성검 데레사가 관련이 있다고 보십니까?"

"아마 신전 측에서 매수했을지도 몰라. 대장장이의 제자였는데, 약혼녀인 멜라니의 아버지를 죽인 걸 보면 말이야."

"대장장이의 머리를 신전에서 보냈다고……."

"그러니 잘 감시해야 해. 일반 병사들이야 성문을 폐쇄해서 도망칠 수 없겠지만, 성지기는 자유로울 거야."

"예의 주시하겠습니다."

윈드는 느긋하게 차를 마시며 대답했다. 어차피 바람이야 어디에도 존재하는 것이니, 어디로 도망가도 찾아낼 수 있었다.

"그자가 죽지 않도록 지켜봐야 해. 행여 죽기라도 한다면 증거가 없어지는 셈이니까."

"그렇다면야, 그자가 절대 죽지 못하도록 감시하겠습니다."

윈드는 알겠다는 뜻으로 고개를 끄덕였다.

오후 다섯 시가 되자 그는 자리에서 일어났다. 다른 기사와 교대로 기사단의 업무를 볼 차례였다.

"무슨 일이 있거든, 정령술을 쓰지 마시고 제 이름을 부르십시오."

윈드는 신신당부하며 로자리아를 침실로 데려다주었다. 어찌 됐든 호위의 일을 확실히 하는 편이 의심을 사지 않을 테니.

열흘이 지났을 때, 북부 병사들 사이에서 식량이 떨어졌다는 소문이 돌기 시작했다. 로자리아가 소문에 대해 알게 된 건 여느 때와 같이 식사를 하던 저녁이었다. 케딜락성의 식량난으로 식사는 간소하게 차려졌다. 쌓인 업무에 죽어 가던 라뮤엘도 함께였다. 로자리아에게 할 말이 있었던지라 라뮤엘은 공작 부인에게 식사를 하자고 청했다.

"식량난이라뇨?"

"네. 여기로부터 떨어진 마을에 곡창지대가 있습니다. 거기 있던 식량이 산적들에게 털렸습니다."

"산적이라면……?"

"사실은 반란군 비슷한 겁니다. 북부에서도 케딜락성에만 전부 식량이 가니까 굶어 죽을 수 없다고 들고 일어났더군요."

"제국 내 설치된 이동진으로 북부에 쓰일 식량을 옮기는 건 어떤가요?"

"성녀와 사제의 성력에는 한계가 있어서, 후에 전시 체제가 될 걸 대비해 이동진을 쓰는 건 엄격히 금지됩니다. 사실상 신전 측에서 협조하지 않는다고 봐야 합니다. 결과적으로 이동진을 식량을 옮기는 데 쓸 수 없는 상황입니다."

로자리아는 고개를 끄덕였다.

꼬르륵. 굶은 것처럼 보이는 시종에게 빵을 건네주자 그가 허겁지겁 삼켰다.

"감사합니다, 마님!"

"수고했어. 라뮤엘 경과 함께 있을 테니 자리를 비켜 주겠어? 아, 음료를 가져가도 좋아."

시종은 주위의 눈치를 보다 물러났다. 그는 따끈한 빵에 감동한 눈치였다. 식량난이라면 케딜락 성내의 분위기가 살벌하게 변한 것도 이해가 갔다.

'전장에서 목숨을 걸어야 하는 상황인데, 굶어야 한다면 병사들에게 불만이 많을 거야.'

로자리아는 무거운 한숨을 내쉬며 물었다.

"곡식의 상태는?"

"창고에 남아 있는 건 곰팡이와 벌레가 갉아먹어 먹을 수 없다고 표면적으로 알렸습니다. 누군가가 군대에 잠입해 독을 뿌린 사실이 알려지면 사기가 저하되니까요."

"수도는 어떻게 됐죠?"

"공작님께서 지원을 받으러 수도로 가셨지만 이렇다 할 소식이 없습니다. 그저 기다리는 수밖에요."

"아직도 황제와 연락이 안 된 건가요?"

"서신조차 가지 않았더군요. 황제께서 결정할 일을 황태자가 대신하고 있다고 들었습니다."

설상가상으로 식량을 지원할 노만 1세의 결정이 내려지지 않았다. 로자리아는 열흘이 지났지만 돌아오지 않는 라쉬드가 걱정되었다. 식량이 떨어져 가는 케딜락성도. 라뮤엘은 차분하게 상황을 보고했다. 로자리아는 머리가 지끈거려 들고 있던 포크를 내려놓았다.

"이 사실이 바렛사에 알려진다면 케딜락은 끝입니다. 군대를 지휘할 군사령관이 떠났고, 식량이 떨어졌으니까요."

"황성에서 군량미 지원을 받는 게 생각보다 오래 걸려요. 북부와 가까운 곡창지대를 되찾아야 해요."

"각하께선 떠나시기 전, 이미 곡창지대를 반란군이 점령하고 있다는 사실을 알았습니다. 그쪽을 치기 위해 병력을 내보낸다면 더 큰 위험을 감수해야 합니다."

바렛사의 군사가 목전에 있는 상황에서 곡창지대에 군대를 내보낼 수 없단 소리였다. 이스타샤는 반란군에 관대한 나라가 아니었다. 평상시였다면 일대 대대를 보내 반란군을 진압했을 것이다.

"그럼 그대로 방치하는 건가요?"

"산적이라고 하기엔 그 수가 많아 어중간한 병력으론 불가합니다. 소수 병력으로 정리되었다면 진작 했겠죠. 누군가 반란군들을 지원해주고 있습니다. 밭과 논을 일구었을 농민과 산에서 살던 이들이, 군인들과 같은 무기를 들고 있었으니까요."

"성안의 창고는 바닥났고, 북부의 곡창지대는 반란군이 점령하고 있으며, 성 밖엔 바렛사의 군대가 주둔하고 있어요. 전쟁이 터진다면 케딜락은 함락될 겁니다."

"그걸 막기 위해 공작 각하께서 수도로 가셨지만 지금까지 소식이 없으니……. 계속 연락이 되지 않는다면, 무리를 해서라도 케딜락의 군사를 수도로 보내야 합니다."

라뮤엘은 날짜를 헤아렸다. 주군이 떠난 지 열흘이 지났다. 앞으로 보름이 지나도 전령이 오지 않는다면, 북부 케딜락을 전시체제로 변경하고 수도로 군사를 보내야 했다.

"일이 생겼다면 수도를 먼저 안정시키고, 케딜락을 지키는 수밖에 없습니다. 수도에 적을 둔 상태로 케딜락성에서 전쟁 준비를 하기엔 위험이 큽니다."

"라뮤엘 경의 말이 맞아요. 식량 문제부터 해결해야 해요. 라쉬드에게 위험한 일은 없을 거예요. 그도 이미 수도에서 일이 있다는 걸 알고 갔으니까요.”

로자리아는 상황을 정리했다. 앞으로 보름이 주어진 시간이었다. 라뮤엘이 심각한 얼굴로 말했다.

“실은 군대 내에서 소란이 일어 다치거나 죽는 자가 발생했습니다. 확 줄인 배급 때문에 병사들이 불안감에 떨고 있습니다.”

“이 상황이라면 바렛사가 침략하지 않아도 무너질 거예요. 군사령관도 자리를 비운 상태고, 당장 굶을 지경이 되면 반기를 들고 일어날 수도 있어요.”

“설상가상으로 병사들에게 주어진 식량을 횡령하는 자가 있다고 합니다.”

“북부엔 기사단장과 군단장이 남아 있다고 들었어요. 군기가 엄격하다고 들었는데 그런 일이 가능한가요?”

“그자가 로열 기사단과 잘 아는 사이라서 기사들도 눈을 감아주고 있는 데다가……. 실례했습니다. 제가 식사 중에 쓸데없는 소리를 했군요.”

‘뭐라도 좀 드셨으면 하는데.’

거의 손도 대지 않은 식사를 보며 라뮤엘은 복잡한 얼굴을 했다. 괜한 소리를 한 것 같아 입맛이 썼다.

“라뮤엘 경, 나를 병사들이 있는 곳으로 안내해 주겠어? 경이라면 누가 횡령했는지 알 거라 믿어.”

로자리아는 자리에서 일어서 병사들이 머무는 곳으로 향했다.

“마님께서 드십니다.”

호위 없이 라뮤엘만 데리고 온 터라 분위기는 살벌했다. 병사들은 굶어 죽기 직전이었으나, 공작 부인은 사치스러운 식단을 고집한다는 소문 때문이었다.

“예를 갖추십시오. 케딜락의 성주이자 군사령관이신 라쉬드 공작님의 부인이십니다."

"아, 마님께서 오셨군!"

개중에 직급이 높은 병사가 과장된 목소리로 외쳤다. 다른 기사들이 동요하는 기색을 보였다. 저마다 불안한 눈으로 서로를 힐끔 쳐다보았다.

"라뮤엘 님, 성내에 도는 소문을 들었습니다. 저흰 이대로 굶어 죽는 건지요……?"

"공작 각하께서 식량을 구해 오실 겁니다. 그때까지 기다리는 수밖에 없어요."

"그, 그런! 그때까지 저흰 굶으라는 말씀이신지……."

"기다려야 해요."

로자리아는 힘주어 말했다. 그녀는 두 손을 모으고는 허리를 꼿꼿이 세웠다. 주위에서 소란이 일어날 뻔했으나, 라뮤엘이 엄중히 경고했다. 개중에 한 상급 병사가 벌떡 일어섰다. 그는 참지 못하고 울분을 터뜨렸다.

"마님께선 저희 같은 놈들이야 눈에 안 보이시겠죠! 굶어 죽든 전장에서 죽든 저희 목숨이야, 마님께는 벌레만도 못할 텐데."

이를 갈 듯 말하자 병사들이 라뮤엘과 로자리아를 둘러쌌다. 이를 제지할 기사들의 거처와는 거리가 멀었다. 지켜보던 어린 병사가 지오에게 알리기 위해 도망쳤지만, 병사들의 손에 잡히고 말았다.

"쥐새끼 같은 놈! 우리가 뭘 했다고 기사단장에게 고하려는 거지?"

분위기가 험악해지고, 로자리아를 도와주려던 어린 병사는 우악스러운 손길에 무릎을 꿇게 되었다. 소년이 두려운 얼굴로 로자리아를 보았다.

"마, 마님……."

"지금 뭣들 하는 겁니까!"

화가 난 라뮤엘이 소리쳤지만 병사들은 들은 척도 하지 않았다. 상급 병사의 음흉한 시선이 로자리아의 몸을 훑었다.

"병사!"

라뮤엘이 낮게 소리쳤다. 잠시간 말이 없던 로자리아는 손을 들어 올렸다.

"내가 한낱 네 시선을 못 알아챌까."

로자리아는 싸늘한 얼굴로 병사를 주시했다.

"하? 그러면 우리가 넙죽 공작 부인께 머리를 조아릴 줄 알았습니까? 부인을 지킬 기사들도 없는 상황에서? 그들도 아마 부인을 잠자리로 주군을 녹인 계집이라고 생각할 건데."

킬킬거리는 기분 나쁜 웃음소리가 들렸다. 로자리아의 푸른 눈동자에 새파란 노기가 어려 형형했다.

"공작 부인인 내게 이토록 무례한 건 케딜락의 병사이길 포기했단 뜻이겠지."

"이미 굶어 죽기 직전인데, 테베의 왕녀이신 공작 부인께 예라도 취해 드릴까!"

명백한 무례에 절반은 뒤로 물러섰다. 그들은 소문이 아니라 실제로 공작의 모습을 알고 있는 자들이었다. 그가 이 자리에 있었다면 당장 무례한 자의 목을 쳐 내고, 그의 사지를 찢어 짐승의 먹이로 던져 줬을 것이다. 공작은 병사들을 아끼는 군사령관이었으나, 바르세데스에 반기를 드는 자까지 눈감아줄 리가 없었다.

"딜런, 그만두는 게 좋을…… 으억."

툭, 데구루루— 상급 병사, 딜런을 말리던 병사의 목이 잘렸다. 주위에서 숨을 들이켜는 소리가 들렸다.

"병사가 죽었다!"

"딜런!"

"네놈, 이게 무슨 짓이야?!"

놀란 병사들이 다가와 딜런을 에워쌌지만 그는 코웃음을 칠 뿐이었다. 이윽고 철퇴를 가져온 딜런이 공작 부인이 보는 앞에서, 병사들의 머리를 후려쳤다.

"건방진 새끼들! 나와 눈이 마주치면 벌벌 떨던 새끼들이, 공작 부인에게 아양을 떨고 싶어 환장했구나."

"……."

"잘 보십시오, 공작 부인. 이곳엔 부인을 지킬 수 있는 자가 한 명도 없습니다. 저놈 한 명 끌고 온 거 보면 비실비실한 보좌관이 뭐라도 되는 줄 아시나 본데."

"지금 날 협박하는 건가?"

로자리아는 낮은 웃음을 터뜨렸다. 그녀는 차디찬 시선을 내리깐 채로, 라뮤엘에게 눈짓했다.

"라뮤엘 경."

"예……?"

"물러나 있어."

옴짝달싹할 수 없는 라뮤엘이 눈만 뜬 채로 로자리아를 보았다. 그녀는 잠깐 한숨을 쉬며 병사들이 잡고 있던 라뮤엘을 낚아챘다. 강한 힘으로 라뮤엘을 뒤로 던진 그녀는 검을 빼앗았다. 대장이 허리춤에 쥐고 있던 검이었다. 로자리아는 검을 딜런의 목에 겨누었다.

"식량을 횡령한 자가 있다고 들었다. 그게 네놈인지 아닌진 모르겠지만 이것 하나만은 확실해. 네놈이 바르세데스에 반기를 들었다는 것."

"크윽, 검 하나 못 들어 봤을 부인께서 저를 웃기시려고 한 겁니까?! 이러니 반란군들이 판을 치는 거지!"

슥. 검을 치켜든 로자리아는 단숨에 딜런의 목을 베어버렸다. 살기가 어린 푸른 눈동자에 이를 지켜보던 병사들이 뒤로 물러섰다.

"나를 모욕하는 건 넘어갈 생각이었으나, 반란을 입에 담는 자는……."

딜런은 죽기 직전까지 병사들을 호령하던 이였다. 갑작스러운 죽음에 그들은 넋이 나간 채 입을 다물지 못했다.

"지금 나와도 좋다. 내 검을 받을 준비를 하고서."

2권에서 계속…